Wolfgang M. Koch

Ilmgrund

HISTORISCHER ROMAN

ISBN-978-3-87249-359-0

© Copyright 2017 Carl Gerber Verlag GmbH,
    Lilienthalstraße 19   85296 Rohrbach

Alle Rechte, auch die des auszugsweisen Nachdrucks, der fotomechanischen Wiedergabe, der Vervielfältigung und Verbreitung in besonderen Verfahren, wie fotomechanischer Nachdruck, Fotokopie, Microkopie, elektronische Datenaufzeichnung einschließlich Programmierung, Speicherung und Übertragung auf weitere Datenträger sowie der Übersetzung in andere Sprachen, behält sich der Verlag vor.

Haftungsausschluss:

Die Autoren und die Carl Gerber Verlag GmbH haben alle Informationen und Bestandteile dieses Werkes nach bestem Wissen zusammengestellt. Dennoch haften sie nicht für die Vollständigkeit, Richtigkeit, Aktualität und technische Exaktheit der in diesem Werk bereitgestellten Informationen.

Verlag: www.gerberverlag.de/shop

Umschlaggestalltung: www.base74.de

Unter Verwndung eines Bildes von www.fotolia.de;

Karte (Titelseite): mit freundlicher Genehmigung der bayerischen Staatsbibliothek

1. Auflage 2017

Der Autor

Wolfgang M. Koch

Liebe Leserin, lieber Leser,

Ich freue mich, dass Sie sich für den Roman „Ilmgrund" entschieden haben. Es ist der erste Band aus der „Ilmgrund"- Reihe um den Benediktinermönch Johannes auf dem Jakobsweg zahlreiche Abenteuer bestehen muss.

Dies ist mein Einstieg in die Schrifstellerei. Mit den „Ilmgrund"- Büchern habe ich mir den langgehegten Traum erfüllt, Romane aus der Zeit des Spätmittelalters zu schreiben.

Dafür recherchiere ich an historischen Schauplätzen, habe neben manch anderem das Bogenschießen, Schmieden und Reiten erlernt. Dazu kommen der Nachbau und die Handhabung mittelalterlicher Werkzeuge, Waffen und Gebrauchsgegenstände sowie die Mitgliedschaft in einer historischen Bogenschützengruppe. Auf diese Weise lebe ich meinen Traum, die Brücke zwischen meiner eigenen Existenz in der Gegenwart und einem Dasein im Mittelalter zu schlagen.

In der Hallertau in Oberbayern, wo ich mit meiner Familie lebe, schreibe ich an weiteren Bänden meines Romanhelden Johannes.

Ich wünsche Ihnen spannende Unterhaltung beim Lesen dieses Buches.

Danksagung

Herzlich danken möchte ich Herrn Pfarrer Thomas Stummer aus Geisenfeld, Henriette Staudter, Nicole Lübcke für ihre wunderbaren Design-Künste, Pater Lukas vom Kloster Scheyern und vor allem meiner Frau Jutta, die mir immer aufmerksam zur Seite stand.

Ein besonderer Dank geht an Prof. Dr. Kürzinger, der mir in großzügiger Weise an seinem reichen Wissen über die Klostergeschichte Geisenfeld teilhaben ließ und mich auf viele historische und etymologische Klippen aufmerksam machte, auf die ich ansonsten aufgelaufen wäre.

Für die übrigen historischen und sonstigen Fehler, die vielleicht immer noch im Roman enthalten sein sollten, bin ich selbst verantwortlich.

Und natürlich bedanke ich mich bei Ihnen, verehrte Leserinnen und Leser, dafür, dass Sie an dem Buch Interesse gezeigt haben. Ich habe, so ist zu hoffen, Ihre Erwartungen nicht enttäuscht.

Geisenfeld, im September 2013

Wolfgang M. Koch

Ilmgrund

Prolog

Geisenfeld, Ende April 1384

Die Sonne war untergegangen und nichts deutete auf das Drama hin, das sich in dieser Nacht ereignen sollte. Im Markt Geisenfeld kehrte Ruhe ein. Wieder hatten viele Bürger dem Possenspiel und Schabernack der Spielleute, die sich seit Wochen hier aufhielten, zugesehen. Auf der Wiese an der Ilm unterhalb des Benediktinerinnenklosters, wo sie ihr Lager aufgeschlagen hatten, spielten sie nachmittags und abends. Auch heute waren wieder manche Geisenfelder zum Gaudium des Publikums hervorgeholt und mit harmlosen Versen oder spitzen Bemerkungen aufgezogen worden.

Jongleure wirbelten Bälle in der Luft, so dass den Zuschauern schwindlig wurde. Bänkelsänger erzählten Moritaten aus alter Zeit und ein Spielmann sang herzzerreißende Balladen, wie es ein Minnesänger nicht besser vermocht hätte. Puppenspieler brachten Geschichten aus „Tausend und einer Nacht" dar, ein Zauberer ließ Eier verschwinden und holte stattdessen einen ausgewachsenen Pfau unter dem Rock einer Bürgerin hervor, was lautes Gelächter hervorrief. Ein Messerwerfer traf mit seinem Dolch jedes Ziel punktgenau, das ihm das Publikum nannte, war es auch noch so klein. Große Bewunderungsrufe waren sein Lohn.

Am Schluss der Vorstellung waren die Kinder der Künstler umhergegangen und sammelten wie jeden Abend Geld. Doch die Ausbeute war dieses Mal geringer als sonst gewesen.

Auf einen kalten Winter war ein regenarmes Frühjahr gefolgt und es stand zu befürchten, dass die ausgebrachten Saaten nicht mehr in ausreichendem Maße aufgingen. Nur kümmerlich sprossen die neuen

Pflanzen. Auch der Hopfen, der hier schon seit Hunderten von Jahren angebaut wurde, wuchs nur sehr langsam. In den nächsten Wochen sollte er an die Wuchshilfen aufgebunden werden. Doch es war unsicher, ob dies heuer rechtzeitig möglich war.

Jeden Tag ging die Sonne über einem strahlend blauen Himmel auf, der keinen Regen brachte. So gerne sich die Menschen von den Gauklern zerstreuen lassen wollten, so sehr hielten sie ihr weniges Bares zusammen.

Auch die fahrenden Künstler machten sich nun ernsthafte Sorgen. Nicht nur, dass die Einnahmen karg waren, auch waren die Einwohner des Martes nicht mehr so gastfreundlich wie nach den ersten Vorstellungen. Hatte man gar den Kindern anfangs sogar einige Leckereien zugesteckt, so kam dies kaum noch vor. Ja, manchmal, wenn die Spielleute durch die Geisenfelder Gassen gingen, konnte es passieren, dass sie beschimpft oder „versehentlich" angerempelt wurden. Langsam mehrten sich die Stimmen im Markt, dass die Gaukler weiterziehen sollten. Hinter vorgehaltener Hand munkelte man sogar, dass die Fremden mit bösen Mächten in Verbindung stünden, weil gar kein Regen fallen wollte.

Und die Spielleute selbst spürten die wachsende Ablehnung und begannen, Vorbereitungen für das Weiterziehen zu treffen. Sie packten ihre Habseligkeiten und beluden ihre beiden Wagen.

„Fahren wir schon weiter, Vater?", fragte ein kleiner schwarzhaariger Knabe seinen Vater, den Zauberer der Gruppe. Der nickte ernst. „Weißt Du, Alberto", sagte er, „wir Spielleute sind immer auf Reisen und bleiben, solange wir in der Gunst des Publikums und der Ortsoberen stehen. Jetzt ist es vorbei und wir suchen unser Glück woanders.

Wir ziehen in den nächsten südwärts gelegenen größeren Ort. Dann kannst du dort auch alle Zauberkunststücke zeigen, die du schon gelernt hast. Und so werden wir nach und nach weiter nach Süden reisen, bis wir das Land deiner Vorfahren, Italien, erreichen." Die Augen des Knaben begannen zu leuchten. „Das Land meiner Vorfahren, dort, wo es immer warm ist?", fragte er aufgeregt. „Werde ich das Meer sehen?"

„Ja, mein Sohn", nickte sein Vater lächelnd und strich ihm liebevoll über den Haarschopf. „Du wirst das Meer sehen und weite Landschaften, alte Städte und große Olivenfelder. Nun rufe deine Schwestern und sage ihnen, dass sie ihre Sachen packen sollen. Morgen in aller Frühe reisen wir ab." Der Knabe lief los, sich auf neue Abenteuer freuend.

Der Zauberer Alwin seufzte leise, als er sich zu seiner Frau Lioba umdrehte. Lioba war eine schlanke schöne Frau mit hohen Wangenknochen, deren gelocktes schwarzes Haar ihr bis auf den Rücken fiel. Sie stieg gerade aus ihrem Wagen und betrachtete Alwin mit ihren warmen braunen Augen sorgenvoll. „Alles wird gut", beruhigte er sie. „Im nächsten Ort sind wir wieder willkommen". Er gab ihr einen Kuss auf die Wange und tätschelte einen der beiden alten Gäule, die schon so lange die wackeligen Gespanne zogen. „Hört her, Freunde!", rief er über das Lager der Spielleute, so dass ihn alle hören konnten. „Eilt euch! Die Nacht wird hell, denn es ist Vollmond. Morgen noch vor Sonnenaufgang brechen wir auf!"

In derselben Nacht brannte die Klosterkirche. Am Morgen waren die Gaukler verschwunden und es begann zu regnen.

*

Zur selben Zeit in Rovinj, am Mittelmeer

Paolo Messini stand im Hafen von Rovinj, das zur Republik Venedig gehörte, und beobachtete den Lauf der sich neigenden Sonne. Er war mit sich sehr zufrieden. Der beleibte venezianische Weinhändler hatte vor wenigen Tagen einen Gutshof mit ausnehmend großen Ländereien, vorwiegend in Südwesthanglage erworben. Damit hoffe er, seinen Weinhandel um ein zweites Standbein erweitern zu können, denn er gedachte, in großem Stil Oliven anzubauen.

Gut, die Bauern, die als Unfreie des vorigen Eigners die Flächen bisher bewirtschafteten, mussten weichen und sehen, wie sie künftig ihr Auskommen fanden. Aber so war das Leben, ein Fressen und gefressen werden. Ärgerlich war nur gewesen, dass vorgestern Abend vor dem Gasthaus, in dem er zu nächtigen pflegte, einige der Bauern mit ihren Frauen und Kindern aufgetauchten und protestierten. Er lies sich verleugnen. Als der Wirt ihnen keinen Einlass gewähren wollte, waren sie wütend geworden und hatten hasserfüllte Verwünschungen ausgestoßen. Doch die Stadtwache war auf den Tumult aufmerksam geworden und so mussten sich die Bauern unverrichteter Dinge wieder trollen.

Massini zuckte bei der Erinnerung daran leicht zusammen. Sein Essen hatte ihm danach nicht mehr geschmeckt. Diese törichten Narren, nicht viel besser als Tiere. Was kümmerte ihn ihr Schicksal oder das ihrer

Familien? Das Rad der Fortuna drehte sich und wer heute noch hoch oben war, der konnte morgen schon um Brot betteln. Nur wer keine Rücksicht nahm, hatte bessere Aussichten, oben zu bleiben. Gott hatte eben jeden an den Platz gestellt, auf den er gehörte und es ziemte sich nicht, daran zu rütteln. Wer wollte schon an Gottes Entscheidungen zweifeln?

Massini schüttelte diese Gedanken ab und wandte sich zum Gehen. Er freute sich darauf, seiner Frau und seiner Tochter nach der Heimkehr nach Venedig voller Stolz zu berichten, welcher Erfolg ihm schon bald beschieden war, wenn erst der Anbau der Oliven gelingen würde. Anlässlich dieses guten Geschäfts würde er für die Beiden fein gearbeiteten Goldschmuck erwerben. In der Gasse, die zu den Kirchen des Heiligen Georg, der Heiligen Ursula und des Heiligen Michael hinauf führte, hatte man ihm gesagt, sollte ein besonders talentierter Goldschmied sein Geschäft haben.

Gemessenen Schrittes und hocherhobenen Hauptes stieg er die schmale Gasse hinauf. Nun, er konnte ja zuerst die Messe besuchen und einen Blick auf die Reliquien der Heiligen Euphemia erhaschen. Dies sollte ein guter Abschluss des Tages sein. Anschließend würde er den Goldschmied beehren.

Zwischen den Hausmauern zwängten sich auch viele andere Menschen, die zu den Kirchen strebten. Paolo Massini hatte Mühe, in dem Gedränge nicht zu stolpern. Immer wieder wurde er angerempelt und geschubst. Er atmete schwer, seine gute Laune schwand und er hoffte, bald im Gotteshaus zu sein.

Plötzlich erhielt er einen heftigen Stoß in die Seite, der ihn taumeln ließ. Fast wäre er gestürzt, wenn ihn nicht ein junger Mann aufgefangen hätte.

„Grazie, Signore", dankte er dem Fremden, der ihn freundlich anlächelte. Dann zog ihn der junge Mann an sich, als wolle er ihn umarmen. Massini spürte einen leichten Schlag in den Bauchraum, gefolgt von einem Ziehen nach oben. Der Unbekannte verneigte sich, zog mit einem spöttischen Grinsen seinen Hut und drängte sich durch die Menge in Richtung Kirche.

Massini sah ihm erstaunt nach. Als er seinen Weg fortsetzen wollte, wurde ihm übel. „Nur ein kleines Unwohlsein", dachte er. Doch dann wurden seine Knie weich. An der Stelle, an der ihm der Fremde den Schlag versetzt hatte, spürte er mit einem Mal einen stechenden Schmerz. Er presste die Hand darauf und atmete durch.

Da fühlte er etwas weiches und warmes Klebriges. Als er seine Hand vor die Augen hob, sah er, wie Blut heruntertropfte. In seinen Ohren begann es zu sausen. Wie durch Watte hörte er eine Frau schreien. Er schwankte und fiel auf die Knie, unfähig zu begreifen, was mit ihm geschehen war. Um ihn herum bildete sich ein Kreis von Menschen, die ihn anstarrten. Manche deuteten auf das Pflaster der Gasse. Massini blickte verstört zu Boden. Unter ihm hatte sich eine Blutlache gebildet, die langsam, dem Gefälle der Gasse folgend, abfloss. Was aber waren das für lange glitschige weiße Schlingen, die aus seinem Bauch quollen und zwischen seine Beine auf das Pflaster rutschten? Paolo Massini öffnete in plötzlichem Verstehen seinen Mund und wollte schreien, aber er brachte keinen Laut hervor. Die Menge um ihn herum schien ihm wie erstarrt. Langsam kippte der Weinhändler zur Seite. Sein Kopf schlug hart auf den Boden der Gasse auf. Das entsetzte Gesicht eines beleibten Mannes mit lederner Schürze war das letzte, was er wahrnahm, bevor seine Augen brachen.

Dieser Vorfall sollte nicht der Einzige bleiben. Wenige Wochen später starb in der Hauptstadt der Republik in Venedig ein alter Gondoliere, gerade als er einem Brautpaar in der Lagune außerhalb der Stadt ein Liebeslied sang. Die Braut hatte nur ein kurzes Sirren gehört, unmittelbar bevor der Gesang abbrach und der Gondoliere ins Wasser stürzte. Der Bräutigam war so betört von seiner schönen Frau gewesen, dass er erst beim Aufspritzen des Wassers aufmerksam geworden war.

Als andere Gondelfahrer, die vorbeigekommen waren, die schreiende Braut beruhigten und den Leichnam bargen, wies nur die klaffende Wunde an der Kehle auf einen Mord hin. Man wusste, dass zwischen den Gondolieri ein harter Konkurrenzkampf herrschte. Der Tote hatte in der Vergangenheit unliebsame Konkurrenten geschickt aus dem Geschäft gedrängt. Es gelang jedoch nicht, einen Täter oder Auftraggeber zu überführen. Die Tatwaffe wurde nie gefunden.

*

Bald danach, im Sommer desselben Jahres, wurde das Heilige Römische Reich, in dem König Wenzel von Luxemburg seit 1378 regierte, von rätselhaften Ereignissen heimgesucht. Nordwestlich der Republik von Venedig, in St. Gallen, das zum Herzogtum Schwaben gehörte, entstand Tumult bei einem Fest in der Altstadt, als sich das Wasser des Brunnens rot färbte. Zuerst hielt man es für das Widerspiegeln der Abendsonne, aber dann bemerkte einer der Anwesenden die breiten Schlieren im Nass.

Als die Festgäste angstvoll flüchteten, blieb ein wohlhabender Wollhändler ruhig am Brunnen sitzen. Zunächst nahm man an, er sei eingeschlafen. Dann wurde bemerkt, dass sein rechter Arm in den Brunnen hing, während die linke Hand mit feinem Zwirn und ausgeklügelten Knoten an einem der Vorsprünge der Brunnenbank angebunden war. Der Stadtknecht berichtete später dem Rat der Stadt: „Der Mann war weiß wie Schnee und völlig ausgeblutet. Es ist unerklärlich, wie er im Verlauf des Festes ohne zu schreien ermordet werden konnte. Angeblich soll er noch mit einem jungen Mann, der neben ihm saß, gesprochen haben."

Es war bekannt, dass der Händler wegen seiner scharfen und rüden Geschäftsmethoden vor allem bei den Bauern, die ihm die Wolle lieferten, gefürchtet war. Trotz intensiver Nachforschungen konnte kein Täter ausfindig gemacht werden. Niemand glaubte, dass die hiesigen Bauern zu solch einem Mord fähig waren.

*

Der nächste Zwischenfall fand im Herbst 1384 statt. Unfreie Landarbeiter bemerkten bei Ulm, wie ihr Gutsherr während der Ernte wiederholt auf seinem Ross in einiger Entfernung hin und her ritt. Das Ross blieb schließlich stehen, um zu grasen, während der Reiter sitzen blieb. Die Unfreien wunderten sich über dieses seltsame Verhalten, wagten aber lange nicht, vor ihren Herrn zu treten, der als streng und mitunter ausgesprochen grausam galt. Als es zu dämmern begann und sich Pferd und Reiter immer noch an einem Feldrand aufhielten, näherten sie sich schließlich, untertänigst mehrmals verbeugend, ihrem Gebieter, der eine pelzbesetzte Kapuze trug. Wiederum zögerten sie, das Wort an ihren Herrn zu richten. Als einer allen Mut zusammennahm und aufblickte, blieb ihm der Angstschrei in der Kehle stecken. Ein anderer übergab sich. Die Hände des Gutsherrn waren am Sattel festgebunden. Am entsetzlichsten war für die Bauern der Anblick des Kopfes, auf dessen Oberfläche es sich eigentümlich bewegte: Von dem Schädel war die Haut abgezogen worden und auf dem rohen Fleisch tummelten sich Fliegenschwärme. Nur die Augen des Toten starrten blicklos geradeaus.

*

Nach dem Tod des Gutsherrn in Ulm kehrte während des Winters 1384/1385 Ruhe ein. Doch im Frühsommer 1385 geschah eine grausige

Tat im Herzogtum Baiern. In einem kleinen Dorf südlich des Herrschersitzes Ingolstadt verschwand über Nacht ein Bauer. Er war abends mit seiner Frau wie gewöhnlich zu Bett gegangen. Am darauffolgenden Morgen, als er zur Feldarbeit gehen sollte, war die Bettstatt leer. Niemand konnte sich erklären, warum er fortgegangen war. Er war sehr unbeliebt gewesen. Einerseits heuchelte er große Frömmigkeit und stellte den Heiland als Vorbild für Gerechtigkeit dar, andererseits schwärzte er die anderen Lehensnehmer oft beim herzoglichen Aufseher an, wenn sie seiner Meinung nach nicht fleißig genug arbeiteten. Diese wurden daraufhin meist zu harter Fronarbeit herangezogen.

Einen Tag nach dem Verschwinden des Bauern, bei Sonnenaufgang, erblickte ein Reiter des Herzogs Stephan III. bei einem Botenritt am Rand eines Haferfeldes eine lebensgroße Vogelscheuche. Der Weg führte den Reiter direkt an der Vogelscheuche vorbei. Zahlreiche Raben saßen auf der Figur und hackten darauf herum. Als der Reiter näher kam, gefror ihm das Blut in den Adern. Die Vogelscheuche bestand aus den Überresten eines erwachsenen Mannes, der wie ein Gekreuzigter aussah. Sein Kopf war straff an den Längsbalken gebunden, seine Handgelenke waren mit dünnen Lederstriemen an der Querstange befestigt. Der Mann war genau so gefesselt gewesen, dass er auf seinen eigenen Füßen stehen, aber den Balken nicht aus dem Boden ziehen konnte.

Wie später festgestellt wurde, handelte es sich um den vermissten Bauern. Ihm war die Zunge herausgeschnitten und, eingewickelt in einen Knebel, in den Mund gesteckt worden. Auch die Augenlider waren dem Opfer entfernt worden. Die Raben hatten ihn in der Nacht bei lebendigem Leib zerhackt.

*

Auch in den nächsten Jahren ereigneten sich weitere ähnliche Zwischenfälle. Sie geschahen im Vogtland, in der Mark Brandenburg, der Grafschaft Holstein sowie in den Herzogtümern Oberlothringen und Schwaben. Bei den Toten handelte es sich ausschließlich um Personen, die zuvor durch besondere Rücksichtslosigkeit, Härte, Hinterlist und Grausamkeit aufgefallen waren. Auch waren nie Frauen und Kinder unter den Opfern.

Wer die einzelnen Ereignisse auf einer Landkarte markiert und verbunden hätte, dem wäre eine Blutspur aufgefallen, die sich durch das ganze Reich zog. Aber kaum jemand war dazu in der Lage. Zwar sprach man in der unmittelbaren Umgebung dieser Morde noch lange von den Geschehnissen. Doch da sich die einzelnen Dinge weit voneinander ereigneten und die Toten in keinem Zusammenhang miteinander standen, liefen Berichte darüber nur an wenigen Orten zusammen. Vereinzelte aufmerksame Chronisten und Chronistinnen aber, vornehmlich in den Klöstern, die Pilger aus den betroffenen Gegenden aufnahmen, sammelten die Erzählungen der Reisenden, fügten sie zusammen und zogen ihre Schlüsse daraus. Doch konnten auch sie nicht vorhersagen, wer aus welchem Grunde und wann das nächste Opfer sein würde.

**

ERSTES BUCH

Die Suche

17. Juni 1390, irgendwo südlich des Herzogtums Coburg

Es war ein schöner Frühsommermorgen. Die Sonne lugte feuerrot über die Hügelkuppen und schickte ihre wärmenden Strahlen über das Tal. Der Himmel war wolkenlos. Die Vögel zwitscherten in den Zweigen der Bäume, die entlang des alten Handelsweges standen.

Der junge Fuchs beäugte neugierig den kleinen Vogel, der vor seiner Schnauze im Gras neben dem Weg krabbelte und aufgeregt zwitscherte. Der kleine Sänger war gerade aus einem Nest der Linde über ihm gefallen. Seine Mutter wusste genau um die Gefahr, in der der junge, noch flugunfähige Piepmatz schwebte und flatterte aufgebracht, laut schimpfend, auf einem Ast über dem Räuber. Der Fuchs ließ sich trotz seiner Unerfahrenheit nicht beirren. Er wollte gerade nach dem Leckerbissen schnappen, als er innehielt und den Kopf hob.

Auf dem Handelsweg wanderte ein Mönch mit zielstrebigen Schritten Richtung Südwesten. Seine grobe, dunkelbraune Kutte wurde von einer hellen Leine zusammengehalten, an der sein Essbesteck, ein Löffel und ein Messer baumelten und immer wieder klappernd aneinander stießen. Um seinen Hals trug der Mönch ein schlichtes Holzkreuz. Die an seiner Kutte befestigte Muschel wies den Mann als Jakobuspilger aus. Er ging mit kräftigen Schritten und stützte sich dabei auf seinen Wanderstock, an dem ebenfalls ein Kreuz eingeschnitzt war. Eine Kürbisflasche baumelte an dem Stock. Über der linken Schulter des Pilgers hing ein leinener Beutel.

Kurz entschlossen schnappte der Fuchs nach dem Vogeljungen, biss zu und das Zwitschern erstarb. Schnell verschwand er in den Büschen am Wegesrand.

Der Mönch hatte von dem kleinen Drama nichts bemerkt. Dann und wann hielt er kurz inne und wandte sein Gesicht den Strahlen der aufgehenden Sonne zu. Die Nacht war kühl gewesen und er dankte Gott dafür, dass er ein windgeschütztes Plätzchen in der Scheune eines Bauern bekommen hatte. Dieser gab ihm am Morgen auch noch eine Schale mit warmer Milch und etwas Brot und Käse.

„S´ist alles, was ich euch geben kann, Vater", hatte der Bauer gesagt.

„Wollt´r mir Euren Segen erteilen?" Der Mönch hatte gelächelt, dem Bauern für Speise und Nachtlager gedankt und seine Bitte gerne erfüllt.

Es war gefährlich, ohne Begleitung zu reisen. Der Mönch fand in den ersten paar Tagen seiner Wanderung noch keine Reisegesellschaft, der er sich anschließen wollte, es aber bis jetzt auch sorgfältig vermieden, allein unter freiem Himmel oder gar im Wald zu übernachten. Die letzte große Pest in Europa war schon über 40 Jahre her und hatte ganze Landstriche entvölkert. Viele Höfe und Bürgerhäuser hatten keine Besitzer und auch keine Erben mehr und so nutzten zahlreiche Überlebende die Möglichkeit, zu Eigentum zu kommen. Aber nicht alle Mittellosen hatten dieses Glück. Auch gab es viele, die nach Jahren des Bettelns nicht darauf erpicht waren, das harte Brot des Bauern zu essen und so konnten überall Strauchdiebe lauern, die ohne großen Aufwand für das tägliche Überleben sorgen wollten. Ein Menschenleben war nicht viel wert.

All dies war dem Mönch bewusst und umso mehr freute er sich über diesen herrlichen Morgen. Bald schon führte ihn der Weg an einen breiten Fluss. Das Rauschen und Glucksen des Wassers erinnerte den Mönch daran, dass er Durst hatte und seine Flasche leer war. Eine umgestürzte Pappel lag längs zum Wasserlauf und nachdem der Mann die Flasche gefüllt und seinen Durst gestillt, setzte er sich auf den Baumstamm und blickte nachdenklich zurück.

Noch vor wenigen Wochen hatte er in der Gemeinschaft seiner Mitbrüder als einziger Kandidat für die Nachfolge von Lambert, dem hochbetagten Cellerar gegolten. Und nun befand er sich auf einem Weg, der ihn nicht mehr zurückführen würde.

Es war noch früh am Morgen. Der Mönch atmete tief durch. Zum ersten Male seit seinem Aufbruch setzten sich seine aufgewirbelten Gedanken, ordneten sich neu. Mit bemerkenswerter Klarheit sah er auf sein bisheriges Leben zurück.

*

März 1383, Kloster St. Peter und Paul

Er hatte nie etwas anderes als das Klosterleben gekannt. Aus den Erzählungen des Abtes Marcellus wusste er, dass er im Herbst 1365 geboren wurde. Als Zweijährigen, so hieß es, gaben ihn seine Eltern in die Obhut der Benediktine des Klosters St. Peter und Paul in Coburg, zusammen mit der vorgeschriebenen Opfergabe und einer Spende. In den ersten Jahren war ihm dies jedoch unbekannt gewesen. Für ihn war das Kloster sein Zuhause, die Mönche seine Familie.

Erst als ihm, dem damals Fünfjährigen, durchreisende Eheleute im Kloster auffielen, die von ihren Kindern begleitet wurden, hatte er zu fragen begonnen. „Vater, wo komme ich eigentlich her?", wandte er sich an den Dekan Albertus, der für seine Erziehung und Ausbildung zuständig war. Nach einer verlegenen Pause antwortete dieser: „Du bist ein Kind Gottes und wurdest uns vor Jahren geschenkt, damit du unserem Herrn mit ganzem Herzen und mit Freude dienen kannst." Die Antwort verwirrte ihn. Hatte Gott ihn selbst zu den Mönchen gebracht? Doch er wagte zunächst nicht, weiter zu forschen. In den späteren Monaten und Jahren jedoch wurden seine Fragen an den Dekan drängender, ungeduldiger, blieben aber nichtsdestotrotz ohne befriedigende Antwort.

In seinem kindlichen Alter gab es sonst keine Mitbrüder. Viele traten erst als junge Männer ins Kloster ein, da sie bei ihren Familien keine Aussicht auf ein Erbe gab und auch eine höfische Karriere wenig aussichtsreich war. Da manchen nur die Aussicht auf ein unstetes Leben als fahrender Ritter ohne Haus und Hof oder als Edelknecht hatten, begaben sie sich lieber in die Obhut eines Ordens. Daher kamen sie nicht immer aus Überzeugung, ihr Leben nun ganz dem Dienste Gottes widmen zu wollen. Manche trieb auch die blanke Not in die Gemeinschaft der Brüder. Der Mönch konnte sich an einen Novizen erinnern, der auf die Frage des Priors „Was erwartest du dir von der Gemeinschaft?" naiv, aber aufrichtig geantwortet hatte: „Weißbrot, so viel der Herr gibt!" Die Mienen des Priors Matthäus und des anwesenden Novizenmeisters Rupertus waren bei dieser Antwort buchstäblich versteinert, aber Abt Marcellus lächelte verständnisvoll und sprach zu dem Neuen: „Steh auf, junger Bruder! Wenn du fleißig und gehorsam bist, dann soll es dir an nichts mangeln. Höre, es gilt das Wort des Apostels: Jedem wurde so viel gegeben, wie er nötig hatte."

Aber es wurden bei weitem nicht alle aufgenommen, die Einlass begehrten. Denn ganz nach der Regel des Ordensgründers Benedikt von Nursia wurde ihnen der Eintritt nicht leicht gewährt. Es hieß: „Prüft die Geister, ob sie aus Gott sind!" Bis zu fünf Tage musste der angehende Bruder vor der verschlossenen Pforte neben dem östlichen Steintor, einem der vier Tore der Stadt, verbringen, gleich, ob es regnete, schneite oder im Sommer die Sonne herunterbrannte. Nur die Stadtmauer gewährte etwas Schutz vor der Witterung. Erst wenn der Anwärter diese Zeit durchgestanden hatte und noch auf seiner Bitte bestand, wurde ihm der Eintritt gestattet und er durfte sich einige Tage in der Unterkunft der Novizen aufhalten. Danach wurde ihm zum ersten, aber nicht zum letzten Mal die Regel des Heiligen Benedikt vorgelesen und ihm wurde ein erfahrener Bruder, der Novizenmeister Rupertus, zugeteilt, der ihn in das Klosterleben einführte. Und erst nach zwölf Monaten, in denen er immer wieder auf seinen ernsthaften Glauben geprüft wurde, erfolgte die endgültige Aufnahme in die Gemeinschaft.

Natürlich gab es auch hier gewisse Unterschiede. Söhne aus vornehmen und reichen Familien, die um Aufnahme baten, mussten nur kurze Zeit vor dem Kloster warten. Der Pförtner Igor, dem Johannes als Knabe manchmal beim Dienst geholfen hatte, pflegte des Öfteren spöttisch zu sagen: „Je vornehmer und reicher die Familie des Novizen, desto dringender möchte der HERR ihn in unseren Reihen wissen."

Später wandte sich Johannes an den Abt Marcellus und fragte auch diesen wiederholt nach seiner Herkunft. Der Abt ließ sich schließlich erweichen und erzählte seufzend, dass seine Eltern „ihren Sohn Gott im Kloster dargebracht" hatten. Eine Urkunde wurde ausgestellt, eine Opfergabe dargebracht. Über den Namen seiner Eltern und Ort seiner Geburt schwieg sich der Abt jedoch eisern aus. Ebenso verriet er nicht, wo die bewusste Urkunde aufbewahrt wurde. „Du hast bei uns den Namen des Evangelisten Johannes erhalten, der vom Leben und Sterben unseres Herrn Jesus Christus in so ergreifender Weise Zeugnis abgelegt hat. Auch war der Apostel Johannes der Lieblingsjünger unseres Herrn. Und schließlich wurde unser Erlöser von Johannes, dem Täufer, getauft. Trage diesen Namen mit Würde, aber auch mit Demut. dein weltlicher Name ist Vergangenheit, mein Sohn", sprach der Abt.

In der darauffolgenden Nacht lag Johannes lange wach und dachte über diese Worte nach. Trotz aller Enttäuschung, dass er nicht wusste, wer seine Eltern waren, entschloss er sich endlich, Gott besonders eifrig zu dienen, damit seine unbekannten Eltern stolz auf ihn sein konnten. Sicher hatten sie in Not gehandelt, als sie ihn hier abgaben. Wer wusste schon, vielleicht ließen sie sich ja manchmal heimlich berichten, wie er sich entwickelte.

Und so wurde Johannes ein fleißiger Schüler, der, wie es in der Regel des Heiligen hieß, „den starken und glänzenden Schild des Gehorsams" ergriff. Als er vierzehn Jahre alt wurde, traten nach und nach junge Novizen ins Kloster ein. Doch Johannes gelang es kaum, Freundschaften zu knüpfen. Die langen Jahre ohne gleichaltrige Mitbrüder hatten aus ihm einen jungen Mann gemacht, der nicht leicht auf andere zuging. Zwar gab es Kontakte zu den neuen Mitbrüdern, aber feste Bindungen entstanden nicht. Manchmal vermisste Johannes das vertrauliche Zusammenstecken der Köpfe, so wie es die anderen oft machten. In diesen Momenten fühlte er sich ausgeschlossen. Das streng geregelte Leben innerhalb der Klostermauern half ihm jedoch, dies zu verschmerzen.

Angst hatte er jedoch immer vor Barnabas, einem großen wortkargen Mönch mittleren Alters, der im Kloster als Schmied tätig war. Barnabas besaß Bärenkräfte. Sogar unter seiner weiten Kutte zeichneten sich die mächtigen Muskeln ab. Außerdem war er nicht dumm und hatte eine rasche Auffassungsgabe. Trotz seiner Größe bewegte er sich sehr geschickt und leise und oft machte er sich einen Spaß daraus, Johannes plötzlich zu erschrecken, wenn dieser bei einem Botengang an der Schmiede vorbeigehen musste.

Barnabas Gesicht war hart, das sich nur dann zu einem Grinsen verzog, wenn er auf Anordnung von Marcellus Züchtigungen an Mitbrüdern vornahm. Die Brüder fürchteten ihn, weil er Lust daran hatte, anderen Angst und Schrecken einzujagen. Nur Matthäus pflegte mit ihm einen vertrauten Umgangston. Mit der Zeit lernte Johannes, Barnabas aus dem Weg zu gehen. Immer aber war er vorsichtig, wenn ihm der Schmied trotzdem begegnete.

Johannes war eifrig bemüht, ein guter Diener Gottes zu werden. Er übte den wöchentlichen Dienst des Tischlesers mit besonderer Ernsthaftigkeit und Demut aus, sodass die Blicke des Abtes und der Dekane wohlgefällig auf ihm ruhten. Auch den Dienst in der Küche versah er besonders gern. Er hatte als Kind schon gerne und viel gegessen. Hier hatte er Gelegenheit, zusätzlich vom Küchenmeister, Bruder Andreas, ein paar Brocken zu den üblichen Speisen zu erhalten.

Einige Jahre lang arbeitete Johannes im Skriptorium, kopierte Schriften, fertigte Miniaturzeichnungen an und las sich so im Laufe der Zeit ein nicht unerhebliches Wissen an. Besonders interessierten ihn die Erzählungen über die Kreuzzüge, über ferne Länder und die Heldentaten der Ritterorden. Gebannt las er jede Zeile, in der über fremde Völker berichtet wurde, achtete aber peinlich genau darauf, dass seine Arbeiten zur geforderten Zeit abgeschlossen waren. Als er eines Tages ein Werk über Bernsteinfunde an der nordischen Küste kopieren sollte, stockte ihm der Atem. Wie gefesselt saß er über dem Buch, las über Küstenverläufe, Ebbe und Flut, Schiffe in Seenot, Häfen, Arten der Bernsteingewinnung und über die Bauart der Häuser im Norden. Ihm war, als würde er in eine vertraute Welt eintauchen, als habe er Manches schon einmal gesehen. Im Stillen schwor er sich, nun nicht mehr zu ruhen, bis er erfahren würde, woher er stammte.

Er brauchte mehr Zeit als sonst zum Kopieren des Schriftstückes. Den Tadel von Bruder Linus, der für das Skriptorium verantwortlich war, nahm er klaglos hin und entschuldigte sich mit Unwohlsein. Doch begann in ihm der Wunsch zu keimen, die Welt außerhalb der Klostermauern kennen zu lernen. Die Abtei, die ihm bislang immer als Hort der Geborgenheit erschienen war, begann nun, ihn einzuengen.

Als ihn der alte Lambert im Sommer des Jahres 1382 fragte, ob er ihm nicht als Gehilfe zur Seite stehen wollte, musste Johannes nicht lange überlegen, eröffnete sich ihm doch so die Möglichkeit, im Auftrag des Klosters Einkäufe auf dem Markt in der Stadtmitte von Coburg zu machen. Die meisten Lebensmittel, die die Mönche benötigten, wurden im Klostergarten angebaut. Doch Dinge wie Wolle, Leder oder Felle kauften die Brüder auf dem Markt.

Die Stadt und der dort abgehaltene Markt waren für Johannes eine aufregende neue Welt. Obwohl das Kloster innerhalb der Mauern der Herzogsstadt Coburg stand, hatte der Knabe bislang kaum Möglichkeiten gehabt, den stolzen Ort kennen zu lernen. Nur einmal war er auf der Burg gewesen, die wie andere Pfarreien rundherum der seelsorgerischen Betreuung durch die Benediktiner bedurfte. Johannes hatte vor allem den mächtigen Bergfried bestaunt und war von der Anlage so eingeschüchtert gewesen, dass er kaum etwas Anderes wahrnahm.

Er sah nun bewusst, wie sich Marktstand an Marktstand reihte, manche geschickt und leicht klappbar aus Holz aufgebaut, manche nur aus Fässern mit darüber gelegten Brettern bestehend. Händler schrieen ihre Angebote hinaus, manch Bauer bahnte sich fluchend mit seinem Fuhrwerk den Weg durch die Menschenmenge, Frauen schwatzten, spielende Kinder lachten, Gänse schnatterten, kurz: Ein lärmendes Treiben erfüllte die Stadt und faszinierte den jungen Mönch.

Dazu kam der Duft gebratener Würste, der sich mit Rauch und anderen nicht definierbaren Gerüchen mischte. Lambert rümpfte die Nase, aber Johannes sog die unbekannten Dünste gierig ein.

Johannes lernte von dem alten Mönch, die Preise einzuschätzen, zu verhandeln und günstig einzukaufen, was das Kloster nicht selbst produzierte. Gewissenhaft notierte er mit dem Griffel alle Preise und alle Waren, die er einkaufte, sowie die ausgegebenen Summen und die noch übrige Geldmenge auf eine Wachstafel. Im Kloster lieferte er die eingekauften Waren ab und gab die restlichen Münzen, die er in einem Lederbeutel mit sich führte, zurück. Dann übertrug er im Licht der Kerzen in Lamberts Arbeitsraum alles sorgfältig auf Pergament.

Zunächst wurde er von dem alten Mönch begleitet, doch nach einigen Monaten, als er sich ausreichend bewährt hatte, durfte Johannes allein losziehen. Lambert schätzte es nicht, durch die mit Unrat übersäten Straßen zu laufen, zumal wenn es regnete und sich ein undefinierbarer und übelriechender Matsch bildete. Dass sich Schweine und auch Kühe zwischen den Marktständen tummelten, tat sein Übriges. Da sich Johannes als geschickter Einkäufer erwiesen hatte, zog Lambert es vor, den jungen Mönch loszuschicken. Johannes war glücklich. Er liebte es, durch die Gassen der Stadt zu laufen, anderen Sprachen zu lauschen und insgeheim durchreisende Fremde zu bestaunen. Nie vergaß er jedoch, seine Pflichten korrekt zu erfüllen und seine Einkäufe sorgfältig zu erledigen. Er wusste, würde er nachlässig werden, konnte er als Gehilfe schnell abberufen werden. Und dann würde er sich wieder wie ein Vogel in einem Käfig fühlen.

Am 29. März 1383, einem Freitag, bemerkte Johannes, der gerade bei einem missgelaunten Jäger einen Beutel voll Kaninchenpelze gekauft hatte, dass sich der Himmel verdunkelte. Durch die Lücken zwischen den hohen Häusern, die dichtgedrängt aneinander gebaut waren, konnte er nur ein schmales Stück Himmel sehen. Trotzdem erkannte er, dass sich rasch ein Unwetter zusammenbraute. Er bezahlte den ausgehandelten Preis, den der Jäger mit einem Brummen entgegennahm, packte Griffel und Wachstafel zu den Fellen in seinen Beutel und wandte sich zum Gehen.

Als er die östliche Gasse in Richtung Steintor durchquerte, hörte er aus dem Erdgeschoss eines Eckhauses den angsterfüllten Schrei einer Frau.

„Hilfe! So helft doch! Feuer!" Johannes zögerte und wusste nicht, was er tun sollte. Doch da sah er bereits aus den Fenstern des Hauses dichten, schwarzen Rauch steigen. Unschlüssig blickte der junge Mönch auf die steinerne Hausfassade, die unmittelbar vor ihm aufragte. Über dem Erdgeschoss war das Haus in üblicher, leicht brennbarer Holzbauweise errichtet. Zwar brannte es dort noch nicht. Doch schon hatten sich erste Bürger eingefunden, die neugierig auf die Rauchschwaden blickten. Ein großgewachsener Mann wandte sich aufgeregt an die Menge und rief: „Lasst uns helfen und die Frau meines Bruders retten! Zögert nicht! Es geht um Leben und Tod!" Doch keiner rührte einen Finger und Johannes wurde es unbehaglich.

Wieder schrie die Frau im Haus in heller Angst laut auf. Die Stimme des großen Mannes nahm einen verzweifelten Ton an. „So helft mir doch, Ihr Bürger Coburgs! Rettet das Leben meiner Schwägerin!", rief er flehentlich. Er rannte aufgeregt von einem zum anderen. Doch dies hatte nur den Erfolg, dass sich mancher abwandte und schnell das Weite suchte. Die meisten aber standen, von dem sich abzeichnenden Schauspiel fasziniert, da und tauschten aufgeregt Spekulationen über das Schicksal der unglücklichen Frau im brennenden Gebäude aus, ohne zu helfen.

Auch Johannes rang mit sich. Vor Feuer besas er immer den größten Respekt gehabt, seit ihn Bruder Barnabas einmal vor Jahren über die Flammen der Esse in seiner Schmiede gehalten hatte. Damals war er wieder bei einem Botendienst an der Schmiede vorbeigegangen. Barnabas hatte ihm aufgelauert, ihn mit eisernem Griff gepackt und ihm seine riesige Hand vor den Mund gehalten. Es war so schnell gegangen, dass Johannes völlig überrascht wurde. Auch keiner der Mitbrüder bemerkte es. „Jetzt zeige ich dir das Fegefeuer für unvorsichtige, junge Mönche", hatte Barnabas gebrummt. Dann hob er ihn hoch und schwenkte Johannes über den Flammen seiner Schmiede, gerade so, dass die Kutte kein Feuer fing. Dabei hatte der Schmied seine Miene zu einem belustigten Grinsen verzogen. Die aufsteigende Hitze raubte dem Knaben den Atem. Erst als Johannes vor Angst, dass er ersticken oder verbrennen würde, weinte und schrie, war er wie ein uninteressant gewordenes Spielzeug achtlos neben der Esse fallen gelassen worden.

Zu Tode erschrocken, war er mit tränenüberströmtem Gesicht in einen Schuppen gelaufen und gewartet, bis sein Herz nicht mehr bis zum Hals schlug. Lambert hatte ihn getadelt, weil er so lange warten musste und wegen der nach Rauch riechenden Kutte die Nase gerümpft. Johannes hatte nie gewagt, ihm oder seinen Mitbrüdern von dem Erlebnis zu erzählen. Er wusste, Barnabas würde ihn dies spüren lassen. Aber seitdem machte er, wenn möglich, einen großen Bogen um die Schmiede und bei Feuer war er sehr vorsichtig.

Und nun stand er da und hatte Angst. Da spürte der Knabe eine Hand auf seiner Schulter. Der großgewachsene Mann stand neben ihm und flehte mit zusammen gebissenen Zähnen: „Bitte, junger Mönch, hilf du mir, wenn es sonst schon keiner tut. Wir wagen es und retten sie!" Der gaffenden Menge rief er zu: „Holt zumindest Gefäße zum Löschen und Einreißhaken, damit der Brand nicht übergreifen kann! Ruft die Zimmerleute!" Dann stürmte er los und warf sich gegen die Tür. Das Schreien im Haus war mittlerweile in ein schrilles Geheul übergegangen, in das sich ein Wimmern mischte. Ein Kind! In dem brennenden Haus musste auch ein Kind sein! Jetzt schlugen schon die Flammen aus den Fenstern und leckten gierig nach oben.

Er konnte doch nicht zulassen, dass ein Kind verbrannte! Johannes kämpfte mühsam seine Angst nieder, warf den Beutel mit den Fellen hinter einige Fässer, die am gegenüberliegenden Haus lehnten. Dann raffte er seine Kutte und lief mit wild klopfendem Herzen dem Mann hinterher, dem es gelungen war, die Türe des Hauses aufzudrücken und hineinzustolpern.

Flammen schlugen ihm entgegen, als er im Haus war. Große Hitze erfüllte den Raum und drohte, ihm den Atem zu nehmen. Nur mit Mühe erkannte der junge Mönch, dass er sich in der Küche befand. Auf einem gemauerten Herd standen Töpfe und darüber hing ein Suppenkessel. Die Küche brannte schon lichterloh. „Wo seid Ihr?", schrie er, so laut er konnte. Doch das prasselnde Feuer schien seine Rufe zu verschlucken. Ein brennender Balken stürzte unmittelbar vor ihm von der Decke. Er taumelte zur Seite durch eine offene Tür in einen Nebenraum. Dort sah er durch die Rauchschwaden einen großen Körper liegen. Der Unbekannte, der die Türe eingedrückt hatte, lag zusammengekrümmt auf der Seite. Er hielt beide Hände auf seine Brust und keuchte mühsam: „Eile dich und rette sie! Ich bekomme keine Luft!" Johannes begann, an dem Mann zu zerren, doch dieser war zu schwer.

Verzweifelt sah er sich um. Durch den beißenden Rauch tränten seine Augen und er konnte kaum noch etwas erkennen. Aber trotz des Knackens des brennenden Holzes hörte er ein Wimmern gleich in seiner Nähe. Mit einem Arm, als Schutz vor dem Rauch, tastete er sich halbblind und hustend durch den Raum. Er stieß an einen Schrank. Kein Zweifel, das Wimmern kam aus dem Möbelstück. „Kommt raus!", schrie Johannes verzweifelt. „Kommt raus oder Ihr verbrennt!" Mit zitternden Fingern fuhr er an dem Schrank entlang. Wie durch ein Wunder gelang es ihm, ihn zu öffnen. Er griff blindlings hinein und spürte einen Arm. Er zerrte mit dem Mut der Verzweiflung daran. „Neiiiin, neiiiin, ich will nicht sterben!" Laut kreischend leistete die Frau Widerstand, um in der vermeintlichen Sicherheit des Schranks zu bleiben. „Kommt heraus, in Gottes Namen!", hustete Johannes und zog sie blind mit aller Kraft hinter sich her.

Sie mussten durch die schon lichterloh brennende Küche, um in die rettende Freiheit zu gelangen. Johannes dachte nicht nach, sondern zerrte die Frau weiter, die schreiend zusammenzubrechen drohte. Wilde Angst ergriff jetzt auch ihn! Nur raus hier! Seine Lungen brannten und das Einatmen der heißen Luft wurde unerträglich. Zu allem Überfluss stolperte die Frau nun und stieß Johannes gegen den brennenden Herd. Sofort fing seine Kutte Feuer. Er drehte sich um die eigene Achse und wusste nicht mehr, wohin. Seine Augen tränten. Ein Verzweiflungsschrei entrang sich ihm. Dann sah er schemenhaft vor dem rettenden Ausgang eine torkelnde Gestalt. Er stürzte darauf zu und stieß die Frau durch die geborstene Haustür nach draußen. Mit letzter Kraft taumelte er wie eine menschliche Fackel nach draußen und fiel auf die Gasse. Schreckensschreie drangen an sein Ohr. Er hatte noch die Geistesgegenwart, sich um die eigene Achse zu wälzen, um das Feuer seiner Kutte zu ersticken. Im selben Moment setzte ein Platzregen ein und der Boden verwandelte sich in Windeseile in Morast. Johannes spürte, wie er angehoben und weggezerrt wurde. Dann verlor er das Bewusstsein.

Als er wieder erwachte, saß er mit dem Rücken an einer Hauswand. Seine Kutte war verbrannt und durchnässt. Seine Haare waren verkohlt, an den Händen hatte er rote Striemen und ihn plagten entsetzliche Kopfschmerzen, die durch einen beginnenden Husten noch verstärkt wurden. Er konnte zunächst keinen klaren Gedanken fassen. Um ihn herum war, so schien es, ohrenbetäubender Lärm.

Langsam hob er den Kopf. Der Platzregen rauschte noch immer hernieder und trug dazu bei, die Flammen größtenteils zu löschen. Zimmerleute hatten überdies mit Einreißhaken in großer Eile die noch rauchenden Reste des Obergeschosses des Hauses schnell niedergelegt. Viele Bürger eilten hin und her, um möglichst gut sehen zu können. Johannes blickte an sich herunter. Er war über und über mit Schlamm und Unrat bedeckt.

Hatte er vorhin geglaubt, geröstet zu werden, so überkam ihn nun die Kälte. Frischer Wind war aufgekommen und peitschte den Regen. Der junge Mönch zitterte und seine Zähne klapperten. Niemand, so schien es, beachtete ihn. Mit wackeligen Knien begann er, sich aufzurichten. Doch zweimal sank er wieder zusammen, bis er beim dritten Versuch stehen konnte. Auch dies gelang ihm nur, als er sich an einem Mauervorsprung festhielt. Schließlich fiel ihm siedend heiß ein, dass der Beutel mit den Kaninchenfellen noch hinter den Fässern lag. Langsam, hustend und vor Schmerzen gekrümmt, schlurfte er durch den kalten Schlamm. Doch so sehr er auch suchte, der Beutel war fort. Irgendjemand hatte die Gelegenheit ergriffen und die Felle gestohlen, während er im Haus war und die Frau rettete. Verzweifelt fiel er auf die Knie und richtete seine Hände zum wolkenverhangenen Himmel, aus dem es immer noch regnete. Welche Prüfung hatte ihm Gott auferlegt? Dann fiel ihm die Frau ein. Was war aus ihr geworden? Lebte sie noch?

Er schloss die Augen und betete lautlos für sie. Als er die Augen wieder öffnete, sah er vor sich zwei Beine. Er blickte nach oben und sah einen in teures Tuch gekleideten älteren Mann vor sich stehen, der ihm die Hand reichte. „Komm, junger Mönch, erhebe Dich! Ich bin dir zu Dank verpflichtet. Ich hörte, du hast mein Eheweib und meinen Sohn Maximilian gerettet. Ich stehe in deiner Schuld." Johannes ergriff die Hand und ließ sich hochziehen. Er wusste nicht, was er sagen sollte. „Wie geht es Eurem Weib, Herr...", hustete er. „Ich bin der Getreidehändler Johann Wohlfahrt, junger Mönch", erwiderte der Mann. „Mechthild ist unverletzt geblieben. Bis auf den Husten, der auch dich plagt, fehlt ihr nichts. Auch mein Sohn ist nur sehr schmutzig geworden, als er in den Schlamm stürzte. Beide werden von den Ärzten behandelt. Es ist ein Wunder, ein wirkliches Wunder!"

„Dankt Gott", erwiderte Johannes, vor Kälte zitternd. „Alles ist sein Wille. Ich bin nur das unbedeutende Werkzeug, dessen er sich bedient hat."

Der Händler schlug sich mit der Hand auf die Stirn. „Ich bin töricht!", rief er. „Da stehe ich und sehe nicht, dass du dringend trockene Kleidung brauchst. Mein Haus ist, wie du siehst, größtenteils abgebrannt, aber ich gehe mit dir ins Badehaus. Danach bekommst du neues Tuch". „Nein", wehrte Johannes ab, „Von meinem Konvent erhalte ich alles, was ich brauche. Aber meine Kaninchenfelle sind mir gestohlen worden."

„Ich werde sie ersetzen, und mehr dazu", antwortete Wohlfahrt. „Verzeih, ich bin nicht Herr meiner Sinne. Ich fahre dich mit meinem Fuhrwerk zurück. Bist du vom Barfüßer-Kloster? Wie ist dein Name, junger Held? Ich versäumte, danach zu fragen."

„Ich bin Bruder Johannes vom Orden der Benediktiner aus dem Kloster St. Peter und Paul, direkt am Steintor", antwortete der junge Mönch, dem die Kälte mittlerweile in alle Glieder gekrochen war.

„Nun, Bruder Johannes, dich hat der HERR selbst geschickt. Auch wenn der Weg nicht weit ist, in deinem Zustand lasse ich dich nicht laufen. Du wirst ernsthaft erkranken. Lass uns fahren!" Auf der Fahrt zum Kloster hockte Johannes in einer Decke eingewickelt, zusammengekauert und frierend neben dem Kaufmann. An der Klosterpforte angekommen, sprach der Händler: „Ich weiß, die Regel des Heiligen Benedikt verbietet es Dir, Geschenke anzunehmen. Ich werde deinem Kloster eine Opfergabe zukommen lassen. Aber solltest du dich einst, aus Gründen die nur der Allmächtige kennt, entschließen, den Orden zu verlassen, so suche mich auf. Ich helfe dir dann, außerhalb der Gemeinschaft des Glaubens deinen Weg zu finden. Das schwöre ich bei Gott! Denn du hast heute die wertvollsten Dinge meines Lebens gerettet."

Johannes sah ihn fragend an. Wie kam der Händler zu der Annahme, er werde einmal das Kloster verlassen? Wohlfahrt bemerkte seinen überraschten Blick und sprach: „Ich weiß, das dünkt dir seltsam, aber ich war dereinst als junger Mann selbst kurz in einem Konvent. Ich habe es dann vorgezogen, ohne die schützenden Mauern der Abtei mein Leben zu gestalten. Und ich habe die Frau kennen gelernt, mit der ich dieses Leben teilen darf. Dank deiner Hilfe und mit Gottes Willen wird dies auch in Zukunft so sein."

Johannes sah ihn, von Schüttelfrost erfasst, an und sagte: „Gestattet mir eine Frage, Händler Wohlfahrt. Wer war der Mann, der zuerst in euer Haus gelaufen ist, um euer Weib und euer Kind zu retten? Und was ist aus ihm geworden?"

Der Kaufmann erwiderte seinen Blick tief bekümmert. „Das, mein junger Mönch, ist der Verlust, den ich trotz aller Freude erlitten habe. Der Mann war mein Bruder Gerhard. Wir standen uns schon seit Kindesbeinen sehr nahe. Wir haben uns geschworen, immer für den anderen da zu sein. Leider hatte er schon seit jeher ein schwaches Herz. Trotzdem hat er versucht, meine Familie zu retten. Er wusste, dass er es nicht alleine schaffen würde. Da ihm wohl kein anderer half, hat er dich um Hilfe gebeten. Und er konnte keine bessere Wahl treffen. Vermutlich ging aber schon das Aufdrücken der Türe über seine Kräfte." Dem Kaufmann versagte die Stimme. Johannes sagte mit klappernden Zähnen: „Ich werde für sein Seelenheil beten. Ihr könnt stolz sein, so einen Bruder gehabt zu haben."

Der Kaufmann drückte ihm die Hand, half ihm vom Wagen und führte ihn zu Bruder Igor, der an der Pforte saß. Igor hatte schon Abt Marcellus und den Krankenbruder Mauritius holen lassen. „Ihr habt einen großen Helden unter Euren Brüdern", sprach der Händler, strich Johannes über den Kopf. Dann wandte er sich um, stieg auf sein Fuhrwerk, winkte zum Abschied und fuhr davon.

Der junge Mönch wurde in einen heißen Badezuber gesteckt und schlief danach zwei Tage und zwei Nächte durch. Von dem Fieber, das er bekam, erholte er sich dank der Behandlung durch den Krankenbruder Mauritius rasch.

Abt Marcellus lobte ihn für seine Tat, wies ihn aber auch darauf hin, dass Gott sich seiner bedient habe und daher kein Anlass zu Stolz und Überheblichkeit bestehe.

Der Händler Wohlfahrt hielt sein Wort. Er ersetzte die verlorenen Kaninchenfelle und stiftete dem Kloster noch eine ansehnliche Summe.

Als er die Felle bei Lambert und das Geld bei Abt Marcellus abgeliefert hatte, besuchte er Johannes noch in seiner Zelle und berichtete, dass sich seine Frau und sein Sohn wieder vollständig erholt hatten.

„Mein Weib Mechthild lässt dich grüßen. Sie ist dir sehr dankbar. Ich bin sicher, wir sehen uns auf dem Markt noch öfter. Besuche mich dann in meinem Haus. Denke auch an mein Wort, wenn du den Orden einmal verlassen solltest. Komme zu mir und ich sorge für Dich." Damit verabschiedete sich Wohlfahrt.

Johannes konnte sich bei aller Sehnsucht nach fremden Ländern nicht vorstellen, dass er einmal seine Brüder verlassen sollte. Doch bald danach sollte der Tag kommen, an dem sich alles änderte, der Tag, an dem er sie zum ersten Mal sah.

*

17. Juni 1390, unterwegs

Johannes schüttelte den Kopf und sah nach oben. Die Sonne stand schon hoch. Er verwünschte sich dafür, so lange nachgedacht zu haben. Nun musste er sich auf den Weg machen.

Er folgte dem Lauf des Flusses und gelangte nach einigen Stunden im Licht der allmählich sinkenden Nachmittagssonne in ein Dorf. In der Mitte des Ortes sah er direkt am Wasser eine Mühle, neben der sich ein stattliches Gasthaus befand. „Zum Hirschen" sah er auf dem Wirtshauschild. Da gegenüber dem Gasthaus eine Kapelle stand, kniete der Mönch darin nieder und dankte Gott dafür, dass er ihn wohlbehalten hierher geführt hatte.

Danach betrat er den Garten des Gasthauses. Es war noch warm und er wollte die Strahlen der Abendsonne möglichst lange genießen.

Das Gasthaus war ein freundlicher Fachwerkbau. Das Erdgeschoss war aus Steinen errichtet, das Obergeschoss in Holzbauweise gefertigt. An einer Ecke des Hauses befand sich ein Erker mit Fenstern aus Butzenscheiben. Kastanienbäume im Garten spendeten an heißen Tagen Schatten und zum Fluss hin standen Holunderbäume sowie Brombeerund Himbeersträucher.

Unter einem Kastanienbaum, der neben dem Erker stand, waren Tische und Bänke aufgestellt. Nur ein Tisch war besetzt. Hier saß ein schlanker Mann mit lockigem, haselnussbraunem Haar, das aussah, als seien darin strohgelbe Halme enthalten. „Haare wie eine Glückskatze", dachte Johannes. Der Mann, der etwa 30 Jahre zählen mochte, hatte einen kräftigen Oberkörper und trug ein dunkelgrünes Wams mit braunen Beinlingen. Seinen breitkrempigen Hut hatte er neben sich auf den Tisch gelegt. Sein Reisebeutel lag am Boden. Ein Wanderstab lehnte am Tisch.

Am Gürtel des Mannes hing ein kleiner Lederbeutel. Wie zur Warnung, nicht auf den Gedanken zu kommen, den Beutel zu stehlen, befand sich daneben ein kurzer Dolch in einer Lederscheide. Auf dem Griff des Dolches waren, so schien es Johannes, unleserliche Schriftzeichen eingeritzt.

Der Mann hatte einen pfiffigen Gesichtsausdruck, der durch seinen Schnauzbart und die Haare an der Kinnspitze noch unterstrichen wurde.

Aufmerksam sah er der jungen Schankmagd zu, die ihm einen Becher Wein eingoss. „Junge Maid, da schmeckt mir der Wein noch einmal so gut, wenn er von solch zarter Hand kredenzt wird", sprach der Mann und lächelte die Frau gewinnend an. Diese errötete, machte einen Knicks und wollte gerade wieder in das Gasthaus verschwinden, als der Mann fortfuhr: „Und wie mir dünkt, kommt gerade ein weiterer Gast." Er wandte sich dem Neuankömmling zu und sagte spöttisch: „So wie er aussieht, stellt sich allerdings die Frage, ob er Messwein oder Weihwasser bevorzugt, ist es nicht so?"

Jetzt erst bemerkte die Schankmagd den Mönch und nickte ihm freundlich zu. „Vater, seid willkommen in unserem Gasthof. Was darf ich euch zu trinken bringen?" Johannes beachtete die Worte des Mannes nicht. „Gottes Segen über dieses Haus", antwortete er. „Wenn Ihr mir etwas mit Wasser verdünnten Wein bringen möchtet, dann vergelt´s euch Gott. Und wenn ich ein Nachtlager im Stroh Eurer Scheune bekommen kann, so wäre ich euch dankbar." Die Magd lächelte bestätigend, raffte ihren Rock und ging in die Gaststube.

Der Mann winkte Johannes zu. „Kommt herbei, Bruder oder meinetwegen auch Vater, und setzt euch zu mir. Verzeiht mir meine vorlauten Worte. Ich habe mit manchen Eurer Brüder keine guten Erfahrungen gemacht. So rutscht mir dereinst das eine oder andere Mal ein unbedachtes Wort heraus."

Johannes trat näher. „Ich verzeihe Euch. Aber wenn Ihr sagt, dass Ihr keine guten Erfahrungen gemacht habt, so fällt es mir nicht leicht, dies zu glauben. Sicher habt ihr auch viele barmherzige Brüder kennen gelernt. Ihr seid wohl ein Reisender. Wo führen euch eure Wege hin?"

„Ich bin bald hier, bald da und biete meine Dienste an, wo immer sie gebraucht werden." „Und welche Dienste sind das?", forschte Johannes nach.

„Ich bin Sänger, erfreue die Herzen der Menschen. Das findet nicht immer den Beifall der geistlichen Brüder, die unseresgleichen für gottlos halten. Und ich bin auch mit der Hand nicht gänzlich ungeschickt. Seht her!" Ehe sich Johannes versah, hatte der Mann den Dolch aus seinem Gürtel gezogen. Er griff nach einem der Holundersträucher und schnitt ein Stück mit einer Länge von einer Drittel Elle ab. Er flüsterte der Schankmagd, die Johannes mittlerweile einen Becher mit verdünntem Wein gebracht hatte, etwas ins Ohr. Diese nickte und kehrte ins Gasthaus zurück.

Dann entfernte der Mann mit seinem Messer das Mark aus dem Holunderstöckchen und entrindete es geschwind. An einem Ende schnitt er eine leichte Schräge hinein und kurz vor dieser brachte er ein Fenster an. Schnell sah das Ganze wie ein richtiges Pfeifchen aus. Geschickt bohrte er in fast gleichem Abstand 4 Löcher in die Oberseite. Die Schankmagd lief wieder herbei und reichte dem Künstler einen Weinkorken. Der Mann verschloss das untere Ende des Pfeifchens mit einem Stück des Korkens und schnitt den Rest zurecht. Als er fertig war, holte er Luft und spielte eine kecke Melodie auf seinem neuen Instrument.

Johannes hatte mit wachsendem Staunen zugesehen. „Ihr seid wirklich ein Künstler! Aber könnt Ihr damit auch euer Brot verdienen?"

„Nun, ich schlage mich durch und lebe nicht schlecht davon. Manchmal erhalte ich meinen Lohn in klingender Münze, und manchmal..." er blickte die junge Schankmagd auffordernd an und blinzelte mit den Augen, „manchmal werde ich auch in anderer Weise bezahlt, wenn Ihr versteht, was ich meine."

Sprach´s und überreichte das Pfeifchen mit einer eleganten Verbeugung der jungen Frau, die darauf tief errötete. Sie nahm das Instrument und das übrig gebliebene Stück Korken und verschwand eilends in der Gaststube. Johannes blickte missbilligend drein, der Mann aber grinste zufrieden:

„Wo volle Becher und Rosenlippen, da musst du trinken und nicht bloß nippen! Mit wem habe ich die Ehre?"

„Ich bin Bruder Johannes vom Orden der Benediktiner aus dem Kloster St. Peter und Paul in Coburg und pilgere zum Grab des Apostels Jakobus nach Santiago de Compostela", antwortete der junge Mönch.

„Da habt Ihr ja noch ein ganzes Stück Wegs vor Euch. Aber lasst uns doch, wenn Ihr erlaubt, zum Du übergehen. Ich heiße Hubertus."

*

Es begann, kühl zu werden und die Sonne schickte sich an, am Horizont unterzugehen. Die Magd rief Johannes und Hubertus hinein. „Es ist aufgetragen. Kommt herbei! Die anderen Gäste sind schon bereit zur Speise." Hubertus sprang behände auf, nahm Wanderstab und Beutel und schickte sich an, den Gastraum zu betreten. „Nun eile Dich, kleiner Mönch!" spottete er gutmütig. Johannes zuckte die Achseln, griff seine Sachen und folgte ihm.

Der Gastraum, den die beiden betraten, strahlte eine gemütliche Wärme aus. Der Wirt hatte im Kamin ein Feuer angezündet, das lustig brannte. Die Theke im Gastraum war aus groben Balken gezimmert und der Boden mit rauen Holzbohlen belegt. Zwei der Wände waren mit beeindruckenden Jagdbildern verziert. Während das Eine die Falkenjagd beschrieb, war auf dem anderen Bildnis die Begegnung des Heiligen Hubertus mit den Hirschen, der das Kreuz zwischen seinen Geweihstangen trug, dargestellt. Eine Tafel war zur Bewirtung der Gäste aufgebaut. Statt Tellern hatte jeder Gast eine große Scheibe Brot vor sich liegen, die nochmals in der Pfanne herausgebacken war. In irdenen Schüsseln dampfte Wildschweinfleisch und Bratensoße und ein Topf mit Schmalz lud zur Vorspeise ein.

In zwei Körben lag noch weiteres frisch gebackenes Brot bereit. Der Duft allein ließ das Wasser im Munde zusammenlaufen.

Ein großer Krug mit Wein stand auf dem Tisch, so dass sich jeder Gast daraus bedienen konnte.

Der Wirt Gunther, ein dicker, gemütlicher Mann, trug über seinem mächtigen Bauch eine dicke, gegerbte Lederschürze, die vom Ofenfeuer noch ganz heiß war. Er begrüßte die Gäste und wünschte ihnen einen guten Appetit. Dann beugte er sich zu Johannes und teilte ihm mit, dass er natürlich für Gotteslohn in der Scheune übernachten könne. Johannes dankte ihm und wünschte ihm Gottes Segen.

Johannes merkte schnell, dass es ein fröhliches, kleines Völkchen war, welches sich hier an der großen Tafel traf.

Da war der Kaufmann aus Lübeck, der von einer Pilgerreise nach Rom zurückkehrte. Er pries seine fleißige Frau und schwärmte von seinen Kindern, besonders seinem Sohn, der einst sein Geschäft übernehmen sollte. Als er von seiner Familie erzählte, kamen Johannes der Dialekt und die Worte des Kaufmanns seltsam vertraut vor, als habe er sie vor langer Zeit gehört.

Johannes lernte auch Irmingard Eglinger kennen, eine blonde Witwe aus der Nähe von Mainz, deren Mann, ein Apotheker, vor wenigen Monaten gestorben war. Sie war zu dem Zeitpunkt schwanger gewesen. Doch das Kind war tot zur Welt gekommen. Glücklicherweise hinter lies der verstorbene Ehemann ihr ein stattliches Vermögen. Einem angesehenen Bürger aus Mainz hatte sie zuerst ihre Dienste als Amme angeboten, da dessen Frau die Geburt ihres Sohnes nicht überlebt hatte. Doch jetzt war das Kind entwöhnt und Irmingard entlassen worden.

Sie war 27 Jahre alt und besaß eine mittelgroße üppige Figur mit ausladender Brust und bemerkenswert schlanker Taille. Johannes fiel auf, dass Hubertus´ Augen beim Anblick dieser Frau aufleuchteten. Irmingard war mit ihrem Bruder Anton, einem überaus beleibten Mann mit kurzgeschorenen, grauen Haaren, im Gasthof eingekehrt.

Weiterhin wurde sie begleitet von ihrer Schwägerin Adelgund, einer zierlichen, unscheinbaren Person und deren Ehemann Gregor, einem kleinen, schlanken Zimmermann, der nur noch wenige rötlich-blonde Haare auf seinem Haupt trug. Den beiden Eheleuten waren Kinder versagt geblieben. Auch Adelgund Eglinger war als Schwester des Verblichenen mit einer Geldmenge ausgestattet worden. Sie hatte zudem die Apotheke ihres Bruders, die dieser ihr vermachte, vermietet. „Wenn ich zurückkehre, dann übernehme ich die Leitung wieder", sagte sie.

Die Vier waren unterwegs in den Süden, zuerst nach Rom und dann weiter an der Küste entlang, um, wie Irmingard sagte „das Leben jetzt erst recht zu genießen und die Welt kennen zu lernen, so lange es sie noch gibt".

Zuerst waren sie in einer größeren Gruppe von Pilgern, vorwiegend älteren Männern, gereist. Doch diese beteten nahezu ständig den Rosenkranz und zeigten wenig Interesse an Unterhaltung. Und als sie es vorgezogen hatten, in einer Scheune am Dorfeingang zu nächtigen, hatten Irmingard, Adelgund und Gregor dem Drängen Antons nachgegeben, in einem, wie er sagte „richtigen Gasthaus mit gutem Essen" zu bleiben.

Schließlich war da noch Bruder Michaelis, der neben Johannes saß. Michaelis gehörte dem Zweig der Benediktiner an, die von den Cluniazensermönchen aus Frankreich stark beeinflusst waren. Er war ein untersetzter Mönch, dem schnell der Schweiß auf der Stirn stand. Als Johannes sich vorgestellt hatte und ihn fragte, wohin sein Weg führte, richtete er sich stolz auf und erklärte, er sei Angehöriger eines Konvents in der Nähe von Nürnberg und von seinem Bischof als Beauftragter des Ordens nach Norden geschickt worden. Dort solle er in einem Kloster an der Küste für Ordnung sorgen. Die Sitten seien dort nicht mehr so, wie sie sein sollten. Er sei ausgewählt worden, das Kloster zu reformieren. Wenn er seine Aufgabe erfüllt habe, dann wäre er würdig, zurückzukehren und die Nachfolge des alten und gebrechlichen Abtes in seinem Heimatkloster anzutreten. „Abt zu werden, ist mein Ziel", erklärte Michaelis, „und nur darum bin ich bereit, diese schwere und verantwortungsvolle Aufgabe wahrzunehmen."

„Aber warum musst du dann so weit weg? Kannst du dich denn nicht in deiner Heimat bewähren?", forschte Johannes nach. „Und wer gibt dir die Sicherheit, dass du auch wirklich wieder zurückkehren kannst?" Michaelis legte die Stirn in Falten und dachte nach. „Ja, natürlich, aber der Bischof und auch der Prior des Klosters haben mir schließlich ihr Wort gegeben. Daran kann ich nicht zweifeln. Es wird schon alles seine Ordnung haben und in wenigen Jahren bin ich wieder zurück in meiner geliebten Heimat."

„Wie alt ist denn der Prior?", wollte Johannes wissen. „Nun, der ist weniger denn zehn Jahre älter als ich. Weshalb begehrst du dies zu wissen?", fragte Michaelis. „Und du bist sicher, dass dieser Prior nicht selbst Abt werden möchte?", fuhr Johannes fort, ohne auf die Frage einzugehen.

Michaelis rieb sich seine große Nase und schüttelte energisch den Kopf.

„Nein, er ist mit seinem Amt durchaus zufrieden. Warte nur, mir steht eine große Zukunft bevor, du wirst schon sehen. Immer auf Gott vertrauen, weißt Du. Ich bin ja nicht der Erste, der dieses nordische Kloster reformieren und den Glauben stärken soll. Meine Vorgänger sind daran gescheitert. Ich habe über die Jahre, seit ich bei meinem Orden bin, immer Aufgaben übertragen bekommen, die nicht leicht waren. Alle habe ich gottgefällig gelöst. Warum sollten sie mich denn fortschicken, wenn sie mir nicht zutrauen würden, diese wichtige Aufgabe zu meistern?"

Damit sie dich los sind, dachte Johannes im Stillen. Wahrscheinlich bist du in irgendeinem Machtkampf im Weg und sie hoffen, dich in deinem neuen Kloster mit Aufgaben zu überschütten und dann zu vergessen.

Vielleicht haben sie sogar wirklich vor, dich irgendwann wieder zu holen. Aber dafür hast du nur das Wort deines Bischofs. Wenn ihm etwas zustößt, wirst du in der Fremde verkümmern.

Und dann werden deine Briefe, in denen du fragst, wann du zurückkehren kannst, nie beantwortet werden. Ja, man wird sich irgendwann nicht einmal mehr daran erinnern, warum du in die Fremde gegangen bist. Sogar, wenn du einmal selbst in dein Heimatkloster reisen und nachfragen solltest, kannst du von Glück reden, wenn man dir nicht die Tür weist.

Er seufzte. Es war ein Trugschluss, zu glauben, in Klöstern gäbe es keine Intrigen. Auch in St. Peter und Paul wurde manchmal hart gefochten, um die Gunst der Altvorderen zu gewinnen oder sich eine gute Ausgangsposition für begehrte Posten zu sichern. Dies hatte er selbst mit eigenen Augen erleben dürfen.

„Was ist los, Bruder?", fragte Michaelis. „Zweifelst Du?"

„Aber nein", beeilte Johannes sich zu versichern. „Sei guten Mutes und wie du schon richtig gesagt hast, vertraue auf Gott. Sei aber auch wachsam, dass dir nichts passiert. Ich freue mich für Dich, denn an der Küste muss es ein ereignisreiches, schönes Leben sein." Er sah Michaelis aufmunternd an. „Vielleicht hast du Glück, Bruder. Ich werde für dich beten." Michaelis erwiderte ernst: „Danke, Bruder. Aber lass uns nun das Tischgebet sprechen!" Johannes und Michaelis erhoben sich. Die anderen Gäste folgten ihrem Beispiel.

Nach dem Tischgebet begann ein fröhliches Speisen. Bruder Michaelis sprach dem Essen fleißig zu. Schweiß glänzte auf seiner Stirn. Mit sichtlichem Genuss vertilgte er seine Portion und griff schon nach einem zweiten Stück Wildschweinbraten. Kaum hatte er auch dieses verspeist, verlangte es ihn sogleich nach einer weiteren Scheibe Fleisch. Gänzlich ungerührt nahm er noch ein ordentliches Stück Brot, das er in die Schüssel mit der fetten Bratensoße tunkte. Als er bemerkte, dass ihn die anderen Gäste mit großen Augen ansahen, legte er sein Messer auf den Tisch, sah ernsthaft in die Runde und sprach mit würdevoller Stimme: „Wisst Ihr, Brüder und Schwestern im Herrn, ich esse ja eigentlich nie etwas. Ich habe mein Leben dem Glauben an Gott und der Zurückhaltung des Leibes gewidmet. Doch alle 40 Tage", – er breitete die Hände aus und richtete seine Augen treuherzig nach oben – „gibt mir der Herr zu verstehen, dass es der Versuchungen und des Leidens genug ist und ich mich ein klein wenig stärken darf." Sprach's, griff wieder zu seinem Messer und aß mit sichtlichem Appetit weiter.

Die Tischgenossen prusteten los. Johannes blieb der Mund offen. Schließlich stieß ihm Bruder Michaelis mit dem Ellenbogen in die Seite und blinzelte ihm zu. „Das gebratene Schwein wird dir auch dann nicht in den Mund springen, wenn du ihn weiter offen lässt. Oder leidest du an Maulsperre?"

Johannes lief rot an. Zögernd nahm er sich eine zweite kleine Scheibe Braten und ein Stück Brot und begann zu kauen. Es schmeckte vorzüglich. Johannes musste sich beeilen, noch etwas zu bekommen, denn zwischen Michaelis und Anton entwickelte sich ein reger Wettbewerb im Essen.

Hubertus nahm ebenfalls neben Johannes Platz. Während des Mahls schwieg er und warf nur ab und an bewundernde Blicke auf die Witwe Irmingard und sah abschätzig auf den dicken Anton, der das große Wort führte und zu allem etwas zu sagen hatte, ob es nun glaubhaft war oder nicht. Ja, manchmal brachte er das Kunststück fertig, eine Meinung kundzutun und auf einige Widerworte darauf genau das Gegenteil zu behaupten, als habe er nie etwas Anderes gesagt. Auf jedes Wort eines der Tischgefährten hatte er eine Bemerkung parat, wie töricht auch immer. Dazu schimpfte er fortwährend auf die Adeligen.

Irgendwann riss Adelgund der Geduldsfaden. Sie drehte sich zu Anton um und fragte ihn scheinbar beiläufig, so dass es alle hören konnten: „Sag, Anton, du redest doch nur, damit dein Mund zwischen dem Kauen auch noch beschäftigt ist oder?" Ein verhaltenes Lachen war zu hören. Anton schluckte betreten und hielt inne. Dann winkte er ab und aß weiter.

Johannes beobachtete die Reisegruppe aufmerksam. Ihm fiel auf, dass, während Irmingard bei der Mahlzeit gelegentlich scherzte, Adelgund und Gregor zurückhaltender waren, aber gerne mitlachten.

Im Laufe des Abends und mit zunehmendem Weingenuss wurde Anton immer herausfordernder „Ihr wisst ja, dass der Papst in Wirklichkeit eine Päpstin ist, nicht wahr?", fragte er nach einiger Zeit in die Runde. Der Kaufmann verschluckte sich vor Schreck an seinem Becher, während Irmingard entnervt laut aufschnaufte.

„Woher wollt Ihr denn das wissen?", fragte der Lübecker. „Ja", antwortete Anton selbstgefällig und leckte sich über die Lippen, „ich weiß mehr als Ihr denkt." „Nein, woher nehmt ihr die Gewissheit, solche

Ungeheuerlichkeiten zu behaupten?", bohrte der Kaufmann nach. Mit feinem Lächeln antwortete Anton: „Das sage ich nicht, das müsst ihr mir schon glauben."

Michaelis hatte das Wortgefecht spöttisch grinsend verfolgt. Er legte sein Messer beiseite und putzte sich den Mund ab. Er zwinkerte Johannes zu, neigte sich vertraulich zu Anton und sprach in verschwörerischem Ton: „Ich weiß, Herr Anton, Ihr sprecht von der Hagia Sophia, so ist doch der wirkliche Name der Päpstin. Natürlich ist es ein Geheimnis, das streng von der Mutter Kirche gehütet wird." „Genau dies!", sagte Anton bekräftigend und warf sich in die Brust. „Ich weiß es eben."

„Und daher", so flötete Michaelis weiter, „wisst ihr natürlich auch, welche Bedeutung dies für das Schisma hat, das nunmehr seit zwölf Jahren besteht." „Jaaa, in der Tat", stotterte Anton, ob dieser Worte mit einem Mal verunsichert. „Das Schisma…"

Die ganze Tischrunde lauschte nun, neugierig geworden, dem weiteren Gespräch. Um Hubertus´ Lippen spielte ein feines Lächeln und auch Johannes war gespannt, was nun kommen würde. „Nun, bei diesem Schisma, wohin neigt sich denn eure Gunst, lieber Anton?", fragte Michaelis lauernd.

Anton wusste augenscheinlich nicht, was der Mönch meinte. „Meine Gunst, äh…neigt sich diesem Schisma zu, wenn es schon besteht, oder….?"

„Zweifellos habt Ihr noch nie von einem Schisma gehört", lehnte sich Michaelis gelassen zurück. „Ein Schisma, das bedeutet, zwei Päpste auf Erden zu haben, einer in Rom und einer in Avignon! Und ich spreche von zwei Nachfolgern Petri, nicht etwa Nachfolgerinnen. Ich habe beide mit eigenen Augen gesehen, Papst Clemens VII vor drei Jahren in Avignon und Papst Bonifatius IX letztes Jahr bei einer Wallfahrt nach Rom. Lieber Anton", fuhr er spöttisch fort, „ich kann mit Sicherheit sagen, dass keiner von beiden ein verkleidetes Weib ist. Woher wollt gerade Ihr indes das Gegenteil wissen? Habt Ihr euch wahrlich davon überzeugt, dass einer der beiden Brüste trägt?"

„Ach", antwortete Anton ärgerlich, während sein Kopf eine puterrote Farbe annahm, „das versteht Ihr nicht!"

„Nein", sprach Michaelis gelassen. „Das kann wirklich keiner verstehen! Es versteht auch keiner, dass Ihr als Name der vermeintlichen Päpstin den

Begriff Hagia Sophia verwendet, wo es sich doch dabei um den Dom der oströmischen Kirche in Konstantinopel handelt."

Die anderen Gäste brachen in lautes Lachen aus. Anton aber schwieg, tödlich beleidigt.

„Seid froh!" fuhr Michaelis in ernstem Ton fort, „dass kein Angehöriger vom Orden der Dominikaner hier ist, nicht wahr, Bruder Johannes?" Johannes zuckte zusammen, dann nickte er langsam. „Wie-wieso Dominikaner?", fragte Irmingard bang.

Michaelis ließ sich mit seiner Antwort Zeit, damit ihm die volle Aufmerksamkeit der Anwesenden sicher war. Dann antwortete er: „Die Dominikaner sind ein Bettelorden. Der Orden wurde von Dominikus Guzmann vor etwa 200 Jahren gegründet. Sein Hauptanliegen war und ist die Predigt und die Seelsorge. Manche von Ihnen gehen aber auch darüber hinaus. Und diese sind immer und überall auf der Suche nach Ketzern und Leugnern der Heiligen Mutter Kirche. Sie werden auch Domini canes, das heißt, die „Hunde Gottes", genannt. Und… sie sind vom Heiligen Stuhl mit der Inquisition betraut worden. Diese Dominikaner wie Bernard Gui, der vor 59 Jahren starb", Michaelis erhob dankbar die Augen zur Decke des Gasthauses, „diese Dominikaner haben es zu wahrer Kunstfertigkeit in der peinlichen Befragung gebracht. Wer ihnen in die Hände fällt und als Ketzer überführt wird, der ist verloren, verbranntes Fleisch."

In die einsetzende betroffene Stille sagte Michaelis in verändertem, munterem Ton zu Anton: „Bei Euch, lieber Anton, bräuchten sie allerdings einen sehr großen Scheiterhaufen. Wahrscheinlich vergeht ihnen die Lust, so viel Holz zusammenzutragen. Seid also ohne Sorge, denn Ihr seid nicht in Gefahr!" Die Tischgenossen atmeten auf und lachten verlegen. Auch Anton, auf dessen Kosten der Scherz ging, lächelte gequält.

„Heidernei", sprach der Lübecker Kaufmann und blinzelte Michaelis verschwörerisch zu. „Ihr seid, so scheint mir, ein rechter Mann Gottes. Da fällt mir ein, auf der Hinreise nach Rom hat mich unser Herrgott in den Harz ins Kloster Wiltingerode an der Oker zu den dortigen Zisterzienserinnen geführt. Dort fand ich nicht nur sichere Unterkunft und die Gelegenheit, bei einer Messe Gott für seine Fürsorge zu danken, sondern mir wurde Gelegenheit gegeben, die wohlschmeckenden Branntweine zu verkosten, welche die Schwestern dort fertigen."

Anton wagte es noch einmal und warf ein: „Im Harz, da gibt es doch Hexen, wisst ihr. Sie versammeln sich auf dem Blocksberg und fliegen mit dem Teufel um die Wette."

Der Kaufmann warf ihm einen schrägen Blick zu „Euch sind wohl die vielen Fleischscheiben nicht bekommen und der Wein zu Kopf gestiegen, Herr Anton. Im Harz gibt es vielleicht Kiepenfrauen, die Kräuter sammeln und Heiltränke brauen. Das sind keine Hexen! Und habt nicht wieder die Stirn, zu behaupten, Ihr wüsstet es eben. Damit macht Ihr euch nur noch mehr zum Gespött, wenn das überhaupt möglich ist. Und lasst diese Worte keinen Dominikaner hören!"

Er schnalzte genießerisch mit der Zunge und wandte sich wieder an Michaelis. „Auf Eurem Weg in den Norden solltet Ihr, Bruder Michaelis, nicht versäumen, euch bei den Zisterzienserinnen von den Strapazen der Reise zu erholen. Oder, wisst Ihr, begleitet mich einfach auf meinem Fuhrwerk! Ich befinde mich ohnehin auf der Heimreise und warum solltet Ihr nicht gemeinsam mit mir den weiteren Weg gehen? Geistlicher Beistand wäre mir eine große Hilfe und ich könnte euch als Gegenleistung einige der Branntweine des Klosters empfehlen. Na, was meint Ihr?"

Michaelis strahlte. Dann setzte er eine würdige Miene auf, räusperte sich und sprach: „Natürlich ist es meine Christenpflicht, einen Pilger auf seinem Weg zurück in seine Heimat zu begleiten und ihm Trost und Beistand zu geben, wenn er ihrer bedarf. Auch bin ich gerne bereit, Schwestern der Zisterzienser im Glauben beizustehen, soweit es meine bescheidenen Kräfte gestatten. Ich begleite euch gerne. Und wenn es notwendig ist, so werde ich bereit sein, den Schwestern meine unmaßgebliche Meinung über ihre geistigen Getränke kund zu tun." Die Gäste am Tisch blinzelten ob dieser Antwort wissend und lachten sich zu.

„So sei es", sprach der Kaufmann und hob seinen Becher: „Nit lang snacken...!" – „Kopp inn Nacken!", ergänzte Johannes laut. Im selben Moment hätte er fast vor Schreck den Becher fallen lassen. Was sagte er da? Er war sich sicher, diesen Trinkspruch noch nie zuvor gehört zu haben. Und doch war er ihm so vertraut, dass er ihn aus dem Stegreif ergänzen konnte. Den anderen Teilnehmern der Tischrunde war das Erschrecken von Johannes glücklicherweise entgangen. Sie prosteten sich fleißig zu. Hubertus aber hatte die Szene aufmerksam beobachtet. „Ihr stammt von der Küste, Bruder?", rief hingegen der Kaufmann erstaunt. „Nun, fürwahr..., ich...", stotterte Johannes.

„Sicher hat unser junger Bruder solche Worte schon oft in seinem Klosterleben bei Coburg gehört", griff Hubertus ein. „Nur geziemt es sich nicht für einen Diener des Herrn, in der Gegenwart seiner Brüder so etwas kund zu tun. Also habt Nachsicht, dass ihm diese Worte entglitten sind."

Der Kaufmann schien etwas enttäuscht, aber antwortete höflich: „In der Tat. Verzeiht, Bruder Johannes, dass ich glaubte, einen Landsmann vor mir zu sehen. Wenn man fern seiner Heimat ist, dann freut man sich um so mehr, vertraute Klänge zu hören. Aber nun muss ich mich zur Ruhe begeben. Lasst uns morgen bei Sonnenaufgang aufbrechen!" Er trank aus, stand auf und wünschte den anderen Tischgenossen eine gute Nacht. Michaelis schaute ein wenig unglücklich drein. „Bei Sonnenaufgang? Das heißt, das morgendliche Mahl wird kärglich", murrte er leise, so dass nur Johannes es verstehen konnte.

„Nun", sagte er laut, „es ist Gottes Wille. Ich werde mich nun auch zur Ruhe begeben und dem Herrn für seine Ratschlüsse danken. Ich wünsche euch eine gesegnete Nacht." Er erhob sich, machte das Kreuzzeichen über die Tischrunde und ging gemessenen Schrittes hinaus.

Auch die anderen Gäste verabschiedeten sich, so dass nur noch Hubertus und Johannes am Tisch saßen. Für eine gewisse Zeit herrschte Schweigen zwischen ihnen. Da hob Hubertus den Kopf und fragte: „Zu welchem Kloster gehörst du wirklich, Johannes?" Erstaunt sah ihn der Mönch an: „Du weißt, dass ich von St. Peter und Paul in Coburg bin. Mir dünkt, wir haben darüber gesprochen."

Hubertus lächelte: „Ich habe dich beobachtet und auf deine Worte gehört. Dein Trinkspruch – bemerkenswert für einen Benediktiner, der auf das rechte Maß achten sollte – ist jedenfalls nicht aus der Coburger Gegend. Ich hörte solche Worte nur an den Küsten von Nord und Ostsee." Johannes zögerte. Wie viel sollte er preisgeben? Dann erzählte er Hubertus, dass er im Kloster aufgewachsen war, seine Eltern nicht kannte und nur vermutete, dass er im Norden geboren war.

„Soll ich dir vom Meer erzählen?", fragte Hubertus. Johannes Augen leuchteten auf. Und so berichtete Hubertus, dass er vor Jahren zur See gefahren war und sich in der Flotte der dänischen Herrscherin Margarethe verdingt hatte. Er berichtete von Schiffen und Matrosen und Krankheiten an Bord. Im Norden gab es auf Schiffen auch sogenannte Pestflöße, erklärte Hubertus dem jungen Mönch. Dies waren Flöße, auf die Matrosen, die im Verdacht standen, die Pest zu haben, verbannt wurden und von den Schiffen an langen Leinen nachgezogen wurden. So versuchten die Besatzungen, sich vor der tödlichen Krankheit zu schützen. Manchmal half es, manchmal nicht. Dann wurden die stolzen Segler zu Totenschiffen.

Hubertus erzählte von mannshohen Wellen auf dem Meer, Gezeiten der Nordsee und den großen Sturmfluten, bei denen sich das Meer immer wieder Teile der Küsten holte. „Rau ist das Land im Norden und rau sind die Menschen. Die See macht sie hart und hart müssen sie sein, um zu überleben. Denn nicht nur Meer und Wind machen ihnen zu schaffen. Schon lange streiten das Herzogtum Pommern und das Königreich Dänemark um die Vorherrschaft im Norden. Seit dem letzten Jahr herrscht Krieg zwischen ihnen. Unter der Führung des mecklenburgischen Adels versorgen Seefahrer und Abenteurer seit Kriegsbeginn das von Dänemark belagerte Stockholm. Sie bringen Viktualien in die Stadt. Daher nennt man sie Vitalienbrüder. Manche sagen auch Liekedeeler zu ihnen, weil sie alles teilen. Kampferprobt sind sie und werden zu Recht gefürchtet. Auch wenn sie im Dienste von Mecklenburg stehen, so sind sie doch in Wirklichkeit Seeräuber. Sie unterscheiden nicht immer zwischen feindlichen und verbündeten Schiffen. Manch ehrenwerter findiger Kaufmann hat sich heimlich mit ihnen zusammengetan. Sie überfallen dann im Auftrag dieses Kaufmanns Schiffe und teilen ihre Beute mit dem Auftraggeber. Oft schmuggeln sie auch geraubte Ware. Wer ihnen in die Hände fällt, wird getötet oder in ihre Mannschaft gepresst.

Ein junger Kapitän mit Namen Godecke Michels ist dort seit kurzem der Schrecken der See, sagt man. Sogar ein Magister soll unter ihnen sein. So nennt man ihn wegen seines großen Wissens um Alchimie und Geografie. `Gottes Freund und aller Welt Feind´, so ist ihr Wahlspruch."

„Woher weißt du so viel darüber?", fragte Johannes. Hubertus lächelte. „In allen Hafentavernen erzählt man davon. Zum Glück bin ich den Vitaliern nie selbst begegnet, sonst wäre ich jetzt nicht hier, sondern Seemann auf einem ihrer Kaperschiffe und vielleicht schon gehenkt. Ich habe es vorgezogen, der dänischen Kriegsflotte den Rücken zu kehren und bin bei einer günstigen Gelegenheit an Bord eines französischen Handelsschiffes gegangen. Doch das feste Land sagte mir bald mehr zu und so ließ ich mir in einem italienischen Hafen meinen Sold auszahlen und bin seitdem den schönen Künsten zugetan."

Johannes war beeindruckt. Was hatte dieser Mann nicht schon alles erlebt. Sein eigenes Leben kam ihm nun armselig an Ereignissen vor. Er seufzte und trank seinen Becher aus. Hubertus sah ihn nachdenklich an: „Du bist jetzt vielleicht von Neid erfüllt. Aber glaube mir, den freien Vogel frisst der Falke und kein Heim schützt ihn. Nur der Starke überlebt."

Schließlich begaben sie sich zur Ruhe, Hubertus in seine Kammer und Johannes legte sich ins Stroh. Die Kammer von Hubertus lag gleich neben der Scheune, in der Johannes lag und noch während er über die Erzählungen seines neuen Bekannten nachdachte, hörte er die Türe zur Schlafstatt von Hubertus leise klappen. Leise Stimmen und das Kichern eines Mädchens drangen an sein Ohr. Wenn er auch nichts verstand, so war ihm klar, dass sich Hubertus mit dem Schankmädchen vergnügte.

Johannes hielt sich die Ohren zu. Er wollte davon nichts hören. Seine Gedanken wanderten zurück zu jenem Tag vor sieben Jahren, der sein Leben von Grund auf verändert hatte.

*

12. Mai 1383, Kloster St. Peter und Paul

In St. Peter und Paul gab es immer wieder Gäste. Meistens handelte es sich um Pilger auf der Durchreise oder Kranke, die vorübergehend gepflegt wurden.

Fahrende Ritter zogen es vor, auf der Burg über der Stadt zu nächtigen. Die wohlhabenden reisenden Kaufleute pflegten in den Gasthöfen in Coburg zu übernachten. Die armen Reisenden, Pilger und Kranke hingegen suchten gerne die Gastfreundschaft der Abtei. Wenn ein Gast gemeldet wurde, dann eilten der Cellerar und sein Gehilfe ihnen entgegen. Sie beteten zusammen und tauschten dann als Zeichen der Gemeinschaft den Friedenskuss aus.

Die Unterkunft der Gäste war Bruder Josef anvertraut, der besonders gottesfürchtig war. Er kümmerte sich darum, dass genügend Betten bereitstanden und die Unterkünfte sauber und gepflegt waren.

Am Abend des 12. Mai 1383, nur wenige Wochen nach dem Brand des Kaufmannshauses in Coburg, meldete Bruder Igor neue Gäste, einen Edelmann mit seinen beiden Töchtern. Diese Nachricht löste Verwunderung unter den Brüdern aus, da Edelleute nur sehr selten im Kloster um Unterkunft nachsuchten.

Wie üblich, machten sich Lambert, der Cellerar und Johannes, sein Gehilfe, auf, die Neuankömmlinge zu begrüßen. Johannes hatte sich wieder von seinem Abenteuer erholt, war aber seitdem noch nicht wieder auf dem Markt gewesen. Dies hatte Lambert für ihn übernommen. Doch in den nächsten Tagen sollte Johannes wieder seine Dienste aufnehmen. Er freute sich schon darauf.

Die Sonne war noch nicht untergegangen, doch der Himmel war nach einem kalten, windigen Tag wolkenverhangen und es begann schon zu dämmern.

An der Pforte angekommen, musterte der junge Mönch die Gäste, während der Pförtner die Reisenden Lambert leise vorstellte, so dass Johannes nichts verstand. Lambert begrüßte die Fremden und hieß sie im Kloster willkommen. Der Mann, ein schlanker, aber muskulöser Ritter, der Johannes um Haupteslänge überragte, trug ein schwarzes Wams und ebensolche Beinlinge aus edlem Tuch, dazu eine schwarze Kukulla, eine Kapuze. Unverkennbar war jedoch, dass die Kleidung staubig und schon verschlissen war. Sein Schwert, das mit reichhaltigen Verzierungen aufwartete, trug der Ritter an seiner rechten Seite. Er hielt ein Pferd am Halfter, bei dem es sich wohl um sein Streitross handelte, denn es machte einen kräftigen und stolzen Eindruck. Doch sein Fell hatte den früheren Glanz schon verloren. Der Ritter nutzte es allem Anschein nach nun als Lasttier, denn es war mit zwei Packsäcken und einem großen Beutel beladen. Die ältere der beiden Töchter trug einen grauen Mantel, während die Kleinere in eine wollene Kutte gehüllt war. Alle drei hatten ihre Kapuzen tief ins Gesicht gezogen, als schämten sie sich, erkannt zu werden.

Igor beauftragte einen jungen Mitbruder, die Gepäckstücke der Gäste abzuladen und das Pferd in den Stall des Klosters zu bringen. Dann raunte er Johannes zu: „Das ist der Edelmann Rudolf von Falkenfels mit seinen Töchtern. Ein fahrender Ritter. Wenn du mich fragst, ist es ihm übel ergangen. Wahrscheinlich hat er eine Fehde verloren. Welch fahrender Ritter ist schon mit seinen Kindern unterwegs?"

Er wurde von Lambert unterbrochen, der sie zum Gebet aufforderte. Gemeinsam beteten alle mit Ausnahme des kleinen Mädchens das Vaterunser und das Glaubensbekenntnis. Igor kehrte in seine Pforte zurück und Lambert lud die Neuankömmlinge danach ein, den

Friedenskuss auszutauschen. Daraufhin streiften die Gäste ihre Kapuzen ab.

Als der Ältere tauschte Lambert zuerst den Friedenskuss, danach folgte ihm Johannes. Verstohlen betrachtete er dabei die Gesichter der Fremden. Er schätzte den Ritter auf etwa 40 bis 50 Jahre, da dieser bereits silbrigen Haare und einen grauen Bart hatte. Tiefe Furchen durchzogen sein Antlitz und er wirkte müde und erschöpft.

Das kleine blonde, etwa sechsjährige Mädchen war pausbäckig und hatte gerötete und glänzende Augen wie vom vielen Weinen. Ihr Zittern verriet, dass sie sehr fror. Als sie Wange an Wange legten, spürte er die Kälte, die von dem kleinen Körper ausging. Er überlegte, Lambert vorzuschlagen, die Gäste nicht nur eine Nacht, sondern so lange zu beherbergen, bis die Kleine wieder zu Kräften gekommen war.

Dann wandte er sich dem älteren Mädchen zu. Im selben Moment, als er ihr in die Augen blickte, brach ein Sonnenstrahl durch die Wolkendecke und tauchte den Klosterhof in helles Licht. Da war es um ihn geschehen. Wie gebannt starrte er in die braunen Augen, die seinen Blick mit einem warmen Leuchten erwiderten. Ihr schmales Gesicht wurde von haselnussfarbigem, lockigem Haar, das ihr weich auf die Schultern fiel, umrahmt. Eine schmale, leicht hakenförmige Nase gab diesem Gesicht ein geheimnisvolles Etwas. Ihr Mund verzog sich zu einem leichten Lächeln, das die Grübchen an ihrer Wange vertiefte.

„Wollt Ihr mir nicht den Friedenskuss geben, Bruder?", fragte sie leise mit sanfter, ein wenig zu tiefer Stimme. Johannes fuhr zusammen. „Oh…ohne Zweifel, Schwester", stammelte er. „Seid willkommen im Kloster St. Peter und Paul im Namen des Herrn!" Er umarmte sie vorsichtig und legte Wange an Wange. Ihre Haut, so kalt wie die ihrer Schwester, fühlte sich weich und zart an.

Als er sie losließ, breitete sie ihre Hände wie zum Gebet aus, in einer anmutigen Geste. „Habt Dank für die Aufnahme", sprach sie. Statt einer Antwort starrte er sie unverwandt an. Als er sich dessen bewusst wurde, wandte er den Blick ab und schaute verlegen zu Boden. Der Sonnenstrahl verschwand.

Lambert, der die Szene mit hochgezogenen Augenbrauen beobachtet hatte, sprach mit würdevoller und distanzierter Stimme: „Bitte folgt uns nun zum Vespergottesdienst in die Kirche. Seid unbesorgt, euer Gepäck wird in das Gästehaus gebracht. Auch Bruder Josef wird sich im Gotteshaus zu euch setzen und euch nach der Messe die Weisung Gottes vorlesen. Bruder Johannes und ich werden euch begleiten. Danach seid ihr an den Tisch des Abtes geladen." Er warf Johannes einen warnenden Blick zu und setzte sich dann in Bewegung.

Johannes bedeutete den Gästen mit einladender Geste, Lambert zu folgen und schloss sich dann an. Er schaute demutsvoll zu Boden, warf aber immer wieder einen verstohlenen Blick auf die Neuankömmlinge. Der Ritter hatte das kleine Mädchen auf den Arm genommen. Es klammerte sich um seinen Hals, als fürchte es, ihn zu verlieren. Die ältere Tochter schritt entschlossen neben ihrem Vater her. Johannes betrachtete ihren selbstbewussten aufrechten Gang. Unter ihrem unförmigen Mantel ließ sich die fließende Bewegung ihres Körpers erahnen.

In seinem Kopf überschlugen sich die Gedanken. Zwar hatte er in den vergangenen Monaten, seit er Gehilfe von Lambert war, immer wieder auch weibliche Gäste verschiedensten Alters begrüßt. Darunter waren auch sehr anziehende und reizvolle Mädchen, meist Töchter von Bauern oder Pilgern, gewesen.

Doch ein solches Mädchen hatte er noch nie gesehen. Ihm war, als blickte sie ihm auf den Grund seiner Seele. Und was bedeutete es, dass just in dem Moment, als sie sich ansahen, die Sonne hervorgekommen war? Was wollte Gott ihm damit sagen? Ihm war, als erfüllte mit einem Mal bezaubernder Glanz das Kloster. Er jubilierte innerlich und war so von Glück erfüllt, dass er nicht aufpasste und sich am Eingang zur Kirche heftig seinen linken Fuß an der Schwelle stieß, aufstöhnte und beinahe fiel. Der Schmerz in seinen Zehen brachte ihn wieder zur Besinnung.

Als sie später die Kirche verließen, erklärte Lambert den Gästen: „Bruder Josef wird sich euer annehmen, euch zu euren Unterkünften begleiten und euch alles weitere erklären.

Danach erwartet euch der Abt zum Mahl an seinem Tisch.

Seid willkommen!"

Der Ritter nickte dankbar und wandte sich mit seinen Töchtern Bruder Josef zu, der sie zum Gästehaus führte.

Lambert und Johannes blickten ihnen nach. Lambert legte Johannes die Hand auf die Schulter und sprach: „Ich habe dich beobachtet. Denke immer daran, dass das Weib voller Sünde ist. Schon Eva hat Adam zum

Verzehr des Apfels verführt. Seitdem ist das Paradies für die Menschheit verloren und kann nur nach dem Diesseits erreicht werden, wenn wir ein gottesfürchtiges Leben führen. Denke immer daran, dass der Teufel uns versuchen will, in dem er uns mit besonders verführerischem Äußeren täuscht. Denke immer daran!"

Johannes nickte, keineswegs überzeugt. Was konnte an diesem zauberhaften Mädchen Falsches und Arges sein? Und hatte Gott ihm nicht selbst ein Zeichen mit dem Sonnenstrahl gegeben? Er hielt es jedoch für klüger, zunächst zu schweigen und rieb sich mit schmerzverzerrter Miene seine Zehen.

Im Kloster hatte der Abt im Refektorium, dem Speisesaal, seinen Tisch immer mit Gästen und Pilgern gemeinsam. Da an diesem Abend aber nur die Neuankömmlinge im Kloster nächtigten, durften neben Prior Matthäus auch Lambert und Johannes an der Mahlzeit teilnehmen.

In St. Peter und Paul gab es für Abt und Gäste eine eigene Küche, damit unvorhergesehene Gäste die Brüder nicht stören konnten. Dieser Küchendienst wurde für je ein Jahr von zwei Brüdern übernommen, die für diesen Dienst gut geeignet waren. Seit Januar übernahmen dies die Brüder Martin und Fridericus, die sich nicht nur gut miteinander verstanden, sondern auch von Herzen gerne Speisen zubereiteten.

Für diesen Abend hatten sie Bipeper vom Schwein, eine eingedickte Fleischsuppe sowie Erbsenbrei vorbereitet. Wenn auch die Regel des Heiligen Benedikt den Genuss vierfüßiger Tiere untersagte, so wurde dies nach mehr als 800 Jahren, nach dem die Regula Benedicti geschrieben worden war, in manchen Klöstern nicht mehr ganz so streng gesehen.

Wenn Gäste da waren, dann gab es für die Mönche, die an den Tisch des Abtes gerufen wurden, auch eine Ausnahme von der Festlegung, dass ein reichlich gemessenes Pfund Brot für den ganzen Tag zu reichen hatte.

Als die Gäste sich eingefunden hatten, sprach der Abt das Tischgebet. Erst dann setzten sich alle und begannen zu essen. Während des Mahls herrschte Schweigen.

Johannes versuchte, sich auf sein Essen zu konzentrieren. Doch immer wieder wanderte sein Blick zu dem Mädchen hin, das ihn so in ihren Bann zog. Und auch sie schien ihn aufmerksam anzusehen. Als sich ihre Blicke trafen, wurde ihm heiß und er errötete. Wieder lächelte sie und sah dann scheinbar besonders interessiert auf die Brotschüssel in der Mitte des Tisches.

Nach dem Mahl fragte Abt Marcellus den Ritter nach seinem Befinden und woher er käme. Der Ritter stellte sich kurz vor: „Verzeiht meine Unhöflichkeit, doch sicher ist euch schon zugetragen worden, wer ich bin. Mein Name ist Rudolf von Falkenfels. Die beiden Kinder sind meine Töchter Magdalena, beinahe sechzehn Jahre alt und Theresia, gerade einmal neun Jahre alt. Ich bin Witwer, denn mein Weib Karin ist bei der Geburt unseres Sohnes Rudolf vor einem halben Jahr im Kindsbett gestorben. Mein Sohn hat den Winter nicht überlebt." Der Ritter sprach mit fester Stimme, aber Lambert und Johannes bemerkten, dass Tränen in den Augenwinkeln des Mannes standen.

„Wir werden in der Komplet für das Seelenheil eures Weibes und eures Sohnes beten, Herr von Falkenfels", erwiderte Abt Marcellus mitfühlend.

„Aber sagt, wohin führt euch euer Weg?", wollte er wissen. Rudolf von Falkenfels zögerte. „Wir werden schon morgen in den Süden weiterreisen. Das genaue Ziel der Reise möchte ich euch im Rahmen der Beichte anvertrauen, wenn Ihr gestattet, Vater." Johannes erschrak. Schon morgen? Dann würde die Maid Magdalena schon morgen wieder das Kloster verlassen. Mit einem Mal erschien ihm das Leben hinter diesen Mauern grau und freudlos.

Marcellus nickte. „Natürlich. Dabei soll es sein Bewenden haben. Ihr seid herzlich eingeladen, dem Komplet beizuwohnen. Anschließend werde ich euch die Beichte abnehmen. Mir scheint allerdings, dass eine Weiterreise schon morgen kaum ratsam ist. Eure Tochter Theresia hat ein purpurrotes Gesicht und fieberglänzende Augen. Zudem steht der Schweiß auf ihrer Stirn. Bruder Igor hat mir berichtet, dass sie beim Eintreffen in St. Peter und Paul eiskalt war. Sie scheint mir ernsthaft krank zu werden.

Es wird das Beste sein, wenn Ihr sie zu Bruder Mauritius, unserem Infirmarius, bringt. Er verfügt über großes Wissen der Heilkunde nach der Lehre von Hildegard von Bingen. Diese Ordensfrau, durch die Gott sprach, hat zu Ehren des HERRN Unschätzbares auf dem Gebiet der Medizin geleistet. Auch Mauritius bewundert sie. Ihr könnt ihm eure Tochter anvertrauen. Wenngleich die Synode von Clermont uns Mönchen das Studium der Medizin untersagt hat und dies unglücklicherweise auf dem Konzil von Tours im Jahre des Herrn 1160 bestätigt wurde, so ist

Bruder Mauritius dennoch mit der Heilkunst vertraut wie kein zweiter. Wenn eure Tochter wieder gesund ist, dann könnt Ihr weiterreisen. Und seid unbesorgt, es soll euch an nichts mangeln! Denn unser Erlöser hat gesprochen: Was Ihr dem Geringsten meiner Brüder angetan habt, das habt Ihr mir angetan."

Marcellus trug Johannes auf, die Gäste zu Mauritius zu führen. Johannes stand auf. „Wenn Ihr mir folgen wollt?" Rudolf von Falkenfels hob Theresia auf, die während des Essens tatsächlich immer matter und teilnahmsloser geworden war. Schlaff hing sie in seinen Armen. Magdalena schien sehr besorgt. Als sie auf dem Weg zur Krankenstation über den Klosterhof gingen, fragte sie: „Euer Bruder Mauritius wird doch meine kleine Schwester wieder heilen können?" „Ganz sicher", antwortete Johannes. „Er ist ein Meister seines Faches. Und ich werde für sie und für Euren Vater beten. Und für euch ganz besonders", fügte er leise hinzu, so dass nur sie es hören konnte. Als er ihr dankbares Lächeln sah, war es ihm, als wollte sein Herz vor Glück zerspringen.

Gebet, Gotteslob und Prim am folgenden Morgen ließ er ohne große Aufmerksamkeit über sich ergehen. Er dachte an die Neuankömmlinge, insbesondere aber an die bezaubernde Magdalena. Bruder Mauritius hatte indes das kleine Mädchen in seine Obhut genommen. Nach einer Inaugenscheinnahme hatte er mit ernster Stimme erklärt: „Es geht dem Kind nicht gut. Es war stark unterkühlt und hat nun hohes Fieber. Ich werde mein Bestes geben. Nun geht und ruht! Ihr werdet eure Kräfte noch brauchen." Doch der Ritter wollte sich nicht ins Bett begeben. Nach einiger Diskussion überzeugte ihn Magdalena, sich hinzulegen. Statt seiner blieb sie in der Nacht bei ihrer Schwester.

Johannes hatte in seiner Zelle ebenfalls kein Auge zugetan. Wie schon im letzten Jahr, als er im Skriptorium das Werk über Bernsteinfunde an der Küste übersetzte, das in ihm den Wunsch nach der Ferne weckte, empfand er die Klostermauern noch mehr als bisher wie ein Gefängnis. Ihm wurde unerträglich bei dem Gedanken, dass das Mädchen, das in ihm solch einen Aufruhr ausgelöst hatte, in ein paar Tagen schon weiterreisen würde. War das Liebe? Jedenfalls nicht die Liebe, die im Kloster zu Gott und seinem Menschensohn gelehrt wurde. Auch nicht wie manchmal hinter vorgehaltener Hand gemunkelt wurde, die Art von Liebe zwischen Brüdern, die über das in der Regula Benedicti enthaltene Maß an brüderlicher Liebe hinausging.

Da war ein Sehnen, das ihn vollständig ausfüllte, ein süßer Schmerz, von dem er nicht genug bekommen konnte.

Nach der Lesung ging er auf Weisung von Lambert in den Klostergarten, um nachzusehen, wie sich die Gemüsestecklinge entwickelten. Als er sich aufrichtete, stand unvermutet Magdalena neben ihm. „Seid gegrüßt, Bruder Johannes!", sprach sie leise.

Sein Herz schlug plötzlich bis zum Hals und er brachte kein Wort heraus.

„Ich dachte, Ihr möchtet wissen, wie es meiner Schwester Theresia geht?", fuhr sie enttäuscht und bedrückt fort. Johannes räusperte sich und nickte.

„Verzeiht, natürlich will ich! Hoffentlich geht es ihr wieder besser." Aber nicht so gut, dass sie schon abreisen müssen, hoffte er im Stillen, schalt sich dann aber gleich wegen dieser Gedanken.

„Meine Schwester hat noch immer hohes Fieber. Euer Infirmarius, Bruder Mauritius, tut was er kann, aber es senkt sich nicht. Ich habe solche Angst, dass sie die nächste Nacht nicht überlebt." Magdalena standen Tränen in den Augen. Unsicher nahm Johannes ihre Hand, ließ sie aber sofort wieder los. „Verzeiht, es ist uns nicht gestattet...", stammelte er, gleichzeitig wütend auf sich selbst wegen seiner Unbeholfenheit. Verstohlen sah er um sich, ob nicht einige Brüder in der Nähe waren, die ihn beobachten und an den Prior weitermelden würden. Johannes wusste, dass er größte Schwierigkeiten bekommen würde, wenn jemand bemerkte, dass er alleine mit Gästen, noch dazu weiblichen Geschlechts, war. Doch nur Bruder Dominik, der junge Imker des Klosters, ging tief in Gedanken versunken in Richtung des Kreuzganges und bemerkte sie nicht.

Mit fester Stimme fuhr er fort: „Ich werde in der ganzen folgenden Nacht wachen und in der Kirche für die Heilung Eurer Schwester beten, das verspreche ich." Magdalena sah ihn an. „Das wollt Ihr tun? Ich danke Euch! Ihr seid ein guter Mensch." Sie drückte seine Hand, wischte sich die Tränen aus dem Gesicht, drehte sich um und ging davon. Der junge Mönch sah ihr nach, während in seinem Kopf die Gedanken wirbelten.

Während des ganzen Tages war er unkonzentriert. Lambert musste ihn mehrmals zur Ordnung rufen. Johannes erklärte ihm schließlich, dass er in der folgenden Nacht für die Heilung der kleinen Theresia beten wolle. Lambert nickte verständnisvoll, bemerkte aber, dass es Gottes Wille sei, ob die Kleine überleben werde. Und an Gottes Willen könne niemand zweifeln. Er winkte Johannes zur Seite und flüsterte: „Dieser Ritter ist heimatlos. Wie mir Vater Abt mitteilte, hat Rudolf von Falkenfels eine Fehde mit seinem Nachbarn verloren und irrt nun auf der Suche nach einer neuen Bleibe umher. Gott sei seiner Seele und der seiner Töchter gnädig!"

Nach der Lesung und dem Komplet blieb Johannes alleine in der Kirche zurück und betete bis zur Prim für das kleine Mädchen. Er schüttete aber Gott auch sein Herz aus, erzählte leise, fast unhörbar, von seinen Zweifeln und seinem Sehnen nach Magdalena und bat ihn, für die heimatlose Familie zu sorgen.

Bei der anschließenden Lesung frühmorgens schlief er vor Müdigkeit fast ein.

Als die Mönche später bei der Arbeit waren, ging er zur Krankenstation. Dort empfing ihn Bruder Mauritius, der ebenfalls erschöpft war. Als Johannes die Krankenstation betrat, nickte ihm der Mitbruder zu: „Sie hat das Schlimmste überstanden. Ich habe ihr Wickel gemacht und einen Heiltee gegeben. Das Fieber sinkt. Gott hat ihr das Leben wieder geschenkt." Johannes atmete erleichtert auf. Theresia würde wieder gesund werden. Eine Bewegung im Türrahmen zum Krankenzimmer ließ ihn innehalten. Dort stand Rudolf von Falkenfels, schwer atmend, aber mit einem Ausdruck unendlicher Erleichterung im grauen Gesicht. „Sie wird weiterleben. Magdalena hat mir gesagt, dass Ihr die ganze Nacht für meine Tochter gebetet habt. Vielleicht hat das den HERRN bewogen, ihr das Leben zu schenken. Ich danke euch für eure Gebete." Er zögerte kurz und fuhr fort: „Magdalena möchte euch gerne sehen. Sie will euch etwas mitteilen. Sie wartet im Kräutergarten auf Euch." Er wandte sich ab und verschwand wieder im Krankenzimmer.

Mit einem flauen Gefühl im Magen machte sich Johannes auf den Weg. Im Klostergarten bei den Kräuterbeeten sah er Magdalena auf einer Bank unter einem Apfelbaum sitzen. Sie war kreidebleich und offensichtlich hatte sie geweint. Er trat näher und setzte sich neben sie.

„Du und Mauritius, Ihr habt ihr geholfen. Sie wird wieder gesund", sprach sie leise. „Es war Gottes Wille", entgegnete er stockend. Als wenn sie ihn nicht gehört hätte, fuhr sie fort: „Mein Vater hat mit deinem Abt gesprochen. Wie du sicher schon erfahren hast, wurde Vater Opfer einer Fehde. Unser Nachbar Arnulf von Mondorf hat nach dem Tode meiner

Mutter unserem Vater den Fehdehandschuh hingeworfen. Um es kurz zu machen: Nach Monaten der Verheerungen und Verwüstungen, in denen unsere unfreien Bauern und unsere Lehensnehmer von Arnulf dahingemetzelt wurden, hat mein Vater aufgegeben. Wir waren ruiniert."

In bitterem Ton fuhr sie fort: „Arnulf hat uns großzügigerweise das Streitross und einige persönliche Sachen hinterlassen und uns freien Abzug gewährt. Mein Vater musste das Dokument der Urfehde unterzeichnen und darin auf alle Ansprüche gegenüber Arnulf verzichten. Darum ist er jetzt ein fahrender Ritter ohne Heim. Wir haben nur noch das, was wir am Leibe tragen und was auf unserem Ross liegt."

Johannes legte seine Hand auf ihren Arm. Er wusste nicht, was er sagen sollte.

„Und jetzt lag auch noch meine kleine Schwester im Sterben. Ich habe deshalb ein Gelübde abgelegt: Falls meine Schwester wieder gesund wird, dann werde ich die Heilkunst erlernen."

„Das ist doch gut", antwortete Johannes verdutzt. „Theresias Fieber sinkt und sie wird weiterleben." Magdalena wandte sich ihm zu. Ihr Gesicht war tränenüberströmt. „Ja, das ist sogar sehr gut. Aber...", fuhr sie mit erstickter Stimme fort, „mein Vater hat auch ein Gelübde abgelegt. Vor deinem Abt. Er hat geschworen, falls meine Schwester wieder gesund wird, dann bringt er uns beide Gott in einem Kloster dar. Er hat es schon ausgesucht. Er sagt, er kann nicht mehr länger für uns sorgen. Wir sollen ein behütetes Leben führen. Er kann uns nicht mehr länger beschützen. Schon morgen werden wir weiterreisen." Sie schluchzte.

Johannes konnte es nicht glauben. Bereits am nächsten Tag würden sie abreisen. Und Magdalena sollte eine Ordensfrau werden! Nun würde sie für ihn unerreichbar sein!

„Nun, so fügt es sich", sagte sie verbittert. „Wir erfüllen beide unsere Gelübde. Mein Vater steckt mich ins Kloster und ich lerne dort die Heilkunst." Johannes wagte nicht, ihr zu sagen, dass ihr dies durch die Konzilsbeschlüsse im letzten und vorletzten Jahrhundert kaum möglich sein würde. Sie würde stattdessen hinter irgendwelchen Klostermauern verschwinden. Er drückte fest ihre Hand.

Schweigend saßen sie so eine kurze Weile nebeneinander. Aus der Entfernung klang das Schlagen von Hämmern auf einen Amboß. Eine Gruppe von drei jungen Mitbrüdern, die von Lambert zum Dienst im

Garten abgeordnet worden waren, ging an ihnen vorüber, jeder mit Gartenwerkzeugen in den Händen. Sie steckten die Köpfe zusammen, als sie Johannes und Magdalena sahen und feixten. Johannes wusste, dass er für diese Momente des Glücks würde büßen müssen. Doch dies war ihm nun gleich. Er genoss bei Marcellus und Lambert einen guten Ruf. Außerdem wollte er jeden Augenblick, den er mit Magdalena noch verbringen konnte, auskosten.

Sie sah ihn mit ihren warmen braunen Augen an, in denen die Tränen standen, und flüsterte: „Auch wenn Vater will, dass ich künftig Gott dienen soll, so doch nur so lange, bis du kommst und mich mitnimmst. Finde mich, Johannes!" Mit einer anmutigen Bewegung beugte sie sich vor und hauchte ihm einen Kuss auf die Lippen.

In Johannes Kopf wirbelten erneut die Gedanken. Glücklicherweise waren die drei Mitbrüder an dem entfernten Ende des Klostergartens beschäftigt und hatten den Kuss nicht sehen können. Fieberhaft überlegte er. Doch bevor er etwas sagen konnte, fuhr sie fort: „Betrachte jeden Abend nach der Komplet, wenn es klar ist, den Mond. Ich werde dies auch tun. Und dann weiß ich, dass wir verbunden sind." Und wieder breitete sie ihre Hände wie zum Gebet aus, in einer unnachahmlichen majestätischen Geste, von der er mit einem Mal wusste, dass er alleine dafür sein Leben hingeben würde.

„Ja, ich habe mich in dich verliebt, Johannes", gestand sie ein. „Vom ersten Moment an, als ich dich gestern sah, wusste ich, dass du für mich bestimmt bist. Ich weiß nicht warum, aber es ist so. Du bist so verlegen, linkisch und ungeschickt. Und du bist ein Mönch, der seinem Orden verpflichtet ist. Aber… ich liebe Dich. Bestimmt ist es Gottes Wille. Und bestimmt hat er deswegen den Sonnenstrahl durch die Wolken brechen lassen. Ich werde auf dich warten, Johannes, egal wie lange es auch dauert. Und wenn es mein ganzes Leben sein wird. Das verspreche ich bei Gott."

Durch einen Schleier voller Tränen sah er sie an und antwortete mit heiserer Stimme: „Ich liebe dich auch. Unser HERR hat es so gefügt. Und ich werde dich finden, wo immer du auch sein wirst. Und dann verlasse ich dich nie wieder. Das verspreche auch ich bei Gott." Als er sich mit der rechten Hand eine Träne aus dem Auge wischte, hielt sie sie fest und betrachtete die kleine auffällige rote Warze, die er am kleinen Finger hatte.

„Johannes, daran werde ich dich erkennen, wenn du mir einst gegenüberstehst", flüsterte sie und musste wider Willen kichern. Peinlich berührt zog er die Hand zurück. Doch dann konnte er nicht wiederstehen und fiel leise in ihr Lachen ein. „Ich wollte sie schon von Bruder Mauritius wegschneiden lassen. Aber jetzt lasse ich sie, wo sie ist." Dann nahm er allen Mut zusammen, beugte sich vor und wollte sie gerade küssen, als die Stimme von Lambert ertönte: „Johannes! Wo bist Du? Ich brauche Dich!"

Hastig stand Magdalena auf. Sie nahm seine Hand, legte etwas hinein und schloss sie zur Faust. „Hier. Meine Mutter hat es vor ihrem Tod anfertigen lassen. Bewahre es auf und vergiss mich nicht!" Dann wandte sie sich um und eilte davon, ohne noch einmal einen Blick zurück zu werfen.

Johannes starrte ihr nach. Dann öffnete er seine Hand und betrachtete das, was sie ihm gegeben hatte. Es war ein goldenes Medaillon mit einem kleinen Bildnis ihres Gesichts. Es wirkte so echt, als wollte sie jeden Moment den Mund öffnen und etwas sagen. Rasch verbarg er das Medaillon in den Falten seiner Kutte. Nach einigen Momenten des Zögerns machte er sich auf den Weg zu Lambert.

Am Morgen des 14. Mai 1383, kurz nach Sonnenaufgang, als die Prim und die Lesung vorüber waren, verließ Rudolf von Falkenfels mit seinen Töchtern das Kloster.

Johannes war alleine zur Verabschiedung gekommen, da Lambert zum Abt Marcellus gerufen worden war. Igor und Johannes wünschten den Reisenden Glück und Gottes Segen. Magdalenas Hand hielt er unmerklich länger, als es der Anstand gebot. Sie sah ihn mit ihrem warmen Blick an und formte mit den Lippen unhörbar: „Ich liebe Dich."

Als sie mit ihrem Vater und ihrer Schwester davonritt und sich die Klosterpforten hinter ihr schlossen, liefen ihm heiße Tränen über die Wangen und er war froh, dass er die Kukulla über seinen Kopf gezogen hatte, so dass Igor nichts bemerkte.

Aus dem Fenster des Amtszimmers des Abts hatten Marcellus, Matthäus und Lambert die Szene genau beobachtet.

„Es ist gut, dass sie fort sind", bemerkte Matthäus zufrieden. „Der Knabe wurde in seinem Glauben schwach. Er begann, wie mir von zuverlässigen Mitbrüdern zugetragen wurde, den Versuchungen des Teufels nachzugeben."

„Unfug", widersprach Lambert. „Die Krankheit der Kleinen und die Besorgnis ihrer Schwester haben ihn ein wenig verwirrt, das ist alles. Wer von uns wurde denn nicht schon einmal beim Anblick eines schönen Weibes für kurze Zeit..." Er verstummte.

„Er ist nicht nur verwirrt, sondern auch enttäuscht", sprach Marcellus.

„Denn er hat sich, so fürchte ich, ernsthaft in die junge Maid verliebt. Wir dürfen ihm also keine Zeit zum Nachdenken geben. Er ist ein sehr hoffnungsvoller Mitbruder, jung und aufstrebend. Er kann es noch weit bringen. Wir müssen ihn so in die Disziplin des Klosters einbinden, dass er wieder zu einem wertvollen Werkzeug Gottes wird, noch wichtiger als heute. Dann wird er sie bald vergessen haben. Doch erst wird er toben vor Enttäuschung."

„Dann trifft ihn die von der Regel vorgesehene Strafe!", ereiferte sich Matthäus. „Es ist eine Verfehlung, wie sie schlimmer kaum sein kann. Er droht, uns und der Mutter Kirche untreu zu werden. Dem kann nur mit härtester Züchtigung begegnet werden."

„Du willst ihn züchtigen?", fragte Lambert entsetzt. „Er ist ein guter und fleißiger Angehöriger unseres Konvents. Ich beobachte ihn seit er als kleines Kind von seinen Eltern hier dargebracht wurde. Er ist mir fast wie ein Sohn ans Herz gewachsen. Ich dulde keine Züchtigung."

Matthäus sah ihn spöttisch an: „Du duldest also indes, dass er der Mutter Kirche untreu wird? Lambert, das Alter scheint dich blind zu machen. Nur Stockschläge helfen hier weiter, sie werden ihm die irreleitenden Gedanken aus dem Kopf treiben."

Marcellus hatte den beiden zugehört. Dann sprach er voller Autorität, so dass die beiden zusammenfuhren: „Das wäre ein törichter Weg. Wir werden ihm im Gegenteil mehr Verantwortung geben. Er soll ab jetzt nicht nur dein Gehilfe sein, Lambert, sondern auch eigenverantwortlich für die Wälder und die Fischrechte des Klosters. Außerdem erhält er die Aufsicht über die Küchen des Konvents. Aber nur, wenn er vernünftig wird. Ich mache ihm klar, dass er für das Kloster unersetzbar ist und wir alle auf ihn bauen. Ich kenne sein Pflichtgefühl. Nach einer Phase des Wütens wird er sich wieder ganz in unsere Gemeinschaft einfügen. Wenn er das nicht will, dann ist für ihn hier kein Platz mehr." Nach einer kurzen Pause fuhr er fort: „Matthäus, durchsuche des Öfteren seine Zelle. Vielleicht hat ihm die junge Maid ein Erinnerungsstück hinterlassen. Wenn aber nichts dergleichen existiert, dann hat er sie bald vergessen."

„Wie Ihr wünscht, Vater Abt", entgegnete Matthäus und neigte den Kopf.

„Ich würde ihn zwar lieber mit dem Rohrstock zur Demut zurückgeführt, aber wenn Ihr meint, dass euer Weg der richtige ist, dann zweifle ich nicht daran. Doch was ist mit dem Ritter und seinen Töchtern? Was tut er?" Marcellus seufzte: „Er hat mir seine Lebensgeschichte anvertraut. Viele Dinge unterliegen dem Beichtgeheimnis, aber er fragte mich, wie er am besten für seine Töchter sorgen kann. Ich sagte ihm, dass das Leben als fahrender Ritter nichts für Mädchen ist. Er stimmte mir zu. Er wird seine Kinder in einen Konvent bringen, den ich ihm empfohlen habe. Ich kenne die dortige Äbtissin aus lange vergangenen früheren Tagen, sie ist eine kluge und gütige, aber auch energische Frau. Das Kloster ist wohlhabend und von weitreichender Bedeutung. Die beiden Mädchen werden dort gut und sicher untergebracht sein. Die ältere Tochter kann dort trotz des Verbots durch die Konzilsbeschlüsse im Verborgenen die Heilkunst nach der Lehre der Hildegard von Bingen erlernen und sie werden beide gute Bräute Christi werden."

Matthäus runzelte die Stirn wegen dieser Ungehorsamkeit gegenüber der Mutter Kirche, wagte aber keinen Einwand. Marcellus fuhr fort: „Der Ritter selbst will in den Dienst des Herzogs Stephan treten, um einen ehrenvollen Lebensabend zu erreichen. Ich habe ihm ein Empfehlungsschreiben sowohl an den fürstlichen Hof als auch an die Abtei ausgestellt."

„Wohin wird er sie bringen?", fragte Matthäus. Abt Marcellus starrte aus dem Fenster, als habe er die Frage nicht gehört. Als Lambert und Matthäus schon nicht mehr mit einer Antwort rechneten, wandte er sich um und teilte es ihnen unter dem Siegel der Verschwiegenheit leise mit.

*

Eine Stunde, nachdem die kleine Gruppe das Kloster verlassen hatte, führte sie der Weg in den Coburger Wald. Die Bäume standen dicht an dicht und auch wenn noch nicht alle Blätter in voller Größe ausgebildet waren, wurde rasch ein Gutteil des Tageslichtes verschluckt. Wind war aufgekommen und es rauschte in den Zweigen. Manch ein heftiger Windstoß ließ auch das Gebüsch des Unterholzes erzittern. Der Vater führte das Pferd am Zaumzeug. Magdalena hielt ihre kleine Schwester fest umklammert. Sie lauschte den Geräuschen des Waldes und flüsterte beruhigend auf Theresia ein.

Mit leisem Gesang hatte sie die Kleine schließlich in den Schlaf gewiegt, als ihr Vater das Pferd anhielt und prüfend nach links und rechts schaute.

Dann zog er sein Schwert. „Wenn ich JETZT rufe, dann reitet Ihr, so schnell Ihr könnt, nach Coburg zurück", flüsterte er. „Warum, Vater?", fragte Magdalena beunruhigt. Doch statt einer Antwort stieß Rudolf von Falkenfels nur hervor: „Heckenreiter!".

Schon waren drei maskierte Gestalten mit ihren Pferden aus dem Unterholz hervorgesprengt. Ein stark geführter Hieb eines Räubers mit der Breitseite eines Schwertes auf den Schädel des Ritters folgte. Rudolf von Falkenfels taumelte. Mit einem weiteren Hieb schlug ihm der Heckenreiter den zur Abwehr erhobenen rechten Arm ab.

Der Ritter sackte zusammen, aus der offenen Wunde schoss das Blut in dicken Strömen. Magdalena schrie vor Entsetzen auf. Theresia erwachte und begann zu kreischen. Die beiden anderen Wegelagerer drängten mit ihren Pferden das Ross der zwei Mädchen an den Rand des Weges, wo die Bäume nahezu undurchdringlich standen. Einer der beiden zückte seinen langen Dolch. Er holte aus und bohrte das Messer in den Bauch des kleinen Mädchens, hob sie daran aus dem Sattel und schleuderte sie auf den Weg, wo sie sich vor Schmerzen schreiend wand, während das Blut aus ihrem Leib strömte.

Der dritte der Räuber griff nach Magdalenas Kleid und riss ihr das Tuch vom Leib. Sie aber hob gebieterisch die Hand und rief energisch: „Es ist Zeit, aufzustehen, Vater!"

*

18. Juni 1390, Gasthaus „Zum Hirschen"

Ruckartig richtete sich Johannes auf. Sein Herz raste. Vor ihm stand eine schemenhafte Gestalt. „Es ist Zeit, aufzustehen, Vater." „Magdalena?", stammelte Johannes verwirrt. Erst dann erkannte er, dass vor ihm die junge Schankmagd stand. Sie fragte besorgt: „Was ist, Vater? Ihr wirkt so erschrocken. Habt Ihr nicht gut geschlafen? Es ist Zeit, aufzustehen. Auch ist das morgendliche Mahl bereit."

Erleichtert stöhnend ließ sich Johannes zurückfallen. Erst jetzt wurde ihm bewusst, dass er im Stroh in der Scheune des Gasthofes lag. Er hatte nur geträumt. Entsetzlich deutlich war es gewesen. Matt winkte er mit der Hand.

„Habt Dank, junge Frau. Ich komme sogleich."

Als sie gegangen war und er wieder klare Gedanken fassen konnte, dachte er noch einmal an die Zeit zurück, die dem Weggang Magdalenas gefolgt war. Schrecklich war sie gewesen. Er hatte sich geweigert seine Zelle zu verlassen, hatte darin geschrieen, gebrüllt, getobt, bis er vor Erschöpfung weinend zusammengesunken war.

Er hatte darüber nachgedacht, einfach fortzulaufen, ihr zu folgen. Aber wohin sollte er gehen? Der Abt versicherte ihm, dass Rudolf von Falkenfels das Ziel seiner Reise nur in der Beichte mitgeteilt hatte. Und das Beichtgeheimnis war unverletzlich. Außerdem besaß er kaum Kenntnisse über das Leben außerhalb der Klostermauern. Wovon sollte er leben?

Kurze Zeit war er entschlossen gewesen, den Getreidehändler Wohlfahrt an sein Versprechen zu erinnern. Doch die Ernte 1382 war schlecht gewesen und alle Händler kämpften ums Überleben. So verzweifelt er auch war, er wollte den guten Wohlfahrt nicht um sein Erspartes bringen.

In diesen Tagen hatte er fest damit gerechnet, für sein Verhalten bestraft zu werden. Stattdessen suchte ihn Marcellus in Begleitung von Lambert auf. Mit ruhiger Stimme, die keinerlei Widerspruch duldete, machte er dem jungen Mönch klar, dass er keine Aussicht hatte, das Mädchen wieder zu sehen. Er stellte ihn vor die Wahl, entweder in Schimpf und Schande das Kloster zu verlassen und nie wiederzukommen oder in St. Peter und Paul eine verantwortungsvollere Position zu erhalten.

Marcellus stellte ihm wegen seines bisherigen Fleißes und seines Werdeganges die Aufsicht über die Wälder und die Fischrechte des Klosters sowie über die Küchen des Konvents in Aussicht. Dies würde aber nur gelten, wenn er unverzüglich wieder Vernunft annehmen würde. Er gab ihm drei Tage Bedenkzeit.

Johannes war hin und her gerissen. Hier die Aussicht, als heimatloser Bettelmönch eine vielleicht jahrelange vergebliche Suche nach einer Frau zu beginnen oder im Kloster zu bleiben, eine bedeutende Position einzunehmen, aber auf eine große Liebe zu verzichten.

Nach Nächten voller Verzweiflungsausbrüche und unzähliger Gebete, in denen er Gott um Rat ersuchte, hatte er sich schweren Herzens entschieden. Er teilte dem Abt mit, dass er im Kloster bleiben und seine neuen Aufgaben wahrnehmen würde.

Marcellus und Lambert hatten die Entscheidung von Johannes mit Zufriedenheit zur Kenntnis genommen. Lambert führte ihn unverzüglich in seine neuen Aufgaben ein und Johannes war wie gewohnt ein fleißiger und aufmerksamer Schüler. Er lernte die Baumarten zu unterscheiden und wann welches Holz für welchen Zweck geschlagen werden musste. Er übte sich selbst im Spalten der Stämme, dem Verarbeiten des Holzes und fuhr mit den Fischern, die dem Kloster dienten, auf die Weiher der Abtei und auf die Flüsse Itz und Röden hinaus.

Ein Fischer brachte ihm das Schwimmen bei und Johannes genoss es nach anfänglichem Zaudern, sich im Wasser zu bewegen. Auf dem Boot zu sein, machte ihm besonders Freude. Er lernte, die Fahrzeuge zu reparieren, half beim Bau mit und fertigte schließlich selbst ein Boot mit Flachboden, eine Zille. Der Bootsbau wurde seine Leidenschaft.

Doch er hatte sich verändert. Er hatte weitere Entscheidungen getroffen, von denen niemand etwas ahnte. Niemals mehr wollte er Magdalena vergessen. In jeder klaren Nacht nach der Komplet sah er durch das Fenster seiner Zelle zum Mond hinauf und hoffte, dass auch Magdalena ihn betrachten würde. So fühlte er sich mit ihr verbunden. Jede Nacht betete er für sie.

Das Medaillon mit dem Miniaturgemälde hatte er sorgfältig in seiner Zelle versteckt, auch wenn ihm dabei das Herz bis zum Halse schlug. Aber in dem ausgehöhlten, kaum fingerbreiten Spalt im Kruzifix in seiner Zelle würde es niemand vermuten. Auch Prior Matthäus, der seitdem immer wieder die Unterkunft von Johannes durchsuchte, kam nicht auf die Idee, das Kreuz umzudrehen.

Jeden Abend beim Gebet und wenn er alleine zur Nachtruhe in seinem Bett lag, betrachtete er das Medaillon mit ihrem Bildnis im Schein der Kerze und führte Zwiesprache mit dem geliebten Mädchen. Und er hatte sich geschworen, eine passende Gelegenheit zu nutzen, das Kloster zu verlassen und sie zu suchen.

Doch bis dahin sollten noch sieben Jahre vergehen.

*

Johannes trat aus der Scheune und blinzelte. Der Horizont im Osten färbte sich langsam rot, der Sonnenaufgang kündigte sich an. Es war der 18. Juni 1390. Der Himmel war wolkenlos und es versprach, ein herrlicher Tag zu werden. Johannes dankte Gott für den neuen Tag. Vor der Scheune stand ein Trog mit Wasser. Der Mönch beugte seinen Oberkörper und wusch sich mit dem eiskalten Wasser gründlich das Gesicht. Heftig rieb er an seinen Wangen und seiner Stirn, als wollte er den bösen Traum aus seinen Gedanken streichen.

Als er aufsah, bemerkte er den Kaufmann aus Lübeck und Bruder Michaelis, die sich vom Wirt verabschiedeten. Johannes trat hinzu. Er wünschte dem Kaufmann eine gute Reise und Gottes Segen. „Nun", antwortete dieser lachend, „Bruder Michaelis begleitet mich. Da wird Gott auf uns schauen und uns heil und sicher an unser Ziel kommen lassen." Johannes wandte sich Michaelis zu. „Ich bete für Dich, Bruder", sagte er bewegt.

„Möge Gott dir eine glückliche Hand für deine neue Aufgabe geben und dich nach erfolgreicher Mission in deine Heimat zurückführen. Ich werde dich vermissen." Michaelis sah ihm in die Augen und nickte. „Hab Dank! Und auch für dich erbitte ich Gottes Segen. Der Pilgerweg zum Grab des Apostels in Spanien ist lang und voller Gefahren. Gib auf dich Acht. Vielleicht sehen wir uns wieder." Die beiden umarmten sich.

Dann brachen Michaelis und der Kaufmann auf. Als der Kaufmann sein Pferdegespann auf den Weg lenkte, der am Gasthof vorbeiführte, drehte sich Michaelis noch einmal um, lächelte breit und winkte. Dann wandte er sich seinem Begleiter zu. Johannes sah ihnen nach, bis sie um die nächste Wegbiegung verschwunden waren. Das Herz war ihm eigenartig schwer. Michaelis war ein Mitbruder, dem er vom ersten Moment an zugetan gewesen war. Johannes dachte an den Pförtner Igor, der ihm einmal gesagt hatte: „Reisen ist wie eine Kette, deren Glieder Abschiede sind." Er begann zu ahnen, was damit gemeint war.

Gunther, der Gastwirt, sah ihn an und lud ihn ein: „Nun kommt herein, Bruder Johannes! Das morgendliche Mahl ist bereit." Im Gasthaus war der Tisch gedeckt. Das Frühstücksmahl bestand aus Brot, Butter, Honig und Haferbrei. Für Irmingard und Adelgund stand warmer, gewürzter Wein bereit, während Hubertus, Anton und Gregor dunkles Bier bevorzugten. Johannes trank Wasser.

Während des Essens wurde nicht viel gesprochen. Sogar Anton hielt sich zurück. Nach dem Mahl reckte sich Hubertus und fragte den Mönch: „Nun, wohin soll es gehen?" Johannes überlegte kurz und sprach: „Ich habe vor, einen Fluss namens Altmühl zu suchen und ihm zu folgen. In Plankstetten, unweit davon, soll es eine Abtei geben. Dort kann ich nächtigen. Dann will ich an die Donau kommen. Schließlich werde ich weiter nach Süden und bis nach München gehen, bevor mich mein Weg zum großen See bei Genf, dem Lacus Lemanus, führt."

Hubertus überlegte: „Alleine zu reisen ist gefährlich. Auch wenn du ein Mönch bist, so schützt dich das nicht vor Strauchdieben oder noch Schlimmerem. Da auch mein Weg wieder in den Süden führt, werde ich dich begleiten, wenn es dir recht ist." Johannes dachte kurz nach und nickte dann zustimmend. „Es wäre mir eine Freude. Das Reisen ist in Gesellschaft sicherer und auch unterhaltsamer." Insgeheim war er froh, eine Begleitung zu haben. Wer konnte schon wissen, was und vor allem wer einen erwartete.

Die verbliebenen vier Gäste waren aufmerksam geworden. „Da begleiten wir euch doch gerne", meinte Anton grinsend. „Wir wollen ja auch in den Süden und da können wir uns gut unterhalten." Hubertus runzelte die Stirn, was Irmingard nicht entging.

„Verzeiht das vorlaute Geschwätz meines Bruders.", sagte sie. „Aber wir wären euch sehr dankbar, wenn wir uns euch anschließen dürften. Wie uns bei unserem Aufbruch in Mainz gesagt wurde, ist das Reisen mit Gefahren verbunden. Wie Ihr sagt, Strauchdiebe lauern in den Wäldern. Je größer die Reisegesellschaft ist, desto sicherer ist man unterwegs. Und Ihr scheint mir ein kräftiger und mutiger Mann zu sein, der sich nicht leicht erschrecken lässt."

Sie blickte Hubertus bittend in die Augen und sprach dann hastig weiter: „Aber, wenn wir euch lästig sein sollten, dann reisen wir selbstredend alleine." „Ach was", warf Adelgund unerwartet ein, „Falls Ihr Bedenken wegen Anton haben solltet, den haben wir schon unter unserer Fuchtel. Wenn er zu vorlaut ist, dann bekommt er einfach nichts zu essen." Sie lachte und alle anderen fielen ein. Sogar Anton selbst lachte mit.

Hubertus sah Irmingard nachdenklich an und lächelte dann freundlich.

„Was meinst Du, Johannes?", fragte er, sich an den Mönch wendend. „Wir würden uns freuen, gemeinsam mit ihnen den weiteren Weg anzutreten, oder nicht?" „Natürlich reisen wir zusammen", antwortete Johannes. Er hatte das Interesse von Hubertus an Irmingard nur zu gut bemerkt. Und ewig werden wir diesen Anton ja auch nicht aushalten müssen, dachte er sich. Wenn er aber geahnt hätte, wie schnell sich dieser Gedanke erfüllen würde, wäre er zutiefst erschrocken.

Als man sich so geeinigt hatte, ging Johannes in die Scheune, um nach seinen Sachen zu sehen. Fast alles hatte er in seinem Umhängebeutel verstaut. Dieser war aus Leinen mit einem Innenfutter genäht und von langer rechteckiger Form. Durch die in Längsrichtung verlaufende Öffnung auf einer der Seiten wurde der Inhalt in den Beutel gestopft. Der Beutel wurde über der Schulter getragen. Der Inhalt sammelte sich an beiden Enden und so konnte nichts herausfallen.

Darin trug er eine zweite Kutte, ein weiteres Paar Socken, Griffel, Schreibtafel, Nadel und Tuch. Dazu kam auch immer ein wenig Reiseproviant, den er von Gastwirten oder anderen Mitmenschen erhielt. In seinem Beutel befand sich auch ein eigentümlich geformter Gegenstand, den er vom Getreidehändler Wohlfahrt bekommen hatte. Wohlfahrt hatte ihm, wie versprochen, auch Geld gegeben, das er, verteilt in zwei Lederbeutel, sorgfältig in seine Kutte eingenäht hatte. An seinem Gürtel aber trug der Mönch einen Holzlöffel und das Messer. Das Messer, das er zum Essen nutzte, als sei es nichts Außergewöhnliches, auf das er aber wie auf seinen Augapfel achtete.

Wieder wanderten seine Gedanken zurück. Zurück in den März 1390. Obwohl seitdem erst wenige Monate verstrichen waren, kam es ihm vor, als sei es ein anderes Leben gewesen.

*

11. März 1390, Kloster St. Peter und Paul

Wie jeden Tag wurde auch am 11. März 1390 ein Teil der Regula Benedicti nach der Prim vorgelesen. Diese Regel war die Grundlage für das Leben aller Mönche, die sich in der Ordensgemeinschaft des Benedikt von Nursia zusammengeschlossen hatten. Der Heilige hatte genau festgelegt, wann welcher Teil der Ordensregel vorzulesen war. So wurde jeden Tag ein anderer Auszug zitiert, was dazu führte, dass jeder Mönch die Regel insgesamt dreimal im Jahr vollständig zu hören bekam, damit er sie nicht wieder vergessen konnte. Zwar wurden im Lauf der fast 800 Jahre seit dem Tod des Heiligen manche Passagen in vielen Klöstern nicht mehr so streng praktiziert, wie das anfangs üblich gewesen sein mochte. Im Kloster St. Peter und Paul aber achtete vor allem der Prior Matthäus noch sorgsam auf die Einhaltung mancher Kapitel der Regel.

Wie in der Ordensregel festgelegt, wurde an diesem Tag das Kapitel 33 über das Eigentum der Mönche vorgelesen. Mit eindringlicher Stimme rezitierte Matthäus diese Passage: „Vor allem dieses Laster muss mit der Wurzel aus dem Kloster ausgerottet werden.

Keiner maße sich an, ohne Erlaubnis des Abtes etwas zu geben oder anzunehmen.

Keiner habe etwas als Eigentum, überhaupt nichts, kein Buch, keine Schreibtafel, keinen Griffel – gar nichts!

Den Brüdern ist es ja nicht einmal erlaubt, nach eigener Entscheidung über ihren Leib und ihren Willen zu verfügen.

Alles Notwendige dürfen sie aber vom Vater des Klosters erwarten, doch ist es nicht gestattet, etwas zu haben, was der Abt nicht gegeben oder erlaubt hat.

‚Alles sei allen gemeinsam', wie es in der Schrift heißt, damit keiner etwas als sein Eigentum bezeichnen oder beanspruchen kann. Stellt es sich heraus, dass einer an diesem sehr schlimmen Laster Gefallen findet, werde er einmal und ein zweites Mal ermahnt. Wenn er sich nicht bessert, treffe ihn eine Strafe!"

Johannes hielt den Kopf gesenkt. Er spürte förmlich die Blicke, die Matthäus immer wieder während der Lesung auf ihn richtete. Schweigend wie seine Ordensbrüder hatte er im Oratorium diesem Teil der Benediktusregel gelauscht, der ihm immer wieder neue Gewissensbisse verursachte. Dreimal im Jahr wurde ihm deutlich vor Augen geführt, dass er schon seit mittlerweile sieben Jahren gegen dieses Ordensgesetz verstieß.

Dazu kam, dass Lambert, der alte Cellerar, mittlerweile mehr als gebrechlich war. Zwar stand fest, dass Johannes die Nachfolge antreten sollte. In den letzten Jahren hatte er mehr und mehr Aufgaben von Lambert übernommen und er genoss mittlerweile das besondere Vertrauen des Abtes Marcellus. Doch umso beschämender musste es sein, wenn sein Geheimnis, das versteckte Medaillon, entdeckt würde.

Zwar hatte Marcellus angeordnet, dass die Zelle von Johannes nicht mehr durchsucht werden sollte, doch das Misstrauen von Matthäus war nicht eingeschlafen.

Unglücklicherweise war Marcellus im letzten Herbst sehr krank geworden. Zuerst waren es Schmerzen in der Schulter gewesen, die nicht verschwinden wollten. Bald kam dazu ein Husten, der sich von Woche zu Woche verschlimmerte. Obwohl Marcellus noch kein allzu hohes Alter hatte, verließen ihn immer mehr die Kräfte und er konnte seinen Dienst nur noch für einen Teil des Tages verrichten. Die Leitung von Besprechungen, aber auch Entscheidungen über die Zukunft des Konvents und der Brüder, überließ er in zunehmendem Maße Matthäus. Matthäus aber war ein Anhänger der strengen Auslegung der Regel des Heiligen Benedikt und so merkten die Brüder bald, dass ein rauerer Wind wehen würde, wenn die Leitung des Klosters, was zu erwarten war, an Matthäus übergehen würde. Zwar oblag die Entscheidung hierüber dem Bischof, aber niemand machte sich falsche Hoffnungen über deren Ausgang.

Marcellus verbrachte zunehmend mehr Stunden in seiner Zelle, wo er in seinem Bett lag. In den letzten Wochen war auch zu bemerken gewesen, dass er sich Dinge, über die gerade noch gesprochen worden war, nicht mehr merken konnte. Seit einigen Wochen sprach er auch unvermittelt von Dingen und Begebenheiten, die in keinem Zusammenhang mit der gerade geführten Unterhaltung standen. Die Mönche waren deswegen zutiefst beunruhigt.

Nach der Lesung kam Bruder Melchior zu Johannes und teilte ihm mit, dass Marcellus ihn zu sprechen wünschte. In der Annahme, dass dieser in seiner Zelle war, wollte der junge Mönch gerade losgehen, als ihm der Mitbruder sagte, dass Marcellus in seinem Amtszimmer auf ihn warten würde. Offensichtlich geht es ihm besser, dachte Johannes erleichtert. Schließlich hatte er den Abt seit Wochen nicht mehr gesehen. Doch als er ihm gegenübertrat, erschrak er. Marcellus´ Gesicht war eingefallen. Auf seine früher vollen Wangen hatten sich tiefe Falten eingegraben. Seine Haut spannte sich über den Schädelknochen und seine Augen lagen tief in den Höhlen. Marcellus´ Haut war weiß wie Schnee. Er stand hinter seinem Schreibtisch, auf dem eine schmale Kerze, die mit einem goldenen Kreuz verziert war, ein warmes Licht verbreitete.

Johannes wunderte sich. Die Kerze stand seit vielen Jahren auf dem Schreibtisch des Abtes, doch noch nie hatte dieser sie angezündet. Marcellus richtete einen müden Blick auf den Mönch. Johannes kniete nieder und küsste die Hand, die der Abt ihm reichte. „Ich möchte in der nächsten Stunde nicht gestört werden. Von niemandem!" befahl Marcellus dem jungen Mitbruder Andreas, der Johannes hergeführt hatte. Dieser beeilte sich, aus dem Amtszimmer zu kommen.

„Nimm Platz, junger Bruder!", sprach der Abt. Johannes setzte sich voll bangen Erwartens. Marcellus nahm ihm gegenüber Platz. Nach langem Schweigen sprach er: „Ich habe deinen Lebensweg verfolgt, seit du als kleiner Junge zu uns gekommen bist. Du bist fleißig und aufmerksam, dabei auch sorgfältig und gewissenhaft. Dir stünde eine große Zukunft in unserem Konvent bevor." Johannes schwieg. Wollte der Abt ihn schon jetzt zum Cellerar ernennen?

„Aber ich habe auch nicht vergessen, wie du vor sieben Jahren reagiert hast, als der Ritter von Falkenfels mit seinen Töchtern hier Obdach suchte", fuhr Marcellus nach einem Hustenanfall fort. Johannes zuckte zusammen. Was kam jetzt? War sein Geheimnis entdeckt worden? „Nun, Johannes, ich glaube zu wissen, dass du die junge Maid seitdem nicht vergessen hast." Er hob müde die Hand, als Johannes protestieren wollte. „Mach mir nichts vor, junger Bruder, ich kenne dich seit deiner Kindheit. Ich kann in deinem Gesicht lesen wie in einem Buch und ich beobachte dich genau. Vermutlich denkst du jeden Tag an sie. Auch wenn du deine Aufgaben vorbildlich wahrnimmst, so wird der Tag kommen, an dem du unvermittelt wegen dieser Maid den Verstand verlierst und aus unserem Konvent davonlaufen wirst. Oder du wirst, wenn dir das nicht gelingt, aus Verbitterung hartherzig und kalt gegenüber deinen Mitbrüdern werden. Beides ist nicht von Nutzen." Wieder hustete Marcellus.

Johannes senkte den Kopf. Er war durchschaut. Dabei hatte er sich eingebildet, seine Gefühle gut versteckt zu haben. „Sieh mich an, Johannes!", fuhr Marcellus fort, „und sage mir bei Gott, ob dies zutrifft." Johannes nickte. „Ja, es stimmt, Vater Abt.", antwortete er leise. „Ich liebe sie, seit ich sie sah. Und sie mich auch!" fügte er trotzig hinzu.

Marcellus sah ihn mit unergründlichem Blick an, seufzte und antwortete dann: „Ich danke dir für deine Ehrlichkeit. Ich habe mich entschieden, nicht dich, sondern Bruder Martin zum neuen Cellerar zu ernennen.

Bruder Fridericus wird ihn als Gehilfe unterstützen. deine Worte zeigen mir, dass die Entscheidung richtig ist."

Johannes schluckte und nickte, tief enttäuscht. Nun würde er wieder ein einfacher Mönch sein, gefangen wie ein Vogel im Käfig.

„Matthäus würde dich züchtigen, wenn er davon erführe", sagte Marcellus.

„Aber meine Gedanken gehen in eine andere Richtung. Sieh auf die Kerze, die auf dem Schreibtisch steht.", Johannes blickte auf. Erst dachte er, seine Augen würden ihm einen Streich spielen. Doch zeichnete sich unter dem Kerzenwachs deutlich der Umriss eines Messers ab. Schon ragte ein Teil der Klinge neben dem Docht empor.

„Was ist das für ein Messer, Vater Abt?", fragte Johannes verblüfft. Sein Erstaunen steigerte sich noch mehr, als ihm Marcellus mitteilte, dass er das Messer 1378 von dem Nachkommen eines Kreuzritters auf dem Sterbebett erhalten hatte. Dessen Vorfahr, der Teilnehmer des Kreuzzuges unter Friedrich II., dem Enkel des Kaisers Friedrich I. Barbarossa, hatte dieses Messer im Jahre 1229 in Jerusalem fertigen lassen und seinen Nachkommen vererbt. „Was ist das Besondere an diesem Messer?", wollte Johannes wissen. Es erschien ihm nicht außergewöhnlich.

„Sein Griff ist aus dem Holz des Kreuzes, an dem unser Heiland starb!", antwortete Marcellus mit vor Ehrfurcht bebender Stimme.

Johannes starrte mit weit aufgerissenen Augen auf das Messer, das immer mehr aus der brennenden Kerze herausragte. Schon war die Klinge ganz zu sehen. Der Griff aber steckte noch im Wachs. „Das Holz des Kreuzes? Ist es das wahre Holz? Wie-wieso ist das Messer in der Kerze? Warum weiß niemand davon? Es wäre eine bedeutende Reliquie, die unsere Abtei zu einer Wallfahrtsstätte machen würde!", stammelte Johannes.

Marcellus fixierte ihn mit seinen Augen, so dass Johannes bei dem Blick aus den dunklen Höhlen schauderte. „Das Holz ist vom wahren Kreuz aus Golgatha. Nun, du weißt sicher, dass es auch unzählige Fälschungen gibt. Manche behaupten, dass, wenn alle Stücke echt wären, die angeblich vom Heiligen Kreuz stammen, ganze Schiffe daraus gebaut werden könnten. Noch dazu, wenn man bedenkt, dass manche Historiker sagen, nur der Querbalken sei von unserem Erlöser auf seinem letzten Gang getragen worden. Angeblich blieb nach der Kreuzigung der Längsbalken stehen. Um nicht der Ketzerei verdächtigt zu werden, wird diese Meinung nur sehr verhalten geäußert. Und doch.... dieses Holz ist echt. Du wirst es merken, wenn du es in der Hand hast. Es verleiht, wie soll ich sagen…" Der Abt suchte nach Worten. „Es gibt dem Besitzer Kraft. Kraft des Glaubens, Kraft im Willen, ich weiß nicht, wie ich es sonst beschreiben kann. Gegen Menschen, die Böses wollen, soll es sich angeblich sogar zur Wehr setzen. Wie, das weiß ich nicht und kann es auch nicht erklären. Der Sterbende hat es mir damals geschworen, dass es so ist."

Johannes wusste nicht, was er sagen sollte. Marcellus schwieg eine kurze Weile und sagte dann zögernd: „Nun zu deiner Frage, warum das Messer in der Kerze ist. Es war mir anvertraut. Der Nachkomme des Kreuzritters bat mich, es nach Santiago zum Grab des Apostels zu bringen. Ich fragte ihn, warum nicht nach Jerusalem, an seine Herkunft oder nach Rom, wo Petrus begraben wurde und in besseren Zeiten der Stellvertreter Christi auf Erden wirkt. Doch er antwortete mir, Jerusalem sei nicht sicher, wo die Muselmanen wieder die Herrschaft haben und durch das Schisma sei Rom nicht mehr würdig, das Holz zu haben. Er sagte, er habe keine Erben. Nun solle das Holz dahin, wo einer der treuesten Apostel unseres Herrn Jesus Christus sein Grab hat. Er beschwor mich, das Holz in das Grab des Jakobus zu legen. Und ich habe es ihm versprochen."

Marcellus hustete und hielt sich ein Tuch vor den Mund. Er zögerte. Johannes sah mit Verblüffung, wie der Abt einen innerlichen Kampf ausfocht. Marcellus zitterte. Doch schließlich reckte er sich und sprach mit fester Stimme weiter: „Dann aber überwältigte mich die Gier. Ich war einerseits zu bequem, die lange Reise zu machen. Ich war kurz zuvor Abt dieses Klosters geworden und wollte nicht, dass während meiner Abwesenheit die Sitten verfallen würden. Auch schreckten mich die Gefahren. Der hauptsächliche Grund aber war, dass ich das Holz für mich besitzen wollte. Ja, schau und erschrecke, Johannes! Ich, dein Abt, habe gegen die Kapitel 33 und 55 verstoßen!"

Johannes war wie vom Donner gerührt. Fassungslos sah er auf den heiligen Gegenstand. Marcellus hustete erneut und fuhr dann fort: „Ich habe es selbst in Wachs eingegossen und eine Kerze daraus geformt, damit niemand davon erfährt. Zwölf Jahre stand die Kerze in meinem Amtszimmer auf dem Schreibtisch. Nie habe ich sie angezündet. Doch jetzt, nach dieser Zeit, wird das heilige Holz erstmals wieder sichtbar. Und nun bin ich zu alt und zu krank, um mein Versprechen einzulösen. Doch du bist jung, Johannes. Tu es an meiner Statt!"

Johannes war immer noch starr vor Erstaunen. Er brauchte Zeit, um die Bitte zu registrieren. Dann fragte er: „Warum ich, Vater? Warum betraut Ihr nicht einen anderen Bruder mit dieser schweren Aufgabe? Bruder Rupertus, der Novizenmeister, wäre viel geeigneter und erfahrener als ich. Oder Bruder Barnabas, unser Schmied? Er ist stark und fürchtet nichts außer Gott."

Marcellus seufzte schwach: "Rupertus ist zwar von großem Verstand, aber er hat das Herz eines Hasen. Und Barnabas..." Marcellus schnaubte verächtlich, wurde aber gleich darauf von einem heftigen Hustenanfall geschüttelt. Johannes beobachtete ihn bang. Schließlich erstarb der Husten. Marcellus keuchte leise. „Barnabas", flüsterte er, „sollte eigentlich Barrabas heißen wie der Sünder, der von Pilatus frei gelassen wurde." Er keuchte.

„Mehr gibt es zu ihm nicht zu sagen. Nein, Johannes, du warst immer ein vorbildlicher Schüler, treu in der Pflichterfüllung und gehorsam, auch wenn du diesem Mädchen verfallen bist. Ich weiß niemanden, dem ich es sonst anvertrauen kann. Du musst mein Versprechen erfüllen. Versprich mir das!"

Marcellus Stimme hatte einen flehentlichen Ton angenommen, so wie Johannes es noch nie gehört hatte. Er schluckte. Ihm schlug das Herz bis zum Hals. Was sollte er sagen? Er wich Marcellus´ Blick aus und sah zum Kreuz, das über dem Schreibtisch des Abts hing, als sei dort die Antwort zu finden. „Johannes, bitte...!" Johannes zwang sich, dem todkranken Abt in die Augen zu sehen. Marcellus tastete nach der Hand des Mönchs. Dieser wagte nicht, sie wegzuziehen.

Plötzlich packte Marcellus Hand kräftig zu, so dass der junge Mönch zusammenzuckte. „Papst Urban II. hat zum Kreuzzug aufgerufen! Das Heilige Land wird befreit! Noch heute werden Ritter von der Burg kommen und sich den Segen geben lassen! Steh auf, Matthias! Wir müssen in die Kirche gehen".

Marcellus erhob sich, ließ Johannes´ Hand aus, blickte dann verwirrt auf den jungen Mönch. Er ließ sich in seinen Stuhl fallen und begann zu weinen.

In diesem Moment brach die Kerze auseinander und das Messer fiel mit den Resten der Kerze auf den Schreibtisch. Geistesgegenwärtig schlug Johannes mit der flachen Hand auf den noch brennenden Docht und löschte die Flamme. Marcellus schluchzte und wiegte seinen Oberkörper vor und zurück. Er schien nichts mehr wahrzunehmen.

Johannes nahm ehrfürchtig das Messer. Der glatt polierte hölzerne Griff, der mit kleinen silbernen Stiften versehen war, hatte eine helle Farbe und lag angenehm in der Hand. Bildete er es sich nur ein? Als er das Holz hielt, war es ihm, als durchströmte ihn ein starkes Wohlbefinden, als habe er eine kräftigende Medizin erhalten, die ihn ganz erfüllte. Er genoss dieses Gefühl, bis ihm siedend heiß und voller Scham bewusst wurde, dass der Abt Hilfe brauchte. Johannes ließ den Gegenstand schnell in den Falten seiner Kutte verschwinden. Dann stand er auf, öffnete die Tür und rief nach Mauritius.

Marcellus lag fast drei Wochen in der Krankenstation. Mauritius wich nicht von seiner Seite und auch Lambert war oft da. In dieser Zeit führte Matthäus das Kloster. Er ließ außer den Infirmarius und Lambert niemanden an das Krankenbett.

Schon nach wenigen Tagen war für alle Mitbrüder deutlich geworden, dass die Regula Benedicti noch strenger angewandt wurde. So wurde nun jegliches unbedachte Lachen geahndet, da Matthäus dies als Zweifel im rechten Glauben und Mangel an Demut deutete. Matthäus ordnete ein zusätzliches Fasten an. Der Genuß vierfüßiger Tiere, der bis dahin in Maßen gestattet war, wurde wieder untersagt.

Auch Johannes bekam die neue Führung des Klosters zu spüren. Matthäus war schon länger auf den jungen Mönch eifersüchtig gewesen, dass dieser das Vertrauen von Marcellus hatte. Er begann, ihn zu schikanieren. Johannes durfte nicht mehr ohne Begleitung auf den Coburger Markt gehen. Bruder Fridericus begleitete ihn und achtete darauf, dass Johannes hart verhandelte und kein Gespräch mit Coburger Bürgern beginnen konnte. Obwohl er manchmal die Ehefrau des Händlers Wohlfahrt sah und diese ihm gelegentlich zuwinkte, wagte er nicht, sie anzusprechen. Matthäus begann, das Zimmer von Johannes wieder zu untersuchen. Zwar schreckte er noch dafür zurück, alles auf den Kopf zu stellen, aber er machte deutlich, dass er ihm misstraute.

So machte sich in dieser Zeit der junge Mönch unablässig Gedanken über seine Zukunft. Zwar hatte Marcellus entschieden, dass er nicht

Nachfolger von Lambert werden würde, aber das wusste wohl noch niemand. Solange dies nicht bekannt war, blieb er der einzige Kandidat. Das konnte sich aber schnell ändern, wenn Marcellus starb. Matthäus würde sich an die Meinung des alten Abtes nicht gebunden fühlen. Schon begannen einige Brüder wie Barnabas, Fridericus und Martin, sich bei Matthäus übermäßig Liebkind zu machen, um für die Zeit nach Marcellus vorgesorgt zu haben. Auch die anderen Mönche rückten nach anfänglichen Zweifeln auf die Seite von Matthäus.

Johannes überlegte angestrengt, ob er der Bitte von Marcellus entsprechen und nach Santiago pilgern sollte. Trotz seiner Jahre als Cellerarsgehilfe war er mit dem Leben außerhalb der Klostermauern nur wenig vertraut. Er wusste nur, dass es sich um einen langen und gefahrvollen Weg handelte, der vielleicht sogar Jahre dauern würde. Aber was kam dann? Sollte er wieder zurückkehren und sich wieder unter die Leitung von Matthäus begeben? Und dann der Gedanke, der Johannes am meisten umtrieb: Würde Marcellus sein Wissen über die Liebe von Johannes zu Magdalena an Matthäus weitergeben? Dann wäre sein Leben im Kloster nur noch schwer zu ertragen. Aber wenn er nach Santiago ginge, könnte er nach Magdalena suchen. Dieser Gedanke gab schließlich den Ausschlag.

Dann, nach fast drei Monaten, am 8. Juni 1390 meldete sich Mauritius nach der Non bei Johannes und teilte ihm mit, dass Marcellus ihn zu sprechen wünsche. Er sei nach wie vor recht schwach. Es könne bald mit ihm zu Ende gehen und Johannes möge sich kurz fassen. Trotz des Verbots von Matthäus unterbrach der junge Mönch sofort seine Arbeit und eilte in die Krankenstation. Dort lag Marcellus, noch schwächer und blasser als Johannes ihn in Erinnerung hatte. Als er in der Eingangstür stand, sah er, dass an seinem Bett Lambert saß und seine Hand hielt.

Johannes zögerte, näher zu treten, aber Marcellus winkte ihn mit schwacher Hand heran. Johannes kniete nieder. „Steh auf, wir haben nicht viel Zeit", flüsterte Marcellus. „Wo ist das Messer?" Johannes blickte auf den alten Lambert. „Er hat es mir erzählt", sagte dieser leise.

„Das Messer ist gut verwahrt", antwortete Johannes. Marcellus nickte matt.

„Gut. Wirst du mein Versprechen erfüllen?" Johannes sah ihn an, einen alten, todkranken Mann, dem offenkundig nur noch wenig Zeit blieb. „Ja, ich werde euer Gelübde erfüllen. Aber bitte entlasst mich nach meiner

Ankunft in Santiago aus dem Konvent. Und, das bitte ich euch von Herzen, sagt mir, wer meine Eltern sind. Und wohin hat Rudolf von Falkenfels seine Tochter Magdalena gebracht?" Er hatte atemlos gesprochen, und wartete mit Bangen auf die Antwort.

„Johannes!" Lambert blickte erschrocken auf den jungen Mönch. „Es ziemt sich nicht, jetzt Forderungen und Bedingungen an unseren Vater Abt zu stellen! Er wird bald vor dem Schöpfer stehen!" Marcellus atmete keuchend. Minuten verstrichen. Dann sagte er mühsam: „Lambert, stelle ohne Verzögerung eine Urkunde aus! Ich unterzeichne sie sofort. Johannes soll in allen Klöstern bis Santiago Unterkunft gewährt werden. Nach seiner Ankunft in Santiago und der Niederlegung des Holzes im Grab soll er aus dem Orden entlassen werden." Er winkte Lambert mit schwacher Geste heran. „Die Urkunde muss für die besagte Äbtissin auch unumkehrbare Worte in der Sprache von Hildegard enthalten", flüsterte Marcellus.

Lambert nickte. „Wie Ihr wünscht. Ich stelle die Urkunde sofort aus". Er sah Johannes mit bedeutungsschwerem Blick an und eilte hinaus. Beide wussten, dass nur wenig Zeit blieb.

Johannes wartete verwundert. Unumkehrbare Worte von Hildegard? Welche Äbtissin? Was sollte das bedeuten? Doch als er nur noch das angestrengte Atmen von Marcellus hörte, fragte er leise: „Und meine Eltern? Wer sind sie? Wo komme ich her? Wo ist die Urkunde über meine Herkunft? Und wo ist Magdalena? Bitte, Vater Abt!" Die letzten Worte flehte er. Marcellus reagierte nicht. Die Minuten verstrichen. Dann flüsterte Marcellus fast unhörbar: „Fehmarn…. suche ….. Fehmarn. Aber erst nach Santiago!" Die letzten Worte hatte er herausgepresst.

Johannes trat näher. Es tat ihm selbst fast körperlich weh, den Todkranken zu drängen. „Und die Urkunde?" Marcellus bewegte zitternd seine Hand. Lambert kam zurück. Er hatte die letzten Worte gehört. „Die Urkunde? Hier ist die Urkunde!" Er legte den Federkiel in die Hand von Marcellus. Dieser sammelte noch einmal alle Kräfte, die er hatte. Dann richtete sich der Kranke auf, setzte seine Unterschrift unter die Urkunde und ließ sich dann erschöpft zurückfallen. Der Federkiel fiel ihm aus der Hand. Marcellus war bewusstlos geworden.

Johannes schüttelte verzweifelt den Kopf. Was sollten die Worte „Fehmarn" bedeuten? Es musste die Insel Fehmarn an der Ostseeküste im Königreich Dänemark sein. War Magdalena im Norden? Oder war das die Heimat seiner Eltern? Gewissheit würde ihm nur die Urkunde geben können. Doch dafür war es jetzt zu spät. Er schalt sich, dass er zu viel auf einmal von dem Todkranken zu wissen begehrt hatte. Lambert fasste Johannes unter dem Arm. „Du musst dich eilen. Es geht mit ihm zu Ende. So lange er noch lebt, kannst du das Kloster noch verlassen. Wenn er stirbt, wird Matthäus endgültig die Leitung übernehmen. Er wird nur die Anordnungen aufrechterhalten, die er für richtig erhält. Und die Worte dieser Urkunde gehören nicht dazu, so lange sie noch in diesen Mauern ist." Beide eilten hinaus und riefen Mauritius.

Also hatte sich Johannes so schnell er konnte, reisefertig gemacht. Offiziell verbreitete Lambert die Darstellung, Marcellus habe Johannes verpflichtet, in Santiago für sein Seelenheil zu beten. Auch wenn Matthäus über die Entscheidung von Marcellus zürnte, so galt noch der Wille des Abtes.

Aus der Kleiderkammer erhielt Johannes die notwendige Reiseausstattung. Sie bestand aus Hosen, Kukulla und Tunika sowie einem Reisebeutel mit Wachstafel und Griffel, dazu ein Holzlöffel, Nähzeug, Tuch, Socken und gutes Schuhwerk. Das Messer hatte Johannes auf Anraten von Lambert an seinem Gürtel befestigt. „Wenn du es gut verbergen willst, dann trage es offen. Es sieht, abgesehen von den silbernen Stiften so aus wie jedes Messer, das zum Essen gebraucht wird. Und so solltest du es auch nutzen! Gib mir dein altes Messer dafür. Und hänge gleich noch den Löffel daneben." Lambert gab ihm noch einen Wanderstab, eine Kürbisflasche, einen kleinen Lederbeutel mit Geldstücken und zuletzt eine Jakobsmuschel. „Befestige sie an deiner Kutte! Du kannst damit Wasser schöpfen und sie weist dich als Jakobspilger aus. Nicht nur in Klöstern wirst du so aufgenommen werden. Und mit dem Geld wirst du auch bei längeren Aufenthalten, zu denen du vielleicht durch widrige Umstände gezwungen sein könntest, die Unterkunft bezahlen können."

Nur einen Tag nach dem Gespräch bei Marcellus stand Johannes an der Pforte von St. Peter und Paul. Matthäus und die anderen Brüder waren nicht zugegen. Nur Lambert und Igor waren da und umarmten ihn. Als Igor zurück in seine Pforte gegangen war, fragte Johannes: „Lambert, ich danke dir für alles. Möge Gott dich schützen. Ich werde dich vermissen und nie vergessen. Aber bitte sagst du mir: Wer sind meine Eltern? Und wo ist Magdalena? Wo hat ihr Vater sie damals hingebracht?" Lambert kämpfte mit sich. Dann sah er ihm in die Augen und entgegnete: „Deine

Herkunft ist in der Urkunde enthalten, die wie alle anderen im Archiv des Klosters aufbewahrt war. Doch Vater Abt hat sie vor kurzem zu sich genommen und verwahrt. Ich weiß weder wo sie ist, noch ist mir der Inhalt bekannt. Marcellus hat nie mit mir darüber gesprochen. Auch sah ich deine Eltern nie von Angesicht zu Angesicht. Als sie dich im Kloster darbrachten, war ich noch nicht lange Cellerar und hatte viel zu tun. Ich sah dich erstmals, als deine Eltern schon abgereist waren. Es tut mir leid."

Lambert schwieg eine Weile. Dann fuhr er fort: „Was dieses Mädchen betrifft, nachdem du dich sehnst: Marcellus hat Matthäus und mir ihren Aufenthaltsort unter dem Siegel der Verschwiegenheit anvertraut. Ich darf es dir nicht verraten und ich werde es dir nicht verraten, um keinen Vertrauensbruch zu begehen. Aber suche im Süden, zwischen der Donau und München, nach ihr. Dort wirst du sie finden, wenn sie noch lebt. Gott sei mit Dir! Aber, Johannes..." Der alte Mönch sah ihn mahnend an, „Versprich mir, dass du dein Versprechen erfüllst. Das bist du Marcellus schuldig!"

Johannes nickte. „Ich verspreche es. Und ich werde für dich und unsere Mitbrüder beten. Möge Gott mit euch sein!" Johannes drückte Lambert die Hand, wandte sich um und machte sich auf den Weg. Die Klosterpforte von St. Peter und Paul schloss sich für immer hinter ihm.

*

18. Juni 1390, Gasthaus „Zum Hirschen"

„Johannes, wo bleibst du denn?" Hubertus´ Stimme riss ihn aus seinen Gedanken.

„Ich bin ein Träumer", tadelte er sich. Wenn er weiter so lange nachdachte, dann würde er nie an seinem Ziel ankommen. Und auch nie seine geliebte Magdalena finden, gestand er sich ein. Er packte seinen Beutel, nahm seinen Wanderstab und trat an den Fluss, um Wasser in seine Kürbisflasche zu füllen.

Die Reisegruppe, bestehend aus Hubertus, Irmingard, Anton, Adelgund und Gregor wartete schon. Alle führten ihre Besitztümer in ähnlichen Umhängebeuteln wie Johannes mit sich. Adelgund und Irmingard hatten zusätzlich noch eine Art wollenen Schlauch um die Schultern hängen, in dem sie vielleicht Dinge mit sich führten, die nur Frauen brauchten. Die neu zusammengewürfelte Reisegesellschaft bezahlte ihre Kosten für

Verpflegung und Nachtlager und verabschiedete sich von dem freundlichen Wirt, der sie so gut beherbergt hatte. Hubertus tippte an seinen Hut und blinzelte noch dem jungen Schankmädchen zu, welches verschämt lächelnd eine heimliche Träne im Augenwinkel verdrückte.

Johannes war froh, dass es weiterging. ‚Im Süden, noch vor München', hatte Lambert gesagt. Würde er Magdalena finden? Sie hatte sicherlich einen Ordensnamen angenommen. Wie mochte es ihr gehen? Und, wartete sie tatsächlich auf ihn, fragte er sich bangen Herzens. Doch dann wischte er diese Fragen beiseite. Mit Gottes Hilfe würde er sie finden und dann würden sie auf immer zusammen sein. Kurz griff er an den Anhänger mit ihrem Bildnis, den er seit seinem Aufbruch aus dem Kloster unter der Kutte um seinen Hals trug. Schon bis zum nächsten Ziel, dem Kloster Plankstetten in der Nähe des Flusses Altmühl, konnte es nicht mehr lange dauern. Nach Fehmarn, nahm er sich vor, würde er reisen, wenn er seine Aufgabe in Santiago de Compostela erfüllte hatte. Und Magdalena würde dabei sein.

Wie sich bald herausstellte, ging es langsamer als beabsichtigt voran. Der Tag war zunächst heiß und die Sonne brannte vom Himmel. Allen lief der Schweiß in Strömen vom Leib. Dazu kam die große Leibesfülle und Kurzatmigkeit von Anton, der meist mit puterrotem Gesicht einher stapfte, über die Strapazen des Reisens schimpfte und bei jeder Steigung außer Atem geriet. „Nicht so schnell, ihr rennt ja, als wären Hexen hinter euch her!", keuchte er. Adelgund und Gregor, die hinter ihm gingen, stießen ihn in den Rücken. „Würdest du nicht so viel fressen, dann kämst du schneller voran", spottete Gregor.

Hubertus, der seit ihrem Aufbruch nicht mehr von Irmingards Seite wich und mit ihr auffordernde Blicke austauschte, sagte leise zu ihr: „Als ich noch im Königreich Italien unterwegs war, habe ich manche Bruderschaft kennengelernt. Dort sind Todesfälle nicht immer, was sie zu sein scheinen. Wenn du deines Bruders einst überdrüssig wirst, dann kann ich es wie ein Unglück aussehen lassen, wenn du weißt, was ich meine." Dabei lachte er verschmitzt. Irmingard zischte empört zurück: „Er ist immer noch mein Bruder, auch wenn er uns allen manches Mal auf die Nerven geht. Und er ist ein herzensguter Mensch, der mir nach dem Tod meines Mannes beigestanden und mir geholfen hat. Also sieh dich vor!"

Sie hielt inne, dann fuhr sie flüsternd fort: „Wenn du mir wirklich Freuden bereiten willst, dann mach das des Nachts auf die Weise, die ich mir vorstelle. Aber glaube mir, ich bin erfahrener und auch anspruchsvoller als das junge Ding im Gasthaus." Sie errötete. Hubertus grinste freudig zurück: „Alles, was du willst, meine Schöne."

Gegen Mittag verdunkelte sich der Himmel rasch. Ein Gewitterregen setzte ein und machte das Fortkommen nicht einfacher. Die Straßen verwandelten sich bald in Schlamm, der sie manchmal bis zu den Knöcheln einsinken ließ. Obwohl alle aus ihren Beuteln eilig Umhänge und Mantel hervorkramten, um sich vor den Unbilden des Wetters zu schützen, half dies nur bedingt. Ab und an sahen sie Fuhrwerke, aber da sie eine Gruppe von sechs Reisenden waren, hatte keiner der Wagenlenker genug Platz, sie aufzunehmen. Das Angebot eines dicken Schweinehändlers, die beiden Frauen mitzunehmen, lehnten sie ab. Adelgund meinte lakonisch: „Für den wären wir frisches Fleisch gewesen, keine Hauptspeise, aber ein Nachtisch. Wer weiß, was der mit seinen Schweinen macht, so wie er stinkt." Dies sorgte für Heiterkeit, aber ihre Lage besserte sich dadurch nicht. Nach wenigen Stunden waren alle durchnässt und erschöpft.

Beim ersten Gasthaus suchten sie Zuflucht. Es war überfüllt und verkommen. Mehrere Reisende mussten sich ein Bett teilen, das Essen bestand nur aus fade schmeckendem Haferbrei und das Stroh, in dem sie schliefen, roch verfault. Irmingard schauderte und Adelgund rümpfte die Nase.

So ging es auch am nächsten und übernächsten Tag weiter. Die Hitze der letzten Tage war verflogen und es regnete stetig. Anton schimpfte immer wieder und machte auch vor anderen Reisenden, die ihnen unterwegs begegneten, nicht Halt. Er klagte bei den Pausen, die sie gemeinsam mit entgegenkommenden Fremden machten, gegenüber den rastenden Kaufleuten, Handwerksgesellen, Hausierern und auch Mönchen über die schlechten Straßen und dass vor allem die Edelleute daran Schuld seien, die von der Arbeit des Volkes lebten und sich nicht um das Wohlergehen der Bauern kümmerten. Die meisten sahen ihn nur befremdet an, aber manche stimmten ihm auch zu. Das gab Anton genug Ansporn, weiter über die seiner Meinung nach faulen und schmarotzenden Ritter und Adeligen herzuziehen. Nur in den Gasthöfen, in denen auch Hochgestellte einkehrten, hielt er vorsichtshalber seine Zunge im Zaum.

Hubertus warnte ihn immer wieder, solche aufrührerischen Reden zu führen und auch Irmingard, Gregor und Adelgund versuchten, ihm deutlich zu machen, wie gefährlich ein solches Verhalten sei. Johannes schüttelte nur den Kopf über so viel Unvernunft. Es war Gottes Wille, auf dem alles beruhte. Und wenn man damit nicht zufrieden war, dann nützte es nichts, nur zu schimpfen, sondern man musste selbst sehen, wie man zu etwas kam.

Aus Adelgunds Erzählungen wusste er, dass Anton als Hufschmied gearbeitet und vor Jahren die Tochter eines Gerbers geheiratet hatte. Bald nach der Vermählung war das Mädchen schwanger gewesen. Die Geburt war indes unglücklich verlaufen. Das Kind, ein Sohn, atmete nicht. Alle Bemühungen der Hebamme waren vergebens gewesen. Antons Weib war zudem bei der schweren Geburt am Blutverlust gestorben. Irmingard hatte ihn in dieser schweren Zeit getröstet. Nachdem Irmingards Mann später gestorben und ihr Kind tot zur Welt gekommen war, stand er daraufhin ihr bei.

Nach weiteren Tiraden von Anton gegenüber zwei alten frommen Jerusalem-Pilgern, die bald erschrocken ihre Reisesachen packten und eilig weiterwanderten, war es schließlich Gregor, der die Geduld verlor und sich vor ihm aufbaute. „Was passt dir denn nicht? Das Reisen zu Fuß ist kein Zuckerschlecken. Das wusstest du aber, als wir losgegangen sind. Irmingard wollte Pferde erstehen, auf denen wir bequemer gereist wären. Aber zum Reiten fehlt dir ja der Mut. Du hättest auch zu Hause bleiben können. Aber du wolltest unbedingt mit. Also beklage dich nicht! Nimm dir lieber ein Beispiel an den beiden Alten, die ohne Murren bis nach Jerusalem ins Heilige Land laufen! Und hör auf, solche aufrührerischen Reden zu führen! Jeder ist an dem Platz, an dem Gott ihn gestellt hat. Und dies ist nun mal dein Platz. Wenn du einmal mit deinen Reden an den Falschen gerätst, dann kann dich das den Kopf kosten.

Und stell dir vor!", fuhr er ironisch fort, „dann hast du nicht einmal mehr einen Mund, durch den du dein Essen reinschieben kannst." Er klopfte Anton auf die Schultern und sagte: „Komm, gehen wir weiter! Das Wetter wird bestimmt wieder besser."

Doch es blieb regnerisch und die Laune der Reisenden sank weiter. Bei einem erneuten starken Regenguss flüchteten sie in einen Holzschuppen, in dem sich eine Herde Schafe drängte. Irmingard rümpfte die Nase. „Das Leben jetzt erst recht genießen und die Welt kennen zu lernen, so lange es sie noch gibt", bemerkte sie schniefend. „Es gibt aber auch Dinge, die ich gar nicht so genau kennen lernen will." Anton schimpfte erneut über das

Wetter und die Adeligen, als ob diese für den Regen verantwortlich wären. Als er bemerkte, dass niemand mehr seinen lästerlichen Reden Aufmerksamkeit schenken wollte, sang er mit lauter Stimme: „Als Adam grub und Eva spann, wo war denn da der Edelmann?"

Hubertus fuhr herum. „Woher hast du diese Worte?", fragte er in scharfem Ton. Anton lächelte überlegen, im momentanen Bewusstsein, die Oberhand zu haben. „Ich weiß mehr, als du denkst, lieber Hubertus", sagte er selbstgefällig. Noch einmal sang er: „Als Adam grub und Eva spann, wo war denn da der Edelmann?"

„Was haben diese Worte für eine Bedeutung?", fragte Adelgund, der bei Hubertus´ Reaktion unbehaglich geworden war. Auch Gregor sah besorgt drein, während Irmingard ärgerlich durchschnaufte. „Das hat er von einem Reiter gehört, der vor einem Jahr bei unserem Hufschmied neue Eisen für sein Ross machen ließ. Der Spruch reimt sich und gefällt ihm seitdem so gut, dass er ihn immer wieder vorträgt. Wahrscheinlich weiß er gar nicht mal, was das bedeutet. Ich weiß es jedenfalls nicht." Sie wandte sich an Anton. „Außerdem bist du kein Bauer, sondern hast bei einem Schmied gelernt. Also höre endlich auf, von Dingen zu sprechen, von denen du nichts verstehst!" „Natürlich weiß ich, was das bedeutet", verteidigte sich Anton. „Ach ja, was denn?", fragte Adelgund. Statt einer Antwort grinste Anton nur.

Hubertus blickte zu Johannes. „Was weißt du darüber?" Johannes zögerte.

„Nur soweit ich einst von meinem Abt erfahren habe, der Pilger aus England an seinem Tisch in St. Peter und Paul hatte. Es geht um den Bauernaufstand vor neun Jahren."

Hubertus nickte. „1381 gab es in England an der Ostküste eine Revolte der Bauern gegen die Obrigkeit. Es sollte, so hörte man, eine Steuer erhoben werden, um einen Krieg in Spanien zu finanzieren. Die Bauern marschierten nach London, zur Hauptstadt. Diese Worte, die Anton hier so gedankenlos sagt, waren der Schlachtruf der Aufständischen. Sie hatten sie von einem Prediger namens John Ball gehört, der zu den Aufwieglern des Aufstands zählte."

Anton machte große Augen, als er das hörte, fing sich aber schnell wieder und sagte: „Also, wenn schon die Kirche das sagt, dann muss es ja stimmen."

Hubertus sah ihn kopfschüttelnd an. „Diese Worte haben mehr Schaden angerichtet, als du dir vorstellen kannst. Die Felder der Grundherren wurden nicht mehr bewirtschaftet. Die Bauern stürmten Burgen, Rathäuser der Städte und auch Abteien. Auch die Kirche, von der du glaubst, dass sie die gleiche Meinung hat, wurde von den Aufständischen nicht verschont. Zudem wurden Steuerregister von ihnen verbrannt, Gefangene wurden befreit."

Aller Augen waren nun auf Hubertus gerichtet. In eindringlichem Ton fuhr dieser fort. „Bald standen fast 20.000 Bauern unter der Führung eines gewissen Wat Tyler vor den Toren von London. Hier stieß auch John Ball dazu. In ihrer grenzenlosen Selbstgerechtigkeit forderten sie Verhandlungen mit dem König selbst. Während sie darauf warteten, dass Richard II. von England kam, haben einzelne Haufen in London wahllos zu morden begonnen. Gefällt dir die Geschichte immer noch?" Anton schluckte.

„Man muss ja nicht gleich morden", verteidigte er sich lahm.

„Nein", antwortete Hubertus langsam, „aber die Dinge liefen, wie wir Seemänner sagen, völlig aus dem Ruder. Der König kam tatsächlich. Und in seiner Gegenwart wurde Wat Tyler im Handgemenge vom Londoner Bürgermeister erdolcht. Die Situation drohte vollends außer Kontrolle zu gelangen. Doch Richard II. sicherte den Bauern Amnestie zu und versprach die Aufhebung der Leibeigenschaft. Daraufhin zogen die Bauern ab."

„Und was geschah dann?", fragte Gregor. „Das kann doch nicht alles gewesen sein, oder?" „Natürlich nicht", entgegnete Hubertus bitter. „Johannes, weißt Du, was dann passierte?" Dieser dachte kurz nach, dann sagte er: „Kaum waren die Bauern abgezogen, hob die Regierung die Amnestie auf. Die Bauernführer, auch der Prediger John Ball, wurden verfolgt, gefangen und aufgehängt. Die Unruhen, die an der Ostküste ausgebrochen waren, wurden mit großer Härte unterdrückt. Als die Bauern später wieder beim König vorstellig wurden, um auf die Einhaltung der Versprechen zu drängen, sagte dieser: ‚Leibeigene seid ihr und Leibeigene sollt ihr bleiben'."

„Und so ist es bis heute", schloss Hubertus. „Der Adel hat die Revolte nicht vergessen. Die Kunde davon hat sich mittlerweile bestimmt auch hierzulande bei allen Grundherren und Beamten der Fürsten verbreitet. Auch dieser Schlachtruf ist in den herrschenden Kreisen wohlbekannt.

Also, lieber Anton, wenn du noch lange leben willst, dann sei klug und schweige, so wie die Schafe, mit denen wir unsere Unterkunft teilen dürfen!"

„Und das, was sie hören lassen, versteht zumindest keiner", lachte Gregor.

„Aber sie haben mehr Wolle als Du, mein lieber Gatte", versetzte Adelgund und strich ihrem Ehemann über die lichte Stirn.

Für eine kurze Zeit sah es so aus, als habe sich Anton die Warnungen zu Herzen genommen. Als sie später entlang eines Flüsschens weiterreisend von einem jungen Ritter mit seinem Knappen eingeholt wurden, war er still. Der Ritter und sein Knappe begleiteten die Gruppe für den Rest des Tages, der sie durch einen dichten Wald führte. Als sie am späten Nachmittag des 20. Juni 1390 Berching, einen kleinen befestigten Ort, erreichten, verabschiedete sich der Ritter. „Ich mache heute Rast an diesem Ort, bevor wir morgen nach Osten weiterreisen. Wollt Ihr nicht auch heute Nacht hierbleiben?" fragte er. „Wir wandern weiter nach Plankstetten und nächtigen im Kloster meiner Glaubensbrüder", antwortete Johannes unter den finsteren Blicken von Anton.

Der Ritter zuckte die Achseln. „Wie es euch beliebt. Ihr müsst euch entlang dieses Flusses, der Sulz genannt wird, genau nach Süden halten. Es ist kein weiter Weg mehr. Doch eilt Euch, bevor es dunkel wird, denn die Sonne steht schon tief. Die Wälder sind unsicher und manch Gesindel treibt sich herum. Gott behüte Euch!" Mit diesen Worten bestiegen der junge Edelmann und sein Knappe ihre Pferde und lenkten sie zum Stadttor.

Die Gefährten wanderten weiter. „Woher kennst du eigentlich die Geschichte vom Bauernaufstand in England so genau?" wandte sich Johannes verwundert an Hubertus. Dieser antwortete: „In den Hafentavernen an Nord und Ostsee erfuhr ich diese Dinge, lieber Johannes, und noch viele andere. In unserer Mannschaft verdingten sich auch Bauern und Knechte, die damals dabei waren und den Strafaktionen des Adels entkamen. Aber manch andere wurden geblendet, aufs Rad geflochten oder geviertteilt. Ich habe selbst gesehen, wie Aufständische gerädert wurden."

Johannes dachte wieder, wie wenig er tatsächlich vom Leben außerhalb des Klosters wusste. Dort war es eine kleine, überschaubare und behütete Welt gewesen. Hier draußen wehte ein rauer Wind. Als es kurz darauf zu dämmern begann, machte der junge Mönch sich Sorgen. Wir haben noch keine Unterkunft gefunden und wer weiß, wie weit es noch bis Plankstetten ist", raunte er Hubertus zu. Auch dieser blickte nachdenklich drein.

„Ich war hier in der Nähe schon vor einigen Jahren, als ich von Süden her gereist bin. Aber an diesem Fluss kam ich nicht vorbei. Auch war ich nicht in diesem Kloster. Aber es kann nicht mehr allzu weit sein."

„Wann sind wir denn endlich bei deinen Brüdern, Johannes?", murrte Anton lautstark hinter ihnen. „Ich habe Hunger!" „Immer ans Fressen denken", versetzte Adelgund trocken. Aber auch sie sowie Gregor und Irmingard wirkten erschöpft.

Hubertus überlegte. Dann wandte er sich an die Reisegruppe. „Wartet hier. Ich verschaffe mir einen Überblick". Er blickte prüfend auf eine Baumgruppe, die am Wegesrand stand und kletterte dann geschwind auf einen Baum mit ausladenden Ästen. Während er nach oben stieg, ließen seine Reisebegleiter ihre Habseligkeiten zu Boden fallen und sanken erleichtert ins Gras. Irmingard blickte bang nach Hubertus, der scheinbar mühelos wie ein Eichhörnchen immer weiter nach oben stieg. Als die Äste so dünn wurden, dass sie sich unter dem Gewicht des Kletternden bogen, hielt sie sich vor Schreck die Hand vor den Mund. Auch Johannes sah respektvoll hinauf. Er selbst war nie schwindelfrei gewesen. Sobald er mehr als vier Ellenlängen über dem Boden stand, wurden ihm die Knie weich. Hubertus aber hielt sich geschickt fest und blickte aufmerksam nach Süden.

„Ich sehe flussabwärts einen Kirchturm. Vielleicht ist das ja das Kloster Plankstetten. Gleich daneben ist eine kleine Ansiedlung. Es ist nicht mehr weit." Flugs stieg Hubertus wieder herunter und ließ sich geschickt vom letzten Ast gleiten. Als er wieder auf dem Boden stand, schmunzelte er beim Anblick der erschöpften Reisenden. „Auf, auf, meine Wandervögel! Wenn wir schnell sind, dann erreichen wir das Kloster bald." Stöhnend richteten sich Adelgund, Gregor und Anton auf. „Wie lange wird es noch dauern?", fragte Adelgund schnaufend. Hubertus antwortete: „Nur noch kurze Zeit, seid ohne Sorge, in weniger als einer Stunde sind wir da.". Allerdings habe ich von oben dunkle Gestalten zwischen den Bäumen westlich des Flüsschens gesehen. Es könnten Strauchdiebe sein. Solange die Sonne nicht ganz untergegangen ist, werden sie sich nicht herauswagen, aber dann….", ließ er die Worte in der Luft hängen.

„Los, worauf warten wir noch!", drängte Anton. „Schnell, schnell, gehen wir!" Er packte seinen Beutel und marschierte los, ohne auf die anderen zu warten. Gregor und Adelgund folgten ihm eilig, sich besorgt umblickend. Hubertus grinste: „Kaum erzählt man etwas von dunklen Gestalten, schon können sie laufen wie junge Pferde." Irmingard stieß ihn empört in die Seite, während Johannes ein Lächeln verbarg. Anton würde nicht mehr über Hunger klagen, bis sie im Kloster waren.

Wie Hubertus gesagt hatte, erreichten sie bald die Klosterpforte von Plankstetten. Johannes klopfte, nannte dem Pförtner seinen Namen und hielt das Empfehlungsschreiben seines Abtes an die vergitterte Öffnung der Pforte. Der Pförtner ließ daraufhin die erschöpften Reisenden hinein. Nach dem Austausch des Friedenskusses und dem gemeinsamen Gebet wurde ihnen in der Küche, die für Gäste bereitstand, ein Abendessen, bestehend aus Brot, Gemüse und Haferbrei gereicht. Danach geleitete sie ein junger Mönch, der sich als Bruder Lukas vorstellte, zu ihren Unterkünften.

Johannes bat darum, der Komplet beiwohnen zu können, eine Bitte, die ihm gerne gewährt wurde. Als er in der Zelle lag, die ihm, dem Benediktinermönch, als Nachtlager gewährt wurde, blickte er, wie jeden Abend, an dem es ihm möglich war, durch das Fenster zum Mond, der in dieser Nacht deutlich zu sehen war. Er betete für Magdalena und bat Gott, ihm bei seiner Suche beizustehen. Ob sie wohl auch jetzt den Mond betrachtete? Er glaubte fest daran. Morgen würde er bei den Brüdern nachfragen, ob vor Jahren der Edelmann von Falkenfels mit seinen Töchtern um Unterkunft nachgefragt hatte. Sicher war es so gewesen, denn er würde froh gewesen sein, für Gotteslohn einkehren zu können. Bald schlief er tief und fest.

*

Zur selben Zeit in einem Benediktinerinnenkloster südlich der Donau

In ihrem Konvent betrachtete auch Magdalena die Mondscheibe. Fast auf den Tag genau seit sieben Jahren war sie nun mit ihrer Schwester Theresia hier.

Ihr Vater hatte sie beide in der Abtei dargebracht, so wie er es gelobte. Magdalena dachte daran, dass sie an dem Tag ihren sechzehnten Geburtstag gehabt hatte, was bei den Monialen, die sie aufnahmen, als Zeichen Gottes gesehen worden war. Ihr Vater war dann in den Dienst des Herzogs Stephan III. getreten. Anfangs besuchte er sie noch in regelmäßigen Abständen, doch im Herbst 1385 hieß es, er sei während eines Feldzuges südlich der Alpen verschleppt worden. Sie hatten nie wieder von ihm gehört.

Seine Töchter waren damals freundlich aufgenommen worden. Fast alle ihrer Glaubensschwestern entstammten dem Adel und als Angehörige derer von Falkenfels waren Theresia und Magdalena unter ihresgleichen.

Theresia fiel die Umstellung auf das Klosterleben leicht. Sie lernte mit Eifer lesen und schreiben und wurde bald im Skriptorium eine der begabtesten Zeichnerinnen. Voller Interesse widmete sie sich der Chronik des Konvents. Auch wollte sie in Kürze damit beginnen, die Töchter des Ortes in der Schule des Klosters zu unterrichten. Die Leiterin des Skriptoriums, Schwester Simeona, lobte sie fortwährend.

Magdalena dagegen gewöhnte sich nur schwer ein, auch wenn die anderen Mitschwestern ihr freundlich begegneten. Vor allem eine der etwas älteren Monialen, Schwester Ludovica, die aus dem Südwesten des Reichs stammte, nahm sich ihrer herzlich an. Bald entwickelte sich eine echte Freundschaft zwischen ihnen. Sie vertrauten sich ihre Nöte und Sorgen an und trösteten sich gegenseitig, wenn sie niedergeschlagen waren. Ludovica, die eine leidenschaftliche Gärtnerin war, hatte auch äußerlich eine große Ähnlichkeit mit Magdalena, so dass die Mitschwestern sie manchmal spöttisch „Zwillinge mit Jahresunterschied" nannten.

Über ihre Sehnsucht nach Johannes allerdings wagte Magdalena nicht einmal mit Ludovica zu sprechen. Vielmehr betäubte sie diese Sehnsucht mit dem verbissenen Lernen der Heilkunst. War es anfangs nur das Einlösen ihres Gelübdes gewesen, entwickelte sie aber bald ein echtes

Interesse an der Kräuterkunde der Hildegard von Bingen, dem Heilen von gebrochenen Gliedmaßen und dem Kurieren manch anderer Krankheiten. Ihre Lehrmeisterin, Schwester Alvita, war des Lobes voll. Und auch die Äbtissin des Klosters, die eine glühende Verehrerin der Ordensfrau Hildegard war und die Beschlüsse der Konzile, die die Medizin in Klöstern untersagten, für Unfug erklärte, hielt große Stücke auf die junge Schwester.

Und doch haderte Magdalena insgeheim mit ihrem Schicksal. Mit grausamer Klarheit war ihr nach dem Verschwinden ihres Vaters langsam klar geworden, dass sie nun außerhalb der Mauern ihres Konvents außer der Hoffnung auf Johannes nichts mehr hatte. Obwohl sie den jungen Mönch in Coburg nur ein paar Stunden gesehen hatte, wusste sie, dass sie füreinander bestimmt waren. Auch wenn er linkisch, unerfahren und verlegen gewesen war, hatte sein lauteres Wesen in ihr eine atemlose Verliebtheit ausgelöst. Je weiter sie sich nach ihrer Abreise aus St. Peter und Paul von Coburg entfernten, desto mehr war aus Verliebtheit eine Liebe (oder war es nur Sehnsucht?) geworden. Dabei wusste sie von ihm so gut wie nichts. Würde er sein Versprechen wahr machen und nach ihr suchen?

Wie es bei den Mönchen und Monialen üblich war, hatten sie mit ihrem Eintritt einen Ordensnamen angenommen. Magdalena von Falkenfels war seit sieben Jahren ein Name, der Vergangenheit war. Doch Johannes kannte sie nur unter diesem Namen. Sogar wenn er sich auf die Suche nach ihr gemacht hatte, würde er sie finden?

Ob er überhaupt noch an sie dachte? Oder hatte er sie längst vergessen? Unbehaglich dachte sie daran, dass es ihr selbst immer schwerer fiel, sich an sein Gesicht zu erinnern. Wie hatte er sich verändert?

Sie gestand sich mit schlechtem Gewissen ein, dass sie in letzter Zeit immer seltener an ihn gedachte. Im ersten Jahr nach ihrem Eintritt in den Konvent, das von schrecklichen Ereignissen begleitet war, sah sie jeden Tag nach der Komplet zum Mond. Sie wusste, dass auch Johannes hinaufsah. Dieser Gedanke gab ihr zunächst Trost. Doch nach und nach wurden die Zeiträume größer, in denen sie gleich zu Bett ging und einschlief, ohne an ihn zu denken.

Manchmal hatte sie den Entschluss gefasst, die Äbtissin zu bitten, sie auf die Reise nach Coburg zu schicken. Doch dann verließ sie jedes Mal wieder der Mut. Es gab keinerlei Grund für die Abtei, sie nach Norden zu schicken. Außerdem war das Reisen gefährlich, gerade für Frauen, ob sie nun Monialen waren oder nicht. Und die Äbtissin wurde nicht müde, zu betonen, wie wertvoll ihre Heilkunst für die Kranken war, vor allem, weil der Medicus, der im Ort praktizierte, mehr dem Wein als dem Studium der Heilkunde zugetan war.

Magdalena wandte den Blick ab. Sie musste vernünftig bleiben und nicht irgendwelchen Hirngespinsten nachhängen. Es hatte keinen Sinn, heute noch weiter über Träume und Wünsche nachzugrübeln. In der Krankenstation warteten jeden Tag Menschen, ob Bauern, Handwerker oder Bürger, die ihrer Hilfe bedurften. Sie musste morgen ausgeruht und bei Kräften sein.

Wie hatte neulich ein Reisender gesagt, der bei der Äbtissin am Tisch zum Abendessen saß? „König Waldemar IV. von Schweden trug deswegen den Beinamen ‚Atterdag', weil er zu sagen pflegte: „Morgen ist ein anderer Tag."

*

21. Juni 1390, Kloster Plankstetten

Nach Mitternacht klopfte es an Johannes Zelle. „Zeit für die Vigilien, Bruder Johannes", hörte er eine leise Stimme. „Ich komme", erwiderte er. Johannes legte seine Kutte an, warf erst dann die Decke ab und stellte sich vor das Bett. Sorgfältig breitete er die Decke aus und verbarg das Kopfpolster vollständig darunter. Dann packte er seine Reisesachen zusammen.

Nach dem Nachtgebet in der Klosterkirche, einer dreischiffigen, flach gedeckten Basilika, verbrachte er die Zeit bis zur Laudes mit den Brüdern in stiller Meditation. Dann riefen die Glocken zum Morgenlob und sie begrüßten mit Gesang den Aufgang der Sonne. Nach der Prim nahmen Johannes und seine Mitreisenden das Morgenmahl schweigend im Refektorium ein, wo sie am Tisch des Abtes Platz nehmen durften. Der Abt erkundigte sich über das Heimatkloster des jungen Mönchs und dieser erzählte von seinem Konvent, seiner Pilgerreise und den bisherigen Erlebnissen. Als sie gegessen hatten und noch während seine Reisegefährten sich bereit für die Weiterwanderung machten, ging Johannes in seine Zelle. Er holte sein Reisegepäck und lief mit gerade noch angemessener Geschwindigkeit durch den Kreuzgang des Konventsgebäudes, dass südlich der Kirche lag, am Siechenhaus vorbei zur Pforte. Er hatte sich eine Geschichte ausgedacht, auch wenn ihm nicht wohl dabei war, einen Ordensbruder zu belügen. Doch, so tröstete er sich, Gott würde ihm diese Sünde vergeben, wenn es um die Liebe ging. Und was er zu wissen begehrte, ging die anderen nichts an.

„Gott mit Dir, Bruder Andreas!", grüßte er. „Gott sei auch mit Dir, Bruder Johannes", erwiderte der Pförtner. „Was kann ich für dich tun?" „Sag, Bruder", fragte Johannes, „mein Oheim, der Edelmann Rudolf von Falkenfels, der mich an Vaters Statt aufgezogen hat, ist vor sieben Jahren nach Süden zu einer Reise aufgebrochen und hat mich zuvor dem Kloster St. Peter und Paul dargebracht. Er versprach, mich wieder zu besuchen. Nun haben uns beunruhigende Nachrichten erreicht, dass er in der Fremde verstorben sein soll. Mein Abt hat mir gestattet, nach ihm zu suchen, um ihm, wenn möglich, ein christliches Begräbnis zu ermöglichen. Ich habe mich nun aufgemacht, seinen Spuren zu folgen. Sagt, Bruder, hat er damals in Eurer Abtei Unterkunft erhalten? Sollte dies so gewesen sein, könnt Ihr mir sagen, wohin er weiter gereist ist?"

Der Pförtner sah ihn forschend an und schwieg eine lange Zeit. Johannes fühlte sich unter diesem sezierenden Blick unbehaglich, hielt jedoch stand. Dann antwortete Andreas: „Ja, ich erinnere mich. Dein Oheim war hier. Er kam mit seinen beiden Töchtern zu uns und blieb für eine Nacht." Diese Auskunft schien dem Pförtner ausreichend.

„Ich will nicht unhöflich sein", setzte Johannes erneut an. „Aber es wäre mir eine große Hilfe, wenn du mir sein nächstes Reiseziel nennen möchtest, so es kein Geheimnis ist. Denn es ist mir ein Herzensanliegen, meinen Oheim in Christi ruhen zu lassen." Der Mönch zuckte die Achseln. „So ich mich recht erinnere, wollte er entlang des Flusses Altmühl und dann zur Donau. Ob er dort mit seinen beiden Töchtern auf dem Fluss weitergereist oder irgendwo sonst eingekehrt ist, weiß nur Gott allein. Sein Pferd war jedenfalls in erbarmungswürdiger Verfassung. Als Edelmann", Andreas verzog dabei spöttisch seine Miene, „könnte er natürlich auch in der Burg zu Vohburg um Unterkunft gebeten haben. Dort soll man angeblich nicht sehr wählerisch bei der Aufnahme von Reisenden sein." Andreas lächelte herablassend.

Johannes musste sich hüten, nicht vor Zorn die Fäuste zu ballen. Er ließ sich jedoch nichts anmerken, hob die Hände und sprach: „Hab Dank, Bruder. Du hast mir eine wertvolle Auskunft gegeben. Mit deiner und Gottes Hilfe werde ich meinen Oheim bald gefunden haben." Leise

Unterhaltung verriet ihm indes, dass sich seine Reisegefährten in Begleitung des Cellerars der Pforte näherten.

Die Reisegruppe tauschte den Abschiedskuss aus. Andreas erläuterte ihnen den weiteren Weg: „Folgt dem Flussverlauf der Sulz auf dieser Uferseite nach Süden, bis sie bei Beilngries in die Altmühl mündet. Dort quert ihr die Altmühl in Richtung Süden und folgt ihr bis Riedenburg. Bis zur Dämmerung dürftet ihr dort sein. Dann müsst Ihr euch genau nach Süden halten, bis Ihr die Donau erreicht. Hier liegt die Herzogsstadt Vohburg mit der Burg. Gott sei mit Euch."

Die Reisenden dankten und brachen auf. Johannes war erleichtert. Magdalena war nicht nur in Plankstetten gewesen. Nein, Ihr Vater wollte an die Donau weiterreisen. Vielleicht war er wirklich in Vohburg eingekehrt. Glücklicherweise war dies auch das nächste Ziel, das Johannes ins Auge gefasst hatte. Mit etwas Glück und Gottes Hilfe würde dort ein weiterer Hinweis auf den Verbleib des geliebten Mädchens oder, besser gesagt, mittlerweile der geliebten Frau sein. Er musste sich zudem eingestehen, dass er von ihr nur das Wenige wusste, was sie ihm erzählt hatte. Aber, dachte er trotzig, das Wenige reichte allemal, um sie für immer und ewig in seinem Herzen einzuschließen.

Versonnen lief er weiter, während seine Reisegefährten munter miteinander plauderten. Nach der Stärkung durch die Mahlzeiten in Plankstetten und einer erholsamen Nacht waren Hubertus, Irmingard, Adelgund und Gregor guter Dinge und plauderten munter miteinander. Sogar Anton hatte das Murren aufgehört und lief tapfer mit. Der Weg führte sie an der Sulz entlang nach Süden und sie mussten sich keine Gedanken über zeitraubende Suche nach dem richtigen Weg machen.

Das gab Johannes die Gelegenheit, erneut seinen Gedanken freien Lauf zu lassen. Sie führten ihn zurück an den Tag, als er nach seinem Abschied von St. Peter und Paul zum letzten Mal in Coburg gewesen war.

*

9. Juni 1390, Coburg

Als sich die Klosterpforte hinter Johannes geschlossen hatte, war er kurz entschlossen auf den Marktplatz von Coburg gegangen, um den Getreidehändler Johann Wohlfahrt aufzusuchen. Auch an diesem Tag herrschte in Coburg wieder lebhaftes Treiben. Rufe der Markthändler schallten hin und her und buhlten um die Gunst der Käufer. Ein Viehhändler hatte ein Gatter aufgebaut und bot darin seine gemästeten Schweine feil. Das Grunzen und Quieken der Tiere vermischte sich mit dem Lärm der anderen Marketender. Vornehme Herren hielten ausreichend Abstand von den Bauern, die ihre Erzeugnisse anboten und ließen ihre Diener verhandeln. Besonders begehrt waren die Produkte der Tuchhändler, deren Gewerbe erst vor vier Jahren von der Markgräfin Katharina als neuer städtischer Erwerbszweig in Coburg eingeführt worden war. Kinder trieben mit Stöcken Hunde durch den Markt oder spielten mit aufgeblasenen Schweinsblasen. Die meisten Händler erkannten Johannes und grüßten ihn freundlich. Auch manche Bürger nickten ihm respektvoll zu. Er erwiderte lächelnd jeden Gruß. Seit er damals Frau Mechthild und ihren Sohn aus dem brennenden Haus gerettet hatte, genoss er bei vielen Coburger Einwohnern Ansehen.

Schließlich hatte er sein Ziel erreicht. Aufmerksam betrachtete er das Mauerwerk des Wohlfahrt'schen Gebäudes. Das Haus des Händlers war nach dem Brand im März 1383 zuerst notdürftig wieder instand gesetzt worden. Als sich in den folgenden Jahren die Getreideernten gut entwickelten, hatte Wohlfahrt sein Haus prächtiger als je zuvor aufbauen lassen. Johannes klopfte kräftig an die schwere eisenbeschlagene Eichentür, um den Lärm, der auf den Gassen herrschte, zu übertönen. Eine kleine Luke ging auf und misstrauische Augen musterten ihn. „Wer begehrt Einlass?", fragte eine mürrische Stimme. Johannes antwortete: „Ich bin Bruder Johannes vom Kloster St. Peter und Paul. Ich bitte darum, den Getreidehändler Johann Wohlfahrt sprechen zu dürfen".

Statt einer Antwort wurde die Luke zugeschlagen. Johannes hörte, wie sich Schritte entfernten. Er wartete geduldig. Nach einer kleinen Weile hörte er, wie jemand schnell zum Eingang lief. Die schwere Eichentür wurde langsam aufgezogen und in der Öffnung erschien das Gesicht eines kleinen Jungen mit rotblonden Haaren, der ihn aus blauen Augen fragend ansah. Hinter dem Jungen erkannte Johannes die Gestalt des Getreidehändlers.

„Maximilian", sprach Wohlfahrt in feierlichem Ton, „das ist Bruder Johannes, der dich und deine Mutter vor sieben Jahren aus dem Feuer unseres Hauses gerettet hat". Maximilian machte große Augen. Johannes kniete sich vor den Jungen, legte ihm die Hand auf die Schulter und sagte: „Groß bist du geworden, Maximilian. Möge Gott dir immer beistehen!" Dann richtete er sich auf und blickte den Händler an. Dieser nickte freundlich und sagte: „Du bist also gekommen, Johannes. Es ist soweit, nicht wahr? Tritt ein, du bist willkommen!" Johannes verneigte sich und folgte dem Händler und seinem Sohn in das Haus. Er atmete insgeheim erleichtert auf. Johann Wohlfahrt würde sein Versprechen, das er ihm 1383 gegeben hatte, halten.

In der geräumigen Eingangshalle sah sich Johannes bewundernd um. Nichts erinnerte mehr daran, dass sich hier einst die Küche und der Wohnraum des Händlers befunden hatten. Gemälde und Stiche von Coburg und seinen Herrschern schmückten den Eingang. Linker Hand führte eine steinerne Treppe nach oben. Auch das Obergeschoss, in das sie nun stiegen, war im Gegensatz zu 1383 nicht mehr aus Holz, sondern aus Stein gemacht. Die Treppe führte in ein Empfangszimmer, dessen Stirnseite von einer beeindruckenden Ansicht des Klosters St. Peter und Paul geprägt war. Ein großer Tisch stand in der Mitte des Raumes.

„Nimm Platz, mein Freund!", sprach Wohlfahrt. Er beugte sich zu seinem Sohn und sagte: „Gib deiner Mutter Bescheid, wer hier ist und lasse von Georg Wein und Gebäck bringen." Der Junge nickte artig und ging durch eine Nebentür hinaus. Wohlfahrt blickte ihm stolz nach.

Der Getreidehändler nahm gegenüber von Johannes Platz. „Es ist soweit, nicht wahr?", wiederholte er. Johannes nickte. „Ich wurde von meinem Abt auf den Pilgerweg nach Santiago de Compostela zum Grab des Apostels Jakobus entsandt. Sobald ich dort am Grab gebetet habe, werde ich aus der Gemeinschaft entlassen." Wohlfahrt sah ihn nachdenklich an. „Auf dem Pilgerweg nach Santiago, sagst Du? Das ist ein langer und gefährlicher Weg, auch wenn ihn in unseren Zeiten viele Menschen antreten, wie es heißt. Es ist schon beinahe Mitte Juni. Sicherlich wirst du auf deinem Weg irgendwo in der Fremde überwintern müssen, denn im Winter zu reisen, ist in den Bergen Frankreichs und Spaniens nicht ratsam. Warum gerade nach Santiago? Gab es keine andere Möglichkeit, aus dem Orden auszutreten?" Johannes zögerte. „Verzeiht, Meister Wohlfahrt, dass ich darüber nicht sprechen kann. Es ist ein Gelübde, das ich einlösen muss. Doch bin ich zuversichtlich, es glücklich zu erfüllen." Und wenn ich die versprochene Unterstützung erhalte, dann wird es mir noch leichter fallen, dachte er bei sich.

Die Tür zum Nebenraum öffnete sich und ein ältlicher Mann mit verschlossenen Zügen schlurfte herein, der auf einem Brett einen Krug Wein, zwei Becher und eine Silberschüssel mit Honiggebäck trug. „Das, was Ihr wünschtet, mein Herr", sprach er und stellte das Brett auf dem Tisch ab. Johannes erkannte die mürrische Stimme, die ihn an der Eingangstür angesprochen hatte. Ihm fiel auf, dass der Mann eine verkrüppelte linke Hand hatte. „Vielen Dank, Georg", sagte Wohlfahrt. „Du kannst dich zurückziehen." Georg verbeugte sich und schlurfte hinaus, nicht ohne Johannes vorher noch einen durchdringenden Blick zuzuwerfen. Johannes war irritiert. Etwas an dem Mann kam ihm bekannt vor, doch er konnte nicht zuordnen, was es war.

Wohlfahrt schenkte den Wein in die Becher, reichte einen dem Mönch und hob sein Gefäß. „Auf dein Wohl, Johannes und auf das gute Gelingen deiner Reise." Sie tranken. Johannes genoss den edlen Tropfen.

Abermals öffnete sich die Türe und eine blonde Frau in Begleitung des Jungen erschien. Sie trug ein dunkelblaues, samtenes Gewand und um den Hals eine Perlenkette.

Lächelnd eilte sie auf den Mönch zu und reichte ihm die Hände. „Johannes, mein Lebensretter! Wir haben uns zwar seitdem manches Mal auf dem Markt in Coburg gesehen, aber nie gestattete es dir dein Orden, mit mir zu sprechen oder gar bei uns einzukehren. Ich freue mich nun umso mehr, dich in unserem Haus begrüßen zu können." Stolz drehte sie sich einmal um sich selbst. „Sieh her, was sich verändert hat. Aus Stein ist nun gebaut, was vorher hölzern war. Unser Haus ist schöner denn je. Und dass wir so glücklich sind, verdanken wir Dir." Johannes verbeugte sich, vor Verlegenheit errötend. „Ich war nur das Werkzeug Gottes, unseres Herrn. Wenn mich euer tapferer Schwager nicht um Hilfe gebeten…" Er schwieg. Wohlfahrt stand auf und legte seiner Frau den Arm um die Hüfte, während Maximilian zu ihnen aufsah. „Ja, das wissen wir. Wir denken oft an ihn." Der Kaufmann zeigte auf ein Bildnis an der Wand, das Johannes bisher entgangen war. Es zeigte einen stattlichen Mann mit entschlossenem Gesichtsausdruck. Seine buschigen Augenbrauen und seine dunklen Augen unterstützten noch den Eindruck eines selbstbewussten Menschen.

„Gerhard wird immer einen Platz in unserem Herzen und unserer Erinnerung haben", fuhr der Kaufmann fort, als er mit seiner Frau und seinem Sohn wieder Platz genommen hatte. „Aber auch dir gegenüber möchte ich mein damals gegebenes Versprechen halten." Er klatschte in die Hände. Nach kurzer Zeit erschien Georg wieder. Wohlfahrt flüsterte ihm etwas zu und die Miene des Bediensteten wurde noch verschlossener. Gleichwohl nickte er gehorsam und ging hinaus.

Mechthild erzählte Johannes von der Entwicklung ihres Sohnes und wie verständig er mittlerweile war, während der Kaufmann liebevoll auf seine Familie sah. Auch Mechthild wollte wissen, wie es Johannes ging und wohin er reisen wollte. Auch gegenüber der Frau war Johannes zurückhaltend und sprach nur von seiner bevorstehenden Pilgerreise nach Spanien, während sie unter manchen „Ah´s" und „Oh´s" bewundernd zuhörte.

Ungeduldig blickte Wohlfahrt zur Tür, aus der sein Diener verschwunden war. „Wo bleibt er denn so lange? Georg ist sonst sehr zuverlässig", wandte er sich entschuldigend an den Mönch. Doch schon ging die Türe auf und der Diener schlurfte herein. Täuschte sich Johannes oder hatte Georg einen feindseligen Ausdruck ihm gegenüber aufgesetzt? Fast schon mit verächtlicher Geste ließ der Mann einen ansehnlichen Beutel auf den Tisch fallen. Er richtete seine gebeugte Gestalt auf und starrte den Mönch eindringlich an. Johannes war verwundert über dieses Verhalten. Auch Mechthild schaute fragend auf ihren Diener. Dann fiel es dem Mönch auf: Georg erinnerte ihn an seinen Mitbruder Barnabas, den Schmied. Derselbe harte Gesichtsausdruck, wenngleich Georg älter und viel schmächtiger war.

Doch schon wandte sich Wohlfahrt an Johannes: „Mein Freund, ich habe dir Unterstützung zugesagt und hier ist sie. Nimm diesen Beutel und sieh hinein! Er enthält Coburger Pfennige, die im gesamten Reich und darüber hinaus als Zahlungsmittel angenommen werden." Er drehte sich zu Georg um, dessen Miene unverändert feindselig war. Als er dessen Gesichtsausdruck bemerkte, fragte er verwundert: „Was ist mir Dir, Georg? Warum betrachtest du unseren Gast so ablehnend?" Georg setzte sogleich eine verbindliche Miene auf und antwortete höflich: „Verzeiht, mein Herr, ich leide unter Schmerzen des Magens. Vielleicht sind mir der morgendliche Brei und die Hülsenfrüchte nicht bekommen. Es ist nichts weiter." „Dann bereite dir einen Heiltee zu", antwortete Wohlfahrt kurz angebunden.

„Du kannst gehen." Georg verbeugte sich und schlurfte hinaus, nicht ohne Johannes noch einen finsteren Blick zuzuwerfen.

„Mir kommt euer Diener bekannt vor. Er scheint Ähnlichkeit mit einem meiner Mitbrüder zu haben", bemerkte der Mönch. Wohlfahrt dachte nach. „Du hast Recht. Georg hat einen Sohn, der in deinem Konvent ist. Sein Ordensname ist Barnabas. Georg musste ihn dort darbringen, als er sein Sattlerhandwerk nach einem Unfall nicht mehr ausüben konnte. Ich habe mich seiner erbarmt und ihn als Diener aufgenommen. Aber für seinen Sohn war es mir nicht möglich, auch noch sorgen." Johannes nickte. Schon Barnabas konnte ihn wegen seiner guten Kontakte zu Marcellus und zu Lambert nicht leiden und hatte ihm seinen Aufstieg im Kloster geneidet. Sicher pflegte er mit seinem Vater noch immer Umgang, denn auch den Schmied führte der Weg manchmal auf den Markt. Die Abneigung von Barnabas gegenüber Johannes schien sich auf seinen Vater übertragen zu haben.

Wohlfahrt wandte sich an seine Frau: „Meine Liebe, du hast sicher noch zu tun. Nimm auch Maximilian mit! Aber verabschiedet euch von Eurem Freund." Mechthild und Maximilian standen auf und Johannes folgte ihrem Beispiel. Mechthild umarmte Johannes herzlich. „Ich wünsche dir für deinen Pilgerweg Gottes Segen. Wenn du wieder einmal nach Coburg kommst, dann besuche uns. Du bist immer herzlich willkommen." Auch Maximilian drückte Johannes an sich. „Ich will auch so ein Mönch werden wie Du!" Johannes lächelte, als er die erschrockenen Gesichter von Maximilians Eltern sah. „Ich bin sicher, du wirst auch ein gottgefälliges Leben führen, wenn du deinem Vater nachfolgst. Doch die Wege des Herrn sind unerforschlich." Maximilian trat zurück und schaute den Mönch an: „Auf Wiedersehen, Bruder Johannes." Mechthild drückte Johannes die Hand zum Abschied und verließ mit ihrem Sohn das Zimmer.

Wohlfahrt sah ihnen liebevoll nach. Dann wandte er sich wieder dem Mönch zu. „Nun zu Dir, Johannes. Ich rate Dir, den Beutel unter deine Kutte zu nähen. Diebe und, wie man so schön sagt, Beutelschneider gibt es reichlich. Das Geld reicht für eine ganze Weile und als Angehöriger deines Konvents hat dir der Abt sicher ein Empfehlungsschreiben ausgestellt, das dich in allen Klöstern Unterkunft finden lässt. Du wirst also nicht allzu viel brauchen."

Er lachte kurz, als er den enttäuschten Gesichtsausdruck auf Johannes Antlitz sah. „Sei unbesorgt! Im Beutel ist so viel, dass du ohne jede Not bis Santiago kommst und sogar noch ein gutes Stück weiter. Doch danach ist bekanntlich Finis terrae, das Ende der Welt. Dort ist nur noch das Meer. Falls Du, woran ich keinen Zweifel habe, sparsam wirtschaftest, dann wird dir das Geld sogar reichen, ein Handwerk zu gründen."

Der Kaufmann blickte mit einem Male nachdenklich drein. ‚Doch wer weiß, wohin dein Weg dich führt und welche Gefahren auf dich lauern. Ich habe daher noch etwas für Dich." Wohlfahrt ging zu einer Truhe, die unter dem Bild des Klosters an der Stirnseite des Raumes stand. Er beugte sich hinunter, öffnete die Truhe und holte einen in ein schwarzes Samttuch geschlagenen Gegenstand hervor. Dann ging er zum Tisch zurück und legte das Tuch auf den Tisch. Er winkte Johannes heran. Als dieser zu ihm trat und sich über den Tisch beugte, schlug der Kaufmann den Stoff auf. Johannes betrachtete den Gegenstand. Er war etwa eine halbe Elle lang und hatte eine grüne Farbe. Der Gegenstand sah wie eine Astgabel aus, dessen gerader Stiel wie ein Griff geformt war, mit Vertiefungen, so dass die Finger einer Hand gut Halt fanden. Merkwürdig war aber eine Art dicke fleischfarbene Sehne, die an beiden Fingern der Astgabel befestigt war. In der Mitte dieser Sehne war ein Stück Leder eingeflochten.

„Was ist das?" fragte Johannes erstaunt. Wohlfahrt lächelte überlegen. „Das ist eine Schleuder, mein unwissender Freund. Du darfst sie ruhig in die Hand nehmen." Johannes hob das Ding hoch und betastete die Sehne neugierig. Sie war schlaff und fühlte sich eigenartig an. „Ich kenne keine Schleuder, die so aussieht und eine solche Sehne hat. Das ist keine Sehne von einem Tier", stellte Johannes fest.

„In der Tat", bestätigte der Händler. „Diese Sehne, wie du sie nennst, ist aus Kau-Schuk, wie mein Freund Hermann von Goch es nennt." Johannes schüttelte verwundert den Kopf. „Kau-Schuk? Dieses Wort habe ich nie gehört. Woher stammt es? Und wozu dient es? Auch hörte ich nie den Namen Hermann von Goch."

Wohlfahrt forderte ihn mit einer Handbewegung auf, wieder Platz zu nehmen. Auch er setzte sich, nahm seinen Becher und trank einen Schluck Wein. Dann begann er zu erzählen. „Ich habe Hermann von Goch schon vor einigen Jahren kennengelernt. Er kam als junger Mann nach Köln. Bald stellte sich seine große geschäftliche Begabung heraus. Er ist mittlerweile der größte Hausbesitzer der Stadt: Viele Häuser und Höfe, zum Teil von bedeutendem Umfang, hat er erworben. Sein Kapital lässt er in Geldgeschäften, auch mit Adel und Klerus, arbeiten. Hermann ist ungemein klug und gewandt. Er ist rasch in Ansehen und Ehren gestiegen. Vor siebzehn Jahren ernannte ihn Kaiser Karl zu seinem Kaplan. Ein Großkaufmann ist er nun und zudem ein mächtiger und einflussreicher

Mann. Ich bin stolz, ihn als Freund zu haben." Der Kaufmann sann für einen Augenblick seinen eigenen Worten nach.

„Doch nun zu diesem geheimnisvollen Gegenstand. Bei einer Handelsreise nach Köln vor sechs Jahren, kurz nach dem Brand meines Hauses, erzählte mir Hermann, dass er die Schleuder von einem weitgereisten Ritter erhalten hatte. Dieser, von Abenteuerlust getrieben, wollte nach einer Pilgerreise, die ihn wie nun dich nach Santiago führte, nicht sofort zurückkehren. Er ging an Bord eines arabischen Schiffes und fuhr von dort über's Meer gen Westen." Wohlfahrt nahm einen Schluck Wein. Dann sprach er weiter. „Unglaubliche Dinge teilte mir Hermann von diesem Ritter mit, der nach zwei Jahren zurückgekehrt ist. Auf der Überfahrt will er erschreckend große Ungeheuer gesehen haben, die, ähnlich wie die Schweinswale in der Ostsee, Luft und Wasser hinausgeblasen haben. Riesige Fische mit Mäulern, so groß, dass Menschen aufrecht darin stehen können, und mit ellenlangen scharfen gezackten Zähnen sollen in fremden Wassern schwimmen. Auch soll es Fische geben, die einen großen Stoßzahn haben. Und des Nachts hat er Wesen mit vielen Armen im Wasser treiben gesehen.

In dem fernen Land sollen dunkelhäutige Menschen in dichten Wäldern leben. Diese Wälder sind ganz anders als unsere, unerträglich heiß, mit riesigen Bäumen, weit höher als bei uns. Geheimnisvolle Tiere leben dort, Schlangen, manch Klafter länger als unsere; dazu große schwarze Katzen, die Menschen fressen sollen und vieles mehr. Außerdem soll es dort gewaltige Steinbauten, ähnlich wie die ägyptischen Pyramiden, mit Statuen von gefiederten Schlangen geben und Gold im Überfluss. Wie er erzählte, halten diese Menschen dort das Gold für Strahlen der Sonne." Der Kaufmann machte eine abfällige Geste. „Unfug, wenn du mich fragst. Und dieses `Kau-Schuk´ wird angeblich aus den Bäumen gewonnen. Die Menschen dort, so erzählte mir mein Freund, schneiden die Bäume mit Messern an, die Schwertern ähnlich sind. Von den Bäumen tropft, ähnlich wie Harz, ein Saft, aus dem dann diese seltsamen Sehnen gemacht werden. Durch Zugabe von anderen Pflanzensäften kann man dann dieses Material herstellen. Wie es genau gemacht wird, konnte mir Hermann nicht sagen; ebenso was das für ein Holz sein soll. Der Ritter hat ihm dieses Ding als Gegenleistung für eine Bürgschaft hinterlassen. Er brach danach wieder auf und wollte erneut in dieses ferne Land ziehen. Das ist vor Jahren gewesen. Doch ist er verschollen. Man weiß nicht, was aus ihm geworden ist." Wohlfahrt hielt inne. Dann sagte er nachdenklich: „Wenn es wahr ist, was er erzählte, dann trägt Finis Terrae seinen Namen vielleicht zu Unrecht. Vielleicht gibt es doch noch ein anderes Land dort hinter dem Horizont."

Der Getreidehändler erhob sich, schritt zum Fenster und schaute sinnend hinaus. Dann wechselte er den Ton, wurde ernster. „Hermann von Goch ist in Köln nicht unumstritten. Viele neiden ihm seinen Erfolg. Es gibt sogar Leute, die behaupten, er stehe mit dunklen Mächten im Bunde. Er fürchtete, wenn dieses grüne Ding irgendjemand, der ihm nicht wohlgesonnen ist, zu Gesicht bekäme, würde dies seinen Gegnern neue Nahrung liefern. Darum gab er es mir. Er hatte keine Freude daran. Ich glaube übrigens diese Erzählungen von blutenden Bäumen nicht. Auch bei uns tropft Harz aus den Bäumen. Aber es wird hart und man kann damit keine solchen Sehnen fertigen", schloss Wohlfahrt. Er nahm die Schleuder in die Hand und betrachtete sie nachdenklich. „Aber dieser Gegenstand ist echt. Ich zeige Dir, wie man ihn handhabt." Er stand auf und winkte den staunenden Johannes heran.

„Sieh her!" Mit der linken Hand umfasste der Händler den Griff der Schleuder. Mit seiner rechten Hand zog er an dem Leder, das inmitten der Sehnen verknüpft war. Als er die Sehnen auf die nahezu doppelte Länge gezogen hatte, ließ er das Leder los. Es jagte nach vorne durch die Gabelung durch.

„Mit dem Blick durch die Astgabel kannst du dein Ziel anvisieren. Nun stelle dir vor, in dem Leder befindet sich ein Stein. Er wird nach vorne geschleudert und trifft, je nachdem wie du zielst, mit großer Wucht und Genauigkeit."

Zögernd nahm Johannes die Schleuder und ahmte die Bewegung von Wohlfahrt nach. Die Sehnen klatschten an seine Hand. „Au!" Mit einem erschrockenen Ruf ließ er das Ding fallen. Wohlfahrt lachte. „Genauso ist es mir auch ergangen. Es erfordert stetes Üben!" Er hob die Schleuder auf und reichte sie dem Mönch. „Hier! Ich brauche sie nicht. Vielleicht bereue ich es bald, sie hergegeben zu haben, da sie einzigartig ist. Doch noch ist es nicht soweit. Also nimm sie, denn du wirst sie auf deiner Pilgerreise brauchen können! Ein Stein durchschlägt zwar keinen Harnisch und auch kein Leder, aber er kann empfindliche Schmerzen verursachen. Wenn er ungeschützte Haut trifft, kann der Gegner ernstlich verletzt werden. Doch höre!", der Händler senkte die Stimme, „Ziele auf die Augen! Wenn du sie mit genügender Wucht triffst, dann ist dein Feind geblendet oder tot."

Johannes atmete erschrocken durch. „Christus sprach in der Bergpredigt: `Liebet eure Feinde´. Und lautet nicht das Fünfte der Gebote unseres Allmächtigen, die er Mose reichte: `Du sollst nicht morden´?" Ich weiß eure Sorge zu schätzen, aber ich kann nichts annehmen, was zum Töten eines Menschen dient."

Wohlfahrt legte den Kopf schief und sah ihn nachsichtig an. „Ich verstehe deinen Einwand. Doch sieh es als Werkzeug, dass dir auch Früchte von Bäumen holt, die du sonst nicht erreichst. Was ist mit Tieren, die dich angreifen und gegen die du dich dann wehren kannst? Und bedenke, auch mit Messern, so wie du eines mit dir führst, kannst du Menschen töten, auch wenn es nur zum Speisen gedacht ist." Johannes legte unwillkürlich die Hand an das Heilige Holz. Er dachte nach. Vielleicht hatte der Händler Recht. Und zeigte es nicht, dass er sich um ihn sorgte? „Verzeiht, Meister Wohlfahrt, dass ich schroff war! Ich nehme euer Geschenk gerne und mit Freuden an." Er packte die Schleuder in seinen Reisebeutel.

Wohlfahrt nickte befriedigt. „Das freut mich. Nun nimm auch den Beutel mit dem Geld! Dann lass uns noch den Wein genießen, bis der Krug geleert ist!" Die beiden setzten sich und plauderten noch eine Weile. Als der letzte Tropfen Wein getrunken war, stand Johannes auf. „Ich muss mich auf den Weg machen." Wohlfahrt nickte ernst. Beide gingen die Treppe hinunter und durch die Eingangshalle. Wohlfahrt öffnete die schwere Eichentür und Johannes trat ins Freie.

Johann Wohlfahrt sah ihm in die Augen und legte die Hand auf seine Schulter. „Gott sei mit Dir, Johannes, wo immer du auch sein magst! Ich wiederhole die Worte meines Weibes: Du bist immer herzlich willkommen bei uns. Lebe wohl!" Johannes umarmte den Getreidehändler. Vor Rührung bekam er kein Wort heraus. Stumm nickte er und schlug das Kreuzzeichen.

Dann wandte er sich zum Gehen. Als er durch die Gassen der Stadt ging, sah er noch einmal aufmerksam um sich. Die Fachwerkhäuser von Coburg und das geschäftige Treiben in den Straßen nahm er mit besonderer Klarheit auf. Wie schon vorhin nickten ihm zahlreiche Bürger freundlich zu. Den charakteristischen Geruch nach den Spezialitäten der Stadt sog er noch einmal begierig ein. Wer wusste schon, ob er noch einmal hierher zurückkommen würde. Er würde das geschäftige und fröhliche Coburg vermissen.

Doch dann erfüllte ihn Vorfreude auf die künftige Zeit. Mit der Ausstattung, die ihm Lambert mitgegeben hatte und den zusätzlichen Geldmitteln des Kaufmanns würde er keine materiellen Sorgen haben. Erleichtert schritt er aus. Nach kurzer Zeit hatte er die Stadtmauern von Coburg hinter sich gelassen und war auf dem Weg in ein neues Leben.

In den ersten Tagen seiner Wanderschaft mied er die Gesellschaft anderer und war nur kurze Strecken gegangen. Gewissenhaft hatte er des Nachts die beiden Beutel mit dem Geld in seine Kutte genäht, damit sie nicht verloren gingen oder gestohlen wurden. Wenn er Rast einlegte, hatte er heimlich, aber intensiv und ausgiebig mit der Schleuder geübt. Nach anfänglichen Fehlversuchen war er dank dieser Übungen zielsicher geworden. Bäume, die er als Ziel nutzte, traf er bald schon auf's erste Mal.

Er wusste, wie groß die Steine sein mussten, damit sie am weitesten flogen und am härtesten auftrafen. Er steigerte täglich die Entfernung auf seine Ziele und, wenn er sicher war, dass ihm niemand zusah, verschoss er Steine auch aus dem Laufen heraus. Auch traf er mitunter schon kleinere Ziele. Manchmal konnte er sogar Blätter, die im Wind schwankten, abschießen. Nur, auf lebende Objekte wie etwa Tiere anzulegen, hatte er sich nicht durchringen können.

*

21. Juni 1390, in der Nähe des Flusses Altmühl

Johannes erwachte aus seinen Gedanken, als ein Regenschauer niederging. Er schalt sich dafür, nicht aufgepasst zu haben. „Na, du Träumer, hat dich der Regen aufgeweckt?", zog ihn Hubertus auf. Johannes schüttelte sich und blickte nach oben, wo dunkle Wolken aufgezogen waren. „Nur ein kurzer Guss", winkte er ab. „Bald wird es vorbei sein. Seht, im Westen ist schon wieder der blaue Himmel zu sehen!"

Adelgund lachte. „Ein warmer Regen tut meinem Gregor gut. Vielleicht wächst er dann noch!" Ihre Reisegefährten fielen in das Lachen ein. Doch der kräftige Regenschauer reichte aus, die Reisenden bis auf die Haut zu durchnässen und der aufkommende Wind ließ sie frösteln. Wenig später erreichten sie die Mündung der Sulz in die Altmühl und machten am Flussufer Rast. Gregor und Adelgund suchten mühsam Holz, das nicht völlig durchnässt war.

Hubertus schlug mit seinem Messer Funken aus einem Feuerstein und entfachte ein Lagerfeuer. Auch wenn es zuerst stark qualmte, so waren doch alle froh, dass sie bald ihre Kleidung trocknen konnten. Als sie sich nach einer guten Stunde aufgewärmt hatten und darüber nachdachten, wieder aufzubrechen, hielt ein Pferdewagen an, der von einem Reiter begleitet wurde.

„Wohin des Wegs, Leute?", fragte der Reiter. „Wir sind Pilger und auf dem Weg zunächst nach München und dann weiter nach Rom", antwortete Johannes höflich.

„Brave Leute, seid gegrüßt!", antwortete der Reiter. „Ich bin Franz, Kurier und der Begleiter des Steuereintreibers des Herzogs Stephan III. von Ingolstadt", stellte er sich vor.

Im Wagen knarrte es und drei Männer stiegen aus. Sie reckten sich und traten näher. „Wer seid Ihr, Leute?", fragte herrisch einer der Drei, ein schlanker Mann mit hellem Haar und schwarzem Mantel. Seine beiden Begleiter, denen man an ihrer feinen Kleidung und den gepflegten Händen anmerkte, dass sie die meiste Zeit in Schreibstuben verbrachten, sahen die Reisegefährten neugierig an. Johannes wiederholte seine Worte und stellte die einzelnen Mitglieder der Reisegruppe vor. „Und ich bin Ulrich von Desching, der Steuereintreiber von Herzog Stephan III.", entgegnete der Hellhaarige. Wir sind gerade auf dem Weg zum Herzog." Er unterließ es, seine Begleiter vorzustellen, sondern winkte ihnen lediglich zu und sie setzten sich ans Feuer, während der Kutscher und der Reiter bei den Pferden blieben.

„Herzog Stephan? Schon wieder ein Edelmann", knurrte Anton leise. Hubertus warf ihm einen warnenden Blick zu und Irmingard stieß mit dem Ellenbogen in die Seite.

„Kennt Ihr ihn?", fragte Ulrich interessiert. „Nein", antwortete Anton etwas mutiger, „aber wir in unserer Heimat leisten unserem Grundherrn Dienst und Abgaben. Aber was tut er für uns? Wie lange gibt es Edelleute schon? Wir Handwerker und Bauern sind die, die arbeiten."

„Und das behagt euch nicht?", fragte der Steuereintreiber schmeichelnd.

„Ihr seid mir, so scheint es, ein tapferer und aufrechter Mann, der für Recht und Gerechtigkeit streitet, nicht wahr?" Von dieser Rede ermutigt, nickte Anton selbstgefällig. „So ist es. Wir Bauern bestellen das Land und arbeiten für den Edelmann."

„Eine wahrhaft ehrenwerte Berufung, wenn sie denn besser gewürdigt wäre, oder?", fuhr Ulrich lauernd fort. „Doch nur wenige haben den Mut, Dinge offen anzusprechen, die nicht rechtens sind." Er machte eine wegwerfende Handbewegung. „Ihr zieht es sicher auch vor, nur in Euren eigenen vier Wänden zu murren?" Anton übersah geflissentlich die warnende Geste von Irmingard. Er warf sich in die Brust. „Ich habe keine Angst, auszusprechen, was für alle offenbar ist. Hört selbst!" Er räusperte sich und sang: „Als Adam grub und Eva spann, wo war denn da der Edelmann?".

Ulrich von Desching starrte verblüfft auf Anton, während Johannes und seine Reisebegleiter vor Schreck erstarrten. Die Begleiter des Steuereintreibers brachen in ungläubiges Gelächter aus. Von Desching hatte sich jedoch sofort wieder in der Gewalt und setzte ein gewinnendes Lächeln auf. „Ihr seid also bibelfest, mein Freund? Das nötigt mir Respekt ab. Diesen Satz hörte ich seit Jahren nicht mehr. Und dann auch noch so fein gesungen! Teilen eure Gefährten eure Meinung?"

Anton sah in die Runde. Er ignorierte die erschrockenen Blicke und winkte verächtlich ab. „Nein. Ihr seht in mir einen einsamen Rufer in der Wüste. Meine Gefährten glauben mir nicht und wollen mir den Mund verbieten. Aber ich weiß, dass ich Recht habe." Ulrich von Desching nickte. „Das ist wahr. Ihr bekommt bestimmt einst Euren Lohn für diese Tapferkeit und Aufrichtigkeit und euer Ruf wird sich weit verbreiten." Er sah Anton an und lächelte schief. „Ich bin dankbar, solch einen Mann wie euch getroffen zu haben. Doch Ihr versteht sicher, dass wir nun weiter müssen." Er stand auf, klopfte seinen Mantel ab und winkte seinen Gefährten.

Dann wandte er sich nochmals an Anton „Gute Reise, tapferer Mann! Und Ihr, Vater Mönch", wandte er sich an Johannes, „gebt auf eure übrigen Mitreisenden Acht und führt sie immer auf den rechten, von Gott bestimmten Weg!" Ulrich von Desching stieg mit seinen beiden Begleitern in die Kutsche. Als sie an Johannes und seinen Gefährten vorbeifuhren, hörten diese lautes Gelächter aus dem Inneren des Fahrzeugs. Franz, der Reiter, der die Kutsche begleitete, hielt sein Pferd kurz an und sah Johannes warnend an. Er deutete verstohlen auf Anton und schüttelte kaum wahrnehmbar den Kopf. Dann gab er seinem Ross die Sporen und schloss zu seinem Herrn auf.

*

Die Reisegruppe starrte dem Wagen des Steuereintreibers nach. Gregor brach als Erster das Schweigen. Wütend schrie er Anton an: „Was ist denn in dich gefahren, du verfressener Dummkopf? Gestern warnten wir dich noch davor, aufständische Reden zu führen und heute hast du nichts Besseres zu tun, als ausgerechnet dem Steuereintreiber des Herzogs dein Lied vom Bauernaufstand zu singen. Hast du denn nur Wein in dem Hohlraum, an dem bei anderen Menschen das Gehirn sitzt?" Anton war blass geworden. Trotzig machte er eine verächtliche Geste. „Es ist mir egal, was Ihr denkt. Denn ich habe Recht. Lasst euch nur weiter knechten. Ich bin dazu nicht länger bereit."

Gregor schüttelte den Kopf über so viel Sturheit und fuhr fort: „Irgendwie gefällt mir das gar nicht. Wir sollten schnell weiterwandern." Er blickte die anderen an. Wir wollen ja noch in den Süden oder nicht?" Er lachte gezwungen. Hubertus schwieg verbissen, während er an seinem Dolch fingerte. Johannes wandte sich an seine Gefährten. „Gregor hat Recht. Unsere Kleider sind fast trocken. Lasst uns weiterziehen."

Als sie weiterzogen, herrschte unangenehmes Schweigen. Sogar Anton hielt den Mund und trottete nur schnaufend hinterher.

Der Weg führte sie entlang der Altmühl nach Osten. In stillem Einvernehmen machten sie bei Dietfurt nur kurze Rast, bei der kaum gesprochen wurde. Der Weg wandte sich nach Süden, immer entlang der Altmühl, an Schloss Eggersberg vorbei bis nach Riedenburg. Hoch über der Altmühl thronten auf scheinbar uneinnehmbaren Felsen stolz die Burgen Tachenstein, Rabenstein und die größte von ihnen, die Rosenburg.

Da die Dämmerung nicht mehr weit war, suchten die Reisenden Nachtquartier im Gasthof „Zur Gans". Hier waren Spielleute eingekehrt. Es war der Tag der Sommersonnwende. Im Garten des Gasthofs nahmen die Spielleute den Tag zum Anlass, possenreißend gute Laune zu verbreiten. Schnell wurden Tische und Stühle nach draußen getragen. Langsam fiel die Spannung von der Gruppe ab und die Stimmung wurde mit zunehmendem Weingenuss ausgelassen. Gregor und Adelgund tanzten zu den fröhlichen Weisen der Gaukler. Auch Hubertus steuerte mit einer schnell geschnitzten Flöte lustige Lieder bei und die Spielleute erkannten in ihm einen der Ihren. Irmingard sah ihn bewundernd an und klatschte zu den fröhlichen Weisen mit. Mit großem Hallo wurde Fass auf Fass geleert, als gäbe es kein Morgen. Ein Sonnwendfeuer wurde mit Hilfe von eilig zusammengetragenem Reisig und Holz entzündet und im Schein der Flammen wurde getanzt und gelacht.

Johannes beobachtete das lustige Treiben mit Neugier. Solch ausgelassenen Feiern hatte er noch nicht beigewohnt. Vorsichtshalber trank er nur wenig, Anton dafür umso mehr. Bald war der Dicke betrunken und sackte schnarchend am Tisch zusammen. Der Anblick seines selig schlafenden Reisegefährten erfüllte Johannes inmitten der ausgelassenen Stimmung mit Sorge. Anton wurde zu einer Gefahr für sie alle. Was, wenn er weiterhin seine Zunge nicht im Zaum halten konnte? Was bedeute das Kopfschütteln des Reiters Franz, der Ulrich von Desching begleitete? Der Steuereintreiber schien ihm ein gefährlicher Mann zu sein. Er kannte den Spruch, den Anton so gedankenlos hinausposaunt hatte. Worte sind wie abgeschossene Pfeile, dachte Johannes. Man kann sie nicht mehr einsammeln. Je länger er darüber nachsann, desto mehr Unbehagen stieg in ihm auf. Inmitten seiner Gedanken stießen Adelgund und Gregor lachend beim Tanz gegen seinen Tisch. Als sie bemerkten, dass Anton schlief, tranken sie ihren Wein aus, hoben mit gemeinsamen Kräften, unterstützt von Johannes, den Betrunkenen auf und zerrten ihn in den großen Schlafsaal, gefolgt von Irmingard und Hubertus. Dass sie diesen Saal gemeinsam mit den anderen größtenteils angeheiterten Gästen teilen mussten, nahmen sie hin, zumal der Wein ihnen eine entsprechende Bettschwere verlieh. Es wäre ihnen auch nichts anderes übrig geblieben, wollten sie nicht in freier Natur schlafen. Und dazu, waren sie sich einig, hatten sie keinerlei Bedürfnis.

*

22. Juni 1390, Riedenburg

Der Morgen brachte strahlenden Sonnenschein. Als sie nach dem Morgenmahl aus dem Gasthaus traten, hatte sich ihre Laune trotz manch schmerzendem Kopf merklich gehoben. Hubertus erklärte: „Nun müssen wir uns nach Südwesten halten. Am besten, wir folgen diesem kleinen Flüsschen in Richtung der Quelle. Dann gelangen wir zu einem Ort, der Altmannstein heißt. Von dort geht es direkt nach Süden zur Donau und nach Vohburg, wie der Pförtner von Plankstetten sagte."

Irmingard schmiegte sich an Hubertus. „Ich freue mich auf den heutigen Tag. An gestern will ich nicht mehr denken. Aber der Abend war sehr lustig. Lass uns losgehen."

Gregor stupste Anton in die Seite. „Los, Dicker, und heute keine aufrührerischen Reden mehr! Das war gestern mehr als genug." Er nahm Adelgund bei der Hand und schritt voran.

Anton schloss sich den beiden an. Irmingard und Hubertus folgten. Den Schluss bildete Johannes. Nachdenklich blickte er noch einmal zurück Vielleicht wäre es besser gewesen, auf einem Pferdegespann weiterzureisen. Aber in Riedenburg hatten sie nicht daran gedacht und jetzt war es zu spät. Zu Fuß waren sie nicht schnell und falls der Steuereintreiber sie einholen wollte, wäre es ein Leichtes für ihn.

Es versprach heute im Gegensatz zu gestern ein schöner Tag zu werden. Die Sonne lachte vom weiß-blauen Himmel. Es war schon angenehm warm und ein leichter Wind ließ die Blätter der Bäume gleichmäßig und heiter rascheln. Auf den Feldern arbeiteten die Bauern und Knechte. In den Wäldern tönte das Schlagen der Äxte und immer wieder ertönten Warnrufe, bevor ein Baum mit lautem Ächzen weit vernehmlich zu Boden krachte. Den Reisenden boten sich Bilder friedfertiger Geschäftigkeit.

Johannes sah nach vorn auf Gregor, Adelgund und Anton, zwischen denen sich ein lebhaftes Gespräch entwickelte. Anton hatte das gestrige Erlebnis, das ihm anschließend noch zu denken gab, offensichtlich gut verdaut. Er lachte immer wieder lauthals und sprang über die Steine, die auf dem Weg lagen. Johannes wünschte im Stillen, er würde sich nicht so auffällig benehmen. Doch er wollte seine Gefährten nicht beunruhigen, darum sagte er nichts.

Bald hatten sie Hexenagger erreicht. Beeindruckend erhob sich die Burg hoch über dem Tal der Schambach. Während Gregor, Anton und Adelgund Rufe der Bewunderung ausstießen, wurde Johannes immer bedrückter. Nachrichten, so wusste er, sprangen, wenn es notwendig war, von Ort zu Ort und, wie er befürchtete, auch von Burg zu Burg. Zu gerne hätte er auf den Burgen nach dem Ritter von Falkenfels gefragt, aber nach dem gestrigen Erlebnis befürchtete er Schlimmes, wenn er mit seinen Reisegefährten und vor allem mit Anton dort auftauchen würde.

Als Irmingard sich kurz für eine Notdurft in ein Gebüsch am Wegesrand schlug, flüsterte er Hubertus zu: „Unser Anton ist heute sehr munter. So laut wie er sich benimmt, macht er jeden auf sich aufmerksam. Mir wäre lieber, wenn er leise wäre, vor allem, wenn wir an Burgen vorbeikommen."

Hubertus blickte auf die Worte von Johannes finster drein. Er antwortete leise: „So ein törichter Kerl ist mir schon lange nicht mehr begegnet. Zumindest keiner, der lange überlebt hat. Wo bei anderen der Verstand ist, hat er nur Haferbrei, Hirschbraten und Wein im Kopf. Wenn er ihn noch lange aufhat. Und wenn es Gott will, dann wird dieser Dummkopf uns alle auch noch mit ins Verderben reißen. Hast du auf den Steuereintreiber des Herzogs geachtet? Er schien freundlich und verständnisvoll, aber das war nur vorgetäuscht. Er wollte aus unserem Vielfraß nur noch mehr aufrührerische Worte herauskitzeln. Das wäre einem Blinden, der zudem taub ist, aufgefallen. Aber unser Dicker hat das nicht gemerkt. Ich habe kein gutes Gefühl."

Irmingard trat aus dem Gebüsch und schüttelte ihr Kleid. „So, erledigt. Es kann weitergehen." Sie sah Hubertus an und fragte: „Was ist, Liebster?" Hubertus hatte warnend die Hand erhoben. Er zeigte nach vorne.

Auf dem Weg vor Ihnen waren vier Reiter wie aus dem Nichts erschienen. Die fünf Reisegefährten blieben stehen, als die Reiter langsam auf sie zukamen. Sogar Anton verstummte. Johannes blickte zur Burg, die rechter Hand hoch über ihnen lag. Erst jetzt erkannte er, dass sich ein Weg in Schlangenlinien steil zu dem trutzigen Gemäuer hinaufwand. Von dort mussten die Reiter gekommen sein. In böser Vorahnung krampfte sich sein Magen zusammen.

Einer der Vier, ein untersetzter kräftiger Mann mit eisgrauem Bart und hellen Augen, der ein schwarzes Wams mit silberner Stickerei trug, fragte: „Wir haben von einem dicken Sänger gehört, der schöne Lieder singen soll." Er sah Anton an und fragte mit honigsüßer Stimme, die im krassen Gegensatz zu seinem narbenzerfurchten Gesicht stand: „Seid Ihr das, mein Freund? Meinem Herrn, dem Ritter von Hexenagger, wurde zugetragen, dass dieser dicke Sänger von Adam und Eva singt. Lasst mich doch euer Lied hören!" Anton schaute bestürzt drein. „A-ach," stotterte er, „das war doch gar nichts, nur ein Kinderlied, ein albernes Kinderlied, edler Herr."

Irmingard sagte rasch: „Verzeiht, aber mein Bruder hat nur ein loses Mundwerk! Man darf nicht glauben, was er sagt." Adelgund wollte helfen und ergänzte nervös: „Er denkt nur ans Fressen und Saufen. Er ist betrunken und dann singt er irgendwelchen Unsinn." Sie lachte schrill, aber niemand fiel ein.

Der Graubärtige beachtete die Frauen gar nicht. Er wandte den Blick nicht von Anton und sagte: „So singt doch euer Kinderlied, in dem es um Adam und Eva geht! Meine Begleiter und ich wollen es hören, nicht wahr?" Die drei anderen nickten beifällig.

Während Anton kreidebleich wurde, überlegte Hubertus fieberhaft. Er versuchte, die Situation zu retten und warf ein: „Unser dicker Freund singt ein Lied, das ich mir ausgedacht habe. Es geht so: Adam und Eva waren ein paradiesisches Paar. Glaubt mir, Ihr Leute, was jetzt kommt, das ist wahr. Nehmt euch in Acht vor..." „Halt den Mund!", rief der Graubärtige schneidend. Er zeigte auf Anton. „Er soll singen!" Dieser schluckte und begann stotternd: „A-adam und Eva, d-das p-paradiesische Paaar..." Hilfesuchend sah er zu Hubertus hinüber.

„Komm her, Sangesbruder!", befahl der Graubärtige. Anton trat zögernd vor. Als Johannes ebenfalls einen Schritt nach vorne tat, rief der Anführer: „Ihr bleibt alle, wo Ihr seid!"

„Nun lass deinen Beutel fallen und komm sofort her!" forderte der Graubärtige den unschlüssigen Anton erneut auf. Dieser sah sich hilfeheischend zu seinen Reisegefährten um. Diese wagten angesichts der waffenstarrenden Schar nicht, einzugreifen. Dann ließ er schicksalsergeben den Beutel von seiner Schulter gleiten und ging langsam auf das Pferd des Anführers zu. Auf einen Wink des Graubärtigen saßen die Reiter ab und nahmen Anton in ihre Mitte. Verzweifelt blickte er umher.

Es war totenstill geworden. Nur leises Sirren war zu hören, als der graubärtige Anführer und seine Begleiter langsam ihre Schwerter aus der Scheide zogen. Der Graubärtige kniff die Augen zusammen und sagte in eisigem Ton: „Jetzt singe, mein Freund! Und zwar das Lied, das Du, wie uns gesagt wurde, gestern so fröhlich geträllert hast."

Anton zitterte. Der Graubärtige richtete die Klinge langsam auf Antons Kehle.

„A-als Adam grub u-und Eva spann, w-wo w-war denn da d-der Edelmann?", flüsterte er. „Lauter!", rief einer der Reiter. „Wir verstehen es nicht! Oder habt Ihr es verstanden?", wandte er sich an die anderen. Die grinsten und schüttelten die Köpfe. „Also nochmal! Und zwar lauter! Hast du nicht gehört?", sagte der Graubärtige. Und so wiederholte Anton schlotternd, aber lauter: „A-als Adam grub u-und Eva spann, wo w-war denn da der Edelmann?" Der Anführer nickte befriedigt.

Hubertus stieß vorsichtig Johannes an. Als dieser ihn fragend anblickte, zeigte er auf den Unglücklichen, der zwischen den Bewaffneten kaum zu sehen war. Dazwischen hatte sich eine Lache gebildet. „Er macht sich vor Angst in die Hose", flüsterte Hubertus. „Und das wahrlich zu Recht." Er senkte die Stimme noch weiter und raunte fast unhörbar: „Das ist das Werk des Steuereintreibers. Anton ist verloren, wenn nicht noch ein Wunder geschieht."

Johannes trat vor. „Verzeiht, edle Herren, aber dieser Unglückliche ist ein Geschöpf Gottes wie wir alle hier. Ob Edelmann, ob Bauer oder Ritter, Gott hat jeden an seinen Platz gestellt und niemand hat daran zu zweifeln. Auch unser Reisegefährte nicht. Doch sagte nicht unser Herr Jesus Christus in der Bergpredigt: `Selig sind die Armen im Geiste, denn ihrer ist das Himmelreich'. Und sagte er nicht auch: ‚Liebe deinen Nächsten wie dich selbst'? Um Christi Willen, verschont ihn also! Dies bitte ich euch vor Gott."

Der Anführer wandte den Blick nicht von Anton ab, während er antwortete. „Bruder", er spuckte das Wort fast aus, „Bruder, niemand weiß besser als Ihr, dass die Bibel auch sagt: ‚Auge um Auge, Zahn um Zahn'. Und wenn jemand so gegen die von Gott geschaffene Ordnung zum Sturz aufruft, dann muss er dafür büßen!"

Irmingard rang verzweifelt die Hände. Sie wandte sich flehentlich an den Anführer: „Seid versichert, mein Bruder ist ein wenig verwirrt. Er weiß nicht, was er sagt. Er glaubt sogar, dass der Papst eine Frau ist. Ist das nicht verrückt?"

„So, glaubt er das?", wiederholte der Graubärtige langsam. Er wandte sich an seine Begleiter, ohne den Unglücklichen in ihrer Mitte aus den Augen zu lassen: „Meine Freunde, er beleidigt also auch die Mutter Kirche, habt Ihr das gehört?" Seine Gefährten lachten beifällig. Anton brach der Schweiß aus. Jetzt verwünschte er sich im Stillen, nicht den Mund gehalten zu haben. Fieberhaft schaute er um sich, ob eine Fluchtmöglichkeit bestand. Doch die Bewaffneten hatten einen Kreis um ihn gebildet, aus dem es kein Entkommen gab.

„Was sollen wir mit so einem machen?", fragte der Graubärtige seine Gefährten. „Ihn mitnehmen? Nein, wir hätten zwar unsere Freude an ihm, aber wir müssen weiter. Also ist er Ballast. Ihm den Mund stopfen? Straßendreck gibt es hier genug und es wäre gerade das Richtige. Aber nein, das ist zu viel Arbeit. Doch können wir zulassen, dass er weiter seine Beleidigungen hinaustönt? Nein! "

Er drehte sich langsam um, als wolle er in die Ferne blicken, wo sie hergekommen waren. Dann vollführte er eine schnelle Bewegung zurück, das Schwert am langen Arm ausgestreckt. Die Klinge sauste durch die Luft. Mit einem dumpfen Laut trennte sie Antons Kopf vom Rumpf. Der Schädel überschlug sich, fiel zu Boden und kullerte zwischen den Beinen der Bewaffneten hindurch vor Johannes Füße. Aus Anton´s Hals schoss dickes Blut wie in einer Fontäne hervor und bespritzte zwei der Bewaffneten, die daraufhin wild auflachten. Dann kippte der Rumpf langsam zur Seite und schlug schwer auf dem Boden auf. Ein wildes Zucken durchfuhr den Körper, dann lag er still. Langsam bildete sich eine dunkelrote Lache um den Leichnam.

Für einen Augenblick waren alle wie erstarrt. Dann geschah alles gleichzeitig. Irmingard und Adelgund schrieen entsetzt auf und fielen auf die Knie. Hubertus griff reflexartig an seinen Gürtel, um seinen Dolch zu ziehen. Georg brüllte einen Fluch und hob drohend seinen Wanderstab.

Nur Johannes war zu keiner Bewegung fähig. Er starrte den Schädel an, dessen Mimik in grausigem Verstehen verzogen war. Antons Augen waren flehentlich auf Johannes gerichtet. Der Mund öffnete sich, als wolle der Kopf schreien, aber es kam kein Laut hervor. Erst endlos scheinende Momente später brachen Antons Augen.

Der Graubärtige hob die verschmierte, bluttriefende Klinge und richtete die Spitze auf Hubertus. Er rief: „Keine Bewegung, sonst seid Ihr des Todes! Ihr dürft Euren Verrückten hier am Wegesrand ablegen, damit sich die Hunde und die Raben an ihm gütlich tun."

Mit einem Blick auf Johannes´ Jakobsmuschel, die dieser an seiner Kutte trug, spottete er: „Ihr, Bruder, könnt in Santiago am Grab des Heiligen Jakobus für das Seelenheil dieses Aufrührers beten. Da dem Heiligen selbst der Kopf abgeschlagen wurde, wird er besonders verständnisvoll sein."

„Und", sagte er mit lüsternem Unterton an die Frauen gerichtet: „Ihr Weibsbilder könnt froh sein, dass wir auf Burg Rabenstein erwartet werden. Sonst hätten wir uns noch ein wenig mit euch vergnügt. Aber Ihr

Stuten müsst noch zugeritten werden. Und zwar von uns allen! Wenn wir zurückkommen und das wird bald sein, dann seid bereit! Wir finden euch und Ihr werdet Dinge erleben, an die Ihr bis heute nicht zu denken wagtet." Die vier Reiter lachten schallend, stiegen eilig auf ihre Pferde und galoppierten davon.

*

Als das Getrappel der Pferdehufe in der Ferne schon verklungen war, waren die Reisegefährten noch immer wie gelähmt. Nur Hubertus hatte sich in der Gewalt. Er zog langsam seinen Dolch und blickte abwechselnd auf den abgeschlagenen Kopf von Anton und den noch blutenden Rumpf. Angestrengt dachte er nach, während er den Dolch in den Händen drehte.

Langsam löste sich die Erstarrung. Irmingard hatte die Hände vor´s Gesicht geschlagen. Ihr Körper wurde vom Schluchzen geschüttelt. Gregor hatte sich neben Adelgund gekniet und sie in den Arm genommen. Johannes sprach zitternd ein leises Gebet für den unglücklichen Anton.

Hubertus schaute nachdenklich in die Richtung, in die die vier Reiter verschwunden waren. Dann schien er einen Entschluss gefasst zu haben, denn er wandte sich zu seinen Begleitern um und sagte: „Ihr müsst zuerst in Sicherheit sein. Ich führe Euch, denn ich kenne die Gegend, in der wir jetzt sind, von früher. Sobald es möglich ist, kehre ich um und begrabe deinen Bruder, Irmingard. Ich will ihn hier nicht liegen lassen, so dass er ein Raub der Wölfe und Hunde wird. Doch jetzt ist keine Zeit. Wir müssen fliehen, ehe sie zurückkommen."

Irmingard schien ihn nicht zu hören. Immer noch hielt sie ihre Hände vor das Gesicht, als wolle sie den schrecklichen Anblick nicht zur Kenntnis nehmen. Hubertus kniete sich neben sie. „Irmingard, meine Liebe", sprach er sanft und legte seine Hand auf ihre Schulter. Mit einem Aufschrei stieß sie ihn weg, so dass er stürzte. Sie schrie gellend: „Mein Bruder, mein Bruder! Anton! Er ist tot!"

„Irmingard!" Hubertus rappelte sich schnell wieder auf. Seine Stimme wurde drängender. Abermals kniete er sich neben sie. „Wir müssen fliehen!" Sie sah ihn an wie einen gänzlich Fremden. Dann blinzelte sie und kreischte: „Du willst ihn hier liegen lassen? Meinen Bruder? Sollen die Ratten ihn fressen?" Sie warf sich verzweifelt über den kopflosen Rumpf und schrie: „Mein Bruder! Ich lasse dich nicht allein!" Hubertus atmete tief durch. Dann biss er die Zähne zusammen, beugte sich zu der verzweifelten Frau und zog sie energisch hoch. Als sie vor ihm stand, versetzte er ihr eine heftige Ohrfeige, ohne sie loszulassen. Gregor sprang auf: „Was fällt dir ein?", rief er drohend. Hubertus drehte sich zu ihm, ohne Irmingard aus seinem eisernen Griff zu lassen und kniff die Augen zusammen. „Wir können uns jetzt zanken und schlagen und dabei wertvolle Zeit verlieren. Oder wir legen Anton ins Gebüsch, decken ihn zu und fliehen. Ich habe euch gesagt, dass ich umkehre und ihn begrabe, sobald Ihr in Sicherheit seid. Doch jetzt ist euer Leben wichtiger. Er hat seines schon verloren. Wollt Ihr sein Schicksal teilen? Und wollt Ihr warten, bis sie zurückkommen und die beiden Frauen zureiten, wie sie es nennen? Ich habe das schon gesehen. Übrig bleiben nur rohe Fleischstücke." Er sah Irmingard entschlossen an. „Ich lasse nicht zu, dass sie so etwas mit dir machen!"

Sie starrte ungläubig zurück. Dann gaben ihre Knie nach und sie sank gegen ihn. Hubertus wandte sich an Adelgund, die mit tränennassen Augen auf der Erde kauerte und verständnislos zu ihnen aufblickte. „Kümmere dich um deine Schwägerin, Adelgund! Und Du, Gregor, hilf mir, den Körper ins Gebüsch zu tragen! Johannes, nimm den Schädel und bringe ihn her!"

Hubertus und Gregor hoben den kopflosen Rumpf an Schulter und Beinen und trugen ihn mühsam ins Gebüsch neben dem Weg, so dass er bei flüchtigem Hinsehen nicht entdeckt wurde. Johannes beugte sich über den Kopf, aber er konnte sich nicht überwinden, ihn aufzuheben. Antons Augen starrten ihn noch immer blicklos an. Johannes wurde übel. Schnell hastete er ein paar Schritte weiter und übergab sich am Wegesrand.

Hubertus schüttelte ärgerlich den Kopf. „Ein Mönch oder ein Mann?", murmelte er, während er den Kopf vorsichtig aufhob und so vor den Schultern des Körpers ablegte, dass es nicht sofort den Anschein hatte, als sei er abgeschlagen worden.

Dann holte er eine dünne Decke aus seinem Beutel und breitete sie über den Leichnam. Anschließend legte er schnell und sorgfältig Äste und Zweige darüber und streute gemeinsam mit Gregor Erde auf die Blutlachen. Die beiden Frauen standen an einander geklammert und sahen ihnen zu. Schließlich hob er das Gepäck von Anton auf und gab es Gregor. Johannes hatte sich wieder aufgerichtet und seinen Mund abgewischt. Er schämte sich wegen seines Verhaltens. Schnell ging er zu dem Toten und sprach ein letztes Gebet.

Hubertus sah ihn ungeduldig an. „Lasst uns fliehen, bevor es zu spät ist!"

*

Sie flohen querfeldein, suchten Schutz in einzelnen Baumgruppen und Wäldern und hielten sich abseits aller von Reisenden und Bauern benutzten Wege. Hubertus führte sie in einem Zickzack-Kurs nach Süden, durch einen Wald, östlich von Hagenhill, immer weiter nach Süden. Sie gönnten sich keine Rast. Die Angst ließ sie Hunger und Durst vergessen. In einem am Rand eines Feldes gelegenen Schuppen versteckten sie sich kurz nach der Mittagszeit und wagten sich für den Rest des Tages nicht mehr hervor. In der Nacht konnte keiner schlafen. Bei jedem fremden Geräusch zuckten sie zusammen. Hubertus, ihr umsichtiger Führer, war es, der sie immer wieder beruhigte und ihnen mit leiser Stimme Zuversicht zusprach.

Am nächsten Morgen quälten sie Hunger und Durst. Vorsichtig setzten sie ihre Flucht fort, immer darauf bedacht, von niemandem gesehen zu werden. Sie hielten sich am Waldrand und nutzten jedes schützende Gebüsch. Doch der Tag war heiß und bald wurde das Bedürfnis nach Wasser unerträglich. In der Entfernung erblickte Gregor schließlich einen Weiher. Langsam, einer nach dem anderen, näherten sie sich vorsichtig dem Gewässer und tranken sich satt.

Doch plötzlich hörten sie aus der Ferne herangaloppierende Pferde. Sie flüchteten in einen Schilfgürtel im Weiher und versteckten sich. Das Hufgeklapper kam näher und Irmingard begann in ihrem Versteck zu wimmern. Von der selbstbewussten, resoluten Frau war in diesem Moment nichts mehr vorhanden. Hubertus hielt ihr den Mund zu und flüsterte beruhigende Worte, während er vorsichtig durch die Halme spähte. Adelgund hatte ihre Augen krampfhaft geschlossen, während Gregor sie fest an sich drückte. Johannes stand bis zum Hals mit wild klopfendem Herzen im Wasser und wagte kaum zu atmen.

Die Reiter jagten vorbei, ohne sie zu bemerken. Hubertus hob langsam den Kopf. „Sie sind weg. Kommt raus!" Mühsam erhob er sich und stapfte aus dem Uferschlamm zurück auf festen Boden.

„Waren sie das?", fragte Gregor beklommen? „Ich glaube ja", antwortete Hubertus gepresst. „Es waren zwar neun Reiter und nicht mehr nur vier, aber die Aussicht auf leichte Beute", er blickte zu den beiden Frauen, „scheint auch bei ihren Kumpanen Appetit geweckt zu haben. Wir müssen sehen, dass wir bald an die Donau kommen. Dort endet die Macht des Herrn von Hexenagger."

Nass und verdreckt wie sie waren, hasteten die Flüchtigen weiter, immer in der Angst, von ihren Verfolgern entdeckt zu werden. Nach mehreren Stunden sahen sie einen einsam an einem großen Fluss gelegenen Hof, der von Baumgruppen gesäumt wurde. „Ich kann nicht mehr!", keuchte Adelgund. Sie lehnte sich an einen Baum und ließ sich am Stamm entlang ins Gras herabsinken. Auch Irmingard wankte. Johannes spürte ebenfalls eine tiefe Erschöpfung. Seit dem gestrigen Morgen hatten sie nichts mehr gegessen.

„Lasst uns bei dem Bauern um Unterkunft bitten!", schlug Gregor vor. Auch ihn hatte die Flucht gezeichnet. Seine Wangen waren eingefallen und auf seiner hohen Stirn glänzte der Schweiß. Hubertus zögerte.

„Also gut", entgegnete er. Wir gehen zu dem Hof und bitten um Wasser und etwas zu Essen. Doch können wir dort heute Nacht nicht bleiben.

Dieser Fluss ist zwar schon die Donau. Wir sind aber erst in Vohburg sicher. Ich kenne dort ein Gasthaus, in dem ich schon mehrmals nächtigte. Der Wirt ist mir wohlgesonnen. Vohburg werden wir in kurzer Zeit erreichen."

„Können wir nicht auf der Burg Unterkunft finden?", fragte Johannes. Hubertus runzelte die Stirn. „Die Burg wurde, soweit ich gehört habe, vor über siebzig Jahren durch das Heer Kaiser Ludwigs zerstört. Sie ist in den letzten paar Jahren nicht wieder aufgebaut worden. Wie kommst du auf diesen Gedanken?"

Johannes presste die Lippen vor Zorn zusammen. Der Pförtner von Plankstetten, Bruder Andreas, hatte in ihm den Eindruck erweckt, dass Rudolf von Falkenfels auf der Burg eingekehrt war. Dieser Arglistige hatte ihn getäuscht! Doch gegenüber Hubertus wollte er sich nichts anmerken lassen.

„Es ist nichts. Ich dachte nur…"

Stöhnend richtete sich Adelgund auf. Sie versuchte ein schwaches Grinsen. „Hoffentlich schrecke ich niemand mit meinem Fußgeruch ab. Sonst lassen sie uns gar nicht auf den Hof." „Los, Schwägerin", sagte Irmingard keuchend, „dann lass uns mal den Bauern erschrecken!" Johannes sah die beiden nachdenklich an. Die Leichtigkeit war nur gespielt. Er wusste, die Verzweiflung über den Verlust von Anton würde erst später kommen.

Langsam näherten sie sich dem Anwesen. „Merkwürdig", meinte Gregor.

„Alles ist still. Ist der Bauer auf dem Feld?" Hubertus spähte in alle Richtungen. „Ich kann jedenfalls keine Reiter sehen. Aber wir müssten zumindest ein paar Stimmen von Kindern, Mägden oder Knechten hören."

„Der Hof wird nicht groß genug sein, um Mägde oder Knechte zu haben", wandte Johannes ein. Hubertus nickte vorsichtig. Sein Misstrauen blieb.

Vorsichtig spähten sie in die Hofeinfahrt. Sie erkannten einen hufeisenförmigen hölzernen Bau, der mit Stroh gedeckt war. Die Fenster starrten wie schwarze Höhlen. In der Mitte des Hofes sahen sie einen gemauerten Brunnen. Irgendwo, ihren Blicken verborgen, meckerte eine Ziege. Links sahen sie ein kleines geducktes Gebäude, von einem niedrigen Zaun umgeben. „Ein Schweinestall", vermutete Gregor. Rechts sahen sie einen würfelförmigen Bau, der aus schweren Holzbohlen gezimmert war. Hubertus sah zum Haupthaus. Er kniff die Augen zusammen. „In dem Haus hat sich etwas bewegt", sagte er leise.

Da hörten sie ein leises Schnalzen, gefolgt von atemlosem Hecheln. Gregor reagierte als erster. „Hunde!", rief er. Aus dem Schatten des würfelförmigen Baus kamen zwei große Hunde gehetzt.

Gregor reagierte als Erster. Blitzschnell hob er seinen Stock und richtete ihn gegen einen der angreifenden Hunde. Der Hund sprang und Gregor schlug ihm das Holz mit aller Kraft gegen den Kopf. Dies genügte, um das Tier etwas aus seiner Bahn zu lenken. Doch es prallte gegen Gregors Schulter, der umgerissen wurde und zu Boden fiel und seinen Stock verlor.

Der Hund rappelte sich auf, knurrte und stürzte sich keuchend wieder auf Gregor. Die beiden wälzten sich am Boden. Gregor versuchte verzweifelt, dem wütenden Schnappen des Hundes auszuweichen.

Währenddessen war der zweite Hund auf Adelgund losgesprungen und hatte sie zu Boden gerissen. Sofort warf Hubertus seinen Hut zur Seite, holte mit seinem Stock aus und schlug mit Wucht auf das Tier ein. Knurrend warf sich der Hund herum und ging auf Hubertus los. Mit seinem Wanderstock versuchte dieser nun, das Tier abzuwehren, das immer wieder hochsprang und nach seiner Kehle schnappen wollte.

Irmingard schrie vor Entsetzen auf. Johannes wusste nicht sofort, wie er reagieren sollte. Dann fiel ihm die Schleuder ein. Hastig kramte er in seinem Beutel und holte sie heraus. Fieberhaft suchte er den Boden ab, bis er einen geeigneten Stein gefunden hatte. Mit zitternden Händen spannte er die Schleuder, zielte und ließ die Sehne los. Daneben! Wahllos griff er zu Boden und holte weitere Steine. Er spannte die Waffe erneut.

„Ziele auf die Augen!", hatte Wohlfahrt ihn gemahnt. Johannes zielte sorgfältig, was umso schwerer war, als der Hund kein ruhiges Ziel bot. Mit dem Mut der Verzweiflung ließ er die gespannte Sehne los. Der Stein traf den Hund mit Wucht am Ohr, so dass dieser taumelte und für einen Moment verwirrt innehielt. Diese Zeitspanne genügte Hubertus. Mit blutenden Händen riss er seinen Dolch aus dem Gürtel und warf sich auf das wütende Tier. Wenige Sekunden später durchschnitt er die Kehle des Hundes. Zuckend hauchte es sein Leben aus. Schwer atmend richtete sich Hubertus auf. „Gregor!", schrie Irmingard und zeigte auf den mit dem anderen Tier Kämpfenden. Der Hund hatte Gregor am Oberarm gepackt und zerrte daran. Bis jetzt war es Gregor zwar gelungen, das rasende Tier daran zu hindern, seine Kehle durchzubeißen. Doch wurden seine Kräfte schwächer. Der Hund dagegen hatte sich in einen Blutrausch gesteigert.

Johannes legte hastig wieder einen Stein in seine Schleuder ein. Eine bislang nicht gekannte Wut erfasstr ihn. Ja, in diesem Moment empfand er eine ungeheure Lust, zu töten. Er spannte die Waffe, zielte und schoss. Der Stein traf den Hund am Hals. Das Tier hielt verwirrt in seinem Wüten inne, schüttelte sich und ließ von Gregor ab. Als es Johannes erblickte, setzte es mit wütendem Knurren zum Angriff auf den neuen Feind an.

Doch noch bevor Johannes seine Schleuder wieder bereit machen konnte, sprang Hubertus dem Hund in die Seite und schleuderte ihn zu Boden. Noch bevor dieser reagieren konnte, warf sich Hubertus auf ihn und rammte ihm seinen Dolch in den Bauch. Mit wütender Kraft zog er dem Tier die Klinge vom Bauchraum bis zum Brustkorb durch, so dass die Eingeweide herausquollen.

Aber noch gab der Hund nicht auf. Er kämpfte sich frei, rappelte sich wieder hoch und wollte erneut, die Gedärme hinter sich herziehend, auf Johannes losgehen. Doch noch ehe das Tier zum Sprung ansetzen konnte, krachte ein großes Holzscheit auf seinen Schädel nieder. Dumpf fiel der

Körper zu Boden, zuckte und blieb dann reglos liegen. Aschfahl und außer Atem stand Adelgund über ihm. „So geht es jedem, der meinen Gregor angreift!" rief sie triumphierend. Dann ließ sie das Scheit fallen, rollte mit den Augen und sank ohnmächtig zu Boden.

Irmingard kniete sich hastig neben ihre Schwägerin. „Sie ist nicht verletzt, sondern nur ohne Bewusstsein!", rief sie erleichtert. „Dank sei Gott und unseren tapferen Kämpfern!" Gregor stand mühsam wieder auf. Seine Arme und seine Brust waren vom Abwehrkampf zerkratzt. An seinem linken Oberarm hatte er eine tiefe Bisswunde.

Hubertus, der vom Kampf mit dem Hund ebenfalls Kratz und Schürfwunden erlitten hatte, sah sich die Bissstelle genau an. „Die Wunde muss behandelt werden. Wir müssen heute noch einen Arzt finden, der dir hilft. Sonst kann sich schlechtes Blut bilden und deinen Körper vergiften. Aber zuerst müssen wir deinen Arm verbinden." Gregor grinste kreidebleich und sagte nichts. Es war offensichtlich, dass er unter Schock stand.

„Vorsicht!", schrie Johannes. Aus dem Schatten des würfelförmigen Baus kam eine gedrungene Gestalt gerannt, die eine Forke in den Händen hielt. Noch einmal spannte Johannes seine Schleuder und schoss dem Mann einen Stein auf den Brustkorb. Mit einem schmerzlichen Ächzen blieb dieser stehen und ließ die Forke fallen. Noch ehe er sich zur Flucht umdrehen konnte, hatte Hubertus ihn gepackt. „Wer bist du und warum willst du uns umbringen?", zischte er wuterfüllt. Der Mann zitterte wie Espenlaub. Hubertus schüttelte ihn grob: „Ich habe dich was gefragt. Antworte oder es ergeht dir wie den beiden toten Kötern hier!"

Stammelnd antwortete der Mann, dass er der Bauer sei. Er sei von der Leibwache des Burgherrn von Hexenagger vor Fremden gewarnt worden, die seinen Hof verwüsten wollten. Darum hatte er seine Frau und seine Kinder im Haupthaus versteckt, sich im würfelförmigen Bau, dem Hundezwinger, bereitgehalten und die Tiere dann losgelassen.

„Sehen wir vielleicht aus wie Leute, die Höfe verwüsten?", fragte Irmingard wütend. „Wir wollten nur etwas Wasser und einen Platz im Schatten." Sie sah auf Adelgund, die sich stöhnend wieder aufrichtete.

„N-natürlich könnt Ihr Wasser und auch etwas Brot haben", stotterte der Bauer eingeschüchtert und blickte voller Angst auf das Messer, das Hubertus in der Hand hielt.

„Wir brauchen auch etwas, um Gregors Wunde zu verbinden", knurrte Hubertus und zeigte auf den Verletzten, der jetzt, nach dem Abklingen des Schocks, am ganzen Körper zitterte und sein Gesicht schmerzvoll verzerrte.

„Und wir brauchen einen Arzt", fuhr Hubertus fort. Der Mann zögerte und blickte respektvoll auf Johannes. Er schien noch immer nicht zu verstehen, was ihn vorhin getroffen hatte.

Johannes indes hatte seine Schleuder schnell wieder verstaut und trat zu dem Bauern, bevor dieser noch näher darüber nachdenken konnte. „Bei Gott, helft uns!" Er senkte seine Stimme: „Sonst wird unser Freund einen langsamen Tod sterben." Der Bauer zeigte auf das Haus. „Ich habe einen Ochsen, der meinen Karren zieht. Nehmt ihn und bringt Euren Freund nach Vohburg. Im Markt ist ein Arzt, der ihm helfen kann. Es ist nicht mehr weit. Ihr habt es bald erreicht."

„Oh nein, mein Freund", sagte Hubertus. „Du wirst meine Reisegefährten nach Vohburg fahren. Ich bleibe solange hier, bis du wieder kommst. Ich will sichergehen, dass du keine Dummheiten machst. Wenn du wieder hier bist, ziehe ich weiter. Dann hast du deine Ruhe vor mir." Irmingard starrte Hubertus ungläubig an. „Du willst hierbleiben?"

Hubertus nickte grimmig. „Sei ohne Sorge, ich erkläre dir alles. Johannes ist ja bei euch dabei." Er wandte sich an seine Reisegefährten. „Adelgund und Johannes, geht mit Gregor ins Haus und lasst euch Tuch zum Verbinden geben! Noch besser ist es, wenn Ihr etwas Alkohol…, na ja, also Branntwein auf die Wunde aufbringt." Er zwinkerte Gregor zu, der bei diesen Worten zusammengezuckt war. „Du nimmst besser einen ordentlichen Schluck vorher. Es wird nicht angenehm. Aber es ist notwendig, wenn der Biss nicht zu schwären anfangen soll." Dann richtete Hubertus das Wort an den Bauern. „Nimm den besten Branntwein, den du hast. Und nicht zu sparsam!"

Der Bauer nickte resigniert. Johannes fasste Gregor vorsichtig unter dem verletzten Arm. Adelgund legte ihren Arm um seine Hüfte. Gemeinsam folgten Sie dem Bauern in das Haus. Hubertus legte seine Hand auf die Wange von Irmingard. „Wir haben noch etwas Zeit", flüsterte er. „Lass sie uns nutzen, da wir uns ein paar Tage nicht mehr sehen werden. Dort drüben, angebaut an das Haupthaus, ist der Stall. Und darin ist viel Stroh!" Irmingard musste wider Willen lächeln. Hand in Hand liefen sie zum Stall.

In der großen Stube des Bauernhauses, die auch als Küche diente, drückten sich die junge Bäuerin und drei kleine Kinder verängstigt in eine Ecke, während sich die Besucher auf die aus groben Holzbohlen gezimmerte Eckbank setzten. Der Bauer, der sich als Albert vorgestellt hatte, schickte seine Frau los, Tücher zu holen. Diese flüchtete mit ihren Kindern aus der Küche. Dann holte der Bauer eine Flasche mit klarer Flüssigkeit aus einer Kiste und stellte sie auf den Tisch. Gregor zog den Verschluss ab und wollte schon zum Trinken ansetzen, als Adelgund ihm mit einer Handbewegung Einhalt gebot. „Erst soll unser Gastgeber einen Schluck nehmen!", befahl sie misstrauisch und blinzelte den Bauern an. Dieser zuckte die Achseln und trank.

„Gut!", nickte Adelgund befriedigt. „Nun lasst uns Wasser holen!" Der Bauer nickte ergeben und Adelgund folgte ihm zum Brunnen vor dem Haus. Dort holte sie einen Eimer Wasser. Albert holte anschließend einen Wecken Brot aus der Schublade unter dem Tisch und schnitt es auf. „Habt Ihr Heilkräuter?", fragte Adelgund. Albert schüttelte den Kopf. Gregor hatte inzwischen einen ordentlichen Schluck aus der Flasche genommen. Johannes träufelte Alkohol auf die Tücher, die die Frau des Bauern auf den Tisch gelegt hatte. Vorsichtig tupfte er die Wundränder ab. Gregor biss die Zähne zusammen. Aber er konnte einen gequälten Aufschrei nicht unterdrücken, als Johannes ihm die mit Alkohol durchtränkten Tücher auf seinen verletzten Arm legte und mit trockenem Leinen festband.

Adelgund sah interessiert zu. „Wie oft hast du das schon gemacht, Johannes?", fragte sie. Johannes grinste grimmig. „Das ist das erste Mal." Gregor stöhnte auf. „Aber ich habe unserem Bruder Mauritius im Kloster oft zugesehen", beeilte sich Johannes fortzufahren. Für einen kurzen Moment durchfuhr ihn Wehmut, wenn er an seinen Konvent dachte. Doch schnell ging es vorbei und er sagte: „Esst und trinkt, damit Ihr wieder zu Kräften kommt. Ich werde nach Hubertus und Irmingard sehen, damit sie auch etwas zu sich nehmen können". Er stand auf und ging hinaus. Adelgund und Gregor sahen sich an. „Ich glaube, die werden nicht glücklich sein, wenn Johannes jetzt zu ihnen kommt", kicherte Adelgund. Gregor lachte auf, aber verzog gleich danach das Gesicht vor Schmerz.

Johannes trat aus der Türe und ging entlang des Hauptgebäudes auf den angeschlossenen Stalltrakt zu. Als er hineintrat, sah er prüfend um sich. Gleich nach der Stalltür sah er einen angeketteten Ochsen, von dem Albert gesprochen hatte. Dieser drehte neugierig seinen Kopf zu dem unbekannten Besucher. Gerade wollte Johannes nach seinen

Reisegefährten rufen, als er leises Keuchen und Stöhnen hörte. Wider Willen trat er näher. Die Geräusche kamen aus einem mit hohen Brettern abgetrennten Teil des Stalles. Er kämpfte mit sich, wieder umzukehren, doch etwas zog ihn näher. Vorsichtig spähte er über die Bretterwand.

Hubertus lag auf dem Rücken und hatte die Augen geschlossen. Irmingard saß rittlings aufrecht auf ihm. Beide waren nackt und völlig in ihrem Tun versunken. Irmingard ließ ihr Becken in langsamen Bewegungen kreisen. Hubertus stieß ebenso langsam seinen Unterleib regelmäßig hoch. Mit beiden Händen hatte er ihre Hüften umklammert.

Irmingard umfasste seine Hände und führte sie an ihre Brüste. „Drück mich, Geliebter", keuchte sie. Hubertus umfasste ihre Brust und knetete sie. Doch sie schien nicht zufrieden. „Pack meine Schultern", forderte sie ihn auf. Seine Hände wanderten hinauf und hielten sie fest. Irmingard umfasste mit jeder Hand eine Brust und begann mit sorgfältigen Knetbewegungen. Dabei hörte sie keinen Moment auf, ihr Becken kreisen zu lassen. Hubertus stöhnte leise. Und dann, Johannes traute seinen Augen kaum, rannen Milchtropfen über Irmingards Brüste.

Immer heftiger wurden Hubertus´ Bewegungen. Dann bäumte er sich auf, umklammerte sie mit beiden Armen und umschloss eine von Irmingards Brustwarzen mit dem Mund. Schwer atmend saugte er heftig an ihr, während sie ihren Kopf zurückwarf und ein lautes Stöhnen ausstieß.

Mit wild klopfendem Herzen ließ sich Johannes zurücksinken. Er schämte sich zutiefst für das, was er gesehen hatte. Nicht genug damit, war auch noch sein Glied vor Erregung steif geworden. Als er sich vorsichtig wieder entfernen wollte, hörte er leises Flüstern.

Er wagte nicht, sich zu bewegen. „Warum bleibst du hier, Geliebter?" „Ich warte, bis der Bauer mit dem Ochsenwagen wieder zurückkommt. Dann gehe ich zurück und begrabe deinen Bruder, wie ich es dir versprochen habe." Kurzes Schweigen. „Wenn du meinen Bruder nur rächen könntest! Ich würde alles dafür geben, diesen graubärtigen Mörder tot zu sehen! Aber langsam soll er sterben!"

Ein Schluchzen folgte. „Mein armer Anton!" Dann brach Irmingard in lautes Weinen aus. Johannes nutzte die Möglichkeit, sich so leise wie möglich zu entfernen, wobei er sich bemühte, an Unverfängliches zu denken. Glücklich an der Stalltüre angekommen, hielt er kurz inne und rief dann laut: „Hubertus! Irmingard! Kommt und esst und trinkt! Wir müssen weiter!"

Erschrockenes Aufschnaufen und hastiges Rascheln drang an sein Ohr.

„Wir kommen sogleich, mein Freund!", hörte er Hubertus ärgerlich antworten. „So sei es", entgegnete er vorsichtig und ging zurück zur Unterkunft des Bauern.

In der Stube angekommen, sah ihn Adelgund neugierig an. Gregors Gesicht hatte eine fahle Blässe angenommen. Albert, der Bauer, blickte teilnahmslos drein. „Los, Albert, spannt Euren Ochsen ein!", forderte ihn Johannes auf. „Es eilt, unser Freund muss einen Arzt aufsuchen."

Kurze Zeit danach stand das Gespann abmarschbereit. Hubertus war mürrisch, Irmingard bekümmert lächelnd in der Stube erschienen. Sie packten noch das restliche Brot ein und nahmen den Alkohol mit, ebenso einen Beutel aus Ziegenleder mit Wasser.

Irmingard verabschiedete sich tränenreich von Hubertus. Sie umarmte ihn und schien ihn nicht mehr loslassen zu wollen. Doch dieser schob sie schließlich sanft von sich. „Gregor muss zum Arzt, sonst steht es schlecht um ihn", mahnte er sie. Sie löste sich von ihm und half ihrer Schwester, den Verletzten auf den Wagen zu führen. Gregor ließ sich entkräftet auf die Decken sinken, die Albert ausgebreitet hatte. Adelgund und Irmingard setzten sich neben ihn.

Bevor Johannes zu Albert auf den Wagen stieg, raunte ihm Hubertus zu: „Frage im Gasthaus „Zur Burgschenke" nach dem Wirt Josef. Sage ihm, dass dich Hubertus schickt. Dann werdet ihr gut aufgenommen. Bleibt, bis Gregor sich erholt hat. Vielleicht können sich Adelgund und Irmingard in dieser Zeit als Mägde im Ort verdingen. Ich komme nach, so schnell ich kann." Johannes legte ihm die Hand auf die Schulter. „Gott sei mit Dir. Sei vorsichtig und sorge dafür, dass Anton würdevoll begraben wird." Hubertus nickte. „Ich habe dir noch nicht gedankt. Mit deiner seltsamen Waffe hast du mir das Leben gerettet. Aber sei vorsichtig! Verstecke sie gut und trage sie nur verborgen bei Dir! Wie leicht kann sie dir entwendet werden. Nun fahrt!" Hubertus wandte sich ab und ging auf das Bauernhaus zu. Johannes stieg zu Albert auf den Wagen und sie fuhren los.

*

23. Juni 1390, vor Vohburg

Auf der Fahrt nach Vohburg gingen vielerlei Gedanken durch Johannes´ Kopf. Was war nicht alles in den letzten Tagen passiert! Erst der Tod von Anton, dann die verzweifelte Flucht und der Angriff der beiden Hunde auf dem Hof des Bauern und zuletzt auch noch die Beobachtung von Hubertus und Irmingard beim Liebesspiel. Wie hatte Hubertus erst vor wenigen Tagen gesagt? „Den freien Vogel frisst der Falke und kein Heim schützt ihn. Nur der Starke überlebt."

Hubertus war so ein Starker: Seemann, Sänger, fingerfertiger Geselle und wohl auch kampferprobt. Außerdem war er weitgereist und hatte schon vieles erlebt. Johannes hingegen kannte seit 25 Jahren nur das Klosterleben. Die Ausflüge auf den Markt waren ein Lustwandeln gegen die Ereignisse der letzten Tage gewesen. Noch nie, so gestand er sich ein, hatte er so viel Angst um sein Leben gehabt wie in den letzten Tagen. Und jetzt saß er hier auf dem Fuhrwerk neben einem verstockten Bauern, auf der Ladefläche einen verletzten Reisegefährten, der dringend der Hilfe eines Arztes bedurfte.

Jetzt, da Hubertus zurückgeblieben war und erst später nachkommen würde, wenn er Anton begraben hatte, war er, der unerfahrene Mönch, zum Anführer der kleinen Schicksalsgemeinschaft geworden.

Er drehte sich um und sah prüfend zu dem verletzten Gregor. Dieser war mittlerweile eingeschlafen. Ein tiefes Schnarchen verriet, dass ihn auch das Gerumpel des Ochsengespanns auf dem unebenen Weg nicht wecken würde. Neben ihm lag Adelgund und hielt seine Hand. Tränen liefen ihr über die Wangen und immer wieder zog sie schniefend ihre Nase hoch. Ein gelegentliches Schluchzen verriet Johannes, dass ihr erst jetzt bewusst wurde, was in den letzten Tagen alles Schreckliches geschehen war. Irmingard lehnte mit dem Rücken zum Kutschbock und schlief tief und fest. Johannes gestand sich ein, dass sie eine außerordentlich attraktive Frau war. Kein Wunder, dass Hubertus sie begehrte. Doch es schien mehr als reine Lust zu sein, die die beiden zusammenhielt. Hubertus war weiß vor Wut geworden, als er ihr versprach, sie nicht in die Hände der Reiter von Hexenagger fallen zu lassen.

Beim Gedanken an die Szene, die er im Ochsenstall beobachtet hatte, musste Johannes vor Erregung leise stöhnen. Sofort spürte er wieder, wie sein Glied hart wurde. Zum Glück war dies unter seine Kutte nicht zu sehen. Verstohlen sah er zu Albert, dem Bauern hinüber. Doch der schaute nur gleichmütig auf seinen Ochsen, der den Karren langsam und unverdrossen entlang des Weges Richtung Vohburg zog.

Um sich abzulenken, beobachtete Johannes den Fluss, der träge dahinfloss. Er beobachtete Fischer auf der Donau, die in ihren langestreckten flachbodigen Booten Netze auswarfen. Johannes kannte die Boote aus Coburg, als er für die Fischrechte des Klosters verantwortlich gewesen war. Man nannte sie Zillen und sie waren mit ihren flachen Böden für das Fischen gut geeignet. Gelegentlich hatten ihn die Coburger Fischer mitgenommen und er hatte die Fahrten auf dem Wasser genossen. Mit einer selbstgebauten Zille war er schließlich alleine hinausgefahren und hatte gelernt, das Boot zu steuern. Wenn sein schlankes Fahrzeug dahinglitt, träumte er von Reisen auf dem Meer, das er nur aus Erzählungen kannte.

Manch einer der Fischer auf der Donau winkte Albert zu und dieser erwiderte den Gruß. Doch so sehr sich Johannes auf die Donaulandschaft konzentrieren wollte, half dies nichts gegen die Erinnerung an das Liebesspiel, das er beobachtet hatte. Also wandte Johannes sich an Albert, der seit dem Aufbruch kein Wort gesprochen hatte. „Wie weit ist es noch bis Vohburg?" Albert schreckte auf, offenbar war er in Gedanken versunken gewesen. Er richtete sich kurz auf und deutete nach vorn. „Da. Ihr könnt´s schon sehen. Die Burg, mein ich." Johannes stand auf, setzte sich aber gleich wieder hin, da er fürchtete, von dem schwankenden Karren zu fallen. Tatsächlich zeichnete sich im Schein der sich langsam neigenden Sonne eine Burg auf einem Hügel ab. Johannes war erleichtert. Es konnte nicht mehr lange dauern.

Um das Schweigen von Albert zu brechen, setzte Johannes erneut an: „Wie bewirtschaftet Ihr eure Felder?" Albert musterte ihn kurz, ob die Frage ernst gemeint war. Dann antwortete er: „Ich unterteile meine Felder in drei Bereiche. Auf einem Teil wird Gerste angesät, auf dem zweiten Teil Winterroggen, der dritte Teil liegt brach. Im nächsten Jahr wird auf dem Brachland angebaut und ein anderer Teil wird liegen gelassen. So kann sich der Boden wieder erholen und wir müssen nicht umherziehen. Und wir ernten mehr." Albert lachte ein kurzes bitteres Lachen und fuhr fort: „Das dürfen wir aber nicht behalten, sondern müssen a paarmal im Jahr ein´ Gutteil unserem Lehnsherrn, dem Herrn von Hexenagger, liefern." Albert hatte sich jetzt in Fahrt geredet. „Meine Frau, meine Kinder und ich arbeiten fast drei Tage in der Woche nur für unseren Lehnsherrn. Und was haben wir zu essen? Nur Brei aus selbst gemahlenem Mehl, ein wenig Milch von meinen Ziegen und manchmal etwas Honig. Den bekommen wir auf dem Markt in Geisenfeld von den Nonnen, die ihn dort verkaufen."

Alberts Augen bekamen einen schwärmerischen Glanz. „Bei den Nonnen von Geisenfeld sind schöne Frauen dabei. Die zwei, die mir den Honig verkauft haben, waren jung und sehr schön…" Er lachte unvermittelt lauthals los: „Einmal bin ich auf dem Markt in Geisenfeld von einer Sau in die Hand gebissen worden. Da haben sie mich ins Kloster zum Medicus geschickt. Der hat mich dann behandelt. Aber eigentlich war er es gar nicht selbst…"

„Wieso war er es nicht selbst?", hakte Johannes mehr aus Höflichkeit als aus Interesse nach. „Da war eine Nonne, die hat ihm gesagt, was er machen muss und dann hat er das so gemacht. Die Nonne war die Schönste, die ich gesehen hab. Und eine sanfte Stimme hat sie gehabt. Vielleicht a bisserl tief, aber doch sanft… Einen Verband hab ich gekriegt mit irgendwas drunter. Die Hand ist schnell wieder besser geworden. So a schöne große Frau, die hat ihm gesagt, was er machen muss und net lockergelassen. A richtiger Dickschädel, wie man bei uns sagt…, aber so schön…" Albert seufzte sehnsüchtig.

Johannes unterdrückte ein Lächeln. Einem Bauern wie Albert mussten alle Frauen, die nicht auf dem Hof arbeiteten, schön wie Engel erscheinen. Aber, so gestand er sich gleich darauf mit schlechtem Gewissen ein, er selbst hatte ja als Ordensmann keinerlei Erfahrung mit Frauen.

„Meine Frau war auch schön, wie sie noch jung war", setzte Albert seine Rede fort. Johannes hob erstaunt den Kopf. Die Bauersfrau konnte noch nicht weit über zwanzig Jahre alt sein. „Eure Frau ist doch noch jung", wandte er ein. Albert spuckte aus. „S´ist scho meine Zweite und auch nimmer jung. Mei erste Frau ist bei meinem zweiten Sohn im Kindbett gestorben. Aber sie hat noch a Schwester gehabt. Die hab ich dann geheiratet und sie hat schon zwei Kinder geboren. Aber eins ist wieder gestorben. Jetzt kriegt sie wieder eins. Schön ist sie nimmer. Wegen der Arbeit. Aber ich mag sie." Nach dieser langen Rede schwieg Albert und ließ sich auch durch weitere Fragen von Johannes nichts mehr entlocken.

Doch mittlerweile war rechter Hand auf der anderen Seite der Donau das Städtchen Vohburg deutlich zu sehen. Johannes drehte sich wieder zu seinen Reisegefährten um. Nun war auch Adelgund eingeschlafen. Gregor atmete schwerer. Johannes runzelte die Stirn. Hoffentlich begann die Wunde nicht zu schwären. Das konnte bedeuten, dass ihm der Arm abgenommen werden musste. Johannes musterte erneut die Burg auf dem Hügel. Die Reste dieses einstmals stolzen Gemäuers machten einen toten und verlassenen Eindruck. „Wie kommen wir über die Donau?", fragte Johannes.

„Brücke", antwortete Albert kurz und deutete nach vorn. Tatsächlich konnte Johannes eine große hölzerne Brücke sehen, die sich über die Donau spann und in den Ort führte.

Als sie die Brücke erreichten, sah Johannes, dass ein reger Verkehr herrschte. Bauern trieben ihr Vieh über das Konstrukt, Händler mit ihren Wagen strebten eilig dem Ort zu und auch zahlreiche Fußgänger passierten die Brücke. „Brückenzoll", brummte Albert. Er legte den Kopf und blinzelte Johannes listig an. „Hast a Geld? Ich hab keins. Musst halt deine Freunde absteigen lassen und zu Fuß weitergehen."

„Fahr weiter!", befahl Johannes, „Ich kümmere mich darum". Kurz vor der Brücke hielt Albert sein Gefährt an. Zwei mit Lanzen bewaffnete Brückenwächter in herzoglicher Rüstung hoben die Hände. Einer trat an den Ochsenkarren und warf einen Blick auf die Ladefläche. Gregor lag noch immer schlafend auf den Brettern, Adelgund schlug die Augen auf und gähnte. Irmingard war schon aufgewacht und beobachtete alles aufmerksam. „Seid gegrüßt, Bedienstete des Herzogs!", sprach Johannes. „Ich bin Bruder Johannes vom Kloster St. Peter und Paul in Coburg. Wir müssen nach Vohburg und einen Arzt aufsuchen, der meinen Mitreisenden heilen kann."

„Brückenzoll!", unterbrach ihn der Wächter barsch. Aus den Augenwinkeln sah Johannes, wie Albert in sich hineinlächelte.

„Wie viel?", fragte Johannes. Der Wächter setzte eine Grimasse auf, als rechne er angestrengt. Schließlich antwortete er: „Achtzehn Pfennige für das Passieren der Brücke!" Achtzehn Pfennige! Adelgund meldete sich von der Ladefläche: „Wir wollen die Brücke nicht kaufen, sondern nur drüberfahren!" „Schweig, dummes Weib!", rief der Wächter ihr zu. Auch Johannes war empört. „Wie setzt sich dieser Preis zusammen?", fragte er nach.

Der Wächter wurde ärgerlich. „Ihr könnt auch woanders übersetzen, wenn es euch zu teuer ist. In Münchsmünster ist ein Kloster, das euch aufnehmen kann. Kehrt um und lasst die anderen Leute durch!" Und tatsächlich, hatte sich hinter ihnen schon eine Schlange an Wartenden gebildet, die neugierig dem Wortwechsel folgten. Einige von Ihnen riefen schon ungeduldig: „Zahlt oder kehrt um!" „Wir wollen nach Vohburg rein!" „Haltet nicht die rechtschaffenen Bürger auf!"

Johannes ließ sich nicht beirren. „Ins Kloster nach Münchsmünster? So lange können wir nicht warten! Gregors Wunde wird zu schwären anfangen, wenn wir nicht bald einen Arzt aufsuchen können. Wie setzt sich der Preis von achtzehn Pfennigen zusammen?", wiederholte er. Der Wächter knirschte mit den Zähnen, sagte aber nichts. Sein Begleiter kam hinzu und hob drohend die Lanze.

Hinter ihnen steigerte sich der Unmut der Wartenden. Laute Rufe ertönten, die forderten, dass sie den Weg freimachen sollten. Albert drehte sich zu den Wartenden um und rief: „Ich kann nichts dafür. Dieser Mönch hält euch auf!" „Wirf ihn runter!", antwortete ein Ruf aus der Menge. Lautes Gelächter und beifälliges Klatschen folgten diesem Vorschlag. Johannes ließ den Wächter nicht aus den Augen. Dieser rief mit wütender Miene: „Zwei Pfennige für jeden von Euch. Für den Verletzten vier Pfennige. Für das Ochsengespann sechs Pfennige." „Das ist maßlos!", rief Irmingard mit scharfer Stimme. „Haltet das Weibsbild im Zaum!", ertönte es sofort hinter ihnen.

Der Tumult steigerte sich. Johannes sah ein, dass er so nicht weiterkam. Die Wartenden drohten handgreiflich zu werden. Irmingard flüsterte: „Unser Geld hat Gregor. Aber ich weiß nicht, wo er es aufbewahrt hat und ich kann jetzt nicht seine ganzen Habseligkeiten durchsuchen." Johannes nickte. „ Seid unbesorgt!" Er wandte sich an den Wächter und rief: „Ich bezahle. Weiter zu feilschen, würde das Leben unseres Freundes gefährden." Der Wächter grinste breit und blinzelte seinem Begleiter zu.

Johannes wollte gerade unter seine Kutte greifen und das Geld aus einem seiner Beutel nehmen, als hinter ihnen wieder laute Rufe ertönten: „Macht Platz für den Sohn des Herzogs! Macht Platz für den edlen Ernst von Baiern!"

Alle drehten sich um. Ein Gespann mit den herzoglichen Farben, begleitet von einer Schar bewaffneter Reiter, näherte sich der Brücke. Die Menge teilte sich und ließ die adelige Reisegesellschaft durch, bis das Gefährt direkt hinter dem Ochsengespann war. Die herzogliche Eskorte löste ihre Formation auf, als sie den Ochsenwagen erreicht hatten.

Augenscheinlich hatten die Reiter nicht damit gerechnet, dass der Weg nicht sofort frei geräumt wurde. „Was soll das?", fragte der Anführer der Eskorte, ein junger blonder langhaariger Ritter, der einen glänzenden Brustpanzer trug.

„Macht den Weg frei!"

„Los, weg mit Euch!", schrie einer der Wächter. Schon hatte Albert die Zügel in der Hand. Da kam Johannes ein waghalsiger Gedanke. „Halt!", rief er, sprang vom Ochsenwagen und lief dem herzoglichen Gefährt entgegen. Dort angekommen, kniete er sich neben die seitliche Türe und hob bittend die Hände. Die Türe öffnete sich und ein ältlicher Mann mit ärgerlicher Miene stieg heraus. „Wer seid Ihr und wie könnt Ihr es wagen, euch dem ältesten Sohn des Herzogs in den Weg zu stellen?" Totenstille war eingetreten. So laut die Menge noch vor wenigen Augenblicken gewesen war, so ertönte jetzt kein Laut mehr. Nur das Schnauben der Pferde und das Grunzen der Ochsen waren zu vernehmen.

Johannes neigte demütig den Kopf. „Ich bin Bruder Johannes vom Kloster St. Peter und Paul in Coburg und auf der Pilgerreise nach Santiago de Compostela. Ich muss mit meinen Begleitern nach Vohburg und einen Arzt aufsuchen, der meinen Mitreisenden heilen kann. Er ist von einem wütenden Hund angefallen und verletzt worden. Doch der Brückenzoll ist so hoch, dass wir ihn nicht zahlen können und so mein Freund sterben wird, bevor wir einen Arzt aufsuchen können." Er hoffte im Stillen, dass Gott ihm diese Notlüge verzeihen würde.

Eine leise Stimme war aus dem Inneren des Wagens zu vernehmen. Der ältliche Mann drehte den Kopf und lauschte. Dann fragte er: „Wie hoch ist der Brückenzoll?" „Achtzehn Pfennige, hoher Herr", antwortete Johannes.

„Zwei Pfennige für jeden von uns, wobei für unseren Verletzten vier Pfennige verlangt werden. Für das Ochsengespann nochmals sechs Pfennige." Kurz war es still. Dann stieg ein junger Mann aus dem Gefährt. Johannes sah einen schlanken Edelmann mit hochmütiger Miene und langen blonden Haaren, die ihm weich auf die Schultern fielen. Trotz seiner Jugend trug er einen Oberlippen und Kinnbart. Seine wachen Augen glitten über die anwesenden Menschen. Die Menge fiel auf die Knie und senkten ihre Köpfe. Auch Johannes beeilte sich, wieder zu Boden zu blicken.

„Achtzehn Pfennige, so?", sprach Ernst. Er ging mit stolz erhobenem Haupt langsam zu dem Ochsenwagen. Der ältliche Mann und der Anführer der Eskorte begleiteten ihn. Albert hatte sich zitternd auf dem Sitz zusammengekauert und wagte nicht, den Blick zu erheben. Auch Adelgund und Irmingard knieten in tiefer Verbeugung auf der Ladefläche neben dem bewusstlosen Gregor.

Ernst trat an den Wagen heran und schaute aufmerksam hinein. Er musterte den bewusstlosen Gregor. Dann streifte sein Blick über Adelgund hinweg und blieb an Irmingard hängen. Ernst zog die Augenbrauen hoch. Was er sah, schien ihm zu gefallen.

„Komm her, Mönch!", rief er, ohne den Blick von Irmingard zu wenden. Johannes stand hastig auf und ging zum Herzogssohn. Dort sank er wieder in die Knie.

„Wo nächtigt Ihr?", fragte er Johannes. Johannes dachte fieberhaft nach. Dann fiel es ihm ein. „Im Gasthof `Zur Burgschenke´, Euer Gnaden", antwortete er. „Es wurde uns empfohlen." Ernst nickte. Dann sah er sinnend zur Burgruine hinauf. „Sieh mich an, Weib!", befahl er Irmingard, die zaghaft den Kopf hob und den jungen Mann bang anschaute.

„Sieh her!", er zeigte zur Ruine hinauf. „Seht alle her!", wandte er sich an die versammelte Menge und zeigte mit ausgestrecktem Arm majestätisch zur Ruine. „Einst werde ich diese Burg zu neuem Glanz führen. Mein Erstgeborener wird dann auf dieser Festung residieren und eine vornehme Adelstochter zur Frau nehmen. Und Vohburg soll wieder in stolzem Glanz erscheinen!" Die Menge brach in Jubel und Beifall aus. Ernst schien ob der Wirkung seiner Worte zufrieden und lächelte huldvoll.

„Steh auf, Mönch!", richtete er das Wort wieder an Johannes. Dieser rappelte sich hoch und nahm eine demütige Haltung ein. „Vohburg hat in diesen Tagen keinen Medicus, der diese Wunden deines Freundes heilen kann. Der alte Arzt ist gestorben und ein neuer hat noch nicht Quartier bezogen, wie mir mitgeteilt wurde", beschied er dem verdutzten Johannes. Noch bevor sich in diesem aber die Enttäuschung ausbreiten konnte, fuhr Ernst fort: „Mein Leibarzt, Magister Martin", er zeigte auf den ältlichen Mann, der eine säuerliche Miene aufsetzte, „wird sich deines Freundes annehmen. Sucht euer Nachtlager auf! Magister Martin wird dann zu euch stoßen. Und…", ein scharfer Blick auf die Brückenwächter, die ebenfalls im Staub knieten, „dieses Gespann kann ohne Zoll passieren!"

Johannes faltete die Hände und verbeugte sich tief. „Der HERR wird euch eure Großmut vergelten, Euer Gnaden", sagte er dankbar. Ernst sah ihn spöttisch lächelnd an. „Nun, ich freue mich, wenn ich Gott, unserem HERRN, eine wohlgefällige Tat getan habe. Doch steht mir der Sinn auch nach irdischem Lohn." Er zeigte auf Irmingard. „Du kommst heute mit mir! Morgen, wenn ich weiterreise, kannst du deine Freunde wieder aufsuchen! Steige herab und folge mir!" Seine Stimme duldete keinen Widerspruch. Irmingard blieb nichts Anderes übrig, als vom Wagen zu steigen und dem Herzogssohn zu folgen. Mit bangem Blick sah sie auf Johannes und Adelgund zurück, die vor Schreck keine Worte fanden. Als Ernst mit Magister Martin und Irmingard in dem herzoglichen Gefährt verschwunden war, formierte sich die Eskorte schnell wieder.

„Los, über die Brücke!", befahl der Anführer dem verdutzten Albert. Schnell setzte der sich auf, nahm die Zügel in die Hand und ließ seinen Ochsen loslaufen. Johannes konnte gerade noch auf den Wagen aufspringen, als dieser sich schon ruckelnd in Bewegung setzte und über die Brücke in den Ort Vohburg fuhr. Die Eskorte mit dem Herzogssohn folgte. Die anderen Leute, die über die Brücke wollten, stellten sich wieder an, um den Zoll zu entrichten. Lautes, ärgerliches Gemurmel war zu hören, dass der Ochsenwagen ohne Brückenzoll passieren durfte. Aber niemand wagte, offen dagegen zu protestieren.

Nach Überqueren der Brücke steuerte Albert den Wagen in Richtung Marktplatz von Vohburg, während das herzogliche Gefährt in einer Seitengasse verschwand. „Was wird er mit Irmingard machen?", fragte Adelgund ängstlich, als sie an Fachwerkhäusern vorbei durch schmale Gassen fuhren. Johannes dachte voller Gewissensbisse an das, was er im Ochsenstall beobachtet hatte. „Er wird sein Vergnügen haben wollen", murmelte er.

*

24. Juni 1390, Gasthof „Zur Burgschenke" in Vohburg

Als Johannes am nächsten Morgen erwachte, schien es ihm, als sei der vergangene Tag nur ein Traum gewesen. Erst allmählich wurde ihm die Wirklichkeit bewusst.

Nach der Ankunft in der „Burgschenke", einem etwas herunter gekommenen Gasthof, hatten er und Albert den bewusstlosen Gregor in das Gasthaus getragen. Wie Hubertus gesagte, kannte ihn der Gastwirt Josef. Dieser war ein stämmiger Mann mit breiter Brust und verschlossener Miene. Als Johannes ihm gesagt hatte, dass ihn Hubertus empfohlen hatte, sah hin der Wirt mit seltsamem Gesichtsausdruck an. „So, Hubertus hat euch empfohlen? Hubertus gibt sich mit einem Mönch ab? Das passt gar nicht zu ihm…" Der Wirt hatte hintergründig gelächelt, dann aber mit den Achseln gezuckt und nach seinem Weib geschrieen, das sie ins Haus geführt hatte. Sie erhielten eine Kammer, in der Johannes und Adelgund gemeinsam mit Gregor nächtigen konnten. Die Betten im Gasthaus waren durchgelegen und die Binsen auf dem Boden schon alt, aber sie waren dankbar für das Nachtlager.

Johannes hatte sich von Albert verabschiedet und ihm noch sechs Pfennige für den Brückenzoll sowie zwei Pfennige zum Kauf eines neuen Hundes mitgegeben. Albert war überrascht gewesen, damit hatte er offenkundig nicht gerechnet. Mit vielen Verbeugungen dankte er, und verabschiedet sich und den Heimweg angetreten. „Hoffentlich kommt Hubertus bald nach", hoffte Johannes. Gleichzeitig aber fürchtete er wie Hubertus sich wohl verhalten würde, wenn er vom Schicksal Irmingards erfuhr. Dann ging er hinauf zu Adelgund und dem Verletzten. Sie war nicht von Gregor´s Seite gewichen. Seine Haut hatte eine tiefe Blässe angenommen. Auf seiner Stirn stand kalter Schweiß. Adelgund hatte fortwährend den Schweiß von der Stirn ihres Mannes getupft.

Dann war Magister Martin in Begleitung eines Dieners erschienen und hatte sie hinausgescheucht. In der Gaststube hatten sie ihr Abendbrot gegessen, unter den bösen Blicken manch anderer Gäste, die zuvor an der Brücke hinter ihnen gestanden hatten, als er um den Brückenzoll gefeilscht hatte.

Später war der Arzt gekommen und ihnen widerwillig mitgeteilt, dass Gregor keine lebensgefährliche Entzündung habe. Er habe ihm Arzneien und Umschläge verabreicht. Gregor würde jetzt schlafen. Morgen, vor der Abreise des Herzogssohns, wolle er noch mal nach ihm sehen. Adelgund war vor Dankbarkeit auf die Knie gesunken, was der Magister ungnädig zur Kenntnis genommen hatte.

Danach waren sie in die Kammer zu Gregor zurückgekehrt und, nachdem sie sich vergewissert hatten, dass er ruhig atmete, in einen tiefen Schlaf gefallen.

*

Johannes blinzelte und schaute zu seinen beiden Zimmergenossen. Adelgund schlief noch tief und fest, aber Gregor war schon wach. Er stöhnte leise, als er sich aufrichten wollte und dabei seinen verletzten Arm bewegte.

„Halt still!", flüsterte Johannes. „Du bist versorgt. Heute kommt noch ein Arzt und sieht nach Dir."

„Wo sind wir? Was ist passiert?", fragte Gregor schwach. Johannes erzählte ihm in aller Kürze die Geschehnisse, seit sie vom Hof des Bauern aufgebrochen waren. Gregor schnaufte empört durch. „Und Irmingard ist jetzt beim Herzogssohn, weil du den Brückenzoll nicht zahlen wolltest?" Johannes zuckte bei diesem Vorwurf zusammen. „Ich wollte gerade meinen Beutel mit den Pfennigen hervorholen und bezahlen, als die Kutsche des Herzogssohns kam", verteidigte er sich lahm.

„Das Ergebnis ist jedenfalls, dass Irmingard jetzt weiß Gott wo ist und dieser junge Edelmann mit ihr ebenfalls weiß Gott was anstellt. Wenn Hubertus das erfährt, dann, Bruder Johannes, wirst du Ärger bekommen." Gregor lehnte sich stöhnend wieder auf sein Lager. Johannes ließ den Kopf hängen. Er hatte sich selbst schon genügend Vorwürfe gemacht. Von Unruhe getrieben, stand er auf und ging hinunter in die Gaststube. Als er eintrat, glaubte er seinen Augen nicht zu trauen.

Da es noch früh am Morgen war, waren noch keine Gäste anwesend. Lediglich Josef, der Wirt, lehnte an einem Fass, aus dem er sich gerade ein Glas Wein einschenkte. Doch die Gaststube war nicht ganz leer. An einem der Tische saß seelenruhig Irmingard und trank einen Becher mit warmem Gewürzwein.

„Irmingard!" Mit grenzenloser Erleichterung eilte Johannes zu ihr. „Wie ist es dir ergangen? Seit wann bist du hier? Hat er dir etwas angetan?", sprudelte es aus ihm heraus. Irmingard sah ihn leise grinsend an. Sie wirkte auf ihn wie eine Katze, die gerade eine große Schüssel Sahne ausgeschleckt hatte. „Männer, ob hochwohlgeboren oder nicht, ob Handwerker oder Händler, gleichgültig ob jung oder alt, sind doch alle gleich. In den Händen einer Frau werden sie zu Wachs und wir können sie formen, wie wir wollen." Da der Wirt Josef sich neugierig vorgebeugt hatte, fuhr sie flüsternd fort: „Auch, wenn der Herzogssohn am Anfang herrisch auftrat, schlussendlich lag er an meiner Brust wie ein kleiner Säugling." Johannes wurde es heiß, als er sich vorstellte, wie dies wohl gewesen war. Irmingard nahm noch einen großen Schluck Wein und meinte sinnend: „Vor wenigen Tagen noch war ich eine ehrbare Witwe und jetzt habe ich den Herzogssohn beglückt. Wer hätte das gedacht?"

Sie schwieg kurz, trank dann aus und erhob sich stöhnend. Dabei sagte sie leise: „Seine Gnaden hat eine sehr große Manneskraft. Mir tut alles weh." Sie kicherte verlegen, während ihr die Röte ins Gesicht schoss. „Verzeih, Johannes, das sind wohl nicht die richtigen Worte für ein Morgengespräch. Ich sollte beichten." Johannes wurde zutiefst verlegen. Wenn ihm Irmingard die Geschehnisse mit dem Herzogssohn im Rahmen der Beichte in allen Einzelheiten darlegen wollte, dann malte er sich lieber nicht aus, was er dabei empfinden würde. Irmingard lächelte nachsichtig. „Sei unbesorgt! Was passiert ist, eignet sich nicht für die Ohren eines Mönchs. Entscheidend ist, dass wir die Brücke passieren konnten und Gregor behandelt wurde. Der Herzogssohn ist mit seiner Eskorte schon weitergereist. Magister Martin hat sich auf Weisung von Seiner Gnaden sogar herabgelassen, mir gnädigst mitzuteilen, dass Gregor seines ärztlichen Beistands nicht mehr bedarf. Ich aber glaube eher, er wollte sich einfach nicht mehr die Mühe machen, nochmal hierher zu kommen. Sicher ist es unter seiner Würde und der junge Edelmann hat ja schon bekommen, was er wollte. Josef", sie nickte zu dem Wirt, der immer noch aufmerksam zu ihnen herübersah, Josef hat mir auch schon alles von gestern erzählt. Ich wollte euch nicht wecken, darum trank ich erst einen stärkenden Wein. Doch jetzt gehe ich nach oben in die Kammer und sehe nach meiner Schwägerin und unserem Kranken. Und ich werde mich ein wenig hinlegen und von den Anstrengungen ausruhen."

Sie drehte sich zur Tür. Doch dann zögerte sie kurz und wandte sich nochmals Johannes zu: „Mache dir wegen Hubertus keine Gedanken! Niemand von uns konnte wissen, dass der Herzogssohn kommen würde. Niemand von uns konnte wissen, dass kein Medicus in Vohburg ist und nur sein Magister unseren Gregor behandeln konnte. Und niemand von uns konnte ahnen, dass ich der Preis dafür sein würde. Einem Herzogssohn widerspricht man nicht. Vielleicht war es besser so. Hubertus wird es verstehen. Und schließlich bin ich nicht mit ihm verheiratet." Damit verließ sie die Gaststube.

Johannes blickte ihr verdutzt nach. Dann trat Josef zu ihm und forderte ihn auf, sich hinzusetzen. Er brachte ihm einen Becher mit warmem Wein, Brot und Butter. „Ein Prachtweib", sprach er anerkennend, als er die Kost vor Johannes hinstellte. „Nach der würde sich jeder Mann die Finger ablecken." Johannes ignorierte die Bemerkung und fragte: „Woher kennt

Ihr Hubertus?" Unaufgefordert setzte sich Josef hin. Er überlegte kurz und sagte dann: „Hubertus war vor ein paar Jahren erstmals in der Gegend und kehrte bei mir ein. Zuletzt war er vor einem Jahr hier. Es war zu der Zeit, als der Rat und die Bürger zur Kapellenkirche des Hl. Andreas des Zwölfboten eine Frühmesse gestiftet haben. Die St.-Andreas-Kirche ist der Stolz von Vohburg. Vor allem in dieser Zeit, da die Burg nur noch eine Ruine ist".

Johannes war überrascht. Dass Hubertus vor einem Jahr hier war, hatte dieser bisher nicht erwähnt. „Hubertus ist ein heller Kopf", fuhr der Wirt fort. „Aber woher kennt Ihr ihn?"

Johannes erzählte, dass er Hubertus vor wenigen Tagen im Gasthaus „Zum Hirschen" kennengelernt hatte und seitdem mit ihm und Adelgund, Gregor und Irmingard gemeinsam reiste. Den Tod von Anton und die Flucht vor den Reitern von Hexenagger verschwieg er. „Bei mir kehren viele Leute ein, Bauern, Handwerker, Händler, Pilger, und mit euch auch ein Mönch", entgegnete der Wirt nachdenklich. „Sogar manchmal fahrende Ritter. Bei mir kann man für wenig Geld ein Nachtlager finden, das wird geschätzt."

Fahrende Ritter. Der Gasthof hieß `Zur Burgschenke`. In Johannes Kopf formte sich ein Gedanke. Konnte der hochmütige Pförtner Andreas vom Kloster Plankstetten mit der „Burg" zu Vohburg den Gasthof gemeint haben, in dem Rudolf von Falkenfels vor sieben Jahren eingekehrt sein konnte? Er beschloss, die Probe auf´s Exempel zu machen und erzählte Josef dieselbe Geschichte, die er schon dem Pförtner Andreas gesagt hatte.

Josef musste nicht lange nachdenken. „Den Ritter kannte ich. Er ist vor sieben Jahren erstmals bei mir eingekehrt. Er hatte seine Töchter dabei, eine kleine und eine große. Ich dachte mir, aus den beiden werden einmal schöne Frauen. Schade darum." Josef schüttelte bedauernd den Kopf.

„Was bedauert Ihr?", fragte Johannes begierig nach. Sein Herz schlug schneller. Er war also auf der richtigen Spur. Josef neigte verwundert den Kopf.

„Wie Ihr sicher wisst, wollte er seine Töchter in einem Nonnenkloster abliefern. Und Ihr sagtet doch, dass der Ritter in der Ferne gefallen ist. Ich weiß nur, dass er vor gut vier Jahren von einem Feldzug des Herzogs

Stephan in den Süden nicht mehr zurückkehrte. Ihr wisst ja, dass er im Dienst des Herzogs stand, oder?" Josef sah ihn misstrauisch an.

„In der Tat", beeilte sich Johannes zu versichern. „Dies wurde mir aber erst mitgeteilt, als mich seine Todesnachricht erreichte." Josef gab sich damit zufrieden. „Sei es wie es sei, jedenfalls war er bis zu seinem Tod bei mir öfter zu Gast, wenn er Botschaften des Herzogs zu überbringen hatte. Manchmal besuchte er, wie er mir erzählte, auch seine Töchter. Der Wein löst die Zunge, wisst Ihr, und so werden wir Gastwirte auch manchmal zu Beichtvätern, so wie Ihr Ordensbrüder." Josef lachte in sich hinein.

Manchmal besuchte er auch seine Töchter! Dieser Satz versetzte Johannes in höchste Spannung. Wenn er seine Töchter manchmal besuchte, dann konnten sie nicht weit entfernt von hier leben. Nur mühsam unterdrückte er seine Erregung. „Verzeiht, aber es drängt mich, meine Basen zu besuchen und ihnen zu kondolieren. Leider ist mir nicht mitgeteilt worden, welchem Kloster sie mein Oheim anvertraut hat. Ihr wisst es sicher, nicht wahr?" Josef sah ihn an. Sein Misstrauen war wieder erwacht. „Wenn Rudolf euer Oheim war, dann sollte es selbstverständlich gewesen sein, dass er euch das selbst gesagt hat. Ich beginne, an Eurer Geschichte zu zweifeln." In diesem Moment öffnete sich die Tür des Gasthofes, einige Bauern kamen laut lachend herein und verlangten Bier. Josef erhob sich entschlossen. „Ich muss mich um meine anderen Gäste kümmern. Denkt doch noch einmal darüber nach, was euch euer angeblicher Oheim gesagt hat! Ich jedenfalls weiß nicht, wo seine Töchter sind!" Er wandte sich den neuen Gästen zu. Johannes holte tief Luft vor Enttäuschung. Wenn er sich nur ein wenig mehr im Zaum gehabt hätte! Aber er war voller Ungeduld gewesen. Verärgert trank er den Wein aus, stand auf und trat aus dem Gasthaus auf die Gasse, den misstrauischen Blick von Josef im Rücken. Von ihm würde er keine Auskunft mehr erhalten.

Johannes sog die Morgenluft gierig ein. Nur langsam gelang es ihm, seinen Ärger zu unterdrücken. Er sah sich um und registrierte erst jetzt die Umgebung des Gasthofes. Die `Burgschenke´ lag unterhalb des Berges, auf dem die Ruine der einst stolzen Herzogsburg stand. Um sich schauend, ging Johannes über den Marktplatz. Auch in Vohburg, ähnlich wie in seiner Heimatstadt, war heute Markttag. `Von Coburg nach Vohburg´, dachte er sich und musste wider Willen schmunzeln. Er sah, dass Händler ihre Stände aufgebaut hatten und ihre Waren, Salat, Gemüse, aber auch Saatgut feilboten. Ein geschäftiges Treiben erfüllte den Platz, auch wenn es noch früh am Morgen war. Ein Bauer trieb Schafe und Ziegen in ein Gatter, das seine Knechte gerade aufgebaut hatten.

Als Johannes´ Blick über den Platz schweifte, erblickte er zu seiner Linken die St. Andreas-Kirche, von der Josef gesprochen hatte. Er ging hinüber, trat ein und genoss die wohltuende Stille. Außer ihm sah er nur zwei alte Frauen in einer der hölzernen Bänke sitzen und beten. Auch Johannes glitt in eine Bank, kniete nieder und betete das Vaterunser. Dann richtete er seinen Blick hoffnungsvoll auf das Kreuz am Altar und bat Gott um Beistand für seine weitere Reise. Schuldbewusst gestand er sich ein, dass er über seiner Sehnsucht nach der geliebten Magdalena fast seinen Auftrag vergessen hatte. Er vergaß auch nicht, für die Genesung von Gregor zu beten und um das Seelenheil des ermordeten Anton zu bitten. Schließlich erbat er die Hilfe Gottes auch für die weitere Zukunft von Adelgund, Irmingard und Hubertus.

Noch lange Zeit kniete er in der Kirche und sprach zu Gott. Dann erhob er sich und trat hinaus. Es ging gegen Mittag zu und der Markt neigte sich langsam seinem Ende zu. Bald würden die Händler und die Marktbesucher in die Gasthöfe zum Mittagsmahl strömen. Doch Johannes verspürte keinen Hunger. Als er über den sich allmählich leerenden Marktplatz schaute, fiel ihm in südlicher Richtung ein Tor in der Stadtmauer auf. Dahinter sah er das Glitzern eines Flusses. Einen vorbeischlendernden Bürger fragte er nach dem Fluss. Der Bürger teilte ihm bereitwillig mit, dass es sich hierbei um die im Volksmund „Kleine Donau" genannten Fluss handeln würde. Er würde teilweise von der Ilm gespeist, die von Süden her durch Pfaffenhofen und den Markt Geisenfeld floss.

Geisenfeld, den Namen hatte er erst gehört...... Wo war das gewesen? Richtig, Albert sprach gestern während der Fahrt nach Vohburg von den schönen Ordensfrauen von Geisenfeld. Johannes versuchte, sich die Geschichte wieder ins Gedächtnis zu rufen. Eine Sau hatte Albert auf dem Markt in Geisenfeld in die Hand gebissen und er war zur Behandlung in die Abtei gebracht worden.

Was hatte er noch gesagt? Er sprach vom Medicus im Kloster und von der Nonne, die diesem sagte, was er machen sollte. Die Schönste, die er je gesehen hatte. Eine starke schöne Frau. Eine sanfte Stimme, vielleicht ein bisschen tief, aber sanft... Eine schöne Frau... Magdalena gelobte einst zur Rettung ihrer Schwester, dass sie die Heilkunst erlernen würde. Konnte es sein, dass Albert die Frau beschrieben hatte, nach der sich Johannes seit sieben Jahren verzehrte? Konnte es sein, dass Magdalena in Geisenfeld war? Zwischen der Donau und München, hatte Lambert gesagt. Gut, viele Klöster lagen zwischen der Donau und München. Aber eben auch Geisenfeld! Er musste Gewissheit haben!

*

Hastig lief Johannes zurück in die `Burgschenke´. Er drängte sich durch den mittlerweile gut gefüllten Gastraum und ging hinauf zur Kammer, in der seine drei Mitreisenden weilten, während er noch überlegte, was er ihnen sagen wollte. Er öffnete die Tür und trat ein. Gregor saß auf dem Bett und, obwohl er noch recht blass war, sah er kräftiger aus als am Morgen. Neben ihm saß Adelgund und hielt seine rechte Hand. Irmingard hatte sich auf ein daneben stehendes Bett gelegt. Alle drei waren in eine Unterhaltung vertieft. Als Johannes das Zimmer betrat, brach das Gespräch ab. Kurz war Schweigen, dann ergriff Gregor das Wort. „Irmingard hat uns alles erzählt. Du wolltest ja doch den hohen Brückenzoll bezahlen, damit ich heilkundige Behandlung erhalte. Doch das wäre vergeblich gewesen, wenn nicht der Herzogssohn gekommen wäre. Verzeih, ich bin dir zu Dank verpflichtet." Johannes war erleichtert. „Danke nicht mir, sondern unserem HERRN. Alles geschieht nach seinem Willen. Ich denke, du wirst wieder vollständig genesen. Doch," fuhr er fort, „ich muss euch nun verlassen und weiterziehen. Ich will heute noch entlang eines Flusses namens Ilm nach Geisenfeld gelangen."

„Du willst alleine weiterreisen?", fragte Adelgund verwundert. „Du willst nicht auf Hubertus warten? Warum die Eile?" Auch Irmingard und Gregor starrten ihn verblüfft an.

Johannes zögerte. „Ich kann euch nicht alles sagen. Aber seid versichert, dass es sehr wichtig ist. Es tut mir leid!" Die drei sahen ihn prüfend an. Dann zuckte Gregor mit den Achseln, verzog sogleich schmerzlich das Gesicht und sagte dann so gleichmütig, wie ihm möglich war: „Also gut, wenn du möchtest. Wir werden dich nicht aufhalten. Dann trennen sich hier unsere Wege." Auch Adelgund und Irmingard sahen enttäuscht drein.

Johannes schluckte. Die Gefährten waren ihm in den letzten Tagen ans Herz gewachsen. Gemeinsam hatten sie den Gefahren getrotzt. Es schien ihm nun kaltherzig, ohne sie seinen Weg fortzusetzen. Doch die Sehnsucht nach Magdalena nagte ebenfalls an ihm. Er fasste einen Entschluss.

„Nein, Freunde", antwortete er, „ich bitte euch vor Gott, versteht mich nicht falsch. Wir haben in den letzten Tagen Schlimmes erlebt und sind füreinander eingestanden. Ich will euch daher nicht auf immer verlassen und auch nicht allein meiner Wege ziehen. Ich gehe lediglich nach Geisenfeld voran und warte dort auf Euch. Ich suche Unterkunft im Kloster bei den Schwestern. Dort sehen wir uns wieder. Ich werde erst weiterwandern, wenn Ihr nachgekommen seid. Doch jetzt drängt es mich. Ich kann nicht länger warten. Verzeiht mir!"

Adelgund, Gregor und Irmingard sahen sich an. Dann räusperte sich Irmingard und sagte: „Gut, Johannes, wenn das deine Entscheidung ist, dann soll es uns recht sein. Wir warten auf Hubertus. Aber auch wir möchten nicht ohne dich weiterziehen. Gehe also voran nach Geisenfeld! Wir folgen nach, wenn Hubertus hier eingetroffen und Gregors Wunde verheilt ist. So Gott will, treffen wir uns wieder. Pass auf dich auf!"

Johannes nickte dankbar und packte seine Sachen zusammen. Adelgund und Irmingard halfen ihm dabei. Gregor beobachtete sie. Als Johannes reisefertig war, sagte er: „Deine seltsame Waffe, die Steine schleudert, solltest du so tragen, dass du rasch zugreifen kannst, wenn es nötig ist. Irmingard hat mir gesagt, dass du damit die Hunde abgelenkt hast. Doch es scheint lange gedauert zu haben, bis du sie gebrauchen konntest. Außerdem brauchst du immer Steine dafür. Suche dir am besten schon beizeiten die geeignetsten zusammen. Nimm dir einen Beutel und lege sie hinein, so dass du sie immer griffbereit hast! Sonst wirst du keinen Nutzen aus diesem Ding ziehen können, wenn es notwendig ist."

Johannes sah ein, dass Gregor Recht hatte und dankte ihm. Doch jetzt hatte er keine Zeit dafür. Er nahm nacheinander Adelgund, Irmingard und Gregor bei der Hand und verabschiedete sich. Er verließ die Kammer und wollte gerade die Türe hinter sich schließen, als Irmingard schnell hinausschlüpfte. Sie sah ihn an und sagte leise: „Ich sehe es an deinem Blick und deiner Eile. Dich treibt die Liebe zu einer Frau. Mir ist schon in Plankstetten nicht verborgen geblieben, dass du dich nach irgendjemandem erkundigt hast. Auch Josef, unser Wirt, hat mir etwas angedeutet. Du suchst nach einer Ordensfrau, nicht wahr?"

Johannes ließ ertappt die Schultern hängen. War er denn für jedermann ein offenes Buch? Doch dann straffte er sich und antwortete: „Ja, es ist wahr. Doch ich bitte Dich, sage es niemandem. Ich weiß nicht, ob ich sie finden werde und ob sie noch etwas für mich empfindet. Nur Gott weiß, ob ihre Liebe groß genug ist, mir zu folgen. Und ich muss mein Gelübde erfüllen und nach Santiago pilgern. Viele Dinge sind dies und ich bat Gott um seinen Ratschluss."

Irmingard lächelte wissend: „Keine Sorge, ich werde es für mich behalten. Die anderen haben noch nichts bemerkt. Doch schwere Entscheidungen liegen vor Dir, Johannes. Aber vertraue auf Gott, auf dich und auf die Liebe, die dein Herz erfüllt! Wenn du die Frau ausfindig machst und sie dich ebenfalls liebt, dann werdet Ihr euer Glück finden. Jetzt geh! Wir sehen uns in Geisenfeld."

*

Kurze Zeit darauf wanderte Johannes nach Süden. Er hatte nach dem Verlassen des Gasthofes einen Vohburger Bürger nach dem Weg gefragt. Dieser hatte ihm geraten, auf dem Weg entlang der Ilm zu bleiben. Kurz vor Geisenfeld würde er an einer Mühle bei einem Dorf namens Nötting vorbeikommen. Bald danach könne er die Türme der Klosterkirchen sehen. Da er erst gut nach Mittag aufgebrochen war, neigte sich die Sonne schon, als er unweit der Ilm am Rand eines dichten Waldes auf Geisenfeld zuging.

Seltsamerweise war ihm auf dem Weg noch niemand begegnet. Kein Wanderer, kein Bauer, keinen Menschen hatte er gesehen. Auch die Mühle, von der der Vohburger sprach, tauchte noch nicht in seinem Blickfeld auf. Er dachte über die Worte von Gregor nach. Wie konnte er die Schleuder am sinnvollsten befestigen, um sie schnell bei der Hand zu haben? Einen Beutel mit Steinen zu füllen und an seiner Gürtelleine anzubinden, war keine Kunst. Doch die Schleuder sollte auch nicht jeder sofort sehen. Johannes grübelte darüber nach. Dann stutzte er. Er war so in Gedanken versunken gewesen, dass er es fast nicht bemerkt hätte. Vor ihm baumelte an einem Ast, der über den Weg hing, ein schwarzer Lederhandschuh. Wer hatte denn so etwas verloren? Und warum hatte ihn dann jemand an den Ast gebunden und nicht mitgenommen? So ein Kleidungsstück war sehr wertvoll und niemand würde es einfach zurücklassen. Misstrauisch sah er sich um. Doch nichts und niemand war zu sehen. Schnell nahm er den Handschuh, steckte ihn in seinen Beutel und ging weiter. Die nächste Person, die er treffen würde, wollte er danach fragen.

Kurze Zeit später drückte ihn seine Blase. Er sah um sich, raffte dann seine Kutte hoch und schlug das Wasser am Wegesrand ab. Erleichtert atmete er aus, als sein Blick an einem Baum hängen blieb. Dort, etwas über Augenhöhe, nur wenige Ellen von ihm entfernt, baumelte ein weiterer schwarzer Handschuh.

Die Sache wurde immer seltsamer. Vielleicht hatte ein Reisender hier seine Kleidungsstücke verloren und ein wohlmeinender Wanderer hatte sie so aufgehängt, dass der Unglückliche sie wiederfinden musste. Doch das war nicht anzunehmen. Niemand würde so wertvolle Dinge freiwillig zurückgelassen. Johannes pflückte den zweiten Handschuh vom Baum. Er wollte ihn in seinen Beutel stecken, als ihm der Handschuh aus den Händen glitt und herunterfiel. Er bückte sich, um ihn aufzuheben. Diese Bewegung rettete sein Leben.

Knapp über seinem Kopf sauste ein Knüppel vorbei und prallte gegen den Baum, an dem gerade noch der Handschuh gehangen hatte. Nur seinem Bücken war es zu verdanken, dass ihn der Schlag nicht an seiner Schläfe getroffen hatte. Doch die Wucht des Aufpralls reichte, ihn vor Schreck erstarren zu lassen. Schon stürzten drei zerlumpte Gestalten auf ihn. Es hagelte Tritte und Schläge. Der rechte Ärmel seiner Kutte wurde abgerissen. Irgendjemand packte seinen entblößten Arm. Johannes riss sich los und versuchte, sein Gesicht mit den Händen zu schützen. „Haltet ein!" schrie er, „ich bin ein armer Mönch vom Kloster…." Er stöhnte vor Schmerz laut auf, als er einen Tritt in den Magen erhielt und zu Boden ging. Er krümmte sich, ihm blieb die Luft weg. Ein weiterer heftiger Tritt in seinen Brustkorb folgte. Doch damit nicht genug. Wie von Sinnen trat einer der Räuber auf die Beine und die Hüften seines Opfers ein.

„Schau´n mir, was er hat!", krächzte einer der drei. „Nimm den Beutel!", hörte Johannes wie durch dichten Nebel eine zweite Stimme. „An sein´m Gürtel hängt a was!", so der Dritte. Johannes rang verzweifelt um Atem. Er spürte, wie Hände an seinem Gürtel und seinem Beutel zerrten. Das Messer mit dem heiligen Holz! Die Schleuder! „Was is´n des?" Entsetzt sah er, wie schmutzige, schwielige Hände seine Schleuder hielten. Mit dem Mut der Verzweiflung stieß er, noch immer nach Luft ringend, ziellos mit den Beinen nach dem Dieb. Es knackte vernehmlich, als die Kniescheibe des Schurken brach. Mit einem gellenden Schmerzensschrei ließ dieser die Schleuder fallen und fiel seitlich ins Gras. Laut wimmernd blieb er dort liegen. „Du Sau! Dafür stech ich dich ab!", hörte Johannes. Einer der zwei übrigen Spießgesellen beugte sich zu ihm, riss das Messer von der

Gürtelleine und hob es drohend hoch. „Scheiß, was is des?", fluchte er laut. „Das kannst net halten, so heiß is des!" Er warf das Messer nach Johannes und verfehlte ihn nur knapp. Die Klinge bohrte sich in eine Wurzel. Vor Wut holte der Räuber aus und versetzte Johannes einen kräftigen Tritt in die Seite, so dass er auf den Bauch rollte. Der zweite sprang mit seinem ganzen Gewicht auf Johannes linken Oberarm. Ein stechender Schmerz wie ein weißglühender Blitz durchfuhr ihn, als der Knochen brach. Johannes schrie laut auf. Mit letzter Kraft und vor Schmerz fast wahnsinnig stemmte er sich auf seinen rechten Ellenbogen auf, als ihn ein Stein am Kopf traf. Johannes wurde schwarz vor Augen. Bevor er das Bewusstsein verlor, glaubte er noch eine andere tiefe Stimme rufen zu hören.

Johannes erwachte und blinzelte in den blauen Himmel. Der Boden unter ihm bewegte sich. Er wurde langsam, aber unablässig durchgeschüttelt. Er schloss die Augen, öffnete sie wieder, aber das Bild und die Bewegungen blieben gleich. Als er sich aufrichten wollte, durchzuckte ihn ein grausamer Schmerz. Er konnte einen lauten Schrei nicht unterdrücken. Halb ohnmächtig sank er wieder zurück. Wenigstens war der Boden nicht hart. Er musste auf Heu und Decken liegen. Doch sein Körper brannte wie Feuer. Das Atmen fiel ihm schwer, er hatte das Gefühl, als bohre sich eine Lanze in seine Lunge. Unendlich lange, so schien es ihm, dauerte es, bis er nach unten zu seinen Beinen sehen konnte. Er hatte das Gefühl, dass sie auf die doppelte Dicke angeschwollen waren. Sein linker Arm stand in einem unnatürlichen Winkel ab. Bei jedem Rumpeln des Wagens überfluteten ihn Wellen von Schmerzen.

„So, samma wieder wach?", hörte er jemand fragen. Johannes stöhnte nur.

„Glück hast g´habt", antwortete der Unbekannte. „Wenn i net gekommen war, dann wärst jetzt tot. Aber so hamms bloß ihren Kumpan packt und sind verschwunden. Aber dein´ Beutel hamms jetzt. Aber des is immer noch besser als wenn's dein Leben hätten oder net?"

„Was schaukelt da eigentlich so?", fragte Johannes schwach keuchend. „Des is mei Ochsenwagen mit Werkzeug drauf", antwortete die Stimme. „Und jetzt auch no mit Dir", fügte sie hinzu. Johannes schüttelte vorsichtig den Kopf. Kaum hatte er ihn etwas angehoben, wurde ihm übel. Er drehte sich gerade noch zur Seite, bevor er sich übergeben musste.

„Mei, jetzt speibt er mir a noch auf'n Wagen nauf", schimpfte die Stimme. Johannes spürte, wie das Gefährt anhielt. Er übergab sich noch mal und blieb dann schwer atmend auf der Seite liegen. Als er sich mit seiner Kutte das Gesicht und den Mund abgewischt hatte, sah er auf und blickte in das gutmütige Gesicht eines Mannes Ende Dreißig. Dieser hatte eine große Nase, viele Falten um den Mund und eine hohe Stirn.

„Vergelt's Gott!", flüsterte Johannes. Dann ließ er seinen Kopf wieder entkräftet zurücksinken. „Is scho recht", antwortete der Mann. „Wie heißt du eigentlich?" „Ich bin Bruder Johannes vom Orden der Benediktiner aus dem Kloster St. Peter und Paul bei Coburg. Ich pilgere nach Santiago de Compostela zum Grab des Heiligen Jakobus", antwortete er keuchend.

„Brauchst mir net glei a Evangelium erzählen, Bruder Johannes. Dazu is später a no Zeit. Ich bring Di jetzt ins Kloster zum Medicus und den Nonnen, denn dich hat's gscheit erwischt. Ich bin übrigens der Josef Pfeifer aus Nötting. Aber wenn mir net weiterkommen, dann gehst mir noch drauf. Also, pack ma's wieder! Ah, no wos: Dei Messer und des komische Ding mit den Bändern, die sich so ziehen, hob I neben dich hinglegt. Dei Wanderstab und Dei Löffel liegen auch da. Die Muschel ham's zerbrocha. Ois andere is weg."

Johannes hörte dies schon nicht mehr. Die Schmerzen hatten ihn wieder bewusstlos werden lassen. So bemerkte er auch nicht, dass Josef Pfeifer die Ladefläche des Wagens mit Heu säuberte, und ihn danach durch die Gassen von Geisenfeld hindurchlenkte, entlang an den hölzernen Gebäuden bis zur Schutzmauer des Klosters der Benediktinerinnen. An der Pforte stieg er ab und meldete der Pförtnerin, Schwester Hedwigis, einen verletzten Pilgermönch.

*

24. Juni 1390, Benediktinerinnenkloster Geisenfeld

Der Medicus, der im Markt Geisenfeld und im Kloster die Kranken behandelte, hatte nach dem Mittagsmahl den Raum aufgesucht, in dem er seine „Studien" abhielt. Kaum war er in dem Zimmer verschwunden, so kündete lautes Schnarchen davon, dass er seine Berauschtheit ausschlief.

„Wir haben die Arbeit während des ganzen Tages und du zehrst von den Heilerfolgen, die wir erzielen", murmelte Magdalena verbittert. Als Angehörige des Ordens durfte sie nicht einmal zugeben, dass sie die

Kranken und Verletzten behandelte, sondern war von der Obrigkeit nur als Helferin des Medicus geduldet. Dabei verstand dieser Säufer nicht einmal mehr die Grundlagen der Kräuterkunde, sondern ließ sich von ihr während der Behandlungen alles erklären. Im Markt und bei den Oberen aber galt er als der verständige Arzt, auch wenn es das einfache Volk besser wusste. Magdalena sah erschöpft auf ihren Medikamententisch, an dem sie saß und auf dem sich die verschiedensten Heilkräuter, Tinkturen und Salben zusammen mit Wundverbänden und verschiedenen Operationsbestecken befanden. Im Laufe der Zeit kostete sie dieses Komödienspiel immer mehr Kräfte.

Als Schwester Anna meldete, dass einer der Bauern, die für das Kloster arbeiteten, mit einem schwer verletzten Pilger an der Pforte wartete, schaute sie müde auf. „Ich komme gleich. Lass ihn in die Krankenstube bringen. Und sieh nach, ob der Medicus noch schläft!" Sie seufzte. In letzter Zeit waren Strauchdiebe und Räuber wieder häufiger zugange gewesen. Doch war es ungewöhnlich, dass auch Pilger angegriffen wurden. Aber schließlich waren in den zurückliegenden Jahren häufiger Missernten und in der Folge Hungersnöte aufgetreten. Die Bauern klagten. Dies galt es ernst zu nehmen, denn das Kloster lebte zu einem Gutteil von den Abgaben, die sie leisteten. Zwar waren die Schwestern bemüht, für die Hungernden zu sorgen. Vor allem Brot und Gemüse wurde an die Bedürftigen ausgegeben.

„Unser täglich Brot gib uns heute" wurde im Vaterunser gebetet und jeder, ob Hungernder oder sorgende Ordensschwester, wusste nur zu gut, was es bedeutete, wenn das Brot fehlte. Sogar Lebkuchen, das Gebäck, das eigentlich zu Weihnachten gehörte, war in Notzeiten von den Nonnen in der Konventsküche mit Gewürzen versetzt und an die Hungernden abgegeben worden.

Zu Aufruhr in Folge von Hungersnöten war es glücklicherweise noch nicht gekommen. Die Abtei selbst war außerdem von einer dicken Ringmauer umgeben. Nur der Klostervorhof mit der Pfarrkirche, den Kapellen der Schutzheiligen St. Achatz und St. Katharina sowie den Stallungen, dem Krankentrakt und dem Gästehaus war Außenstehenden zugänglich. Im Notfall konnte die Pforte mit ihren schweren Toren verschlossen werden. Ein weiteres zweiflügeliges Tor führte zum Klosterinnenhof, dem abgeschlossenen Bereich, der auch clausura genannt wurde. Dieses Tor war für gewöhnlich abgeschlossen. Nur Konventsangehörige und mit seltener Ausnahmegenehmigung der

Äbtissin hatten auch Gäste Zutritt. Eindringlinge dagegen hatten es überaus schwer, hineinzukommen. Der Markt Geisenfeld aber mit seinen überwiegend aus Holz gebauten Häusern bot sich einem Angreifer nahezu schutzlos dar. Nun, die Marktmauer, die schon so lange geplant war und deren Bau in nicht allzu ferner Zukunft beginnen sollte, würde den Ort für lange Zeit schützen.

Magdalena erhob sich und betrat das Krankenzimmer, in dem die Neuankömmlinge zuerst behandelt wurden. Auf dem Boden lag ein schmutziges Messer neben einem seltsam geformten, grünen Gegenstand. Ein Wanderstab lehnte an der Wand. Daran hing neben einer Kürbisflasche eine zerbrochene Jakobsmuschel. Schwester Anna stand bei dem Patienten und wiegte zweifelnd ihren Kopf. „Es steht nicht gut um ihn", sagte sie. „Er hat zahlreiche Torturen erlitten, wie man sehen kann. Und wir wissen noch nicht, ob er auch innere Verletzungen hat. Wer weiß, ob er die nächsten Tage überlebt. Ach ja, der Medicus schläft wie ein Neugeborenes." Sie kicherte.

Magdalena nickte. Sie hatte nichts Anderes erwartet. Auf einem langgestreckten hölzernen Tisch sah sie einen bewusstlosen Mönch liegen, dessen Gesicht mit Blut aus einer klaffenden Kopfwunde bis zur Unkenntlichkeit verschmiert war. Seine Kutte war zerrissen und verdreckt. Der Atem des Mannes ging flach und schnell. Der linke Arm stand in einem unnatürlichen Winkel ab. Sie trat näher, beugte sich über den Unbekannten und begann, zunächst vorsichtig seine Wunden an den Armen in Augenschein zu nehmen. Der rechte Kuttenärmel des Verletzten war am Ellenbogen abgetrennt. Tiefe Kratzwunden zeugten von einem Kampf. Die Nägel von zwei Fingern waren abgerissen. Sie wollte ihren Blick gerade dem anderen Arm zuwenden, als ihr etwas auffiel. Am kleinen Finger der rechten Hand hatte der Fremde eine auffällige rote Warze. Ihr Atem stockte; es traf sie wie ein Schlag ins Gesicht. Sie kannte nur einen Menschen, der so ein Merkmal trug. Fieberhaft nahm sie ein Tuch, benetzte es mit Wasser und wusch vorsichtig das Gesicht des Mönchs.

Als sie das geronnene Blut aus dem Antlitz des Mannes entfernt hatte, starrte sie ihn ungläubig an. Schwester Anna fragte beunruhigt: „Was ist mit Dir, Schwester?" Magdalena löste sich aus ihrer Erstarrung, legte ihre Hand auf die Stirn des Bewusstlosen und wandte sich dann an ihre Helferin. „Er bekommt Fieber. Bereite sofort Umschläge mit Weidenrinden zu! Eile, denn es gilt, keine Zeit zu verlieren!" Die junge

Schwester nickte und lief hinaus. Magdalena drehte sich wieder zu dem Verletzten um. Sie konnte es immer noch nicht fassen. Dann bemerkte sie unter der Kutte des Mannes ein Glitzern. Wie im Traum griff sie danach. Es war die Kette des Medaillons mit ihrem Bildnis, das sie ihm vor sieben Jahren geschenkt hatte. Als es in ihrer Hand lag, stiegen ihr vor Glück die Tränen in die Augen. Sie betrachtete wieder eingehend sein Gesicht. Er war kräftiger, stämmiger geworden. Die weichen Gesichtszüge von damals hatten sich verloren. Doch es bestand kein Zweifel, er war es.

„Du bist gekommen", flüsterte sie, von der Erkenntnis überwältigt. Sie sank auf die Knie, hob ihre Hände zum Gebet und dankte Gott. Dann stand sie entschlossen auf. „Johannes, ich verliere dich nicht noch einmal! Ich kämpfe um dein Leben!"

**

ZWEITES BUCH

Die Verschwörung

Juni 1390, Kloster St. Peter und Paul, Coburg

In St. Peter und Paul zu Coburg amtierte nach der Beerdigung von Abt Marcellus nunmehr der Prior Matthäus.

Zwar stand die Wahl zum Abt unter der Leitung des Propstes noch aus. Matthäus hatte ein Gesuch zum Propst schicken lassen, doch noch war kein Termin festgelegt. Es konnte sich jedoch nur noch um wenige Wochen handeln. Matthäus war sich seiner Wahl sicher. Er leitete den Konvent mit fester Hand und niemand wagte, gegen ihn anzutreten. Er hatte zudem eine strenge Auslegung der Regel des Benedikt durchgesetzt und auch einige Neuerungen angeordnet.

So war Lambert gezwungen worden, die Aufgaben des Cellerars an Fridericus abzugeben. Gleichzeitig hatte Matthäus das Amt des Kämmerers geschaffen und Bruder Martin damit betraut. Die beiden waren ihm nunmehr treu ergeben.

Lambert betete im Kreuzgang, als er zu Matthäus gerufen wurde. Er betrat das Amtszimmer, in dem früher Marcellus gewirkt hatte. Matthäus saß am Schreibtisch des Abtes und tat, als spiele er mit den Resten einer zerbrochenen Kerze. „Was ist das, Lambert?", fragte er scheinbar beiläufig und zeigte auf die Wachsreste.

Lambert wurde bleich. Er erkannte sofort, dass es sich um die Überbleibsel der Kerze handelte, in die Marcellus das Messer mit dem heiligen Holz eingegossen hatte. Woher hatte Matthäus diese Wachsreste? Marcellus musste sie, nachdem Johannes das Messer erhalten hatte, in der Truhe in seinem Amtszimmer verstaut haben. Warum nur hatte er sie nicht vernichtet? Doch jetzt war es zu spät. Er stellte sich unwissend: „Eine Kerze, scheint mir, Bruder Matthäus. Das heißt, es handelt sich wohl nur noch um Reste." Er streckte die Hand aus. „Gebt sie mir, ich werde daraus eine neue, schöne Kerze formen lassen!"

„Halte mich nicht für dumm!", fauchte Matthäus zurück. In gefährlich ruhigem Ton fuhr er fort: „In dieser Kerze war etwas eingegossen. Es hat die Form eines Griffes, wie von einem Messer oder einem Löffel. Doch was ist daran so bedeutend, dass es, in einer Kerze eingegossen, von unserem Abt vor allen Augen verborgen werden musste? Marcellus hatte zu dir besonderes Vertrauen. Ich vermute, das trifft auch auf diese geheimnisvolle Sache zu. War es gar eine Reliquie, die aus unserem Kloster eine Wallfahrtsstätte machen würde? Was sollte es sonst gewesen sein? Also, wenn du dich nicht gegen deinen künftigen Abt stellen willst, dann sprich, Lambert!" Lambert schluckte und suchte nach Worten. Er war fest entschlossen, alles Wissen abzustreiten, als er eine schwere Hand auf seiner Schulter spürte. Erschrocken drehte er sich um. Hinter ihm stand Bruder Barnabas, der Schmied. „Also, Lambert", ergriff Matthäus erneut das Wort. „Unser braver Barnabas ist sicher gewillt, deinem Gehorsam etwas nachzuhelfen, nicht wahr, Bruder?" Er lächelte Barnabas zu, der böse grinste.

Lambert atmete kurz durch. Dann richtete sich der alte Mönch zu voller Größe auf und sprach mit fester Stimme: „Ich weiß nichts von eingegossenen Griffen oder Reliquien. Das schwöre ich bei Gott!"

„Nun gut." Matthäus zuckte die Achseln. „Wenn du es so haben willst. Du wirst die nächste Zeit bis zur Wahl des Abtes in deiner Zelle verbringen. Es ist den Brüdern nicht gestattet, Kontakt mit dir zu haben. Speise und Trank wird dir gebracht. In deinem Alter wirst du jedoch nicht viel brauchen. Nach der Wahl lasse ich dich wieder holen. Wenn du dann immer noch nicht sprechen willst, wird sich Bruder Barnabas deiner annehmen. Geh jetzt!"

*

27. Juni 1390, Benediktinerinnenkloster Geisenfeld

Johannes blinzelte. Helles Licht blendete seine Augen. Er war im Himmel. Ganz sicher. Doch der Himmel war nicht so, wie er ihn sich immer vorgestellt hatte. Kein Orgelklang, kein Gesang himmlischer Heerscharen. Eigenartig. Zwei undeutliche Gestalten beugten sich stattdessen über ihn. Er konnte sie nicht erkennen, denn es war, als blicke er durch trübes Glas. Doch es musste sich um Engel handeln. Aber diese Engel waren in schwarzes Tuch gehüllt. Er versuchte, nachzudenken. Gab es Engel, die schwarz gekleidet waren? Die beiden Himmelsgestalten beugten sich näher zu ihm. Einer sprach ihn an. Wie aus einem Nebel hörte er eine Stimme. Doch er konnte die Worte nicht verstehen. War er noch vor dem Himmelstor und wurde nach seinen Sünden befragt? Der Engel hatte eine Stimme, die er kannte. Sanft, vielleicht ein wenig zu tief. Die Stimme klang besorgt. War etwa... war etwa seine Magdalena auch gestorben und nahm sie ihn im Himmel in Empfang? „MagMagda..?" stammelte er mühsam. Irgendwie glaubte er zu erkennen, wie der Engel, der gesprochen hatte, zusammenzuckte.

Und da war etwas Dunkles hinter den beiden Himmelsgestalten. Er blinzelte wieder und kniff seine Augen zusammen, in der Hoffnung, es genauer zu sehen. Doch es blieb verschwommen. Konnte das ein Kreuz sein? Kreuz..... Irgendwas war mit dem Kreuz. Gab es Kreuze im Himmel? Waren sie aus Holz? Irgendwas war mit dem Holz.... „Holz…" würgte er noch heraus. Doch bevor er sich über all diese Dinge weiter Gedanken machen konnte, verließen ihn wieder die Kräfte. Er nahm noch wahr, dass der zweite Engel ihm etwas auf die Stirn legte. Dann wurde es wieder Nacht um ihn.

Schwester Anna nahm ihre Hand von dem Verletzten und richtete sich auf. „Er hat kein Fieber mehr, aber er spricht in Wirrnis", bemerkte sie trocken.

„Wen oder was er wohl mit `Magda´ gemeint haben mag? Und was sollte das Wort `Holz´ bedeuten? Bestimmt wurde er mit einem Holzknüppel niedergeschlagen und hat noch Alpträume davon, was meinst Du, Schwester Maria?"

Magdalena atmete erleichtert auf. Johannes war zumindest für kurze Zeit aus seiner Bewusstlosigkeit erwacht. Und dass er ihren Namen genannt hatte, bewies, dass er sich noch an sie erinnerte. Da aber Schwester Anna erst vor drei Jahren dem Geisenfelder Konvent beigetreten war, kannte sie Magdalena nur unter deren Ordensnamen Maria. Und Magdalena hatte nicht die Absicht, sie über die Vergangenheit zu informieren.

„Es ist schon gut, Schwester", antwortete sie. „Er braucht noch viel Schlaf, um zu genesen. Schließlich hat er schwere Verletzungen erlitten. Doch das Wichtigste ist, dass keine Lebensgefahr mehr besteht. Dank sei Gott!" Doch Schwester Anna gab nicht auf. „Wer wohl diese Magda ist? Kann es sein, dass er ein Liebchen mit Namen Magda hat?" Sie kicherte. „Das stünde einem Ordensbruder nicht gut an. Er sollte sich nicht erwischen lassen. Und was hat es mit dem Holz auf sich?", rätselte sie.

Magdalena wurde von Unruhe erfasst. Es würde besser sein, Schwester Anna nicht alleine mit dem Verletzten zu lassen. In seinem derzeitigen Zustand der Verwirrung konnte eine falsche Bemerkung fatale Folgen haben. Schließlich wusste niemand von der Geschichte, die sich vor sieben Jahren in Coburg zugetragen hatte. Und solange Johannes nicht wieder bei klarem Verstand war und sie mit ihm gesprochen hatte, durfte sie kein Risiko eingehen.

„Du hast sicher Recht, Schwester", antwortete sie unwirsch. „Bestimmt war ein Holzknüppel das Letzte, was er sah, bevor er bewusstlos wurde. Die Erinnerung wird ihn verfolgen. Und bestimmt denkt er auch an die Heilige Maria Magdalena. Vielleicht ist er aus einem Kloster, das ihr geweiht ist. Oder er ist auf dem Weg zu einem solchen Kloster. In Spanien und Frankreich gibt es davon manche. Dafür spricht auch die zerbrochene Jakobsmuschel. Er ist ein Jakobuspilger."

Schwester Anna wiegte zweifelnd den Kopf, gab sich aber mit dieser Erklärung zufrieden. „Wo sind die anderen Sachen, die er bei sich trug?", fragte sie stattdessen neugierig und zeigte auf den Wanderstab, der einsam an der Wand lehnte. „Ich glaube, er hatte noch ein Messer dabei und ein eigenartiges Ding, das ich noch nie gesehen habe. Schwester Maria, weißt Du, was es damit auf sich hat?"

„Ich habe seine Sachen verwahrt", entgegnete Magdalena kurz angebunden. Auf Schwester Annas verwunderten Blick fuhr sie fort: „Es geht uns nichts an, was er bei sich trug und wozu die Sachen dienen. Ich gebe sie ihm wieder zurück, wenn er genesen ist und uns verlassen wird. Nun geh und unterstütze Schwester Alvita bei der Salbenherstellung! Du weißt, dass sie in ihrem Alter nicht mehr gut sieht. Ich bleibe bei dem Kranken. Wenn er erneut aufwacht, dann rufe ich Dich."

„Wie du wünschst, Schwester Maria." Anna schürzte die Lippen und verließ widerstrebend das Krankenzimmer.

Magdalena atmete erleichtert auf. Anna war eine fleißige Krankenschwester, aber zu neugierig und sie konnte kaum etwas für sich behalten. Außerdem war sie sehr ehrgeizig. Schwester Alvita, ihrer beiden Lehrmeisterin, dachte seit mehreren Monaten darüber nach, ihre Tätigkeit in der Krankenstation zu beenden. Wegen ihrer beginnenden Altersgebrechen half sie bei der Behandlung der Patienten kaum noch mit, sondern beschränkte sich vorwiegend auf das Anfertigen von Salben und Heilpasten. Doch auch dies fiel ihr immer schwerer. Schwester Annas

Traum war es nun, den Krankentrakt im Kloster als Nachfolgerin von Alvita eines Tages selbst zu leiten. Für die Erfüllung dieses Wunsches würde sie bereit sein, alles und jeden zu verkaufen. Ein Grund mehr, ihr gegenüber sehr vorsichtig zu sein.

Magdalena setzte sich an das Krankenlager und schaute ihren Patienten an. Sanft streichelte sie über seine Wangen. Johannes schlief jetzt tief und ruhig. Sein Atem ging gleichmäßig. Jetzt erst wurde ihr langsam bewusst, dass er wirklich hier war. Sie hatte in den letzten zwei Tagen wie im Traum seine Wunden versorgt. Zwei Rippen waren gebrochen und er erhielt Tritte in den Unterleib. Sie hatte seinen Oberkörper mit Leinentuch straff verbunden. Sein Rumpf war mit blauen Flecken übersät.

Glücklicherweise waren, soweit sie es einschätzen konnte, keine inneren Organe verletzt. Im Urin, den er ausgeschieden hatte, war kein Blut gewesen. Seine Beine waren angeschwollen, schillerten in allen Farben und sahen aus, als sei er unter Pferdehufe geraten. Sie hoffte, dass nichts gebrochen war. Nun, zumindest würde er einige Tage humpeln. Die Wunde am Kopf hatte sie mit Alkohol gesäubert und verbunden. In den kurzen Momenten, in denen er, ohne etwas wahrzunehmen, aus der Bewusstlosigkeit erwacht war, übergab er sich, bis nur noch Gallenflüssigkeit kam. Daraus schloss sie, dass sein Gehirn eine Erschütterung davon getragen hatte. Gleichwohl, von der Kopfwunde würde eine Narbe zurückbleiben. Dass er, wenn auch nur ansatzweise, ihren Namen gestammelte, ließ sie hoffen, dass sein Gedächtnis keinen Schaden genommen hatte und er geistig bald wieder hergestellt sein würde.

Sein linker Oberarm war durchgebrochen. Nach den Prellungen und Quetschungen zu schließen, schien etwas Schweres auf ihn gefallen zu sein. Der Oberarm war wie die Beine ebenfalls angeschwollen gewesen. Nur mühsam hatte sie ihn mit zitternder Unterstützung des Medicus, den sie erst aus seinem Weinrausch wecken musste, unter Zug wieder in die ursprüngliche Lage bringen und dann schienen können. Da er bewusstlos gewesen war, konnte sie nicht überprüfen, ob die Finger noch beweglich waren. Doch das Risiko hatten sie eingehen müssen.

„Gut, dass es kein offener Bruch ist", hatte der Arzt gesagt und vernehmlich gegähnt. „Sonst würde sich die Wunde entzündet und ich müsste den Arm entfernen." Magdalena war deswegen zutiefst erleichtert gewesen. Das Abschneiden von Armen und Beinen glich oft der Schlachtung von Tieren. Es war schon schlimm genug, wenn

Handwerkern, die sich die Finger unheilbar gequetscht hatten, die Gliedmaßen entfernt werden mussten. Unerträglich wäre es für sie gewesen, dem Medicus bei seinen zitternden Versuchen zu helfen, ihrem Johannes den Arm abzunehmen. Dabei zu tun, als kenne sie den Kranken nicht, wäre über ihre Kräfte gegangen.

Er hatte, überlegte sie, unglaubliches Glück gehabt. Mit Gottes Hilfe würde er die Verletzungen überleben und wieder gesund werden. Und dann? Er würde nicht bleiben können. Ein Mönch und eine Moniale, undenkbar, noch dazu in einem Frauenkonvent! Würden sie sich überhaupt noch nahestehen? Sicherlich hatten sie beide sich in den letzten Jahren verändert. Sie war nicht mehr das Mädchen von vor sieben Jahren und er hatte sich auch weiterentwickelt. Doch dass er hier war, war das nicht Beweis genug dafür, dass er sie immer noch liebte?

Magdalena überlegte weiter. Was hatte es mit dem Holz auf sich, von dem er gestammelt hatte? Und was war das für ein seltsames Ding, das auf dem Boden gelegen hatte? Josef, der Bauer, hatte es zusammen mit dem Wanderstab ins Krankenzimmer gelegt und nur „Wunderliches Sach" gebrummt. Sie hatte es sorgfältig weggesperrt, zusammen mit Jakobsmuschel und auch dem Medaillon, das er bei sich getragen hatte.

Als sie das Messer in die Hand genommen hatte, um es zu den anderen Sachen des Verletzten zu legen, war ihr Seltsames widerfahren. Als ihre Hand den Griff umschloss, spürte sie ein Gefühl der Stärke, verbunden mit großer Ruhe, die ihren Körper durchströmte. In diesem Augenblick wollte sie es nicht mehr loslassen. Als sie den Griff genauer untersuchte, fiel ihr auf, dass anstelle der üblichen eisernen Stifte, die das Holz mit der Klinge verbanden, solche aus Silber verwendet worden waren. Seltsam. Doch dann hatte sie ihre Verwunderung verdrängt und das Messer zu den anderen Sachen gelegt. Auch seine zerrissene Kutte, in der sie verblüfft die beiden eingenähten Beutel und ein zusammengefaltetes Empfehlungsschreiben von St. Peter und Paul aus Coburg entdeckt hatte, war von ihr gut versteckt worden. Was hatte es mit diesen Dingen auf sich? Doch das hat keine Eile, so dachte sie sich nach einigem Nachdenken. Alles hat seine Zeit.

Sie stand auf und trat ans Fenster. Ihr Blick fiel auf den großen Marktplatz, wo wie immer ein lebhaftes Treiben herrschte. Kinder spielten mit Knochenkegeln und Windrädchen, manche Bürgersfrauen trafen sich zu einem Schwatz, Pferdegespanne und Karren, die von Ochsen gezogen wurden, fuhren die Gassen entlang. Männer betraten oder verließen den Gasthof an der südwestlichen Ecke des Marktplatzes, manchmal aufrecht, manchmal leicht schwankend. Stolz leuchtete in der Vormittagssonne das prachtvolle Haus des Kaufmanns Godebusch, des reichsten Mannes im Markt. Es war Ende Juni, der Sommer hatte in Geisenfeld Einzug gehalten und die Menschen waren voller Lebensfreude.

Sie nickte versonnen. Erst musste Johannes wieder vollständig gesund werden. Dies würde einige Zeit in Anspruch nehmen. Kostbare Zeit, die sie nutzen mussten, um sich über alles Weitere klar zu werden.

Sie konnte nicht mehr sagen, wie lange sie aus dem Fenster gestarrt hatte. Irgendetwas brachte sie dazu, sich zu dem Kranken umzudrehen. Er war jetzt wach und hatte die Augen geöffnet. Klar und wach sah er sie an. Stumm erwiderte sie seine Blicke, während Tränen in ihre Augen schossen. Er öffnete den Mund und sagte mit erstickter Stimme: „Magdalena, meine geliebte Magdalena. Du bist hier. Dank sei Gott!"

*

Für Johannes war es ein Wunder, dass er immer noch nicht fassen konnte. Der Allmächtige hatte seine Gebete erhört, wenn auch auf etwas andere Art, als er es sich gewünscht hatte. Er lag eingeschnürt wie eine ägyptische Mumie im Krankenzimmer und konnte sich kaum rühren. Jede Bewegung, die er machte, war schmerzhaft. Vor allem seinen linken Arm und seine Finger wagte er nicht zu bewegen, da dann gleichsam glühende Blitze durch seinen Körper jagten. Doch das war ihm jetzt einerlei.

Denn sie saß an seinem Bett und hielt seine Hand. Das Mädchen, nein, die Frau, nach der er sich sieben lange Jahre verzehrt hatte. Sie war noch schöner geworden. Zwar trug sie ihren Schleier, aber ihre dunklen Haare fielen ihr in die Stirn. Ihre warmen braunen Augen und ihre sanft geschwungenen Lippen, dazu die leicht hakenförmige Nase hatten ihn schon vor sieben Jahren bezaubert. Ihre Wangen waren etwas schmaler geworden, sie wirkte entschlossener. Auch ein energischer, fast harter Zug um den Mund, den sie früher nicht hatte, fiel ihm auf.

„Bitte nimm den Schleier ab!", sagte er leise. Sie sah ihn prüfend an und streifte dann mit einer eleganten Bewegung ihre Kopfbedeckung ab. Ihr haselnussfarbiges, lockiges Haar, das ihr damals weich auf die Schultern gefallen war, trug sie jetzt kürzer. Er legte den Kopf zur Seite und konnte sein Glück kaum fassen.

„Gefällt Dir, was du siehst?", fragte sie mit ihrer eigentümlichen Stimme.

„Ich bin nur glücklich", erwiderte er. Es ist wie ein Traum. Sieben Jahre habe ich diesen Moment herbeigesehnt und jetzt ist er da." Er unterbrach sich, schluckte und sah dann an ihr vorbei aus dem Fenster: „Wirst du mit mir gehen, wenn ich weiter ziehen muss?"

Magdalena schwieg eine Weile. Das war die Frage, die sie gefürchtet hatte, die Frage, die sie sich selbst noch nicht zu stellen gewagt hatte. „Erst musst du wieder vollständig gesund werden", wich sie schließlich aus. „Dies wird einige Zeit in Anspruch nehmen. Diese Zeit wollen wir nutzen, um uns über alles Weitere klar zu werden."

Er nickte enttäuscht. Magdalena beugte sich vor und hauchte ihm einen Kuss auf die geschwollene Wange. „Erzähle mir, wie es dir ergangen ist", bat sie.

Und er berichtete von den schlimmen Tagen, die ihrem Weggang aus Coburg gefolgt waren und warum er sich dafür entschieden hatte, trotz aller Sehnsucht nach ihr in der Abtei zu bleiben. Er erzählte von der Arbeit im Kloster, der Aufsicht über Wälder und Gewässer, seiner Leidenschaft für das Bootsfahren und der Krankheit von Marcellus.

Er schwärmte von seiner Liebe zu ihr, die nie erloschen war und dass er die Hoffnung nach ihr nicht aufgegeben hatte.

Einmal begonnen, sprudelte es aus ihm heraus. Er berichtete über die Umstände, die ihm die Gelegenheit gaben, aufzubrechen und nach ihr zu suchen, von dem Messer mit dem Heiligen Holz, von dem Geld, das er vom Händler Wohlfahrt erhalten hatte und der eigentümlichen Schleuder. Er erzählte von der Suche nach ihr, wie er seine Reisegefährten getroffen hatte, von dem gewaltsamen Tod von Anton, dem Angriff der Hunde und dem Erlebnis mit dem Herzogssohn in Vohburg.

„Der Bauer, dessen Hunde uns angefallen haben, berichtete von einer wunderschönen Nonne im Kloster Geisenfeld, die sogar dem Medicus sagt, was er tun soll. Ich habe es nicht sofort verstanden, doch dann fragte ich mich, ob die Beschreibung nicht auf dich zutrifft. Ich musste mir Gewissheit verschaffen, darum bin ich noch vor meinen Reisegefährten aufgebrochen. Wäre mir der Bauer Pfeifer bei den Räubern nicht beigestanden und mich nicht ins Kloster zu dir gebracht, wäre ich gestorben. Und du hast mich wieder gesund gemacht. Das ist der glücklichste Moment in meinem Leben", schloss er.

Magdalena hatte mit wachsendem Erstaunen und ohne ihn zu unterbrechen, zugehört. Nachdem er geendet hatte, schwieg sie lange. Glanz lag in ihren Augen. Als er sie fragend ansah, räusperte sie sich, drückte fest seine Hand und sagte: „Ich bin unendlich froh, dass du hier bist. Doch noch bist du nicht gesund. Und wir müssen vorsichtig sein, niemand hier außer meiner Schwester kennt die Geschichte, wie wir uns in Coburg kennengelernt haben. Es darf auch niemand wissen, denn das könnte schlimme Folgen haben, so lange wir uns noch nicht im Klaren darüber sind, wie es weitergehen soll. Nenne mich hier in diesem Konvent nur mit meinem Ordensnamen Maria, niemals mit dem Namen Magdalena!"

Johannes nickte. „Gut. Wir haben uns hier erstmals gesehen. Aber sag", fragte er, „wie ist es dir und Theresia hier in Geisenfeld ergangen? Stimmt es, dass dein Vater seit vier Jahren nach einem Feldzug des Herzogs Stephan in den Süden vermisst wird?"

Magdalena antwortete nicht. Nach einer längeren Pause sagte sie: „Alles hat seine Zeit, wie es in der Heiligen Schrift heißt. Und jetzt ist es an der Zeit, dass du ruhst und dich erholst." Sie stand auf und breitete ihre Hände wie zum Gebet aus, in ihrer unnachahmlichen anmutigen majestätischen Geste, die er so lange vermisst hatte: „Schlafe, Johannes! So Gott will, wird sich alles richtig fügen."

*

1. Juli 1390, an der Ilm bei Nötting

„Sind wir bald da?" Ungeduldig ließ sich Adelgund vernehmen. Seit dem Überqueren der Kleinen Donau regnete es leicht, aber beständig. Adelgund, Gregor, Irmingard und Hubertus waren trotz ihre Mäntel und Umhänge nass bis auf die Haut. Auch ihre leinenen Reisebeutel hatten sich allmählich mit Wasser vollgesaugt und waren so immer schwerer geworden.

„Sei nicht so ungeduldig" mahnte Hubertus. „Es kann nicht mehr weit sein. Wir sind diesem Fluss namens Ilm schon mehr als eine Stunde stromaufwärts gefolgt und die Mühle von Nötting muss unmittelbar vor uns liegen. Dort können wir mit etwas Glück Rast und Auskunft finden."

„Hoffentlich hat der Müller keine Hunde", brummte Gregor. „Ich kann diese Viecher nicht mehr sehen!"

„Und wenn wir im Wald Rast machen?", schlug Irmingard vor. „Es ist Sommer. Doch ist der Wind kalt und mich friert. Im Wald sind wir geschützt."

„Nun gut", lenkte Hubertus ein. „Es ist noch vor Mittag, trotz Regen ist es hell, wir sollten also auch vor Räubern einigermaßen sicher sein. Aber lasst uns nicht zu lange verweilen. Im Markt Geisenfeld, das heißt in der Abtei, finden wir bessere Unterkunft."

Sie verließen den Weg und suchten Schutz unter den hohen, dicht belaubten Bäumen. Kaum hatten sie die erste Baumreihe passiert, rief Gregor: „Seht her, was ist denn das?

" Hubertus, Irmingard und Adelgund traten näher. Gregor stocherte mit seinem Wanderstab in einem zerrissenen Beutel herum. „Schaut mal!", rief Irmingard. „Unter dem Beutel liegt eine zerbrochene Wachstafel. Und dort eine zertrümmerte Kürbisflasche!" Hubertus drehte sich aufmerksam um die eigene Achse und betrachtete eingehend die kleine Lichtung, auf der sie sich befanden. „Hier sind Spuren eines Kampfes", sagte er leise und deutete auf einen Baum, der in Kopfhöhe eine abgeschabte Rinde zeigte. Äste sind gebrochen und an diesem Stein klebt Blut." Er hob den Stein hoch und beäugte die dunkelbraunen Flecken darauf misstrauisch. „Nicht nur Blut, sondern auch Haare", murmelte er. „Mit diesem Stein wurde jemand niedergeschlagen, vielleicht sogar getötet." Adelgund keuchte entsetzt. „Oh mein Gott, es ist Johannes!" Hubertus fuhr herum und war mit einem Satz bei ihr. „Wo?", stieß er hervor. Adelgund zeigte auf ein zerfetztes Stück Stoff, das halb unter einem heruntergefallenen Ast lag. Hubertus hob es hoch und betrachtete es genau. „Ein abgerissener Ärmel von einer dunkelbraunen Mönchskutte. Das ist eine Kutte, wie sie Johannes trug. Adelgund, ich glaube, du hast Recht. Unser Freund Johannes wurde hier Opfer eines Überfalls. Doch sehe ich keine Leiche."

Gregor stützte sich schwer auf seinen Wanderstab. Er sah betroffen drein. Irmingard schlug die Hände vor´s Gesicht und Adelgund lehnte sich schluchzend an sie. „Erst Anton, jetzt Johannes. In was für einer Welt leben wir?"

Hubertus kniff die Augen zusammen und betrachtete genau den Boden der Lichtung. Eine schmale Lücke zwischen zwei Büschen, die in den Wald führte, erregte seine Aufmerksamkeit. Er trat näher, bückte sich und strich mit der Hand prüfend über die abgebrochenen Zweige. Dann stand er auf, wandte sich an seine Gefährten und sagte: „Setzt euch und versucht, Ruhe zu bewahren! Dass hier ein Kampf stattgefunden hat, beweist noch nicht, dass Johannes dabei sein Leben verloren hat. Gregor, bleibe bei den Frauen und gib auf sie Acht! Ich werde mich ein wenig umsehen." Ohne eine Reaktion abzuwarten, verschwand er rasch zwischen den Bäumen.

Irmingard schaute dem davoneilenden Hubertus bang nach. Hoffentlich fällt er nicht auch noch in die Hände der Räuber, dachte sie. Doch sie wusste, Hubertus konnte sich wehren. Stolz erfüllte sie, dass er und sie nun ein Paar waren, auch wenn ihr manches an ihm Rätsel aufgab. Es hatte länger als erwartet gedauert, bis er in Vohburg in der ´Burgschenke´ eingetroffen war. Nach Johannes überstürztem Aufbruch war fast eine Woche vergangen, bis sie Hubertus wieder in die Arme schließen konnte. Er hatte berichtet, dass es mühsam gewesen war, ihren toten Bruder Anton so zu begraben, dass ihn keine Tiere anfressen konnten. Auf ihre Frage, in welchem Zustand der Leichnam gewesen und warum er so lange fort gewesen war, hatte er nur einsilbig und ausweichend geantwortet und sie wagte nicht, weiter in ihn zu dringen.

Zögernd hatte sie ihm, mit Unterstützung von Adelgund und Gregor, das Abenteuer mit dem Herzogssohn gebeichtet. Obwohl Hubertus´ Gesicht weiß vor Wut geworden war, hatte er sich nichts anmerken lassen. Stumm nahm er sie in den Arm und hielt sie fest umschlungen. Dankbar hatte sie sich an ihn geklammert und ihn in der darauffolgenden Nacht reichlich für alles entschädigt.

Am Morgen des 1. Juli 1390 waren sie aufgebrochen und auf dem Weg nach Geisenfeld, um dort, wie abgesprochen, wieder mit Johannes zusammenzutreffen. Doch dieses Wiedersehen schien nun nicht mehr zu Stande zu kommen. Gedankenverloren nahm sie den Beutel. Bei näherem Betrachten schien es ihr, als sei er bis auf einige tiefe Risse weitgehend unbeschädigt. Sie drehte und wendete ihn. Etwas fiel heraus. Sie hob es auf. Es war der Griffel, einer der Dinge, die Johannes bei sich getragen hatte. Sie erinnerte sich, dass er manches Mal gedankenverloren dagesessen hatte und mit dem Griffel einige Worte in seine Wachstafel geritzt hatte. Jetzt bemerkte sie, wie fein das Werkzeug gearbeitet war. Angenehm lag er in der Hand und an einem Ende war sorgfältig ein angespitzter Knochen eingesetzt.

Obwohl ihr aus ihrer Heimat Mainz bekannt war, dass in den dortigen kirchlichen Kreisen metallene Griffel die Regel waren, schien man in

Johannes´ Heimatkloster noch Wert auf hölzerne Exemplare zu legen. Am oberen Ende des Schreibwerkzeugs war ein stilisierter Arm geschnitzt, der in einer kleinen Hand mit zur Faust gekrümmten Fingern endete. Auf dem Bund des winzigen Armes sah sie ein kleines eingebranntes JerusalemKreuz. Als sie den Griffel zwischen den Fingern drehte, wurde ihr Herz schwer. Sie beschloss, Beutel und Griffel mitzunehmen und in Erinnerung an den toten Freund zu behalten. Den Beutel konnte sie leicht wieder nähen. Wo Hubertus nur so lange blieb? Sie machte sich Sorgen. Aber wenigstens hatte es zu regnen aufgehört und es deutete sich an, dass die Wolken auflockerten.

Doch dann, noch während sie in Gedanken war, kam Hubertus zwischen den Bäumen wieder zurück. Sein Gesicht hatte einen merkwürdigen Ausdruck. „Was ist, Liebster?", fragte sie ahnungsvoll. Hubertus sah seine Reisegefährten an und sagte dann: „Johannes ist nicht tot."

„Dank sei Gott!", rief Irmingard, während Adelgund erleichtert aufschnaufte. Gregor fragte verwundert: „Woher willst du das wissen?" „Ich habe keine Spuren seines Leichnams gefunden", antwortete Hubertus. „Wäre er tot, hätte man ihn liegengelassen oder in der unmittelbaren Umgebung mit Ästen und Zweigen bedeckt. Sogar wenn ihn Tiere fortgezerrt hätten, wären Spuren sichtbar geblieben. Es ist erst ein paar Tage her. Auch gibt es keine Hinweise, dass er lebend verschleppt wurde. Nein, so wie es aussieht, ist er den Räubern wohl entkommen. Vielleicht kam ihm auch jemand zu Hilfe. Das Wichtigste ist aber", schaute er in die Runde, „das Wichtigste ist, dass er noch lebt. Die Sonne kommt hervor. Lasst uns also zur Mühle weitergehen! Dort fragen wir, ob jemand etwas gesehen hat."

Sie brachen auf und nach wenigen Minuten schon sahen sie vor sich zwischen den Bäumen ein Gebäude auftauchen. „Ich frage mich, woher Hubertus so genau weiß, dass Johannes noch lebt", flüsterte Gregor Adelgund zu. „Zugegeben, er war ziemlich lange im Wald und hat nachgeforscht. Aber nur, weil er keinen Toten gefunden hat, darauf zu schließen, dass Johannes den Kampf überlebt hat, ist schon seltsam. Wer Johannes überfallen hat, der konnt die Leiche ja ohne weiteres in die Ilm werfen. Sie ist von dem Kampfplatz nur wenige Schritte entfernt. Doch da hat Hubertus nicht nachgesehen, ob am Ufer irgendwelche Spuren sind." Adelgund schmiegte sich an ihn. Mit Blick auf Hubertus und Irmingard, die einige Schritte vor ihnen Hand in Hand gingen, antwortete sie leise: „Sei doch froh, dass Johannes nicht gestorben ist! Hubertus hat viel mehr Erfahrung in solchen Dingen als wir und er hat auch wohl schon so manchen Kampf erlebt. Wenn er sagt, dass unser Freund nicht getötet wurde, dann ist es so. Man könnte beinahe meinen, du freust dich nicht. Bist du ihm immer noch böse wegen dem Brückenzoll?"

„Unsinn!", flüsterte Gregor. „Ich bin ihm nicht böse, vor allem, da er ja wirklich bezahlen wollte. Das habe ich schon lange vergessen. Nein, aber unser Hubertus scheint Fähigkeiten zu haben, die wirklich außergewöhnlich sind und das kommt mir seltsam vor. Doch schau, da vorne stehen Männer! Mir scheint, der Müller hat Besuch." Adelgund kniff die Augen zusammen und sah nach vorne.

Die Mühle war jetzt deutlicher zu sehen. Sie war erdgeschossig aus Backsteinen gebaut. Darauf erhob sich eine Fachwerkkonstruktion, die weiß verputzt war. Auf der Giebelseite, die zur Straße zeigte, waren zahlreiche kleine Fenster eingelassen. „Wie Schießscharten für Bogenschützen", wunderte sich Gregor. Das mit Holzschindeln eingedeckte Gebäude machte einen wehrhaften Eindruck. Nur die Obstbäume, die rund um die Mühle gepflanzt waren, milderten den trutzigen Charakter etwas.

Am Weg, der an der Mühle vorbeiführte, standen vier Männer im Gespräch vertieft. Einer von ihnen stützte sich auf einen Ochsenwagen. Zwei weitere standen gestikulierend neben ihm und redeten auf den vierten Mann ein. Dieser hatte die Arme über seinem mächtigen Bauch, der von einer weißen Schürze bedeckt wurde, verschränkt.

Als die Reisegefährten näherkamen, brachen die Männer das Gespräch ab. Alle Köpfe wandten sich den Neuankömmlingen zu. Gregor fiel auf, dass wie häufig die Blicke der Männer über Adelgund hinwegglitten und anerkennend bei Irmingard hängenblieben. Vorsichtig aber sahen sie auf Hubertus, der schon durch seine Körperhaltung keinen Zweifel daran ließ, dass Irmingard zu ihm gehörte. Irgendwo bellte ein Hund. Gregor wurde blass. „Zur Hölle, ihr verdammten Viecher!", murmelte er grimmig.

„Gott zum Gruß!", rief Hubertus den Männern entgegen und zog seinen Hut. Ein gemurmeltes „Grüß Gott", antwortete ihm. „Entschuldigt", fragte Hubertus, „wir sind auf dem Weg nach Geisenfeld. Könnt Ihr uns sagen, ob wir hier richtig sind und wie weit es noch bis dahin ist?" Kurzes Schweigen. Dann antwortete der dicke Mann: „Ich bin der Müller der

Hatzelmühle von Nötting. Wenn Ihr dem Weg folgt, dann seid ihr in weniger als einer Stunde in Geisenfeld. Aber wer seid Ihr?"

Hubertus stellte sich und die anderen drei vor. Dann bat er darum, kurz Rast machen zu dürfen, um sich in der Sonne zu wärmen. „Setzt euch her!", antwortete der Müller und blickte interessiert auf Irmingard. Die Reisenden ließen sich ins Gras unter einen Kirschbaum nieder. Hubertus fragte: „Meine Verlobte und unsere beiden Freunde" – Irmingard drehte freudig überrascht den Kopf zu ihm – „haben vorhin am Wegesrand Spuren wie von einem Kampf gesehen. Sicher gab es hier Heckenreiter, die eure trutzige Mühle überfallen wollten und von herzoglichen Rittern in die Flucht geschlagen wurden?"

Der Müller sah ihn zuerst verwundert an, dann prustete er los und deutete auf den Mann, der am Ochsenwagen lehnte. „Josef, hast du g'hört, du bist herzoglicher Ritter! Und Heckenreiter hast' verjagt. Wahrscheinlich mit deinem Forkenschwert!" Alle vier Männer lachten lauthals.

Hubertus zog aus seinem Beutel einen Lederschlauch mit Wein hervor und reichte sie dem Müller. „Hier, lasst den Wein kreisen, bis er leer ist!" Schnell machte der Schlauch seine Runde. Auch Gregor nahm einen ordentlichen Schluck. Der Müller und die anderen drei Männer ließen sich ebenfalls nieder.

„Ich bin Max", stellte sich der Müller vor. Die anderen sind Josef Pfeifer, Robert Lux und Jakob Schuster, Lehnsnehmer vom Kloster. Wir sind alle aus Nötting."

„Auf euer Wohl", prostete Hubertus ihnen zu. „Aber Ihr sagtet, dass Josef hier", er nickte dem Bauern zu, „wohl Heckenreiter verjagt hat."

Josef Pfeifer, der bisher nichts gesagt hatte, brummte nur: „A Gesindel wars. Drei Kerle. Vor ein paar Tagen haben's an Mönch überfallen und fast totgeschlagen. Aber der hat einem noch das Knie zertreten. Und als ich mit meinem Wagen gekommen bin und gerufen hab', sinds davon." Die beiden anderen Bauern nickten. „So was hat's früher hier net gegeben. Der Propstrichter muss gscheit durchgreifen, dass wir hier wieder sicher sind", meinte Jakob Schuster. Und Robert Lux ergänzte: „Der Ratsherr Godebusch ist so reich, der hat genug Männer, die stellt er auch dem Magistrat des Marktes zur Verfügung. Die sollten mal öfter vorbeireiten und aufpassen."

„Der Markt selber hat ja fast nix", beeilte sich Jakob Schuster, weiterzureden. „Fast der ganze Grundbesitz liegt beim Kloster. Nur der Godebusch ist reich. Der hat so viel Geld, weil er bis zum Norden, also bis zum Meer rauf Handel treibt. Man sagt, er hat sogar ein großes Schiff da oben, voll mit Gold und mit dem fährt er manchmal auch auf dem Meer rum."

„Ja freilich", widersprach Lux. „Der wird ein Schiff voll Gold haben. Das Gold hat er schon sauber in seinen Geschäften angelegt. Sein Gut soll ja in einer Stadt namens Lübeck sein. Und dann soll er noch eins haben noch weiter droben."

„Da habt Ihr ja bedeutende Männer im Magistrat in Geisenfeld", lobte Hubertus und reichte den Weinschlauch erneut herum. „Der kennt Gott und die Welt", meinte Max. „Und mit dem sauberen Herrn Wagenknecht steckt er auch die ganze Zeit zusammen", sagte Schuster.

Plötzlich schien sich ein Schatten über die gesellige Runde zu legen. Irmingard hatte den Eindruck, als würden die Männer instinktiv ihr Genick einziehen. „Das ist sicher der Bürgermeister", meinte Hubertus in aufmunterndem Ton. Die Männer schwiegen. „Nein", murmelte schließlich Pfeifer. „Der sagt dem Bürgermeister, was er tun muss. Ein ganz Netter. Der hat Einfälle, so wie eine Kuh Ausfälle hat." „Is scho recht", meinte Max, der Müller, verlegen. „Des interessiert doch die Leute gar nicht." Unbehagliches Schweigen entstand. Neben dem Zwitschern der Vögel in den Bäumen war nur zu hören, wenn ein Schluck aus dem Weinschlauch genommen wurde.

„Und der arme Mönch ist also gestorben", fuhr Hubertus bedauernd fort. „Mögen die Sünder in der Hölle schmoren, die sich an Männern Gottes vergreifen!"

„Ich weiß net, ob er gestorben ist", entgegnete Josef Pfeifer abwehrend. „Ich hab ihn halt auf meinen Wagen glegt und bin mit ihm zum Kloster gefahren. Dort werden sich die Schwestern schon um ihn gekümmert haben. Und der Medicus bestimmt auch." „Der Medicus?", lachte Robert Lux.

„Der tät sich lieber um den Wein kümmern, den Ihr dabei habt. Da würd er schlecken! Bei uns wird nämlich sonst Bier getrunken." Die anderen fielen in das Lachen ein und die gespannte Atmosphäre verschwand.

Bald war der Weinschlauch leer. Die Reisegefährten standen auf, klopften ihre Kleider aus und verabschiedeten sich. „Immer auf dem Weg bleiben!" rief ihnen Max nach. Hubertus drehte sich nochmals um und winkte zum Dank.

Die vier Männer, die immer noch saßen, sahen den Reisenden nach. „Hast du die gesehen, die Irmgard oder so. Is des ein Prachtweib. Die würd´ mir auch gefallen! Die andere ist a bisserl dürr und hat nix dran. Aber die Irmgard hat eine Figur und viel dran." Schuster fuhr die Rundungen von Irmingard mit den Händen nach. Die vier lachten.

„Wenn ich am Montag im Markt in Geisenfeld bin und sie dort seh´, dann frag ich sie mal, ob sie meinen Stall anschauen mag", scherzte Lux. „Und dann seh´ ich schon, ob ihr mein Stroh gefällt." Josef Pfeifer schüttelte langsam den Kopf. „Aber dann legst du dich mit ihrem Verlobten an. Und der….." Pfeifer sah ihnen aufmerksam nach „Glaubt mir, der ist gefährlich."

*

„Du hattest Recht", wandte sich Gregor an Hubertus, als sie die Mühle hinter sich gelassen hatten. „Es sieht so aus, dass Johannes diesen Überfall überlebt hat." „Ja", nickte der Angesprochene, „und ich bin sehr froh darüber. Wenn es so war, wie uns Josef gesagt hat, dann werden wir Johannes im Kloster bei den Nonnen finden. Ich hoffe nur, er hat keine allzu schweren Verletzungen davongetragen. Schließlich wollte er ja noch bis Santiago weiterreisen."

„Das war geschickt von dir, wie du diese Leute dazu gebracht hast, alles zu sagen, was wir wissen wollten. Aber hättest du nicht auch so fragen können?", meinte Adelgund „Jemanden direkt zu fragen, ist die sicherste Methode, keine oder zumindest keine ehrliche Antwort zu bekommen", sagte Hubertus lächelnd. „Wenn du etwas erfahren willst, dann stelle eine Vermutung auf, die dumm ist. Jeder, gleichwohl ob er etwas weiß oder nicht, fühlt sich geschmeichelt, wenn er dir zeigen kann, wie überlegen er dir ist. Und schon hast du das erfahren, wonach du begehrst."

„Und wir haben wirklich viel erfahren", fasste Irmingard zusammen. „Das Allerwichtigste ist natürlich Erstens, dass Johannes lebend im Kloster angekommen ist. Dank sei Gott! Zweitens: Geisenfeld, das offenbar irgendwann zum Markt erhoben wurde, ist arm. Beim Kloster liegt, so scheint es, fast der gesamte Grundbesitz. Drittens: Der Ratsherr

Godebusch, den wir nicht kennen, verfügt wohl über ein großes Vermögen und ist sogar im Norden, das heißt wohl, in der Ostsee und vielleicht auch in der Nordsee aktiv. Er hat mindestens ein Handelskontor in Lübeck, wahrscheinlich ein zweites noch weiter im Norden, vielleicht im Königreich Dänemark und sogar ein eigenes Schiff. Viertens: In Geisenfeld gibt es einen weiteren Mann, der von großem Einfluss ist und von den Bauern gefürchtet wird, aus welchen Gründen auch immer. Und dieser Mann heißt Wagenknecht."

„Und dieser Wagenknecht ist auch gut bekannt mit Godebusch", fügte Hubertus hinzu.

Nachdenklich gingen sie weiter, immer flussaufwärts entlang der Ilm. Kurz nach der Mühle sahen sie rechter Hand einige einfache flache Bauernhäuser und ausgedehnte Felder. „Das muss die Ortschaft Nötting sein", meinte Gregor. Er rümpfte die Nase. „Riecht Ihr das"? Schräg rechts voraus brannte ein Feuer, um das einige Menschen mit langen Stöcken herumstanden und gelegentlich darin stocherten. „Das ist nur die Abfallgrube des Ortes", lachte Hubertus. „Wahrscheinlich gibt es sie schon seit Anbeginn dieser Ansiedlung. Auf jeden Fall besser als wenn bei euch zuhause in Mainz der Unrat einfach auf die Gassen gekippt wird. Da suhlen sich ja die Schweine zwischen den Häusern offen darin." Gregor blickte ob dieser Rede etwas ärgerlich drein.

Bald hatten sie das Feuer hinter sich gelassen. Eine leichte Steigung führte sie zu einer Anhöhe hinauf. Sie blickten nach links auf den Flusslauf der Ilm. Rechter Hand sahen sie in sanfter Hügellandschaft Felder, auf denen die Bauern und Knechte ihrem Tagwerk nachgingen. Auf einigen Feldern waren gut mannshohe Stangen in Reih und Glied aufgerichtet, die mit Seilen verbunden waren. Daran wuchsen Pflanzen hinauf, die sich elegant um die gespannten Seile wanden. Gut die Hälfte der Seilhöhen hatten die Gewächse schon erklommen. „Das muss Hopfen sein", vermutete Adelgund als erfahrene Apothekerin. Sie kicherte leise. „Klettererdbeeren sind das bestimmt nicht!" Gregor stupste sie liebevoll an. Er beobachtete lieber den ausgedehnten Wald, der sich hinter den Feldern, soweit das Auge reichte, erstreckte.

Irmingard schaute sich um. „Na, Seemann", neckte sie Hubertus, „schau doch mal, ob du auch jetzt wieder einen Kirchturm siehst." Hubertus kniff sie lachend in die Wange: „Wenn ich ihn entdecke, was bekomme ich dann für eine Belohnung?" „Warte es ab!", antwortete sie keck.

Doch dann rief Gregor: „Ich sehe sogar mehrere verschieden hohe Türme. Vielleicht noch eine halbe Stunde von hier." „Mehrere gleich?", bemerkte Adelgund. „Wenn es sich um die Türme des Klosters handelt, dann belohne ich dich heute Abend reichlich dafür."

„Und ich?", fragte Hubertus gespielt enttäuscht. „Wozu gibt es Trostpreise", entgegnete Irmingard und hakte sich wieder bei Hubertus unter. „Außerdem bin ich ja jetzt deine Verlobte! Aber lasst uns rasch weitergehen und nach Johannes suchen!"

*

1. Juli 1390, Benediktinerinnenkloster Geisenfeld

„Ich nehme euch jetzt den Kopfverband ab. Vorsicht, es kann etwas Pein mit sich bringen", warnte Schwester Anna. „Ich denke, mit Gottes Hilfe werde ich es schon überstehen", entgegnete Johannes. Schwester Anna wickelte behände den Verband ab, bis nur noch ein Stück an der Blutkruste klebte. Sie griff nach einem Krug mit warmem Weidenrindentee und goss etwas davon vorsichtig auf die Kruste. Langsam zog sie an dem Verband, der sich nach und nach löste. Johannes verzog das Gesicht. Er dachte nicht, dass die Verletzung nach ein paar Tagen noch so schmerzen würde. Doch bald war der Verband abgelöst.

Es war noch früh am Morgen, doch herrschte schon Tageslicht. Schwester Anna betrachtete prüfend die Wunde. „Ihr habt viel geschlafen in den letzten Tagen. Das hat Eurer Wunde gut getan. Sie heilt und die Kopfhaut wird bald wieder alles überdeckt haben. Es wird eine Narbe zurückbleiben und vielleicht wachsen eure Haare an dieser Stelle nicht mehr so dicht. Aber als Diener unseres HERRN sollte euch das keine große Beschwer sein." Sie sah ihn neugierig an. „Ihr seid Jakobspilger, nicht wahr? Verzeiht, aber wo ist euer Heimatkonvent?"

Johannes überlegte kurz. Wieviel konnte er ihr sagen? Er sah in ihr gespanntes Gesicht und entschloss sich, ihr nur das mitzuteilen, was unverfänglich war. So erzählte er ihr vom Kloster St. Peter und Paul in Coburg und dass er gelobt habe, in Santiago für das Seelenheil seines verstorbenen Abtes zu beten, der ihn seit seiner Kindheit erzogen hatte. Er berichtete von der bisherigen Reise, ohne näher auf Beschreibungen seiner Reisegefährten einzugehen. Von den Zwischenfällen bei Hexenagger und in Vohburg erzählte er vorsichtshalber nichts.

„Der Überfall auf euch bei Nötting muss schrecklich gewesen sein", sagte Schwester Anna mitfühlend. Viele Reisende werden überfallen und nicht jeder überlebt. Ihr hattet Glück." „Ich hatte den HERRN auf meiner Seite, er ist mein Hirte und mir mangelt an nichts", antwortete Johannes ernst. „Doch sagt, ich vermisse Schwester Ma... Maria."

„Es ist die Zeit der Lesung nach der Prim", entgegnete Anna schmallippig. „Doch seid unbesorgt, ich kümmere mich genau so sorgfältig wie Schwester Maria um eure Wunden.!" „Ohne Zweifel, Schwester Anna", lächelte Johannes. „Ich bin bei euch in den besten Händen, so scheint mir." Zufrieden machte sich Anna weiter daran, die Heilungsfortschritte des Patienten zu beobachten. „Mir scheint, euer Körper erholt sich besser als erwartet. Die abgerissenen Nägel an Eurer Hand beginnen nachzuwachsen. Die Kratzwunden, die Ihr davongetragen habt, sind verschorft und die Blutkrusten beginnen sich abzulösen. Die Schwellungen an Euren Beinen lassen langsam nach, auch wenn sich dort ein buntes Farbenspiel abzeichnet." Johannes blickte verlegen nach unten. Seine Beine waren immer noch unförmig angeschwollen und schimmerten in allen Farben des Regenbogens. Als er gestern erstmals den Versuch gemacht hatte, aufzustehen, hatte er sich immer wieder festklammern müssen, da sie nachzugeben drohten. Der Schmerz war immer noch sehr groß. Doch konnte er mittlerweile wenigstens wieder etwas tiefer atmen. Während anfangs in den Phasen, in denen er wach gewesen war, jedes Luftholen so weh getan hatte, dass er nur flach atmen konnte, besserte sich dies auch langsam.

Nur sein linker Arm machte ihm Sorgen. Er konnte sich noch dunkel daran erinnern, dass einer der Räuber mit Wucht darauf gesprungen war. Danach war ein Schmerz, einem weißglühenden Blitz gleich, durch ihn hindurchgefahren. Der Arm war bandagiert und mit Buchenstäben geschient worden. Eine Schlinge um seinen Hals verhinderte, dass der Unterarm nach unten fiel. Vorsichtig bewegte er seine Finger. Fast hätte er aufgeschrieen. Es war so, als stoße jemand ein glühendes Eisen in die Bruchstelle. Der Schmerz trieb ihm Tränen in die Augen. Durch einen Schleier sah er jedoch, dass alle Finger der linken Hand sich zu bewegen schienen. Dank sei Gott, dachte er.

Er wandte sich an Schwester Anna. „Verzeiht, Schwester, ich möchte gerne beten und dem HERRN für meine Rettung danken. Darf ich eure Klosterkirche aufsuchen?"

Schwester Anna überlegte und sagte dann: „Da muss ich zuerst unseren Medicus fragen, ob Ihr schon so kräftig seid, dass das möglich ist. euer Arm scheint euch noch sehr zu schmerzen. Des Weiteren wird es angebracht sein, in der Pfarrkirche zu beten, da die Kirche unseres Konvents für die Eucharistiefeiern der Schwestern gedacht ist. Ich werde unseren Pfarrer Niklas fragen lassen."

Es klopfte. Schwester Anna sah verwundert zur Tür, dann stand sie auf und öffnete. Mit deutlicher Distanz begrüßte sie die Person, die an der Tür stand. „Schwester Apollonia? Fühlst du dich unwohl? Benötigst du Heilkräuter, Salben oder einen Tee?"

„Nichts von alldem, hab Dank!", ertönte es kühl. „Ich möchte mich nach dem Befinden des verletzten Pilgermönchs erkundigen." „Es geht ihm den Umständen entsprechend gut", erwiderte Schwester Anna zögernd. „Dann stehen sicher keine Gründe dagegen, wenn ich ihm selbst meine Aufwartung mache, nicht wahr?" Schon hatte die Besucherin die Türe ganz aufgeschoben und stand im Krankenzimmer.

Neugierig betrachtete Johannes die junge Ordensfrau. Er schätzte, dass sie das zwanzigste Lebensjahr noch nicht vollendet hatte. Sie wandte sich zu Schwester Anna um und sagte: „Ich werde den Kranken nicht unmäßig beanspruchen, Schwester. Bitte lass uns allein!" Schwester Anna nickte widerstrebend. „Ich werde alsbald wieder nach euch sehen, Bruder Johannes", sagte sie, an den Mönch gewandt. Dann bedachte sie die Besucherin mit einem abschätzigen Blick und rauschte hinaus.

Die unbekannte Nonne schloss die Tür hinter Schwester Anna. Dann trat sie an das Bett von Johannes, setzte sich auf einen Stuhl und sah ihn mit hellwachen blauen Augen in einem pausbäckigen Gesicht an. Johannes stutzte. Sie kam ihm bekannt vor. Unter ihrem Schleier sah er eine blonde Strähne, die frech hervorlugte. Dann fiel es ihm ein. „Ihr seid Theresia, die Schwester von Magdalena!", platzte er heraus. Die junge Nonne lächelte zustimmend. „Bedenkt, mein Ordensname lautet nun Apollonia und meine Schwester Magdalena trägt den Namen Maria", sagte sie. „Aber natürlich habt Ihr Recht, Bruder Johannes. Ich hörte von Maria, dass Ihr nach einem Überfall durch Strauchdiebe bei uns Pflege und Unterkunft gefunden habt. Mich drängte, euch nach der langen Zeit seit Coburg wiederzusehen. Seid willkommen in Geisenfeld! Wie steht es um Euch?"

Johannes erzählte nun auch ihr, wie es ihm in den letzten Jahren ergangen war, ohne allzu viel zu verraten. Von seinem Auftrag und seiner

Sehnsucht nach Magdalena sagte er vorsichtshalber nichts. Als er mit der Erzählung seiner Unterhaltung mit Magdalena schloss, schwieg auch Theresia zunächst.

„Ihr habt damals in Coburg die ganze Nacht für meine Gesundung gebetet", sagte sie schließlich. „Ich habe dies nicht vergessen und möchte euch daher von ganzem Herzen danken." „Es war Gottes Wille", unterbrach Johannes verlegen. Als habe er nichts gesagt, fuhr sie fort: „Ich bin froh, dass Ihr auf dem Weg der Gesundung seid. Doch anderes bewegt mich. Maria hat mir manche ihrer Gedanken anvertraut. Ich weiß, wie sehr Ihr euch nach ihr verzehrt habt. Dass Ihr hier seid, ist Beweis genug dafür. Was habt Ihr nun vor? Wollt Ihr, dass sie mit euch geht, wenn Ihr wieder gesund seid?" Johannes schluckte. „Wir haben noch nicht darüber gesprochen, Theresia", wich er aus. Sie sah ihn mahnend an und antwortete dann: „Bitte nennt mich nur noch bei meinem Ordensnamen! Mein Heim ist hier und meine Vergangenheit ist vergangen. Bedenkt, dies gilt auch für Maria, die nunmehr eine Schwester für mich ist wie alle anderen Frauen in diesem Konvent ebenso! Nur dass wir in Blutsverwandtschaft miteinander verbunden sind und ihr Herz in Aufruhr ist, seitdem Ihr euch in diesem Konvent aufhaltet, hat mich bewogen, nach euch zu sehen." Schnell fügte sie hinzu: „Und natürlich, weil Ihr damals für mich bei unserem HERRN eingetreten seid."

„Wie ist es euch ergangen?", fragte Johannes, um von dem Thema abzulenken. Apollonia blickte ihn an und begann dann zu erzählen. Sie schilderte, dass ihr, nachdem ihr Vater sie in Geisenfeld in die Obhut der Benediktinerinnen gegeben hatte, die Umstellung auf das Klosterleben leicht gefallen war. Sie hatte mit Eifer lesen und schreiben gelernt. Besonders liebte sie das Zeichnen von kleinen Bildnissen.

„Die Leiterin des Skriptoriums, Schwester Simeona, hat vorgeschlagen, dass ich ab Herbst dieses Jahres die Töchter des Marktes in der Schule des Klosters unterrichten soll. Unsere Mutter Äbtissin hat es erlaubt." Apollonias Augen leuchteten. „Ich darf den jungen Schülerinnen, die mit etwa sieben Jahren erstmals die Schule besuchen, Lesen und Schreiben beibringen", erklärte sie voller Freude.

Sie schaute ihn an und fuhr fort: „Maria hingegen gewöhnte sich anfangs nur schwer ein. Doch bald hat sie ein großes Interesse an der Heilkunde, ganz besonders an der Kräuterkunde der Hildegard von Bingen, entwickelt." Apollonia schlug die Augen nieder. „Ich weiß, dass sie damit ihr Gelübde erfüllt hat, nachdem es mir in Coburg wieder besser ging und ich dem Tode entronnen war. Alle Schwestern, insbesondere unsere Äbtissin, halten große Stücke auf sie. Ihr habt sicher schon gehört, dass unser Medicus mehr dem Wein als dem Studium der Heilkunde zugetan ist."

Nach einer kurzen Pause sagte sie: „In der Krankenstube warten jeden Tag Menschen, ob Bauern oder Bürger oder Pilger wie Ihr, die ihre Hilfe brauchen."

Johannes wusste nicht, was er sagen sollte. Doch bevor er noch etwas entgegnen konnte, sprach sie weiter: „Ich weiß von Maria, dass Ihr nach Santiago pilgern wollt und dann nach Erfüllung eures Gelübdes aus dem Konvent entlassen werdet. Doch was soll danach werden? Wo wollt Ihr hin und wie soll eure Zukunft aussehen?"

Johannes sah sie mit festem Blick an. „Ich erfülle mein Gelübde. Dann suche ich nach der Heimat meiner Eltern. Und ich will dies gemeinsam mit Ma…Maria tun. Ich werde für mich und für sie sorgen, wenn sie mit mir gehen will. Das verspreche ich Euch! Denn ich liebe sie mehr als mein Leben."

Apollonia stand auf. Sie schüttelte langsam den Kopf. „Seid kein Narr, Bruder Johannes! Seit gut sieben Jahren sind meine Schwester und ich hier in Geisenfeld. Dieser Konvent ist unsere Heimat geworden, vor allem, seit unser Vater verschollen ist. Es mangelt uns an nichts und wir haben hier unsere Berufung. Was könnt Ihr meiner Schwester bieten außer der Abkehr vom HERRN und einem unsteten Leben? Ich bin jetzt sechzehn Jahre alt und Ihr müsst Mitte Zwanzig sein. Muss ich als junges Ding euch sagen, was vernünftig ist und was nicht? Denkt selbst darüber nach. Bedenkt auch, dass Ihr Herz, wie ich schon sagte, in großem Aufruhr ist! Sie denkt seit Eurer Ankunft beständig an Euch. Deswegen bitte ich euch vor Gott: Geht Eurer eigenen Wege, sobald eure Heilung abgeschlossen ist! Seid der Sicherheit und des Friedens eingedenk, welche der Konvent meiner Schwester bietet. Könnt Ihr dies Maria auch bieten?"

Sie ging zur Tür. „Ich lasse Schwester Anna nach euch sehen und das Mittagsmahl zur Sext bringen. Gott mit Euch, Bruder Johannes." Als sich die Türe hinter ihr schloss, versank er in tiefes Nachdenken.

*

1. Juli 1390, am Ortsrand von Geisenfeld

„Wir sind da", bemerkte Hubertus. Die vier Reisegefährten waren vor den ersten Häusern des Marktes Geisenfeld stehen geblieben.

Kurz nachdem sie Nötting hinter sich gelassen hatten, waren ihnen bereits Fuhrwerke und einfach gekleidete Menschen mit ihren Kindern entgegengekommen. Zwei junge Burschen trieben ein paar meckernde Ziegen aus dem Ort heraus, gefolgt von einem Paar, das ein Schaf mit sich führte. Auf eine Anfrage von Hubertus erzählte das Paar bereitwillig, dass heute Markttag sei. „Wir haben sogar zwei Marktplätze in Geisenfeld", berichtete der Mann stolz. „Den kleinen Marktplatz, wo der Saumarkt ist und den großen Marktplatz oberhalb des Klosters. Dort wird alles andere angeboten."

Vor den Reisenden erstreckte sich eine ungepflasterte Straße, die auf der rechten Seite von Holzhäusern gesäumt wurde. Die Straße, auf der reger Betrieb herrschte, machte einen leichten Schwenk nach rechts. Fußgänger und Pferdegespanne, Ochsenkarren und hier und da ein Hund kamen ihnen entgegen. Gregor beobachtete jeden Hund mit Argusaugen und hob drohend den Wanderstock, wenn sie angekläfft wurden.

Linker Hand verlor sich eine schmale Gasse, aus der ein undefinierbarer Geruch strömte. „Hier riecht's wie in einer Gerberei", rümpfte Adelgund die Nase. „Es ist Anfang Juli. Die Wärme tut das Ihre dazu. Und die Höfe der Bauern liegen gleich daneben", antwortete Hubertus. „Lasst uns weitergehen."

Gleich nach der ersten Gasse erstreckte sich auf der linken Seite eine weitere, diesmal breitere Straße. Auch aus dieser Straße strömten ihnen Menschen entgegen. „Lasst uns hier hineingehen!", schlug Hubertus vor. Schon nach wenigen Schritten sahen sie, wie sich die Gasse zu einem leicht abschüssigen Platz weitete, an dem zahlreiche Viehgatter standen, die gerade abgebaut wurden.

„Das scheint der Platz für den Saumarkt zu sein. Doch es ist nach Mittag und der Markt beginnt sich aufzulösen", vermutete Gregor. Tatsächlich trieben die Händler ihre Tiere zusammen. Schweine grunzten, Schafe blökten, dazwischen kläfften die Hirtenhunde und auch so manches Muhen der Kühe war zu vernehmen. Die Männer, die ihre Tiere hinaustrieben, mussten immer wieder rufen, damit diese auch folgten. Mit

Stöcken halfen sie nach, wo das Rufen nicht half. Dazwischen lachten Kinder, die auf dem Platz spielten.

In dem munteren Treiben kam den Reisegefährten ein knappes Dutzend Männer und Frauen entgegen, die in schwarzes Leinen gekleidet waren. Sie beteten gleichförmig. Gregor horchte auf. „Was ist das für eine Sprache? Ich verstehe kein Wort." Adelgund sagte mit verschmitztem Lächeln: „Das kommt mir spanisch vor. Gregor, du wirst doch noch merken, wenn jemand spanisch spricht. Das sind fromme Pilger, der Aussprache nach aus Kastilien." Gregor murmelte Unverständliches. Als die Fremden vorbeizogen, grüßten sie höflich. Die Reisegefährten grüßten zurück. Hubertus lupfte seinen Hut und schenkte einer jungen Frau aus der Gruppe sein strahlendstes Lächeln. Diese schlug verlegen die Augen nieder. Irmingard schnaubte empört.

Ein kräftiger Mann mit einem dicken Bauch führte eine Kuh mit festem Griff in eine abschüssige Seitengasse. Gregor sah ihnen nach. „Da hinten ist eine Metzgerei und gleich daneben eine Gerberei." Werkstätten von Kürschner, Schuster, Lodner, Gewandschneider, Maler und manch anderen mehr reihten sich aneinander und gaben neben zwei gegenüberliegenden Gasthäusern dem Platz ihr Gepräge. Aus der Gasse, in die vorhin die Kuh geführt worden war, erklang das Schlagen von Hämmern auf Eisen.

„Der Schmied des Marktes ist auch nicht weit, wie man hört", bemerkte Irmingard. Dabei dachte sie wieder daran, dass ja Anton früher bei einem Hufschmied gearbeitet hatte. Sie wurde bei der Erinnerung von Traurigkeit erfüllt und stieß einen tiefen Seufzer aus. Als Hubertus sie anstupste und auf zwei Reiter deutete, die ihnen entgegenkamen, fuhr sie vor Schreck zusammen. „Keine Sorge, ich wollte dir nur zeigen, wo ein Hufschmied ist, da sind Reiter nicht weit." Um sie aufzumuntern, zog er eine kleine Holzpfeife aus seinem Beutel und spielte ein lustiges Lied darauf, welches er mit einigen eleganten Tanzschritten untermalte.

Irmingard lächelte schnell wieder. Doch Adelgund stutzte und tippte Gregor an. „Sieh doch mal, wie die Leute auf Hubertus schauen. Das ist doch seltsam oder?", flüsterte sie. Tatsächlich schien die Melodie und Hubertus´ Tänzchen eher zurückhaltende bis ablehnende Reaktionen nach sich zu ziehen. Einige Bürger wandten die Köpfe ab und eilten schnell weiter.

Einer zeigte ein verächtliches Grinsen, andere deuteten mit dem Finger auf den Musikanten und mancher hob sogar drohend die Faust. Irmingard drückte sich an Hubertus und flüsterte: „Hör lieber auf, hier will man wohl keine Musik von Spielleuten hören! Ich habe Angst."

Verblüfft unterbrach Hubertus seinen Tanz und nahm sein Pfeifchen aus dem Mund. „Das habe ich noch nicht erlebt", sagte er erstaunt. „Vorsicht!", mahnte Gregor.

Einer der beiden Reiter, auf die Hubertus vorhin Irmingard aufmerksam gemacht hatte, winkte seinem Gefährten und zeigte auf die kleine Gruppe. Langsam lenkten sie ihre Tiere über den Platz zwischen die noch verbliebenen Viehgatter hindurch auf die vier Reisenden zu. „Steck deine Pfeife weg!", bat Irmingard. Hubertus warf mit finsterem Gesicht sein Instrument in seinen Beutel. „Was habe ich denn angestellt? Habe ich zum Umsturz aufgerufen?", brummte er. „Machen wir, dass wir zum Kloster kommen." Langsam setzten sie sich wieder in Bewegung.

„Stehenbleiben!", rief einer der Reiter. Die Vier wandten sich den beiden Berittenen zu, die sich vor sie platziert hatten und den Weg versperrten.

Adelgund blickte argwöhnisch über den Platz. Verblüffend schnell hatten sich Gruppen von Bürgern zusammengefunden, die gespannt darauf warteten, was nun passieren würde. Auch die Händler, die ihre Tiere forttreiben wollten, blieben stehen und schauten neugierig herüber.

„Wer seid Ihr und was wollt Ihr?", rief der Reiter, offensichtlich der Anführer. Er war etwa vierzig Jahre alt, hatte ein faltenreiches misstrauisches Gesicht und neben einigen spärlichen, nach hinten gekämmten Haaren in der Mitte des Schädels nur noch einen breiten, dunklen Haarkranz am Hinterkopf.

Hubertus Miene wurde eisig. „Wer will das wissen?", rief er zurück. Ein erstauntes Raunen ging durch die Zuschauer. „Halt den Mund, wenn du gefragt wirst!", antwortete der Reiter unwirsch. „Was jetzt, den Mund halten oder antworten?", spottete Hubertus. Einige der Umstehenden lachten. „Ich antworte euch gerne, verehrte Herren", – Hubertus verbeugte sich – „wenn ich weiß, wer meine Auskunft begehrt."

Der Angesprochene schaute wütend zu seinem Begleiter und dann über die Gruppen von Neugierigen hinweg. Er wusste offenkundig nicht, was er sagen sollte. Er ließ sein Pferd, einen eleganten Apfelschimmel, langsam an die Reisegefährten herantreten und riss dann energisch am Zügel, so dass das Reittier wiehernd aufstieg. Die beiden Frauen fuhren erschrocken zusammen und auch Gregor schwankte unwillkürlich. Hubertus aber bewegte sich keinen Fingerbreit.

Als das Pferd seine Hufe krachend wieder aufgesetzt hatte, legte er ihm unter den gaffenden Blicken der Umstehenden vorsichtig seine Hand auf die Schnauze und flüsterte einige unverständliche Worte. Der Schimmel stellte die Ohren auf und lauschte neugierig. Der Reiter war perplex. Sein Begleiter starrte verblüfft auf Hubertus, der das Tier sanft tätschelte.

Dann richtete Hubertus wieder das Wort an den Anführer. „Nun, Ihr habt euch noch nicht vorgestellt oder spracht Ihr nur so leise?" Wie zufällig spielte er mit dem Griff seines Dolches, der am Gürtel hing, während er dem Anführer fest in die Augen sah. Der Angesprochene war blass vor Zorn. Es war deutlich zu spüren, dass es in ihm arbeitete. Sein Begleiter sah vermeintlich aufmerksam auf den Hals seines Reittieres, als gäbe es dort etwas besonders Spannendes zu sehen.

Die Zuschauer warteten gespannt. Dann gab sich der Anführer zähneknirschend geschlagen. „Ich bin Albrecht Diflam, der Majordomus des Ratsherrn Walter Godebusch. Das ist sein Knecht Ernst, mein Untergebener. Ich bin vom Propstrichter beauftragt, hier im Markt für den Magistrat und das Kloster für Ruhe und Ordnung zu sorgen. Gaukler und Spielleute sind in Geisenfeld nicht erwünscht!"

„Wer sagt denn, dass wir Gaukler und Spielleute sind?", fragte Hubertus unschuldig zurück. „Ich habe lediglich meiner Verlobten zur Aufmunterung ein kleines Lied gespielt." Er wandte sich an die umstehenden neugierigen Bürger. „In einem so schönen Ort wie dem Markt Geisenfeld kann es doch nicht verboten sein, seine künftige Ehefrau mit einem Lied zu erfreuen!" Die meisten der Angesprochenen lachten zustimmend, manche aber blickten ängstlich auf die beiden Reiter und verkniffen ihren Mund.

„Wir sind Pilger und auf dem Weg nach Rom, in die Heilige Stadt", sagte Hubertus schließlich, damit der Mann nicht völlig sein Gesicht verlor.

„Wir sind hier in diesem schönen und gastfreundlichen Ort vorbeigekommen, wollen dem HERRN, unserem Gott, für die gelungene Tagesetappe danken und suchen eine sichere Unterkunft. Und, wie mir scheint, ist es hier sehr sicher." Die Worte `gastfreundlich´ und `sicher´

hatte er besonders hervorgehoben. Zustimmendes Gemurmel antwortete ihm.

Diflam dachte kurz nach, dann winkte er unwirsch. „Es sei euch gestattet, zu bleiben. Aber seid vorsichtig, ich werde auf euch achten! Wenn Ihr euch das Geringste zu Schulden kommen lasst, dann lasse ich euch vor den Propstrichter bringen. Und jetzt macht, dass Ihr weiterkommt!" Er riss am Zügel. Sein Pferd blickte fast bedauernd auf Hubertus und bewegte sich nicht. Erst als dieser einen leisen Zischlaut hören ließ und fast unmerklich nickte, trabte der Apfelschimmel an. Der Knecht Ernst lenkte sein Pferd seinem Anführer nach. Langsam begann sich die Menge zu zerstreuen. Irmingard fiel auf, daß viele der Bürger nunmehr voll Respekt auf Hubertus schauten.

„Welch Glück wir hatten!", schnaufte Adelgund. Gregor nickte. „Kaum sind wir hier, schon sind wir bekannt wie bunt angemalte Hunde." Er verzog sein Gesicht in schmerzlicher Erinnerung. „Sag", fuhr er neugierig fort, „wo hast du gelernt, so gut mit Pferden umzugehen? Die Mähre folgte dir auf's Wort. Man könnte meinen, du würdest ihre Sprache sprechen." Doch Hubertus tat Gregors Einwand mit einer Geste ab. „Ich bin schon in allen möglichen Ländern gewesen, schon vergessen? Eine lange Zeit war ich auch mit einer Gauklergruppe aus dem Orient unterwegs. Ich trat mit Kunststücken aller Art auf und kümmerte mich um ihre Pferde. Die Orientalen wissen, wie man solche Geschöpfe pflegt und mit ihnen umgeht. Ich habe sehr viel von ihnen gelernt."

Einer der Bürger blieb wie zufällig bei Ihnen stehen. „Seid vorsichtig!", flüsterte er und sah dabei interessiert zu einem Bäcker, der Brot auf seinem Karren durch die Straßen fuhr. „Mit Diflam ist nicht zu spaßen. Er ist außerordentlich nachtragend. Und nehmt euch vor Wagenknecht in Acht! Er steht vor der Werkstatt des Schäfflers, gleich neben dem größten Fass, und beobachtet Euch!" Der Mann nickte einem Sattler zu, der ein Bündel mit Leder auf der Schulter über den Platz schleppte und schritt langsam und würdevoll seines Weges.

„Lasst euch nichts anmerken!", sagte Hubertus leise. Langsam gingen sie scheinbar unbeschwert weiter. Hubertus beobachtete dabei aus den Augenwinkeln die Person, auf die der Passant hingewiesen hatte.

Er sah einen schlanken Mann, der ein schwarzes Gewand und darüber eine mit prächtigen Stickereien verzierte grüne Weste trug. Seine Füße steckten in blank polierten, schweren, dunkelbraunen Lederstiefeln. An der Seite trug der Mann einen langen Dolch, der in einer mit Zierrat versetzten Scheide steckte. Der Mann beobachtete sie aufmerksam. Hubertus fiel der hochmütige Ausdruck in dem aschfahlen, faltenzerfurchten Gesicht auf.

„Er dünkt sich erhaben über die Bürger dieses Ortes", murmelte er. Dann stupste er Irmingard an. „Da vorne ist das Kloster."

*

„Imposant", bemerkte Adelgund beeindruckt. „Der ganze Ort ist eine Abtei mit vielen Häusern drum herum." Die Straße, die vom kleinen Marktplatz südlich wegführte, und der sie nun folgten, stieg leicht an und machte am Ende einen scharfen Knick nach rechts. Sie wurde beiderseits von Holzhäusern eingerahmt, die mit Stroh gedeckt waren. Sie sahen einen Metzgerhof, Tuchscherer und Perückenmacher, dazwischen immer wieder auch Wohnhäuser. Eine Backstube war als ebenerdiger Steinbau errichtet. Am Ende der Straße erhob sich eine dicke Steinmauer. Dahinter waren drei größere und zwei kleine Türme sowie verschiedene, hohe Gebäude zu sehen. Dass sich hinter der Mauer eine weitläufige Anlage befand, ließ sich nur erahnen.

„Man sieht, dass der Markt vom Kloster beherrscht wird", sagte Hubertus zustimmend.

Während die meisten der Häuser zweckdienlich, aber nur ebenerdig und einfach erbaut waren, sah es so aus, als wolle die Abtei schon durch ihre Mauer ihre überragende Stellung als geistiges Zentrum und wirtschaftliche Macht widerspiegeln.

Als sie vor der Mauer standen, zeigte Hubertus nach rechts. „Die Klosterpforte ist gleich da vorne, es gehen Handwerker und auch Nonnen ein und aus." Er zeigte nach vorne. „Und dort behandelt man auch Verletzte, wie man sieht." Zwei Männer halfen einem blutüberströmten Mann von einem kleinen Wagen, der von einem Esel gezogen wurde und führten ihn durch die Pforte.

„Lasst uns nach Johannes fragen!", drängte Irmingard. „Sofort", erwiderte Hubertus geduldig. „Aber ich möchte zunächst noch einen Blick auf den anderen, den großen Marktplatz, wie er genannt wird, werfen. Dann bitten wir um Unterkunft bei den Schwestern." Achselzuckend folgten ihm die anderen drei.

Als sie den Marktplatz betraten, wussten sie, warum er der „Große" Marktplatz genannt wurde. Neben der Gasse, aus der sie gekommen waren, mündeten vier weitere Gassen und Straßen in den Platz. Die Nordseite des Platzes wurde von der Klostermauer, in die geschickt ein zweistöckiges langes Gebäude integriert war, begrenzt. Eine schmale Gasse daneben verlief sich in südöstliche Richtung. Der Platz war auf den drei anderen Seiten von Bürgerhäusern, die etwas aufwendiger gebaut schienen, eingerahmt. Auf der westlichen Seite lagen die Häuser ein gutes Stück zurück, um für die Straße, die den Marktplatz querte, Raum zu schaffen. Auch wenn hier die Mehrzahl der Häuser aus Holz gebaut war, so gab es doch auch einige Gebäude, deren Erdgeschoss aus Stein erbaut war. Darüber hatte man in bewährter Weise Fachwerk errichtet.

Linker Hand sahen sie ein aus soliden Holzbohlen erbautes Gasthaus, vor dessen Eingangstüre einige sorgsam gezimmerte Tische und Bänke standen. Händler, Bauern und auch einfache Bürger saßen an den Tischen und schienen die abgeschlossenen Geschäfte auf dem Markt zu besprechen. Neben dem Stimmengewirr hörte man auch immer dazwischen das Klirren der irdenen Bierkrüge, wenn angestoßen wurde. Der Wirt, der an seiner braunen Lederschürze leicht zu erkennen war, schlenderte zwischen den Tischen hindurch, blieb ab und an stehen und beugte sich leutselig zu seinen Gästen hinunter. Dann und wann scheuchte er abwechselnd sein Weib und seine Schankmagd auf, wenn ihm das Holen der Krüge nicht schnell genug ging. Das Gasthaus machte einen einladenden Eindruck.

Hubertus zeigte auf das schmiedeeiserne Schild, das über dem Eingang prangte. Es zeigte einen gefüllten Bierkrug. Hubertus leckte sich über die Lippen. „Das Gasthaus hat sogar einen Erker", sagte er anerkennend. Dahinter schien auf der gegenüberliegenden Straßenseite ein von drei Seiten umrahmter Hof hervorzuspitzen. „Ein Pfarrhof", vermutete Adelgund und zeigte auf den Hof. „An der Seitentüre ist ein Kreuz eingeschnitzt. Bei uns in Mainz habe ich solche Höfe, in denen die Pfarrer wohnen, auch schon gesehen. Dort gibt es auch Stallungen."

Hubertus nickte. „Ja, und die Straße zwischen Pfarrhof und Gasthaus führt wieder bergab. Ich vermute, dort wird es auch eine Brücke über die Ilm geben. Und auch auf diesem Platz ist, wie man so schön sagt, der Markt bereits verlaufen."

Wie schon am kleinen Marktplatz, hatten die meisten Händler ihre Waren bereits eingepackt und gingen. Ein Tuchhändler warf seine Kleider auf einen Wagen, stieg hinauf und fuhr davon. Marktmeister und Warenschauer, die Fleisch und Wurst auf ihre Güte geprüft und das Gewicht der angebotenen Waren überprüft hatten, verstauten ihre Utensilien. Eine kleine Gruppe von Marketenderinnen stand schwatzend beieinander, während ihre Männer die Stände abbauten. Zwei junge Nonnen packten kleine Fässchen mit Honig auf ihren Handkarren. Das Lachen von mit Knochenkegeln spielenden Kindern hallte über den Platz. Ein Knabe lief mit einer prall aufgeblasenen Schweineblase in eine Seitengasse.

„Seht mal auf dieses prächtige Haus!" rief Irmingard. Schräg gegenüber dem Gasthof erhob sich ein beeindruckendes Gebäude, dessen Giebelseite auf den Marktplatz gerichtet war.

Das Erdgeschoss des Hauses bestand aus gemauerten Backsteinen. Ein Steinkranz schloss den unteren Bereich des Baus ab. In der Mitte der Mauer befand sich eine zweiflügelige schwere Tür, vermutlich aus Eichenholz, die mit Schnitzereien von Frachtschiffen einerseits und Fässern andererseits verziert war. Auf jedem Fass waren fein säuberlich die Buchstaben WG ineinander verschlungen eingeschnitzt.

Über der Türe war eine Galionsfigur von einem Segelschiff, die eine vollbusige blonde Nixe darstellen sollte, angebracht. Allerdings hatte ein Künstler in Anbetracht der Nähe des Klosters offenbar nachträglich ein die Oberweite der Nixe verhüllendes Tuch aus hellem Holz geschnitzt und geschickt angebracht. Es war so federleicht gearbeitet, dass die Reisegefährten genau hinsehen mussten, um zu erkennen, dass es sich nicht um ein Stück aus Stoff handelte. „Ich wusste gar nicht, dass du dem Künstler Modell gestanden hast", bemerkte Hubertus lächelnd zu Irmingard. Diese zog ihn, gespielt empört, an der Nase. „Sieh nur, wie die Fenster gearbeitet sind", sagte sie bewundernd.

Zwei mit Butzenscheiben aus Buntglas versehene Fenster, die mit geschwungenem Schmiedeeisen vergittert waren, befanden sich auf jeder Seite der Eingangstüre. Über dem Erdgeschoss erhob sich ein Fachwerkbau, dessen Mauerwerk sich zwischen den Holzbalken in strahlendem Weiß präsentierte.

Die Reihe der Fenster setzte sich auch im ersten Obergeschoss fort. Darüber war sogar noch ein weiteres Obergeschoss zu sehen. Dieses war vollständig mit hellem Holz verkleidet, das ebenfalls mit reichhaltigem Schnitzwerk in Wellenform verziert war. In der Mitte befand sich eine Türe, über der ein Balken auf den Marktplatz hinauswies. „Ein Ladebalken für den Speicher eines Handelshauses", meinte Gregor. „Doch so wie das Haus aussieht, hat der Inhaber seinen Speicher an anderer Stelle des Ortes. Hier wird nicht mehr eingelagert. Der Balken wird nur noch zur Schau gestellt. Aber sogar das Dach ist mit starken Holzschindeln gedeckt. Ein aufwendiger Bau!"

„Genug bewundert!", sagte Irmingard entschlossen. „Wir folgen den beiden jungen Schwestern, die den Handkarren schieben, zur Klosterpforte und fragen nach Johannes." Energisch wandte sie sich um und stapfte los. Die anderen drei schauten sich verdutzt an. Doch es blieb Ihnen nichts Anderes übrig, als der davoneilenden Irmingard zu folgen.

Schon nach wenigen Augenblicken standen sie am Eingang zum Klostervorhof. Rechts von Ihnen erstreckte sich die Mauer der Abtei, in die ein dreigeschossiges Haus mit zahlreichen kleinen vergitterten Fenstern integriert war. Auf der linken Seite verlief die Mauer durchgehend, ohne dass Gebäude darin eingebaut waren. Lediglich an der Außenseite klebten einige kleinere aus Holz gezimmerte Häuser. „Jetzt erst merkt man, dass die Klostermauer eigentlich schon am unteren Marktplatz beginnt", sagte Gregor bewundernd. „Es scheint sich um einen Konvent zu handeln, der nicht nur reich an Einfluss ist."

Beidseits des Eingangs wuchsen Haselnuss und Brombeersträucher. Irgendjemand hatte unterhalb des großen Mauergebäudes außerdem einige Kletterrosen angebracht, um so den abwehrenden Eindruck der Anlage zu mildern.

Ein wenig ratlos standen sie am offenen Klostertor, durch das die beiden jungen Ordensfrauen mit ihrem Handkarren verschwunden waren. Neben dem Tor stand noch der Eselskarren, der an Ringen, die in die Außenmauer eingelassen waren, sorgfältig festgemacht war. Der Esel tat sich an dem Gras gütlich, das unterhalb der Sträucher wuchs und schenkte den Reisegefährten keine Beachtung.

Hubertus spähte durch das Tor und sah links im Innenhof der Klosteranlage eine freistehende Kirche. Dahinter erhob sich eine weitere, flachgedeckte größere Kirche mit zwei spitzen Türmen, die Schalllöcher und Gesimse eines Rundbogenstils aufwiesen. Am nördlichen Turm war ein kleiner mauerstarker Anbau zu sehen. Zwischen diesen Türmen erblickte er das Portal, den Eintritt in das Gotteshaus.

Rechts direkt im Anschluss an den Südturm spann sich ein Torbogen mit darüber liegenden Räumen, in die vier Fenster mit klaren Butzenscheiben eingelassen waren. Um das Glas zu schützen, waren schmiedeeiserne engmaschige Gitter vor jedem Fenster angebracht. Das Dach dieses begehbaren Torbogens war mit Holzschindeln gedeckt. Die Tore aus schwerem Holz, die wohl in das Klosterinnere führten, waren verschlossen. Nur eine schmale vergitterte Luke, die aber ebenfalls verschlossen war, befand sich im rechten Torflügel.

An das Tor schloss sich ein langgestrecktes Gebäude an, das etwas höher als der überbaute Torbogen war. Es bildete mit dem Mauergebäude, dessen Außenfassade sie schon gesehen hatten, im weiteren Verlauf einen spitzen Winkel. Während dieses Gebäude, wie Hubertus schnell erkannte, direkt neben dem Torbogen Stallungen und Werkstätten enthielt, schloss sich daran kaum bemerkbar ein Trakt an, aus dem gerade ein von zwei Männern gestützter offensichtlich verletzter Handwerker kam. Er trug einen verbundenen Arm in einer Schlinge. Auch sein Kopf hatte einen dicken Verband und es schien, als wisse er nicht, wohin. Die beiden Männer stützten ihn energisch und führten ihn auf die äußere Klosterpforte zu. Hubertus erkannte, dass es sich um den Verletzten handelte, den sie vorhin gesehen hatten.

„Grüß Gott!", ertönte eine energische Stimme. Hubertus und seine Begleiter drehten sich nach rechts in die Richtung, aus der die Stimme gekommen war. Direkt an das große Mauergebäude, das sie von außen gesehen hatten, schloss sich auf der Mauerinnenseite ein geducktes Backsteinhäuschen mit einem kleinen Fenster zur Klosterpforte an. Im Eingang zum Gebäude stand eine kleine, gedrungene, ältere Frau in schwarzer Ordenstracht und betrachtete die Neuankömmlinge aufmerksam. Hubertus schätzte sie auf gut sechzig Jahre.

„Gott zum Gruß, Schwester!", grüßte Hubertus zurück. „Wir sind Pilger und auf dem Weg nach Rom." Er stellte Irmingard, Adelgund, Gregor und sich selbst vor. „Wir bitten um Unterkunft für einige Tage." Die Ordensfrau legte eine Hand hinter ihr Ohr. „Ich bin Schwester Hedwigis. Ich bitte Euch, etwas lauter zu sprechen, da mein Gehör dem Alter Tribut zu zollen hat." Hubertus nickte und wiederholte die Vorstellung sowie die Bitte um Unterkunft.

Schwester Hedwigis blickte skeptisch drein. Sie zeigte auf das große Gebäude gegenüber den Stallungen und dem Krankentrakt. „Dies ist unser Gästehaus. Pilger sind uns herzlich willkommen. Ihr erhaltet Unterkunft und Verpflegung. Doch wie Ihr sicher wisst, als Pilger könnt Ihr nur eine Nacht für Gotteslohn bleiben. Dann müsst Ihr wieder weiterziehen. Soeben haben Pilger aus Kastilien unsere Abtei verlassen, um sich auf den weiteren Weg nach Jerusalem zu machen."

Irmingard stupste Gregor an. „Wir haben die frommen Reisenden gesehen. Seid ohne Sorge, Schwester Hedwigis! Wir sind gerne bereit, für die Unterkunft zu bezahlen. Wir haben genügend Münzen, um dem Kloster zudem für die freundliche Aufnahme eine Spende zukommen zu lassen." Aufmunternd nickte sie ihren Reisegefährten zu. Schwester Hedwigis sah zufrieden aus. „Dann könnt Ihr bleiben, solange Ihr wollt und Platz ist."

Während des Gesprächs war eine weitere Nonne hinzugekommen. „Das ist Schwester Benedikta", stellte Hedwigis sie den Neuankömmlingen vor. Hubertus wiederholte die Namen seiner Reisegefährten und ihr Reiseziel. Nach dem gemeinsamen Gebet und dem Austausch des Friedenskusses zeigte auch Schwester Benedikta auf das Gästehaus und lud die Reisenden ein, dort Quartier zu nehmen.

„Was fehlt ihm?", unterbrach Gregor laut mit einem Kopfnicken auf den Verletzten, der mittlerweile von seinen Begleitern aus dem Gelände heraus in Richtung des unteren Marktplatzes geführt wurde. „Ihm fiel bei der Holzarbeit im klösterlichen Forst ein großer Ast auf seinen Arm und klemmte ihn ein." antwortete Schwester Hedwigis. „Er hatte Glück, dass er befreit werden konnte und zudem sein Kopf nur von einem kleineren Ast gestreift wurde. Schwester Maria und Schwester Anna haben ihn versorgt", fügte sie stolz hinzu. Einer der Begleiter des Verletzten hob den Kopf und schaute zurück. „Dank sei Gott, dass bei euch solch heilkundige Schwestern wie Maria und Anna sind!", rief er. „Morgen wird unser Franz Michelbauer in der Pfarrkirche eine Kerze zum Dank stiften." Schwester Hedwigis und Schwester Benedikta winkten zum Zeichen, dass sie verstanden hatten. „Unsere Krankenstation hilft vielen Bürgern, Handwerkern und Bauern. Erst vor einigen Tagen wurde ein Pilgermönch zu uns gebracht, der von Strauchdieben übel zugerichtet wurde", erklärte Benedikta.

„Johannes!", rief Irmingard. „Wie geht es ihm?" „Ihr kennt ihn?", fragte Schwester Hedwigis erstaunt. Adelgund ergänzte: „Wir sind auf der Suche nach unserem Reisegefährten, Bruder Johannes vom Orden der Benediktiner aus Coburg. Wir haben ihn vor wenigen Wochen kennengelernt und sind zusammen gereist. Doch ist er in Vohburg schon vor uns aufgebrochen. Wir wollten uns in Geisenfeld wieder treffen. Nun haben wir bei Nötting von einem Bauern erfahren, dass Bruder Johannes überfallen und schwer verletzt wurde. Er sagte, dass er ihn nach Geisenfeld ins Kloster gebracht hat. Wir machen uns große Sorgen!" Adelgund blinzelte, weil ihr Tränen in den Augen standen.

„Dann habt keine Angst", sagte Schwester Benedikta begütigend. „Euer Reisegefährte hat zum Glück keine lebensgefährlichen Verletzungen erlitten. Schwester Maria hat gemeinsam mit unserem Medicus", – Schwester Hedwigis seufzte vernehmlich – „seine Wunden behandelt. Er liegt noch im Krankentrakt und ist auch, wie mir zugetragen wurde, nicht in der Lage, seine Reise fortzusetzen. Doch hörte ich, er wäre nicht auf dem Weg nach Rom, sondern nach Santiago de Compostela?", fügte sie fragend hinzu.

„Das ist richtig", antwortete Irmingard. „Unsere Wege sollten sich erst in Bregenz am Bodensee trennen. So lange wollten wir gemeinsam weiterreisen."

„Doch bevor wir ihn besuchen, wollen wir Gott für seine Rettung danken", bemerkte Adelgund. Schwester Hedwigis deutete nach links. „Ihr könnt in der Pfarrkirche beten. Die Klosterkirche indes steht nur den Schwestern unseres Konvents zur Verfügung. Danach meldet euch bei Schwester Walburga im Gästehaus! Sie wird euch eure Unterkünfte zuweisen. Fragt anschließend im Krankentrakt nach Bruder Johannes!" Schwester Hedwigis zog sich wieder in ihre Pforte zurück, um sich den nächsten Besuchern, zwei wandernden Müllergesellen, zu widmen. Auch Benedikta nickte freundlich und verabschiedete sich.

Irmingard sah ihre Reisegefährten an. „Dann wollen wir die Kirche aufsuchen und gleich danach unser Nachtlager beziehen. Doch eilt, denn ich will Johannes besuchen!"

*

1. Juli 1390, Benediktinerinnenkloster Geisenfeld

Johannes hatte nicht viel Zeit zum Nachdenken gehabt. Kaum war Theresia oder besser gesagt, Apollonia, wie sie jetzt genannt werden wollte, gegangen, stand schon wieder Schwester Anna im Zimmer.

Johannes bemerkte, dass sie darauf brannte, zu erfahren, worüber sie miteinander gesprochen hatten. Doch er antwortete auf ihre Fragen nur einsilbig. Zudem hatte ihn das Gespräch ermüdet und nachdem ihn Anna alleine gelassen hatte, ohne auf ihre Fragen befriedigende Auskunft erhalten zu haben, schlief er wieder ein.

So bemerkte er nicht, dass Magdalena nach der Sext und dem Mittagsmahl sein Krankenzimmer aufsuchte, sich zu ihm setzte und ihn beobachtete. In den letzten Tagen, da er viel geschlafen hatte, waren ihr zahlreiche Gedanken durch den Kopf gegangen. Immer noch wusste sie nicht, was sie tun sollte. Es war der 1. Juli und der Heilungsprozess würde noch einige Wochen dauern, vor allem, da sein Arm doch stärker in Mitleidenschaft gezogen worden war, als sie es zunächst vermutet hatte. Schwester Anna hatte ihr von seinen schmerzhaften Versuchen berichtet, seine Finger zu bewegen. Doch würde es irgendwann so weit sein, dass er vollständig wieder hergestellt und bereit sein würde, seinen Weg fortzusetzen.

Sie dachte nach. Ihr Herz sagte ihr, dass sie zu ihm gehörte. Zu ihm, den sie kaum kannte. Doch ihr Verstand fragte, ob das für eine Beziehung ausreichen mochte. Johannes liebte sie tief und innig, das hatte seine Suche gezeigt. Daran hatte er auch, als er erstmals wach geworden war, keinen Zweifel gelassen. Doch was war, wenn sie mit ihm ginge und sie in Zukunft Tag und Nacht miteinander verbringen würden? Sie beide hatten sich in den letzten Jahren verändert, waren reifer und eigenständiger geworden. Würden sie sich auch künftig lieben, wenn sich der Alltag einschlich?

Der Alltag. Was war der Alltag? Johannes war immer noch Mönch und sie immer noch Ordensfrau. Er hatte zunächst sein Gelübde zu erfüllen. Das bedeutete, dass er zunächst nach Santiago reisen würde. Eine Reise voller Gefahren. Es war Anfang Juli. Bis er soweit wiederhergestellt worden war, dass er weiterreisen konnte, konnte es leicht Mitte August werden. Das bedeutete, dass er in diesem Jahr sein Ziel nicht erreichen würde, denn die Berge in Frankreich und Spanien waren im Winter kaum zu passieren.

Hinzu kam, dass Frankreich mit England seit über fünf Jahrzehnten einen erbitterten Krieg ausfocht. Zwar waren seit vier Jahren die direkten Kampfhandlungen beendet, aber sie konnten jederzeit wieder aufflackern. Ein Friedensvertrag existierte nicht. Frankreich hatte die Engländer aus der Normandie und der Bretagne vertrieben, aber wer wusste schon, ob sie nicht eine neue Eroberung vorbereiteten, die sie tiefer in den Süden Frankreichs und damit zwischen die Pilgerwege führen würde?

Und sie? Sie gestand sich ein, dass sie große Angst vor dem Krieg hatte. Manches Mal hatten ihr Durchreisende, die von Frankreich gekommen waren, von den Gräueln erzählt, die bis vor vier Jahren im Krieg üblich waren: Männer, die gefoltert, verstümmelt und geblendet wurden, wenn sie nicht einfach durch Schwert oder Lanze starben. Frauen, die sich glücklich schätzen konnten, wenn sie nur vergewaltigt wurden. Sie hatte von Schwangeren gehört, denen man aus dem lebendigen Leib den Fötus herausgeschnitten und dann aufgespießt hatte; Frauen, denen die Brüste abgeschnitten worden waren. Nonnen, die brutal ermordet worden waren, nachdem sich die Soldaten an ihnen vergnügt hatten. Taten, die von französischen und englischen Christen begangen wurden. Christen, die sich an wehrlosen Frauen vergriffen.

Magdalena zitterte vor Angst bei dieser Vorstellung. Johannes war Mönch, wie konnte er sie beschützen, wenn der Krieg wieder aufflackerte? War sie bereit, die Sicherheit dieses Klosters, das ihr trotz allem anfänglichem Widerwillen zur Heimat geworden war, aufzugeben? Ihr Herz schwankte, ihr Verstand riet ihr ab.

Dann besann sie sich wieder der Ereignisse vom April 1384. Die Erinnerung jagte ihr einen Schauder über den Rücken. Auch der damalige Überfall war grauenhaft gewesen und verfolgte sie manches Mal noch in ihren Träumen. Auch damals waren sie nicht beschützt worden und vier Mitschwestern mussten einen schrecklichen Tod sterben. Doch hatten die Mörder und Diebe ihre gerechte Strafe bekommen, auch wenn sich immer noch hartnäckig das leise Gerücht hielt, dass es neben den Gauklern auch andere Täter gegeben haben musste. Doch niemand konnte das beweisen. Zeugen gab es nicht, obwohl in der ersten Zeit nach den Vorfällen gemunkelt worden war, einer der Spielleute hätte die auf den Überfall folgende Vergeltung im Ilmgrund überlebt.

Magdalena schüttelte den Gedanken ab. Dies war vorbei und vergangen. Nach langem Grübeln kam ihr eine Idee. Johannes würde auf jeden Fall zum Grab des Apostels Jakobus pilgern und sein Gelübde erfüllen. Sie könnte auf ihn warten, bis er im darauffolgenden Jahr wieder zurückkehrte. Dies würde ihr Zeit geben, alle Angelegenheiten zu regeln und einen Ausweg zu finden, im Einvernehmen mit der Mutter Äbtissin aus dem Konvent auszuscheiden. Dann würde sie bereit sein, mit ihm zu gehen.

Doch zunächst wollte sie ihn der Oberin vorstellen. Danach wäre Zeit in den nächsten Wochen, mit ihm zu sprechen und seine Vorstellungen und Gedanken zu erforschen.

Sie nickte bekräftigend. So wäre es möglich. Eine Bewegung verriet ihr, dass er begann, wach zu werden. Als er gähnte und sie dann zur Begrüßung anlächelte, drückte sie wortlos seine Hand und gab ihm einen Kuss.

*

Es war dämmerig geworden. Johannes schwirrte der Kopf von dem heutigen Tag. Erst hatte ihm Apollonia ins Gewissen geredet, später war Magdalena an seinem Bett gesessen, als er erwacht war und hatte ohne viele Worte seine Hand gehalten. Es war die Ruhezeit zwischen Sext und Non gewesen.

Als sie zur Non gegangen war, hatte es kurz darauf ein überraschendes und freudiges Wiedersehen mit seinen Reisegefährten gegeben, obwohl dies von Schwester Anna nur mit saurer Miene gestattet worden war. Hubertus´ Schmeicheleien hatten schließlich den Ausschlag gegeben. Ihm kann einfach keine Frau widerstehen, auch wenn es die eisernste Ordensschwester ist, hatte Johannes schmunzelnd gedacht.

Irmingard und Adelgund hatten ihn unter Freudenschreien tränenreich umarmt, dass ihm fast die Luft weggeblieben war. Gregor hatte ihm lachend anerkennend auf die linke Schulter geklopft, so dass er ihm beinahe, wenn er gekonnt hätte, an die Kehle gesprungen wäre. „Wir haben´s beide mit dem linken Oberarm oder nicht, Johannes?", hatte er gelacht. „Mich hat ein Hund gebissen und dich hat ein Hund von Räuber getreten. Aber über deine Beine ist auch noch eine Herde Rinder getrampelt. Man meint beinahe, noch die Hufabdrücke zu sehen."

Hubertus hatte ihm fest die Hand gedrückt und in die Augen gesehen.

„Dein Gott ist wohl mit Dir, mein Freund", hatte er lächelnd gemurmelt. Irmingard hatte ihm mit feierlicher Geste den Griffel überreicht, den er gerührt entgegen genommen hatte. Sie hatte versprochen, seinen zerrissenen Beutel zu nähen und die Hoffnung ausgedrückt, dass sie bald wieder gemeinsam weiterreisen konnten. Er hatte aber nur vorsichtig ausweichend geantwortet.

Doch bevor sie das Thema vertiefen konnten, war Schwester Anna wieder hereingekommen und hatte alle hinausgescheucht. Seine Freunde hatten daraufhin das Gästehaus aufgesucht und sich zur Ruhe begeben. Allerdings hatte Adelgund Schwester Anna das Versprechen abgerungen, am nächsten Tag Johannes wieder besuchen zu dürfen. Dass sie sich als Apothekerin für Kräuter und Heilpflanzen interessierte und Schwester Anna für deren Wissen genau kalkulierte Bewunderung aussprach, hatte es leichter gemacht. Wie alle Menschen, so war auch Anna für Lob empfänglich. Sie hatte Adelgund sogar angeboten, ihr die Tinkturen und Salben, mit denen sie arbeitete, am nächsten Tag zu erklären.

Da er bei dem Überfall seine Kleider verloren hatte, war Magdalena bei Schwester Alvita, die aufgrund ihres Alters nur noch selten bei den Behandlungen des Medicus half, vorstellig geworden. Diese hatte umgehend eine junge Nonne zur Cellerarin Benedikta geschickt, um Kleidung für Johannes zu holen. Schwester Alvita hatte es sich nicht nehmen lassen, Johannes die Kleider selbst vorbeizubringen. „Wir sind auf Notfälle vorbereitet, falls ein Besucher seiner Kleider verlustig geht", hatte Alvita erklärt. „Vor Jahren hatten wir Besuch eines Pilgermönches aus Köln, ähnlich wie Ihr, Bruder Johannes, nur viel älter und hohen Mutes. Leider war er zudem sehr neugierig, hielt sich für einen besseren Pferdekenner als unsere Knechte und ging allein in die Stallungen, um unsere Tiere zu inspizieren. Das gefiel unseren Wallachen gar nicht. Als der Bruder unvorsichtigerweise hinter einem der Tiere stand und plötzlich niesen musste, bekam er einen Pferdekuss." Schwester Alvita hatte mühsam ein Grinsen unterdrückt. „Das war aber noch nicht alles. Durch den Huftritt wurde der Bruder nach hinten geschubst und plumpste in eine Handkarre mit Pferdemist. Diese fiel mit dem Unglücklichen um und er riss sich an einer eisernen Forke seine Kutte auf." Schwester Alvita hatte bei der Erinnerung leise losgeprustet. Johannes war unwillkürlich in ihr Lachen eingefallen. „Und was geschah dann?", hatte er neugierig gefragt.

„Der Bruder erlitt zum Glück nur Prellungen", hatte Schwester Alvita schmunzelnd weitererzählt. „Doch schämte er sich wegen des strengen Geruchs nach Pferdemist dergestalt, dass er sich nicht hinaus traute und im Stall bis zur Dunkelheit verstecken wollte. Aber er wurde von einem unserer Pferdeknechte entdeckt und, weil er sich zuvor so beliebt gemacht hatte, mit großem Hallo von ihm und den anderen Knechten in einen Waschzuber mit frischem Wasser gesteckt und geschrubbt. Da das Wasser nicht warm war, jammerte er sehr. Erst als er sauber war, durfte er auf die

Krankenstation. Seine Kleidung wäre nur mit großem Aufwand zu reinigen und zu flicken gewesen, so dass wir ihm eine neue Kutte anfertigen ließen. Kaum hatte er sie erhalten, war er ohne Dank verschwunden. Seitdem haben wir immer einige Kutten auf Vorrat. Gedenkt also beim nächsten Gebet Eurem unbekannten Mitbruder, dem Ihr jetzt eure neue Kleidung verdankt!" Schwester Alvita hatte gegrinst und Johannes die Kutte ausgehändigt.

Jetzt ging Johannes mit Magdalena im Klostervorhof spazieren. Es war ein warmer Abend. Im Osten ging der Mond am Horizont auf und die ersten Sterne wurden, noch etwas schwach, sichtbar. Magdalena hatte von Äbtissin Ursula die Erlaubnis erhalten, heute ausnahmsweise der Komplet fernzubleiben. Es war das erste Mal, dass Johannes seit seinem Überfall den Krankentrakt verlassen konnte. Schwester Anna hatte ihm eine Krücke bereitgestellt, auf die er sich mit seinem gesunden Arm stützen konnte, um seine malträtierten Beine zu entlasten. Seinen linken Arm würde er noch geraume Zeit in der Schlinge tragen müssen.

Magdalena hatte Johannes im Vorhof die Stallungen mit den Pferden, den Ochsen, Ziegen und dem Geflügel gezeigt. An der geschlossenen Pforte zum Innenhof vorbei waren sie an der Klosterkirche vorbeigeschlendert. Johannes musste trotz seiner Gehhilfe wiederholt Pausen einlegen, da seine Beine immer noch stark schmerzten. Seinen Arm wagte er kaum zu bewegen.

Als sie die Kirche umrundet hatten, setzten sie sich auf eine Bank an der Mauer, die das Kloster umschloss und sahen zum Mond, der mittlerweile hoch am Firmament stand. „Zum ersten Mal nach sieben Jahren blicke ich gemeinsam mit dir zum Mond", sagte er leise. „Zum Mond, der uns über die große Entfernung und die lange Zeit verbunden hat. Ich habe jeden Abend, wenn es mir möglich war, hinaufgeschaut und für dich gebetet." Magdalena schwieg. Statt zu antworten, suchte ihre Hand die seine, drückte sie kurz und ließ sie wieder los, damit kein zufälliger Beobachter auf falsche Gedanken kam. So blieben sie eine Weile sitzen.

„Komm", sagte sie schließlich. Lass uns unseren Spaziergang abschließen. Morgen werde ich sehen, ob dich unsere ehrwürdige Mutter Äbtissin empfangen will. Und dann möchte ich mit dir über alles Weitere, über deine Pläne und unsere Zukunft sprechen. Doch nun ist es spät und nach der Komplet ist, wie du ja weißt, Nachtruhe. Das gilt besonders für Kranke", fuhr sie neckend fort. Sie standen auf und langsam humpelte er weiter, während sie neben ihm schritt, sorgfältig auf ihn achtend. Kurz darauf waren sie bei ihrem Rundgang an der Pforte des Klosters angekommen. Schwester Hedwigis saß darin und nickte ihnen freundlich, aber auch ein wenig argwöhnisch zu, ob nicht unschickliche Dinge vorfielen.

Johannes wollte sie gerade begrüßen, als Magdalena rief: „Still! Hörst.... hört Ihr das auch?" Johannes spitzte die Ohren. „Ich höre nichts", flüsterte er. „Doch!", beharrte sie. „Wartet ein wenig!" Schwester Hedwigis schaute sie neugierig an und legte ihre Hand an ihr Ohr. Dann schüttelte sie den Kopf.

Doch Johannes hatte es nun auch gehört: Ein leises Wimmern, das kaum wahrnehmbar von außerhalb der Klostermauer kam. „Ein Kind! Vor der Pforte liegt ein Kind!" Magdalena lief unter den Blicken der erstaunten Hedwigis zum Tor und öffnete es. Draußen lauschte sie noch einmal. Da, nunmehr ganz deutlich, hörte sie ein Wimmern links neben der Pforte unter dem Haselnussstrauch. Sie lief zu dem Gebüsch und kniete sich hin. Tatsächlich, da lag ein neugeborenes Kind, eingewickelt in grobes Tuch. Es konnte erst wenige Stunden alt sein. Vorsichtig hob sie es hoch, drückte es an sich und herzte es. Der Säugling spürte die Körperwärme und suchte sofort nach der Mutterbrust. Magdalena lief, so schnell sie konnte, zurück in den Vorhof. „Es hat Hunger! Wir brauchen Milch." Hedwigis schlug erschrocken die Hände zusammen. „Ein Kind! Ich lasse Ziegenmilch holen." Magdalena schüttelte den Kopf. „Das Kind ist noch nicht entwöhnt. Sieh doch, es ist noch schmierig und hat auch noch Spuren von Blut. Es kann höchstens ein paar Stunden alt sein. Die Mutter muss es heute Nachmittag zur Welt gebracht haben. Es braucht Muttermilch. Doch ich weiß keine Amme!"

Johannes hatte fasziniert das kleine Lebewesen betrachtet, das nun vor Hunger aus Leibeskräften schrie. Er fragte sich, woher jetzt eine Amme kommen sollte. Schon sah er hinter den Fenstern, die in den Überbau des inneren Torbogens eingelassen waren, einige Ordensfrauen neugierig schauen, auf der Suche nach der Quelle der Schreie. Dann hatte er eine Idee. „Irmingard! Weckt Irmingard! Sie schläft im Gästehaus. Sie kann das Kind stillen!"

Magdalena und Schwester Hedwigis sahen ihn verblüfft an. Magdalena fing sich schnell wieder und rief Hedwigis zu: „Eile zu Schwester Walburga! Lass sie diese... diese Irmingard wecken und zum Krankentrakt bringen! Ich trage das Kind derweil dahin." Sie wandte sich an Johannes und sagte förmlich zu ihm: „Bruder Johannes, Ihr geht wieder zurück in euer Krankenzimmer! Ich komme später und sehe nach Euch." Mit diesen Worten ließ sie ihn stehen und eilte mit dem Neugeborenen davon, während Hedwigis die Klosterpforte wieder sorgfältig schloss und danach Schwester Walburga rief.

Johannes humpelte vorsichtig quer über den Klostervorhof zurück zum Infirmarium.

Das Bild, wie herzlich Magdalena das Kind gehalten hatte, blieb in seinem Kopf. ʻUnsere Zukunftʼ hatte sie gesagt. Also gab es Hoffnung auf eine gemeinsame Zukunft mit ihr. Bei dem Gedanken erfüllte ihn unbändige Freude.

*

2. Juli 1390, Benediktinerinnenkloster Geisenfeld

Als Johannes am nächsten Morgen erwachte, fühlte er sich viel besser. Der gestrige Abend, der Spaziergang mit Magdalena und vor allem ihre Worte ʻUnsere Zukunftʼ verliehen ihm neue Lebenskräfte. Er sah zum Fenster. Blauer Himmel und strahlender Sonnenschein kündigten einen herrlichen Tag an. Ungeduldig, wie er war, wollte er so schnell wie möglich mit Magdalena sprechen. Als sich die Türe öffnete, lächelte er voller Vorfreude. Doch statt Magdalena stand Schwester Anna mit einer flachen hölzernen Schüssel in der Türe. Dahinter sah er einen in dunkles Tuch gekleideten Mann. Schwester Anna trat herein und sagte: „Ihr habt abermals lange geschlafen, Bruder Johannes. Die Terz ist bereits vorüber. Ich bringe euch ein Morgenmahl, Brot und den guten Honig des Geisenfelder Konvents, der von unseren Imkern erzeugt wird. Wie Ihr wisst, gibt es üblicherweise nur zwei Mahlzeiten täglich, zur Sext und zur Vesper. In Eurem Falle hat Schwester Maria die Erlaubnis von unserer Mutter Äbtissin erwirkt, dass Ihr zur Beschleunigung eures Heilungsprozesses auch ein Morgenmahl erhaltet."

Sie deutete auf den Mann, der hinter ihr das Krankenzimmer betreten hatte. „Unser Medicus, Hermann Volkhammer, möchte nach euch sehen, ob Ihr schon kräftig genug seid, Gott in unserer Pfarrkirche für eure Rettung zu danken." Schwester Anna stellte das Tablett neben Johannesʼ Bett. Doch statt das Zimmer zu verlassen und sich ihrer Tinkturen und

Salben zuzuwenden, nahm sie neben der Tür Aufstellung. Johannes verzog unmerklich den Mund. Ihm war klar, dass Schwester Anna so viel wie möglich erfahren wollte. Unsägliche Neugier! Er seufzte lautlos. Doch schon trat der Arzt zu ihm, reichte ihm die Hand und begrüßte ihn. „Guten Morgen, Bruder Johannes", sprach er freundlich. „Ihr habt mir große Sorgen gemacht. Selten musste ich mein Wissen über die Heilkunst bei einem Pilgermönch so strapazieren wie bei Euch." Er lächelte leutselig.

Johannes betrachtete ihn aufmerksam. Hermann Volkhammer hatte die gleiche Größe wie er selbst, war jedoch bedeutend älter. Johannes schätzte ihn auf etwa fünfzig Jahre. Er hatte ein faltenreiches Gesicht und dünnes, schütteres Haar, das einstmals voll und dunkel gewesen sein mochte, aber jetzt zahlreiche silbrige Fäden aufwies. Volkhammers Wangen hingen schlaff herunter und unter seinen wässrigen Augen hatten sich Tränensäcke gebildet. Seine große rote, mit zahlreichen Adern überzogene Nase, der wenig ansprechende saure Atem des Arztes und sein aufgeschwemmter Körper verrieten den übermäßigen Weinliebhaber.

„Ich freue mich, euch kennenzulernen", antwortete Johannes vorsichtig, ohne näher auf die Worte des Arztes einzugehen.

„Nun, Bruder Johannes, versucht doch einmal, aufzustehen!", sagte der Arzt in einladendem Ton. „Da Ihr Pilgermönch seid, wollt Ihr euch sicher wieder bald auf den Weg machen. Die Reise zum Grab des Apostels Jakobus ist lang. Doch dank meiner Heilkunst könnt Ihr euch glücklich schätzen, dass euch das überhaupt möglich ist. Aber bei Eurem weiteren Weg kann ich euch natürlich nicht begleiten." Er lachte selbstgefällig.

Johannes setzte sich gehorsam auf und schaute dabei zu Schwester Anna. Diese hatte bei der Rede des Arztes die Mundwinkel verächtlich nach unten gezogen. Verstohlen blinzelte ihr Johannes zu und Anna musste grinsen. Beide wussten, dass der Medicus an Johannes´ Rettung nur geringen Anteil hatte. Er stellte sich auf und machte vorsichtig einige Schritte. „Nur weiter, Pilger Johannes", ermunterte ihn der Arzt. Langsam ging Johannes im Zimmer auf und ab.

Tatsächlich fiel ihm das Laufen leichter als gestern Abend. „Hebt eure Kutte hoch", sagte der Arzt. Johannes sah vorsichtshalber zu Schwester Anna, die sich daraufhin widerstrebend zur Wand drehte. „Hmmmm", der Arzt betastete Johannes' Beine. „Grün und gelb angelaufen und immer noch angeschwollen, aber die Schwellungen werden bald abgeklungen sein und Ihr könnt eure Beine wieder vollständig gebrauchen. Das ist ja für einen Pilger das Wichtigste oder nicht, ha ha ha?", lachte Volkhammer. „Ihr könnt eure Kutte wieder fallen lassen. Nun möchte ich nach Eurer Kopfwunde sehen." Er tippte vorsichtig an der Kruste, die sich auf Johannes' Schädel gebildet hatte. „Auch diese heilt rasch", meinte er anerkennend. „Ihr habt gutes Blut in Euren Adern. Woher stammen eure Eltern?"

Schwester Anna, die sich wieder dem Geschehen zugewandt hatte, spitzte neugierig die Ohren. Johannes sagte dem Arzt aber lediglich, dass er bereits, seit er denken konnte, im Kloster war und ihm seine Eltern gänzlich unbekannt seien. „Nun", brummte der Medicus enttäuscht, „da kann man nichts machen. Schade. Es wäre interessant gewesen, zu erfahren, woher die Menschen stammen, die solch starke Körpersäfte ihr Eigen nennen können."

Unvermittelt drückte er Johannes kräftig auf die Brust, so dass dieser vor Schmerz keuchen musste. „Das dachte ich mir gleich", nickte der Arzt.

„Eure Rippen sind noch nicht ausgeheilt. Das wird noch eine Weile dauern." Er streckte die Hand nach Johannes' gebrochenem Arm aus, den dieser noch in der Schlinge trug. Dieser zuckte instinktiv zurück. „Nun, gehabt euch nicht so!", rügte Volkhammer. „Ich selbst habe Euren Arm wieder in die richtige Stellung gebracht und damit vor dem Abschneiden gerettet. Also lasst mich meine Untersuchungen abschließen!" Schnell griff er nach der Bruchstelle und drückte energisch zu. Johannes stieß einen Schmerzensschrei aus.

In diesem Moment flog die Tür auf und Magdalena stand im Türrahmen.

„Was macht Ihr da?", herrschte sie den Arzt an. Vor Schreck ließ dieser Johannes' Arm los. „Schwester Maria, unterbrecht mich nicht in meinen Untersuchungen!", schnappte Volkhammer zurück. Mit flammenden Augen kam Magdalena auf ihn zu, so dass der Medicus unwillkürlich zurückwich.

„Untersuchungen nennt Ihr das?", schnaubte sie. „Das ist eine Tortur für den Verletzten!"

Sie atmete durch und fuhr dann in ruhigerem Ton fort, bevor er sie unterbrechen konnte: „Er weiß, was er euch zu verdanken hat. Ihr seid besorgt um ihn und tut euer Bestes. In wenigen Tagen werdet Ihr wieder nach ihm sehen und seinen Bruch erneut fachmännisch untersuchen. Doch jetzt warten Kranke im Behandlungsraum auf Euch. Darum kam ich, euch um Euren Rat zu fragen. Ein Zimmermann aus Gaden hat sich an einem rostigen Nagel den Arm aufgerissen und die Wunde beginnt zu schwären, wenn Ihr eure Erfahrung nicht umgehend einsetzt. Außerdem wartet eine Bäuerin mit ihrem Kind, das hohe Temperatur hat. Und auch Schwester Notburga hat ein Leiden, das sie jeden Monat zur selben Zeit mit Schmerzen heimsucht. Ihr wollt sicher nach den Kranken sehen. Schwester Anna wird euch begleiten."

Mit eindringlichem Blick sah sie zu der jungen Schwester, die erschrocken nickte. „Ich gehe schon voran und bereite alles vor", sagte sie leise und verschwand, nachdem sie Johannes noch verlegen zugenickt hatte.

Volkhammer richtete sich zu seiner vollen Größe auf und sagte ungnädig: „Ich will euch noch einmal nachsehen, dass Ihr eure unmaßgebliche und unkundige Meinung so vorlaut geäußert habt. Ich erwarte euch in der Behandlungsstube." Der Arzt sah noch einmal zu Johannes und meinte: „Ihr könnt jederzeit dem HERRN für eure Rettung danken. Auch könnt Ihr euch nunmehr, wenngleich noch langsam und umsichtig, ohne Einschränkung bewegen.

Den Arm sehe ich mir in ein paar Tagen nochmal an. Dann entlasse ich Euch aus der Krankenstation. Gehabt euch wohl!" Er schürzte die Lippen, sah Magdalena vorwurfsvoll an, schritt langsam und erhaben an ihr vorbei und schloss sorgsam hinter sich die Tür.

Magdalena sah ihm nach, bis er verschwunden war. Sie schüttelte seufzend den Kopf. „So ein eingebildeter und unfähiger Gockel! Womit haben wir ihn verdient? Der Heilprozess soll so gut wie abgeschlossen sein? Er will dich aus der Krankenstation entlassen? Das sei ferne!" Dann umarmte sie Johannes vorsichtig und küsste ihn zärtlich. „Hat er dir arge Pein zugefügt?" Johannes musste grinsen, obwohl sein Arm wie Feuer brannte. Er ließ sich wieder auf sein Bett nieder. „Der Bauer Albert aus der Nähe von Vohburg hatte schon Recht. Du bist ein richtiger Dickschädel. Doch dann hast du Volkhammer Gelegenheit gegeben, sein Gesicht zu wahren. Das war klug. Klug und mutig bist du schon damals gewesen."

Magdalena wehrte unwirsch ab. „Er gilt im Magistrat des Marktes als der eigentlich Heilkundige. Wir Schwestern hier sind nur dumme Hühner, die ihm, dem großen Hahn, etwas zur Seite stehen dürfen. Mit unserer unmaßgeblichen und unkundigen Meinung, wie du selbst gehört hast!"

Sie trat ans Fenster. Einige Zeit sah sie schweigend hinaus. Dann, ohne ihn anzusehen, fuhr sie nachdenklich fort. „Als wir vor sieben Jahren von unserem Vater hier dargebracht wurden, war er ein guter Arzt und im Markt berühmt. Doch im April 1384 wurde seine Tochter, die eine von drei nichtadeligen Mitschwestern war, bei einem Überfall auf die Klosterkirche getötet. Dies hat er nicht verwunden. Nicht nur, dass er sie sehr liebte, er wünschte sich immer, dass eine seiner Nachfahrinnen einmal Äbtissin in diesem Kloster werden sollte. Mit seiner Tochter schien die Erfüllung dieses Wunsches in Reichweite. Doch durch den Mord bei dem Überfall zerbrach diese Hoffnung. Er begann, seinen Kummer mit Wein zu betäuben. Seine Frau ist vor vier Jahren aus Gram gestorben, beinahe zur selben Zeit, als unser Vater verschwand. Seitdem hat er sich noch mehr dem Trunk ergeben. Manchmal schimmert noch sein großes Wissen, das er hatte, durch. Wenn er nüchtern ist, dann kann er beachtliche Heilerfolge erzielen. Doch diese Zeiten werden immer seltener. Er hat noch einen Sohn, aber mit diesem hat er sich überworfen. Er ist ganz allein."

Johannes stutzte. „Ein Überfall auf eure Klosterkirche? Aber…aber hier gibt es seit vielen Jahren keine feindlich gesinnten Mächte. Waren es gar brandschatzende Söldner?" Magdalena zitterte und antwortete nicht. Er stand auf, trat zu ihr und legte die Hand um ihre Hüfte. Leise fragte er:

„Willst du mir davon erzählen?"

Er spürte, wie sie sich verkrampfte. Dann presste sie ihre Lippen zusammen und schüttelte den Kopf. Johannes wollte sie nicht drängen. So stand er nur da und hielt sie im Arm. Gemeinsam sahen sie schweigend auf den Großen Marktplatz und die dort geschäftig umhereilenden Bürger Geisenfelds hinaus. Dann sagte sie widerstrebend. „Später vielleicht. Der Gedanke daran ist zu schmerzlich." Sie bewegte sich, als wolle sie die Erinnerung abschütteln.

Dann drehte sie sich zu ihm um. „Unsere Mutter Äbtissin will dich noch vor der Sext empfangen. Nimm dein Mahl ein und komm dann an die innere Klosterpforte! Zeige dort dein Empfehlungsschreiben!" Auf eine Truhe zeigend, die am Kopfende seines Bettes stand, sagte sie: „Ich habe es mit all deinen anderen Sachen in dieser Truhe verwahrt. Nur deinen Wanderstab habe ich unter dein Bett gelegt. Die Truhe habe ich verschlossen." Mit spitzbübischem Lächeln holte sie einen Schlüssel hervor, der an einer Kette um ihren Hals hing.

„Nun eile Dich, Geliebter! Ich muss unserem …" Sie schnaubte entrüstet: „Ich muss unserem Medicus helfen!" Sie schlang ihre Arme um seinen Hals und sie küssten sich leidenschaftlich. Dann ließ sie ihn widerstrebend los und ging.

*

Johannes stand vor der inneren Pforte des Klosters und blinzelte in die Sonne. Es war ein warmer Sommertag und nur wenige Wolken standen am Himmel. Er hatte eilends sein Morgenmahl eingenommen und sich noch gewaschen, soweit es mit seinem verletzten Arm möglich war. Es hatte länger gedauert als beabsichtigt. Der Äbtissin, die, wie er gehört hatte, nahezu fürstliches Ansehen im Markt genoss, wollte er nicht schmutzig gegenübertreten.

Er klopfte an das schwere Holz des zweiflügeligen Tores. Die mit schmiedeeisernem Gitter geschützte Luke im rechten Tor wurde aufgemacht. Eine ältliche Frau sah hindurch. „Was ist Euer Begehr?", fragte sie. Johannes reichte ihr sein Empfehlungsschreiben hindurch. „Ich bin Bruder Johannes vom Kloster St. Peter und Paul in Coburg. Ich lag mehrere Tage in Eurem Krankentrakt. Äbtissin Ursula ist so gnädig, mich zu einer Audienz zu empfangen." Die Luke wurde zugeklappt. Johannes hörte, wie ein Riegel zurückgezogen wurde. Das Tor öffnete sich und er trat hindurch.

Er sah sich neugierig um und war beeindruckt. Er befand sich jetzt im inneren Klosterhof. Linker Hand erstreckte sich ein langer dreistöckiger Bau, der rechtwinklig an den südlichen der beiden Türme der Klosterkirche angesetzt war. Das Erdgeschoss des Langgebäudes war aus stabilen Backsteinen gemauert, sorgfältig verputzt und in blitzsauberem Weiß gestrichen. Auffällig war, dass der Klosterhof nach Südosten abfiel und entlang der Konventsgebäude gepflastert war. Auf halber Länge sah er einen weiteren überbauten Torbogen. Das dazugehörige Holztor dort stand allerdings weit offen und durch die Öffnung sah er einen schmalen Ausschnitt des Gartens des Konvents und darin einige der in voller Pracht stehenden, sorgsam gepflegten Obstbäume. Rechts vom südlichen Torbogen standen zwei weitere ineinander übergehende Gebäude, die in gleicher Bauweise wie das langgestreckte Gebäude zu seiner Linken errichtet waren. Nur waren diese, wie auch ein weiterer Anbau, der nach Westen den inneren Klosterhof abschloss, zweistöckig ausgeführt. Alles erstrahlte in hellem und sauberem Weiß, das durch die dunklen

Holzbalken, mit denen die Obergeschosse ausgeführt waren, noch hervorgehoben wurde.

Zu seiner Rechten erblickte er zwei kleinere, eigenständige, eingeschossige Häuser, die schräg versetzt voneinander standen. Gleich neben dem zweiflügeligen Tor sah er einen gemauerten Brunnen. Hinter den beiden kleineren Häusern bildeten offensichtlich weitere Wirtschaftsgebäude die westliche Umgrenzung des Klosters. Es war ihm schon vom Blick aus seinem Krankenzimmer aufgefallen, dass die Gebäude, die die Außenseite des Konvents bildeten, gleichsam in die Schutz und Grenzmauer eingelassen waren. Die Mauern waren so dick, dass sie einem Angriff feindlicher Heerscharen eine gute Weile standhalten mochten.

Er war so von dem Anblick der prächtigen Anlage gefangen, dass er gar nicht bemerkte, dass ihn die Schwester etwas gefragt hatte. „Verzeiht, Schwester, aber die Anlage Eurer Abtei ist so beeindruckend, dass ich nicht auf eure Frage geachtet habe", sagte er zu ihr. Die Ordensfrau lächelte geschmeichelt. „Es ist sehr schön, dass es euch gefällt. Ja, unser Schöpfer hat es mit uns gut gemeint. Es ist noch gar nicht lange her, da gab es auch harte Zeiten, aber nun erstrahlt das Kloster wieder in vollem Glanz. Doch vergebt mir meine Geschwätzigkeit. Hier ist euer Empfehlungsschreiben. Mutter Äbtissin erwartet Euch. Geht durch den Torbogen und wendet euch dann nach links!" Die Schwester zeigte ihm die Richtung. Dann machte sie sich wieder daran, das Tor zu schließen. Mit seinem gesunden rechten Arm half ihr Johannes. Sie nickte kurz zum Dank und Johannes schritt langsam, wie es seine Beine zuließen, über den Klosterhof.

Der Hof war leer und er begegnete niemandem. Als er durch den Torbogen trat und noch einige Schritte machte, wurde ihm erst die Weite des Klostergartens deutlich. Rechts sah er den Obstgarten mit den verschiedensten Baumarten. Geradeaus erstreckte sich der Gemüsegarten, der von einer niedrigen Mauer eingefasst war. Im Garten sah er einige Nonnen bei der Arbeit. Dahinter wurde das Areal von der Schutzmauer des Konvents eingegrenzt. In die Schutzmauer war ein Gebäude integriert, das offensichtlich das Gärtnerhaus war. Hinter der Mauer konnte Johannes das Glitzern eines Flusses erkennen. Das musste die Ilm sein. Wieder war er beeindruckt von der gepflegten Klosteranlage. Es musste sich um eine bedeutende und einflussreiche Abtei handeln. Unwillkürlich machte er einen Vergleich mit St. Peter und Paul. Sein Heimatkloster zog dabei den Kürzeren.

Doch es war nun nicht die Zeit zum Nachdenken. Er durfte die Äbtissin nicht warten lassen. Im Amtsgebäude sah er im Eingangsbereich eine Schwester, die mit dem Rücken schräg zu ihm stand und einen Blumenstrauß in einer Vase arrangierte. Er war überrascht. Was machte Magdalena hier? Hatte sie nicht eben erst gesagt, dass sie dem Medicus assistieren müsse? Er beschloss, sie zu überraschen. So lautlos wie möglich schlich er sich hinter sie. „Gegrüßet seist Du, Maria", rief er dann, in Vorfreude grinsend.

Die Ordensfrau drehte sich mit einem leisen Aufschrei erschrocken um und Johannes fiel vor Schreck das Kinn hinunter. Das war nicht Magdalena. Diese Ordensfrau war von derselben Gestalt wie sie und besaß auch sehr ähnliche Gesichtszüge. Aber beim näheren Hinsehen bemerkte man, dass ihr Gesicht eine ungesunde gelbliche Farbe hatte. Auch die Augen waren gelb. Ihre Haut war von Falten durchzogen und obwohl sie nur einige Jahre älter als Magdalena sein konnte, hielt man sie für uralt.

„Verzeiht, Schwester!", sagte er zutiefst verlegen, während sein Gesicht puterrot anlief. „Es war nicht Absicht, euch in unziemlicher Weise anzureden!" Da die Ordensfrau ihn nur ungehalten ansah, stammelte er „.. Ich…... ich habe euch verwechselt. Es…es tut mir leid." Schuldbewusst schaute er zu Boden.

„Ich vermute, Ihr hieltet mich für Schwester Maria?", öffnete die Nonne endlich ihren Mund und offenbarte einen eigentümlichen Akzent. „Lasst euch sagen, dass Ihr hier im Gebäude der Mutter Äbtissin seid! Schwester Maria ist im Krankentrakt, die sich im äußeren Klosterhof befindet. Ihr müsst durch die innere Pforte hier hineingelangt sein. Da diese jedoch immer verschlossen ist, seid Ihr nicht zufällig hier. Und eure respektlose Ansprache lässt darauf schließen, dass Ihr mit Schwester Maria vertrauten Umgang pflegt, oder nicht?"

Johannes schluckte. Diese Schwester war klug und hatte in kürzester Zeit die richtigen Schlüsse gezogen. Jetzt galt es, sich eine halbwegs glaubwürdige Ausrede zurecht zu legen. „Ihr habt Recht, Schwester", entgegnete er hastig nach kurzem Nachdenken. „Schwester Maria hat mich gemeinsam mit Schwester Anna von meinen schweren Verletzungen geheilt, die mir Strauchdiebe und Räuber zugefügt haben. In diesen Tagen der Rekonvaleszenz haben wir die gemeinsame Vorliebe für die

Kräuterkunde und vor allem für das Beten des schmerzhaften Rosenkranzes entdeckt. Nur darum sprach ich diese Worte, die in Euren Ohren respektlos klangen. Ich bitte euch nochmals, verzeiht mir." Er senkte demütig seinen Kopf.

„Ah, also Ihr seid Bruder Johannes", sagte die Ordensfrau langsam mit Blick auf Johannes verbundenen Arm. „Ich bin Schwester Ludovica. Unsere Mutter Äbtissin erwartet euch bereits." Sie zeigte auf eine breite Holztreppe, die nach oben führte. „Begebt Euch die Treppe hinauf und wendet euch dann nach rechts. Nur wenige Schritte trennen euch dann vom Amtszimmer unserer Oberin."

Johannes dankte und wandte sich zum Gehen. Als er auf die erste Stufe der Treppe gestiegen war, sagte Ludovica wie beiläufig: „Ihr müsst große Überzeugungskraft haben. Das Beten des schmerzhaften Rosenkranzes hat Schwester Maria zumindest bis in jüngste Zeit gemieden, wo sie nur konnte. Gehabt euch wohl, Bruder!" Johannes hielt ertappt inne. Seine Gesichtsröte, die gerade erst abgeklungen war, kehrte zurück. Als er weiter die Treppe hinaufstieg, vermeinte er, ein leises Kichern in seinem Rücken zu hören.

*

Äbtissin Ursula las aufmerksam das Empfehlungsschreiben, das Johannes ihr überreicht hatte. Als sie am Ende angekommen war, hob sie erstaunt die Augenbrauen. Johannes schien es, als würde ein flüchtiges, wissendes Lächeln über ihre Lippen huschen.

Er hatte geklopft und war zum Eintreten aufgefordert worden. Das Amtszimmer der Äbtissin war karg eingerichtet, strahlte dennoch eine Wärme, gepaart mit Autorität, aus. Neben einer Truhe und einem Schrank war der aus hellem Holz gefertigte große Schreibtisch das beherrschende Möbelstück. An der Wand hinter dem Schreibtisch waren drei große Fenster eingelassen, die einen Blick hinaus in den Obstgarten des Konvents gestatteten. Das mittlere Fenster gehörte zu einem Erker, in dem eine Gebetsbank stand. Ein fein gearbeitetes großes Kreuz mit einem Christus, dessen Leiden eindrucksvoll dargestellt war, hing an der rechten Wand.

Die Ordensvorsteherin war aufgestanden und ihm entgegengegangen. Er war vor ihr niedergekniet und hatte ihren Ring geküsst. Dann, noch kniend, hatte er ihr das Empfehlungsschreiben seines Abtes überreicht.

Auf einen Wink der Oberin durfte er sich auf einem Stuhl niederlassen, der vor ihrem Schreibtisch stand. Die Äbtissin setzte sich auf ihren Sessel, der geradezu thronartige Ausmaße hatte.

Als sie das Empfehlungsschreiben durchgelesen hatte, ließ sie es langsam auf den Schreibtisch sinken und sah Johannes mit klugen, hellen Augen aufmerksam an. Sie war eine Frau Mitte Fünfzig mit entschlossenen Gesichtszügen. Grübchen an ihren Wangen verrieten aber, dass sie auch lächeln konnte. Johannes entspannte sich allmählich.

„Ihr kommt also vom Kloster St. Peter und Paul in Coburg, Bruder Johannes", richtete sie das Wort an ihn. „Erzählt mir von Euch, Eurer Herkunft, dem Konvent und von Eurem Vater Abt!"

Gehorsam berichtete Johannes von seiner Kindheit und seiner vermuteten Herkunft aus dem Norden des Reiches. Er erzählte von seinem Kloster und den Geschehnissen der letzten Jahre. Er erwähnte die schwere Erkrankung von Marcellus und berichtete, dass ihn dieser nach Santiago geschickt habe, um für sein Seelenheil zu beten.

„Um für sein Seelenheil zu beten, sagt Ihr?", wiederholte die Äbtissin nachdenklich. „Das passt gar nicht zu dem Marcellus, den ich kannte. Er muss sich verändert haben." Zum zweiten Mal an diesem Tag war Johannes vollständig verblüfft. Wenigstens hatte er diesmal sein Kinn unter Kontrolle.

„Ihr… Ihr kennt Vater Marcellus?", fragte er und kam sich ziemlich dumm vor.

Äbtissin Ursula ließ die Andeutung eines Lächelns erkennen. „Marcellus und ich sind große Bewunderer der Heilkunst Hildegards von Bingen. Ich aber teile die Meinung dieser großen Ordensfrau nicht, dass nur Adelige in einen Konvent eintreten sollten. Marcellus und ich haben uns vor vielen Jahren kennengelernt. Seitdem hatten er und ich manchen Briefwechsel. Sagt, Bruder Johannes, weshalb führt euch euer Weg von Coburg nach Santiago über Geisenfeld? Wäre es nicht viel klüger und auch kürzer gewesen, den Weg über Ulm, durch das Herzogtum Schwaben nach Freiburg und Genf zu wählen?"

Johannes wusste nicht, was er sagen sollte. Er zögerte. „Wisst Ihr, was ich vermute, Bruder Johannes?", fuhr die Äbtissin fort. „Ich glaube, Marcellus hat euch aus einem ganz besonderen Grund nach Geisenfeld geschickt. Ist es nicht so?"

Johannes überlegte fieberhaft. Dann entschloss er sich, der Oberin zu berichten, dass er Magdalena und Theresia vor sieben Jahren in Coburg kennengelernt hatte und vermutete, dass ihr Vater sie in Geisenfeld dem Konvent anvertraut hatte. Er sei neugierig gewesen, was aus den beiden geworden war und habe sich deshalb durchgefragt. Auch genieße Geisenfeld den Ruf einer ausnehmend einflussreichen und vornehmen Abtei. Den Umweg habe er deswegen in Kauf genommen. Der Überfall durch die Räuber habe ihn, wenn auch ungewollt, direkt in die heilenden Hände von Magdalena oder besser, Schwester Maria, wie sie nunmehr hieß, geführt. Am Schluss seiner Erzählung angekommen, druckste er herum. „Schwester Maria hat mich gebeten, niemandem zu erzählen, dass sie mich in Coburg schon einmal gesehen hat. Ich habe ihr mein Wort gegeben. Nun aber wisst Ihr es. Ich bitte Euch, dies nicht kund zu tun."

Die Äbtissin sah ihn nachdenklich an. Dann sagte sie vorsichtig: „Ihr habt mein Wort. Nun, Bruder Johannes, ich will Eurer Geschichte Glauben schenken. Gestützt werden eure Worte durch die letzten Sätze auf dem Empfehlungsschreiben, die Marcellus in der geheimen Sprache der Hildegard geschrieben hat. Sei es wie es sei. Ihr seid in unserem Konvent willkommen." Sie sah auf den verbundenen Arm. „Wie geht es Euch?" Johannes berichtete, dass ihm der Arm noch große Schwierigkeiten bereitete. Das Gehen fiel ihm dagegen etwas leichter.

„Wenn diese Strauchdiebe gefasst werden, dann seid versichert, Bruder Johannes, wird das Kloster dafür sorgen, dass sie ihre gerechte Strafe erhalten. Unser Propstrichter wird sich der Sache annehmen. Der Äbtissin selbst obliegt zudem die letzte und endgültige Entscheidung."

„Steht der Abtei Geisenfeld die Blutgerichtsbarkeit zu, Mutter Äbtissin?", fragte Johannes erstaunt. Die Oberin sah ihn irritiert an. „Das nun gerade nicht, Bruder Johannes", erwiderte sie. „Die Zuständigkeit für die Aburteilung der todeswürdigen Verbrechen, das heißt Diebstahl, Vergewaltigung und Totschlag, obliegt dem Landrichter. Ihm ist ein Beschuldigter am Feldtor so zu übergeben, dass er mit einem Gürtel angebunden abgeholt werden kann. Dann wird er an der Hochstatt gerichtet. Ihr, Bruder, wurdet – Dank sei Gott dafür – aber nicht totgeschlagen. Die Aburteilung des Verbrechens, andere Menschen zu verletzen, gleich wie schwer, fällt also in die Zuständigkeit des Klosters, mithin in die der Äbtissin." Johannes nickte beschämt. Ich muss noch viele Dinge lernen, dachte er.

Die Ordensoberin fuhr fort: „Die niedere Gerichtsbarkeit wurde der Abtei erst zu Beginn dieses Jahrhunderts von Seiten des Herzogs bestätigt. Wir haben sogar Gelasse für Gefangene. Und das Gerichtsgebäude des Klosters befindet sich nicht weit entfernt am Starzenbach. Es wird sicher interessant für euch sein, Bruder Johannes, einer Verhandlung unseres Propstrichters, des Advokaten Gisbert Frobius, beizuwohnen. Ihr werdet ihn morgen Abend kennenlernen. Ich darf euch nach der Vesper zur abendlichen Mahlzeit im Refektorium an meinen Tisch bitten. Ich hoffe, euer Arm wird euch keine zu großen Schwierigkeiten machen. Neben dem Propstrichter werden auch Bürgermeister Weiß, der Kaufmann Walter Godebusch, der ein Förderer und Freund unseres Konvents ist sowie Pfarrer Niklas und auch ein oder zwei meiner Mitschwestern am Tisch der Oberin sein." Die Äbtissin gab Johannes das Empfehlungsschreiben zurück und sah ihn erwartungsvoll an.

Johannes stand auf und verbeugte sich. „Es ist mir eine große Ehre und Freude, zu Eurem Tisch geladen zu werden. Habt meinen aufrichtigen Dank dafür. Ich komme gerne." Die Oberin nickte zufrieden. Johannes wusste ohne große Worte, dass die Audienz nun beendet war. Er kniete nieder und küsste den Ring der Äbtissin zum Abschied. Dann erhob er sich, machte erneut eine Verbeugung und wandte sich zum Gehen.

*

Als Johannes aus dem Gebäude der Äbtissin trat, hatten sich auch die letzten Wolken verzogen. Die Sonne brannte vom Himmel, er schwitzte und unter seinen Verbänden begann es zu jucken. Es musste kurz vor der Sext sein, denn er sah die Monialen in Richtung Klosterkirche eilen. Zu sehr reitzte es ihn, sich den Klostergarten näher anzusehen. Doch er war klug genug, dies zu unterlassen. Schließlich hielt er sich nur zum Gespräch bei der Ordensoberin in der clausura auf, zu der wie auch in St. Peter und Paul üblicherweise nur die Ordensangehörigen Zutritt hatten. Also fügte er sich, trat durch den südlichen Torbogen wieder in den inneren Klosterhof und ging auf das schwere zweiflügelige Tor zu. Bereitwillig ließ ihn die Schwester hinaus.

Kaum hatte das Tor sich hinter ihm geschlossen, hörte er jemanden seinen Namen rufen. Er sah zum Gästehaus, woher der Klang gekommen war. Schon kamen Irmingard und Hubertus auf ihn zu. „Wie steht es um Dich, Johannes?", erkundigte sich Irmingard besorgt. Johannes entgegnete, es gehe ihm soweit gut, dass er sich zumindest wieder in gewissem Maße bewegen könne. Er erzählte von der ´Untersuchung´ durch Volkhammer, was Hubertus und Irmingard ein empörtes Aufschnaufen entlockte. Dann berichtete er von dem Gespräch bei Äbtissin Ursula und der Einladung an ihren Tisch. Hubertus zog die Augenbrauen hoch. „Diese Ehre wird sicher nicht jedem Pilgermönch erwiesen. Du scheinst einflussreiche Freunde – oder sollte ich besser sagen, Freundinnen zu haben, mein Lieber." Johannes wehrte verlegen ab. „Sicher hat sich die Mutter Oberin Sorgen um meinen Gesundheitszustand gemacht." Um das Thema zu wechseln, fragte er Irmingard schnell: „Wie geht es dem kleinen Kind?" Diese lächelte. „Die Nonnen wollen sie Felicitas, `Die Glückliche´, nennen. Und glücklich darf sie sich schätzen, dass sie von Schwester Maria gehört und gefunden wurde. Wenn man bedenkt, dass hier des Abends ja auch Hunde umher streunen, das Kind würde die die Nacht nicht überlebt. Sie ist glücklicherweise sehr lebhaft und auch sehr hungrig." Prüfend sah sie Johannes an, als sei ihr ein Gedanke gekommen und meinte dann gedehnt: „Welch Glück, dass du wusstest, dass ich als Amme aushelfen kann."

Johannes räusperte sich verlegen. „Ja, ich erinnere mich noch rechtzeitig, dass du mir im Gasthaus „Zum Hirschen" erzähltest, in Mainz einem anderen Bürger deine Dienste als Amme angeboten zu haben, da dessen Frau die Geburt ihres Sohnes nicht überlebt hatte."

Irmingard dachte kurz nach und nickte dann. Hubertus, der den Wortwechsel ohne großes Interesse verfolgt hatte, mischte sich ein und sagte ein wenig ungeduldig: „Wir sehen uns jetzt in der Umgebung Geisenfelds ein wenig um und wollen vor allem den Ilmverlauf erkunden. Adelgund und Gregor sind nach Engelbrechtsmünster gewandert. Dort sollen noch die Überreste eines alten Klosters zu sehen sein… Angeblich wurde dieses ein Opfer der Ungarneinfälle. Aber das ist, wenn man den Geschichten glaubt, auch schon wieder fast 400 Jahre her. Ich weiß nicht, was an diesen Resten von alten Mauern so besonderst sein soll, wenn sie überhaupt noch zu sehen sind."

Verstohlen, aber so dass es Irmingard gut hören konnte, flüsterte er Johannes zu: „Adelgund ist ganz erbaut vom Klosterleben. Armer Gregor. Sie wird noch eine richtige Betschwester. Hoffentlich wird sie nicht auch so keusch werden!" Irmingard rammte ihm daraufhin gespielt empört ihren Ellenbogen in die Rippen, so dass er keuchen musste. Dann verabschiedeten sich die beiden. Johannes sah ihnen nach, wie sie durch die Klosterpforte schritten, Schwester Johanna zunickten und dann in

Richtung des Großen Marktplatzes verschwanden. Er seufzte. Da hatten sich zwei vielleicht nicht gesucht, aber gefunden. Wie sie miteinander umgingen, ließ auf innige Verbundenheit und ein tiefes Glück schließen. Er hoffte inständig, dass auch ihm solches Glück zuteil werden würde.

*

Kaum hatte Johannes seine beiden Reisegefährten aus den Augen verloren, wurde er erneut angesprochen. Doch diesmal ließ die Stimme sein Herz Purzelbäume schlagen. Magdalena und Schwester Anna liefen in seine Richtung. Johannes öffnete gerade den Mund, um sie zu begrüßen, da winkte die geliebte Frau bereits ab. „Es ist die Zeit der Sext, ich muss in die Klosterkirche. Doch danach sehe ich nach Euch, Bruder Johannes!" Nur eine kurze, kaum wahrnehmbare Berührung ihrer Hand an seinen Fingern, dann war sie schon davongeeilt. Aus den Augenwinkeln bemerkte Johannes, dass Schwester Anna die Bewegung durchaus gesehen hatte und erstaunt die Augenbrauen hochzog.

Nachdenklich sah er den beiden Monialen nach. Doch dann fiel ihm ein, dass er schon längst vorgehabt hatte, Gott in der Pfarrkirche für seine Rettung zu danken. Obwohl er noch humpelte, dauerte es nicht lange, bis er den Vorhof überquert und den Eingang der Pfarrkirche erreicht hatte. Kühle Kargheit erwartete ihn. Wie üblich, befand sich auch in der Pfarrkirche der Altar an der Ostseite des Schiffes, so dass die Gläubigen beim Gottesdienst in Richtung Sonnenaufgang sahen. In der Kirche war es still. Niemand war zu sehen. Johannes ging nach vorne und setzte sich in die erste Bank. Still betete er das Vaterunser und den Rosenkranz. Er fühlte, wie ihn eine wohltuende Ruhe umfing. Ganz und gar geborgen in der Hand Gottes begann er, IHM flüsternd zu danken und sein Herz auszuschütten. Er legte IHM seine Pläne dar, verwarf manche davon, wägte andere Möglichkeiten ab. Er suchte Rat bei Gott und kam schließlich zu einem Entschluss.

Ins Gebet versunken, bemerkte er nicht, dass im Eingang zur Sakristei eine Gestalt erschienen war. Erst als er das Glaubensbekenntnis gebetet und sich mühsam wieder erhoben hatte, wurde ihm bewusst, dass noch jemand in der Kirche war. Argwöhnisch blickte er zu dem fremden Mann, der im Halbschatten stand. „Gelobt sei Jesus Christus", sagte dieser zur Begrüßung. „In Ewigkeit, Amen", antwortete Johannes vorsichtig.

Der Mann, der ein Priestergewand trug, trat in den Altarraum. Johannes sah einen etwa sechzigjährigen beleibten Pfarrer auf sich zugehen, der ihm gerade bis zur Schulter reichte. Sein rundliches, gütiges Gesicht war von vielen kleinen Falten durchzogen, die verrieten, dass er gerne lachte. „Ihr seid ein Pilgermönch, nicht wahr?", fragte der Pfarrer. Er blickte auf Johannes immer noch bandagierten Arm und fuhr fort: „Ich nehme an, ich habe es mit Bruder Johannes zu tun, der unter die Räuber fiel. Glücklicherweise wurde er nicht geköpft wie sein berühmter Namensvetter, der Täufer. Dank sei Gott dafür." Johannes nickte bestätigend und lächelte. Doch dann fiel ihm das Schicksal von Anton ein und er biss sich auf die Lippen.

„Was habt Ihr?", fragte der Pfarrer, dem die Reaktion von Johannes nicht verborgen geblieben war. Johannes zögerte. „Verzeiht", sagte der Mann, „dass ich mich nicht vorgestellt habe. Ich bin Pfarrer Niklas."

Johannes sah sich um, ohne auf die vorherige Frage einzugehen. „Wie lange seid Ihr schon in Geisenfeld?", fragte er. Der Pfarrer überlegte. „Lasst mich nachdenken. Doch, ja, im nächsten Jahr werden es schon dreißig Jahre. Eine lange Zeit, nicht?"

„Wohl wahr", antwortete Johannes. „Ich bin seit meinem Überfall erstmals bei Tageslicht aus der Krankenstube gegangen und weiß noch fast gar nichts von diesem prächtigen Kloster, zu dem mich Gott in seiner Gnade geschickt hat. Auch kenne ich die Ansiedlung noch nicht. Bis zu meiner vollständigen Genesung wird es noch dauern und ich möchte die Zeit nutzen, diesen gottgefälligen Ort kennen zu lernen. Vielleicht darf ich mich an euch wenden, wenn ich Fragen dazu habe?"

Pfarrer Niklas´ Augen begannen zu leuchten. „Bruder Johannes, da seid Ihr an den Richtigen geraten. Ich werde euch gerne von der Geschichte des Klosters und des Marktes Geisenfeld erzählen. Oder", fuhr er begeistert fort, „habt Ihr schon gespeist? Falls ja, dann lasst uns doch – natürlich in der gebotenen Langsamkeit wegen Eurer Verletzungen – ein wenig durch den Markt spazieren und ich zeige euch das schöne Geisenfeld."

Johannes nahm das Angebot gerne wahr. Pfarrer Niklas beeilte sich, die Sakristei abzusperren. Dann ging er mit Johannes zur Pforte, meldete Schwester Johanna, dass er dem Mönch den Ort zeigen wolle und schritt mit ihm zum Großen Marktplatz. Die Bauern und Handwerker, die Bürger und Händler, die ihnen begegneten, nickten ihnen grüßend zu. Was

Johannes schon aus dem Fenster seines Krankenzimmers beobachtet hatte, lag nun vor ihm. Er bewunderte wie schon zuvor seine Reisegefährten den weitläufigen Platz und die Gebäude, besonders das stattliche Gasthaus und den prächtigen Kaufmannsbau. Pfarrer Niklas erzählte ihm, dass es sich um das Haus von Walter Godebusch handeln würde. Johannes antwortete: „Walter Godebusch, den Namen hörte ich heute. Die Mutter Äbtissin nannte ihn einen Gönner und Freund des Klosters."

Pfarrer Niklas bestätigte dies. „Godebusch hat das Kloster vor sechs Jahren nach einem Unglück unterstützt. Neben einer großzügigen Spende an die Abtei hat er dem Markt und dem Kloster seine Männer als Schutzgarde zur Verfügung gestellt. So spart sich der Konvent und auch der Magistrat des Marktes die Ausgaben für eine eigene Wache. Auch nimmt er alle ausführenden Aufgaben für den Propstrichter mit seinen Bediensteten wahr. Er sorgt dafür, dass die gefällten Urteile vollstreckt werden."

„Alle ausführende Macht in der Hand eines einzigen Mannes?", fragte Johannes erstaunt. „Ich sehe, Ihr seid nicht dumm", entgegnete der Geistliche. „Man kann durchaus darüber ins Nachdenken kommen, dass Markt und Kloster vom Willen eines Mannes abhängig sind. Doch Godebusch ist zuverlässig, da kann ich euch beruhigen. Auch wenn er manches Mal ungehobelt auftritt, so wissen wir, was wir an ihm haben."

„Ist Godebusch ein hiesiger Name?", fragte Johannes nach. „Der Kaufmann stammt ursprünglich aus dem Raume Lübeck", antwortete der Pfarrer. „Er hat mindestens ein Kontor an der Ostseeküste. Man sagt, er habe ein weiteres noch nördlicher, angeblich auf der Insel Gotland. Genau weiß das allerdings keiner. Godebusch ist durch den Handel mit der Hanse reich geworden. Er lebt seit rund acht Jahren in Geisenfeld. Er kauft Hopfen vom Kloster auf und verkauft ihn im Norden weiter. Weiterhin reist er mehrmals im Jahr an die Ostsee und besucht seine Niederlassungen. Er ist zudem vertraut mit Herbert Wagenknecht, dem Ersten Bediensteten des Marktes. Aber lasst euch doch jetzt den Pfarrhof zeigen!"

Johannes ging mit Pfarrer Niklas über den Großen Marktplatz. Er war aufgeregt. Godebusch war also aus Lübeck, stammte von der Ostseeküste. Johannes brannte darauf, ihn kennenzulernen. Vielleicht wusste er sogar etwas von Fehmarn. Ein Kaufmann, der ein eigenes Schiff hatte, musste einfach Kenntnisse von der dänischen Ostseeinsel haben! Doch noch hatte er sich zu gedulden. Pfarrer Niklas führte ihn vorbei am Gasthaus und über die Gasse in den Pfarrhof, einen U-förmigen Bau, der sich hinter einem zweiflügeligen Tor verbarg. Stolz zeigte ihm der Pfarrer die in den Stallungen gehaltenen Vatertiere für den Markt, Zuchteber und Zuchtstiere. Das Pfarrhaus dagegen nahm sich bescheiden aus.

Danach spazierte der Pfarrer mit Johannes die große Gasse entlang nach Norden. Sie war gesäumt mit meist einfachen ebenerdigen Häusern, die das Spektrum der Handwerker und sonstigen Berufe widerspiegelten. Bäcker, Gewandschneider, kleine Händler, Lodern, Seiler und Tuchscherer waren vertreten. Dazwischen duckte sich hin und wieder auch ein kleines Wohnhaus, bewohnt von den Beschäftigten des Konvents. Eine kleine Seitengasse führte zum Eglsee, einem Weiher im Westen des Marktes.

Als sie die Hälfte der Gasse gegangen waren, zeigte Pfarrer Niklas nach links. Johannes erblickte eine Hofeinfahrt. Rechts wurde die Einfahrt von einem Fachwerkbau begrenzt, auf der linken Seite fiel ihm ein großes zweistöckiges Speichergebäude aus starken Backsteinen auf. Daran schmiegte sich ein kleiner hölzerner Schuppen. „Das große Bauwerk, das Ihr hier seht, ist die Rückseite des Werkstatt und Fuhrgebäudes der Abtei. Hier sind normalerweise die Fuhrwerke des Klosters eingestellt und hier werden auch viele der Werkzeuge für die Fronarbeiten hergestellt und gepflegt. Doch ist der Dachstuhl trotz seiner überbreiten Balken sehr erneuerungsbedürftig. Immerhin ist er schon mehr als hundert Jahre alt. Deshalb wird der Komplex zur Zeit nicht genutzt und steht leer. Im Herbst, wenn die Ernten eingebracht sind und die Lehensnehmer wieder zur Verfügung stehen, dann wird der alte Dachstuhl abgerissen und erneuert. Doch kommt, ich möchte euch noch etwas Anderes aus der Geschichte Geisenfelds erzählen." Pfarrer Niklas schritt mit Johannes zum Ende der Gasse, die unvermittelt nach dem letzten Haus endete und in freies Feld mündete. Pfarrer Niklas schaute in die Ferne. Johannes folgte seinem Blick. Doch er konnte außer einem ausgedehnten, undurchdringlich scheinenden dornigen Gestrüpp hinter einem Getreidefeld und einem Waldstück neben einem Weiher nichts Besonderes erkennen. „Der Sage nach soll irgendwo westlich von hier einst ein Signalturm der alten Römer gestanden haben, der mit einem anderen Turm in Verbindung stand", sagte der Pfarrer und deutete in Richtung des kleinen grauen Gewässers.

„Ein römischer Signalturm?", fragte Johannes höflich nach. Im Gegensatz zu vielen seiner Ordensbrüder hatte ihn die römische Geschichte nie sonderlich interessiert. Doch wollte er den eifrigen Pfarrer nicht enttäuschen und hörte aufmerksam zu. „Ja, angeblich hat man damals bei Tag mit dichtem Rauch, bei Nacht mit lodernder Flamme Signale gegeben. Hier in Geisenfeld ist nichts mehr von diesem Turm vorhanden. Niemand weiß genau, wo er stand. Sein Gegenstück war dort, wo heute die Burg Rotteneck steht. Die Sage erzählt auch, dass die beiden Türme durch einen geheimen Gang miteinander verbunden waren. Doch auch das ist nicht erwiesen. Ich halte es in der Tat für unwahrscheinlich, dass es einen solchen Gang gibt oder jemals gab. Es wäre ein riesiges, aufwändiges Bauwerk ohne rechten Sinn gewesen", erzählte Pfarrer Niklas bedauernd. „Lasst uns nun den kleinen Marktplatz ansehen und wieder zum Kloster zurückkehren! Das Laufen ermüdet euch sonst zu sehr."

Johannes stimmte erleichtert zu. So gingen sie über die Gassen und den Kleinen Marktplatz zurück und der junge Mönch verschaffte sich einen ersten Eindruck von dem Ort. Es waren wegen der Mittagszeit nur wenige Bürger auf den Straßen. Doch auch an deren Verhalten war erkennbar, dass Pfarrer Niklas großes Ansehen genoss. Viele zogen ihre Kopfbedeckung, wenn sie ihn sahen. Manche deuteten eine Verbeugung an. Jeder aber, ob Mann, ob Frau, groß oder klein, nickte grüßend. Der Ortsgeistliche erwiderte jeden Gruß.

Johannes schien es, als seien die Einwohner dieses Ortes nicht mit großem Reichtum gesegnet. Er nahm vor allem Holzhäuser wahr, die mit Stroh gedeckt waren. In Coburg war dies anders gewesen. Zwar gab es auch dort Viertel, in denen Arme hausten, doch hatten viele Bürger zumindest einen bescheidenen Wohlstand erlangt. Die meisten von ihnen nannten ein Haus ihr Eigen, das zumindest ein gemauertes Erdgeschoss hatte. Der Gegensatz zu Geisenfeld war augenfällig. Auch wenn sich zahlreiche Handwerksbetriebe im Markt angesiedelt hatten, so schien es ihm doch, dass der Ort fast vollständig vom Kloster abhängig war. Die Pracht der Klosteranlage bildete einen nachhaltigen Gegensatz zu der Bescheidenheit der meisten Häuser. Dieser Eindruck wurde noch verstärkt, da sich inmitten des Ortes die Klostermauer trutzig von den Häusern abhob.

„Geisenfeld ist arm", sagte der Pfarrer unvermittelt, als habe er Johannes´ Gedanken gelesen. „Das Geschäft im Rathaus ist vor allem Mängelverwaltung, da der Markt selbst kaum Grundbesitz hat. Nahezu alles gehört dem Kloster. Dem Markt selbst stehen nur ein Krautacker, ein Altwasser mit Fischen und etwas Grund zum Hanfanbau zur Verfügung. Das führt auch immer wieder zu Spannungen mit dem Konvent. Dieser selbst allerdings wurde immer wieder aus anderen Gründen in Bedrängnis gebracht. Allein in den letzten 200 Jahren hat es fünfmal gebrannt. Im Jahre der Fleischwerdung des Herrn 1281 zum Beispiel hat ein Brand den ganzen Bestand des Klosters bedroht. Und zuletzt brannte vor sechs Jahren die Klosterkirche." Abrupt unterbrach der Pfarrer, als sei ihm dieser letzte Satz unangenehm.

Johannes stutzte. Schon wieder wurde dieser Brand erwähnt. Und wieder hatte er das Gefühl, dass damit ein besonders tragisches Ereignis verknüpft war, von dem niemand sprechen wollte. Auf sein Nachfragen antwortete der Pfarrer aber nur sehr einsilbig und ausweichend. Es wurde deutlich, dass er das Thema vermeiden wollte. „So, jetzt haben wir unseren Rundgang für heute beendet und ich liefere euch heil beim Medicus und seinen Helferinnen ab", sagte Pfarrer Niklas, als sie die Klosterpforte erreicht hatten. „Es würde mir eine Freude sein, euch noch mehr vom Markt zu zeigen." Johannes ging gerne darauf ein und sie verabredeten für den nächsten Tag einen weiteren Rundgang. Dann verabschiedete sich Niklas und Johannes ging zurück in sein Krankenzimmer. Er war durch das lange Gehen erschöpft und legte sich hin. Als Magdalena später nach ihm sehen wollte, schlief er tief und fest. Sie sah kurz um sich, ob niemand zusah und hauchte ihm dann einen Kuss auf die Wange.

*

3. Juli 1390, Benediktinerinnenkloster Geisenfeld

Am Vormittag nach der Terz war Johannes mit Pfarrer Niklas wieder losgezogen. Er hatte begonnen, die Gebetszeiten wieder aufzunehmen, die in seinem Heimatkonvent in Coburg üblich waren. Wie es die Regula Benedicti im Kapitel 50 vorschrieb, wollte Johannes, da er nun auf dem Weg der Genesung war, diese in der Pfarrkirche für sich feiern, so gut er konnte und die Pflicht seines Dienstes an Gott zu erfüllen. Zwischen den Gebetszeiten aber hatte er sich vorgenommen, so viel wie möglich von seinem Gastkloster und dem Markt Geisenfeld zu erfahren. Pfarrer Niklas war sehr erfreut gewesen, dass jemand dieses Interesse zeigte und nur zu gerne bereit, Johannes so viel Wissen wie möglich zu vermitteln.

Magdalena hatte er an diesem Tag noch nicht gesehen. Schwester Anna half dem Arzt Volkhammer und so hatte Johannes sich bei Schwester Alvita abgemeldet. Mit Pfarrer Niklas ging er durch die Gassen Geisenfelds und ließ sich über die Geschichte des Marktes unterrichten.

Zur gleichen Zeit war Magdalena mit ihrer jüngeren Schwester im Klostergarten zwischen den Obstbäumen in ein leidenschaftliches Gespräch vertieft.

Sie berichtete ihrer Schwester von dem Plan, auf Johannes zu warten, bis dieser von seiner Pilgerreise zurückgekehrt sein würde. Bis dahin würde sie sich über ihre Gefühle im Klaren sein und dann ihren Abschied vom Konvent nehmen. Magdalena schilderte der Jüngeren ihre Gefühle, die sie hin und her zogen und bat um Zustimmung zu ihrem Plan. Apollonia war gegen das Vorhaben ihrer älteren Schwester und riet ihr leidenschaftlich ab.

„Und dann? Du weißt ja nicht einmal, was er dann vorhat. Erzählte er Dir, dass er nach der Herkunft seiner Eltern suchen will? Irgendwo im Norden? Und was will er machen, wenn sich herausstellt, dass seine Eltern schon tot sind? Wenn es niemanden mehr gibt, zu dem er kann? Oder wenn sie ihn ablehnen? Maria, er ist Mönch! Er war nie etwas Anderes. Was kann er? Was hat er gelernt? Er war Gehilfe des Cellerars! Damit kann er in der Welt nicht bestehen. Er kann dir nichts bieten! Wovon wollt Ihr leben? Und du verlangst, dass ich dazu meine Zustimmung gebe!"

„Ich bitte Dich, versteh mich doch!", sagte Magdalena zum wiederholten Male. „Du sagst, ich soll dich verstehen", erwiderte Apollonia. „Doch ich sage Dir, du läufst Trugbildern nach. Du kennst ihn nicht. Die wenigen Stunden in Coburg haben deinen Geist verwirrt. Ich hoffte, es wäre nach all den Jahren vorbei. Doch nun ist er hier und dein Herz ist in Aufruhr. Wo ist meine vernünftige Schwester geblieben?"

„Theresia, bitte!" „Ich heiße Apollonia und du heißt Maria! Unser altes Leben ist vorbei. Hier ist unsere Heimat und unsere Zukunft!" Apollonia sah ihre Schwester herausfordernd an.

Sie waren während ihrer Unterhaltung an die südliche Mauer der Abtei gekommen. Wie ein silbrig glitzerndes Band lag der Flusslauf der Ilm vor ihnen. Magdalena deutete auf das Wasser. „Sieh, wie die Ilm dahinfließt! Unaufhaltsam wie ein Fluss fließt auch unser Leben dahin. Doch ein Fluss sieht in seinem Lauf vieles von der Welt. Man kann ihn nicht auf ewig einsperren. Und ich will auch nicht länger eingesperrt sein. Ich will hier nicht mein Leben bis zum Ende meiner Tage verbringen und dann hier begraben werden!" Tränen standen in ihren Augen.

Sie wandte sich ihrer Schwester zu. „Ich weiß, für dich ist dieses Kloster Heimat geworden. Unsere Mitschwestern sind freundlich und herzlich zu uns und wir sind in Ehren aufgenommen worden. Wir verdanken dem Konvent viel und es ist eine herrliche Heimstatt. Ich weiß, ich bin undankbar. Dabei sollte ich den Schöpfer preisen für die Güte, die er uns hat zukommen lassen." Sie schluchzte.

„Das solltest Du", nickte Apollonia bestätigend. „Wenn unser Vater, uns nicht hier dargebracht, wären wir längst auf irgendeiner Straße fern unserem Geburtsort zugrunde gegangen oder wir müssten uns als Gaukler oder gar als Wanderhuren", Apollonia schüttelte sich vor Grausen bei dem Gedanken, „in irgendeinem schäbigen Badehaus verdingen. Mache dir jeden Tag deutlich, wie sehr uns der Allmächtige seine Barmherzigkeit erwiesen hat, dass wir hier unsere Heimat gefunden haben."

„Und doch", fügte Magdalena leise an, „fühle ich eine tiefe Verbundenheit mit diesem Mann, auch wenn ich ihn, wie du richtig sagst, kaum kenne. Ja, mein Herz ist in Aufruhr. Erst jetzt weiß ich, dass ich ihn während der letzten sieben Jahre vermisste, auch wenn mein Verstand mir riet, ihn zu vergessen. Aber er ist gekommen, mich zu finden. Theresia, bitte!" Ihre Stimme klang flehend.

Ihre Schwester sah sie streng an. Aber dann wurde ihr Blick weich. „Du warst schon früher, als unsere Mutter noch lebte, ein Dickkopf. Du trägst deinen Namen mit Recht. Seit ich denken kann, warst du immer die starke Magdalena von Falkenfels. Schön wie Maria von Magdala, stolz wie ein Falke, hart wie ein Fels. Das ist wohl immer noch so. Sieben Jahre Benediktinerin zu sein, haben daran nichts geändert." Sie ergriff Magdalenas Hand. „Ich befürchte, du hast dich entschieden. Hast du schon mit ihm gesprochen?" Magdalena schüttelte den Kopf. „Er ist heute Abend bei Mutter Äbtissin an ihren Tisch eingeladen. Ich möchte morgen mit ihm über die Zukunft reden", sagte sie leise. Ihre Schwester sah ihr in die Augen.

„Wenn du nicht die Möglichkeit hast, dein Leben mit ihm zu teilen, so könntest du bitter werden. Wenn du uns aber verlässt, dann sehe ich dich vielleicht nie wieder. Du könntest zugrunde gehen, denn so viele Gefahren lauern in der Welt. Ich werde für dich beten, denn ich liebe dich und mein Herz ist voll Sorge."

Die beiden Schwestern umarmten sich. „Noch ist es nicht soweit", sagte Magdalena leise. „Alles hat seine Zeit."

*

Sorgfältig achtete Johannes darauf, dass er beim Mahl keinen Fehler machte. Verstohlen schaute er zu den anderen Personen, die am Tisch im Refektorium saßen. Mit seinem verletzten Arm konnte er sich noch nicht so behelfen, wie er es sich gewünscht hätte. Doch offensichtlich hatte sich in der Küche, die eigens für die Äbtissin und ihre Gäste vorgehalten wurde, seine Behinderung herumgesprochen. Die Speisen, die ihm vorgesetzt wurden, waren so zubereitet, dass es ihm keine Schwierigkeiten machte, nur mit einer Hand zu essen.

Auch hatte Magdalena ihm schon gestern aus der versperrten Truhe seinen Holzlöffel und auch das Messer wieder gegeben, so dass ihm auch ein geeignetes Werkzeug für die Speisen zur Verfügung stand.

Am meisten aber hatte es ihn gefreut, dass Magdalena ihm wieder das Medaillon gegeben hatte. Langsam hatte sie es in seine Hand gleiten lassen. Als er es sich umgehängt hatte, war sie ihm um den Hals gefallen. Er hatte sie in die Arme geschlossen und gedrückt, so weit es ihm mit seiner Verletzung möglich war. Es hatte keiner Worte bedurft, um zu wissen, dass sie von nun an zusammen gehörten.

Warm und angenehm lag nun das Messer in seiner Hand. Seit er von St. Peter und Paul aufgebrochen war, hatte er es bis zu dem Überfall bei Nötting regelmäßig zu den Mahlzeiten benutzt. Es wäre auch auffällig gewesen, statt dem mitgebrachten Werkzeug ein anderes Messer zu erbitten. „Wenn du es gut verbergen willst, dann trage es offen", hatte der alte Lambert gesagt. "Es sieht beinahe so aus wie ein Messer, das zum Essen gebraucht wird. Und so solltest du es auch nutzen." Genau das hatte er getan.

Äbtissin Ursula hatte zunächst die Teilnehmer der Tafel vorgestellt und anschließend das Tischgebet gesprochen. Die Vorleserin zitierte aus dem Ersten Buch Samuel über die Salbung Davids und alle lauschten andächtig. Während der anschließenden Mahlzeit herrschte Schweigen. Zwei junge Nonnen trugen die Speisen auf, kräftige Gemüsesuppe mit zweierlei Brot, danach gebackenes Huhn mit Kräutern.

Johannes nutzte die Mahlzeit auch dazu, die anderen Gäste diskret zu mustern. Neben der Äbtissin Ursula, die an der Stirnseite des Tisches ihren Platz hatte, saß Schwester Benedikta, die Cellerarin. Auf die andere Seite der Oberin hatte sich Magdalena setzen dürfen. Zu seinem Leidwesen hatte Johannes seinen Platz nicht neben ihr, sondern zwischen ihnen sprach Pfarrer Niklas dem gebackenen Huhn kräftig zu.

Gegenüber vom Pfarrer saß ein hagerer unscheinbarer Mann mit bleichem, melancholischem Gesicht. Er hatte graue Haare und trug eine dunkle Jacke. Johannes schätzte ihn auf etwa 50 Jahre. Er aß ausgesprochen langsam und ließ zwischen den Bissen gelegentlich leise Seufzer hören. Äbtissin Ursula hatte ihn als Richard Weiß, den Bürgermeister von Geisenfeld, vorgestellt.

Der Mann neben ihm war das genaue Gegenteil. Walter Godebusch war ein Hüne mit weißblondem Haar, das ihm in Locken bis auf die Schulter fiel. Der Kaufmann hatte ein rotes herrisches Gesicht mit einer auffällig kleinen, hakenförmigen Nase und wasserblauen Augen. Wenngleich auch er während der Mahlzeit schwieg, war er schon alleine durch seine körperliche Präsenz die beherrschende Person am Tisch. Er trug ein prächtiges perlenbesetztes Wams. Obwohl er im selben Alter wie Bürgermeister Weiß zu sein schien, machte er einen jüngeren Eindruck. Johannes konnte erkennen, dass sich der Kaufmann bemühte, Tischmanieren zu zeigen. Doch immer wieder lümmelte er sich geradezu an die Tafel.

Die Tischrunde wurde vom Propstrichter Gisbert Frobius komplettiert, der neben Godebusch seinen Platz erhalten hatte. Frobius war ein schlanker dunkelhaariger Mann Ende Dreißig, unter dessen schwarzem Advokatenrock sich ein athletischer Körper erahnen ließ. Er hatte kluge, fast schwarze Augen, die die anderen Tischgenossen ständig wachsam beobachteten. Frobius führte das Messer während der Mahlzeit ausgesprochen elegant. Fast tänzelte er damit über das gebackene Huhn, um dann unvermittelt ein Stück abzuschneiden. „Wie ein Greifvogel, der seine Beute schlägt", kam es Johannes in den Sinn. Als er aufsah und Magdalenas Blick suchte, bemerkte er, mit welcher Abneigung sie den Propstrichter ansah. Sie bemerkte, dass er sie beobachtete und hob in einer kleinen, verstohlenen Geste warnend die Hand.

Als die Speisen gegessen und der Tisch abgeräumt und gesäubert waren, standen nur noch die Karaffen mit Wein auf der Tafel.

Walter Godebusch lehnte sich zurück und reckte sich ungeniert. Auf den tadelnden Blick von Äbtissin Ursula setzte er sich schnell wieder gerade hin und nahm einen Schluck Wein. Er starrte Johannes eindringlich an und fragte dann mit norddeutschem Akzent: „Ihr seid auf dem Pilgerweg, Bruder… Jakob, nicht?"

Äbtissin Ursula verzog keine Miene, als sie anstelle des Mönchs antwortete. „Mein Gast, Bruder Johannes, befindet sich auf dem Pilgerweg nach Santiago de Compostela. Er wurde von seinem todkranken Abt entsandt, um dort für dessen Seelenheil zu beten." Sie wandte sich an Johannes und nickte ihm aufmunternd zu: „Erzählt meinen Gästen von den Ereignissen seit Eurem Aufbruch!"

Johannes räusperte sich und berichtete in aller Kürze von seinen Erlebnissen, ohne jedoch auf den Tod von Anton und die nachfolgende Flucht sowie die Nacht von Irmingard beim Herzogssohn einzugehen. Er schilderte den Weg, den sie genommen hatten, seinen Aufbruch in Vohburg und den Überfall bei Nötting. Er schloss mit einem aufrichtigen Dank für die Aufnahme im Kloster und lobte die Heilkunst der Schwestern. Dabei nickte er Magdalena zu und sah ihr einen Augenblick länger als es schicklich war, in die Augen. Magdalena war klug genug, seinen Blick ausdruckslos zu erwidern, als sei er ein beliebiger Gast.

Die Mienen des Propstrichters und des Kaufmanns spiegelten Nachdenklichkeit wider, während Bürgermeister Weiß keine Miene verzog.

Die Äbtissin dankte Johannes für seinen Bericht. Ohne sich an eine bestimmte Person zu richten, sagte sie: „Wie Bruder Johannes an eigenem Leib erlitten hat, scheinen Strauchdiebe in den klostereigenen Forsten wieder stärker zu werden. Bruder Johannes wurde, als er Unterkunft bei uns suchen wollte, von dreien dieser Unholde überfallen und kam nur knapp mit dem Leben davon. Dank der Hilfe unseres Medicus Volkhammer und dessen Unterstützung durch Schwester Maria und Schwester Anna wird seine Gesundheit bald wiederhergestellt sein und er seinen Weg zum Grab des Apostels Jakobus ohne weitere Verzögerung fortsetzen können."

Äbtissin Ursula sah Johannes dabei bedeutungsvoll an und wandte sich dann in kühlem Ton an den Propstrichter Frobius. „Mir scheint, es ist an der Zeit, euer Augenmerk auf die Sicherheit entlang der Pilgerwege zu lenken, verehrter Propstrichter. Zum Schutz unserer Lehensleute müssen solche Misshandlungen geahndet werden. Schließlich gilt es auch zu bedenken, dass in Nötting eine der Mühlen betrieben wird, die für die Versorgung des Konvents und der Bedürftigen im Markt von großer Wichtigkeit ist."

Schwester Benedikta räusperte sich vernehmlich. Mit einer Geste erteilte ihr die Äbtissin das Wort. „Was Nötting betrifft, Mutter Ursula, so haben mir heute die Lehensnehmer Robert Lux, Jakob Schuster und auch Josef Pfeifer berichtet, dass sie erst gestern bei Holzarbeiten in der Nähe der Mühle im Wald einen Toten fanden. Wie der Bauer Pfeifer versicherte, handelte es dabei um einen der Räuber, die Bruder Johannes überfielen. Er ist sich sicher, denn der Tote hatte eine zerschlagene Kniescheibe." Johannes horchte auf. „Eine zerschlagene Kniescheibe? Erkläre mir das", forderte die Äbtissin Schwester Benedikta auf. „Nun", setzte Benedikta erneut an, „der Bauer Pfeifer hatte beobachtet, dass Bruder Johannes hier", sie nickte ihm zu, „dass Bruder Johannes bei dem Überfall einem der Räuber in höchster Not mit einem Tritt die Kniescheibe zertrümmerte. Die anderen beiden Spießgesellen haben ihn dann mit sich gezerrt, als der Bauer Pfeifer mit seiner Mistgabel eingriff."

„Und woher", mischte sich nun der Kaufmann Godebusch rüde ein, „will dieser Bauer nun wissen, dass es sich bei dem Toten gerade um diesen Räuber handelte? Soweit ich weiß, brechen Kniescheiben unter der Haut. Man kann mit bloßem Auge den Bruch nicht erkennen, vor allem, da die Stelle anschwillt. Es sei denn, dieser Bauer hat ihn an seinem Gesicht erkannt." Godebusch sah sich Beifall heischend um.

„Ganz so einfach ist es nicht", fuhr Benedikta nervös fort. „Wie die Bauern berichteten, ist der Leichnam bereits zu einem gewissen Teil verwest. Aber...", sie zögerte. Äbtissin Ursula sah sie fragend an und bedeutete ihr, weiterzuerzählen. Benedikta senkte die Augen und sagte leise: „Der Strauchdieb war kopfüber mit einer dünnen Leine an einen Baum geschnürt. Sein Schädel befand sich nur knapp über dem Waldboden. Der Tote hatte kein Gesicht mehr. Es wurde ihm wohl von den Tieren des Waldes weggefressen. Zwischen seinen bloßen Kieferknochen war ein Stoffballen getrieben, in dem seine abgetrennte Zunge steckte. Sein Knie war aufgeschnitten worden. Das Fleisch über den Knochen war säuberlich entfernt und die gebrochene Kniescheibe lag vor aller Augen bloß." Sie verstummte, bleich geworden und bekreuzigte sich. Die anderen am Tisch folgten.

Für eine Weile herrschte betroffenes Schweigen. „Habt Ihr eine Erklärung dafür, Bruder Johannes?", fragte der Propstrichter gedehnt. Bislang hatte er geschwiegen.

Johannes fuhr erschrocken zusammen. „Welche Erklärung soll ich für diesen Vorfall haben?", stammelte er. „Es ist, wie Schwester Benedikta erklärte. Ich habe einem der Räuber mit einem Tritt die Kniescheibe zertrümmert. Doch war ich selbst so schwer verletzt, dass ich gestorben wäre, Gott sei Dank der Bauer Josef Pfeifer mich gerettet und zu Euch", er nickte Äbtissin Ursula zu, „ins Kloster gebracht, wo ich auf vorbildliche Weise von Schwester Maria versorgt wurde."

Äbtissin Ursula sah den Juristen fragend an. „Ich weiß nicht, worauf Ihr hinauswollt, verehrter Richter." Frobius lächelte dünn. „Es hat uns beunruhigende Nachricht von Schloss Hexenagger erreicht", antwortete er. Johannes horchte auf. Hexenagger! Die Reiter und deren Anführer, der Anton getötet hatte, waren von dort.

Die Äbtissin erwiderte höflich und kühl: „Ich bin sicher, dass Ihr uns die Nachricht aus dem Heimatschloss meiner Familie mitteilen wollt, verehrter Gisbert. Ich bin mir allerdings nicht sicher, was die unbekannte Nachricht mit dieser schrecklichen Tat, die an dem Räuber verübt wurde, zu tun haben soll." Godebusch fragte ungeduldig: „Was für Nachricht? Sollen wir euch die Worte wie Würmer aus der Nase ziehen?" Er stockte und blickte auf die Äbtissin, die ihn missbilligend betrachtete. „Verzeiht, ehrwürdige Mutter", brummte er.

Äbtissin Ursula neigte das Haupt. Frobius trank einen Schluck Wein und fuhr fort: „Es scheint eine Art Geist in Hexenagger umgegangen zu sein. Nach einem Fest auf der Burg wurde am folgenden Morgen Rupert Schieding, der Anführer der Leibwache des Burgherrn vermisst. Man fand ihn schließlich nicht in den Aufenthaltsräumen der Garde, sondern in der Kammer eines verstorbenen Knechts." „Na und", schnaufte Godebusch, „nach einem Gelage hat er wahrscheinlich seinen schweren Schädel gepflegt und wollte nicht in seiner eigenen Kammer entdeckt werden." Frobius verzog den Mund. „Pflege ist das falsche Wort. Man fand Schieding mit seitlich ausgestreckten gefesselten Armen und verschränkten Oberschenkeln aufrecht sitzend auf der Lagerstatt des Knechts. Wie bei dem Strauchdieb in Nötting, so steckte auch in seinem Mund ein blutiger Stoffballen, in den seine abgeschnittene Zunge eingewickelt war. Und auch er war mit dünnen Leinen gefesselt worden." Godebusch schluckte.

„Das war aber noch nicht alles", setzte Frobius seine Erzählung betont lässig fort. „Schiedings Bauchraum war, so heißt es, fachmännisch geöffnet. Seine Eingeweide waren dergestalt vor ihm zwischen seinen Oberschenkeln ausgebreitet, dass die Organe keinen Schaden erlitten hatten. Sie blieben sogar noch über die Blutgefäße mit dem Körper verbunden." Er hielt kurz inne und betrachtete die Tischgenossen, die aufgrund dieser Neuigkeit noch bleicher geworden waren. „Er muss noch gelebt haben, als man ihm das antat. Als man ihn fand, war sein Körper noch warm." Der Propstrichter nahm noch einen Schluck Wein und stellte den Becher hart ab. „Es ist nicht zu glauben. Wie konnte ein Fremder ungesehen in die Burg gelangen, eine solche Tat ausüben und dann spurlos verschwinden? Der ‚Fleischer', wie man ihn dort jetzt nennt, wurde noch nicht gefangen. Es scheint tatsächlich ein Geist gewesen zu sein." Er wandte sich an Johannes und zog seine Augenbrauen hoch. „Und nun scheint dieser Geist auf den Liegenschaften der Abtei umzugehen. Seid Ihr auf Eurer Pilgerreise", er zog das Wort in die Länge und sah Johannes eindringlich an, „seid Ihr auf Eurer Pilgerreise nicht auch, wie Ihr erzähltet, an Hexenagger vorbeigekommen?"

Die Tischrunde war totenstill. Auf allen Gesichtern zeichnete sich Entsetzen ab. Als erste löste sich Äbtissin Ursula aus der Erstarrung. „Was soll das heißen, Gisbert? Beschuldigt Ihr Bruder Johannes, mit diesen entsetzlichen Taten etwas zu tun zu haben?"

Johannes war wie betäubt. Ein Mord auf Schloss Hexenagger, der an Grausamkeit kaum zu überbieten war! Ein Mord an dem Anführer der Leibwache! War das Opfer der Mann, der Anton getötet hatte? Wie durch einen Nebel nahm er wahr, dass Frobius unvermutet lächelte und sagte: „Natürlich nicht. Als Schieding so abscheulich verstümmelt wurde, war Bruder Johannes bereits im Kloster in Geisenfeld. Und den Strauchdieb konnte er in seinem Zustand kaum an einen Baum fesseln. Nein, Bruder Johannes, ich kann euch beruhigen. Ihr seid kein Geist!" Der Kaufmann Godebusch, der den Worten Frobius' mit offenem Mund gelauscht hatte, lachte laut auf und auch Bürgermeister Weiß grinste verlegen.

Äbtissin Ursula war ebenso wie Benedikta, Magdalena und Pfarrer Niklas keinesfalls belustigt. Magdalenas Augen blitzten vor Empörung. „Mit solchen Sachen treibt man keine Scherze!", wies die Oberin den

Propstrichter unter dem beifälligen Nicken von Pfarrer Niklas und Schwester Benedikta in die Schranken. „Ich kannte Schieding nicht, da er erst in den Dienst meiner Familie trat, als ich Schloss Hexenagger schon verlassen hatte. Trotzdem verdient kein Mensch ein solches Ende. Ich erwarte von Euch, Gisbert, dass Ihr euer Augenmerk auf die Sicherheit der Wege im Hoheitsbereich des Klosters richtet, damit diese Vorfälle keine Wiederholung finden. Und Ihr, Kaufmann Godebusch", wandte sie sich an den Hünen, „werdet ihn doch darin unterstützen, nicht?" Ihre Stimme hatte sich zwischen zwei Sätzen von scharf auf bittend gewandelt.

Godebusch konnte ein zufriedenes Lächeln nicht verbergen und nickte nach einigem wohlkalkuliertem Zögern gnädig. Johannes brauchte einige Sekunden, bis er die Szene nachverfolgt hatte und nahm sich vor, später gründlich darüber nachzudenken. Er räusperte sich. Alle Augen blickten ihn gespannt an. „Verzeiht, dass ich frage, verehrter Propstrichter, aber wie sah denn dieser Schieding aus? Auf unserem Weg begegnete uns in der Tat eine Staffel Reiter, die von Hexenagger herkamen."

Frobius überlegte kurz und beschrieb den Toten als einen untersetzten kräftigen Mann mit eisgrauem Bart und hellen Augen, der für gewöhnlich ein schwarzes Wams mit silberner Stickerei als Zeichen seines Ranges trug. Es war, wie Johannes mit Bestürzung erkannte, tatsächlich der Mann, der Anton mit dem Schwerthieb enthauptet hatte. So war Irmingards Wunsch nach Rache, den sie im Stall des Bauern Albert geäußert hatte, erfüllt worden. Johannes beschlich ein ungutes Gefühl.

„Ihr seid so bleich, Bruder Johannes", hakte Frobius prüfend nach. „Ja", bestätigte der Mönch stockend. „Die Reiter von Hexenagger wurden von diesem Mann angeführt. Verzeiht, aber diesen Mann noch vor wenigen Tagen lebend gesehen zu haben und nun von seinem schrecklichen Ende zu erfahren, berührt mich sehr. Ich werde anschließend für seine arme Seele beten."

„Gut gesprochen, Bruder Johannes", murmelte Pfarrer Niklas. Die anderen am Tisch nickten. Ein unbehagliches Schweigen entstand. Johannes blickte verstohlen in die Runde. Ihm fiel auf, dass Schwester Benedikta mit einem Mal sehr unruhig wurde. Ihre Finger tasteten nervös auf der Tafel umher und sie sah immer wieder zu Magdalena in der Hoffnung, ihre Aufmerksamkeit zu erregen. Offensichtlich drängte es sie, das Refektorium so schnell wie möglich zu verlassen. Doch was war die Ursache dafür?

Schließlich war es wieder die Äbtissin, die das Wort ergriff. „Ich hörte, Ihr reist bald wieder nach Lübeck, lieber Ratsherr?", fragte sie den Kaufmann. Dieser nickte bestätigend. „Ich werde mich schon morgen auf den Weg zu meinem Kontor machen. Ich möchte die Warenwege nach Stockholm prüfen. Doch ist es nur eine kurze Reise. Seid versichert, dass ich Anfang August wieder hier sein werde! Dann, nach der Hopfenernte, ist eine weitere Reise geplant. Ich will dem heimischen Hopfen einen größeren Markt im Norden des Reichs eröffnen, zum Wohl Geisenfelds und des Klosters!" Godebusch lehnte sich zufrieden zurück.

„Schade, dass Bruder Johannes nicht mitreisen kann", sagte die Äbtissin. Er erzählte mir, dass er seine Herkunft an den Küsten des Reiches vermutet." Diese Erwähnung rief am Tisch große Aufmerksamkeit hervor. Johannes war es gar nicht recht, dass die Mutter Oberin dies erwähnt hatte. Aber Godebusch wollte nun wissen, woher Johannes diese Vermutung hatte, von seiner Kindheit in St. Peter und Paul, seinen unbekannten Eltern und dass er vermutete, ursprünglich aus dem Norden zu stammen.

Godebusch nickte nachdenklich, als Johannes geendet hatte. „In Eurem gegenwärtigen Zustand seid Ihr nicht reisefähig. Ihr werdet also noch geraume Zeit hier verweilen müssen. Wenn ich wieder zurück bin, dann wäre es mir ein Vergnügen, euch zu einem Abendessen einzuladen und euch von den Küsten von Nord und Ostsee zu erzählen." Johannes deutete eine Verbeugung an und bedankte sich hocherfreut. Magdalena hingegen runzelte die Stirn.

Die Äbtissin erhob sich zum Zeichen, dass das Gespräch beendet war und schlug das Kreuzzeichen. „Ich danke Allen, die heute am Tisch der Oberin waren. Ich wünsche eine gesegnete Nacht." Als Johannes sich aufmachte, das Refektorium zu verlassen, bemerkte er, dass Schwester Benedikta eindringlich auf Magdalena einflüsterte. Magdalena hakte sich bei Benedikta unter und sie verließen eilig den Raum.

*

4. Juli 1390, Benediktinerinnenkloster Geisenfeld

Am Morgen wartete Johannes in seinem Krankenzimmer ungeduldig auf Magdalena. Zum ersten Mal seit dem Überfall war er nachts zum Gebet aufgestanden und hatte später für sich die Prim gebetet. Jeder Tag brachte nun kleine Besserungen. Die Schwellungen seiner Beine gingen kontinuierlich zurück, das Atmen fiel ihm bereits relativ leicht und die Kopfwunde war nahezu verheilt. Lediglich sein gebrochener Arm machte ihm noch Sorgen. Nach wie vor trug er ihn in der Schlinge und wann immer er versuchte, seine Finger zu bewegen, fuhren Schmerzen, glühenden Blitzen gleich, durch seinen Arm. Auch war die Schwellung kaum zurückgegangen.

Um so glücklicher war er, als Magdalena nach der Terz zu ihm kam. Sie tauschten nur einen scheuen Kuss aus. Magdalena teilte ihm mit, dass ihr die Äbtissin die Erlaubnis gegeben hatte, Johannes die clausura des Klosters zu zeigen. „Ich habe gestern vor der Komplet mit ihr gesprochen und sie hat es erlaubt", sagte sie freudig. „Allerdings darf ich dir nur die Außenanlagen und die Klosterkirche zeigen. Skriptorium, Dormitorium und die anderen Räume sind nur Konventangehörigen zugänglich. Zudem werden wir nicht alleine sein. Eine Schwester ist uns zugewiesen, damit keine Unschicklichkeiten passieren können." Johannes ließ enttäuscht die Mundwinkel hängen. „Wir können uns also nicht über unsere Zukunft unterhalten", murrte er. „Sei unbesorgt!", antwortete Magdalena. „Ich habe Schwester Hedwigis gefragt, ob sie mir diesen Dienst leisten möchte. So ist sie heute von ihrer Aufgabe an der Pforte befreit. Dies wird Schwester Alvita übernehmen. Hedwigis wird uns in gebührendem Abstand begleiten. Und da ihr Gehör dem Alter Tribut zollt, wird sie uns nicht verstehen, wenn wir leise sprechen."

„Was ist mit deinem Krankendienst?", fragte Johannes verwundert. „Unser Medicus Volkhammer wird heute erst nach der Sext kommen", antwortete sie. „Sollte ein unvermittelter Notfall eintreten, wird Schwester Anna bereit sein. Und eine deiner Reisegefährtinnen, Adelgund, möchte ihr zur Seite stehen. Sie entwickelt ein echtes Interesse an der Heilkunst. Schade, dass sie nicht bleibt. Nun eile, wir haben viel zu besprechen!"

„Warte!", sagte Johannes. „Mir fiel gestern Abend die große Erregung von Schwester Benedikta auf, als der Propstrichter seine Geschichte von Hexenagger erzählt hatte. Kannst du mir sagen, was es damit auf sich hat?" Magdalena schüttelte den Kopf. „Nicht jetzt. Wir haben noch keine Gewissheit. Ich will nichts Falsches behaupten." Mit diesen rätselhaften Worten ergriff sie seinen unverletzten Arm und drängte ihn, aufzustehen.

Die Sonne strahlte erneut vom wolkenlosen Himmel. Schwester Hedwigis erwartete Magdalena und Johannes an der inneren

Klosterpforte. Sie nickte beiden zu und klopfte an eines der Tore. Die Luke wurde geöffnet und ein Gesicht sah hinaus. Hedwigis bat um Einlass und das Tor wurde geöffnet. „Lass uns in den Klostergarten gehen", schlug Magdalena vor. Sie schritten den abschüssigen Klosterinnenhof hinab und Johannes bewunderte wieder die gepflegten, in strahlendem Weiß gehaltenen Bauten.

Beide achteten peinlich darauf, sich nicht zu berühren, um keinen Anlass für Tadel zu geben. Schwester Hedwigis folgte ihnen im diskreten Abstand. Magdalena erklärte Johannes, wo die einzelnen Zellen der Ordensfrauen waren. „Im Augenblick umfasst unser Konvent 32 Schwestern", berichtete sie stolz. „Einige von uns unterweisen die Töchter des Marktes. Wie du ja schon erfahren hast, darf auch meine eigene Schwester im Herbst mit dem Unterricht beginnen."

Johannes nickte. Davon hatte ihm Apollonia, wie Magdalenas Schwester im Konvent hieß, schon erzählt. Sie gingen durch das südliche Tor. Linker Hand befand sich das Amtsgebäude der Äbtissin. Nach wenigen Augenblicken eröffnete sich ihnen der Garten der Abtei.

Während sich zur Rechten an der Giebelseite des vorspringenden Gebäudes ein kleiner, eingezäunter Bereich mit Haselnusssträuchern befand, erstreckte sich dahinter der Obstgarten, wo zahlreiche Kirsch- und Apfelbäume standen. Wenige Schritte nördlich davon, am Fuße eines langgestreckten Gebäudes, sah Johannes Beete mit Salat und Gemüse. Drei junge Schwestern waren damit beschäftigt, Salat und Kräuter zu pflücken. Als sie sahen, wer in den Garten kam, winkten sie ihnen grüßend zu. Magdalena zeigte geradeaus nach Süden. Vor ihnen erstreckte sich quer ein niedriger Mauersockel, auf dem ein hölzerner Zaun verlief. Ein Durchbruch in der Mauer bedeutete den Zugang zum Garten. Sie gingen hindurch. „Gehen wir zur Schutzmauer", sagte Magdalena. Dort war ein Wall aufgeschüttet, der ihnen erlaubte, über die Mauer hinab auf die Ilm zu sehen, die friedlich dahin floss.

Schwester Hedwigis folgte ihnen nicht. Nach dem Durchgang in den Obstgarten wandte sie sich nach links und durchschritt einen aus Rosenstöcken gebildeten Tunnel in den Blumengarten des Konvents. Dort waren zwei Schwestern mit Unkrautzupfen beschäftigt. Schwester Hedwigis sprach sie an und bald unterhielten sich die Ordensfrauen angeregt.

Magdalena blickte auf die Ilm und fragte, ohne Johannes anzusehen: „Was wirst du tun, wenn du wieder gesund und reisefertig bist?"

Johannes drehte sich zu ihr, sah ihr in die Augen und antwortete: „Ich liebe dich über alles, Magdalena. Wenn du auch für mich so fühlst, dann möchte ich dich mit auf meinem weiteren Weg nehmen. Wenn das Gelübde meines Abtes am Grab des Heiligen Jakobus erfüllt ist und ich aus dem Orden entlassen bin, dann suche ich nach meinen Wurzeln auf der Insel Fehmarn im Königreich Dänemark. Ich möchte mein Glück als Bootsbauer versuchen. In meiner Zeit in Coburg habe ich viel über den Bau und die Reparatur von Booten gelernt. Ich durfte sogar einmal eine Zille selbst bauen. Der Kaufmann Wohlfahrt hat mir genügend Geld mitgegeben, dass es für die Reise und einen Anfang in der Fremde reicht."

Er hielt kurz inne und sagte dann mit einem Glänzen in den Augen: „Magdalena, ich will dich zur Frau nehmen. Du bist die Liebe meines Lebens." Bittend sah er sie an.

Magdalena schlug die Augen nieder. Dann antwortete sie leise: „Johannes, ich liebe dich auch. Doch ich kann nicht mit dir gehen. Noch nicht." Noch bevor er etwas sagen konnte, sah sie auf und fuhr hastig fort: „Du wirst zum Grab des Apostels Jakobus pilgern und dein Gelübde erfüllen. Doch habe ich Angst vor dem Krieg in Frankreich. Johannes, ich habe solche Angst davor!"

Sie zitterte, doch er wagte nicht, sie in den Arm zu nehmen. Nach kurzem Zögern sagte sie stockend: „Ich werde auf dich warten, bis du wieder zurückkehrst. Ich habe schon einmal sieben Jahre gewartet. Dieses eine Jahr, bis du aus Santiago wiederkehrst, wird schnell vergehen. Vielleicht dauert es auch gar nicht so lange. Doch dies gibt mir, so hoffe ich, die Zeit, alle Angelegenheiten zu regeln. Lass mich einen Ausweg finden, im Einvernehmen mit unserer Mutter Äbtissin aus dem Konvent auszuscheiden! Dann folge ich Dir, wohin du willst. Und wenn du ins Königreich Dänemark gehen möchtest, gehe ich mit Dir. Ja, ich will deine Frau werden." Die letzten Worte hatte sie wieder geflüstert. Eine kurze, kaum wahrnehmbare Berührung ihrer Hände erfüllte ihn mit Glück. „So sei es", sagte er leise.

„Alles hat seine Zeit."

Gemeinsam sahen sie schweigend auf den Obstgarten, wo sich die Kirsch und Apfelbäume sanft im Wind bewegten.

Aus den Augenwinkeln nahm er eine Bewegung wahr. Er drehte den Kopf in Richtung des Blumengartens. Kunstvoll waren die beiden großen Beete angelegt. Sie waren mit Buchsbaumreihen eingefasst, die von Töpfen, in denen Buschwindröschen blühten, unterbrochen wurden. Eine bunt blühende Farbenpracht bot sich seinem Auge dar. Schwester Hedwigis hatte sich mit ihren beiden Gesprächspartnerinnen zum Gartenhaus, einem gemauerten Gebäude mit zwei Kaminen, das in die Schutzmauer integriert war, begeben.

Eine der Schwestern, die mit Hedwigis gesprochen hatte, löste sich jetzt von der kleinen Gruppe und ging durch den Garten auf Johannes und Magdalena zu. Johannes erkannte in ihr die Ordensfrau, die er vorgestern vor seiner Audienz bei der Mutter Äbtissin erschreckt hatte. Aus der Entfernung sah sie Magdalena zum Verwechseln ähnlich. Die gleiche Figur, die sich unter der Kutte abzeichnete, dasselbe schmal geschnittene Antlitz. Erst als sie näher kam, konnte man ihre ungesunde Gesichtsfarbe und die vielen Falten sehen.

Schnell, bevor sie es hören konnte, beichtete Johannes Magdalena seinen fehlgeschlagenen Streich. Magdalena verzog missbilligend das Gesicht.

„Mit Schwester Ludovica solltest du keine solchen Scherz treiben. Sie ist von rascher Auffassungsgabe, ein herzensguter Mensch, aber sehr krank. Wie du sicher an ihrem Akzent bemerkt hast, stammt sie aus dem Arelat zwischen Freiburg und St. Gallen, dem Südwesten des Reiches. Dort sind die schweizerischen Kantone." Sie seufzte. „Hier versagt meine Heilkunst. Ludovica wird nicht mehr lange leben. Dabei hat sie mir sehr geholfen, als ich die Kräuterkunde erlernen wollte. Sie ist für mich wie eine große Schwester, die auf mich aufpasst. Ich glaube, sie würde alles für mich tun."

„Genau wie ich", dachte Johannes und spürte einen Stich Eifersucht.

Inzwischen war die Schwester näher gekommen. Mit einem verschmitzten Lächeln sagte sie: „Gegrüßet seist Du, Maria!" Magdalena musste unwillkürlich schmunzeln, während Johannes rot anlief. Er stammelte ein paar Worte der Begrüßung. Ludovica sagte: „Ich freue mich, dass es euch besser geht, Bruder Johannes. Doch überrascht es mich, euch erneut in der clausura zu sehen. Ihr müsst mächtige Fürsprecher bei der Mutter Äbtissin haben." Dabei sah sie Magdalena augenzwinkernd an. Diese erwiderte: „Bruder Johannes hat die Erlaubnis, den Klosterhof, den Garten der Abtei und die Klosterkirche zu sehen. Ich zeige ihm alles, damit er sich nicht verirrt." „Sicher, Maria", nickte

Ludovica gespielt ernsthaft. „Durch den Klosterhof seid ihr geschritten, den Garten erblickt er gerade, also verbleibt nur die Kirche. Und.... es geht bald auf die Sext zu."

Magdalena runzelte die Stirn. „Schon so spät? Dann müssen wir uns eilen. Bruder Johannes", sagte sie förmlich „Lasst uns Schwester Hedwigis abholen und zur Klosterkirche gehen! Unser Gotteshaus ist ein wahres Kleinod." Sie ging zum Blumengarten und Schwester Ludovica schloss sich ihr an. Sie gingen nebeneinander und unterhielten sich im Flüsterton. Johannes folgte ihnen wie ein gehorsamer Hund. Als sie unter dem Rosenbogen standen, kam ihnen schon Schwester Hedwigis entgegen. Mit einer leichten Verbeugung verabschiedete sich Ludovica, nicht ohne Johannes noch einen ironischen Blick zuzuwerfen.

Durch den Torbogen gingen sie zurück in den Klosterinnenhof. „Der Zugang zum Gotteshaus befindet sich im Vorhof", sagte Hedwigis. Eine Schwester öffnete ihnen eines der Tore. „Schwester Hedwigis", wandte sich Magdalena an die alte Pförtnerin, „Hab Dank, dass du uns begleitet hast.

Wir wollen dich nicht länger ermüden. Ich zeige Bruder Johannes nur noch unser schönes Gotteshaus." Hedwigis antwortete: „Das ist gut. Ich bin tatsächlich müde. Ich werde bis zur Sext ruhen. Gehabt euch wohl, Bruder Johannes." Mit einer angedeuteten Verbeugung verabschiedete sie sich und ging in den Innenhof zurück.

Magdalena schritt voran und gleich standen sie vor dem Portal der Kirche. Johannes sah nach oben. Er erblickte zwei spitze Türme, die Schalllöcher und Gesimse eines Rundbogenstils aufwiesen. Als sein Blick am nördlichen Turm herunterschweifte, fiel ihm ein kleiner mauerstarker Anbau auf. Doch schon gab ihm Magdalena mit einer Geste zu verstehen, dass er eintreten solle.

Im Gotteshaus war es angenehm kühl. Johannes sah sich um. Magdalena folgte seinem Blick. Die Kirche war eine dreischiffige Basilika mit schwer angelegten Pfeilern. Darüber wölbten sich gedrungene halbkreisförmige Bögen, die links und rechts vom Altarraum ein Arkadengebilde mit 6 Pfeilern darstellten.

Links neben dem Eingang befand sich, zwei Mannslängen entfernt, eine schwere hölzerne Tür.

Langsam ging Johannes durch die Bankreihen vor. Er setzte sich in eine Bank und wartete, bis Magdalena neben ihm Platz genommen hatte. Gemeinsam beteten sie das Vaterunser und das Glaubensbekenntnis.

„Die Kirche wurde vom letzten männlichen Spross der Ebersberger-Sempt gestiftet, von Graf Eberhard II", flüsterte Magdalena. „Sie ist der heiligen Jungfrau Maria und auch dem heiligen Märtyrer Zeno geweiht. Der Patron unserer Pfarrkirche hingegen ist der heilige Emmeram. Auf der rechten Seite der Kirche ist der Eingang zur Krypta, der Begräbnisstätte unserer Stifter. Und im Nonnenchor befindet sich die Grabstätte der Gerbirgis, der ersten Äbtissin unseres Konvents. Sie wurde aber erst vor etwa achtzig Jahren geschaffen."

Johannes nickte und betrachtete den sechseckigen Choranbau mit den hohen Fenstern und deren charakteristischem Nestwerk. Magdalena nahm an, dass er nachsah, ob noch jemand in der Kirche war. „Wir sind hier ganz alleine", sagte sie leise. „Um diese Zeit ist niemand hier. Wir sind ungestört."

Johannes blickte liebevoll auf sie, sah dann aber wieder auf den Choranbau und runzelte die Stirn. „Kann es sein, dass dieser Anbau erst vor kurzem angefügt wurde?", fragte er. „Unser Gotteshaus hat im Wandel der Zeit manche Veränderungen überstehen müssen", bestätigte Magdalena. „Vor allem Brände suchten die Kirche und die Abtei heim. Um 1130 und vor gut 100 Jahren kam es schon zu Brandzerstörungen. Der Choranbau, den du angesprochen hast, wurde erst vor wenigen Jahren angefügt, nach dem Brand vor sechs Jahren." Ein Schaudern durchlief ihren Körper.

Schon wieder dieser geheimnisvolle Brand! Was hatte es damit auf sich? Johannes nahm die Hand Magdalenas und drückte sie. „Bitte, erzähle mir davon", flüsterte er.

Lange blieb es still. Johannes wollte gerade noch einmal nachfragen, als Magdalena kaum hörbar zu erzählen begann. „Theresia und ich waren knapp ein Jahr im Konvent und beide waren wir noch Novizinnen. Ich konnte mich an den Gedanken, nun auf immer Ordensfrau zu sein, nicht gewöhnen. Ich war oft verzweifelt und ratlos und suchte Trost bei Unserem Herrn. Zwein meiner Mitschwestern, Ricarda und Adelheidis, ging es ebenso. Adelheidis war die Tochter unseres Medicus. Wir schlichen uns nach der Komplet heimlich aus dem Dormitorium der Novizinnen. Wir wussten, dass es von den Unterkünften der Schwestern einen

Geheimgang zum Gotteshaus gab. Wir saßen in der letzten Bank und beteten still. Wir waren so versunken im Gebet, dass wir gar nicht bemerkten, dass sich jemand anderes außer uns im Gotteshaus aufhielt. Wir hatten um diese Zeit nicht damit gerechnet. Unvermutet brach ein Brand aus."

Magdalena blickte starr nach vorne. „Es war entsetzlich", flüsterte sie. „Das Kirchenschiff war mit einem Mal in Rauchschwaden gehüllt. Wir mussten husten und haben uns unter die Kirchenbank geflüchtet. Dort habe ich mir ein Tuch vor die Nase gehalten. Vor Angst waren wir zunächst wie gelähmt. Doch dann setzte ich mich wieder auf. Adelheidis und Ricarda waren zitternd unter der Bank geblieben. Ich gab ihnen zu verstehen, dass wir fliehen sollten. Doch waren da mehrere Männer, die aus dem Qualm kamen. Sie hatten Ledermasken mit Teufelsfratzen vor dem Gesicht. Zwei von ihnen hielten Fackeln in den Händen. Sie sprachen kein Wort und verständigten sich, soweit wir sahen, mit Zeichen. Sie haben begonnen, den Kirchenschmuck, die Statuen, die Kelche, die in der Sakristei waren und die mit kostbaren Miniaturen geschmückte Bibel zusammenzuraffen und in ihre Beutel zu verstauen. Wir haben nicht mehr gewagt, zu flüchten. Doch ich habe mit einem Mal zwei Schwestern in die Kirche eilen gesehen. Sie müssen auf dem Weg zur Nachtruhe gemerkt haben, dass etwas nicht stimmte. Als sie mutig zum Altar vorlaufen wollten, haben sie die Räuber beim Plündern gestört."

Magdalena schluchzte bei der Erinnerung auf. „Sie haben die beiden gepackt, noch bevor sie um Hilfe schreien konnten. Mit der Monstranz haben sie Schwester Mariana den Schädel eingeschlagen. So viel Blut! Dann haben sie sie einfach auf den Boden fallen lassen wie Unrat." Magdalena schlug die Hände vor´s Gesicht. „Und die zweite Schwester?", fragte Johannes zögernd. Schweigen. Dann ließ Magdalena die Hände sinken und sagte mit bebender Stimme: „Sie haben.... sie haben Schwester Richildis so heftig ins Gesicht geschlagen, dass sie sogleich bewusstlos wurde. Dann haben sie ihr mit einem Knüppel die Beine gebrochen. Diese... Bestien haben sich sogar die Zeit genommen, sie auf die Kanzel zu zerren und, und... dann haben sie ihr die Fackeln auf die Kutte geworfen und sie bei lebendigem Leib verbrennen lassen! Verstehst Du, einfach verbrennen lassen! Auf der Kanzel! Und wir drei Novizinnen haben es gesehen! Und wir waren allein, starr vor Angst. Niemand sonst kam und half uns! Niemand sonst hatte es bemerkt!"

Magdalena brach in Tränen aus und weinte hemmungslos. Johannes war wie betäubt. Dass Menschen zu so etwas fähig waren. Wieder einmal wurde ihm bewusst, dass er in seinem Kloster in einer anderen Welt gelebt hatte. Unbeholfen fasste er Magdalena bei der Schulter und hielt sie fest.

Nach einer schier unendlich scheinenden Zeitspanne hob Magdalena den Kopf und schaute über Johannes hinweg ins Leere. Fast unhörbar flüsterte sie: „Sie ist wieder aufgewacht. Da stand ihre Kutte schon lichterloh in Flammen. Richildis hat in Todesangst geschrien, denn mit ihren gebrochenen Beinen konnte sie nicht weglaufen. Da war nichts Menschliches mehr in diesen Schreien. Sofort, während die anderen weiter gerafft haben, ist einer auf die Kanzel gelaufen und hat ihr den Schädel eingeschlagen, damit sie zu schreien aufhörte. Ich hatte solche Angst und habe mich wieder zu meinen Mitschwestern geduckt. Ich habe mich beschmutzt vor panischer Angst!"

Johannes sagte nichts. Still saß er da und fasste wieder nach ihrer Hand. Dann sagte sie stockend: „Es war noch nicht vorbei. Die Räuber liefen nach hinten, auf uns zu. Die Tür, die du vorhin beobachtet hast, ist die Tür zu dem Anbau, in dem die Schätze des Gotteshauses sind. Sie sollten dort geschützt liegen. Doch an diesem Abend war unerklärlicherweise die Türe nicht verschlossen. Drei der Männer sind in den Anbau und haben ihn geplündert. Der von ihnen die Richildis erschlagen hatte, passte auf. Da sah er Ricarda und Adelheidis. Sie waren blind vor Angst aus der Bank gestürzt, bevor ich sie zurückhalten konnte und kreischten laut. Sie wollten durch den Ausgang flüchten. Doch er hat ihnen den Weg verstellt." Magdalena schluckte bei der Erinnerung. „Ein zweiter dieser Teufel kam aus dem Anbau. Sie sind den Mädchen nachgesetzt. Sie haben sie rasch ergriffen und jeder die Kehle durchgeschnitten. Dann ließen sie sie fallen. Ihr Blut verteilte sich auf dem geweihten Boden. Das hat mich aufgerüttelt. Ich bin im Schutz des Rauchs auf dem Boden zwischen den Bänken weggekrochen. Nach einer endlos scheinenden Zeit habe ich die Stelle an der Südseite erreicht, wo der unterirdische Gang aus der Kirche zu den Zellen des Klosters führt. Dadurch bin ich geflüchtet, nachdem ich den Eingang von innen verriegelt hatte. Ich habe noch lautes Stimmengewirr und Schreckensschreie aus der Kirche gehört. Wie ich später erfuhr, waren endlich weitere Schwestern durch die Schreie von Ricarda und Adelheidis alarmiert worden und in die Kirche gelaufen. Dort hatten sie die Toten entdeckt. Die Räuber waren geflohen. Als ich das Dormitorium erreicht habe, bin ich ohnmächtig geworden. Als ich wieder aufwachte, lag ich in der Krankenstube." Magdalenas Stimme versagte. Dann flüsterte sie stockend: „Die toten Schwestern wurden in der Kreuzkapelle aufgebahrt. Schwester Richildis aber musste im geschlossenen Sarg aufgebahrt werden. Ihr Körper war ein Raub der Flammen geworden. Bei der Beerdigung am darauffolgenden Tag nahm fast ganz Geisenfeld Anteil. Dabei wurde das STABAT MATER gesungen."

Johannes schwieg betroffen. Das STABAT MATER handelte von den Schmerzen der Gottesmutter Maria, als sie unter dem Kreuz stand und den Tod ihres Erstgeborenen, des Erlösers, miterleben musste. Dieses Lied war seit Jahrzehnten bekannt, doch scheuten sich fast alle Klöster, es wegen seiner Länge, seiner unendlichen Traurigkeit und seiner schmerzlichen Wucht im Rahmen der Eucharistie zu singen. Es musste eine mehr als bewegende Trauerfeier gewesen sein.

Magdalena räusperte sich und fuhr mit festerer Stimme fort: „Die Räuber haben Perlen, Kelche, Messgewänder, edles Gestein und Kirchensilber und auch Gold in unermesslichem Wert gestohlen, dazu die Monstranz. Ein erheblicher Teil des Klosterschatzes war zu diesem Zeitpunkt im Anbau gewesen. Ich weiß nicht, wie viele dieser Bestien beteiligt waren, denn es bedurfte nicht weniger Männer, den Schatz davon zu tragen. Der Raub hat unserer Abtei einen schweren Schaden zugefügt, zumal in den beiden Jahren davor Missernten waren. Das Kloster hat schwer gelitten. Doch all dies ist nichts gegen die gotteslästerliche Schandtat, dass Ordensschwestern sterben mussten!"

*

Magdalena erhob sich langsam und bekreuzigte sich. Johannes folgte ihrem Beispiel. „Lass uns hinausgehen!", meinte sie. Sie gingen zurück, wobei Johannes ein Schauder über den Rücken lief, als sie an der schweren Tür des Anbaus vorbeikamen. Er blieb stehen und fasste sie am Arm. „Warte!", sagte er. „Wie ging es nach dem Überfall weiter?", fragte er. Magdalena hielt inne. Dann atmete sie durch und seufzte. „Nun gut", sagte sie. „Du gibst ja doch nicht nach, bis ich dir alles gesagt habe. Und es ist noch etwas Zeit bis zur Sext." Sie deutete auf die hinteren Bankreihen. Beide nahmen in der letzten Bank Platz.

Magdalena stützte ihren Kopf in die Hände und schloss die Augen. Nach einer Weile sah sie auf und fuhr in ihrer Erzählung fort. „Der

Verdacht, für den Überfall und die Morde verantwortlich zu sein, fiel schnell auf eine Gruppe von Spielleuten und Gauklern, die etwa zwei Wochen vorher in Geisenfeld angekommen waren. Sie hatten an der Wiese unterhalb der Abtei neben der Ilm ihr Lager aufgeschlagen und vorher nahezu jeden Abend gespielt. Am Morgen nach dem Überfall waren sie verschwunden."

„Und… wurden sie gefasst?", fragte Johannes vorsichtig. Magdalena zögerte. Dann antwortete sie: „Der Kaufmann Godebusch half mit seinen Knechten bei den Löscharbeiten. Damals beschäftigte er nur diesen Diflam und drei weitere Knechte sowie einen Hausdiener namens Ludwig, der aber im Waffengebrauch kundig war. Man erzählte, ein Mann habe am Morgen nach dem Brand berichtet, mehrere Gaukler gesehen zu haben, als sie aus der Kirche flüchteten. Als Beweis zeigte er eine gebrochene Pfauenfeder, wie sie der Zauberer dieser Spielleute", Magdalena sprach das Wort voller Abscheu aus, „an seinem Hut trug. Danach, als die Löscharbeiten beendet waren, so sagt man bis heute, habe Godebusch dem Propstrichter angeboten, nach den Gauklern zu suchen. Frobius und seine zwei damaligen Schergen sowie Godebusch und sein Diener Ludwig machten sich mit Diflam und Godebuschs Knechten auf die Suche. Niemand wusste, wohin die Gaukler gezogen waren. Schließlich fanden sie sie tatsächlich. Sie ergriffen die Spielleute im Verlauf der kommenden Nacht kurz nach der Beerdigung der ermordeten Schwestern nördlich von Fahlenbach bei Puchersried, auf Ländereien, die ebenso unserem Konvent gehören. An dem Tag, der auf die Mordnacht folgte, herrschte Vollmond. Gleichzeitig ging zum ersten Mal seit langen Wochen außerordentlich starker Regen nieder." In nachdenklichem Tonfall fuhr sie fort: „Vielleicht lag es daran, dass sie nicht weiter gekommen waren."

Johannes lauschte gespannt. Nach einer Pause, in der Magdalena sich sammelte, erzählte sie weiter. „Was dann genau geschehen ist, weiß man nicht. Godebusch und Diflam kamen gemeinsam mit Godebuschs Diener und Frobius zurück. Alle vier bluteten aus Wunden. Sie berichteten, dass sich die Spielleute nicht kampflos ergeben hatten. Sie sollen wie die Berserker gekämpft haben, aus Angst, den Kirchenschatz wieder zu verlieren und hingerichtet zu werden. Schließlich handelt es sich bei Diebstahl und Totschlag um todeswürdige Verbrechen. Es muss ein schrecklicher Kampf gewesen sein, der von Flutregen begleitet wurde. Im Verlauf des Kampfes ließen alle Spielleute, die drei Knechte von Godebusch und die beiden Diener von Frobius ihr Leben. Diflam erzählte, er sei von zwei Furien angegriffen worden und habe sich nur mit dem Schwert wehren können. Sogar die Kinder sollen mit Dolchen bewaffnet auf die Knechte des Kaufmanns eingedrungen sein."

„Kinder?", fragte Johannes entgeistert. „Frauen und Kinder sollen gekämpft haben? Das ist doch fern der Vorstellungskraft!" Magdalena zuckte die Achseln. „Der Propstrichter hat geschworen, dass es so war und dass sie sich nur dadurch retten konnten, dass sie alle töten mussten. Und bedenke, die Spielleute waren damals schon einige Zeit in Geisenfeld! Das Frühjahr war so trocken wie selten gewesen. Regen war bis zur Nacht der Vergeltung monatelang nicht gefallen. Die Saaten gingen nicht auf. Viele der Bürger glaubten, dass die Gaukler mit bösen Mächten oder gar dem Teufel im Bunde standen. Schließlich stammten sie aus dem Süden, ich glaube von den italienischen Republiken. Sie waren auch von anderem Aussehen. Sie waren eben …. Fremde."

„Aber trotzdem…… Kinder? Niemand hat das Recht, Kinder zu töten", sagte Johannes mit belegter Stimme. „Und hat man ihnen die Schuld nachgewiesen?" Magdalena nickte. „Frobius und Godebusch kamen mit einigen Bechern und Messgewändern zurück, die sie den Gauklern abgenommen hatten. Doch war der weit überwiegende Teil des Schatzes verschwunden. Verschiedenes hat man über die Verstecke gehört. Zuerst hieß es, der Schatz sei auf Lastpferden abtransportiert worden. Wenn du mich fragst, das ist Unfug. Die Gaukler hatten nur zwei lahme Gäule, die ihre Wagen gezogen haben. Dann hieß es, der Schatz sei in einem Geheimgang versteckt, der zur Burg von Rotteneck führt. Doch ist dieser Gang nur Legende. Wenn es ihn wirklich gibt, woher sollten die Gaukler wissen, wo sein Eingang ist? Vielleicht haben sie ihn auch irgendwo in der Nähe des Ortes versteckt, an dem dann die Vergeltung stattfand. Sie hatten wohl die Hoffnung, einst wiederzukommen und ihn mitzunehmen. Jedenfalls brachten Frobius und Godebusch die wenigen Fundstücke zurück in die Abtei. Sie sind seitdem hochgeachtet, weißt Du, haben sie doch für Strafe und Gerechtigkeit gesorgt. Sie sind Helden von Geisenfeld geworden. Dazu kam, dass es am Tag, als die Spielleute abreisten, wie ich schon sagte, zu regnen begann. Das Wetter normalisierte sich bald wieder und sorgte letztlich trotz der Frühjahrsdürre für eine gute Ernte. Auch dies hat den Ruhm von Frobius und Godebusch gemehrt. Denn alle glaubten, die Spielleute wären mit dem Teufel im Bunde gewesen. Trotzdem waren es wegen des Verlusts der Kirchenschätze schwere Zeiten für die Abtei. Doch dann, im Spätherbst 1384, suchte der Fernkaufmann Godebusch abermals unsere Mutter Äbtissin auf. Er stammt aus Lübeck und lebte damals gerade zwei Jahre in Geisenfeld. Er war ein Händler wie viele andere, wenngleich er schon seit seiner Ansiedlung, wie man hörte, großes kaufmännisches Geschick bewies. Der Hopfen hat es ihm angetan. 1384 war offenbar trotz des trockenen Beginns ein ausnehmend gutes Jahr für die Ernte. Godebusch kaufte Hopfen vom Kloster auf und verkaufte ihn zu gutem Preis über sein Kontor in Lübeck. Offenbar hatte er große Gewinne erzielt, denn er spendete eine gewisse Summe an unseren Konvent. Dies wiederholte er im darauffolgenden Jahr. Da auch Spenden von den Gläubigen gesammelt wurden, konnte dann der Choranbau finanziert werden. Der Fernkaufmann ist mittlerweile sogar der wichtigste Händler für unseren Hopfen zu den Küsten des Reiches geworden. Dann bot Godebusch an, Männer zum Schutz des Klosters und des Marktes einzustellen. Seine Schar zählt ungefähr 30 Bewaffnete, die von seinem Majordomus, Albrecht Diflam, geführt werden. Mittlerweile ist Godebusch sogar Ratsherr im Magistrat. Es ist für den Markt und die Abtei bequem, sich um nichts kümmern zu müssen, weil er alle ausführende Macht bei sich vereint. Doch es macht mir Sorge, wie stark er geworden ist. Er hilft mit seinen Männern auch dem Propstrichter."

Magdalena hielt kurz inne. Dann fuhr sie fort: „Nun, die Zeit heilt alle Wunden und auch das Kloster hat sich mit Gottes Hilfe von dem furchtbaren Vorfall fast wieder erholt. Schließlich ist unsere Abtei ja auch Lehensgeber. Durch die Einnahmen wird es schon in wenigen Jahren so sein, als sei nie etwas gestohlen worden", schloss sie. „Der Allmächtige hat seine Gründe, warum er den Konvent so furchtbar prüfte."

„Und warum hegst du eine Abneigung gegen den Propstrichter?", fragte Johannes. „Am Tisch der Äbtissin konntest du deine Missbilligung gegen seine Person nicht verhehlen." Magdalena zögerte. Dann sagte sie langsam: „Ich weiß es nicht genau. Es ist ein Gefühl, das ich habe. Wenn er mich ansieht, dann fühle ich eine Gefahr. Er macht einen zuvorkommenden Eindruck, dabei kann er kalt wie Eis sein. Ich halte ihn für einen Rollenspieler. Er ist aber auch intelligent und kann Menschen gut einschätzen. Dazu ist er kräftig und ein leidenschaftlicher und erfolgreicher Jäger. Der Herzog hat ihn mit Wildhüteraufgaben betraut. Seiner Armbrust entkommt kein Hirsch, kein Reh, auch kein Bär oder Wolf. Man sagt, er soll angeblich auch ein guter Schwertkämpfer sein. Doch sein Blick gleicht der einer Schlange, die beständig auf Beute lauert."

Sie schauderte. Dann blickte sie auf. „Es ist Zeit, die Sext beginnt gleich. Wir müssen gehen!"

Beide standen auf. Als sie die Kirche verließen, blendete sie die Sonne. Magdalena verabschiedete sich mit einer leichten Berührung von ihm und eilte zur Andacht.

*

Unschlüssig stand Johannes im Klostervorhof und überlegte, was er tun sollte. Ordensfrauen gingen an ihm vorbei und grüßten höflich. Da es Mittagszeit war, legten auch die Bediensteten der Abtei eine Pause zum Einnehmen des Mittagsmahles ein. Nach kurzem Nachdenken ging er ins Gästehaus. Vielleicht waren seine Freunde auch da. Es drängte ihn, sich mit ihnen zu unterhalten. Seit er in Geisenfeld war, hatten sie bis auf das Wiedersehen vor drei Tagen kaum die Gelegenheit gehabt, miteinander zu sprechen.

Er ging über den Klostervorhof, an den Stallungen vorbei und betrat das Gästehaus. Hier war es angenehm kühl. Die dicken Mauern sorgten dafür, dass die Hitze des Tages nur schwer Einlass fand. Rechter Hand befand sich eine Türe, durch die er Gesprächsfetzen hörte. Da er glaubte, Adelgunds trockene Stimme zu erkennen, klopfte er an. „Tretet ein!", war die Antwort. Er öffnete und sah, dass es sich um eine Art Amtszimmer handelte. An einem aus hellem Holz gearbeiteten Tisch sah er Benedikta, die Cellerarin und Walburga, die Betreuerin der Klostergäste sitzen. Ihnen gegenüber hatten Adelgund und Gregor Platz genommen. Die beiden sahen überrascht auf. Gregors Gesichtsausdruck war ungehalten, während Adelgund erwartungsvoll auf Benedikta blickte. Walburga bedeutete Johannes mit einer Geste, näherzutreten. „Kommt, Bruder Johannes und nehmt Platz!" Sie zeigte auf einen Hocker, der in einer Ecke des Raumes war. Johannes griff mit seinem gesunden Arm nach dem Sitzmöbel und stellte es an den Tisch. „Gott zum Gruß", murmelte er etwas verlegen.

„Wie geht es Euch?", erkundigte sich Walburga. „Die Heilung macht Fortschritte", antwortete Johannes vorsichtig. „Doch mein Arm bereitet mir Sorge. Ich kann ihn nur unter großer Pein bewegen." Walburga nickte. „Es wird sicher noch einige Wochen dauern, bis Ihr reisefertig seid. In Eurem Zustand könnt Ihr euch noch nicht auf den weiten Weg zum Grab des Heiligen Jakobus machen. Doch müsst Ihr damit rechnen, dass euch unser Medicus aus dem Spital verweist, da Ihr nicht mehr bettlägerig seid.

Ihr könnt aber bis zu Eurer Weiterreise im Gästehaus Unterkunft nehmen." Etwas verlegen fuhr sie fort: „Wenn Ihr aus dem Infirmarium entlassen werdet, dann, so fürchte ich, ist die Aufnahme im Gästehaus für Gotteslohn nicht möglich." Johannes dachte an die finanzielle Ausstattung, die er zum Einen von seinem Heimatkloster, zum Anderen vom Kaufmann Wohlfahrt erhalten hatte und hob beruhigend die Hand. „Ich weiß die Großzügigkeit zu schätzen, die Ihr mir bislang entgegengebracht habt. Mein Konvent hat mich jedoch mit ein wenig Unterstützung bedacht. Seid unbesorgt, ich kann das Entgelt für die weitere Unterkunft daher entrichten!" Walburga sah ihn erleichtert an. „Bleibt, so lange Ihr wollt, Bruder!"

Benedikta, Gregor und Adelgund hatten die Unterhaltung aufmerksam verfolgt. Die Ordensfrau wandte sich nun an Gregor und sagte: „Ihr seht, es wird noch eine Weile dauern, bis euer Reisegefährte seinen Pilgerweg weiter gehen kann. Und nun, da Lorenz schwer erkrankt ist, fehlt uns ein erfahrener Zimmermann. Wenn Ihr bis zur Weiterreise in unseren Dienst treten wollt, dann könnt Ihr hier im Gästehaus ohne Entgelt nächtigen. Dies gilt auch für die Verpflegung." Sie drehte sich an Johannes und erläuterte: „Einer unserer besten Zimmerleute, Lorenz Hauser aus Gaden, hat sich an einem rostigen Nagel verletzt. Leider kam er nicht sofort in die Krankenstube. So hat die Wunde zu schwären begonnen. Es steht nicht gut um ihn. Unser Medicus und Schwester Maria mussten seinen Arm bereits abschneiden. Doch ist das Blut bereits stärker vergiftet als angenommen.

Schwester Maria glaubt nicht, dass er die nächsten Tage übersteht. Und euer Reisegefährte Gregor", sie nickte ihm aufmunternd zu, „hat, wie mir seine Frau Adelgund berichtete, große Erfahrung als Zimmermann. Wir brauchen ihn und würden uns freuen, wenn er in unseren Dienst tritt, bis Ihr eure Reise wieder aufnehmt."

Adelgund sagte: „Bitte, Johannes, sag doch auch etwas! Gregor ist unschlüssig." Gregor sah allerdings weniger unschlüssig als vielmehr ablehnend aus. Johannes meinte vorsichtig: „Nun, natürlich wäre es schön, wenn wir den Weg gemeinsam fortsetzen könnten…" „Siehst Du, Gregor", meinte Adelgund schnell, „Johannes sieht es so wie ich. Während du deine Erfahrung dem Kloster zur Verfügung stellst, kann ich doch Schwester Alvita und Schwester Anna bei der Herstellung von Tinkturen und Salben helfen. Ich bin schließlich der Kräuterkunde mächtig. Bitte, Gregor!" Sie sah ihn flehend an. Gregor seufzte resigniert. „In Gottes

Namen, wenn dir so viel daran liegt, dann will ich mich nicht gegen dich stellen. Doch bleiben wir nur so lange, bis Johannes wieder gesundet ist." Er klang nicht begeistert. Adelgund ergriff freudig seine Hand. „Danke, Gatte!" Auch Walburga und Benedikta sahen erleichtert drein.

„Also ist es beschlossen!", sagte Benedikta abschließend. Sie erhob sich zum Zeichen, dass die Unterredung beendet war. Die anderen folgten ihrem Beispiel. Als sie aus dem Gästehaus traten, tippte Adelgund Johannes an und blinzelte ihm verstohlen zu. Dann nahm sie Gregor bei der Hand und sagte schelmisch: „Nun lass uns das Mittagsmahl einnehmen und dann gehen wir ein wenig an die Ilm lustwandeln. Wenn ich schon so einen klugen und verständnisvollen Ehemann habe, dann soll er dafür auch belohnt werden." Gregor schnaufte auf. „So macht sie es immer. Johannes, ich warne dich vor den Frauen. Heirate und du gibst deinen eigenen Willen auf. Doch als Ordensmann bist ja vor solcher Gefahr sicher."

Johannes lächelte. „Wo sind eigentlich Hubertus und Irmingard?" Adelgund antwortete: „Die beiden sind jeden freien Moment, den die kleine Felicitas gerade keine Amme braucht, unterwegs." Sie grinste: „Ich vermute, in diesen Augenblicken genießen sie gerade die Schönheit der Natur."

*

Leise rauschend floss die Ilm dahin. Das Laub der Bäume rauschte im Wind. Die Vögel zwitscherten. Am Ufer des Flusses, inmitten des Schilfs hatten Hubertus und Irmingard, kaum eine halbe Wegstunde von Geisenfeld entfernt, ein Plätzchen gefunden, das von außen nicht ohne weiteres einsehbar war, aber einen guten Rundumblick auf die umliegenden Felder bis zum Waldrand ermöglichte. Ein Haselnussbaum, von dem ein Ast in Mannshöhe quer über ihrem Liebesnest verlief, spendete an heißen Tagen Schatten. Auch waren die Mücken und Bremsen an dieser Stelle weniger aufdringlich als sonst.

Hubertus und Irmingard lagen nebeneinander auf dem Boden, auf dem sie ihre Kleider ausgebreitet hatten. Irmingard genoss die Liebkosungen von Hubertus. Zuerst hatte er sie zärtlich ausgezogen und dann ihren Körper mit Küssen bedeckt. Sanft waren seine Hände über ihre Hüften gewandert, hatte er vorsichtig an ihren Brüsten gesaugt und sie dann an sich gezogen. Danach hatte sie sich von ihm gelöst und träumerisch in den blauen Himmel geblickt. Keine Wolke war zu sehen. „Ich kann mein Glück kaum fassen", sagte sie. „Du und ich an diesem herrlichen Flecken Erde. Es ist so friedlich und still. Fast könnte man meinen, wir seien im Paradies. Wie Adam und Eva. Könnte es nicht immer so sein?" Hubertus lachte. „Gut, dass in der Nähe kein Apfelbaum ist. Du könntest Lust darauf bekommen, vom Baum der Erkenntnis zu naschen und dann würde dir bewusst, dass du nackt bist. So gefällst du mir aber viel besser."

Wie so oft, stieß sie ihm gespielt ärgerlich in die Seite. Er drehte sich zu ihr, stemmte sich auf einen Ellenbogen und betrachtete sie bewundernd, während seine Hand über ihren Körper wanderte. Langsam kreisten seine Finger über ihren Bauchnabel, so dass sie kichern musste. Liebevoll sah er sie an. „Du bist eine wundervolle Frau und ich genieße jeden Augenblick mit Dir." Dann verdunkelte sich sein Gesicht. „Doch flüchtig ist das Glück und wie auf Regen Sonnenschein folgt, so kann auch auf Sonnenschein ein Unwetter kommen. Das Rad der Fortuna dreht sich fortlaufend und wer heute oben ist, der kann morgen schon in den Abgrund stürzen." Irmingard sah ihn überrascht an. „Hubertus, du machst mir Angst. Was soll denn geschehen? In wenigen Wochen wird Johannes wieder reisebereit sein. Felicitas ist auch bald entwöhnt und wir werden uns auf die Weiterreise in den Süden machen."

Hubertus nickte. „Du hast sicher Recht. Aber es gibt Dinge, die mir nicht gefallen. Johannes hat sich, so scheint es mir, in eine Ordensschwester verliebt. Dies wird Komplikationen nach sich ziehen, dessen bin ich mir sicher. Auch scheint das Kloster zwar eine beherrschende Stellung hier in der Umgebung zu haben, doch frage ich mich, was hinter den Kulissen geschieht. Dieser Kaufmann Godebusch und seine Diener haben eine überragende Stellung im Markt und auch der Mann, der uns bei unserer Ankunft so aufmerksam beobachtete, dieser Wagenknecht, ist mir nicht geheuer.

Wir sind hier schon aufgefallen und ich habe die Befürchtung, dass uns daraus noch Ärger erwächst. Ich glaube, es ist an der Zeit, dass ich dich ein paar Künste lehre, die dich befähigen, im Ernstfall wehrhaft zu sein." Irmingard runzelte die Stirn. „Im Ernstfall? Was meinst du damit?" Hubertus antwortete: „Denk an das Schicksal deines Bruders, Irmingard! Ich habe viel erlebt, schöne Dinge, aber auch grausame. Ich bin noch am Leben, weil ich mich zu wehren wusste." Er griff hinter sich und holte seinen Dolch hervor. „Ich habe in meinem Leben gelernt, hiermit umzugehen. Der Gebrauch von Schwertern und Streitäxten ist dem gemeinen Volk nicht erlaubt. Doch auch Messer und Dolche sind sehr wirksame Waffen. In den Ländern am Mittelmeer lernen schon Frauen und Kinder, damit umzugehen. Man kann sie leicht in den Kleidern und Stiefeln verbergen und sie sind schnell zur Hand. Ich führe mehrere mit mir. Man kann damit schneiden, stechen und vor allem werfen. Je genauer und schneller, desto besser. Mein Können hat mir so manches Mal das Leben gerettet. Und ein Menschenleben ist in unseren Zeiten nicht viel wert."

Irmingard schien es, als sei es mit einem Mal kälter geworden. Sie erhob sich, griff nach ihren Kleidern und sagte entschlossen: „Gut, Geliebter. Ich will mich wehren, wenn es nötig ist. Zeige mir, was ich können muss!"

*

Nach dem Mittagsmahl hatte Johannes wieder die Pfarrkirche aufgesucht. Er betete und dankte Gott. Da sich außer ihm auch andere Gläubige eingefunden hatten, saß er still in seiner Bank und dachte über das nach, was er gestern abend am Tisch der Äbtissin und heute von Magdalena gehört hatte.

Der grausame Mord an dem Anführer der Leibwache von Hexenagger hatte ihn erschüttert. Schieding hatte sich seiner Untat an Anton nicht lange erfreuen können. Schnell war er vom strafenden Schicksal ereilt worden. Doch wer war dafür verantwortlich? Sicher hatte ein brutaler Mann wie Schieding viele Feinde. Auch die Szene im Stall von Bauer Albert ging Johannes wieder durch den Kopf. Er zwang sich, das Liebesspiel zwischen Hubertus und Irmingard zu verdrängen. Was hatte sie zu ihm danach gesagt? ´Wenn du meinen Bruder nur rächen könntest! Ich würde alles dafür geben, diesen graubärtigen Mörder tot zu sehen! Aber langsam soll er sterben! ´ Nun war er offensichtlich langsam und qualvoll gestorben. Und Hubertus war zurückgeblieben, als sie mit dem verletzten Gregor nach Vohburg gefahren waren.

Er schüttelte den Kopf. Nein, das war unmöglich! Hubertus war einer solcher Tat nicht fähig. Dann fiel ihm der tote Strauchdieb ein. Auch dieser hatte vermutlich einen schlimmen Tod erlitten. Kopfüber an einen Baumstamm gefesselt, die zerbrochene Kniescheibe aufgeschnitten und sein Gesicht von den Tieren des Waldes weggefressen, vielleicht sogar bei lebendigem Leib! In beiden Fällen waren dünne Leinen angewendet worden. Und in beiden Fällen geschahen die Taten, nachdem die Opfer zuvor Gewalt gegen andere angewandt hatten.

Hingen die beiden Morde zusammen, immer vorausgesetzt, der Strauchdieb war ermordet und nicht schon als Toter an den Baum gebunden worden? Er hatte nie beobachtet, dass sein Reisegefährte irgendwelche Leinen, gleich ob dicke oder dünne, mit sich führte. Doch wer konnte schon sagen, was sich in seinem Beutel befand? Er war jedenfalls sehr geschickt im Umgang mit seinem Dolch. `Ich bin Sänger, erfreue die Herzen der Menschen´ hatte er im Gasthaus „Zum Hirschen" gesagt und als Beweis sogleich ein kleines Pfeifchen geschnitzt. Auch die Spielleute in Riedenburg hatten ihn als einen der ihren erkannt. Und auf dem Hof bei Vohburg hatte er entschlossen für Adelgund und Gregor gekämpft. Nein, vollkommen ausgeschlossen, dass Hubertus etwas mit den Morden zu tun hatte. Trotzdem blieb ein unbehagliches Gefühl. Offensichtlich trieb sich ein Fremder, einem tollwütigen Hund gleich, in ihrer Nähe herum. Es galt, künftig sehr aufmerksam zu sein.

Spielleute. Spielleute hatten vor sechs Jahren die Klosterkirche angezündet und die geradezu unermesslichen Schätze geraubt. Viel schlimmer aber war, dass sie vier Ordensfrauen, darunter zwei Novizinnen, grausam abgeschlachtet, eine von ihnen sogar lebendig verbrannt hatten. Die Beweislage schien eindeutig. Godebusch und Frobius hatten sie verfolgt und ihnen einen Teil der Schätze wieder abgerungen. Doch war es nur ein verschwindend geringer Teil gewesen, der wieder aufgetaucht war. Wo war der große Rest des Schatzes? Hatten die Gaukler ihn versteckt? Wenn ja, wo? Sie mussten ihn sehr hastig verborgen haben, da sie schon kurz nach der Tat gestellt worden waren. Der Schatz musste also noch in der Nähe sein, vielleicht wirklich dort, wo die Vergeltung stattgefunden hatte.

Was Johannes am meisten Kopfzerbrechen bereitete, war die Aussage, dass auch die Frauen und Kinder gekämpft haben sollten. In Coburg gab es, wie er sich erinnerte, auch Viertel, in denen Armut herrschte. Viertel, in die man sich, wie im Konvent erzählt wurde, bei Anbruch der Dunkelheit nicht mehr wagte. Auch wusste er, dass Kinder grausam sein konnten. Manches Mal hatte er bei seinen Gängen auf den Markt in Coburg beobachtet, wie sie Tiere quälten. Er hatte Katzen gesehen, die in ausweglosen Gassen zu Tode gesteinigt worden waren. Er hatte Hunde gesehen, die man an einen Pfahl gebunden und dann andere Köter darauf gehetzt hatte, bis nur noch Fleischstücke übrig geblieben waren.

Doch Kinder, die gemeinsam mit ihren Eltern und Geschwistern mit Messern und Dolchen auf Knechte losgingen und sie umbrachten? Sie waren Fremde, die aus dem Süden des Königreiches Italien stammten und von dunklem Aussehen waren. Sie waren eben .... Fremde. So hatte es Magdalena berichtet. Vielleicht standen sie wirklich mit dem Teufel im Bund? Johannes lief es plötzlich kalt über den Rücken. Unwillkürlich griff er nach seinem Messer. Der hölzerne Griff gab ihm ein stärkendes Gefühl.

Wie sagte schon der Heilige Benedikt im Prolog seiner Regel? „Der makellos lebt und das Rechte tut; der von Herzen die Wahrheit sagt und mit seiner Zunge nicht verleumdet; der seinem Freund nichts Böses antut und seinen Nächsten nicht schmäht; der den arglistigen Teufel, der ihm etwas einflüstert, samt seiner Einflüsterung vom Auge seines Herzens wegstößt, ihn zunichte macht, seine Gedankenbrut packt und sie zerschmettert an Christus."

Er schloss die Augen. So musste es gewesen sein. Die Fremden aus dem Süden, die sich als Spielleute ausgaben, waren den Einflüsterungen des Teufels erlegen. Nur er konnte sie zu diesen gottlosen Taten, geboren aus der Gier nach irdischem Reichtum, verführen. Aber sie waren ihrer gerechten Strafe nicht entkommen. Und doch blieb ein leiser Zweifel. Kinder, die töteten? Er nahm sich vor, Pfarrer Niklas danach zu fragen. Sie hatten ohnehin vereinbart, sich heute nach der Non zu treffen. Pfarrer Niklas wollte ihm die Ilm mit ihren reichen Fischwassern und auch das Schloss Rittterswerde südlich von Geisenfeld zeigen. Dies gehörte nicht zum Eigentum des Klosters, sondern war souverän.

Bei dem Gedanken an Souveränität fiel ihm wieder das Verhalten von Äbtissin Ursula am gestrigen Abend ein. Gegenüber dem Propstrichter war sie gewohnt überlegen aufgetreten. Doch hatte sich dies gewandelt, als sie sich an Godebusch bei der Bitte um Unterstützung für die Sicherheit der Wege im Hoheitsbereich des Klosters gewandt hatte. Fast flehentlich hatte sie geklungen. Hatte er sich getäuscht, oder war in diesem Moment ein abschätziges Lächeln über das Antlitz des Richters gehuscht? Zu schnell war es gegangen, als dass er sich sicher sein konnte. Doch Magdalena hegte gegen den Mann eine große Abneigung. Zu Recht?

Godebusch besaß tatsächlich eine starke Stellung in Geisenfeld. Schon Pfarrer Niklas hatte sich vorsichtig kritisch geäußert. Johannes legte die Stirn in Falten. Das war nicht seine Angelegenheit. In wenigen Wochen würde er mit seinen Gefährten auf Reisen sein. Nach seiner Rückkehr spätestens im nächsten Jahr würde Magdalena mit ihm gehen. Er würde sie heiraten und mit ihr eine Existenz an den Küsten im Norden des Reiches oder im Königreich Dänemark gründen. Seine Miene hellte sich auf. Still dankte er Gott für das Gespräch mit der geliebten Frau, die seine Pläne teilte. Alles würde gut werden. Aus der Sakristei sah er den Pfarrer kommen. Er erhob sich und schlug das Kreuz.

*

„Ein stolzer Bau, nicht wahr, Bruder Johannes?" Pfarrer Niklas machte ein zufriedenes Gesicht. Johannes war beeindruckt. Vor ihm erhob sich auf einer Weiherinsel das sechseckige trutzige Schloss Ritterswerde, das von einem etwa drei Mannslängen breiten Graben umgeben war. Das Wasser des Grabens war trübe und so ließ sich die Tiefe nur erahnen. Eine flache Holzbrücke, gerade so breit, dass ein Fuhrwerk passieren konnte, führte zum Schloss. Ein großes zweiflügeliges Tor führte in den Schlossinnenhof. Johannes und der Pfarrer waren vor der Brücke stehen geblieben. Schon aus der Entfernung hatten sie den Bergfried gesehen, einen hohen rechteckigen Turm, der von einem steinernen Kranz mit zahlreichen Zinnen gekrönt war. Rechts vom Tor schloss sich ein langgestreckter Bau an. Eine darauf folgende Ecke des Schlosses wurde von einem Kirchturm mit Zwiebelspitze gebildet.

Ein Ruf erschreckte sie. „Macht Platz, Leute!" Hinter ihnen näherte sich ein schmaler einachsiger Karren, der von einem Esel gezogen wurde. Auf dem Sitz des Karrens saß ein Mann in dunkelgrünen Beinlingen und verblichenem Wams, der eine schmutziggraue Jacke umhängen hatte und auf dessen Kopf ein schiefer Hut saß, der früher wohl einmal schwarz gewesen war. Der Geruch wies den Mann als Fischer aus, der reiche Beute fuhr. Johannes und Pfarrer Niklas traten zur Seite und der Mann steuerte seinen Karren über die Brücke zum Schloss. „Gott zum Gruß, Herr Pfarrer!", rief er und lüpfte den Hut, als er den Priester erkannte. Pfarrer Niklas erwiderte den Gruß höflich. „Gott mit Dir, Josef Wallner!" Der Karren hielt vor dem Tor. Josef stieg ab und klopfte mit dem am Tor eingelassenen Eisenring. Das Tor wurde von einem Bediensteten geöffnet, so dass der Karren hindurchfahren konnte. Johannes erspähte durch das offene Tor einen herrschaftlichen Bau, wohl den des Burgherrn mit der Kemenate. Das Gebäude war durch eine hölzerne Brücke mit dem Bergfried verbunden, um im Bedarfsfall eine schnelle Flucht in den bewehrten Turm zu ermöglichen.

„Die Burg hat schon wechselvolle Zeiten erlebt", erläuterte Pfarrer Niklas.

„Sie stand im Mittelpunkt von Fehden und wurde schon einmal verkauft und sogar einmal verpfändet. Im Augenblick stellt das Geschlecht derer von Hofer die Burgherren. Die Hofer lieben Fisch, wie Ihr gesehen habt. Josef und die anderen Fischer können ihre Fänge hier gut verkaufen."

Im Hintergrund konnte Johannes am Waldrand eine Kirche entdecken.

„Was ist dies für ein Gotteshaus?", erkundigte er sich. „Das ist die Kirche St. Ulrich von Ainau", erklärte Pfarrer Niklas stolz. „Sie ist schon über 180 Jahre alt. Neben der Kirche befand sich früher auch eine kleinere Burg, die im Jahre der Fleischwerdung des Herrn 1036 von Herzog Adalbero erbaut wurde. Die Kirche war ursprünglich die Burgkapelle. Die Burg ist schon lange vergangen, doch das Gotteshaus ist geblieben. Die Portalanlage an der südlichen Seite der Kirche enthält interessante Tiere. Hier sind Eidechsen und Salamander, ja sogar Delphine abgebildet. Außerdem sind rätselhafte Blumen und Früchte zu sehen. Auch das Giebelfeld über der Eingangstür und vor allem das Relief neben dem Portal sind einen eigenen Besuch wert. Und, nicht zu vergessen: Die Herren von Ritterswerde haben das Recht, den Geistlichen des Gotteshauses zu bestimmen. Doch lasst uns nun zurückgehen!"

Die beiden machten sich auf den Rückweg entlang der Ilm. Schweigend gingen sie eine Zeitlang nebeneinander her, jeder in Gedanken versunken. Auf dem Weg nach Ainau hatte Pfarrer Niklas seinem Zuhörer die Fischgründe der Ilm gezeigt. Wegen der reichen Vorkommen an Speisefischen wie Karpfen, Zander, Hecht und Aal waren diese Wasser für die Abtei von großer Bedeutung. Pfarrer Niklas rühmte die Küchen des Konvents für ihre Kunst, Fischgerichte so zuzubereiten, dass sie auch die verwöhntesten Gaumen zufriedenstellten.

„Darf ich euch etwas zu einer Begebenheit vor einigen Jahren fragen, Hochwürden?", erkundigte Johannes sich vorsichtig. Der Priester lächelte stolz.

„Ich bin hier schon lange der Pfarrer in Geisenfeld und weiß eine ganze Menge. Was möchtet Ihr wissen, junger Freund?"

Johannes zögerte. Dann platzte er heraus: „Erzählt mir von dem Überfall und dem Brand der Klosterkirche vor sechs Jahren!" Die Miene des Pfarrers verdüsterte sich. „Ihr trefft einen der wundesten Punkte in der Geschichte der Abtei und des Marktes. Jeder hier vermeidet, an die Geschehnisse zurückzudenken. Mit Fragen dieser Art werdet Ihr euch hier an diesem gastfreundlichen Ort keine Freunde machen." Die letzten Worte hatte er unüberhörbar tadelnd gesagt.

„Verzeiht mir!", antwortete der junge Mönch. „Doch wurden mir bereits die abscheulichen Ereignisse in der Kirche und das verdammenswürdige Verbrechen an den Ordensfrauen erzählt. Was mir jedoch noch unklar ist, das ist die daran anschließende Vergeltung und der Verbleib der Schätze des Konvents. Wisst Ihr Genaueres darüber?"

„Ihr seid neugierig, mein Lieber", sagte Pfarrer Niklas, immer noch tadelnd.

„Sicher habt Ihr Schwester Maria, die damals Zeugin der Ereignisse in der Kirche war, dazu genötigt, wieder die schmerzlichen Erinnerungen wachzurufen. Dies trägt dazu bei, alte Wunden aufzubrechen, die noch immer nicht verheilt sind. Seid Ihr euch dessen bewusst?"

„Ja", bestätigte Johannes kleinlaut. „Doch sagtet Ihr selbst unlängst, dass die Macht, die der Kaufmann Godebusch innehat, nicht unumstritten ist. Aber ist er nicht gemeinsam mit dem Propstrichter im Zuge der Ereignisse zum Helden geworden?"

Pfarrer Niklas blieb stehen. Er zeigte auf das Wasser des Flusses. „An dieser Stelle fließt die Ilm so unschuldig, als sei nie etwas geschehen. Und doch, nicht einmal eine halbe Tagesreise flussaufwärts, direkt am Wasser, haben die Verbrecher ihre gerechte Strafe erhalten. Und sie waren sogar so dreist, dass sie, aus Angst, den Schatz wieder zu verlieren, fünf erwachsene Männer, brave gottesfürchtige Knechte und Diener, töteten."

„Es heißt, sogar Frauen und Kinder sollen gekämpft haben", sagte Johannes vorsichtig. „So sagt man", antwortete der Pfarrer. „Die Gaukler waren mit ihrem Diebesgut wegen des Regens noch nicht weit gekommen. Es hieß zudem, einer ihrer Wagen hatte einen Bruch der Deichsel oder der Achse gehabt. Sie wurden in der dem Überfall folgenden Nacht in der Nähe von Puchersried am Ilmufer gestellt. Ja, auch die Frauen und Kinder haben gekämpft. Es müssen sich grausame Szenen abgespielt haben. Es hieß, die Frauen hätten sich auf einen Knecht gestürzt, ihm Büschel von Haaren ausgerissen und ihn an das Ufer der Ilm gezerrt, wo sie ihn unter Wasser drückten und hielten, bis er tot war. Einer von Richter Frobius´ Dienern kam ihm zu Hilfe. Er hat zwei von den Weibern vom Pferd herunter mit dem Schwert erstochen. Doch es war zu spät, der Knecht war schon tot. Ich weiß, dass unter den Gauklern drei Frauen waren, eine alte und zwei junge. Eine der jungen Weiber war eine Rothaarige, die oft ansteckend lachte. Ich habe sie so manches Mal bei ihren Vorstellungen gesehen.

Die zweite war eine Schönheit mit langen schwarzen Haaren, die Frau des Zauberers. Du siehst also wieder, mit welchen Verkleidungen der Leibhaftige versucht, die Menschheit zu verführen. Diese drei Teufelsweiber haben den Knecht ertränkt. Als zwei von ihnen tot waren, gefallen durch das Schwert des braven Dieners, hat die alte Hexe die Kinder der Gaukler beschworen, den Tod der Frauen grausam zu rächen. Die Kinder… ich glaube, es waren derer fünf, zwei Knaben und drei junge Weiber, sind daraufhin auf das Pferd des Dieners aufgesprungen, haben ihn hinuntergezerrt und erstochen. Frobius, Godebusch und ihre braven Helfer waren derweil in Kämpfe mit den anderen Gauklern verstrickt. Diese warfen mit Messern und ermordeten zwei Knechte und einen Diener. Erst die Armbrüste von Frobius und Diflam sowie die Schwerter des Kaufmanns Godebusch und seines Dieners Ludwig, Gott hab ihn selig, konnten diese gottlosen Berserker niederringen." Pfarrer Niklas zog ein Taschentuch aus seinem Gewand und wischte sich die Stirn ab. Johannes konnte sehen, wie es in ihm bebte.

„Und was geschah dann?", fragte er vorsichtig. Pfarrer Niklas schnaufte. „Die alte Hexe gab vor, mit den Kindern zu flüchten und lockte die Männer mit Schmähungen dazu, ihr zu folgen. Doch hatten die Kinder dort, wo sie die Männer hinlockte, Leinen gespannt. Diese waren bei dem starken Regen nur schlecht zu sehen. Die Pferde von Frobius, Godebusch und den überlebenden Helfern stürzten. Die Kinder fielen mit ihren Messern und Dolchen über die am Boden liegenden Männer her."

„Fünf Kinder, die über vier erwachsene Männer herfielen?", fragte Johannes verwundert. „Wie kann das sein?" Pfarrer Niklas zuckte mit den Achseln.

„Vielleicht hat die Alte sie verhext. Ich glaube fürwahr nicht an Hexen, aber vielleicht gibt es doch welche. Auf alle Fälle ließen auch die Kinder nicht von ihrem verderblichen Tun ab. Dies zwang Godebusch und Frobius, sich gegen sie zur Wehr zu setzen. Eines nach dem anderen wurde getötet. Keines der Kinder wollte gefangen werden. Als die Alte das sah, hat sie sich selbst mit einem langen Dolch gerichtet. Kein Angehöriger des fahrenden Volkes, dieser Verbündeten des Satans, überlebte. Und doch….." Der Geistliche brach ab.

Johannes wartete gespannt. Nach einer Weile sprach Pfarrer Niklas leise weiter. „Frobius und Godebusch kamen mit dem Teil des Schatzes zurück, den sie den Gauklern abnehmen konnten. Die Äbtissin bat mich darauf, die Stelle aufzusuchen und zu schreiben, was ich sah. Doch als ich mit zwei Bediensteten des Marktes am Tag nach der Beerdigung der ermordeten Schwestern dort ankam und die Toten zählte, schien es mir, als fehle eine Leiche. Alle erwachsenen toten Gaukler waren noch, soweit ich erkennen konnte, an Ort und Stelle. Auch die fürchterlich zugerichteten Leichen der Diener und Knechte waren noch da.

Doch bei den Kindern sah ich nur einen toten Knaben und die drei jungen Weiber. Ein Kind schien zu fehlen. Vielleicht aber täuschte ich mich auch. Denn ich hörte nicht mehr, dass später ein weiterer Leichnam gefunden wurde. Und als ich am Ort des Geschehens eintraf, waren die Leichen aller Spielleute schon zusammengekarrt worden. An der Wiese, wo der Kampf stattgefunden hatte, war bereits von gottesfürchtigen braven Einwohnern von Puchersried, die von dem Überfall auf die Kirche erfahren hatten, mittels mitgebrachtem trockenem Holz ein Feuer entfacht worden. Dichter Rauch zog schon über die Wiese. Die Leiber der getöteten Dienstleute wurden in allen Ehren nach Hause überführt und bestattet. Doch verbrannte man alle toten Gaukler mitsamt ihren Wagen und auch den Pferden, die man getötet hatte. Diese Gottlosen waren im sündigen Zustand gestorben und tauchten nun, wie es die gerechte Strafe war, in eine Ewigkeit voller Höllenqualen ein. Ihre Asche wurde nicht in geweihter Erde begraben, sondern in den Fluss gestreut. Die Ilm hatte bis zu dem verhängnisvollen Überfall auf die Klosterkirche wenig Wasser geführt, da es schon lange nicht mehr geregnet hatte. Aber kaum waren die Spielleute aus Geisenfeld weggegangen oder vielmehr geflüchtet, begann es zu regnen, erst leicht, dann immer stärker, bis es noch vor Mittag gleichsam wie aus Sturzbächen vom Himmel fiel. Der Regen dauerte bis tief in die folgende Nacht. Es war ein eigentümlich warmer Regen, ein Zeichen Gottes, welches die Schuld der Gaukler bestätigte. Die Ilm, die durch den Regen zu einem breiten, schnellen Gewässer angeschwollen war, verteilte die Reste dieser Teufel. Ihnen ist Recht geschehen." Pfarrer Niklas hielt kurz inne. Dann wiederholte er voller Verbitterung: „Ihnen ist Recht geschehen!"

*

15. Juli 1390, kurz vor Nötting

„Ist er überhaupt zu Hause?", fragte Johannes. Hubertus antwortete: „Ich bin dessen sicher. Erst vor zwei Tagen haben Irmingard und ich ihn zufällig getroffen. Zunächst war er sehr... zurückhaltend, doch dann haben wir vereinbart, ihn heute zu besuchen. Von deinem Besuch haben wir allerdings nichts erwähnt. Ich denke, das war in deinem Sinne. Du willst ihn ja überraschen. Aber es kann sein, dass er nur kurz zum Mittagsmahl zu Hause ist. Vielleicht ist er auch auf dem Feld. Schließlich ist Getreideernte." Johannes sagte nichts. Schon seit Tagen ging ihm der Gedanke nicht aus dem Kopf, dass er bislang versäumt hatte, sich beim Bauern Josef Pfeifer für seine Rettung vor den Strauchdieben zu bedanken.

Am Tag nach dem Gang mit Pfarrer Niklas nach Ritterswerde und Ainau hatte ihn der Medicus Volkhammer aufgesucht, so wie es Schwester Walburga prophezeit hatte. Er hatte ihn untersucht und vom Infirmarium in das Gästehaus verwiesen. Magdalena und Schwester Anna waren bei der Entscheidung Volkhammers dabei gewesen. Auch wenn Magdalenas Augen vor Empörung geblitzt hatten, so hatte sie doch nicht gewagt, dem Arzt zu widersprechen. Johannes bezog also bis zum Abschluss seiner Heilung das Gästehaus der Abtei. Hubertus bot ihm eine Schlafstatt in seinem Raum an und Johannes nahm das Angebot gerne und dankend an.

Magdalena hatte Johannes´ Habseligkeiten gebracht, die beiden Beutel mit Geld, das Empfehlungsschreiben, den Griffel und den von Irmingard mittlerweile geflickten Beutel, in den sie auch die zerbrochene Jakobsmuschel und die Schleuder gesteckt hatte. Seine Sachen hatten in der Truhe gelegen, die zuvor im Krankentrakt war. Magdalena aber hatte zwei Handwerker der Abtei angewiesen, sie in das Gästehaus zu tragen. Auch der Wanderstab lehnte nunmehr in seiner neuen Unterkunft. Schwester Hedwigis hatte es sich nicht nehmen lassen, Johannes aufzusuchen und ihm eine andere Jakobsmuschel zu überreichen, die ihr vor Jahren von einem Pilger überlassen worden war. Mit großer Freude hatte er ihr gedankt.

Erst jetzt kam er auch mit anderen Gästen im Kloster näher in Kontakt. Meist handelte es sich um Pilger, die wie er auf dem Jakobsweg nach Santiago de Compostela oder auf dem Weg nach Rom waren.

Wie in Coburg, so erlebte er auch hier, dass es Menschen gab, die stellvertretend für reuige Sünder gegen großzügiges Entgelt zum Grab des Apostels Jakobus pilgerten und so nahezu jedes Jahr eine Wanderung nach Spanien machten. Wenn das Wetter es erlaubte, dann waren diese Dauer Pilger auch zu unwirtlichen Jahreszeiten unterwegs.

In seinem Kloster hatte er kaum Gelegenheit gehabt, mit diesen Pilgern in näheren Kontakt zu treten. In Geisenfeld war es anders. Einer der beauftragten Wallfahrer, ein aufgeweckter junger Mann aus dem Königreich Böhmen, der Pavel hieß, hatte ihm gestern erzählt, dass es durchaus lukrativ war, mit dem Pilgern für andere seinen Lebensunterhalt zu verdienen. „Ich nehme gerade für einen wohlhabenden Böhmer Kaufmann die Wallfahrt nach Spanien wahr. Und er bezahlt gut. Vor wenigen Wochen kehrte er von einer Geschäftsreise aus Lübeck zurück und bezahlte mich mit dreißig lübschen Mark, eine ansehnliche Summe. Welche Sünden er in Lübeck begangen hat, weiß ich nicht und will es auch nicht wissen. Mich interessiert nur der Lohn. Ich brauche nicht viel auf dem Weg nach Santiago. Ich kenne mittlerweile unzählige Hospize bis zum Grab des Apostels, in denen jeder Pilger für eine Nacht kostenlos bleiben kann. Sollte es so weit kommen, dass ich eine zweite Nacht im selben Ort verbringen muss, so kann ich meist bei Bauern oder Handwerkern gegen Mitarbeit nächtigen. Das Geld, das ich verdiene, spare ich, um einst eine Familie gründen zu können. Nur noch wenige Jahre und ich bin sorgenfrei. Arme Sünder nehme ich nicht, die bezahlen nur schlecht."

„Was ist mit dem Krieg zwischen England und Frankreich? Und wie ergeht es Dir, wenn dich Strauchdiebe überfallen wollen?", hatte Johannes neugierig gefragt. Pavel aber hatte abgewinkt: „Strauchdiebe? Am besten, du schließt dich einer größeren Reisegruppe an, möglichst in Begleitung von bewaffneten Rittern. In Spanien ist es ohnehin so, dass Ritterorden die Pilgerwege bewachen. Je näher du nach Santiago kommst, desto stärker wird der Einfluss des Jakobus-Ordens. Strauchdiebe wagen sich dort nur selten hervor."

„Aber der Krieg in Frankreich?", war Johannes hartnäckig geblieben. Pavel hatte zweifelnd den Kopf gewiegt.

„Ich weiß, dass Engländer und Franzosen seit Jahrzehnten erbittert gegeneinander kämpfen. Einen eindeutigen Sieger gibt es bislang nicht. Seit vier Jahren sind die direkten Kampfhandlungen unterbrochen, aber wer weiß schon, ob die Engländer, die vertrieben wurden, nicht jederzeit wieder kommen. Es gibt, soweit ich erfahren habe, keinen Friedensvertrag. Scharmützel zwischen den verfeindeten Parteien sind nicht selten. Auch gibt es überall marodierende Bewaffnete. Hab Acht, wenn du dereinst in Frankreich bist! Wenn die Kämpfe an den Pilgerwegen oder in deren Nähe stattfinden, dann Gnade Gott jedem frommen Pilger.... und vor allem jeder Pilgerin!"

Johannes musste sich eingestehen, dass Magdalena Recht behalten hatte. Es war auf jeden Fall für sie sicherer, in Geisenfeld zu bleiben, bis er seine Mission erfüllt hatte. Aber im kommenden Jahr würde es so weit sein. Dieser Gedanke hatte ein Lächeln auf sein Gesicht gezaubert.

Pavel hatte verwundert die Augenbrauen hoch gezogen. Johannes aber hatte ihm beruhigend die Hand auf den Arm gelegt. „Ich dankte gerade unserem HERRN, dass er mir diese Aufgabe anvertraut hat, bis zum Grab des Apostels zu pilgern und dort für das Seelenheil meines verstorbenen Abtes zu beten. Auch wenn die Gefahren groß zu sein scheinen, so freue ich mich über diese Ehre."

„Dann behalte dir die Freude, so lange es geht", hatte Pavel geantwortet, sich erhoben und seine Glieder gereckt. Aber jetzt sehe ich nach, ob es irgendwo etwas zu essen gibt." Sprach´s und war in die Gästeküche der Abtei losgezogen. Am heutigen Morgen bei Sonnenaufgang hatte er sich schon wieder auf den Weg gemacht.

Mit dem Umzug ins Gästehaus musste Johannes auch die unangenehme Erfahrung machen, dass es viel schwieriger geworden war, sich mit Magdalena weiterhin unter einem Vorwand zu treffen. Zwar ging er täglich in den Krankentrakt, um seinen Arm nachsehen zu lassen, doch wartete dort meist schon Schwester Anna auf ihn. Während Magdalena von dem Medicus zur Behandlung der anderen Patienten abgestellt wurde, kümmerte sich Anna um das Wechseln des Verbandes und sah nach, ob die Schlinge noch straff hielt.

In einem der seltenen Momente, in denen sie während der Visite kurz ungestört miteinander sprechen konnten, hatten sie vereinbart, sich jeweils vor Beginn der Komplet im Innenhof zu treffen, wo Johannes nunmehr täglich seinen Abendspaziergang absolvierte. Nur eine kurze, kaum wahrnehmbare Berührung ihrer Hände in aller Heimlichkeit drückte die Verbundenheit aus. Beide hatten überlegt, wie sie mehr Zeit miteinander verbringen konnten. Einmal hatte sie ihn im Gästehaus besucht, aus Sorge, wie sie vorgab, um eine befürchtete Entzündung an seinen Beinen, ein andermal trafen sie sich „zufällig" auf dem kleinen Marktplatz. Dort hatten sie für den nächsten Tag einen Treffpunkt an einem Wiesenstück bei der Ilm eine halbe Wegstunde vom Kloster entfernt, vereinbart.

Magdalena hatte im Konvent vorgegeben, nach Gänsefingerkraut zu suchen. Die Pflanze war von Hildegard von Bingen als unbedeutend eingestuft worden, doch hatten Ärzte vor einigen Jahren die Wirkung des Krauts vor allem bei Durchfall und Entzündungen der Mundschleimhaut entdeckt. Johannes hatte Magdalena einmal zugesehen, wie sie in einem Buch über Heilpflanzen blätterte. Dabei hatte sie mit kräftigem Federstrich in gestochen scharfer Schrift ihre Erfahrungen mit den Kräutern an den Rand kommentiert. Wie ihre Stimme, so hatte auch ihre Schrift eine unverwechselbare Note. Schwungvoll, im Bewusstsein Ihres Wissens über die Heilkunst, so schrieb sie ihre Anmerkungen.

Ungeduldig hatte Johannes die geliebte Frau am Wiesenrand erwartet. Vorsichtig um sich sehend, war sie gekommen. Da in einer Wiese unweit ihres Treffpunkts Ziegen gehütet wurden, hatten sie sich schnell im hohen Gras hinter einem Schilfgürtel versteckt. Begierig hatten sie sich umschlungen und geküsst. Zum ersten Mal hatte er es gewagt und ihr vorsichtig über ihren Körper gestreichelt. Seine Begierde war geweckt, doch sie weigerte sich, ihre Kutte von ihm abstreifen zu lassen. „Wenn uns jemand entdeckt, wenn wir entblößt sind, dann ist das das Ende aller unserer Pläne", zischte sie. So begnügte er sich notgedrungen damit, die sanften Rundungen ihres Körpers auf dem Stoff mit seiner gesunden Hand nachzufahren und zu liebkosen. Er unterbrach dies nur, um mit ihr Küsse auszutauschen und ihr verliebt in die warmen, braunen Augen zu blicken.

Viel zu schnell war die Zeit vergangen und beinahe hätten sie vergessen, noch Gänsefingerkraut zu sammeln. Atemlos war sie aufgestanden, hatte ihre Kleidung ausgeschüttelt, hastig ein paar der Pflanzen ausgerupft und war davon geeilt, während er ihr langsam gefolgt war.

Danach konnten sie sich wieder nur kurz vor der Komplet auf ein paar Worte sehen. Dabei hatte er sie um ein kleines Fass Honig für den Bauern Pfeifer gebeten, um sich bei ihm bedanken zu können. Sie war am nächsten Tag mit dem Fässchen ins Gästehaus gekommen. Doch auch dort waren sie nicht alleine gewesen, denn im Zimmer anwesend war neben ihm Hubertus, der ihn nach Nötting begleiten sollte. Nur ein kurzer

Blick zwischen den beiden Liebenden, er hatte den Preis für den Honig entrichtet und sie war wieder verschwunden.

Nun befanden sich Hubertus und Johannes kurz vor dem Dorf. Sie hatten nicht den Weg entlang der Ilm genommen, der sie vor Wochen nach Geisenfeld geführt hatte, sondern waren am Nordausgang des Marktes dem Weg in westlicher Richtung gefolgt. Bald schon sahen sie die niedrigen Häuser von Nötting. Johannes blickte zum Himmel. Auch heute war es wieder ein warmer, nahezu wolkenloser Tag. Auch in den vergangenen Tagen hatte es nur ein paar wenige Gewittergüsse, die nach heißen Tagen auftraten, gegeben. Die Bauern hatten schon vor Wochen geklagt, dass das Korn am Halme verdorren würde, wenn es nicht bald einige Tage hindurch regnen sollte. Doch jetzt war auf den Getreidefeldern zwischen Geisenfeld und den umgebenden Dörfern die Getreideernte im Gange. Alle Bauern waren jeden Morgen schon vor Sonnenaufgang unterwegs, um die Scheunen zu füllen. Auch auf den Feldern vor Nötting sah man zahlreiches arbeitendes Volk. Doch die Ernte drohte, in diesem Jahr kärglich auszufallen.

Hubertus trug das Honigfass, da Johannes´ Arm noch immer verbunden war. Magdalena hatte ihm allerdings in Aussicht gestellt, den Verband in etwa zwei Wochen abnehmen zu können. „Wo ist Irmingard?", fragte Johannes. Hubertus antwortete: „Wo schon. Um diese Zeit verlangt die kleine Felicitas ihre Mahlzeit. Da Irmingard weiß, dass wir heute nach Nötting gehen, will sie in den Pausen zwischen dem Stillen des Kindes ruhen. Wir haben also ausreichend Zeit."

Seit der letzten Unterhaltung im Zimmer der Betreuerin der Klostergäste, Walburga, hatte Johannes seine beiden anderen Reisegefährten, Adelgund und Gregor, kaum noch zu Gesicht bekommen. Adelgund half Anna und Alvita seit knapp zwei Wochen regelmäßig in der Kräuterküche beim Anfertigen von Salben, Tinkturen und Heiltees. In dieser Beschäftigung schien sie ganz aufzugehen. Gregor hingegen hatte die Stelle des Zimmermanns Hauser aus Gaden eingenommen, der an den Folgen von Wundbrand gestorben war. Er erwies sich als guter Arbeiter. Vor allem bei Ausbesserungsarbeiten in den Stallungen der Abtei, aber auch beim Neubau von Fischerhütten an der Ilm und den Weihern des Klosters wurde er wegen seiner Erfahrungen geschätzt. Wenngleich er anfangs eher widerwillig in den Dienst des Konvents getreten war, so schien ihm die Tätigkeit, soweit Johannes von Hubertus erfuhr, zunehmend mehr zu gefallen.

Hubertus erzählte Johannes während des Wegs, dass er und Irmingard in der „stillfreien Zeit", wie Hubertus es nannte, Streifzüge in die Umgebung des Marktes unternahmen. „Ich lehre sie den Gebrauch von Dolchen und Wurfmessern", sagte er. „In unserer Zeit ist es wichtig, dass man sich im Ernstfall wehren kann und nicht wie ein Lamm abgeschlachtet wird. Irmingard lernt schnell. Sie entwickelt eine große Zielgenauigkeit", sagte er stolz. „Nur mit der Wurfkraft ist es noch nicht weit her. Doch auch bewegliche Ziele trifft sie schon. Im Süden, in den Ländern am Mittelmeer, lernen Frauen und Kinder schon den Umgang mit Dolchen und Wurfmessern. Sie sind schnell und geschmeidig." Er schnaubte verächtlich. „Hier dagegen ist es verpönt, dass Frauen mit kurzen Waffen üben. Lieber sollen sie untertänigst dem Mann dienen."

Er sah Johannes an und sagte augenzwinkernd: „Die ausnehmend schöne Schwester Maria scheint mir auch nicht gerade ein Ausbund an Demut zu sein. Bist du deswegen so sehr in sie verliebt?" Johannes schluckte. Hubertus fuhr fort: „Ich bin ja nicht blind. Glaube nicht, dass ich den Blick nicht gesehen habe, mit dem du sie immer ansiehst. Und dann die „zufälligen" Treffen vor der Komplet. Außerdem hat mir Irmingard schon gesagt, dass du in Vohburg vor uns losgelaufen bist, weil du nach einer Ordensfrau gesucht hast." Mit einem schiefen Blick auf den verletzten Arm meinte er: „Und das hast du jetzt davon." Johannes brummte unwillig. „Lass das meine Sorge sein! Gott, der HERR, wird schon für alles eine Lösung finden." Um das Thema zu wechseln, fragte er: „Du hast gesagt, im Süden lernen schon Frauen und Kinder den Umgang mit Dolchen und Messern. Lernen Sie auch, ausgewachsene kämpfende Männer zu töten?"

Hubertus sah ihn überrascht an. „Wie meinst du das?" Daraufhin erzählte ihm Johannes, was er von Magdalena und Pfarrer Niklas über die Geschehnisse des Jahres 1384 erfahren hatte.

Hubertus blieb stehen. Er war bleich geworden. „Spielleute aus Italien sollen den Schatz des Klosters geraubt, die Kirche angezündet und vier Ordensschwestern brutal abgeschlachtet haben?" Er dachte nach. „Das ist schwer zu glauben."

„Und doch wird es so übereinstimmend berichtet", sagte Johannes. „Übereinstimmend?" Hubertus spuckte verächtlich aus. „Wer sind denn die Übereinstimmenden? Der Propstrichter Frobius, der Kaufmann

Godebusch und zwei seiner Bediensteten. Sonst weiß niemand etwas davon."

„Du vergisst Magdalena, ich…. ich meine, Schwester Maria", erinnerte ihn Johannes, mit einem Mal vor Verlegenheit stotternd. „Sie war in der Kirche und hat die Gräueltaten ansehen müssen. Darunter leidet sie noch heute!"

„Aber sie hat niemanden erkannt", widersprach Hubertus. „Wie du mir erzähltest, trugen die Mörder Ledermasken. Es hätten also auch andere Täter sein können. Spielleute? Niemals! Es gibt Betrüger unter ihnen, Taschendiebe, ja sogar Falschmünzer. Aber Mörder, die Ordensfrauen, von denen zwei auch noch junge Mädchen waren, abschlachten? Das kann ich niemals glauben!" Er schwieg und sagte dann schmunzelnd: „Magdalena heißt sie also, die schöne kratzbürstige Ordensfrau!"

„Du hast meine Frage noch nicht beantwortet", sagte Johannes und ignorierte die letzte Bemerkung seines Freundes. „Sind Kinder aus dem Süden im Stande, erwachsene Männer im Kampf zu töten?"

„Jeder ist im Stande, andere zu töten, wenn er, in die Enge getrieben, selbst den Tod vor Augen hat", sagte Hubertus. „Auch du wärst es!"
„Lenke nicht ab", ermahnte Johannes. „Zum einen gilt das Fünfte der Gebote unseres Allmächtigen, die er Mose reichte: ´Du sollst nicht morden´! Als Ordensmann liegt mir nichts ferner als das. Aber du sagtest, dass Frauen und Kinder in Italien den Umgang mit Dolchen und Wurfmessern lernen."

„Das ist richtig", stimmte Hubertus zu. „Dort ist es seit jeher der Brauch. Doch wird dort auch die Ehrfurcht vor dem Leben und die Rücksichtnahme auf andere Menschen überliefert. Die Menschen sind offener und warmherziger als hier, auch wenn es dort ebenso wie überall Neid und Missgunst gibt. Auch dort betrügen Menschen, werden Bauern von ihrer Scholle vertrieben, gibt es Scheinheiligkeit und erbitterte Zwietracht. Doch hörte ich nie, dass Kinder und Frauen mit Hieb und Stichwaffen kämpfen, wenn sie nicht angegriffen werden."

„Sie wurden ja angegriffen!", sagte Johannes. „Ihnen wurde Vergeltung zuteil."

Hubertus schnaubte verächtlich. „Womit wir wieder bei der Behauptung sind, sie hätten den Kirchenschatz geraubt und die Ordensschwestern ermordet. Ich sage Dir, das kann nicht sein! Das glaube ich niemals."

Schweigend wanderten sie weiter. Dann blieb Hubertus stehen und sagt sinnend: „Zu dieser Zeit vor sechs Jahren begegnete mir ein fahrendes Volk, Gaukler, Musiker und Possenreißer, im Süden der Republiken an den Küsten des Mittelmeeres. Wir reisten einige Wochen zusammen und sie lehrten mich alles, was ich heute über den Gebrauch von Dolchen und Messern weiß. Ich war ein gelehriger Schüler. Jetzt gebe ich mein Wissen an Irmingard weiter."

Er klopfte Johannes vorsichtig auf die Schulter. „Falls wir gemeinsam weiterreisen sollten, mein Freund, wäre es mir eine Freude, auch dir einige Künste im Waffengebrauch beizubringen. Sie hier!" Er zog den Dolch, den er in einer Lederscheide an seinem Gürtel trug. Es war der Dolch, der Johannes schon bei ihrer ersten Begegnung im Gasthaus „Zum Hirschen" aufgefallen war. Die Waffe war beidseitig geschliffen und lief spitz zu. Sein Griff war aus dunklem Holz, in das fein säuberlich unverständliche Zeichen eingeritzt waren. Johannes bewunderte die elegant geschwungenen Linien, die wie Buchstaben aussahen. Doch waren sie teilweise spiegelverkehrt oder standen auf dem Kopf, manche hatten keinerlei erkennbaren Sinn. „Was bedeuten diese Zeichen?", fragte der Mönch neugierig. Hubertus zuckte mit den Schultern. „Ich weiß es nicht. Der Dolch wurde mir von meinen Lehrmeistern geschenkt, als ich mich von ihnen trennte und alleine weiterzog. Die Worte, wenn es denn welche sind, kenne ich nicht, ebenso wenig ihre Bedeutung. Sie meinten, ich würde es schon durch den täglichen Gebrauch erfahren."

Er steckte den Dolch wieder ein. „Doch um bei meiner Geschichte fortzufahren: Mir sagten die Spielleute damals, dass ein Zweig ihrer Familie, Vettern und ein Oheim, im Süden des Reiches von König Wenzel unterwegs ist. Sie hofften, im Sommer wieder mit ihnen vereint zu sein. Als ich die Gaukler nach zwei Jahren unverhofft wieder traf, es war, glaube ich, an den Ufern des Rheins, waren sie immer noch auf der Suche. Ihre Verwandten waren spurlos verschwunden und wurden nie wieder gesehen. Niemand weiß, was mit ihnen geschehen ist. Ich frage mich, ob es sich bei dieser seltsamen Sache, die sich vor sechs Jahren hier zugetragen hat, nicht um diese verschwundene Sippe handelt."

Johannes hatte den Arm seines Freundes gepackt. „Weißt Du, wie viele Leute es waren?" fragte er aufgeregt. Hubertus schüttelte den Kopf. „Ich hörte nur, dass es sich um zwei Familien und einige alleinstehende Männer handelte. Auch die Großmutter der Familien soll darunter gewesen sein." Wieder herrschte eine Zeitlang Schweigen zwischen beiden. „Das wäre ein geradezu unglaublicher Zufall, nicht?", fragte Hubertus schließlich. „Es gibt keine Zufälle, nur Gottes Wille. Seine Wege sind unerforschlich", murmelte Johannes. Beide hingen ihren Gedanken nach. Dann sagte der Mönch: „Doch nun hat Gott uns nach Nötting geführt. Wir sind da."

Sie hatten die kleine Ansiedlung erreicht. Der Ort bestand aus nur wenigen bäuerlichen Anwesen, die links und rechts der unbefestigten Straße lagen. Die niedrigen, aus Holz gebauten und mit Stroh gedeckten Häuser waren schlicht und zweckmäßig.

Da Mittagszeit war, ließen sich kaum Bewohner sehen, wenn sie nicht ohnehin auf den Feldern waren. Links von den beiden Wanderern spannte ein Bauer gerade einen Ochsen aus dem Wagen aus. Er sah prüfend zu ihnen herüber. Dann winkte er. Hubertus grüßte zurück. „Das ist der Bauer Lux", sagte er. „Wir haben ihn an der Hatzelmühle getroffen, kurz nachdem wir den Platz deines Überfalls gefunden hatten."

Johannes nickte schaudernd und grüßte ebenfalls zu dem Mann, der ihnen neugierig nachsah. Brütende Hitze lag über dem Dorf. Sogar die Hunde, die die Höfe bewachen sollten, lagen faul im Schatten der Obstbäume. Sie ließen mehr aus Pflichtbewusstsein als aus echtem Interesse ein lustloses Kläffen hören.

„Vorne rechts", erklärte Hubertus. „Wenn wir Glück haben, ist er im Haus." Johannes sah ein hufeisenförmiges, ganz aus Holz erbautes Anwesen. Das langgestreckte Wohngebäude ging in einen Stall über, aus dem ein Grunzen und das Klirren von Ketten zu hören war. Im Hintergrund des Hofes befand sich an der Stirnseite eine Scheune, in deren offenem Tor ein Gespannwagen zu sehen war. Rechter Hand und damit gegenüber dem Haupthaus stand ein schmales Häuschen, aus dem man Gegacker hörte. In der Mitte des Hofes wuchs ein stattlicher Kirschbaum unweit eines Brunnens.

Hubertus und Johannes traten an die Türe des Wohnhauses und klopften an. Stille. Dann hörten sie eine Stimme: „Wer ist da?" Hubertus öffnete und trat ein. Johannes folgte ihm. Sie waren in der Wohnstube des Bauern. Um einen aus rohem Holz gezimmerten Tisch saßen an einer Bank drei Kinder, ein Mädchen von etwa 14 Jahren und zwei jüngere Buben. Ihnen gegenüber saß eine Frau, schwer bestimmbaren Alters, die ein Kopftuch trug. An der Stirnseite des Tisches hatte das Familienoberhaupt, der Bauer, Platz genommen. Alle sahen die Neuankömmlinge erwartungsvoll an. Hubertus zog den Hut und sagte:

„Gott zum Gruß, Bauer Pfeifer. Ich bin Hubertus der Sänger, wie Ihr wisst, und das ist mein Freund und Reisegefährte, Bruder Johannes. Erkennt Ihr ihn wieder?"

Pfeifer schaute auf Johannes und seinen verletzten Arm. Er lachte kurz. „So, hab´n Euch die Schwestern wieder zammgeflickt?" Johannes trat näher.

„Ja, mit Gottes Hilfe." Er nickte der Frau des Bauern und den Kindern zu und wandte sich dann wieder an Josef Pfeifer. „Ich möchte mich bei euch bedanken. Ihr habt mir mit Eurem mutigen Eingreifen das Leben gerettet."

Der Bauer tat den Satz mit einer Geste ab. „Is schon recht. Setzt euch her!" Er winkte seinen Kindern, die daraufhin eng zusammenrückten. Hubertus nahm das Fass mit Honig und stellte es auf den Tisch. Mit großen Augen sahen die Kinder und die Frau des Bauern die mitgebrachte Gabe an. Pfeifer lehnte sich zurück und sah zuerst das Fässchen und dann die Männer an, die immer noch standen. Johannes räusperte sich und sagte: „Ich weiß, es ist nur eine kleine Gabe." Er zog aus seiner Kutte einen Beutel heraus. Pfeifer schaute ihn an und meinte: „Lass doch den Beutel stecken, Bruder Johannes. Des is schon recht so. Jetzt setzt euch endlich!" Johannes griff in den Beutel und holte zehn Coburger Pfennige heraus. Er gab jedem Kind einen Pfennig. Die drei sahen ihn mit großen Augen an und sagten kein Wort. „Wie sagt man?", fragte ihre Mutter, nachdem sie sich von ihrem Erstaunen erholt hatte. „Danke!", schallte es dem Mönch entgegen. Mit einer Verneigung gab Johannes der Bauersfrau sieben Pfennige. „Vergelt´s Gott", sagte sie ungläubig.

Dann nahmen die Beiden Platz. In einer großen Holzschüssel war ein Haferbrei angerührt, aus dem jeder mit einem geschnitzten Löffel aß. Ein Laib Brot lag auf dem Tisch, von dem man sich ein Stück abbrechen konnte.

„Jetzt esst´s!", sagte der Bauer. „Habt´s a Glück g´habt, dass wir heut Mittag net draußen blieben sind."

Hubertus und Johannes zogen ihre Löffel hervor und tunkten sie in den Brei. Pfeifer brach zwei Stücke von dem Brot ab und gab es ihnen. Aufmerksam betrachtete er dabei Hubertus, als sei er sich nicht im Klaren, was er von ihm halten solle.

Schweigend aßen sie eine Weile. Als der Brei gegessen war, ging die Frau hinaus und holte mit einem irdenen Krug Wasser aus dem Brunnen. Sie stellte ihn auf den Tisch und holte lederne Becher, so dass die Besucher ihren Durst löschen konnten.

Danach stellte Pfeifer seine Familie vor. „Meine Frau Berta, meine Tochter Agnes und des sind Josef und Franz. Jetzt aba raus mit Euch!" Die beiden Knaben standen auf und liefen hinaus. Von draußen hörte man bald ihre Stimmen, wie sie aufgeregt ihre Pfennige miteinander verglichen.

Agnes hingegen blieb sitzen. Ein etwas verlegenes Schweigen entstand. Pfeifer betrachtete das Fass mit Honig. „Siehst, des ist jetzt auch was, Weib, oder?" Berta lächelte Johannes unsicher an. „Das ist wirklich sehr großmütig von Euch, Bruder Johannes."

„Wo kommt Ihr her, Bruder?", fragte Agnes unvermittelt. Johannes wandte sich dem Mädchen zu, das ihn mit wachen Augen ansah. Er erzählte ihr von seinem Heimatkloster und in groben Zügen von seiner Reise bis nach Geisenfeld. "„Dein Vater ist ein tapferer Mann, Agnes", schloss er. „Ohne ihn wäre ich schon tot. Möge Gottes Segen auf Eurem Heim ruhen, jetzt und in Zukunft."

„Ja", sagte der Bauer, „vergelt´s Gott. Aber ich muss wieder los aufs Feld, gell, Weib?" Hubertus, der die ganze Zeit geschwiegen hatte, stand auf.

„Wir gehen auch, nicht wahr, Johannes?" Dieser erhob sich ebenfalls.

„Wenn Ihr gestattet, dann möchte ich diesem Hause gerne den Segen erteilen." Die Bauersleute sahen sich an und nickten dann erfreut. „Kann uns dann nichts mehr passieren?", fragte Agnes. Johannes lächelte und legte ihr die Hand auf den Kopf. „Gott wacht über jeden von uns. Es ist nicht an uns, an seinem Ratschluss zu zweifeln. Doch soll auf diesem Haus nunmehr sein Segen liegen." Er sprach das Vaterunser und verteilte dann etwas Weihwasser aus einem kleinen Glasfläschchen, das ihm Pfarrer Niklas mitgegeben hatte. Dann schlug er das Kreuzzeichen.

Doch Agnes gab sich noch nicht zufrieden. „Schützt der Segen auch vor dem Tod?" Die Bäuerin schlug die Hände zusammen. „Was fragst du denn, Agnes?" „Ich meine die Menschen, die kein Haus haben und nur herumziehen, müssen die vor uns sterben?"

Johannes war überrascht. „Ich sagte dir doch schon, Gott wacht über jeden, egal ob er ein Heim hat oder nicht. Es liegt an jedem Menschen selbst, ob er ein gottgefälliges Leben führt. Ist er aufrichtig und gottesfürchtig, so erwartet ihn die Belohnung im Paradies. Ist er hingegen gottlos und führt ein liederliches Leben, so wird er im Fegefeuer enden. Doch Du, Agnes, und deine Familie, Ihr werdet sicherlich das Paradies sehen."

Hubertus blickte ausdruckslos drein. Auch Agnes schien nicht überzeugt. Sie schaute zweifelnd von Johannes zu Hubertus und lief dann hinaus.

„So", sagte Josef Pfeifer. „Wir müssen weiterarbeiten. Nochmal vergelt´s Gott!" Die beiden Freunde verstanden, dass nun Zeit war, aufzubrechen. Sie verabschiedeten sich von den Bauersleuten, traten aus der Türe in die flirrende Hitze und gingen zur Straße vor.

*

„Kehren wir nicht gleich zurück", schlug Hubertus vor. „Lass uns die Heide oder besser den klösterlichen Feilenforst, wie der Wald hier genannt wird, erkunden! Ich kenne diese Gegend noch nicht. Die Sonne steht hoch am Himmel und wir haben Zeit bis zur Vesper. Es ist zwischen den Bäumen schattig und bei der Hitze und dem Tageslicht wird uns heute kein Strauchdieb auflauern. Auch gibt es dort, wie mir von den Handwerkern des Klosters berichtet wurde, Gräben mit kühlem Wasser." Johannes zögerte zuerst, willigte dann aber ein.

Als sie die Straße weitergingen, sahen sie vor sich das Mädchen Agnes laufen. Sie eilte zielstrebig dem Waldrand zu. „Seltsame Maid!", meinte Hubertus. „Die sollte sich in ihrem Alter noch keine Gedanken über das Sterben und den Tod machen."

„Wen sie wohl mit den umherziehenden Menschen gemeint hat, die kein Haus haben?", rätselte Johannes. „Gehen wir ihr mal nach." Doch schon war Agnes zwischen den Bäumen verschwunden.

„Holla, die Herren! Wohin des Wegs?" Johannes schaute sich um. Aus einem Hof, ähnlich dem von Bauer Pfeifer, trat ein Mann, eine Sense über der einen Schulter und einen leinenen Beutel über der anderen. Schweiß glänzte von seinem roten Gesicht.

„Grüß Gott!", erwiderte Johannes. „Mit wem haben wir die Ehre?" Der Mann zog sein Tuch, das er mangels eines Hutes trug, vom Kopf. „Ich bin

Jakob Schuster, Bauer zu Nötting." Er deutete auf Hubertus, der sich leicht verbeugte. „Wir kennen uns schon."

„Wohin ist denn Agnes hingelaufen?", erkundigte sich Johannes. Schuster kniff die Augen zusammen. „Die Tochter vom Pfeifer? Ich glaub, die wohnt schon mehr am Waldrand als im Dorf. Obwohl es dort nicht geheuer ist, hat sie keine Angst. Seit Jahren schon rennt sie in jeder freien Minute dort hin. Dass der Josef und die Berta das zulassen, versteh´ ich nicht. Meine Marie darf das nicht. Die soll daheim helfen. Die Agnes g´hört eigentlich auch naus aufs Feld zum Arbeiten. Aber jeder wie er meint. Was macht Ihr hier? Ihr seid doch der, den sie überfallen haben und der einem der Räuber das Knie zertreten hat oder?", fragte Schuster neugierig mit einem Blick auf Johannes verbundenen Arm.

„Ich will mit meinem Reisegefährten den klösterlichen Forst erkunden" antwortete Hubertus leichthin. „Und Ihr habt Recht, Bruder Johannes ist wieder auf dem Weg der Genesung." Schuster kratzte sich am Kopf. „Seid´s vorsichtig! Ich hab schon gesagt, im Feilenforst ist´s nicht geheuer. Drum arbeiten wir und die anderen Lehensnehmer nicht weit hinter dem Waldrand. Tiefer geht da keiner freiwillig rein. Außerdem gibt´s mitten im Wald an Weiher, der ist verzaubert, so heißt es. Schaut´s zumindest, dass Ihr net in die Nähe davon kommt´s!" Er zögerte kurz. „Dann will ich euch nicht länger aufhalten." „Gott mit Euch, Bauer Schuster", sagte Johannes. Sie winkten zum Abschied und gingen weiter.

„Ein verzauberter Weiher?", lachte Hubertus. „Ich habe schon viel erlebt auf meinen Reisen. Auch hörte ich immer wieder von verfluchten Wäldern und Höhlen, entführten Prinzessinnen, Irrlichtern, Hunden mit glühenden Augen und wer weiß was noch alles. Wenn man alle diese Geschichten glaubt, mit denen Kinder geängstigt werden, dann wagt man sich nicht mehr aus der eigenen Hütte. Doch die Welt gehört dem Mutigen."

Als sie am Waldrand angekommen waren, hörten sie schon das Hämmern von Äxten. Nur wenige Schritte entfernt arbeiten drei Männer, ein älterer und zwei junge.

Während die zwei jungen Männer mit Äxten einer großen Fichte zu Leibe rückten, räumte der dritte die unmittelbare Umgebung von Ästen frei. „Das ist Franz Michelbauer", sagte Hubertus und zeigte auf den älteren Mann, dessen Kopf und Arm verbunden war. Wir haben ihn gesehen, als wir dich in der Krankenstation der Abtei erstmals besuchten. Ihm fiel ein Ast auf den Arm und klemmte ihn ein.

Deine große Liebe, die schöne Ordensschwester, hat ihn behandelt. Aber heute wollen wir ihn nicht stören. Gehen wir weiter." Johannes fühlte sich beschämt. Dieser Mann hatte ebenfalls eine Verletzung seines Armes erlitten, arbeitete aber klaglos weiter, um seinen Lebensunterhalt zu sichern. Er selbst hingegen konnte es sich durch die finanzielle Ausstattung seines Heimatklosters und vor allem des Kaufmanns Wohlfahrt leisten, in den Wäldern umherzustreifen. Er nahm sich vor, für die Arbeiter, die im Dienste der Abtei standen, zu beten. Und wenn er wieder gesund war und weiter ziehen musste, wollte er eine Spende zur Speisung der Arbeiter in der Abtei bei Schwester Benedikta hinterlegen.

Hubertus machte Johannes auf die heideartige Landschaft und einige besonders bizarre alte Bäume aufmerksam. Langsam drangen sie immer tiefer in den dichten Wald vor. Schließlich erreichten sie eine Lichtung. Dort sahen sie einen kleinen Weiher, der auf drei Seiten von dichten Bäumen umgeben war und sich in scheinbar unergründliche Tiefen erstreckte. Obwohl das Wasser kristallklar war, konnten sie den Grund des Weihers nicht erkennen. „Weißt du noch, wo wir sind und wie wir wieder zurück kommen?", fragte Johannes. Hubertus nahm seinen Hut ab und kratzte sich am Kopf.

„Ich weiß nicht. Vielleicht ist das ja dieser `verzauberte´ Weiher. Er sieht aber gar nicht verzaubert aus. Machen wir hier erst einmal Rast", meinte er. „Über den Rückweg machen wir uns Gedanken, wenn wir ausgeruht sind." Sie ließen sich auf der Lichtung nieder. Hubertus lehnte sich an einen der am Rand des Weihers stehenden Bäume und schloss die Augen.

Johannes hatte großen Durst. Doch das Ufer des Weihers war steil. Einen leichten Zugang sah er nicht. Durch die lang anhaltende Trockenheit war auch der Wasserstand gesunken. Kürbisflaschen, um Wasser zu schöpfen, hatten sie nicht dabei. Um an das Wasser zu kommen, musste er sich also notgedrungen auf den Bauch legen und langsam an das Ufer heranrobben. Er kam mit seiner Hand gerade an das kostbare Nass. Vorsichtig schöpfte er, bis er seinen Durst gestillt hatte. Gerade wollte er wieder aufstehen, da hörte er einen Wutschrei. Vor Schreck wäre er beinahe in das bodenlose Gewässer gestürzt.

Er drehte den Kopf und sah Hubertus, wie dieser aufsprang. Hinter ihm glaubte er, einen kleinen schwarzen Schatten zu sehen, der im Dickicht verschwand. Hubertus stürzte hinterher. So schnell er konnte, rappelte sich Johannes auf und lief seinem Freund nach. Er konnte nur schätzen, wo Hubertus entlang gerannt war. Nach einigen Momenten ziellosen Rennens hielt er inne.

Kleine Fliegen, die von seinen Schweißtropfen angezogen wurden, surrten in der Luft. Er schlug unwillkürlich nach ihnen und zwang sich, nachzudenken. Blindlings loszustürzen, war dumm. So schnell, wie Hubertus gerannt war, würde er Spuren hinterlassen haben.

In Coburg hatte er gelernt, zu erkennen, wo Waldarbeiter entlanggelaufen waren, wenn sie durch´s Unterholz gingen und keine ausgetretenen Pfade nutzen konnten. Immer waren Zweige abgebrochen, wurden an feuchten Stellen im Boden Fußabdrücke hinterlassen oder Äste zertreten. Er konzentrierte sich darauf und wurde nach kurzer Zeit fündig. Da waren, wenngleich nur schwer erkennbar, Fußabdrücke im Moos. Es gab große Spuren, die von Hubertus stammen mussten. Dazu kamen aber auch kleinere, kaum wahrnehmbare Spuren, die nicht von einem Erwachsenen stammten. War Agnes hier entlang gelaufen? Aber warum hatte Hubertus dann vor Wut geschrien?

Die lästigen Fliegen verscheuchend, zwang er sich, langsam weiterzugehen und aufmerksam Ausschau zu halten. Da waren abgebrochene Zweige von Sträuchern, dort hingen Föhrenäste herunter. Nach kurzer Zeit sah er an einem hervorstehenden Ast ein Stückchen Tuch hängen.

Er ging weiter. Nach einiger Zeit hörten die Spuren auf. Zweifelnd sah er sich um. Er hatte keine Ahnung mehr, wo er sich befand. Alles war still. Nur das Summen der Fliegen und vereinzelt das Zwitschern eines Vogels war zu hören. Mühsam kämpfte er seine aufsteigende Angst nieder. Plötzlich drang ein Geräusch wie ein ersticktes Husten an sein Ohr. Er wandte den Kopf in die Richtung, aus der das Geräusch kam. Eine Reihe junger Fichten verdeckte ihm die Sicht. Johannes zwängte sich hindurch. Der Anblick, der sich ihm bot, ließ ihn verblüfft innehalten.

Vor ihm floss ein Graben, gerade so breit, dass man nicht darüber springen konnte und, wie er auf die Schnelle vermutete, einige Ellen tief. Aus dem Graben ragte eine hölzerne, aus Buchenholz grob geschnitzte Stange heraus, die oberhalb des Wassers etwa 6 Ellen lang sein mochte. In einigen Mannslängen Entfernung führte ein schmaler Baumstamm über den Graben. Mit Geschick und Geduld ließ sich darüber balancieren.

Hinter dem Graben stand am Ufer eine Reihe von jungen Nadelbäumen. Diese waren aber noch nicht mannshoch, so dass man auf die dahinter befindliche Lichtung sah. Dort lag eine riesige Buche, die samt ihrem Wurzelteller wohl bei einem Sturm, gefallen war. Der Baum hatte noch immer ein dichtes Geäst. Der Sturm hatte ihn zwar umgeworfen, aber er stand trotzdem in vollem Wuchs. Seine Äste waren dicht belaubt. Die Lücke zwischen Stamm und Boden war gerade so hoch, dass ein kleinerer Mensch darin aufrecht stehen konnte. Erst bei näherem Hinsehen war zu erkennen, dass zwischen den Ästen des Baumes Zweige geflochten waren, die auf diese Weise eine Art Hütte bildeten. Der Eingang der Hütte war nicht zu sehen.

Rechts vor dem gestürzten Baum waren einige Steine in Form eines Kreises gelegt. In diesem Kreis sah Johannes die Reste einer Feuerstelle. An der Feuerstelle kauerte Agnes mit entsetzt verzerrtem Gesicht und geballten Fäusten. Sie starrte in die Richtung der mächtigen Buchenwurzel.

Links von dem Wurzelteller der Buche stand eine Fichte. An dieser Fichte lehnte ein schwarzhaariger Knabe. Johannes kniff die Augen zusammen und sah genauer hin. Der Bursche lehnte nicht an dem Baum, vielmehr zappelten seine Beine über dem Boden. Er wurde von einer Faust hochgehalten und an den Stamm gedrückt. Die Faust war die von Hubertus.

Johannes erschrak, als er den Ausdruck in Hubertus´ Gesicht sah. Ihm war als sehe er in eine Wolfsfratze. Es schien, als würde sein Freund die Zähne fletschen. Hubertus´ Augen waren von einer Eiseskälte und es schien, als würde er nichts und niemanden wahrnehmen als den zitternden Knaben, den er mit ausgestreckter Faust eisern an den Buchenstamm gepresst hielt. In der anderen Hand hielt er ein Messer, das er dem Knaben drohend an den Hals hielt. Der Unbekannte, der etwa dasselbe Alter wie Agnes haben mochte, versuchte vergeblich, sich aus dem Griff zu befreien. Er keuchte und strampelte, doch Hubertus lockerte seinen Griff nicht.

„Hubertus! Um Gottes Willen! Lass von dem Knaben ab!", schrie Johannes. Kaum hatte er diese Worte ausgestoßen, ertönte ein herzzerreißender Schrei, gefolgt von einem Wimmern. Agnes hatte sich fallen gelassen und lag schluchzend am Boden neben der Feuerstelle.

„Hubertus!", Johannes sprach jetzt beschwörend auf seinen Reisegefährten ein, „bitte lass den Knaben los!" Hubertus wandte sein

Gesicht langsam von dem Kind ab und seinem Reisegefährten zu. Er schloss die Augen. Johannes sah, wie er mit sich kämpfte. Dann entspannte sich sein Gesicht, er lockerte seinen Griff etwas und ließ den jungen Burschen sinken, jedoch ohne ihn loszulassen. Dieser rang verzweifelt um Atem.

„Ich komme jetzt zu Euch!", rief Johannes und eilte zu dem Baumstamm, der über dem Graben lag. Er verwünschte sich dafür, dass er nicht balancieren konnte. Sowenig wie er schwindelfrei war, so schwach war sein Talent, über Balken und schmale Baumstämme zu laufen, ohne auszurutschen. Vorsichtig und zitternd trat er auf den Stamm. Glücklicherweise war dieser trocken. Trotzdem wäre er beinahe ausgerutscht und in den Graben gestürzt. Gerade noch konnte er sich mit einem beherzten Satz auf die andere Seite retten. Mit wild klopfendem Herzen eilte er zu dem am Boden liegenden Mädchen.

„Es wird alles gut, Agnes!", sagte er mit einem Optimismus, den er nicht empfand. Agnes richtete sich wieder auf und starrte ihn ängstlich an. Beruhigend fasste er sie an der Schulter. Dann richtete er sich auf und eilte auf Hubertus zu, der den Knaben immer noch festhielt.

„Hubertus", mahnte Johannes eindringlich, „Ich bitte dich vor Gott, lass ihn endlich los." Scheinbar endlose Sekunden verstrichen. Dann hörte Johannes, wie Hubertus leise und drohend fragte: „Wo ist mein Dolch?" Zitternd zeigte der Knabe auf den Wurzelteller der gestürzten Buche. Ohne loszulassen, zog Hubertus sein Opfer zur mächtigen Baumwurzel. „Wo?", fragte er in eiskaltem Ton. Der Knabe beugte vorsichtig seinen Oberkörper und streckte den Arm aus. Hubertus´ Blick folgte der zitternden Hand. Dann stieß er den fremden Burschen von sich, so dass dieser stürzte. Er verbarg sein Messer im Schaft seines Stiefels und bückte sich rasch. Er nahm den Dolch auf, der halb verborgen unter dem Wurzelteller lag und betrachtete ihn eingehend. Befriedigt nickend, wischte er die Klinge an seinen Beinlingen ab und steckte die Waffe wieder in die Lederscheide seines Gürtels.

Johannes schob Hubertus entschlossen zur Seite und beugte sich zu dem zitternden Knaben. Der Unbekannte hatte rabenschwarze Haare und tiefdunkle Augen. Auch seine Hautfarbe war anders als die der hiesigen Bevölkerung. Wie helle Bronze, dachte der Mönch. Johannes ließ sich auf ein Knie nieder, sah den Fremden an und lächelte beruhigend. Dann sagte er mit sanfter, dunkler Stimme: „Gott zum Gruß, junger Mann. Ich bin Bruder Johannes. Ich tue dir nichts. Sag, wie ist dein Name?"

Keine Antwort. Die Augen des Knaben rasten zwischen Johannes und Hubertus, der ihn immer noch grimmig betrachtete, hin und her. Johannes wiederholte die Frage, doch auch diesmal erhielt er keine Antwort. Als er ihm zur Beruhigung die Hand auf die Schulter legen wollte, zuckte der junge Bursche heftig zurück. Johannes war ratlos. Hilfesuchend drehte er sich zu Hubertus um. Doch war es Agnes, die ihm, immer noch an der Feuerstelle kauernd, zurief: „Er spricht nicht mit Fremden. Aber mit mir. Er kann sprechen!" Johannes winkte das Mädchen heran und bedeutete Hubertus gleichzeitig, sich im Hintergrund zu halten. Dieser nickte und nutzte die Gelegenheit, den Platz, auf dem sie sich befanden, genauer in Augenschein zu nehmen. Der fremde Knabe aber verfolgte genau jeden Schritt, den Hubertus machte und ließ ihn nicht aus den Augen.

Agnes hatte sich indes aufgerappelt und war zu Johannes gekommen. Sie ließ sich an der Seite des Fremden nieder und legte ihren Arm über seine Schultern. „Ihr… Ihr tut ihm doch nichts oder?", fragte sie mit bangem Blick. Johannes war überrascht. „Wieso sollte ich ihm etwas tun? Liebe deinen Nächsten wie dich selbst, spricht der Herr. Agnes, wer ist dieser Knabe und warum ist er hier und nicht in einem der Dörfer oder im Markt Geisenfeld selbst?" Agnes schmiegte sich stärker an den Jungen, dessen Zittern langsam nachließ. Kurz streifte sein Blick den Mönch, um sogleich wieder misstrauisch zu Hubertus zu schwenken. Agnes sagte leise: „Er heißt Alberto. Ich nenne ihn aber Bertl. Er ist… er ist nicht von hier."

„Woher stammt er und warum lebt er hier im Wald?", fragte Johannes erstaunt. „Er ist zwar kein Kind mehr, aber es ist gefährlich für jemanden wie ihn, allein im Wald zu leben. Er ist doch kein Einsiedlermönch. Wovon lebt er? Und woher kennst du ihn?"

Plötzlich sprang der eigenartige Knabe auf, so dass Agnes beinahe gestürzt wäre und rannte mit verblüffender Schnelligkeit auf Hubertus zu, der gerade im Eingang der Hütte verschwand. Ein überraschter Schrei ertönte, gefolgt von einem dumpfen Aufprall. Johannes erhob sich rasch und lief zur Hütte. Erst als er davor stand, erkannte er, dass der Eingang aus parallel versetzten Buchenästen bestand, die sich in einem so geringen Abstand voneinander befanden, dass sich einem weiter entfernt befindlichen Beobachter nicht erschloss, wie man hineinfand. Als Johannes sich hindurchgezwängt hatte, sah er Hubertus auf dem Rücken liegen. Auf seiner Brust saß der junge Bursche, der, wie Agnes gesagt hatte, Bertl oder Alberto hieß. Er hatte eine Hand an Hubertus Hals, genau so, wie ihn dieser zuvor gehalten hatte. In der anderen Hand, die drohend erhoben war, hielt er einen scharfkantigen Stein, bereit, Hubertus den Schädel einzuschlagen.

Hubertus sah dem Knaben starr in die Augen. Seine Hand, so bemerkte Johannes, tastete nach seinem Dolch. Schon hatte er die Waffe ergriffen, als Johannes schrie: „Aufhören!" Alberto wandte den Kopf und Johannes erkannte schaudernd, wie viel Wut und Verzweiflung in ihnen loderte. Agnes stürzte hinter Johannes hervor, packte den Knaben am Arm und zerrte ihn von Hubertus herunter.

„Steh auf, Hubertus!", sagte Johannes leise. „Es ist besser, wenn wir jetzt gehen." Langsam stand Hubertus auf und klopfte sich die Kleider aus. Johannes sah sich schnell und unauffällig um. Ihn verblüffte, mit welcher Raffinesse die Hütte gebaut war. Sie war der umgestürzten Buche angepasst worden. Geschickt wurden die grünenden Äste und Zweige so genutzt, dass eine natürliche Tarnung entstand. Zwischen die Buchenzweige waren Erlenstecklinge gepflanzt, die eine fast undurchdringliche Wand ergaben. Dahinter waren aus Weidenästen ein Dach und Wände geflochten, was einen Schutz vor Regen und Wind bot. Da die Weiden selbst grünten, schützten sie zusätzlich vor neugierigen Blicken von vielleicht zufällig vorbeikommenden Wanderern oder Waldarbeitern. In einer Ecke war offenkundig der Schlafplatz, der mit alten geflochtenen Säcken, Decken und Fellen ausgestattet war. Aus abgestorbenen Ästen war eine Innenwand errichtet. Was sich dahinter verbarg, konnte Johannes in der Eile nicht erkennen. Im Sommer mochte diese Zuflucht, denn das war es wohl, eine halbwegs annehmbare Unterkunft sein, doch im Winter…. Als er sich abwandte, fielen Johannes einige junge Haselnusssträucher rechts hinter der Hütte auf. Die Sträucher standen auf einer Mannslänge eigentümlich eng zusammen.

Johannes sah den Knaben an, den Agnes noch immer am Arm hielt. In seiner Faust hatte er nach wie vor den Stein, bereit, sofort zu werfen oder loszuschlagen. „Wir gehen jetzt", sagte Johannes freundlich,. „Und, wenn du nicht willst, dann kommen wir nicht wieder. Nicht wahr, Hubertus?", sagte er zu seinem Reisegefährten. Widerwillig nickte dieser. Argwöhnisch betrachtete Alberto die beiden Freunde. „Gebt Ihr ihm euer Wort, dass Ihr ihn und sein Versteck nicht verratet?", fragte Agnes argwöhnisch.

„Bei Gott, ich verspreche es", sagte Johannes besänftigend. „Aber", fügte er einschränkend hinzu, „nur, wenn du mir meine Fragen beantwortest."

„Und was ist mit ihm?", zeigte Agnes auf Hubertus. Dieser sah sie grimmig an. Dann zuckte er die Achseln und antwortete: „Du hast mein Wort."

„Dann will ich jetzt mit euch gehen", sagte Agnes bestimmt. Es war deutlich, dass sie dem Frieden noch nicht ganz traute. Sie flüsterte dem fremden Knaben etwas ins Ohr. Dann sagte sie: „Gut, Ihr Herren, lasst uns gehen!" Johannes und Hubertus gingen zu dem Baumstamm, der über dem Graben lag. Hubertus balancierte leichtfüßig darüber und half Johannes, der nur zögerlich seinen Fuß auf das Holz setzte.

Agnes hatte derweil Anlauf genommen und war auf den Graben zugerannt. Als Johannes schon befürchtete, dass sie hineinspringen wollte, ergriff sie die aus dem Graben ragende Holzstange, stieß sich ab und schwang über das Wasser. Rechtzeitig ließ sie los und landete geschickt am anderen Ufer. Dann zog sie die Stange heraus und legte sie ins Unterholz neben eine Fichte. „Was war denn das?", rief Hubertus erstaunt. „An den Küsten der Nordsee habe ich dies schon gesehen. Die Bauern nutzen dort diese Fertigkeit, um die Entwässerungsgräben des Marschlandes zu überqueren, ohne nass zu werden. „Doch sah ich dies nie im Süden des Reiches."

Als sie das Mädchen erreicht hatten, hörten sie ein lautes Klatschen. „Bertl hat den Stamm in den Graben geworfen", erklärte Agnes, ohne sich nach dem Geräusch umzudrehen. „Folgt mir, ich führe euch zurück."

Durch dichtes Unterholz, vorbei an Lichtungen und Teichen, über Wildäcker und wildes Gestrüpp führte das Mädchen die beiden Freunde. Nach geraumer Zeit standen sie an dem Weiher, an dem der Fremde den Dolch von Hubertus entwendet hatte.

„Die Sonne sinkt", sagte Hubertus und zeigte nach Westen. Tatsächlich warfen die Bäume schon lange Schatten. Agnes folgte mit den Augen dem ausgestreckten Arm. Dann sagte sie: „Ich beantworte eure Fragen, während wir weitergehen" und stapfte unverdrossen los. Den Männern blieb nichts Anderes übrig, als ihr zu folgen.

Eine Zeitlang gingen sie schweigend nebeneinander her. „Ich kenne Bertl schon seit drei Jahren", unterbrach Agnes plötzlich die Stille. „Ich war im Sommer mit meinem Vater im Wald. Erst sah ich ihm und meinem Onkel beim Baumfällen zu, dann sagte mein Vater zu mir, ich sollte Äste sammeln. Ich ging also los und sammelte Äste und Zweige. Ein Eichhörnchen lief mir vor die Füße. Es war erst gar nicht scheu. Als ich danach greifen wollte, lief es davon und ich ihm nach. Da stand Alberto vor mir. Wir waren beide erschrocken. Dann legte er seinen Finger an die Lippen und lief davon. Ich habe meinem Vater nichts gesagt.

Am nächsten Tag bettelte ich, wieder mitkommen zu dürfen. Er erlaubte es mir und ich lief wieder zu der Stelle, an der ich Bertl das erste Mal gesehen hatte. Er war wieder da. Er sagte nichts, aber er gab mir Beeren, die er gepflückt hatte. Von da an ging ich jedes Mal mit meinem Vater in den Wald, wenn er mich ließ. Ich half ihm dann, dürre Äste und Zweige zu sammeln. Doch irgendwie habe ich es immer wieder geschafft, mich mit Bertl zu treffen. Bald nahm ich ihm etwas Brot mit. So wurden wir Freunde."

Sie hatten den Waldrand erreicht. Johannes erkannte die Stelle, an der die Bauern vorher Holz geschlagen hatten. „Wir sind gleich wieder in meinem Dorf", sagte Agnes. „Ich gehe jetzt nach Hause."

„Du hast mir noch nicht alles gesagt", meinte Johannes verwundert. Das Mädchen nickte bestätigend. „Ich erzähle euch mehr, wenn Ihr wiederkommt. Doch kommt alleine." Sie warf einen kühlen Blick auf Hubertus. Dieser richtete ergeben die Augen zum Himmel und brummte dann Unverständliches. „Auf bald, Bruder Johannes!", sagte Agnes und lief davon.

*

„Eine ganz besondere Maid, nicht?", fragte Johannes. Seit sich Agnes von ihnen verabschiedet hatte, waren sie schweigend nebeneinander hergegangen. „Dieser Knabe ist viel rätselhafter", entgegnete Hubertus. „Er spricht nicht, ist flink wie ein Wiesel und kennt sich im Wald aus wie leicht kein Zweiter. Beinahe wäre er mir entwischt." Er schüttelte den Kopf. „Noch nie ist es jemandem gelungen, mir meinen Dolch zu entwenden, nicht einmal, als ich schlief. Diejenigen, die es versuchten, haben teuer dafür bezahlt. Doch er hat es geschafft. Dabei habe ich gar nicht geschlafen, sondern nur ein wenig gedöst. Als könnte er zaubern…." Hubertus verstummte nachdenklich.

Johannes sah ihn an und meinte: „Du hast mir Angst gemacht, als du ihn an den Baum gedrückt hast. Ich habe noch nie einen solchen Ausdruck in deinen Augen gesehen. Ich dachte, du würdest ihn …… töten." Er ließ das Wort in der Luft hängen.

Hubertus schwieg. Dann sagte er leise: „Ich sagte dir schon, dass ich diesen Dolch vor Jahren von meinen Lehrmeistern, den italienischen Gauklern, geschenkt bekam. Er hat so manches Mal mein Leben gerettet. Er ist sehr scharf, liegt gut in der Hand und lässt sich trefflich werfen. Nicht einmal verfehlte ich damit mein Ziel. Ich besitze noch andere Wurfmesser, doch keines ist so treffsicher. Niemals würde ich mich von ihm trennen. Ich fürchtete heute, er wäre verloren."

Johannes blieb stehen und packte Hubertus mit seinem gesunden Arm an der Schulter. „Und du hättest dich wegen dieses Dolches beinahe versündigt, mein Freund. Wegen eines Dolches ein Menschenleben nehmen, noch dazu von einem jungen Burschen, der beinahe noch ein Kind ist!", rief er in eindringlichem Ton. „Vor Gott bitte ich Dich, tu das nie wieder. Denke nicht einmal daran!"

Hubertus erwiderte seinen Blick aus dunklen Augen. Dann sagte er langsam: „Um unserer Freundschaft willen will ich dir versprechen, dem Knaben nichts Ernsthaftes zuzufügen. Doch mehr kannst du nicht von mir verlangen, Johannes. Ich bin kein Mönch, sondern ich wehre mich meiner Haut. Sonst wäre ich schon lange tot. Und ich verteidige, wenn es notwendig ist und wie du auch schon bemerkt haben dürftest, ebenso meine Freunde, wenn sie in Gefahr sind. Jetzt lass mich los!" Er schüttelte Johannes´ Hand ab.

Ohne weitere Worte gingen sie nebeneinander her. „Der Bursche ist nicht aus der Gegend", unterbrach Hubertus schließlich das unangenehme Schweigen. „Wie hat sie ihn genannt? Alberto? Ein italienischer Name. Und wieso lebt er alleine im Wald? Er scheint nicht zu den üblichen Räubern und dem Gesindel zu gehören, das sich sonst in den Wäldern herumtreibt, sondern er ist scheinbar allein. Aber wie überlebt er? Er muss doch damit rechnen, dass ihn irgendwann jemand entdeckt, Waldarbeiter oder Strauchdiebe."

„Du vergisst die Geschichte von dem verfluchten Weiher. Vielleicht hält dies die Neugierigen ab. Die Hütte von Alberto ist, so kam es mir vor, nicht weit davon", gab Johannes zu bedenken.

Alberto. Ein italienischer Name. Der Mönch schlug sich mit der Hand auf die Stirn. „Gott muss mich mit Blindheit geschlagen haben!", rief er aus. Hubertus sah ihn verwundert an. Dann dämmerte es ihm. „Glaubst du etwa...?" Johannes hob abwehrend die Hand. „Lass mich nachdenken!", sagte er rasch. Was hatte Pfarrer Niklas ihm erzählt? Als er am Tag nach der Beerdigung der ermordeten Schwestern dort angekommen war und die Toten gezählt hatte, hatte es den Anschein gehabt, als fehle eine Leiche. Konnte es sich um dieses Kind handeln, das Hubertus´ Dolch gestohlen hatte?

Wenn dies zutraf, dann hatte sich dieser Knabe seit nunmehr über sechs Jahren hier im Wald verkrochen, ohne zu wissen, wohin er nach der Vergeltung gehen konnte, immer in Angst, entdeckt und dann als Angehöriger der Verfemten hingerichtet zu werden. Mit seinem Aussehen konnte er schließlich nicht als Einheimischer gelten.

Johannes berichtete Hubertus von dem Eindruck, den Pfarrer Niklas am Tag nach der Vergeltung gewonnen hatte.

„Wenn er derjenige ist, der damals nicht gefunden wurde, was muss in ihm vorgehen?", murmelte Hubertus. „Wie ist er von Puchersried hier her gekommen? Und wie hat er überlebt? Ich kann es einfach nicht glauben." Johannes schwieg bedrückt. Dann richtete er sich auf, sah Hubertus eindringlich in die Augen und sagte: „Er muss es sein. Agnes weiß es. Sonst würde sie nicht davon sprochen, dass Leute, die kein Haus haben und nur herumziehen, früher sterben müssen. Ich werde sie fragen und nicht eher ruhen, bis ich die ganze Wahrheit um den Kirchenraub und die Vergeltung erfahren habe. Das schwöre ich bei Gott."

Hubertus nickte. „Doch wollen wir, was den Knaben betrifft, gegen jedermann schweigen, wie wir es ihm versprochen haben. Und wenn es ein Unrecht an den Spielleuten gab, muss es gesühnt werden. Sei versichert, mein Freund, ich helfe Dir." Er zeigte nach vorne. In der Ferne wurden die ersten Häuser von Geisenfeld sichtbar.

*

Als Hubertus und Johannes durch Geisenfeld in Richtung Kloster zurückwanderten, gingen sie auf ihrem Weg zur Abtei am Rathaus vorbei. Hubertus sah sich interessiert die Anschlagtafel an, auf der die Erlasse des Marktes und der Äbtissin ausgehängt waren. „Was meinst Du, Johannes, wie viele Bürger von Geisenfeld sind wohl des Lesens und Schreibens mächtig?" Johannes zuckte die Schultern. „Ich habe Pfarrer Niklas noch nicht danach gefragt, weiß aber, dass das Kloster die Töchter des Ortes darin unterrichtet. Woher kannst du lesen? Ist dies bei Sängern üblich?" Hubertus schenkte ihm einen schiefen Blick. „Ich bin schließlich viel herumgekommen, schon vergessen? Ich lernte nicht nur den Gebrauch von Musikinstrumenten, den Umgang mit Pferden und Schiffen. Neben Messern und Dolchen liegen mir auch Griffel und Feder gut in der Hand."

Johannes verzog das Gesicht. Doch noch bevor er antworten konnte, hörten die beiden eine Stimme in ihrem Rücken. „Einen schönen Dolch tragt Ihr da, Spielmann! Schöner als Ihr selbst, so scheint es." Johannes fuhr erschrocken herum, wohingegen Hubertus sich betont langsam umdrehte. Ihnen gegenüber standen zwei Männer.

Einer von ihnen war ein schlanker, totenbleicher Mann in einem schwarzen Gewand. Er trug eine mit prächtigen Stickereien verzierte grüne Weste. Seine Füße steckten in blank polierten, schweren Lederstiefeln. An der Seite hatte der Mann ebenfalls einen Dolch, eine Waffe mit langer Klinge, die in einer mit Zierrat versetzten Scheide steckte. Er sah Hubertus und Johannes mit abgrundtiefer Verachtung an.

Der Mann neben ihm war eine jüngere Ausgabe des Ersten. Er unterschied sich nur dadurch von dem Älteren, dass seine Weste schlichter gehalten war.

„Hört Ihr nicht, was mein Vater gesagt hat?", fragte er gedehnt. „Wollt Ihr nicht antworten oder seid Ihr keiner Sprache fähig, Spielmann?" Das letzte Wort spuckte er verächtlich hinaus. Hubertus beugte sich vor und hielt eine Hand hinter sein Ohr, wie um besser hören zu können. „Verzeiht, aber ich hörte keine Frage, sondern lediglich ein Lob. Dafür darf ich mich herzlich bedanken und antworte mit `Vergelts Gott´, wie man hier zu sagen pflegt. Komm, Johannes!" Er wandte sich zum Gehen. „Stehengeblieben!", schnarrte der Ältere der beiden. „Ihr wisst wohl nicht, wen Ihr vor euch habt?"

Einige Bürger waren auf den Wortwechsel aufmerksam geworden. Vorsichtig und auf Abstand bedacht, beobachteten sie neugierig das weitere Geschehen.

Hubertus verbeugte sich tief. „Noch einmal, verzeiht, edle Herren, aber ich sah niemanden, der euch uns vorstellte." Mit gefährlich leiser Stimme sagte er: „Aber vielleicht habt Ihr die Güte, dies selbst zu tun." „Schweig, dahergelaufener Gaukler!", rief der Jüngere. Johannes trat vor. „Edle Herren, gebietet es nicht die Höflichkeit vor Gott, sich vor Beginn eines Gespräches bekannt zu machen? Ich will dies gerne tun, wenn es der Sache dient. Ich bin Bruder Johannes vom Kloster St. Peter und Paul in Coburg und auf Pilgerreise nach Santiago de Compostela. Mein Begleiter hier ist mein Reisegefährte Hubertus. Wenn Ihr nun so gütig sein mögt, uns mitzuteilen, mit wem wir die Ehre haben?"

Der junge Mann sah den Älteren an. „Vater?", fragte er. „Sollen wir uns einem dahergelaufenen Pilgermönch und einem zerlumpten Possenreißer vorstellen?" Sein Vater verzog die Mundwinkel nach unten. „Ich lasse mich heute ausnahmsweise herab", sagte er verächtlich. „Ich bin Herbert Wagenknecht, unmittelbarer Untergebener und rechte Hand des Bürgermeisters dieses Marktes. Dies ist mein Sohn Stephan. Ich bemerkte als Bevollmächtiger des Marktes, dass Ihr", er zeigte auf Hubertus – „einen Dolch tragt. Dies sehe ich als Waffe an. Es ist in Geisenfeld keinem Mann gestattet, Waffen zu tragen." Hubertus starrte Wagenknecht in die Augen und sah dann interessiert an ihm herunter. Sein Blick blieb an dem Dolch des Rathausbediensteten hängen.

„Ich habe nirgends gehört oder gelesen, dass das Tragen eines solchen Werkzeugs in Geisenfeld verboten ist. Und Ihr? Ist dies ein Zahnstocher, den Ihr da so stolz mit euch führt?", fragte er. Wagenknecht lief ob dieser frechen Frage rot an, während sein Sohn die Fäuste ballte. „Als Vertreter des Marktes gelten für mich solche Regelungen nicht", sagte er wütend.

„Auch die für die Sicherheit von Markt und Kloster Beschäftigten sind von dem Verbot ausgenommen. Doch Ihr solltet euch in Acht nehmen, sonst trifft euch die geballte Kraft der Obrigkeit!"

„Dieser Lump kann doch gar nicht lesen", ergänzte Wagenknechts Sohn. Er lachte. Johannes wollte gerade den Mund öffnen, um scharf zu entgegnen, doch Hubertus hob die Hand. „Kein Mann außer den Vertretern des Marktes darf in Geisenfeld Waffen tragen, sagtet Ihr? Gut, dann wissen wir, woran wir jetzt sind. Vielen Dank für diesen wertvollen Hinweis. Gehabt euch wohl!"

Er drehte sich um, ohne die beiden noch eines Blickes zu würdigen und zog Johannes am Ärmel mit sich. Wagenknecht und sein Sohn, die erwartet hatten, dass sich ein handfester Streit entwickeln würde, blieben verblüfft stehen. Dann zuckten sie die Achseln und gingen ins Rathaus.

Kurz vor Erreichen der Klosterpforte blieb Hubertus stehen. Er zitterte vor Wut. „Dieser eingebildete Gockel dünkt sich erhaben über alle anderen."

Johannes beruhigte ihn. „Du hast klug gehandelt. Bei einem Streit hättest du den Kürzeren gezogen. Lass uns zurück ins Gästehaus gehen."

Neben ihnen hatten sich unauffällig zwei ältere Bürger eingestellt, die scheinbar aufmerksam den Brombeerstrauch an der Mauer der Abtei betrachteten. „Es gibt in Geisenfeld bisher kein solches Verbot, von dem Wagenknecht gerade sprach", sagte einer der Bürger zu dem Strauch.

Der andere meinte: „Aber mit Sicherheit wird es das morgen geben, findet Ihr nicht, Freund Brombeerstrauch?" Der Erste sagte, während er fest an Hubertus und Johannes vorbeischaute: „Ihr seid gut beraten, euch so unauffällig wie möglich zu benehmen. Mit Wagenknecht und seinem Sohn ist nicht zu spaßen! Seid auf der Hut!" Dann gingen die beiden Bürger in entgegengesetzten Richtungen auseinander, ohne erkennbar von Hubertus und Johannes Notiz genommen zu haben.

„Beliebt sind die beiden Wagenknechts nicht", sagte Johannes. Hubertus erwiderte nichts. Johannes bemerkte, dass es in seinem Freund arbeitete. Dann nickte Hubertus, plötzlich lächelnd. „Männer dürfen keine Waffen tragen, sagten sie? Nun denn, dann wollen wir den Herren ein Schnippchen schlagen! Es ist die Zeit der Vesper. Nun lass uns das abendliche Mahl einnehmen."

*

16. Juli 1390, Gerichtsstätte des Propstrichters von Geisenfeld

„Nehmt hier Platz, Pfarrer Niklas! Und Ihr natürlich auch, Bruder Johannes." Der Propstrichter Frobius hatte sie mit einer angedeuteten Verbeugung begrüßt und ihnen einen Platz auf einer Holzbank unweit des Richtertisches zugewiesen.

Die Gerichtsverhandlungen fanden jeden Monat zum gleichen Tag statt, ungeachtet, ob Aussaat oder Ernte anstand. Wie schon die Tage zuvor, so strahlte auch heute die Sonne vom wolkenlosen Himmel. An solchen Tagen wurden die Gerichtsverhandlungen nicht im Amtsgebäude des Propstrichters, sondern auf einer Wiese in der Nähe der Hochstatt abgehalten. Die Hochstatt war die Hinrichtungsstätte, auf der, wie

Johannes bereits von der Äbtissin erfahren hatte, die Todesurteile des Landrichters vollstreckt wurden.

Unter einem mächtigen Lindenbaum war der Richtertisch aufgebaut. Hinter dem Tisch stand ein erhöhter Stuhl, auf dem Frobius Platz nahm. Zu seiner Linken befand sich eine niedrige Bank, auf der sich Schwester Benedikta, die Cellerarin der Abtei sowie eine junge Moniale, die Johannes unbekannt war, niederließen. Zur Rechten des Richtertisches stand eine weitere Bank, auf der vier mit Schwertern und Dolchen bewaffnete Männer saßen. Auf der danebenstehenden Bank ließen sich Johannes und Pfarrer Niklas nieder.

„Vier Bedienstete von Godebusch", raunte der Pfarrer Johannes zu. „Sie sind als Schergen dafür da, die Ordnung des Gerichts sicherzustellen, wenn es nötig ist, sowie Verurteilte in die Gefangenengelasse der Abtei zu überführen."

Johannes nickte zum Zeichen, dass er verstanden hatte. Als er sich zu den Männern drehte, sah er, dass sie ihre Pferde an Holzpflöcken hinter deren Bank angebunden hatten. Nach anfänglichem Schnauben begannen die Vierbeiner friedlich zu grasen. Hinter der Linde war ein weiteres Pferd angebunden. Johannes verstand nichts von den Reittieren, doch schien ihm dieses ein prachtvolles Ross zu sein. Es hatte ein glänzendes, schwarzes Fell und eine geflochtene Mähne.

Die Verhandlung hatte noch nicht begonnen und so strömten zahlreiche Bürger Geisenfelds herbei, um sich dieses Schauspiel nicht entgehen zu lassen. Die aufgestellten Sitzbänke reichten nicht aus und so musste manch einer der Zuschauer die Verhandlung im Stehen verfolgen. Bereits jetzt am Morgen war es warm und es schien wieder ein heißer Tag zu werden. Pfarrer Niklas nutzte die Zeit bis zum Beginn des Verhandlungstages, Johannes noch einiges über die Gerichtsbarkeit zu erklären. „Dem Kloster steht nur die niedere Gerichtsbarkeit zu. Bei handhafter Tat aber wird keine höhere Instanz der Blutgerichtsbarkeit angerufen. Ein Dieb beispielsweise, der bei der Ausübung seiner Tat ertappt wird, wird sofort verurteilt und gehängt. Zur Vollstreckung braucht man nicht einmal den ordentlichen Galgen. Es genügt, wenn das Urteil an einem Baum vollstreckt wird.

Bei der niederen Gerichtsbarkeit hingegen geht es um bürgerliche Sachen, wie Ihr heute noch sehen werdet. Hier gibt es seit einigen Jahren auch immer wieder Streit zwischen dem Markt Geisenfeld, das heißt, dem

Magistrat und der Abtei. Ich vermute, dass der Bürgermeister mit dem Magistrat von dem Bediensteten Wagenknecht beeinflusst wird, damit der Markt einstmals die Gerichtsbarkeit erlangt. Wagenknecht ist ehrgeizig und würde am liebsten selbst Recht sprechen. Doch da sei Gott vor! Es geht ihm, wie man hört, nicht um Gerechtigkeit, sondern nur darum, persönliche Macht zu erlangen. Bislang konnte sich das Kloster aber seine Zuständigkeit bewahren. Doch ist es wohl nur eine Frage der Zeit, bis Herzog Stephan III. angerufen werden muss, um einen Vergleich zu finden."

Pfarrer Niklas unterbrach seine Erklärungen. Propstrichter Frobius stand auf und alle, die bislang gesessen waren, erhoben sich.

„Im Namen der Äbtissin von Geisenfeld eröffne ich den Verhandlungstag!", rief Frobius mit klarer, weithin reichender Stimme und klopfte mit einem Holzhammer auf den Tisch. „Ich rufe den ersten Fall auf!"

Schwester Benedikta stand auf. Sie hielt ein Pergament in der Hand. „Helene Simma, Bäuerin aus Schillwitzhausen!"

„Tritt hervor!", befahl Frobius. Eine ältere Frau machte ein paar Schritte aus der Menge und trat vor den Richtertisch. „Wessen Vergehen wird sie beschuldigt?", fragte der Richter. Schwester Benedikta las vor: „Die Bäuerin Helene Simma wird beschuldigt, ein Schwein verkauft zu haben, ohne den Zoll von einem Pfennig an das Kloster entrichtet zu haben." Richter Frobius wandte sich an die Frau. „Trifft die Anschuldigung zu? Du kannst jetzt dazu etwas sagen!" Die Frau blickte den Richter an. Es sah aus, als wolle sie jeden Moment vor Verlegenheit in den Boden versinken. Dann beugte sie sich vor und flüsterte etwas. Der Richter hielt die Hand hinter sein Ohr.

„Lauter! Ich verstehe dich nicht!" Die Frau wiederholte diesmal laut: „Das Schwein war doch noch klein. Und krank war es auch!"

„Was?", schrie im Hintergrund ein Bauer. „du hast mir ein krankes Schwein verkauft? Sofort nimmst du es wieder zurück. Ich will keine kranken Schweine haben. Das ist eine Sauerei!" Die Menge brach in Gelächter aus. Auch Pfarrer Niklas und Johannes lachten mit. „Ein köstliches Wortspiel", bemerkte der Pfarrer schnaufend. „Kranke Schweine sind wirklich eine Sauerei!" Auch der Propstrichter hatte Mühe, kein Schmunzeln zu zeigen. Schwester Benedikta biss mühsam die Zähne zusammen, um Würde zu zeigen und nicht loszulachen.

Der Propstrichter erhob sich. „Kranke Tiere können eine Herde anstecken. Im Namen der Äbtissin ergeht folgendes Urteil: Die Bäuerin Helene Simma muss das verkaufte Schwein wieder zurücknehmen und ein gesundes dafür hergeben. Den fälligen Zoll von einem Pfennig hat die Bäuerin Simma an das Kloster innerhalb von zwei Tagen an die Cellerarin des Klosters zu entrichten; widrigenfalls wird sie ins Gefängnis gesteckt. Außerdem ist ein Strafpfennig an das Kloster zu entrichten. Das kranke Schwein muss getötet und vergraben werden. Der nächste Fall!"

Schwester Benedikta las vor: „Sebastian Bacher, Bauer aus Winden!"

„Tritt hervor!", befahl Frobius. Ein Mann, der verlegen seine Mütze in den Händen knetete, machte einige Schritte auf den Richtertisch zu. Schuldbewusst starrte er zu Boden.

„Wessen Vergehen wird er beschuldigt?", fragte der Richter. Schwester Benedikta las vor: „Der Bauer aus Winden hat seine Schafe auf die Klosterweide bei Holzleiten getrieben, ohne vorher um Erlaubnis gefragt zu haben." Richter Frobius fragte zurück: „Wie viele Schafe waren es?" Benedikta sah kurz nach und antwortete: „Vier Schafe." Frobius fragte auch diesen Mann: „Trifft die Anschuldigung zu? Du kannst jetzt dazu etwas sagen!" Der Mann nickte nur und antwortete nicht.

Der Propstrichter erhob sich. „Wer etwas nutzen will, was ihm nicht gehört, muss vorher den Eigentümer fragen. Im Namen der Äbtissin ergeht folgendes Urteil: Der Bauer Sebastian Bacher aus Winden hat seine Arbeitskraft für vier Werktage dem Kloster zur Verfügung zu stellen. Die Cellerarin der Abtei entscheidet, an welchen Tagen und für welche Arbeit der Bauer Bacher herangezogen wird. Der nächste Fall!"

Ein beifälliges Raunen ging durch die Zuschauermenge.

So ging es weiter. Ein Seiler aus Gaden wurde bestraft, weil er ohne Zoll Seile auf dem Markt in Geisenfeld verkauft hatte. Ein Bauer aus Nötting hatte die Abgaben verweigert. Richter Frobius verurteilte ihn zu einer Woche Gefängnis, wobei die Strafe sofort angetreten werden musste. Zwei der Schergen sprangen auf, packten den Mann und führten ihn unter dem aufgeregten Gemurmel des Publikums und dem herzzerreißenden Weinen seiner Frau weg.

Zuletzt wurde ein Gewandschneider aus Geisenfeld bestraft, weil er nach dem Besuch eines Wirtshauses sein Wasser bei der Pfarrkirche abgeschlagen hatte. Schwester Benedikta hatte vor Empörung gebebt, als sie die Anschuldigung verlas.

Der Mann zeigte sich tief zerknirscht und reuig. „Ich habe schon zwanzig Vaterunser gebetet und fünf Kerzen angezündet. Aber ich konnt´ halt nicht mehr länger warten. Das Bier war so gut und ich hab nicht rechtzeitig zu trinken aufgehört!" Frobius fragte: „Wurde das Gotteshaus selbst beschmutzt?" Der Beschuldigte schüttelte den Kopf. Schwester Benedikta antwortete: „Dank sei Gott, aber der Mann hatte noch so viel Furcht vor dem Herrn, dass die..... die Hinterlassenschaft zwar eine Lache am Boden direkt an der Kirche bildete, aber diese die Mauer selbst nicht beschmutzt hat. Doch zeigt sein Verhalten, dass es ihm an Respekt vor der Mutter Kirche mangelt."

Der Propstrichter erhob sich. „Wer das rechte Maß, auch beim Trinken, nicht kennt und Gefahr läuft, ein Gotteshaus zu entehren, muss dafür büßen, noch dazu in einem so schwerwiegenden Fall. Zu berücksichtigen ist allerdings, dass sich der Sünder bereits bußfertig gezeigt hat." Der Gewandschneider wurde dazu verurteilt, zum einen eine Spende in Höhe von zehn Pfennig an die Pfarrei zu leisten. Zum anderen verurteilte ihn Frobius dazu, binnen Monatsfrist eine Fußwallfahrt nach Scheyern zu unternehmen.

Auch in diesem Fall war beifälliges Gemurmel zu hören. Vereinzelt wurde auch geklatscht.

Nach dem Verkünden des letzten Urteils rief Frobius laut: „Im Namen der Äbtissin von Geisenfeld erkläre ich den Verhandlungstag für beendet! Gehet hinfort, Leute!" Stimmengemurmel erklang und die Menge begann, sich zu verlaufen. Frobius nickte Johannes und dem Pfarrer zu. Er band sein Pferd los, das hinter der Linde angebunden war, schwang sich behände in den Sattel und ritt davon. Auch die Nonnen machten sich auf, ins Kloster zurückzugehen. Pfarrer Niklas und Johannes schlossen sich ihnen an.

Ein geschickter Mann, der Propstrichter Frobius, dachte Johannes auf seinem Rückweg. Er trifft seine Urteile maßvoll und auf eine Weise, dass sie den Beifall der Gemeinde finden. Niemand wähnt, ungerecht behandelt zu werden. Er verstand nicht, warum Magdalena gegen den Mann eine solche Abneigung hegte.

*

„Pass auf, ich befestige das Wurfmesser so an deinem Bein, dass du es bei Bedarf schnell ziehen kannst und es kein Mensch bemerkt, wenn du es trägst! Hebe deinen Rock hoch!" Irmingard tat, wie ihr Hubertus geheißen hatte. Er zog aus einem kleinen Beutel zwei weiche Lederbänder und befestigte die Scheide des Messers an der Innenseite von Irmingards linkem Unterschenkel. Wie von selbst wanderten seine Hände danach an ihren Beinen nach oben, bis sie gefunden hatten, wonach sie suchten. Schnell verschwanden sein Kopf und seine Schultern unter ihrem weiten Rock.

Irmingard lehnte ihren Oberkörper zurück und genoss die Liebkosung. Sie öffnete ihre Beine noch weiter und ergriff den über ihrem vertrauten Lager ragenden Haselnuss-Ast. Sie schloss ihre Augen, bewegte ihr Becken vor und zurück und spürte die zärtliche Zunge. Ein Stöhnen entrang sich ihr und sie hoffte, der Moment möge ewig andauern. Langsam tauchte Hubertus unter ihrem Rock wieder hervor und erhob sich. „Kein Wein ist so köstlich und kein Honig so gesüßt wie der Nektar der Liebe, der aus dir fließt", flüsterte er und umfasste ihre Taille. Sie ließ sich ins Gras fallen und zog ihn mit sich.

Danach band er noch seinen Dolch, den er selbst nicht mehr tragen durfte, an den Oberschenkel seiner Geliebten. Auch wenn es ihm schwerfiel, die Waffe aus der Hand zu legen, so sah er doch keinen anderen Weg.

Wie es die beiden Bürger am gestrigen Tag vorhergesagt hatten, war schon heute an der Anschlagtafel eine Bekanntmachung ausgehängt, wonach kein Mann in Geisenfeld Waffen tragen durfte, bevollmächtigte Bedienstete des Marktes und ihre Angehörigen ausgenommen. Ebenso vom Verbot des Waffentragens ausgenommen waren die Männer des Kaufmanns Godebusch und der Kaufmann selbst. Der Propstrichter war als juristische Instanz ohnehin befugt, Waffen zu tragen.

Lediglich das Mitsichführen von Arbeitswerkzeugen und Messern, die als Essbesteck dienten, war den Bürgern noch gestattet. Bei Zuwiderhandlung wurde mit Gefängnisstrafe gedroht. Für jede Waffe, die ein Mann unberechtigt trug, riskierte er, eine Woche im Gefängnis zu landen. Unterzeichnet war die Proklamation von Bürgermeister Weiß.

„Von Frauen steht in der Bekanntmachung nichts", hatte Hubertus augenzwinkernd zu Irmingard gesagt, als sie sich auf den Weg zur Ilm zu ihrem Liebesnest aufgemacht hatten und an der Anschlagtafel stehen geblieben waren. Notdürftig hatte Irmingard Hubertus´ Waffen in ihrem Mieder versteckt. Viele Bürger hatten sich um die neue Bekanntmachung versammelt. Der gestrige Vorfall hatte sich schon herumgesprochen und manch böse Blicke wurden auf Hubertus geworfen, als sei er schuld an der neuen Regelung.

Kaum hatten die beiden Liebenden den Text der neuen Verfügung gelesen, war Hubertus schon von zwei Schergen des Marktes angesprochen und unter dem beifälligen Gemurmel der Bevölkerung durchsucht worden. Doch hatten die Männer nichts außer einem Messer gefunden. Hubertus verwies auf die Bekanntmachung und versicherte höflich, es handle sich um ein Messer, das er zum Essen brauchte. Sichtlich mit Bedauern ließen die Schergen Hubertus und Irmingard ihrer Wege ziehen.

An ihrem geheimen Platz hatte Hubertus nun die Waffen so befestigt, dass Irmingard darauf zugreifen konnte und sie nicht verloren gingen. Danach hatten sie noch einmal ausgiebig der Liebe gefrönt.

Nun waren sie wieder auf dem Rückweg. Da hörten sie Hufgetrappel hinter sich. In der Annahme, die Reiter würden sie passieren, traten sie zur Seite. Doch stattdessen blieben die Pferde stehen. Hubertus und Irmingard wandten sich um und sahen in die feixenden Gesichter von Stephan Wagenknecht, der von zwei jungen Männern begleitet wurde.

„Wie fühlt Ihr euch jetzt, so ganz ohne Bewaffnung und nur mit einem Essbesteck?", fragte Wagenknecht hämisch. Hubertus antwortete nicht.

„Könnt Ihr eure Verlobte überhaupt vor Strauchdieben beschützen, lieber Hubertus?", fuhr der Sprecher fort, während seine Begleiter grinsten.

„Stellt euch doch nur vor, Ihr würdet von drei Fremden überfallen. Einer hält euch mit dem Schwert in Schach. Die anderen beiden tun sich an Eurer Verlobten, oder sollte ich besser sagen, an der Milchkuh, die die Findelkinder des Klosters säugt, gütlich. Und Ihr könntet sie nicht verteidigen, weil Ihr keine Waffe tragt. Wie würde euch das gefallen?"

Hubertus sagte immer noch nichts, nur drückte er Irmingards Hand fester.

„Und Du, verehrte Milchkuh, verzeih, verehrtes Ammenweib, pass auf, dass du nicht alleine unterwegs bist und dann richtig zugeritten wirst! Frauen müssen vorsichtig sein, denn es gibt viele lüsterne Männer." Die Reiter lachten schallend. Irmingards Augen blitzten vor Empörung und sie ballte ihre Fäuste. Schon wollte sie sich bücken und den Dolch greifen, den sie an ihrem Oberschenkel trug, doch Hubertus hielt sie fest. „Nicht!", flüsterte er, während er den jungen Wagenknecht nicht aus den Augen ließ. „Lass mich machen!"

Er stieß leise Zischlaute, gefolgt von gutturalen Tönen aus. Die Wirkung war verblüffend. Die drei Pferde stellten ihre Ohren auf und lauschten. Dann, unter den erstaunten Blicken der Reiter, hob Hubertus seinen rechten Arm, zeigte auf den Flusslauf, der schräg hinter ihnen gerade noch in Sichtweite verlief, zischte erneut und ließ seinen Arm nach unten fallen. Die Hand schlug klatschend auf seinem Oberschenkel auf.

Die drei Pferde stiegen wiehernd auf, so dass die überraschten Reiter große Mühe hatten, nicht hinterrücks aus dem Sattel zu fallen. Dann galoppierten sie los, in die Richtung, die Hubertus gewiesen hatte. Irmingard hörte die zunächst wütenden und dann verzweifelten Rufe der Reiter, die vergeblich versuchten, ihre Tiere wieder unter Kontrolle zu bekommen.

In schnellem Lauf hatten die Pferde die Ilm erreicht und sprangen hinein. In der Flussmitte stiegen sie auf und schüttelten die drei Männer ab, die laut schreiend in hohem Bogen ins Wasser platschten. Dann, als sei nichts geschehen, stiegen die Reittiere aus dem Fluss und begannen seelenruhig zu grasen, während die Männer fluchend versuchten, wieder auf die Beine zu kommen.

„Los, weg hier!", rief Hubertus und packte Irmingard am Arm. Sehen wir, dass wir ins Kloster kommen. Dort sind wir in Sicherheit!" Sie rannten los und schauten nicht zurück

*

1. August 1390, irgendwo im klösterlichen Feilenforst nördlich von Nötting

Johannes hatte die Unterkunft von Alberto verlassen und war mit Agnes auf dem Weg zurück nach Nötting. Das Mädchen hatte ihn in den letzten zwei Wochen fünf Mal zu der Hütte des Jungen geführt.

Heute Morgen nach der Terz hatte Magdalena im Beisein von Schwester Anna den Verband gelöst, der bisher seinen gebrochenen Arm stabilisiert hatte. Zwar konnte er seit Tagen seine Finger wieder bewegen, ohne dass die Schmerzen allzu stark durch seinen Arm zuckten, doch taten ihm die Bewegungen noch immer weh. Aber darauf konnte er keine Rücksicht mehr nehmen. Zudem war der Arm durch die lange Zeit, in der er ihn nicht nutzen konnte, dünn geworden. Es war Zeit, ihn wieder zu kräftigen.

Kaum noch konnten sich Johannes und Magdalena sehen. Seit Beginn der Erntearbeiten hatten sich viele Bauern und Knechte Verletzungen zugezogen und so wurden der Medicus und vor allem die beiden Schwestern ständig gebraucht. Am Abend vor der Komplet konnte Magdalena kaum noch die Augen offen halten und so tauschten sie nur kurze Worte aus. Dies fiel beiden um so schwerer, als sie wussten, dass es jetzt nur noch wenige Tage dauern konnte, bis Volkhammer gegenüber der Äbtissin bestätigen würde, dass Johannes nunmehr vollständig genesen sei. Dann würde er sich wieder mit seinen Gefährten auf die Reise machen.

Magdalena war deswegen bedrückt und er hatte keine Worte, sie aufzumuntern. Mit dem Versprechen, sie im nächsten Sommer an die Küsten des Reiches im Norden mitzunehmen, hatte er erreicht, dass sie trotz ihrer Erschöpfung kurz lächelte. Doch es fiel ihm selbst unendlich schwer, nicht daran zu denken, dass er sie in wenigen Tagen verlassen würde.

Mit seinen Reisegefährten hatte er schon gestern gesprochen. Gregor freute sich als Einziger sichtlich, dass es bald weiterging. Adelgund hingegen wäre gerne noch geblieben, da sie großen Gefallen daran gefunden hatte, bei der Herstellung von Tinkturen und Salben zu helfen und ihre Kenntnisse der Kräuterkunde einzubringen. Auch Schwester Anna und Schwester Alvita sahen Adelgund nur ungern gehen.

Irmingard hatte die kleine Felicitas lieb gewonnen und wollte ebenfalls nicht so schnell aufbrechen. Das Mädchen, auch wenn es erst wenige Wochen alt war, strahlte sie an, wenn sie ihm die Brust gab. Die Stillzeiten waren für Irmingard glückliche Stunden und da sie das Kind nicht auf die Reise mitnehmen konnte, wollte sie noch warten, bis eine andere geeignete Amme für das Kind gefunden war. Magdalena war von der Äbtissin beauftragt worden, eine Frau zu finden, die hierfür in Frage kam. Doch geschickt fand Irmingard bei jeder Amme, die Magdalena ausgesucht hatte, einen Grund, warum gerade diese für das Mädchen keine gleichwertige Lösung war. Schließlich hatte Magdalena entnervt aufgegeben und die Suche nach einer anderen Amme vorerst zurückgestellt, bis der Andrang in der Krankenstube nachließ. Irmingard war damit zufrieden, wenngleich sie sich zunächst nicht mehr aus der Abtei wagte, aus Angst, von Wagenknecht und seinen Freunden misshandelt zu werden.

Auch Hubertus war unschlüssig. Nach dem Erlass des Waffenverbots wurde er, kaum hatte er die Abtei verlassen, jedes Mal von Bediensteten des Kaufmanns Godebusch angehalten und durchsucht, in der Hoffnung, einen Vorwand zu finden, ihn ins Gefängnis zu werfen. Auch der Sohn des Ratsbediensteten Wagenknecht, Stephan, ließ ihn durchsuchen. Seit er und seine Freunde von ihren Pferden in die Ilm geworfen worden war, hegte er einen unversöhnlichen Hass auf Hubertus.

Nach vier Tagen hatten sich Hubertus und Irmingard an Schwester Benedikta gewandt. Diese wiederum war unverzüglich zur Äbtissin gegangen. Äbtissin Ursula ließ Bürgermeister Weiß einbestellen und untersagte ihm energisch, Gäste und, wie sie in Irmingards Fall betonte, Bedienstete des Klosters ohne Grund schikanieren zu lassen. Seitdem war Hubertus nur noch einmal kontrolliert worden. Auch wenn er und Irmingard jetzt wieder an die Ilm in ihr Liebesnest gingen, so war doch die ungezwungene Leichtigkeit dahin. Hinzu kam, dass es ihn, Spielmann und Wandervogel, der er war, weiterzog. Aber er war auch wie Johannes entschlossen, Licht in das Dunkel der Geschehnisse von 1384 zu bringen.

Auch Johannes befürchtete, dass es ihm vor seiner Abreise nicht mehr gelingen würde, Näheres über die Vergeltung des Kirchenraubes zu erfahren. Die Zeit begann, ihm davon zu laufen. Aus diesem Grund hatte er versucht, in der noch verbleibenden Zeit so viel wie möglich von Alberto zu erfragen. Doch mussten diese Treffen so unauffällig wie möglich stattfinden. Deshalb hatte er sich wenige Tage nach seinem Besuch mit Hubertus in Nötting noch einmal auf den Weg zum Bauern Pfeifer gemacht und zwei Laibe Brot für die Familie mitgenommen. Zum Glück war Agnes da gewesen. Das Mädchen war damit beschäftigt gewesen, den gestampften Boden vor dem Bauernhaus zu fegen. „Meine Mutter ist im Haus. Sie wird sich freuen, wenn Ihr etwas mitbringt."

Agnes hatte ihm, nachdem er die Brotlaibe abgegeben und den Dank der Bauersfrau freundlich entgegengenommen hatte, leise den Weg zum tiefen Weiher im Feilenforst beschrieben. Es hatte sich tatsächlich, wie er schon vermutet hatte, um den Weiher gehandelt, der als verzaubert galt. Danach war er losgegangen und hatte an dem Gewässer auf sie gewartet. Da das Mädchen erst später nachkommen sollte, hatte er die Gelegenheit genutzt und den Weiher genauer in Augenschein genommen.

Die Ufer des Gewässers waren steil. Einmal hineingestürzt, war es nicht leicht, wieder an das sichere Land zu gelangen. Das Wasser war zwar kristallklar. Soweit er erkennen konnte, setzte sich der steile Absturz des Ufers aber auch unter Wasser fort, ohne dass der Grund des Weihers erkennbar war. Auch war außer am unmittelbaren Ufer nichts zu erkennen, was wie Pflanzen oder Äste im Wasser aussah. Der Weiher schien bodenlos zu sein. Vorsichtig, so weit es ging, war er um das Wasser herumgelaufen.

Beinahe wäre ihm entgangen, dass an einer Stelle, an der junge Buchen dicht an dicht standen, schmale, durch kleine Füße abgetretene Stufen zum Wasser führten. Hier befand sich auch, soweit er festgestellt hatte, der einzige Bereich, an dem eine Untiefe im Weiher vorhanden war. Man konnte die Stelle erst erkennen, wenn man sich durch die Bäume hindurchgezwängt hatte. Johannes war nicht eben dick, doch bereitete ihm dies erhebliche Mühe. Ins Wasser hinunterzusteigen, wagte er hingegen nicht. Weiter um das Wasser konnte er nicht gehen, weil junge Fichten und Tannen sowie schiefstehende und bereits umgestürzte Laubbäume den Zugang verhinderten.

Als Johannes wieder seinen Ausgangspunkt erreicht hatte, war ihm unbehaglich gewesen. Das Gewässer hatte tatsächlich etwas Unheimliches. Schon jetzt, bei Tageslicht, hielt er sich hier nicht gerne auf. Wie mochte es in der Dämmerung oder der Nacht erscheinen?

Erst jetzt war ihm aufgefallen, dass kein Vogelgezwitscher wie sonst zu hören gewesen war. Es hatte vollkommene Stille geherrscht. Zudem hatte er den unbestimmten Eindruck gehabt, beobachtet zu werden. Vorsichtig hatte er sich nach allen Richtungen umgesehen. Doch es war vergeblich gewesen, so sehr er sich auch angestrengt hatte. „Bertl? Alberto?", hatte er gerufen. Keine Antwort. Unwillkürlich war seine Hand an sein Messer gefahren. Wieder einmal hatte ihn das Heilige Holz beruhigt.

Doch dann war plötzlich Agnes vor ihm gestanden und hatte ihn zu Albertos Hütte geführt. Johannes war sich sicher gewesen, dass das

Mädchen einige Umwege gegangen war. Schon nach kurzer Zeit hatte er jede Orientierung verloren.

Als sie die Unterkunft des Knaben erreicht hatten, war dieser noch voller Misstrauen gewesen. Nur mühsam war es gelungen, ihn zum Sprechen zu bringen.

Im Laufe seiner fünf Besuche hatte Johannes mit Unterstützung von Agnes langsam das Vertrauen von Alberto gewonnen. Es war nicht einfach gewesen. Nur zögernd hatte der Knabe geglaubt, dass Johannes von ihm nichts Böses wollte. Der Mönch hatte ihm bei jedem Besuch etwas mitgebracht, sei es Brot oder Honig, Kräuter oder Gemüse, das er vom Kloster unter dem Vorwand erworben hatte, arme Bürger in der Gemeinde zu unterstützen. Auch hatte er Alberto seine eigene Lebensgeschichte erzählt, von seinen Eltern, die er nicht kannte, seinem Werdegang im Kloster und dass er mit dem Verlassen der Abtei nun auf Wanderschaft und ebenfalls heimatlos war.

Nach und nach hatte ihm Alberto daraufhin sein Schicksal anvertraut. Es war eine erschütternde Geschichte gewesen.

Beim Rückweg dachte Johannes darüber nach. Der Knabe war, so unglaublich es klang, tatsächlich der einzige Überlebende der Spielleute von 1384. Johannes fasste in Gedanken noch einmal zusammen, was er ihm stockend und zögerlich anvertraut hatte.

Alberto hatte zuerst nichts von einem Überfall auf die Kirche oder dem Töten der Nonnen gewusst. Ihm war bei dem Aufbruch der Spielleute aus Geisenfeld nur bekannt gewesen, dass es im Ort gebrannt hatte. Sein Vater hatte ihm gesagt, dass der Feuerschein bis zum Lager der Spielleute zu sehen gewesen war. Zwei von Albertos Oheimen wollten anfangs hinauf laufen und beim Löschen helfen. Doch Albertos Vater hatte dies mit dem Hinweis untersagt, dass die Gaukler in Geisenfeld nicht mehr erwünscht waren. Es war sinnvoller gewesen, weiter zu reisen.

Die Spielleute waren wegen der Vollmondnacht noch vor Sonnenaufgang losgefahren. Doch schon bevor sich die Wagen in Bewegung gesetzt hatten, war der Himmel mit schwarzen Wolken bedeckt gewesen und erstmals seit Wochen hatte es zu regnen begonnen. Alberto hatte sich mit seinen beiden Schwestern, seiner Mutter Lioba und seiner Großmutter auf dem Wagen befunden. Alle hatten geschlafen, während Albertos Vater, der Zauberer Alwin, auf dem Kutschbock saß.

Irgendwann war der Knabe aufgewacht, weil der Regen immer stärker gefallen war.

Sie waren noch nicht sehr lange unterwegs gewesen. Die Sonne sollte scheinen, aber vor lauter dunklen Wolken war es nicht richtig hell geworden. Ada und Lilli, seine Schwestern, waren ebenfalls wach geworden, denn der Regen hatte laut auf das hölzerne Dach des Wagens geprasselt.

Vor dem Wagen von Albertos Familie hatte das Gespann seiner Verwandten versucht, sich einen Weg entlang der Ilm durch die verschlammten Flure zu bahnen. Doch es war nur langsam vorwärts gegangen und die Pferde der Gaukler waren alt gewesen. Alberto, der zu seinem Vater nach vorn auf den Kutschbock gestiegen war, hatte erschreckt beobachtet, dass das Wasser der Ilm wegen des heftigen Regens immer mehr gestiegen war. Aus dem bisher beschaulich dahin fließenden klaren Gewässer war ein schneller schmutzigbrauner Strom geworden. Und der Regen wollte nicht aufhören. Noch weit vor der Mittagszeit war die Achse des vorderen Wagens gebrochen und hatte die Gaukler zum Anhalten gezwungen. Albertos Vater hatte seinen Wagen neben den anderen gelenkt. Die Verwandten hatten sich in dem noch intakten Wagen zusammengekauert. Es war eng geworden. Albertos Vater hatte mit Hilfe seiner Verwandten die Pferde ausgespannt und an einen Baum gebunden. Dann hatten sie mit abgebrochenen Ästen den Wagen wieder so aufgerichtet, dass man sich wieder hineinsetzen konnte. Albertos Verwandte waren wieder zurück in ihren Wagen gestiegen. Niemand war auf den Feldern zu sehen gewesen. Da der Regen an diesem verhängnisvollen Tag in dichten schleierartigen Schauern gefallen war, hatten sie nicht erkennen können, wie weit sie gekommen waren und ob ein Dorf in der Nähe war.

Gemeinsam hatten die Spielleute entschieden, den Regen abzuwarten und die Nacht an diesem unbekannten Ort zu verbringen. Es wäre ihnen auch kaum etwas anderes übrig geblieben. Sie konnten kein Feuer machen, weil es kein trockenes Holz gegeben hatte. So waren sie in ihren Wagen zusammengerückt, um sich gegenseitig zu wärmen. Am anderen Tag wollten sie um Hilfe im nächsten Dorf bitten. Albertos Vater war von dem Aufrichten des zweiten Wagens im strömenden Regen völlig erschöpft und, nachdem er seine Kleider gewechselt hatte, bald eingeschlafen.

Johannes lief es kalt über den Rücken, als er sich erinnerte, was der Knabe dann mit stockender Stimme, immer unterbrochen von Schluchzern, erzählt hatte. Neben Agnes war Johannes der Erste, der die Geschichte von der Vergeltung von einem überlebenden Spielmannskind hörte.

„Ich konnte nicht gut schlafen. Es muss noch vor Mitternacht gewesen sein, da hörte ich von draußen leises Rufen. Ich konnte erst nichts sehen, weil es trotz des Vollmonds dunkel war und immer noch stark regnete. Dann hörte ich das Schnauben von Pferden. Es waren aber nicht unsere Pferde. Plötzlich waren fremde Männer mit Messern in unserem Wagen. Sie riefen `Räuber´ und `Mörder´. Ich lag ganz vorne beim Kutschbock. Ganz am Ende des Wagens, dort wo die Männer hereinkamen, schlief tief und fest mein Vater. Ich habe gesehen, wie er durch die Rufe der Fremden aufwachte. Er wollte aufspringen, doch schon hatte man ihm die Kehle durchgeschnitten. Lilli und Ada wurden auch sofort mit Messern erstochen. Die Männer stachen wie besessen auf sie ein. Ich höre noch die verzweifelten Schreie meiner Mutter und meiner Großmutter, bevor auch sie getötet wurden. Ich bekam panische Angst und bin vorne hinausgeklettert. Da waren auch zwei Männer. Sie haben mich festgehalten. Einer wollte mir das Messer in die Kehle stoßen, doch ich war schneller. Ich habe geschrieen und ihm zwischen die Beine getreten. Da hat er geflucht und mich losgelassen. Der zweite wollte mich packen. Doch ich habe mich losgerissen. Es war schlammig und der Mann, der mich festhalten wollte, fiel hin. Ich rannte los und wusste nicht wohin vor Angst. Der erste, den ich getreten habe, ist mir dann laut fluchend nachgelaufen. Aber er war langsamer, weil ich ihn gut getroffen hatte. Dann stolperte ich über eine Wurzel und fiel in das Wasser. Ich höre noch, wie der Mann rief: `Ersauf´ wie eine Katze! ´ Er warf ein Messer nach mir, hat mich aber nicht getroffen.

Ich wollte aufstehen, doch der Boden war weich. Ich fiel wieder hin und hatte den Kopf unter Wasser. Ich konnte wieder aufstehen. Um mich herum waren Bäume. Dann rutschte ich auf irgend etwas Glattem aus, vielleicht eine Baumwurzel. Ich trieb zwischen den Bäumen durch und wurde in den Fluss gezogen. Ich habe mich an einigen Ästen festzuhalten versucht, aber die Strömung war zu stark.

Ich kann schwimmen. Mein Vater hat es mir, Ada und Lilli beigebracht. Als ich den Kopf wieder aus dem Wasser hatte, sah ich, wie der zweite Wagen, der von meinen Verwandten, von den Fremden umgestoßen wurde. Ich habe gebrüllt vor Angst und geweint. Ich habe versucht, zurück zuschwimmen oder ans Ufer zu kommen. Doch die Strömung war zu stark. Das war das Letzte, was ich von meiner Familie sah.

Dann stieß etwas Großes an meine Schulter. Ein Stück Holz, vielleicht ein abgebrochener Ast. Ich klammerte mich daran und wurde fortgetragen. Oft stieß ich an Bäume, die jetzt im Wasser standen, weil der Fluss auf einmal so breit war. Ich weiß nicht mehr, wie lange ich im Fluss getrieben wurde. Einmal sah ich ein großes Rad im Wasser, das sich drehte. Es muss eine Mühle gewesen sein. Ich rief um Hilfe, aber es regnete immer noch, alles war dunkel und niemand sah und hörte mich. Das Wasser war kalt. Irgendwann blieb das Holz am Ufer hängen. Ich konnte meine Finger kaum noch davon lösen, so sehr hatte ich mich festgeklammert. Und ich habe gefroren. Ich bin an das Ufer gekrochen, aufgestanden und mit den nassen Kleidern losgelaufen. Immer noch war es dunkel. Aber es regnete nicht mehr. Ich bin gelaufen und gelaufen, ohne zu wissen wohin. Dann waren auf einmal Bäume da. Ein umgestürzter Baum lag da und ich habe mich darunter verkrochen.

Ich schlief vor Erschöpfung ein. Als ich aufwachte, lag ich in der Hütte, in der du jetzt sitzt. Ein alter Mann lebte allein dort. Er hatte mich gefunden. Er hieß Jasper. Er war vor vielen Jahren hergekommen und hatte sich diese Hütte gebaut. Er nahm mich auf und wickelte mich in warme Decken ein, denn ich war durchgefroren. Bald ging es mir besser.

Ich glaube, es wusste keiner, dass er dort lebte, denn nie ist jemand gekommen. Er sagte, die Leute glauben, dass der Wald unheimlich und der tiefe Weiher in der Nähe verzaubert ist. Unvorsichtige, die an dem Wasser vorbeikommen, sollen angeblich hineingezogen und ertränkt werden. Doch glaube ich nicht, dass das stimmt. Aber der Weiher ist sehr tief. Ich kann die Luft anhalten und bin später darin getaucht. Aber wie tief er ist, weiß ich nicht. Ich habe den Grund des Weihers nie gefunden.

Jasper wollte von mir wissen, woher ich komme und was mir passiert ist. Aber ich konnte lange nicht sprechen. Erst Monate später habe ich wieder reden können. Aber auch war ich nicht imstande, alles zu erzählen. Jasper ging dann auf den Markt in Geisenfeld und fragte herum. Er erfuhr von dem Überfall auf die Kirche. Er sagte, in Geisenfeld glauben sie, dass wir Spielleute Räuber und Mörder sind. Er verbot mir, den Wald zu verlassen. Ich würde gehenkt werden. Jasper sorgte ab dann für mich. Er sammelte Beeren, fing Eichhörnchen und Raben. Manchmal hat er Brot vom Markt gestohlen. Er brachte mir bei, mit Steinen zu werfen. Nach zwei Jahren habe ich das erste Reh erworfen.

Als ich einmal sehr krank wurde, holte er Medizin aus dem Kloster. Er hatte dort gesagt, dass sein Sohn so krank ist, dass er nicht gebracht werden kann. Dann hat er die Medizin bekommen. Er konnte nicht bezahlen, da hat ihm die Schwester die Medizin so gegeben, obwohl sie das nicht gedurft hätte. Er sagte, sie war eine sehr schöne Frau mit einer sanften, etwas zu tiefen Stimme."

Magdalena! Johannes musste lächeln. Doch schon sprach Alberto weiter.

„Vor drei Jahren zu Frühlingsbeginn starb Jasper. Er ist eines Morgens einfach nicht mehr aufgewacht. Ich habe ihn hinter der Hütte begraben und Haselnüsse in sein Grab gelegt. Jetzt wachsen dort die Sträucher.

Dann, im Sommer des gleichen Jahres, begegnete ich Agnes. Sie hilft mir jetzt. Als du und dieser andere Mann, dieser Hubertus, an dem verzauberten Weiher wart, habe ich euch beobachtet, damit Ihr nicht in die Nähe meiner Hütte kommt. Doch dann sah ich den Dolch, den er trug." „Warum wolltest du den Dolch haben?", hatte Johannes gefragt. „Brauchst du ihn für die Jagd?"

Alberto hatte den Kopf geschüttelt. „Er hat die gleichen Schriftzeichen wie die Klinge, die mein Oheim hatte. Ich dachte, Hubertus wäre einer der Männer, die ihn umgebracht haben. Ich glaubte, er hat den Dolch an sich genommen. Darum wollte ich ihn wiederhaben. Doch Hubertus hat es bemerkt. Die Schriftzeichen, hat mir meine Großmutter erklärt, bedeuten: `Möge deine werfende Hand niemals ihr Ziel verfehlen.´ Und mein Oheim hat, als er auftrat, mit seinem Dolch niemals sein Ziel verfehlt." Erschöpft hatte Alberto seine Erzählung beendet. Johannes blieb nichts übrig, als sich hinzuknien und ihn in den Arm zu nehmen. Der Junge ließ seinen Tränen freien Lauf. Lange saßen sie so beieinander. Auch Agnes weinte und umarmte ihren Freund.

Als seine Tränen getrocknet waren und er wieder sprechen konnte, hatte der Junge auch von den beiden Strauchdieben, die gemeinsam mit ihrem Kumpan, Johannes vor sechs Wochen überfallen hatten, zu berichten gewusst.

„Krähwinkel und Wolfsschnauze leben hier seit Monaten. Sie kamen mit Fuchsauge vom Moos herüber. Fuchsauge war der, dem du die

Kniescheibe zertrümmert hast. Ihre wahren Namen kenne ich nicht. Sie wollten mich am Anfang einmal überfallen. Aber ich habe mich gewehrt und sie haben gemerkt, dass ich selbst nichts habe. Sie ließen mich von da an in Ruhe. Und sie haben mir später erzählt, dass ihr Überfall auf dich nicht geglückt ist. Nur ein paar Kleider, Nähnadeln und Schuhe haben sie geraubt und in ihr Versteck gebracht. Der war nicht weit von der Stelle, an der sie dich überfallen haben. Als Krähwinkel und Wolfsschnauze ein paar Tage nach dem Überfall unterwegs waren, um etwas zu Essen zu besorgen, ließen sie Fuchsauge zurück. Der konnte nicht mehr richtig laufen. Als sie wiederkamen, war ihr Kumpan verschwunden. Sie fanden ihn, kopfüber an einen Baum gefesselt, mit abgeschnittener Zunge.

Sie haben mir davon erzählt. Beide schlotterten vor Angst. Dann sind sie weggegangen. Sie sagten, in dieser Gegend bleiben sie nicht. Ich weiß nicht, wohin sie sind."

„Hast du denn keine Angst, dass dieser Mörder auch dir etwas antut?", hatte Johannes gefragt. Alberto hatte mit den Schultern gezuckt. „Ja, ich habe schon Angst. Aber wo soll ich denn hin? Und ich habe ihm und auch sonst niemandem etwas getan. Ich habe auch nichts, was er mir wegnehmen kann. Hat er einen Grund, mir etwas anzutun?" Johannes hatte darauf keine Antwort. Welchen Grund brauchte ein tollwütiger Mörder, jemand anderen so zu verstümmeln? Und Alberto hatte Recht. Wo sollte er sonst hin?

*

„Ich habe es euch doch schon erzählt, Bruder Johannes", sagte Agnes, als sie später nahe am Waldrand angekommen waren. Sie verdrehte die Augen. „Bertl lebt im Sommer im klösterlichen Feilenforst. Im Herbst, wenn die Bäume ihre Blätter verloren haben, nutzt er die Felle, die er hat und die Decken, die ich ihm bringe, um sich zu wärmen. Bisher hat noch niemand gemerkt, dass alte Decken fehlen. Wenn der erste Schnee fällt, dann kommt er heimlich nachts auf unseren Hof und versteckt sich im Stall. Die Wärme des Ochsen und der Schweine lässt ihn nicht frieren. Ich bringe ihm etwas Essen. So haben wir die letzten zwei Winter überstanden. Doch wird es immer schwieriger. Meine Brüder werden größer. Gegen Ende des letzten Winters hätten sie ihn beinahe entdeckt. Franz bemerkte eine Kuhle im Stroh und holte meine Eltern und meinen Bruder Josef. Bertl hatte sich zum Glück auf dem Dachboden in einem dunklen Winkel versteckt. Er wurde nicht gefunden. Doch wird dies bald ein Ende haben."

Sie schwieg und sagte dann leise: „Ich glaube, mein Vater weiß etwas. Er ist immer wieder im Stall, um die Tiere zu versorgen. Ich begleite ihn dann dabei. Ich erkannte es an seinem Gesicht, dass ihm aufgefallen sein muss, dass sich ein junger Mensch versteckt. Er hat noch nichts gesagt, auch nicht meiner Mutter und meinen Brüdern. Manchmal stellt er, als sei es unbeabsichtigt, eine Schüssel mit Brei hin. Ohne etwas zu sagen, holt er sie am nächsten Tag wieder."

„Du hast einen guten Vater, Agnes", sagte Johannes. Der Bauer dünkte ihm von hellem Verstand und mitfühlendem Wesen. Doch wie lange würde dies gut gehen?

Seit er erstmals bei dem Knaben war, überlegte er angestrengt, wie er dem fremden Kind helfen konnte. Ins Kloster bringen? Das war ausgeschlossen. Alberto war Familienangehöriger der Gaukler, die als Räuber und grausame Mörder galten. Es war nur eine Frage weniger Stunden, bis dies bekannt wurde. Dann war sein Leben nichts mehr wert. Die Äbtissin würde ihn sofort an den Landrichter überstellen lassen und dieser würde ihn zum Tode verurteilen. Das heißt, wenn es überhaupt so weit kam. Die Überstellung an den Landrichter würden die Männer von Godebusch übernehmen. Das bedeutete, dass er wahrscheinlich die Überführung nicht überleben würde. Die Männer würden den Tod ihrer Kameraden rächen wollen. Und wie oft wurde nicht schon ein Gefangener auf der Flucht getötet? Wer wusste schon, ob nicht sogar aufgebrachte Bürger dafür sorgen würden, dass ihnen das Kind überstellt würde. Dann würde er von der Menge gepeinigt und anschließend gehenkt werden. Er schüttelte den Kopf. Es war unmöglich. Auch Pfarrer Niklas konnte er sich nicht anvertrauen. Dieser hatte mit solcher Erbitterung von den Spielleuten gesprochen, dass er Alberto bei aller christlichen Nächstenliebe keinesfalls helfen würde.

Und wenn er, Johannes, den Knaben mitnahm, sobald er seine Pilgerreise wieder antrat? Besser, als hier sein Dasein zu fristen, war es allemal. Inmitten der Reisegefährten war er sicher. Irmingard, Adelgund und Gregor konnten gegen das Kind keinen Groll hegen. Und obwohl die erste Begegnung zwischen Alberto und Hubertus so dramatisch verlaufen war, hatte sein Reisegefährte mittlerweile zu dem jungen Burschen eine Zuneigung entwickelt. Dies galt vor allem, als er erfahren hatte, dass Alberto tatsächlich der letzte Verwandte der Sippe der italienischen Gaukler war, die er vor Jahren begleitet hatte. Irmingard, Adelgund und Gregor wollten ohnehin nach Italien weiterreisen. Vielleicht konnten sie sich mit dem Gedanken anfreunden, den Jungen dorthin mitzunehmen, wenn sich ihre und Johannes´ Wege trennten.

Er nahm sich vor, in der Pfarrkirche Gott um Rat zu fragen. Dann wollte er seine Freunde befragen und sich entscheiden. Allerdings ahnte er bereits, wie die Entscheidung ausfallen würde. Ihm gingen die letzten Worte Albertos, als er sich heute von ihm verabschiedet hatte, nicht mehr aus dem Kopf: „Mein Vater versprach mir, dass ich das Meer sehen werde. Ich wollte doch nur das Meer sehen."

*

2. August 1390, Kloster St. Peter und Paul, Coburg

Matthäus stieg gemessenen Schrittes den Keller hinab. Noch bevor er am 21. Juli zum Abt gewählt worden war, hatte er Barnabas unverzüglich den Auftrag gegeben, dem am weitesten abgelegenen Raum des Kellers unter dem Werkstattgebäude des Konvents einer neuen Bestimmung zuzuführen. Barnabas hatte sich sofort an die Arbeit gemacht. Nun wollte sich Matthäus von der Zweckdienlichkeit des Kellers überzeugen. Die erste Erprobung dafür sollte an diesem Abend an Lambert stattfinden, der bis gestern in seiner Zelle unter Arrest gestanden hatte. Die Komplet war vorbei, die Mönche hielten die Nachtruhe ein. Niemand würde sie stören.

Sorgfältig hatte Matthäus die schwere Türe von innen verschlossen. Barnabas hatte die Türe so verstärkt, dass sie niemand aufbrechen konnte, wenn sie verriegelt war.

Prüfend sah sich Matthäus um. Der alte Lambert saß auf einem aus sorgsam poliertem Holz gefertigten Stuhl. Seine Arme waren an die Lehnen gefesselt. Unter seinen Händen ragten lange spitze Stacheln aus geschmiedetem Eisen aus den Lehnen. Lambert hielt verzweifelt die Hände so weit nach oben, dass die Stacheln seine Handflächen gerade nicht berühren konnten.

Neben dem Stuhl stand ein Tisch, auf dem verschiedene neu gefertigte Werkzeuge lagen, die dazu dienten, Gefangenen Qualen zu bereiten.

„Gott zum Gruß, Lambert", sagte Matthäus. „Begrüße deinen neuen Abt!" Mühsam wandte Lambert den Kopf. „Ah, du kannst nicht sprechen, nicht wahr?" Matthäus betrachtete interessiert die eiserne Mundbirne, die zwischen den Kiefern des alten Mönches steckte. Die Mundbirne bestand aus mehreren metallischen Flügeln, die sich durch Drehen einer Schraube im Stiel entfalteten und so langsam aber sicher die Kieferknochen ausrenkten und die Zähne ausbrachen.

Vor Lambert stand Barnabas und sah ausdruckslos auf den alten Mönch herab. Matthäus trat näher und Barnabas küsste seinen Ring. „Ich muss dir ein Lob aussprechen, Barnabas", sagte Matthäus. Der Stuhl ist ausgezeichnet gefertigt und die Mundbirne ist ein Meisterwerk an Präzision. Der Allmächtige wird sich deiner erinnern, wenn du einstmals im Paradies sein wirst. Denn du trägst dazu bei, der Wahrheit zum Sieg zu verhelfen." Matthäus holte die Kerzenreste aus einem Beutel. Er hatte sie wieder zusammengefügt und den Hohlraum mit einem roten Wachs ausgegossen. Vorsichtig brach er die Form wieder auseinander und nahm den gegossenen Inhalt heraus. Er nahm den Gegenstand, bückte sich und hielt ihn Lambert vor dessen flackernde Augen. „Dies sieht eindeutig wie ein Griff aus. Aber was ist es, Lambert? Der Griff eines Messers? Oder wovon sonst? Und warum ist dieser Griff so geheimnisvoll? Ist er etwa aus einem besonderen Material? Eine Reliquie? Woraus könnte er sein, aus Holz? Vielleicht vom Kreuze Christi? Aus Eisen, aus der Lanzenspitze, die unseren Heiland durchbohrte? Oder war es der Knochen eines Heiligen? Antworte, Lambert!" Lambert gurgelte etwas Unverständliches, aus seinem Mund tropfte Blut.

„Es genügt, wenn du nickst oder den Kopf schüttelst", befand Matthäus ruhig. „Wenn du dich allerdings weigerst, mir Auskunft zu erteilen, dann wird dir Bruder Barnabas gerne auch noch die Zunge herausreißen. Und er wird sich dabei Zeit lassen!" Lamberts Augen traten aus ihren Höhlen. Er versuchte, den Kopf zu schütteln.

„Ah, das ist doch schön, dass du einverstanen bist", meinte Matthäus zufrieden. „Also, was ist das für ein Griff? Ein Messer?" Lambert zögerte, dann schüttelte er den Kopf. Matthäus legte den Kopf schief und sah ihn an, als wäre er ein Insekt, dem im Interesse der Wissenschaft nach und nach die Beine ausgerissen wurden. „Weißt Du, alter Freund", sagte er, „ich glaube dir nicht. Barnabas, drehe noch ein wenig an der Birne! Das Obst soll unserem Mitbruder munden."

Barnabas fasste die Schraube des Folterinstruments an und drehte sie im Uhrzeigersinn. Die metallenen Blätter spreizten sich weiter auf. Lamberts Mund entrang ein unartikulierter Schmerzenslaut. Er rang verzweifelt nach Luft.

„Also Lambert? Handelt es sich nun um einen Messergriff?" Der alte Mönch nickte resigniert. Matthäus lächelte zufrieden. „Siehst Du, alter

Freund, ich muss dir nur ein wenig nachhelfen. Nähern wir nun uns der Sache von einer anderen Seite und fragen wir doch weiter." Matthäus nahm sich einen Stuhl, stellte ihn gegenüber von Lambert und lehnte sich bequem zurück. Ausgiebig studierte er das Gesicht des Gemarterten. Lambert rang nach Luft, doch das Blut in seiner Mundhöhle erlaubte ihm nur ein gluckerndes Röcheln.

„Hat dieses Messer etwas mit Bruder Johannes zu tun?" Der entsetzte Blick von Lambert bestätigte ihn in seinen Gedanken. „Es hängt also mit Bruder Johannes´ überstürzter Abreise Anfang Juni zusammen. Er hat also dieses Messer mitgenommen, warum auch immer."

Matthäus schaute versonnen vor sich hin. Langsam nahm er einen hölzernen Hammer, den Barnabas auf dem Tisch neben dem Folterstuhl bereit gelegt hatte. Dann sprang er plötzlich auf und hieb den Hammer mit Wucht auf die linke Hand von Lambert. Durch den Schlag wurde die Hand des alten Mönchs durch die Stacheln der Stuhllehne getrieben. Ein dumpfer Schrei, begleitet von einem Blutschwall, drang aus dem Mund des Gequälten. Dann sackte sein Kopf nach vorne.

Barnabas griff unter das Kinn von Lambert und hob den Kopf hoch. Blicklose Augen starrten ihn an. „Gestorben", sagte Barnabas leidenschaftslos. Matthäus, der immer noch den hölzernen Hammer hielt, sah ungläubig auf den Toten.

*

3. August 1390, Benediktinerinnenkloster Geisenfeld

„Das ist die Chronik der Todesfälle, wie sie uns seit dem Sommer der Fleischwerdung des Herrn 1384 zugetragen wurden." Schwester Simeona, die Leiterin des Skriptoriums, hielt Magdalena und der Cellerarin Benedikta ein in Leder gebundenes Buch hin. Noch bevor die beiden es nehmen konnte, ergriff es Apollonia, legte es auf den Tisch und schlug es auf. In dem Buch waren Berichte von Pilgern gesammelt, die bei ihrem Aufenthalt in Geisenfeld Nachrichten von weither brachten. Berichte, die besonders erwähnenswert schienen, hatten Simeona und zuletzt Apollonia säuberlich festgehalten.

Ein eigenes Kapitel des Buches war einer Reihe von Morden gewidmet, die sich in der Ausführung ähnelten. Morde, die im ganzen Reich stattgefunden hatten.

Die vier Schwestern standen nach der Sext im Skriptorium der Abtei über die gesammelten Schriften gebeugt. Das helle Sonnenlicht, das durch die Fenster fiel, ließ den aufgewirbelten Staub glitzern. Schon seit dem Abendessen am Tisch der Äbtissin am 3. Juli, also nunmehr seit einem Monat, hatten Magdalena und Benedikta ungeduldig auf die Gelegenheit gewartet, in das Buch Einblick zu nehmen.

Doch wegen der vielen Verletzungen der Lehensnehmer bei der Ernte sowie mancherlei Disziplinlosigkeiten der Klosterbediensteten hatten beide noch keine Möglichkeit gehabt, ihr Vorhaben zu verwirklichen. Apollonia hatte in der Zwischenzeit auch den Bericht vom Mord an dem Anführer der Leibwache von Hexenagger, Rupert Schieding, sowie die Verstümmelung des Strauchdiebes von Nötting sorgfältig niedergeschrieben.

„Hier!" Apollonia zeigte auf eine Niederschrift. „Ich habe die Vorfälle, die uns bekannt wurden, zuerst in einzelnen Blättern niedergeschrieben und dann in chronologischer Reihenfolge sortiert. In dieser Reihe findet sich an erster Stelle ein Mord an einem venezianischen Weinhändler im April 1384 in Rovinj am Mittelmeer, der Bauern von seinem neu erworbenen Land vertrieb. Eine Gruppe Pilger, die aus dem Heiligen Land zurückkehrten, haben uns davon berichtet. Der Weinhändler wurde von einem Unbekannten …." Apollonia zögerte. „Aufgeschlitzt wie ein Schwein", vollendete Schwester Simeona trocken.

Magdalena und Schwester Benedikta stießen hörbar die Luft aus. „Ist von irgendwelchen Leinen die Rede?" Schwester Simeona verneinte. „Zumindest haben unsere Besucher nichts davon berichtet."

Apollonia blätterte um. „Es gibt auch eine Erzählung aus der Republik Venedig vom Juni 1384. Auch hier ist von dünnen Leinen nichts bekannt, doch spielte bei dem Tod eines alten Gondolieres eine unbekannte scharfe Waffe eine Rolle, vielleicht ein fliegendes Messer. Ob dieser Todesfall mit dem von Rovinj in Zusammenhang steht, wissen wir nicht."

„Weiß man, warum der Gondoliere sterben musste?", fragte Schwester Benedikta. Apollonia beugte sich über den Bericht und sah genauer nach. „Es hieß, dass der Mann zwei andere Familien, die ebenfalls Gondeln betrieben, durch üble Nachrede bei dem Dogen in Verruf brachte. Sie mussten ihren gut florierenden Broterwerb aufgeben. Da sie wegen ihres nun schlechten Leumunds nur noch kaum bezahlte Arbeit als Tagelöhner fanden, verarmten sie. Vier Kinder und eine Mutter verhungerten."

„Das ist besonders tragisch, wenn man sich überlegt, dass Venedig als Sammelort für alle ehrwürdigen Jerusalem-Pilger dient", meine Schwester Benedikta nachdenklich. „Immerhin legen von dort die Pilgerschiffe ins Heilige Land ab. Und bis zur Abfahrt, die sich wegen widriger Winde oder anderer Unwägbarkeiten um Wochen verzögern können, lassen die frommen Wallfahrer ihr Geld in Venedig. Sie besuchen Kirchen, kaufen Erinnerungsstücke und vertreiben sich die Zeit, die Lagunenstadt mit den Gondeln zu erkunden. Zu hungern, während derjenige, der sie verleumdet hat, gute Geschäfte macht, ist für die Hinterbliebenen kaum zu ertragen." Schwester Simeona richtete sich auf. „Wir können nicht sagen, ob diese beiden Morde und die, von denen wir noch erfahren haben, von demselben Täter verursacht wurden. Es gab noch andere Morde in den oberitalienischen Stadtstaaten, die uns bekannt wurden. Doch waren dies meist Auseinandersetzungen zwischen Familien. Auch Raubmorde waren darunter."

Apollonia zeigte auf ein weiteres Papier. „Beim nächsten Fall, der uns von einem durchreisenden Kaufmann berichtet wurde, wurden erstmals dünne Leinen eingesetzt. Es war ebenfalls im Jahre 1384. In St. Gallen war ein Händler mit feinem Zwirn an einer Brunnenbank angebunden worden. Dem Mann wurden die Pulsadern geöffnet. Er blutete in den Brunnen aus. Das Ganze geschah während eines Festes. Niemand weiß, wie das geschehen konnte. Der Händler war übrigens bei seinen Lieferanten wegen seiner Methoden sehr gefürchtet."

Schwester Benedikta überlegte. „Falls diese drei Vorfälle zusammenhängen sollten, gibt es nur einen gemeinsamen Nenner: Es wurden Racheakte verübt. Doch erscheint mir das wenig stichhaltig, um einen Zusammenhang herzustellen."

Schwester Simeona sagte: „Du hast sicher Recht, Schwester. Doch waren dies bekanntlich nicht die einzigen Fälle dieser Art." Sie bedeutete Apollonia, fortzufahren. Diese blätterte um und las vor: „Der nächste Zwischenfall, der uns zugetragen wurde, fand im Herbst 1384 in Ulm statt. Ein Gutsherr wurde auf grausame Weise getötet. Seine Hände waren am Sattel seines Reitpferdes festgebunden. Von dem Schädel des Gutsherrn war die Haut abgezogen worden und auf dem rohen Fleisch sollen Fliegenschwärme gesessen haben."

Schwester Benedikta schlug die Hand vor den Mund. Auch Magdalena erbleichte. „Ist dem Mann die Haut bei lebendigem Leib abgezogen worden?", fragte sie mit schwacher Stimme. Apollonia las in dem Bericht nach. Dann schüttelte sie den Kopf. „Ob der Mann vorher getötet und dann auf dem Pferd festgebunden wurde, ist nie geklärt worden. Der Reisende erklärte uns aber, dass der Gutsherr streng und mitunter ausgesprochen grausam war. Er soll Lehensnehmer des Öfteren, wenn ihm danach war, mit der Peitsche traktiert haben, so dass die Knochen der Gepeinigten frei zu sehen waren. Nicht wenige sind dieser Tortur erlegen.", „Das spricht dafür, dass auch dieser Mord zu den drei anderen gehört", erklärte Magdalena mit fester Stimme. „Was wissen wir noch?"

Schwester Simeona holte das nächste Blatt hervor. Sie las und machte große Augen vor Erstaunen. „Im Frühsommer 1385 wurde ein toter Bauer bei Oberstimm gefunden, also nicht weit weg von hier. Sein Kopf war straff an den Längsbalken gebunden, seine Handgelenke waren mit dünnen Leinen an der Querstange befestigt. Der Mann war gerade so gefesselt gewesen, dass er auf seinen eigenen Füßen stehen, aber den Balken nicht aus dem Boden ziehen konnte. Er sah aus wie ein Gekreuzigter. Ihm war die Zunge herausgeschnitten und, eingewickelt in einen Knebel, in den Mund gesteckt worden. Auch die Augenlider waren dem Opfer entfernt worden. Der Zeuge vermutete, dass der Mann noch lebte, als ihm das angetan wurde. Zahlreiche Raben saßen auf dem Toten und hackten darauf herum, als er entdeckt wurde. Vielleicht haben ihn die Vögel bei lebendigem Leib zerhackt." Schwester Simeona schluckte. „Auch in diesem Falle war der Tote außerordentlich unbeliebt. Einerseits heuchelte er große Frömmigkeit und stellte den Heiland als Vorbild dar, andererseits schwärzte er die anderen Lehensnehmer oft beim herzoglichen Aufseher an, wenn sie seiner Meinung nach nicht fleißig genug arbeiteten. Er machte sich damit selbst Liebkind. Die Lehensnehmer wurden daraufhin von den Bediensteten des Herzogs von Ingolstadt zu harter und langer Fronarbeit herangezogen." Apollonia warf einen Blick auf das Blatt. Dann griff sie hastig danach.

Schwester Simeona sah sie unwillig an. „Was soll das, Schwester?", fragte sie in tadelnd.

Apollonia sah zutiefst betroffen drein. „Der Zeuge, der dies berichtete...." Sie stockte. Dann hielt sie den Bericht Magdalena hin. Magdalena las die Unterschrift und ließ das Blatt sinken. „Unser Vater", sagte sie mit tonloser Stimme. „Der Bericht trägt die Unterschrift von Rudolf von Falkenfels, unserem Vater." Sie schlug die Hände vor das

Gesicht und begann zu weinen. Schwester Benedikta führte sie zu einem Stuhl, in den sie sich fallen ließ. Dort schluchzte sie hemmungslos.

„Unser Vater ist kurz nach diesem Zwischenfall während eines Feldzuges südlich der Alpen verschleppt worden. Wir haben nie wieder von ihm gehört", erklärte Apollonia den Mitschwestern leise. „Das tut mir leid", sagte Schwester Simeona bedauernd. „Ich leitete damals das Skriptorium noch nicht. Ich wusste nicht, dass euer Vater diese Mitteilung machte." Apollonia nickte mit glänzenden Augen und sah zu Magdalena, der die Tränen noch immer in Strömen über das Gesicht liefen. „Wir haben unseren Vater sehr geliebt. Doch meine Schwester litt besonders schwer unter dem Verlust."

Während Magdalena ihre Tränen trocknete, berieten die anderen drei Monialen leise, ob sie mit dem Lesen fortfahren sollten. „Wir machen weiter!", meldete sich Magdalena unverhofft. „Alles hat seine Zeit. Jetzt ist die Zeit, diese Morde nachzulesen und unsere Schlüsse daraus zu ziehen." Sie stand auf, atmete durch und trat wieder zum Tisch mit den Berichten. „Was ist uns noch bekannt?"

Schwester Simeona berichtete, dass sich auch in den nächsten Jahren drei weitere ähnlich gelagerte Zwischenfälle ereignet hatten. „Wir wissen von Morden in der Mark Brandenburg, der Grafschaft Holstein und im Herzogtum Franken. Natürlich kann es sein, dass noch mehr Menschen von dem gleichen Täter getötet wurden und wir dies nur nicht erfuhren. In all diesen Fällen wurden die Opfer mit dünnen Leinen gefesselt und mit einem scharfen Messer oder Dolch grausam getötet. Bei den Toten handelte es sich, wie uns die Zeugen berichteten, ausschließlich um Männer, die zuvor durch besondere Rücksichtslosigkeit, Härte, Hinterlist und Grausamkeit aufgefallen waren."

Als sie geendet hatte, versanken alle in tiefes Nachdenken. Im Skriptorium wurde es still. Magdalena, Apollonia und Schwester Simeona schraken auf, als Schwester Benedikta das Wort ergriff. „Ich glaube, dass viele dieser Todesfälle in einem Zusammenhang stehen. Mag sein, dass auch die ersten beiden Morde in Rovinj und Venedig dazu gehören. Das mit den Leinen kam erst später. Vielleicht hat der Täter sein `Handwerk´ verfeinert." Schwester Simeona sah Benedikta vorwurfsvoll an. „Bei diesen furchtbaren Taten von `Handwerk´ zu sprechen, scheint mir eine mehr als unglückliche Wortwahl, liebe Schwester", rief sie mit scharfer Stimme.

Magdalena sagte nachdenklich: „Wer immer auch diese Taten begeht, er muss skrupellos sein und dazu von beinahe unglaublicher Geschicklichkeit. Auch scheint er jeweils mit den örtlichen Begebenheiten und den Lebensgewohnheiten seiner Opfer vertraut zu sein. Und vielleicht ist das Wort `Handwerk´ gar nicht so falsch. Nur ein Kenner der inneren Organe des Menschen konnte, wie bei dem Anführer der Leibwache von Hexenagger, so handeln."

„Ja", meinte Apollonia. „Diesen Todesfall habe ich gleich eingetragen. Und den Mord an dem Räuber von Nötting auch. Es zeigt sich, dass auch diese beiden letzten Opfer mit dünnen Leinen gefesselt wurden."

„Doch was treibt diesen Mörder?", fragte Schwester Benedikta. „Ich weiß nicht, aber ist er einfach nur wahnsinnig?"

„Nein", widersprach Schwester Simeona, „soweit wir wissen, waren die Opfer vor ihrem Tod selbst Täter, das heißt, sie fielen durch Heimtücke, Habgier, Rücksichtslosigkeit, Grausamkeit und Verrat auf und stürzten selbst viele Menschen ins Leid. Ich vermute, der Täter reist umher und beobachtet die Situation vor Ort scharf. Vielleicht bietet er auch seine Dienste denjenigen an, die selbst nicht handeln wollen. Bedenkt, dass es sich in allen uns bekannten Fällen nur um männliche Opfer, keine Frauen, keine Kinder, handelte! Wer immer das auch sein mag, er glaubt, durch seine Taten eine Art Gerechtigkeit walten zu lassen gegenüber denjenigen, die sonst nicht belangt werden."

Apollonia sagte trocken: „Da fiele mir auch so der Eine oder Andere hier in Geisenfeld ein, bei dem das Walten von Gerechtigkeit nicht schaden würde."

„Still, Schwester! Es steht nur Gott, dem Allmächtigen und unserem Erlöser Jesus Christus zu, zu richten über die Lebenden und die Toten", sagte Schwester Benedikta streng. Sie räusperte sich und ergänzte hastig: „Und natürlich den Ordensoberen und den Richtern." Magdalena blätterte noch einmal in den Aufzeichnungen. Als sie das Blatt mit der Unterschrift ihres Vaters wieder in der Hand hielt, bebten ihre Lippen erneut. Doch diesmal hatte sie sich schnell wieder in der Gewalt. Sie sah ihre Mitschwestern an und sagte leise: „Ohne nähere Erkenntnisse werden wir nicht erfahren, um wen es sich bei diesem Mann handelt. Wir wissen auch nicht, wann er wieder zuschlägt und wer das nächste Opfer ist. Wir müssen aber davon ausgehen, dass er hier ist. Hier in Geisenfeld."

*

Zur selben Zeit waren Hubertus und Johannes auf dem Weg zu der Wiese bei Fahlenbach, die vor sechs Jahren der Schauplatz der Vergeltung gewesen war.

Johannes hatte am gestrigen Tag beim täglichen Rundgang mit Pfarrer Niklas gefragt, wo die Gaukler aufgespürt worden waren. Der Pfarrer war etwas ungehalten über dieses Ansinnen gewesen und hatte Johannes getadelt. „Was rührt Ihr immer noch in dieser alten Geschichte herum, Bruder Johannes? Diese schlimme Sache ist vorbei. Lasst es damit sein Bewenden und reißt nicht alte Wunden auf!"

Johannes hatte sich zerknirscht gegeben. Er gab vor, durch die Erzählung des Pfarrers am 4. Juli so beeindruckt gewesen zu sein, dass er sich den Schauplatz des Geschehens selbst ansehen und für die getöteten Knechte und Diener dort beten wolle.

Pfarrer Niklas hatte ihn daraufhin argwöhnisch gemustert. Doch Johannes hielt seinem Blick stand. Daraufhin hatte ihm der Pfarrer den Ort seufzend beschrieben, ihn aber gleich danach ermahnt, die Geschichte nach seiner Rückkehr auf sich beruhen zu lassen. Johannes hatte etwas Unverständliches gemurmelt und sich sogleich nach der Portalanlage an der südlichen Seite der St. Ulrichs-Kirche in Ainau erkundigt, die sie vor vier Wochen nicht mehr besichtigen konnten. Der Pfarrer war nur zu gerne darauf eingegangen. Er schlug einen Besuch gleich am nächsten Tag vor.

Johannes hatte Magdalena die letzten beiden Tage nicht gesehen. Noch immer waren sie und Schwester Anna beinahe rund um die Uhr in der Krankenstation tätig. Sogar an den Gebetszeiten nahm immer nur eine der Beiden teil.

Johannes litt darunter, dass er die geliebte Frau kaum noch zu Gesicht bekam. Im Stillen gestand er sich ein, dass er sich die Aufklärung der wahren Ereignisse in den letzten Tagen auch deshalb so zu Eigen gemacht hatte, um sich abzulenken. Abzulenken von dem Gedanken an die bald bevorstehende Trennung.

Schon frühmorgens, nach der Prim, waren die beiden Freunde aufgebrochen.

Nur wenig hatten sie geschlafen. Die letzten beiden Nächten waren sie immer wieder die Geschichte, die Johannes von Magdalena und Pfarrer Niklas erfahren hatte, durchgegangen und hatten sie mit den Erzählungen von Alberto verglichen. Dabei mussten sie vorsichtig sein, dass niemand ihr Gespräch belauschte. Wenn jemand aus dem Kloster von dem Knaben erfahren hätte, konnte das seinen Tod bedeuten.

Johannes hatte über die Worte von Alberto immer wieder intensiv nachgedacht. Was musste in dem Jungen vorgegangen sein, als er und seine Verwandten überfallen worden waren? Zuzusehen, wie seine Schwestern und seine Eltern erstochen wurden.

Welche Todesangst musste er ausgestanden haben, als er an ein Stück Treibholz geklammert, von der Ilm fortgerissen wurde? Stunden musste er sich frierend und voller Angst an das Holz geklammert haben, ohne Hoffnung, seine Familie wiederzusehen. Stunden, in denen ihn der reißende Fluss von Fahlenbach bis hinter Geisenfeld getragen hatte. Niemand hatte seine Hilferufe in der Nacht und bei dem Regen gehört. Und dann das verzweifelte Umherirren in einer ihm unbekannten Gegend, bis er halberfroren und zu Tode erschöpft, zusammengebrochen war.

Hubertus hatte von Schwester Walburga eine Karte erhalten, die den Ilmverlauf und die anliegenden Ländereien und Dörfer rund um Geisenfeld bis nach Rohrbach darstellte.

Hubertus hatte auf den Flusslauf der Ilm gezeigt. „Ich habe schon Hochwässer erlebt, bei denen aus kleinen harmlosen Bächen reißende Ströme geworden sind. Es ist nicht unwahrscheinlich, dass der Knabe bei der Flucht in den Fluss stürzte und sofort mitgerissen wurde."

„Aber, dass ihn die Ilm so weit getragen haben konnte?", fragte Johannes.

„Bis hinter Geisenfeld? Er muss sich für Stunden an dem Treibholz festgeklammert haben."

„Nun", meinte Hubertus, „wir wissen nicht, wie groß das Holz war. Außerdem haben wir gehört, dass das Wasser nicht so kalt gewesen sein muss, dass er Gefahr lief, zu erfrieren. Weißt Du, ich habe ein wenig an dem üblichen Marktgeschwätz teilgenommen. Glücklicherweise sind mir die Bürger nicht mehr feindselig wegen des Waffenverbots gesinnt. Mancher hat mir zugeraunt, dass Wagenknecht nur einen Vorwand suchte, seine Macht zur Schau zu stellen. Aber sei es, wie es sei. Ich habe gehört, dass bei Starkregen die Ilm sehr schnell anschwillt. Sie wird tatsächlich zu einem reißenden Fluss. Doch hört der Regen auf, fällt das Wasser bald wieder." Hubertus hatte auf die Karte gezeigt. „Du siehst hier auch, dass bei Fahlenbach die Wolnzach einmündet, die ebenfalls bei heftigem Regen, wie mir berichtet wurde, viel Wasser bringt. Und unmittelbar hinter Geisenfeld hat die Ilm besonders starke Biegungen und Kehren. Ich vermute, Alberto wurde kurz nach Geisenfeld ans Ufer gespült. Er muss dann orientierungslos umhergeirrt sein. Wahrscheinlich ist er zwischen Geisenfeld und Nötting in den Wald gelaufen. Dort hat ihn dann dieser Jasper, also dieser seltsame Einsiedler, gefunden. Alberto hatte in seinem schrecklichen Schicksal noch Glück", schloss Hubertus.

Johannes hatte ihm zugestimmt. „Er muss einen großen Überlebenswillen gehabt haben. Doch was ist in ihm vorgegangen, als er von diesem seltsamen Einsiedler erfahren musste, dass seine Angehörigen, die nun alle tot waren, als Räuber und Mörder verdächtigt wurden? Ihm muss grausam klar geworden sein, dass er auch selbst fortan als Mörder galt. Es war kein Wunder, dass er monatelang stumm gewesen ist. Und dann das jahrelange Versteckspiel, immer in der Angst, zufällig gefunden zu werden. Mit seiner Hautfarbe fällt er sofort als Fremder auf. Wohin hätte er sich wenden können? Als seine Eltern getötet wurden, war er noch zu klein, um zu wissen, wohin er gehen sollte. Wem konnte er sich auch anschließen? Irgendwann muss sich auch herumgesprochen haben, dass Spielleute in Geisenfeld seit den Ereignissen von 1384 nicht mehr gerne gesehen sind. Wie mir sowohl Pfarrer Niklas als auch die Schwestern berichteten, wird Geisenfeld seit etwa zwei Jahren von fahrenden Künstlern gemieden. Und alleine losziehen, als Kind ohne Schutz, wäre seinen sicheren Tod auf den Straßen gewesen."

„Immer vorausgesetzt, dass seine Geschichte überhaupt der Wahrheit entspricht", hatte Hubertus entgegnet. Johannes war überrascht gewesen. „Du hast doch gesagt, dass es nicht sein kann, dass Gaukler den Schatz geraubt und die Schwestern getötet haben! Doch wer war es dann?"

Hubertus hatte den Kopf gewiegt. „Das glaube ich auch heute nicht. Ich meine nur, es kann sein, dass Alberto die Geschichte mit der Vergeltung vielleicht nicht so wiedergibt, wie sie wirklich war. Vielleicht haben sich die Spielleute wirklich erbittert gewehrt. Ich hätte das getan. Und wie ich auf meinen Reisen schon erlebt habe, kann eine falsche Erinnerung Menschen davor schützen, toll zu werden. Wer weiß, ob Alberto nicht die tatsächlichen Geschehnisse verdrängt hat, aus Angst, sich eingestehen zu müssen, dass er vielleicht doch einen Diener des Richters oder des Kaufmanns getötet hat. Sicher war es Notwehr, doch wer weiß das schon? Seinen Sturz in die Ilm und die nachfolgenden Erlebnisse ziehe ich nicht in Zweifel." Johannes hatte nachgedacht. Wenn es die Wahrheit war, was Alberto berichtet hatte, dann stimmten die verbreiteten Darstellungen nicht, dass die Gaukler sich gewehrt hatten. Dann stimmte auch nicht, dass Frauen und Kinder gekämpft hatten. Doch was war dann mit den Knechten von Godebusch und den Schergen von Propstrichter Frobius geschehen? Wer hatte die fünf Männer getötet und warum? Und wer hatte wirklich den Klosterschatz geraubt?

Was, wenn sich der Knabe den Ablauf der Vergeltung nur ausgedacht hatte? Vielleicht hatte er sich, wie Hubertus meinte, tatsächlich seine eigene Version gestrickt. Die Version, die er brauchte, um es verarbeiten zu können, dass er vielleicht doch zum Mörder an gottesfürchtigen Knechten geworden war?

Johannes war beim Überlegen schwindlig geworden. Zu viele Wenns und Abers. Wie sollte er daraus die Wahrheit erkennen?

Johannes hatte Hubertus schließlich von der Inschrift auf dem Dolch berichtet. Hubertus ließ sich auf sein Lager zurücksinken und schlug sich die Hand auf die Stirn. Dann lächelte er. „Ich Hornochse! `Möge deine werfende Hand niemals ihr Ziel verfehlen´. Natürlich. Ich erzählte dir doch auf dem Rückweg von unserem ersten Zusammentreffen mit diesem Burschen vor gut zwei Wochen von meinem Dolch. Ich sagte Dir, dass er sehr scharf ist, gut in der Hand liegt und ich niemals mit ihm daneben geworfen habe. Ich glaube nicht an Zauberei, aber es gibt doch so einiges zwischen dem Erdboden und dem Himmel, was nicht erklärbar scheint."

„Alles ist mit dem Willen Gottes zu erklären!", hatte Johannes schärfer als beabsichtigt erwidert. Hubertus hatte in eine Ecke ihrer Unterkunft geschaut und auf eine Erwiderung verzichtet. Als Johannes kurz danach noch einmal zu seinem Freund hinüber geschaut hatte, hatte er bemerkt, dass dieser eingeschlafen war.

Auch er selbst war todmüde gewesen. Doch versäumte er nicht, Gott anzuflehen und um Beistand zu bitten, das Rätsel vom Ilmgrund zu lösen.

„Wir müssen gleich da sein", sagte Hubertus und riss ihn so aus seinen Gedanken. Sie hatten die Karte, die sie von Schwester Walburga erhalten hatten, mitgenommen. Hubertus rollte sie auf und beide schauten zum wiederholten Male darauf. Sie waren vor kurzem an einem Weiler mit Namen Eichelberg vorbeigekommen, der an einem Hang über der Ilm lag.

„Hier", zeigte Johannes auf die Karte. „Hier, nicht weit entfernt, ist einer der beiden kleinen Zuflüsse zur Ilm. Es ist nur ein schmaler Graben. Er kommt aus der kleinen Siedlung im Westen, die Puchersried heißt. Pfarrer Niklas sagte mir, dass er die Leichen der Spielleute dort neben dem Graben sah. Vielleicht brach die Achse des einen Wagens der Gaukler beim Durchfahren dieses Grabens." Er schaute nach vorne. „Hier neben der Ilm sind nur Wiesen. Doch was ist das weiter südlich? Eine Mühle?"

Hubertus folgte seinem Blick. „Du hast Recht. Das muss eine Mühle sein." Er dachte nach. „Vorausgesetzt, der Regen war so stark, wie dein Pfarrer, aber auch Alberto übereinstimmend berichteten, dann kann ich mir gut vorstellen, dass die Mühle an diesem Tag wegen der Regenschleier nicht oder nur sehr schwer zu sehen war, von Puchersried ganz zu schweigen. Die Spielleute hätten sonst mit Sicherheit versucht, von dort Hilfe zu erhalten.

Mittlerweile waren sie an dem Graben angekommen, der in die Ilm mündete. Johannes sah sich um. Hier also war der Ort, an dem so viele Menschen gestorben waren. Ihn schauderte. Er kniete nieder und betete für das Seelenheil der Getöteten. Auch Hubertus nahm seinen Hut ab.

Nach dem Gebet stand Johannes auf und sah sich genauer um. Vor seinen Augen erstreckten sich östlich der Ilm breite Wiesenflächen. Südlich bei der Mühle gingen die Wiesen in Ackerflächen über. An der Mühle selbst waren offensichtlich Bauarbeiten im Gange. Die Arbeiter dort schienen aus der Entfernung klein wie Mäuse. Er sah, dass einige Männer Holzbalken trugen. Hammerschläge ertönten. Er wandte seinen Kopf und setzte seine Beobachtung der Umgebung fort. Auf beiden Seiten des Flusses, standen zahlreiche Erlenbäume und Weiden am Ufer. Vom östlichen Ufer, an der die beiden Freunde standen, erstreckten sich ebenfalls Wiesen. Diese wurden im Westen von Wald begrenzt. Johannes sah genauer hin. Der Wald machte einen eigentümlich ungeordneten, zerzausten Eindruck. Welch ein Wirrwarr, fiel ihm unwillkürlich ein.

Hubertus trat an den Wiesengraben heran und ging ihn ab. Dabei achtete er mit Argusaugen darauf, ob ihm irgendetwas auffiel. Von Zeit zu Zeit bückte er sich und stocherte mit seinem Wanderstab einmal im Gras, ein anderes Mal im Graben herum.

Johannes sah sich inzwischen nahe des Ufers der Ilm um. Die Erlen standen hier, bis etwa zwei Mannslängen vom Flussbett entfernt, relativ dicht. Auch herrschte starker Weidenbewuchs. Doch nur wenige Schritte nördlich der Mündung des Wiesengrabens in die Ilm war eine Lücke in dem Uferbewuchs, etwa zwei Klafter breit. Johannes trat zwischen die Bäume. Dabei stolperte er über die quer verlaufende Wurzel einer Erle. Er taumelte und konnte nur mühsam verhindern, längs auf dem abschüssigen Boden aufzuschlagen.

Als er sich wieder gefangen hatte, und den Kopf in Fließrichtung des Wassers drehte, fiel ihm auf, dass hier der Erlenbewuchs nicht mehr so dicht war wie oberhalb der Lücke. Johannes erkannte, dass hier zwischen den Bäumen ursprünglich eine größere Lichtung gewesen sein musste. Hier war sicherlich ein lohnender Fischgrund gewesen. Ihm fiel ein, dass sie beim Hinweg unweit von Ainau eine Hütte neben der Ilm zwischen den Bäumen gesehen hatten. Die Bäume reichten dort fast bis ans Wasser. Die Hütte war aus starken Bohlen errichtet und gut zwischen den Bäumen versteckt gewesen. Beinahe wäre sie ihrer Aufmerksamkeit entgangen. Sicher wurde dort jetzt der Fischfang ausgeübt. Doch hier bei Puchersried war die Natur bereits dabei, sich diese Lücke zurückzuerobern. Weidenschösslinge hatten ausgetrieben und der Boden, der einstmals von vielen Füßen der Fischer kahl gestampft gewesen war, war von Hirtentäschel, Beinwell, Huflattich und Brennnesseln bedeckt. Er dachte nach. Da fiel es ihm wie Schuppen von den Augen. Er hastete zu der Wurzel zurück, die ihn beinahe zu Fall gebracht hatte. Wie hatte Alberto gesagt? `Ich rannte los und wusste nicht wohin vor Angst.

Dann stolperte ich über eine Wurzel und fiel in das Wasser. ´Der Mönch stellte sich, zur Ilm gewandt, vor die Wurzel. Er überlegte sich, wie Albertos Flucht von statten gegangen war. Nur wenige Schritte südlich von ihm verlief der Wiesengraben, an dem Hubertus noch immer prüfend entlangging. Wenn der Knabe in Todesangst losgerannt war, hatte er sicher kaum darauf geachtet, wohin.

Johannes trat einige Schritte zurück und schloss die Augen. Dann ging er langsam auf die Lücke in dem Uferbewuchs zu. Nach wenigen Augenblicken stieß sein Fuß an die Wurzel. Diesmal ließ er sich bewusst fallen. Als er am Boden lag und die Augen öffnete, fand er sich umgeben von Huflattich. Er konnte von Glück reden, nicht in die Brennnesseln gestolpert zu sein. Johannes hob den Kopf und sah zwischen den Pflanzen die Uferlinie der Ilm etwa eine Mannslänge vor sich. Wäre er in vollem

Lauf gestolpert, der Schwung hätte ihn möglicherweise sogar bis an das Wasser getragen.

Er richtete sich wieder auf, schob vorsichtig die Brennnesselbestände zur Seite, trat an das Flussbett und sah in die friedlich dahinfließende Ilm. Unwillkürlich schweifte sein Blick suchend umher, ob noch irgendwo das Messer zu sehen war, das einer der Knechte nach Alberto geworfen hatte. Doch sogleich schalt er sich wegen seiner Einfalt. Hier war sechs Jahre nach dem Geschehen nichts mehr zu finden.

Er drehte sich um und betrachtete noch einmal die Lücke und die dazwischen verlaufende hölzerne Stolperschwelle. Doch, dieser Teil der Erzählung des jungen Burschen war nachvollziehbar. Bei dem Hochwasser im April 1384 war die Ilm sicherlich breiter gewesen als heute, da sie in diesem trockenen Sommer nur wenig Wasser führte. Alberto war über diese Wurzel gestolpert, dann durch die Erlen durchgetrieben und von der Strömung mitgezogen worden.

Er sah Hubertus auf sich zukommen. „Vorsicht!", rief er. „Pass auf die Wurzel auf!" Hubertus sah nach unten, nickte dann und stieg vorsichtig über die Stolperfalle. Gleich danach stand er neben Johannes. „Konntest du etwas erkennen?", fragte ihn der Mönch.

Hubertus wiegte den Kopf. „Zumindest waren keine Hinterlassenschaften zu sehen wie Hausrat von Spielleuten, Reste der Fuhrwerke oder Waffenstücke. Aber das war auch nicht wirklich zu erwarten. Du hattest ja gesagt, dass nach der Auskunft des Pfarrers die Wagen, die Pferde und die Leichen der Gaukler verbrannt wurden. Das allerdings scheint zu stimmen. Neben dem Wiesengraben ist eine Fläche, die etwa sechs mal sieben Mannslängen groß ist. Hier wächst das Gras besonders dicht und fett. Hier wurde also einmal ein großes Feuer angezündet." Johannes beschlich ein beklemmendes Gefühl. Ein Boden, auf dem Asche lag oder der verbrannt wurde, war in den ersten Jahren danach besonders fruchtbar. Hier lag der Fruchtbarkeit des Bodens allerdings ein schreckliches Ereignis zugrunde, wie immer es sich auch abgespielt haben mochte.

Der Mönch erzählte seinem Begleiter, was er an Erkenntnissen gewonnen hatte. Hubertus sah sich um und meinte dann: „Du hast Recht. Wie dieser Platz aussieht, scheint er die Geschichte von Alberto zu bestätigen. Warum diese Lichtung wohl aufgegeben wurde? Sie scheint mir ein geeigneter Platz für das Fischen zu sein."

„Sicherlich verursacht die Stelle Unbehagen", murmelte Johannes. „Da hier neben der Brandstelle der einzige breit zugängliche Teil zur Ilm war, hat man vermutlich auch an dieser Lücke die Asche der Toten in die Ilm gestreut. Ich ginge hier auch nicht mehr gerne her."

„Nun", sagte Hubertus, „lass uns die kurze Strecke zur Mühle gehen und dort ein wenig Rast machen! Es ist drückend heiß. Dann kehren wir nach Geisenfeld zurück. Ich glaube, es wird heute noch ein Unwetter geben. Darum sollten wir nicht allzu lange warten."

Johannes stimmte ihm zu. „Tun wir das. Es war dumm von mir, zu glauben, dass hier noch etwas an das Geschehen von vor sechs Jahren erinnert." Er klopfte Hubertus auf die Schulter. „Ja", sagte dieser. „Ich habe auch insgeheim gehofft, vielleicht noch das Gegenstück zu meinem Dolch zu finden. Töricht, nicht wahr?" Beide traten wieder in das Sonnenlicht.

„Hast du schon gesehen?", fragte Hubertus. „Dieser Kaufmann Godebusch ist heute morgen wieder in Geisenfeld eingetroffen. Als wir die Pfarrergasse hinunter gingen, sah ich gerade noch die Wagen mit seinem Wappen auf den Großen Marktplatz vorfahren."

Johannes schüttelte den Kopf. „Nein, ich war wohl in Gedanken." Ihm fiel wieder ein, dass Godebusch ihn noch zum Abendessen einladen und von den Küsten berichten wollte.

Hubertus setzte derweil mit einem Sprung über den Wiesengraben. Kaum stand er auf den Füßen, ächzte er und fiel zur Seite. Johannes sprang ihm sofort nach und kniete sich neben seinen Freund. Hubertus hatte das Gesicht schmerzvoll verzogen und hielt sich seinen linken Fuß. Dann griff er mit einer Hand zum Fußballen und zog schnell etwas heraus. Dabei ächzte er erneut.

„Was ist los?", fragte Johannes besorgt. „Ich bin beim Sprung über den Graben in etwas hineingetreten", sagte Hubertus und verzog erneut das Gesicht. Johannes hielt die Hand auf. „Gib es mir." Hubertus ließ das Ding in Johannes´ Hand fallen. Es war ein kurzer rostiger Nagel, etwa drei Finger breit, der an der Spitze abgeflacht war. Sein dicker Kopf war quadratisch und wies dreieckige Abkerbungen auf.

„Ein Ziernagel", sagte Johannes. In St. Peter und Paul hatte er gesehen, das Bruder Barnabas solche Nägel herstellte. Sie dienten keinem praktischen Zweck, sondern wurden unter anderem zur Ausschmückung von Truhen und Schränken, aber auch Torflügeln verwendet. Auch hatte Johannes solche Nägel schon auf prachtvollen Wagen reicher Coburger Bürger gesehen. Ob der Nagel zu einem Wagen der Gaukler gehört hatte? Doch war jetzt keine Zeit für solche Spekulationen. Johannes ließ den Nagel in seinen Beutel mit den Steinen gleiten.

„Zieh deinen Schuh aus!", forderte Johannes seinen Freund auf. Widerstrebend folgte Hubertus der Aufforderung. Als der lederne Schuh ausgezogen war, sah sich Johannes die Wunde an. Der Nagel war durch eine lockere Naht an der Seite des Schuhs neben der weichen Sohle eingedrungen, hatte Hubertus Fleisch einen Fingerbreit aufgeschlitzt und war dann stecken geblieben. Die Wunde war nicht allzu tief, doch Blut sickerte heraus und lief an der Fußsohle entlang bis zur Ferse. Dort tropfte es ins Gras.

„Nur ein Kratzer", winkte Hubertus ab. Doch war ihm anzumerken, dass die Verletzung schmerzte. „Auf jeden Fall muss die Wunde schnell versorgt werden", sagte Johannes. Er blickte um sich. Da fiel ihm ein, was er vorhin gesehen hatte. Er lief zu der Lichtung zwischen dem Uferbewuchs zurück und achtete sorgfältig darauf, nicht erneut über die Wurzel zu stolpern. Dann riss er Huflattichblätter aus und eilte zu dem Verwundeten zurück.

„Huflattich kann zur Not als Wundauflage bei Hautverletzungen genommen werden. Er fördert die Heilung", sagte er zu Hubertus. „Eine Tinktur wäre natürlich besser. Aber eine solche haben wir jetzt nicht." Er nahm sein Messer, legte die Pflanzen auf einen Findling und schnitt sie so klein wie möglich. Er riss einen Streifen Tuch von seiner Kutte los, zerschnitt ihn in zwei Teile. Dann presste und knetete er mit beiden Händen die Pflanzen so fest er konnte, bis er einen feuchten Brei hatte. Diesen verteilte er auf einem Tuchstreifen und umwickelte die Verletzung seines Freundes. Mit dem zweiten Streifen sorgte er dafür, dass der Verband nicht verrutschte.

„Ich ziehe dir jetzt deinen Schuh wieder an", sagte er zu Hubertus. „Durch die Tücher wird er ziemlich streng sitzen. Leider reicht meine Heilkunst nicht weiter." Hubertus hatte die Bemühungen des Mönchs mit nachsichtigem Lächeln verfolgt. „Ich sagte dir doch, es ist nur ein Kratzer. Ich werde schon nicht gleich daran sterben. Da habe ich schon ganz andere Dinge überstanden", meinte er lässig.

Als Johannes seinem Freund den Schuh etwas mühsam wieder angezogen hatte, richtete Hubertus sich auf. Vorsichtig auf seinen Stock gestützt, trat er auf. „Es zieht ein wenig, aber ich halte es aus. Vielen Dank, Johannes", sagte er. „Du solltest deinen Fuß möglichst nicht mehr stark belasten", meinte der Mönch mahnend. „Ich schlage vor, dass wir nicht erst zur Mühle gehen, sondern sofort zurück ins Kloster gehen. Dort sollen sich die Schwestern um dich kümmern." Er unterbrach sich und deutete nach Süden. „Wer kommt denn da?"

Zwei Männer kamen aus der Richtung der Mühle auf sie zugeeilt. Als Johannes sie erkennen konnte, pfiff er verwundert. Einer der Beiden war Gregor, ihr Reisegefährte. Johannes hatte ihn in den letzten Wochen kaum gesehen. Gregor und sein Begleiter trugen kurze Kutten aus beiger Wolle und Kappen aus demselben Material. Beide hatten zum Schutz bei der Arbeit auch noch lederne Schürzen umgebunden. Sowohl Gregor als auch sein unbekannter Kollege hielten einen Dexel, eine Hacke mit einer quer zum Stiel befestigten Schneide, für das Zurechthauen von Balken, in ihren Händen.

Schwer atmend kamen die beiden Männer bei Johannes und Hubertus an. „Holla!", rief Gregor. „Wen haben wir denn da? Was macht Ihr beide denn hier?" Johannes murmelte etwas von einer Erkundung des Ilmverlaufs, während Hubertus seinem Reisegefährten auf die Schulter klopfte und dessen Begleiter begrüßte.

„Wir arbeiten im Auftrag des Klosters neben der Mühle. Die Herren von Puchersried haben die Abtei um Unterstützung bei der Reparatur der Brücke gebeten. Also hat uns die Cellerarin hergeschickt. Wir sind schon den dritten Tag hier. Jetzt haben wir gesehen, dass jemand gestürzt ist und sein Begleiter sich über ihn gebeugt hat. Wir wollten helfen." Hubertus dankte und erzählte von seinem Missgeschick.

„Das ist Walter, auch ein Zimmermann", stellte Gregor den Mann seinen Freunden vor. „Und die beiden sind Reisegefährten von mir. Johannes, ein Pilgermönch und Hubertus, ein Sänger."

Bei dem letzten Wort runzelte Walter die Stirn. „Ein Sänger? Also ein Spielmann?", brummte er. „Dies ist keine Gegend für fahrendes Volk. Wo wir jetzt stehen, gab es vor sechs Jahren eine schlimme Auseinandersetzung zwischen ehrwürdigen Dienern des Marktes Geisenfeld einerseits und Räubern und Mördern, die als Gaukler auftraten, andererseits. Doch sind die Unholde ihrer gerechten Strafe nicht entkommen."

Johannes bat Walter, ihm Näheres zu erzählen. Sie setzten sich in den Schatten der Erlen und Walter berichtete von den Ereignissen. Es war im Wesentlichen dieselbe Geschichte, die Johannes schon von Pfarrer Niklas gehört hatte. Doch Walter, der aus Puchersried stammte, hatte zu denjenigen gehört, die am Morgen nach der Vergeltung die Leichen der Spielleute, die ihre toten Pferde und ihr ganzes Hab und Gut verbrannt hatten.

„Es war noch nass und in den Wiesen stand Wasser. Wir haben die Pferde getötet, die Leichen dieser Gottlosen und alles, was sie hatten, auf einen Haufen trockenen Holzes aufgerichtet. Dann kam ein Pfarrer mit zwei Bediensteten des Marktes und besichtigte alles. Doch hatten wir schon Feuer an die Überreste dieser Mörder gelegt. Dichter Rauch zog über das Ilmtal, weil wegen der Feuchtigkeit nicht alles sofort brannte. Wir mussten immer wieder Holz holen. Es dauerte den ganzen Tag, bis alles zu Asche verbrannt war.

Johannes fragte vorsichtig: „Wurde allen Spielleute die gerechte Vergeltung teil? Ist keiner entkommen?" Walter sah ihn verwundert an. „Ich weiß niemanden, der entkommen ist. Später gab es Gerüchte, wonach angeblich ein Kind auf der Flucht in der Ilm ertrunken sein soll. Doch niemand fand später eine Leiche. Das Gerede legte sich bald wieder." Er räusperte sich.

„Jedenfalls haben wir mit Schaufeln die Asche in die Ilm geworfen, dort, wo Ihr jetzt noch diese Lücke seht. Das Eisen von den Wagenreifen und den Deichseln wurde eingeschmolzen oder zerschlagen."

Johannes hatte mit Mühe ein Schaudern bei dem Bericht des Zimmermanns unterdrückt. Er überlegte, ob er Worte der Missbilligung aussprechen sollte. Doch er unterließ es. Die Dorfbewohner von Puchersried hatten in der Überzeugung gehandelt, etwas Gottgefälliges zu tun.

Noch während er diesen Gedanken nachhing, fuhr Walter in seiner Erzählung fort. „Hier am Ilmgrund gehen seitdem seltsame Dinge vor sich. Waren hier immer die reichsten Fischbestände von Puchersried, konnte seitdem kein Fischer hier mehr etwas fangen. Wenn es in Vollmondnächten regnet, dann soll hier, so erzählt man, das Wasser zu brodeln beginnen. Vom Grund der Ilm sollen schwarze Schatten, dunkler als die Nacht, aufsteigen und über die Felder ziehen. Angeblich sind es die Geister der getöteten Spielleute. Dann hört man auch das Klingeln von Schellen und gemurmelte Wortfetzen, als ob ein Gaukler entlang der Ilm geht und etwas sucht. Auch ertönt ein langgezogenes hohles Klagen von Frauenstimmen. Wer dies schon einmal erlebt hat, vergisst es nie wieder. Niemand geht mehr gerne hierher."

Johannes lief es eiskalt den Rücken herunter. Alberto, dachte er. Die toten Gaukler suchen Alberto, ihr vermisstes Kind. Ihm graute. Doch schon redete der Zimmermann weiter: „Auch die Wiese an der Ilm, wo das Lager der Gaukler war und die Toten verbrannt wurden, liegt seitdem brach. Eigenartig ist auch, dass an der Stelle, an der die Leichen der Spielleute verbrannt wurden, seit dieser Zeit das saftigste und fetteste Gras wächst." Er zeigte auf die Stelle, die schon Hubertus aufgefallen war. „Doch die Tiere, die auf die Wiese getrieben wurden, fraßen davon nicht, egal ob es Kühe, Schafe, Ziegen oder Pferde waren. Man wollte dann die Wiese zu einem Acker machen, doch die Ochsen scheuten, wenn sie zum Pflügen hergetrieben wurden. Ein Bauer aus Winden, der vom Kloster beauftragt wurde, die Wiese an dieser Stelle umzugraben, stürzte, als er es dennoch versuchte, so unglücklich, dass sein Bauch aufriss und sich seine Eingeweide auf die Erde ergossen. Mehrere Knechte, die auf einem nahen Feld arbeiteten, sahen den Vorfall. Noch während sie dem Bauern zu Hilfe eilten, hatte sich ein Schwarm Krähen auf den Sterbenden gestürzt. Die Ochsen liefen in blindem Schrecken davon. Der Bauer wurde regelrecht zerhackt. Die Männer, die ihm helfen wollten, mussten zuerst mit viel Mühe die Vögel verscheuchen. Von dem Mann ist nicht mehr viel übrig geblieben. Seither wird der Ort gemieden."

Als der Mann geendet hatte, herrschte Schweigen. „Und jetzt?", fragte Johannes schließlich hilflos. Gregor sagte leise: „Ein weiterer Grund, so bald wie möglich aufzubrechen, findet ihr nicht?" Hubertus starrte ihn an. Dann zuckte er mit den Schultern. Johannes dankte Walter und hob die Hand zum Abschied. Gregor und sein Arbeitskollege gingen zu ihrer Baustelle zurück. Langsam machten sich Hubertus und Johannes wieder auf den Weg zurück.

*

3. August 1390, Kloster St. Peter und Paul, Coburg

„Habe ich richtig verstanden? Bruder Johannes hat von einem Getreidehändler hier in Coburg Geld für die angebliche Pilgerreise erhalten? Weshalb das?" Matthäus setzte sich erstaunt in seinem Sessel auf.

Der Abt hatte den Schmied Barnabas zu sich in das Amtszimmer des Abtes bestellt, um nach den Erkenntnissen, die sie aus dem alten Lambert herausgepresst hatten, das weitere Vorgehen abzustimmen. Barnabas erzählte Matthäus von den Geschehnissen, die sein Vater im Hause des Getreidehändlers Wohlfahrt beobachtet hatte. „Wie Ihr wisst, Vater Abt, hat Bruder Johannes vor vielen Jahren die Frau und den Sohn des Getreidehändlers aus dessen brennendem Haus gerettet. Ich weiß von meinem Vater, dass er dafür einen ansehnlichen Beutel mit Coburger Pfennigen erhalten hat. Das hat ihm der Händler damals wohl versprochen. Er sicherte ihm zu, wenn Bruder Johannes einmal den Konvent verlassen sollte, würde er ihn großzügig unterstützen."

Matthäus hob die Augenbrauen. „Den Konvent verlassen? Das kommt überhaupt nicht in Frage! Johannes ist immer noch Angehöriger des Ordens und der Gemeinschaft von St. Peter und Paul. Aber er ist unzweifelhaft den Einflüsterungen des Teufels erlegen. Er hat die Reliquie des Ordens an sich genommen und aus dem Kloster entwendet. Dies kann ich nicht dulden!" Nachdenklich sagte er: „Soweit Lambert uns bei der Befragung mitteilte, handelt es sich um einen Messergriff. Aus welchem Holz er stammt, wissen wir nicht. Es muss sich um eine bedeutende Reliquie handeln. Verwunderlich ist nur, dass unser Abt mir gegenüber nie etwas davon erwähnt hat."

Weil er dir nicht traute, dachte sich Barnabas im Stillen. Laut fragte er: „Was soll mit der sterblichen Hülle von Lambert geschehen? Unser Krankenbruder Mauritius wird die Verletzungen sehen und Fragen stellen." Matthäus winkte ab. „Darum kümmert sich Bruder Martin. Mauritius ist ab sofort von dieser Aufgabe entbunden."

„Der Bruder Cellerar ist zuständig? Seit jeher gehört zu der Arbeit des Infirmatius auch das Bereiten des Leibes des Toten und sein Aufbahren", entgegnete Barnabas vorsichtig. „Es war bislang nicht üblich, dass diese Arbeit der Cellerar übernimmt."

„Das mag sein", sagte Matthäus. „Doch wäre es mehr als unglücklich, wenn jemand, der mir nicht treu ergeben ist, die Verletzungen bemerkt und dann vielleicht missverständliche Schlüsse daraus zieht, verstehst Du?"

Ich verstehe genau, dachte Barnabas. Die Brüder, die dir nicht freundlich gegenüberstehen, würden genau die richtigen Schlüsse ziehen. Matthäus überlegte und sagte dann: „Ich werde geeignete Worte gegenüber Mauritius finden. Doch gilt es jetzt, keine Zeit zu verlieren. Es ist wichtig, die Reliquie des Klosters wieder zu holen und den Bruder auf den rechten Weg zurück zu führen. Zunächst zurück nach Coburg. Dort erwartet ihn die angemessene Strafe." Er griff nach Pergament tauchte die Feder ein und schrieb. Im Amtszimmer war nur noch das Atmen der beiden Männer und das Kratzen der Feder zu hören. Dann erhob sich Matthäus. „Hier ist ein Empfehlungsbrief für Dich. Er hebt gleichzeitig das Schreiben auf, welches unser ehrwürdiger Abt Marcellus sicherlich in einem Moment der Schwäche unserem treulosen Bruder Johannes ausgestellt hat. Hole ihn zurück, Barnabas! Nimm ihm die Reliquie ab! Und wenn er sich weigert, dann zögere nicht, ihn mit harter Hand zu überzeugen. Lass dir von Bruder Martin alles geben, was du für die Reise brauchst. Nimm den Esel aus der Schmiede und verliere keine Zeit. Reise morgen gleich nach der Prim ab. Verkünde in allen Klöstern, in denen du Unterkunft erhältst, dass Bruder Johannes abtrünnig ist und nicht gastlich aufgenommen werden darf. Im Gegenteil. Wenn er irgendwo Unterkunft erbittet, soll er zugleich festgesetzt werden. Und wenn du ihn einholst und er die Reliquie nicht herausgibt, dann lasse dich in deinem Handeln nicht beirren, sondern tue das Richtige! Habe ich mich deutlich genug ausgedrückt?"

Barnabas senkte ergeben den Kopf. „Ich verstehe. Die Reliquie ist wichtiger als Bruder Johannes. Doch, wohin hat er sich gewandt, Vater Abt?" Matthäus ließ sich in seinen Sessel zurücksinken. Angestrengt dachte er nach. Er musste sich eingestehen, dass er keine Ahnung hatte, welchen Weg Johannes genommen haben mochte.

Doch dann fiel ihm eine Begebenheit ein, die schon Jahre her war. Damals hatten Lambert und er von Marcellus erfahren, wohin ein verarmter Edelmann seine Töchter gebracht hatte. Er erinnerte sich an das Verhalten von Johannes, als der Edelmann weitergezogen war. Er lächelte. Wer konnte schon sicher sein? Doch es war zumindest eine Möglichkeit.

Matthäus erhob sich und hielt Barnabas die Hand zum Kuss hin. „Wende dich an das Benediktinerinnenkloster in Geisenfeld. Suche ihn dort. Eile Dich! Geh mit Gott!"

*

5. August 1390, Benediktinerinnenkloster Geisenfeld

Johannes saß gemeinsam mit Irmingard im Krankentrakt am Bett von Hubertus. Er machte sich große Sorgen um seinen Freund. Das Gesicht von Hubertus war wachsbleich.

Schon bald nach dem Aufbruch von Puchersried am vorgestrigen Tag war Hubertus immer langsamer geworden. Schwer hatte er sich auf seinen Wanderstock gestützt und hatte vermieden, mit seinem verletzten Fuß aufzutreten. Zum Glück war ihnen in der Nähe des Weilers Parleiten ein Bauer mit einem Pferdewagen begegnet. Johannes hatte ihn gebeten, seinen Freund zum Kloster zu bringen. Der Bauer hatte zuerst gezögert, war aber, nachdem ihm Johannes zwei Pfennige zugesteckt hatte, gerne dazu bereit gewesen. Mühsam war Hubertus auf den Wagen geklettert. Johannes hatte sich neben ihn gesetzt. Sie waren noch nicht lange unterwegs, da zog sich der Himmel zu. Ein Gewitter zog auf.

Wetterleuchten und Donnergrollen erfüllten das Firmament. Der Wind frischte bald auf, steigerte sich rasch zu stürmischer Stärke. Einher gingen damit kräftige Regenschauer. Schon nach wenigen Augenblicken waren sie vollständig durchnässt. Der Bauer wollte sich unterstellen und das Ende des Unwetters abwarten, doch Johannes drängte zur Eile. Zum Glück scheute das Pferd des Bauern nicht, sondern zog stoisch den Wagen. In peitschendem Regen und unter Blitz und Donner fuhren sie weiter und waren bald danach an der Klosterpforte angekommen. Schwester Hedwigis hatte zum Glück schnell erkannt, dass Eile geboten war und sie sofort durchgewinkt. Als sie vor dem Infirmarium angehalten hatten, war Hubertus schon in Bewusstlosigkeit gefallen gewesen. Das Gewitter hatte nachgelassen, doch immer noch fiel der Regen. Gemeinsam mit dem Bauern hatte Johannes seinen Freund triefend von Wasser in die Station getragen.

Der Medicus Volkhammer hatte geschlafen und Schwester Anna war damit beschäftigt, einer alten Mitschwester eine Salbe aufzutragen. Doch Magdalena erkannte mit einem Blick in Johannes´ Gesicht, dass es um

Hubertus ernst stand. Johannes zeigte ihr den Nagel, den sich Hubertus eingetreten hatte. Ohne viele Worte half sie, den Bewusstlosen von den nassen Kleidern und seinen Schuhen zu befreien und in ein Bett zu tragen. Sie entfernte den provisorischen Huflattich-Umschlag, untersuchte die Wunde. Vorsichtig spülte sie die Verletzung mit Kamille und entfernte mit einer Pinzette sorgfältig noch vorhandene Rostpartikel des Nagels.

Johannes gab dem Bauern als Dank einen weiteren Pfennig, dann lief er in das Gästehaus und zog sich eine trockene Kutte über, die Schwester Hedwigis vorsorglich bereitstellen hatte lassen. Zurück in der Krankenstube, wurde er von Magdalena beauftragt, Adelgund zu verständigen, damit diese eine Tinktur aus Weidenrinden ansetzte. Adelgund war erschrocken, als sie von Hubertus´ Verletzung erfahren hatte. Eilig hatte sie die Tinktur gefertigt und die Umschläge bereitet, die Magdalena dann auf die Wunde aufgelegt hatte.

Adelgund war anschließend sofort zu Irmingard geeilt, hatte ihr die Nachricht überbracht. Irmingard war gerade beschäftigt gewesen, für die kleine Felicitas ein Kleid zu nähen. Sie ließ alles stehen und liegen und lief mit Adelgund an das Krankenbett. Dort wich sie seitdem nicht mehr von Hubertus´ Seite. Nur wenn Felicitas Hunger hatte, unterbrach sie ihre Wache.

Seit der Einlieferung von Hubertus in den Krankentrakt hatte der Verletzte unverändert hohes Fieber. Er war in Schweiß gebadet. Alleine heute hatte Magdalena das Betttuch zweimal wechseln lassen. Phasen der Bewusstlosigkeit wechselten mit kurzen Momenten, in denen er wach war. Adelgund sorgte dafür, dass er in dieser Zeit einen fiebersenkenden Tee aus geschabten Weidenrinden trank. Sein Atem ging keuchend. Auch wechselte sie gemeinsam mit Irmingard beständig die entzündungshemmenden Umschläge.

Johannes hatte eingesehen, dass er für Hubertus nicht mehr tun konnte, als zu beten und zu hoffen. So war er gestern nach der Sext in die Pfarrkirche gegangen und hatte bei IHM für die Gesundung des Reisegefährten gebetet. Als er die Kirche wieder verlassen hatte, war ihm Pfarrer Niklas begegnet, der ihn an den vereinbarten Gang zur St.-Ulrichs-Kirche erinnert hatte. Johannes hatte dies wegen der Verletzung von Hubertus vollkommen vergessen. Der Pfarrer freute sich darauf, Johannes wieder etwas von der Geisenfelder Geschichte näher zu bringen. Um ihn nicht zu enttäuschen, war er mitgegangen und hatte die Portalanlage, das

Relief rechts davon, die Darstellungen der Tier- und Menschenköpfe in der östlichen Apsis betrachtet und den Erzählungen des Pfarrers gelauscht. Doch war er nicht mit den Gedanken bei der Sache gewesen und hatte nur einsilbig geantwortet. Anschließend waren sie ins Kloster zurückgekehrt. Im Gästehaus hatte er sich erschöpft auf sein Bett gelegt.

Als er eine Weile gelegen hatte, war an die Tür geklopft worden. Der Diener des Kaufmanns Godebusch, Hermann, war hereingekommen und hatte Johannes eine Einladung zum Abendessen in seinem Haus am Großen Marktplatz für den 7. August überreicht. Johannes fühlte sich geehrt und hatte sogleich zugesagt. Ihn trieb die Neugierde, von den Küsten des Reiches zu erfahren. Gleichzeitig nahm er sich vor, vorsichtig nach den Ereignissen im Ilmgrund nachzufragen.

Kaum war der Diener des Ratsherrn gegangen, hörte er erneut ein leises Klopfen. Dann hatte sich die Tür geöffnet und Magdalena war herein gekommen. Der Anblick der geliebten Frau ließ Johannes alle Müdigkeit vergessen. Er stand auf und eilte ihr entgegen. Innig umarmte er sie, als wolle er sie nie mehr loslassen.

Nach einer Weile, die ihm viel zu kurz erschien, löste sich Magdalena von ihm und sagte: „Die Verletzung von Hubertus heilt schlecht. Schwester Anna und ich werden deshalb Umschläge mit Blutwurz und auch Eibisch auflegen. Ich hoffe, dass er nicht zu krampfen beginnt. Dagegen habe ich nur Gänsefingerkraut. Am besten wäre es für ihn, wenn er viel schläft."

Sie strich sich mit einer Hand müde über die Stirn. „Bis jetzt müssen wir seinen Fuß noch nicht entfernen, auch wenn es zunächst so aussah, als würde die Verletzung zu schwären beginnen. Der Verband mit Huflattich hat vermutlich sein Leben gerettet." Sie sah ihn liebevoll an und sagte: „Das hast du gut gemacht. Ich bin einigermaßen zuversichtlich, dass er die nächsten Tage übersteht. Doch sein Fieber beunruhigt mich. Es will nicht sinken. Bete für ihn!"

Sie räusperte sich und fuhr fort: „Doch muss ich dir noch etwas mitteilen. Schon seit längerem ist von unserer Mutter Oberin eine Inspektion nach Euernbach, etwa eine Tagesreise südlich von hier, geplant. Das Pfarrdorf, in dem sich auch ein stattliches Schloss befindet, gehört zum Besitz unserer Abtei. Ich bin beauftragt, gemeinsam mit Schwester Benedikta und zwei weiteren meiner Mitschwestern unsere Mutter Äbtissin zu begleiten. Zu unserer Sicherheit reiten vier Männer des

Ratsherrn Godebusch mit uns. Wir brechen morgen nach der Prim auf. Um Hubertus werden sich in der Zwischenzeit der Medicus und Schwester Anna kümmern. Auch Adelgund wird sich seiner annehmen. Und Irmingard weicht ohnehin nicht von seiner Seite."

Johannes war über die Abwesenheit von Magdalena nicht glücklich. „Wann wirst du wieder zurückkehren?" Magdalena überlegte. „Wir werden Euernbach morgen im Laufe des Nachmittags erreichen. Es ist vorgesehen, dass wir am Abend des 9. August wieder zurückkehren, sofern nicht unvorhergesehene Zwischenfälle eintreten." Sie schaute ihn mit ihren warmen Augen an und sagte: „Ich weiß, du würdest uns gerne begleiten. Doch dies verbietet sich. Aber wir sehen uns ja in wenigen Tagen wieder."

„Bald danach werde ich aufbrechen", murmelte Johannes. „Wenn Hubertus wieder gesund ist, kann ich es nicht mehr hinauszögern." Er ließ die Schultern hängen. Magdalena lehnte sich an ihn. „Ich weiß", sagte sie leise. Dann richtete sie sich auf und legte ihre Arme um seinen Hals. „Du wirst im nächsten Jahr von deiner Pilgerreise wiederkehren. Dann gehe ich mit dir und nichts wird uns mehr trennen. Dieser Gedanke gibt mir Kraft und Zuversicht!"

Johannes umfasste sie an der Taille und zog sie ohne ein Wort zu sich. Sie setzten sich auf sein Bett. Er legte seine Stirn an ihre Schulter, spürte ihre Wärme. So saßen sie eine Weile schweigend beisammen.

Plötzlich klopfte es, die Tür schwang auf und Schwester Anna kam in das Zimmer. So schnell sie konnten, fuhren die beiden Liebenden auseinander. Doch hatte die junge Schwester ohne Zweifel bemerkt, dass sich Johannes und Magdalena umarmt hatten, denn sie zog erstaunt die Augenbrauen hoch. Magdalena stand auf und fragte in unwirschem Ton: „Was ist, Schwester? Suchst du mich?"

Täuschte sich Johannes, oder spielte ein wissendes Lächeln um Annas Mundwinkel? „In der Tat, Schwester, du wirst im Infirmarium gebraucht.", antwortete sie. „Der Medicus ist aus seinem wohlverdienten Schlaf erwacht und hat nach dir verlangt. Schwester Willibirgis gab mir den Hinweis, dass du vielleicht hier bist. Sicher hast du nach der ausgeheilten Verletzung von Bruder Johannes sehen wollen." Die letzten Worte hatten einen schnippischen Ton.

Magdalena wollte schon scharf erwidern, dass sie mehr Zurückhaltung an den Tag legen sollte, doch Johannes kam ihr zuvor. „Hab Dank, Schwester Anna", sagte er mit ruhiger fester Stimme. „In der Tat habe ich mir bei der Hilfe für Hubertus auf dem Rückweg am vorgestrigen Tag eine erhebliche Zerrung an der linken Schulter zugezogen, die sich erst heute in voller Stärke bemerkbar machte." Mit einem Blick auf Magdalena sagte er weiter: „Schwester Maria war so freundlich, sich die Verletzung anzusehen und mir das Auftragen einer Arnikasalbe zu empfehlen. Dieser Empfehlung werde ich unverzüglich Folge leisten."

Schwester Anna neigte das Haupt. Dann drehte sie sich um und ging. Magdalena stöhnte leise auf und fasste sich mit der Hand an die Stirn. „Ausgerechnet Anna! Sie ist so neugierig! Mir wird übel. Hoffentlich erwächst uns daraus nichts Böses." Johannes legte ihr die Hand auf den Arm. „Sei ohne Sorge! Du bist ein paar Tage fort und bald danach reise ich weiter. Sofern sich Gerüchte bilden, sind diese bald wieder erloschen. Und wenn du im nächsten Jahr mit mir gehst, soll es damit sein Bewenden haben." Magdalena schnaufte tief durch. „Hoffentlich hast du Recht." Doch lass uns jetzt gehen, bevor sie noch einmal zurückkehrt." Sie eilte davon. Johannes wartete noch eine Weile und folgte ihr dann. Wie er es Schwester Anna gesagt hatte, suchte er Adelgund auf und bat um eine Arnikasalbe. Dann ging er zu Hubertus.

Sein Freund lag mit offenen Augen im Bett. Irmingard hielt seine Hand. Als Johannes hinzutrat, sagte sie mit Tränen in den Augen: „Sein Fieber will nicht sinken, obwohl die Schwestern alles für ihn tun. Ich mache mir solche Sorgen. Johannes legte ihr die Hand auf die Schulter. „Ich werde für ihn beten. Wie mir Schwester Maria mitteilte, hat er gute Aussichten, die Verletzung ohne Schaden zu überstehen. Doch wird er noch einige Tage ruhen müssen. Wichtig ist, dass das Fieber sinkt. Doch vertraue auf Gott, unseren Herrn. Immer wieder zeigt er uns unverhofft seinen Weg." Irmingard drückte dankbar seine Hand. „Ich bin so froh, dass du ihn sofort verbinden konntest. Aber ich verstehe nicht, was Ihr beide da draußen wolltet. Ist es nicht besser, die Vergangenheit ruhen zu lassen?" Johannes nickte schuldbewusst. Sie schwiegen eine Weile. Dann berichtete er ihr von der Einladung zum Abendessen für den 7. August bei dem Fernkaufmann.

Plötzlich hörten sie ein Keuchen. Hubertus war aufgewacht. Scheinbar hatte er die letzten Worte von Johannes gehört, denn mit fieberglänzenden Augen sagte er mühsam: „Mit hohen Herren ist nicht gut Kirschen essen, denn sie spucken dir die Kerne ins Gesicht." Johannes sah ihn ob dieser Worte verblüfft an. Doch schon hatte Hubertus wieder die Augen geschlossen. Bald verrieten regelmäßige Atemzüge, dass er wieder schlief.

„Pass auf, Johannes!", meinte Irmingard nachdenklich. „Vielleicht hat dich der HERR gerade durch Hubertus vor einem bestimmten Weg gewarnt."

*

Zur selben Zeit im Kloster St. Peter und Paul, Coburg

In der Kapelle des Klosters war der Leichnam Lamberts aufgebahrt. Am Kopfende des Sarges brannten zwei große weiße Kerzen. Matthäus hatte gestern den Tod des langjährigen Cellerars bekannt gegeben und die Aufbahrung sowie die Totenwache angeordnet. Mit der Aufbahrung des Toten war Bruder Martin, der Cellerar, beauftragt worden.

In der Krankenstation grübelte Mauritius nach. Er war Lambert nahe gestanden, auch wenn sie ein großer Altersunterschied getrennt hatte und er, Mauritius, erst viele Jahre nach Lambert dem Konvent beigetreten war. Wie auch die anderen Brüder hatte er den alten Mönch lange nicht mehr zu Gesicht bekommen. Mehr als einmal war er während der vergangenen Wochen bei dem neuen Abt wegen Lambert vorstellig geworden. Doch dieser hatte stets erwidert, Lambert fühle sich nicht wohl und habe untersagt, gestört zu werden. Diesem Wunsch sei er, Matthäus, selbstverständlich nachgekommen.

Mauritius hatte sich damit nicht zufrieden gegeben und auf eigene Faust Nachforschungen nach dem Verbleib des Mitbruders angestellt. Zuerst hatte er die Unterkunft von Lambert aufgesucht. Doch die Tür zu seiner Zelle war verschlossen. Auf sein wiederholtes Klopfen gab es keine Reaktion. Aus der Kammer drang kein Laut. Dann fragte Mauritius bei seinen Mitbrüdern nach dem alten Mönch. Doch seltsamerweise hatten auch die anderen Konventsangehörigen nichts von Lambert gehört. Mauritius erkundigte sich auch bei Bruder Martin, dem neuen Cellerar und dessen Gehilfen Fridericus. Doch auch diese gaben vor, nur zu wissen, dass es Lambert nicht gut gehe und sich dieser jede Störung verbeten habe.

Und nun war Lambert tot. Da niemand die Todesursache kannte, waren die Brüder beunruhigt. Aufgeregte Gerüchte machten die Runde. Von einer plötzlichen Überlastung des Herzens war die Rede. Andere wollten wissen, dass Lambert an einer Art Fieber gestorben sei. Es dauerte nur kurze Zeit, bis zum ersten Mal das gefürchtete Wort „Pest" geflüstert wurde. Um diesen Gerüchten Einhalt zu gebieten, war Mauritius gemeinsam mit Igor, dem Pförtner, bei Matthäus vorstellig geworden und hatte von den Gerüchten berichtet, die im Konvent umherliefen. Er bat um Auskunft, woran Lambert gestorben war, um die Brüder beruhigen zu können. Doch auf ihre Frage nach der Todesursache hatte Matthäus seltsam ausweichend reagiert und nur vage von einem plötzlichen Entschlafen gesprochen. Er hatte jede ansteckende Krankheit in Abrede gestellt und die beiden Brüder zurück an ihre Arbeit geschickt.

„Zu meiner Arbeit gehört aber auch das Bereiten des Leibes des Toten und sein Aufbahren", hatte Mauritius zu Bedenken gegeben. „Es ist nicht üblich, dass dies der Cellerar übernimmt."

„Lieber Mitbruder", antwortete Matthäus freundlich, „du erwirbst dir mit deiner Tätigkeit im Infirmarium große Verdienste und ich sehe, dass deine Tätigkeiten immer zahlreicher, deine Aufgaben immer zeitraubender werden. Also habe ich beschlossen, dich zu entlasten und diese Arbeit des Bereitens und Aufbahrens der verstorbenen Mitbrüder auf den Cellerar zu überantworten. Sei ohne Sorge, Bruder Martin wird diese Aufgabe verständig und mit Würde wahrnehmen. Hab Dank für dein Verständnis.

Nun geh!" Mauritius und Igor war nichts anderes übrig geblieben, als sich zurückzuziehen.

Doch ließ Mauritius der rätselhafte Tod des alten Mönchs keine Ruhe. Als er gemeinsam mit Fridericus die Totenwache hielt, fiel ihm auf, dass Lambert zwar in üblicher Weise offen im Sarg aufgebahrt lag, das Antlitz des Toten jedoch auf schmerzliche Weise entstellt schien.

Offensichtlich hatte Bruder Martin alles versucht, dem Gesicht einen friedvollen Ausdruck zu geben, doch war ihm dies nicht ganz geglückt. ´Du bist keines friedlichen Todes gestorben, mein Freund´, dachte Mauritius im Stillen. Auch war eigentümlich, dass das Leintuch, das den Toten bedeckte, bis zur Brust hinaufgezogen war und seine Hände nicht wie sonst bei den Aufbahrungen gefaltet darüber lagen. Sie waren von dem Leintuch zugedeckt.

Als Mauritius und Fridericus von Igor und Albertus abgelöst wurden, flüsterte Mauritius dem Pförtner fast unhörbar zu: „Finde heraus, was mit den Händen ist." Igor hatte nur kurz gestutzt und dann zu beten begonnen. Fridericus, der zuerst misstrauisch geworden war, hatte dem geflüsterten Gespräch augenscheinlich keine weitere Bedeutung beigemessen.

Doch wenige Stunden später kam Igor aufgeregt zu Mauritius. Als er sich vergewissert hatte, dass niemand zuhörte, flüsterte er: „Gott möge uns verzeihen, aber nach deinen Worten haben wir das Tuch angehoben und die Hände unseres Mitbruders betrachtet. Zunächst fiel uns nichts auf. Doch als wir eine Hand anhoben, sahen wir Unglaubliches. Lamberts linke Hand ist voller Wunden, als wäre ein Dutzend Nägel hindurchgetrieben worden. Was ist mit ihm geschehen?" Mauritius wurde bleich. „Ich wage es kaum zu denken, geschweige denn auszusprechen, aber vielleicht wurde unser Mitbruder gepeinigt und kam dabei zu Tode."

„Gepeinigt?", fragte Igor fassungslos. „In unserer Abtei? Von wem? Und weshalb? Bruder Lambert hat sich nie irgendeines Vergehens schuldig gemacht, aufgrund dessen ihn eine von der Regel des Heiligen vorgesehene Strafe treffen können. Und sogar, wenn dem so gewesen sein sollte: Die Regel des Heiligen sieht keine Peinigung vor. Niemals! Und niemals wurde in unserem Kloster jemand einer solchen Befragung unterzogen. St. Peter und Paul war immer eine Stätte der Barmherzigkeit und der Fürsorge. Ich kann es nicht glauben."

Mauritius dachte angestrengt nach. In seinem Kopf formte sich ein beunruhigender Gedanke. „Wann hast du Bruder Barnabas zuletzt gesehen, Igor?", fragte er. Igor antwortete sofort: „Gestern nach der Prim verließ Bruder Barnabas das Kloster. Ich wunderte mich, denn nach der Regel empfehlen sich Brüder, die auf Reisen geschickt werden, dem Gebet aller Brüder und des Abtes. Auch wurde beim letzten Gebet des Gottesdienstes dem Bruder nicht gedacht. Den Brüdern Lukas und Notker, die sich derzeit in Nürnberg aufhalten sowie Bruder Johannes, der auf Pilgerreise ist, aber schon. Dabei fällt mir auf, dass sich auch Bruder Johannes, als er vor beinahe zwei Monaten auf Reisen ging, nicht dem Gebet empfahl. Vielleicht geschah dies nur wegen der Krankheit unseres alten Abts Marcellus." Er seufzte. „All das sei eigentlich ferne. Doch die Sitten entgleiten."

Mauritius fragte weiter: „Was hatte Barnabas dabei, als er das Kloster verließ?" Igor erwiderte: „Bruder Barnabas ritt auf dem Esel der Schmiede. Er hatte die Ausstattung eines Reisenden. Er trug Hosen aus der Kleiderkammer. Auf dem Rücken des Esels lag ein Beutel, der gut gefüllt schien, dazu zwei lederne Gepäcktaschen. Ich dachte mir nichts dabei, denn unser Abt wird einen Grund gehabt haben, ihn auf Reisen zu schicken."

„Und erst Stunden nach dem Aufbruch von Barnabas teilte uns Matthäus mit, dass Lambert verstorben ist. Ein eigenartiger Zufall, vor allem, wenn man die Wunden bedenkt, die Lambert erlitten hat. Wir alle wissen, dass Barnabas die von der Regel vorgesehenen Strafen an den Brüdern vollzog." Igor starrte Mauritius erschrocken an. „Du glaubst, Barnabas ist für den Tod von Lambert verantwortlich?" „Vielleicht nicht für den Tod, aber für die Wunden", erwiderte Mauritius grimmig. „Ich bin sicher, verantwortlich dafür ist der, der Barnabas auf Reisen schickte." „Aber w... weshalb?", stammelte Igor. Mauritius hob die Hand. „Schwöre mir, dass du niemandem etwas davon erzählst, was du gleich von mir erfahren wirst!"

„Natürlich, ich schwöre!", antwortete Igor. Mauritius starrte ihm eindringlich in die Augen und sagte: „Lambert vertraute mir nach der Abreise von Bruder Johannes und dem Tod unseres geliebten Abtes Marcellus an, dass Johannes eine Reliquie im Auftrag unseres verstorbenen Abtes nach Santiago de Compostela bringen und dort im Grab des Apostels niederlegen soll. Um welche Reliquie es sich handelt, sagte er mir nicht. Dieses Geheimnis nahm er mit in den Tod."

„Vielleicht aber auch nicht", flüsterte Igor, nachdem er diese Geschichte verdaut hatte.

Am Nachmittag nach der Non wurde die Totenmesse gehalten. Matthäus rühmte die Person Lamberts in bewegenden Worten. Er teilte mit, dass die Beerdigung am folgenden Tag vorgenommen werden sollte. Nach der Messe wurde der Name des alten Cellerars im Beisein der ganzen Brüder, die sich um den Sarg versammelt hatten, feierlich in das Totenbuch des Konvents aufgenommen. „Auf dass auch künftige Generationen Jahr für Jahr seiner gedenken", sagte Matthäus.

In die folgende Stille hinein sagte Mauritius: „Wir wollen auch gedenken, dass unser Mitbruder keines natürlichen Todes starb, sondern mit Gewalt aus seinem Leben gerissen wurde."

Die Brüder hielten den Atem an. Dies war eine Ungeheuerlichkeit. Nie zuvor hatte jemand gewagt, in die Stille beim Totengedenken zu sprechen. Matthäus war gleichsam wie vom Donner gerührt. Dann antwortete er langsam: „Bruder Mauritius, du hast gegen die Regel des Heiligen verstoßen. Nicht nur einmal, sondern mit diesen gottlosen Worten mehrfach. Du hast das Schweigegebot gebrochen, die Ehrfurcht vor dem Toten vermissen und alle Demut vor dem Abt fahren lassen. Dies ist eine in ihrem Ausmaß unverzeihliche Verfehlung. Ich enthebe dich deiner Aufgaben als Infirmarius. Du bist sogleich vom Tisch und vom Oratorium ausgeschlossen! Keiner der Brüder darf mit dir in Verbindung treten oder mit dir reden. Bei der aufgetragenen Arbeit bist du alleine. Verharre in Trauer und Buße und denke an das furchterregende Wort des Apostels: `Ein solcher Mensch ist dem Untergang des Fleisches ausgeliefert, damit der Geist gerettet wird für den Tag des Herrn.´" Er wandte sich an Martin: „Hinfort mit ihm!"

Ein Raunen ging durch die Versammlung. Fridericus und Martin traten vor, Mauritius aber eilte an den Sarg des toten Lambert und riss, bevor man ihn hindern konnte, das Leintuch weg, das die Hände des Toten bedeckte. Er zeigte auf die linke Hand des Toten, auf der sich die Wunden der eisernen Nägel abzeichnete und rief: „Lautet nicht das Fünfte der Gebote unseres Allmächtigen, die er Mose reichte: `Du sollst nicht morden´?" Neugierig geworden und unter Missachtung aller Demutsgebote drängten die Brüder nach vorne, um die geschundene Hand des Toten zu sehen. Schreckensrufe wurden ausgestoßen und empörtes Murmeln verbreitete sich. Aber auch ein erleichterter Ruf: „Dank sei Gott, es ist nicht die Pest!", war zu hören.

Matthäus blickte ungläubig auf die Szenerie, die sich vor ihm abspielte. Er erkannte die Gefahr, dass ihm die Situation entglitt und rief: „Brüder im Herrn! Ich, als euer Abt, gebiete euch, tretet zurück in die Reihen! Hört nicht auf das gottlose Gerede dieses vom Teufel besessenen Geistes! Er verletzt die Ehrfurcht des Gebetes. Er will eure Herzen verwirren mit Einflüsterungen. Doch denkt an Vers 26 der Regel: Der von Herzen die Wahrheit sagt und mit seiner Zunge nicht verleumdet; der den arglistigen Teufel, der ihm etwas einflüstert, samt seiner Einflüsterung vom Auge seines Herzens wegstößt, ihn zunichte macht, seine Gedankenbrut packt und sie zerschmettert an Christus. Nur dem weist der Herr den Weg zu seinem Zelt!"

Die Brüder wurden von Verunsicherung ergriffen. Lautes Stimmengemurmel erhob sich. Niemand wusste, wie er sich verhalten sollte. Matthäus war schließlich der gewählte Abt. Die Regel verpflichtete die Brüder zum Gehorsam gegenüber dem Ordensvorsteher. Schon traten einige der Mönche zurück, um dem Befehl des Abtes Folge zu leisten. Matthäus atmete erleichtert auf.

Doch er hatte sich zu früh gefreut. Mauritius erhob seine Stimme und erwiderte laut: „Die Regel sagt, dass der Abt nur lehren oder bestimmen oder befehlen darf, was der Weisung des Herrn entspricht. In Kapitel 64 Vers 9 und 10 heißt es: `Er sei selbstlos, nüchtern und barmherzig. Immer gehe ihm Barmherzigkeit über strenges Gericht, damit er selbst Gleiches erfahre.´ Es entspricht nicht der Weisung des Herrn, dass die Wahrheit unterdrückt wird und Angst und Schrecken im Kloster einzieht. Unser Bruder wurde mit peinigenden Werkzeugen getötet. Aber die Werkzeuge der geistlichen Kunst sind: Nicht töten!" Die letzten Worte hatte er als Anklage gegen Matthäus geschleudert.

Die Stimmung kippte jetzt. Aufgeregtes Rufen ertönte. Matthäus erkannte mit Schrecken, dass jegliche Disziplin verloren ging. Die Mitbrüder drängelten sich erneut zum aufgebahrten Leichnam. Jeder wollte nun die Wunden an der Hand des Toten sehen. Langsam und mit wachsender Regelmäßigkeit formte sich ein Ruf: „Nicht töten! Nicht töten!" Diejenigen, die sich von den Verletzungen des alten Lambert überzeugt hatten, begannen, gegen Matthäus vorzurücken. Der Abt schaute mit flackernden Augen hilfesuchend um sich, doch Martin und Fridericus sahen verlegen zu Boden. Langsam wich Matthäus zurück. Dann wandte er sich um und rannte aus der Kapelle hinaus.

Igor schrie: „Er flieht! Der Mörder flieht!" Dominik und Andreas, die kräftigsten und jüngsten der Brüder, setzten ihm nach.

„Er läuft über den Hof", rief Bruder Dominik. Matthäus rannte, so schnell er konnte, auf das Gebäude zu, das Schmiede und Werkstätte barg. Dominik wurde von Andreas überholt. Matthäus rannte durch den Raum, in dem die Esse stand und verschwand im Werkzeugraum. Andreas war ihm dicht auf den Fersen. Als er in den Werkzeugraum kam, sah er, wie Matthäus gerade die Türe zum Keller öffnete.

„Halt, im Namen Christi!", schrie Andreas. Doch schon war Matthäus durch die Türe geschlüpft. Er wollte sie gerade zuschlagen, da warf sich Andreas mit dem Mut der Verzweiflung dagegen. Rückwärts stürzte er zu Boden. Doch durch die Wucht des Aufpralls wurde die Türe aufgeschlagen. Andreas hörte einen markerschütternden Schrei, gefolgt von einem Aufprall. Dominik stürmte an Andreas vorbei und blieb wie angewurzelt stehen.

Die anderen Brüder, die jetzt eintrafen, drängelten sich um Dominik. Mühsam rappelte sich Andreas auf. Mauritius schob sich nach vorne. Vor den Brüdern gähnte Finsternis, die von dem vergehenden Tageslicht kaum erhellt wurde.

„Holt Fackeln!", befahl Mauritius. Schon nach kurzer Zeit loderten Flammen auf. Mauritius nahm eine Fackel und stieg die Treppe hinab. Fassungslos betrachtete er den Stuhl mit den Eisennägeln und den Tisch, auf dem Kneifzangen, Daumenschrauben und eine Mundbirne lagen.

Abscheu und Wut stiegen in ihm auf. Erfüllt von Zorn, bemerkte er zunächst den Körper nicht, der auf dem Boden neben der Treppe lag. Erst Bruder Rochus machte ihn darauf aufmerksam. Matthäus lag auf dem Rücken, den Kopf in unnatürlichem Winkel von den Schultern abstehend. Unter dem Schädel hatte sich eine Blutlache gebildet. Die Augen des toten Abts waren offen und in namenlosem Schrecken geweitet.

Mauritius schaute fragend zu Albertus. Dieser schüttelte langsam den Kopf. Mauritius machte das Kreuzzeichen über dem Leichnam. „Gott sei seiner armen Seele gnädig." Dann stieg er die Treppe hinauf. Er fühlte sich unendlich müde. Durch die aufgeregt murmelnde Schar der Mönche drängte er sich hindurch und trat ins Freie. Es war endgültig dunkel geworden. Mauritius ging zum Kräutergarten. Dort blieb er stehen und sah zum Sternenhimmel. Still betete er, suchte Rat bei Gott.

Andreas, Dominik und Igor folgten ihm schweigend, während Albertus mühsam versuchte, die aufgeregten Mitbrüder zu beruhigen. Still standen sie eine Weile zusammen. Dann sagte Mauritius: „Ich melde es dem Bischof. Dies darf niemals wieder vorkommen. Der nächste Abt muss von den Brüdern einmütig in Gottesfurcht und mit Liebe im Herzen gewählt werden. St. Peter und Paul bleibt auf immer eine Stätte der Barmherzigkeit, der Güte und der Fürsorge für den Nächsten."

Igor räusperte sich: „Was ist mit Barnabas? Wenn Matthäus ihn auf Reisen geschickt hat, um Bruder Johannes zu verfolgen?"

Mauritius sah ihn mit grauem Gesicht an. „Barnabas hat beinahe zwei Tage Vorsprung. Ihn einzuholen ist nahezu aussichtslos, zumal wir nicht wissen, was genau ihm Matthäus aufgetragen hat. Wir wissen auch nicht, welchen Weg Bruder Johannes vor fast zwei Monaten eingeschlagen hat. Er kann schon die Grenze nach Frankreich erreicht haben. Wir können nur beten, dass Barnabas ihn nicht findet. Barnabas weiß nicht, dass

Matthäus tot ist. Uns bleibt nur, die Nachricht vom Tode unseres Abtes so schnell wie möglich zu verbreiten. Wenn Barnabas davon erfährt, lässt er vielleicht von seinem Vorhaben, was immer es auch sein mag, ab. Wenn nicht, dann......."

„Was dann?", fragte Bruder Dominik bang. Mauritius antwortete leise: „Wenn Bruder Johannes von Barnabas eingeholt wird, dann möge Gott ihm beistehen!"

*

7. August 1390, Geisenfeld, Haus des Kaufmanns Godebusch

In Geisenfeld war es dunkel geworden. Nur einige Fackeln am Großen Marktplatz und in den Gassen leuchteten Spätheimkehrern den Weg. In vielen Häusern waren die Lichter erloschen. Doch im Erdgeschoss des Hauses des Ratsherrn Godebusch brannten zahlreiche Kerzen. Der Fernkaufmann saß mit Johannes beim Abendessen.

Hermann, der Diener des Ratsherrn, servierte nach dem Tischgebet zunächst Gemüsesuppe. Danach gab es gebratenen Truthahn in Kräutermarinade mit frisch gebackenem Brot. Zum Abschluss wurden Waffeln und süßes Gebäck aufgetragen.

Statt Wasser stand ein kleines, hölzernes Fass auf dem Tisch. Hermann zapfte von dem Fässchen je einen Becher mit dunklem Bier für Johannes und Godebusch.

Der Ratsherr war am 3. August aus Lübeck zurückgekehrt und erzählte nun voller Stolz von seinen Erlebnissen. Er berichtete vor allem von den Warenbewegungen in seinem Kontor und den erfolgreichen Geschäftsabschlüssen mit seinen Handelspartnern in Dänemark. Doch Johannes hörte nur halbherzig hin. Seine Gedanken schweiften zwischen der Sorge um seinen kranken Reisegefährten und den Gedanken an Magdalena. Hubertus kämpfte immer noch mit dem Fieber. Irmingard wich nur von seiner Seite, wenn sie die kleine Felicitas stillte. Magdalena befand sich mit der Oberin und Schwester Benedikta noch in Euernbach. Die Äbtissin und ihre Begleitung wurden erst am Abend des übernächsten Tages zurück erwartet. Johannes fühlte sich einsam. Wie sollte dies erst werden, wenn er wieder auf Reisen war und die geliebte Frau zurücklassen musste?

„Trinkt, junger Freund! Mir scheint, Ihr seid nicht bei der Sache", munterte der Ratsherr den jungen Mönch auf. „Hier ist, wenn Ihr es noch nicht wissen solltet, die Wiege des Hopfenanbaus. Seit mehr als 450 Jahren wird hier der Grundbestandteil des Bieres angebaut. Die Anbauflächen befinden sich im Eigentum des Klosters. Doch gibt es noch viel zu Wenige davon. Auf euer Wohl, Bruder Johannes!" Er hob seinen Krug.

Johannes nahm einen Schluck. Das Bier schmeckte würzig, ein wenig süß und lief seine Kehle hinunter wie Öl. Godebusch fuhr fort: „Trotz des langen Zeitraums steckt der Hopfenanbau hier noch in den Kinderschuhen. Es wird nicht genug daraus gemacht. Hier möchte ich ansetzen. Ich denke an Hopfenfelder, soweit das Auge reicht. Mein Traum ist es, diese Gegend zu einem großen zusammenhängenden Anbaugebiet zu machen. Der Boden hier ist gut geeignet für diese Pflanze. Das heißt, mit etwas weitblickendem Denken kann man aus Hopfen Gold machen. Ha! Das wird Geisenfeld auch selbst zugute kommen. Der Markt ist noch arm. Doch er wird es nicht bleiben. Nein, einst wird er reich und angesehen sein. Ich werde dafür sorgen. Und dann, junger Freund, wird es auch nötig sein, eine starke Schutzmauer darum zu errichten, so wie jetzt schon um die Abtei. Ich rede schon lange im Magistrat des Marktes auf die Ratsherren ein. Auch Visby auf Gotland, wo ich ein weiteres Kontor unterhalte, hat eine starke und unüberwindliche Mauer. Geisenfeld soll mein Visby werden! Mit dem Hopfen wird es gelingen. Bier wird überall getrunken. Die Kaufleute der Hanse im Norden des Reiches sind sehr begierig danach. Hier, mein Freund, eröffnen sich ungeahnte Gewinnmöglichkeiten! Man muss sie nur ergreifen."

„Der Markt wird euch hierfür zu Dank verpflichtet sein", meinte Johannes vorsichtig. Weitreichende Visionen waren zwar immer die Voraussetzungen für Fortschritt und Erfolg. Doch hatte er bei seinen Marktgängen in Coburg auch immer wieder erleben können, dass hochfliegende Pläne mancher Geschäftsleute an der tristen Wirklichkeit gescheitert waren. Kaufleute, die ihr Geschäft erweiterten und dazu Schulden bei den jüdischen Geldverleihern aufgenommen hatten, gingen schnell bankrott, wenn sich der Erfolg nicht bald einstellte. So manchen stolzen Kaufmann sah er dann im Schuldturm verschwinden, während seine Familie an einer Ecke des Marktes betteln oder an der Armenspeisung im Kloster teilnehmen musste, um nicht zu verhungern. Doch Godebusch schien sich seiner Sache ausgenommen sicher.

„Ihr werdet Unterstützung brauchen, wenn Geisenfeld so groß und mächtig werden soll. Wird euch der Bürgermeister dabei helfen?", fragte Johannes. Godebusch setzte ein abschätziges Grinsen auf. „Kommt Zeit, kommt Rat. Ich sollte besser sagen, kommt Zeit, kommt Bürgermeister. Hier braucht es Männer mit Weitblick und Tatkraft. Männer, die die Zeichen der Zeit erkennen und sich nicht von althergebrachten Bedenken aufhalten lassen. Nur wenn es den Händlern und Kaufleuten gut geht, geht es auch dem Markt und den Menschen gut! Wartet, junger Bruder, wenn Ihr dereinst wiederkehren solltet, dann werdet Ihr Geisenfeld in neuem Glanze sehen!" Johannes registrierte mit Verwunderung, dass sich der Kaufmann in Rage geredet hatte. Sein für gewöhnlich ohnehin rotes Gesicht war purpurfarben angelaufen. Wollte der Mann selbst Bürgermeister werden? Zuzutrauen war es ihm. Um den Ratsherrn wieder zu beruhigen, wechselte er das Thema. „Ihr spracht von der Hanse. Ich weiß, dass die Hanse ein Bund der Handelsstädte ist. Doch könnt Ihr mir noch mehr darüber erzählen?", erkundigte sich Johannes vorsichtig.

Godebusch entspannte sich. Bereitwillig erzählte der Fernkaufmann seinem Besucher, wie die Hanse entstanden war und welche Kämpfe sie auszufechten hatte. „Die Hanse hat 1370 einen Krieg gegen Dänemark gewonnen. Damit hat sie ihre Stellung als bedeutendste Seemacht in der Ost- und Nordsee begründet. Wir...., ähem, die Hanse, unterhält Niederlassungen in London und im fernen Nowgorod." Godebusch begann, von einzelnen Kaufleuten zu erzählen, vor allem aber von seinen eigenen abenteuerlichen Fahrten, Erfolgen und den glänzenden Geschäftsaussichten. Vor allem hatte es ihm die Macht des Kaufmannsbundes zur See angetan. „Und ich bin als Fernkaufmann aus Lübeck auch Teil dieser Seemacht. Meine Kogge, die ich „Gerlinde" genannt habe, ist vorzüglich bewaffnet", erklärte Godebusch stolz und nahm einen tiefen Schluck Bier. „Doch soll diese Kogge nicht das einzige Schiff bleiben. Ich denke an den Bau von zunächst einem kleineren Begleitschiff, einer sogenannten Snigge. Und bald auch will ich einen dreimastigen Holk mein Eigen nennen." Er schenkte Johannes nach und hob seinen Becher. „Auf die Seefahrt!", rief er. Auch Johannes trank. Das Essen hatte durstig gemacht. Doch langsam spürte er die Wirkung des süffigen Hopfensaftes.

„Wie könnt Ihr eure Geschäfte an den Küsten des Nordens von Geisenfeld aus führen?", wunderte er sich. Godebusch lachte leutselig. Dann entgegnete er: „Ich habe tüchtige Kontorverwalter in Lübeck und in Visby. Es genügt, wenn ich selbst wenige Male im Jahr nach dem Rechten sehe. Und als alter Seefahrer nehme ich natürlich auch an manchen Handelsfahrten teil. Seht, vor wenigen Tagen bin ich von einer Fahrt nach Stockholm zurückgekommen."

Nach Stockholm. Johannes überlegte. Hatte ihm davon nicht Hubertus erzählt? Doch, ja, Stockholm wurde von den Vitalienbrüdern mit Waren versorgt. Neugierig fragte er: „Sagt, Fernkaufmann Godebusch, dann müsst Ihr ja auch die Vitalier kennen, nicht?" Für einen winzigen Moment schien es ihm, als wäre das Lächeln aus Godebuschs Augen verschwunden. Doch schon hatte dieser sich wieder in der Gewalt. „Vitalier? Ach, harmloses Gesindel auf wurmstichigen Seelenverkäufern. Ihre Bedeutung wird weit überschätzt. Woher wisst Ihr davon?", fragte er argwöhnisch.

„Ich… ich hörte von Reisenden, die in meinem Kloster vorbeikamen, es seien ehrenwerte Seefahrer, die im Dienste des Herzogs von Mecklenburg stehen. Sie handeln angeblich mit Viktualien", stotterte Johannes überrascht. Godebusch stellte diese Leute ganz anders dar, als Hubertus erzählt hatte. Um von dem Thema abzulenken, sagte er: „Man hat mir erzählt, Ihr habt vor einigen Jahren an gottlosen Räubern und Mördern dafür Vergeltung geübt, dass diese den Schatz des Geisenfelder Klosters geraubt und vier Schwestern grausam getötet haben. Man rühmt eure Taten."

Godebusch lächelte gefällig und lehnte sich zurück. „Ganz recht. Doch war ich nur bescheidenes Werkzeug von Gott, unserem Herrn. Diese Unholde, die sich als Spielleute getarnt hatten, haben unverzeihliche Schuld auf sich geladen. Der Herr selbst führte uns zu ihnen. Obgleich sie sich wie die Berserker wehrten, haben wir sie besiegt. Leider wurden mehrere unserer Knechte und Diener von diesen Barbaren getötet. Doch wir konnten sie niederringen. Stellt euch vor, sogar die Frauen und auch die Kinder haben gekämpft und getötet! Doch wie habt Ihr davon erfahren?", fragte er neugierig.

Johannes antwortete, dass er Gerüchte gehört und sich dann bei Pfarrer Niklas erkundigt hätte. Godebusch gab sich damit scheinbar zufrieden. Dies verleitete Johannes dazu, nachzuhaken. „Man sagt auch, dass alle diese teuflischen Gaukler ums Leben kamen. Doch der gestohlene Schatz wurde nur zum Teil gefunden. Was mag mit dem großen Rest geschehen sein?" Das Lächeln war nun aus dem Gesicht des Ratsherrn gewichen. Er starrte Johannes argwöhnisch an. Dem Mönch wurde unbehaglich. Unter seiner Kopfhaut prickelte es. Eine dicke Schweißperle rann über seinen

Nacken, den Rücken hinunter. Dann, als er schon nicht mehr mit einer Antwort rechnete, beugte sich der Kaufmann vor und sagte bedrohlich leise: „Sie haben bekommen, was sie verdient haben. Niemand entkam, ob er nun durch die von Gott gelenkten Pfeile unserer Armbrüste oder durch das Schwert umkam oder wie eine Katze ersoff. Und den Rest des Schatzes werde ich noch finden, glaubt mir!"

Wie eine Katze ersoffen. Johannes fiel ein, was Alberto erzählt hatte. Einer der Männer des Kaufmanns war ihm nachgelaufen. Als der Junge in die Ilm fiel, hatte der Mann ihm nachgerufen: „`Ersaufe wie eine Katze´. Er wurde aus seinen Gedanken gerissen, als er merkte, dass Godebusch nicht mehr weitersprach. Er sah auf und bemerkte, dass der Kaufmann wieder lächelte. Aber es war kein Lächeln, das seine Augen erreichte.

Schnell wechselte Johannes erneut das Thema. „Kennt Ihr Fehmarn?", fragte er. Godebusch lächelte noch immer, als sei er sich nicht sicher, worauf Johannes hinaus wollte. Dann entspannte er sich wieder, lehnte sich erneut zurück und sagte lässig: „In der Tat. Fehmarn ist eine kleine Insel in der Ostsee. Sie steht unter dänischer Herrschaft. Die Einheimischen sagen auch „Sonneninsel" zu ihr, weil dort das Wetter besser ist als sonst an der Küste. Offensichtlich hält Gott, unser HERR, seine Hand darüber. Weshalb dieses Interesse an der Insel Fehmarn?"

Der Genuss des ungewohnten, starken Bieres hatte trotz aller Vorsicht Johannes´ Zunge gelöst. Er erzählte von den letzten Worten seines Abtes, der auf Fehmarn hindeutete. Godebusch hörte mit großer Aufmerksamkeit zu.

„Nun", sagte er nachdenklich, „ich weiß nicht, ob ich euch weiterhelfen kann, wenn euch weiter nichts über eure Eltern bekannt ist. Doch seid gewiss, wenn ich im Herbst wieder an die Küste reise, dann werde ich meine Kontakte nutzen, um vielleicht Licht in das Dunkel Eurer Herkunft zu bringen. Aber erzählt mir doch noch von Euren weiteren Zukunftsplänen." Damit schenkte er dem Mönch Bier aus dem Fässchen nach und prostete ihm zu.

Obwohl Johannes genug getrunken hatte, war er gerade noch bedacht genug, dem sich nun leutselig gebenden Kaufmann nicht alles zu schildern. Er erzählte von dem Gelübde, für das Seelenheil seines Abtes in Santiago de Compostela zu beten und sich dann auf den Weg nach Fehmarn zu machen. Magdalena erwähnte er mit keinem Wort.

„Wovon wollt Ihr leben, wenn Ihr im Norden angekommen seid?", wollte der Kaufmann wissen. Johannes berichtete von seiner Tätigkeit als Beauftragter für die Fischereigewässer im Kloster in Coburg und dass er sein Glück als Bootsbauer versuchen wollte. Godebusch dachte nach. Dann erhob er sich und hielt Johannes die Hand hin. „Heute ist euer Glückstag, Bruder Johannes. Zufällig besitze ich eine kleine Werft in Lübeck und beabsichtige, diese zu erweitern, um, wie ich schon sagte, die Snigge und den Holk und später auch andere Schiffe bauen zu können. Wenn Ihr nach Eurer Pilgerreise zu mir in mein Kontor kommt, dann werde ich euch als Bootsbauer einstellen. Damit ist euer Lebensunterhalt gesichert."

Johannes blieb der Mund vor Überraschung offen. Doch dann schlug er begeistert ein. Das war die Möglichkeit, nach der er gesucht hatte. Vor Begeisterung über die verlockenden Zukunftsaussichten schob er das seltsame Verhalten des Kaufmanns von vorhin beiseite. Gerade wollte er herausplaudern, dass er beabsichtigte, Magdalena mitzunehmen, als Godebuschs Diener Hermann hereinkam und seinem Herrn etwas zuflüsterte. „Gut, soll warten", gab dieser zurück. Dann wandte er sich wieder seinem Gast zu. „Leider muss ich euch jetzt verabschieden, Bruder Johannes", sagte er.

„Ich habe diesen Abend genossen und freue mich, euch bald wieder begrüßen zu dürfen. Doch warten jetzt dringende Geschäfte auf mich. Hermann wird euch hinausbegleiten." Damit stand er auf. Er deutete eine Verbeugung an, wandte sich um und ging in das Nebenzimmer.

Johannes war von dem plötzlichen Umschwung mehr als erstaunt. Doch bevor er noch etwas erwidern konnte, hatte Hermann ihn schon höflich hinausgeschoben und er stand auf dem Marktplatz. Er schüttelte ungläubig den Kopf, als würde er aus einem Traum erwachen. Die frische Abendluft brachte ihn langsam wieder zur Besinnung. Dann machte er sich auf den Weg zurück zur Abtei.

*

Zur gleichen Zeit lag Barnabas in einer Zelle im Kloster Plankstetten und dachte über seinen Auftrag nach.

Er war nach der Abreise aus Coburg zunächst unschlüssig gewesen, wohin er sich wenden sollte. Über Karten, die er von Bruder Martin erhalten hatte, war er gebeugt gesessen und hatte angestrengt überlegt, welchen Weg Johannes eingeschlagen haben mochte. Wenn die Vermutung von Abt Matthäus stimmte, dann würde Johannes nicht nach Südwesten gegangen sein. Vielmehr würde er versucht haben, zunächst nach Süden und dann entlang der Sulz und der Altmühl Richtung Südosten bis zur Donau und dann nach Geisenfeld zu gelangen.

Ihm war nichts anderes übrig geblieben, als sich durchzufragen. Zunächst schien die Suche vergeblich. In keinem der drei Klöster, die Barnabas bisher aufgesucht hatte, wusste jemand etwas von seinem Ordensbruder. Er stand vor einem Rätsel. Hatte dieser abtrünnige Mönch etwa in Gasthäusern oder in Bauernhöfen übernachtet? Falls ja, dann war es praktisch aussichtslos, eine Spur von ihm zu finden.

Doch dann, unvermutet, hatte er Glück gehabt. Nein, dachte er sich, Gott hatte ihn direkt auf die Fährte von Johannes geführt. Als er im Kloster Plankstetten mit dem Pförtner nach dem Gebet den Friedenskuss ausgetauscht und ihm den Empfehlungsbrief gezeigt hatte, war der Mönch stutzig geworden. Im Empfehlungsbrief war auch geregelt, dass das Schreiben, welches Johannes von dem verstorbenen Abt Marcellus erhalten hatte, seiner Gültigkeit verlustig ging. Der Pförtner, Bruder Andreas, hatte sich an Johannes erinnern können. Nicht nur das, er bestätigte Barnabas auch, dass Johannes auf der Suche nach den Töchtern des Edelmanns Rudolf von Falkenfels gewesen war. Und in welcher Abtei diese nunmehr waren, das hatte Matthäus ihm gesagt. Er war auf der richtigen Spur.

Bruder Johannes, dieser kleine Angsthase! Barnabas grinste im Stillen, als er sich daran erinnerte, wie er ihn einmal, als dieser noch ein Knabe war, über das Feuer der Esse gehalten hatte. Geschrieen hat er wie am Spieß, wäre sein Mund nicht von der großen Hand des Schmieds zugehalten worden. Und dieses Bürschchen hatte sich mit seinem Fleiß und seinem Strebertum das Vertrauen des Abts erschlichen. In der Hierarchie des Klosters wäre er bald an vielen vorbeigezogen. Jeder wusste insgeheim, dass Johannes der nächste Cellerar werden würde. Dann vielleicht Prior und über kurz oder lang wäre er Abt geworden.

Barnabas selbst hingegen konnte von Glück reden, dass ihn damals Marcellus in St. Peter und Paul aufgenommen hatte. Barnabas´ Mutter war schon lange bei der Geburt seiner Schwester gestorben. Die Kleine hatte dann auch nur wenige Tage überlebt. Sein Vater Georg war schließlich gezwungen gewesen, seinen Sohn im Kloster unterzubringen, als er sein Sattlerhandwerk nach einem Unfall nicht mehr ausüben konnte und bald bankrott war. Auch eine Schulbildung war für Barnabas nicht mehr möglich. Er hatte seinem Vater diese Schmach insgeheim nie verziehen. Zwar lernte er im Kloster nach und nach mühevoll lesen und schreiben, doch seine Leidenschaft wurde die Arbeit mit Hammer und Amboss. Und da, wusste er, machte ihm niemand etwas vor. Nur, zu Höherem würde er, wenn nicht etwas Besonderes geschah, nie berufen sein.

Doch das konnte sich vielleicht bald ändern. Wenn er es schaffte, diese Reliquie zurück nach Coburg zu bringen, wäre ihm Ruhm und Ehre sicher. Nur stand zu befürchten, dass Abt Matthäus vor den Brüdern alle Verdienste für sich beanspruchen würde. Dann würde er, Barnabas, wieder einmal nur als Werkzeug der Oberen gelten. Er würde wieder als einfacher Schmied arbeiten ohne Aussicht auf einen Aufstieg im Konvent.

Das Ende des alten Lambert kam ihm in den Sinn. War es richtig gewesen, den greisen Cellerar so zu peinigen, dass dieser dabei starb? Würde Gott ihn dafür strafen, dass er einem frommen Mitbruder schwere Schmerzen zugefügt hatte? Je mehr er darüber nachdachte, desto unbehaglicher wurde ihm. Doch jetzt war es zu spät. Lambert war tot.

Die aufkommende Angst trieb ihm den Schweiß auf die Stirn. Das Züchtigen ungehorsamer Brüder mit der Rute nach der Regel des Heiligen war eine unzweifelhaft notwendige Angelegenheit. Dies war manchmal unumgänglich, um Brüder auf den rechten Weg zurückzuführen. Außerdem war es Gottes Wille.

Aber das grausame Peinigen des alten Lambert war vielleicht nicht im Sinne des Herrn, auch wenn es dazu geführt hatte, ihn auf die Spur des abtrünnigen Mitbruders zu führen. Barnabas stand von seinem Lager auf und kniete sich vor das Kruzifix, das in seiner Zelle hing. Leise betete er das Vaterunser. Ratlos hielt er danach inne. Was sollte er tun?

Dann kam er zu einem Entschluss: Der Auftrag, den er hatte, war gottgefällig. Die Rückführung des heiligen Gegenstandes, den Johannes unzweifelhaft gestohlen hatte, würde sein Kloster zu einer Wallfahrtsstätte machen. Er, Barnabas, war dazu auserwählt, dessen war er sich sicher. Er würde nicht länger ruhen, bis er Johannes aufgespürt hatte. Wenn dieser die Reliquie freiwillig herausgab und mitkam, umso besser. Falls er sich weigerte, dann musste er härtere Mittel anwenden. Doch er nahm sich vor, dem Bruder die Möglichkeit zu geben, ein letztes Gebet zu sprechen.

Dann würde er ihm ein schnelles gnädiges Ende bereiten. Nein, peinigen wollte er ihn nicht. Barnabas wusste, welcher Griff notwendig war, um ein Genick so zu brechen, dass das Opfer keine Schmerzen leiden musste. Dann würde er für Johannes ein Gebet sprechen und dafür sorgen, dass er in geweihter Erde seine letzte Ruhe finden würde. Wie das zu bewerkstelligen wäre, das wollte er sich zu gegebener Zeit überlegen.

Und Matthäus? Barnabas war entschlossen, auch dieses Problem zu lösen. Er würde Matthäus nach seiner Rückkehr in den Keller unter der Schmiede locken. Matthäus war ohnehin immer darauf bedacht, dass kein Bruder davon erfuhr. Auch ihm wollte er ein schnelles Ende gestatten. Der Boden dort unten war nur gestampft. Dort würde der Abt sein Grab finden. Dies sollte die Strafe dafür sein, dass er Barnabas zu der Peinigung Lamberts angestiftet hatte. Danach würde er die Werkzeuge der Peinigung vernichten und niemals wieder welche anfertigen. Das Verschwinden des Ordensoberen würde einige Zeit für Aufsehen sorgen. Doch vielleicht konnte er passende Gerüchte streuen, die darauf hinausliefen, dass der Abt in einem Anflug geistiger Umnachtung das Kloster verlassen hatte.

Und danach wollte Barnabas nie wieder die Hand gegen einen Mitbruder erheben. Er würde die Nächstenliebe zu seinem obersten Lebenszweck machen. Unwillkürlich nickte er bestätigend. Und er würde St. Peter und Paul zu einem Wallfahrtsort zur Ehre Gottes machen. Alle Brüder würden ihn mit Ehrfurcht behandeln, wenn er die Reliquie präsentierte. Der HERR, so war er sich sicher, würde ihm alle Sünden verzeihen.

Erleichtert atmete er auf. Er dankte Gott für dessen Ratschluss. Dann machte er das Kreuzzeichen, stand auf und legte sich wieder auf seine Pritsche. Was hatte der Pförtner Andreas zu ihm gesagt? ´Dein Mitbruder ist voraussichtlich nach Vohburg weitergezogen´. Nun gut, mit Gottes Wille würde er ihn finden. Er durfte nur nicht aufgeben.

Als er einschlief, lag ein sanftes Lächeln auf seinem Gesicht.

*

Nachdem Johannes das Haus des Ratsherrn verlassen hatte, war er zur Klosterpforte gegangen. Jetzt stand er vor dem Tor und betrachtete den Mond. Er war voller Euphorie. Das war die Möglichkeit, nach der er gesucht hatte. Wenn er aus Santiago zurück war, dann würde er mit Magdalena nach Lübeck gehen und in Godebuschs Werft als Bootsbauer arbeiten. So konnte er für die geliebte Frau sorgen und mit dem Geld, was ihm von Wohlfahrt noch blieb, konnte er vielleicht sogar ein Haus für sie beide erstehen. Dann würden sie Kinder haben. Seine Zukunft erschien ihm plötzlich in rosigen Farben. An seine Bemühungen, Klarheit über die Geschehnisse von 1384 zu gewinnen, dachte er in diesem Moment nicht mehr. Er senkte den Kopf, faltete die Hände und dankte Gott. Jetzt konnte er Magdalena eine Sicherheit bieten. Magdalena! Er schloss die Augen und rief sich ihr Bild vor Augen. Er dachte daran, wie sie die kleine Felicitas im Arm gehalten hatte und konnte sein Glück kaum fassen. In zwei Tagen würde sie wieder hier sein und er könnte ihr alles erzählen. Ihre Rückkehr konnte er jetzt kaum noch erwarten. Unwillkürlich griff er nach ihrem Medaillon, das er um den Hals trug.

Doch er griff ins Leere. Trunken vor Glück wurde ihm dies erst nach einigen Augenblicken bewusst. Doch dann traf ihn der Schreck umso heftiger. Das Medaillon! Fieberhaft dachte er nach. Als er in Godebuschs Haus trat, hatte er es noch sicherheitshalber berührt. Auch während des Essens hatte er es noch gehabt, dessen war er sich gewiss. Er musste es entweder während der angeregten Unterhaltung nach dem Essen oder nach dem Verlassen des Hauses verloren haben. Nun, der Weg von der Klosterpforte zurück zu Godebuschs Haus dauerte nur wenige Augenblicke und es waren zu dieser Nachtzeit nahezu keine Bürger mehr auf der Straße unterwegs.

Kurz entschlossen machte er kehrt und ging den gleichen Weg zurück, den er hergegangen war. Doch so scharf er auch den Boden betrachtete, er sah weder Medaillon noch Kette. Die Straßen und der Große Marktplatz waren menschenleer bis auf drei Angetrunkene, die lallend aus dem Gasthaus an der Ecke torkelten und die Gasse am Pfarrhof hinunter in Richtung Ilmbrücke wankten.

Bald stand er vor dem prächtigen Haus von Godebusch. Auch vor der Türe war nichts zu sehen. Er musste das Medaillon im Haus des Ratsherrn verloren haben.

Unschlüssig stand er vor der Türe. Anklopfen war die eine Sache. Doch natürlich würde der Fernkaufmann wissen wollen, warum er zurückgekommen war. Und nach dem Medaillon fragen, in dem sich das Bild der geliebten Frau, die ja immer noch Nonne war, befand, kam kaum in Frage. Er war nun froh, dem Ratsherrn nicht gesagt zu haben, dass er mit Magdalena in den Norden gehen wollte. Einen anderen Grund für den nochmaligen Besuch vorzutäuschen, war nicht glaubwürdig. Andererseits konnte er nicht bis morgen warten. Dann würde der Diener das Bild gefunden haben. Godebusch mochte ungehobelt sein, doch er war, soweit hatte Johannes schon verstanden, ein heller Kopf. Er würde sofort die richtigen Schlüsse daraus ziehen und die Mutter Äbtissin verständigen. Die Schmach wäre gewaltig und sowohl er als auch Magdalena würden mit Schimpf und Schande aus dem Kloster geworfen werden.

Als er sich noch verzweifelt den Kopf zerbrach, was er tun sollte, merkte er durch die schwere Eingangstüre einen warmen Luftzug. Er runzelte die Stirn und sah genauer hin. Die Türe schien verschlossen. Tatsächlich aber war ein beinahe fingerbreiter Spalt zwischen Blatt und Türrahmen zu erkennen. Godebuschs Diener Hermann musste sie bei Johannes´ Verlassen nicht ordentlich verschlossen haben. Er atmete auf und Erleichterung durchströmte ihn. Er blickte sorgsam um sich, ob ihn jemand beobachtete. Doch die Straßen und der Marktplatz waren leer. Aufmerksam betrachtete er die Fenster der Häuser, die um den Platz angeordnet waren. Alles war dunkel, kein Schattenriss, kein Gesicht. Vorsichtig drückte er gegen das Türblatt. Er hatte es kaum zu hoffen gewagt, doch die Tür gab langsam und glücklicherweise ohne Knarren nach. Er schlüpfte hinein und lehnte die Türe wieder an.

Als er in der dunklen Eingangshalle stand, befielen ihn wieder Zweifel. Alles war still. Offensichtlich war der Diener Hermann schon zu Bett gegangen. Noch konnte er unbemerkt wieder hinausgelangen. Doch wenn er schnell in das Speisezimmer von Godebusch huschte, dann würde er mit etwas Glück die Kette mit dem Bildnis unter dem Stuhl finden, auf dem er gesessen hatte. Durch einen Spalt in der Türe, die nach rechts in das Speisezimmer führte, sah er Licht. Gerade wollte er nach der Klinke greifen, als er eine Stimme hörte, die seinen Namen nannte. Die Stimme kam ihm bekannt vor, doch ihm fiel nicht ein, woher. Schnell presste er sich an die Wand und lauschte. Das Herz schlug ihm bis zum Hals.

„Johannes", wiederholte die Stimme. „Dieser kleine Mönch war also Gast bei Euch. Und Ihr habt ihm weisgemacht, dass er bei euch in Lübeck Bootsbauer werden kann? Ihr habt dort doch noch gar keine Werft!" Was? Johannes traute seinen Ohren kaum. Doch da ertönte schon das dröhnende Lachen von Godebusch. „Wohl wahr! Doch ist mein Kontorverwalter gerade beauftragt, eine solche zu erwerben. Die Verhandlungen stehen kurz vor dem Abschluss. Und der Bursche ist ja so einfältig! Dem konnte ich doch alles erzählen. Der ist ja so toll darauf, alles von der Küste zu erfahren, dass er mir aus der Hand gefressen hat. Er vermutet, dass seine Eltern von der Ostseeinsel Fehmarn stammen. Da war es mir natürlich ein Leichtes, ihn einzuwickeln." Godebuschs Stimme keuchte vor Lachen. „Aber ich lasse ihn erst mal nach Santiago laufen. Wenn er später wirklich dort oben auftaucht, dann wimmle ich ihn schon ab oder noch besser, ich verkaufe ihn an die Vitalier. Da mache ich gleich noch ein hübsches Geschäft. Er wird an Bord ihrer Schiffe nicht lange durchhalten!"

Johannes war starr vor Empörung. Godebusch hatte ihn schamlos belogen! Er hatte gar nicht vor, ihm eine Anstellung als Bootsbauer zu verschaffen! Stattdessen wollte er ihn an die Vitalienbrüder, also an die Piraten, von denen Hubertus erzählt hatte, verkaufen! Und er war auf diese Geschichte hereingefallen! Grenzenlose Wut stieg in ihm hoch. Er dachte schon daran, die Türe zum Speisezimmer aufzureißen und den Händler bloßzustellen, da hörte er wieder die bekannte Stimme. Diesmal hatte sie einen besorgten Klang. „Ihr habt diesem Mönch doch nichts von Euren besonderen Geschäften seit 1384 erzählt, oder?" „Für wie dumm haltet Ihr mich?", antwortete Godebusch empört. „Das bleibt das Geheimnis von uns beiden und unserem gemeinsamen Freund." Schritte waren zu hören. Godebusch und sein unbekannter Besucher gingen im Speisezimmer umher. Johannes wagte es, einen vorsichtigen Blick durch den schmalen Türspalt zu werfen. Er konnte gerade die Stirnseite des Tisches sehen, die Stirnseite, an der er vor einer guten halben Stunde noch gesessen und sich Grillen in den Kopf hatte setzen lassen. Er zwickte die Augen zusammen und schaute angestrengt unter den Tisch. Tatsächlich, unter seinem Stuhl lag die Kette mit dem Medaillon. Johannes hielt den Atem an. Hoffentlich entdeckte es keiner der beiden! Die Schritte wurden lauter.

Johannes presste sich wieder an die Wand und rechnete fest damit, dass die Türe aufschwang und er nun entdeckt würde. Doch dann entfernten sich die Gesprächspartner wieder. Er hörte, wie Wein in Gläser gegossen wurde. Ein leises Klirren ertönte. „Zum Wohl!", sagte Godebusch, „Auf die letzten sechs Jahre auf Kosten des Klosters und auf weitere gute sechs Jahre. Mindestens!" Er lachte.

Auf Kosten des Klosters? Johannes wurde trotz der Empörung, die ihn immer noch gefangen hielt, neugierig. Worum ging es hier? Er bemühte sich, flach zu atmen und kein Wort zu verpassen. Vorsichtig tastete er sich wieder an den Türspalt und spähte vorsichtig hindurch. Doch die Gesprächspartner waren außerhalb seines Blickfeldes. Er zermarterte sich den Kopf, doch wollte ihm das zu der Stimme gehörende Gesicht nicht einfallen.

„Die Gelegenheit war damals günstig", sagte der Besucher nachdenklich und schwieg.

„Das Frühjahr war selten so trocken gewesen wie anno 1384. Ein Brand war daher nichts Außergewöhnliches." Godebusch bestätigte: „Wahr gesprochen! Und Ihr wusstet, dass ich gute Möglichkeit hatte und immer noch habe, die Sachen mit großem Gewinn loszuwerden."

„Mit großem Gewinn?", lachte der Unbekannte. „Alles, was Ihr erzieltet, war Gewinn! Ihr bringt seit damals die Schätze nach und nach mit Euren üblichen Handelswaren, vor allem dem wertvollen Hopfen, außer Landes. Die Säcke sind groß und es lässt sich auch manch sperriges Gut darin verstecken. In den nordischen und nordöstlichen Ländern besteht immer noch Bedarf an Kirchengut, auch wenn der Deutsche Orden nicht mehr so mächtig ist wie früher. Die Vitalier haben den Kirchenschatz, vor allem die Perlen und das Silber, bisher gut für euch in Stockholm losgeschlagen. Sie können, wenn sie wollen, als wahrhaftige Händler auftreten. Vor allem der junge Magister ist das wertvollste Verbindungsglied, das Ihr dort oben für die Ware habt."

Godebusch lachte. „Seht Ihr, es war alles gut geplant. Und dass wir nie in Verdacht gerieten, haben wir vor allem dem hellen Kopf unseres Freundes zu verdanken. Noch dazu ein Mann in seinem Amt mit seinen Möglichkeiten…"

Die Stimme klang mit einem Mal belegt. „Bedrückt euch nicht der Gedanke, dass damals der Brand noch während dem… äh… Mitnehmen des Kirchengutes entdeckt wurde? Dass vier Nonnen des Klosters sterben mussten?"

Lähmendes Entsetzen erfüllte Johannes. Diese beiden und ein unbekannter Dritter waren also die Urheber des unsagbaren Verbrechens von 1384, von dem ihm Magdalena erzählt hatte, gewesen. Und Godebusch besaß die Frechheit, am Tisch der Äbtissin Platz zu nehmen, als sei er Freund und Gönner der Ordensfrauen. Dabei war er ein gottloser Mörder!

Godebusch antwortete lässig: „Wo gehobelt wird, mein lieber Freund, fallen Späne! Die Schwestern haben den Lohn für ihre Tapferkeit bestimmt schon im Himmel erhalten. Und Ihr? Bekommt Ihr jetzt nach dieser langen Zeit Bedenken? Damals wart Ihr besonders erpicht darauf, die Macht und den Reichtum des Klosters zu schmälern. Was sagte unser Freund erst unlängst? ʹGeisenfeld hat kein Kloster! Das Kloster hat Geisenfeld!ʹ Und Ihr habt ihm lautstark beigepflichtet." Spöttisch fuhr er fort: „Oder habt Ihr jetzt Angst vor dem Volk?"

Ein verächtliches Schnauben ertönte: „Gemeiner Pöbel! Uns kann immer noch nichts gefährden. Das Volk, wie Ihr die kleinmütigen Bürger nennt, hat keine Macht. Sie werden nichts wagen."

Johannes schien es, als würde der hünenhafte Händler belustigt den Kopf schütteln. „Das ist ohnehin alles Unfug! Die Menschen hier in Geisenfeld haben keine Ahnung. Zudem waren die Gaukler und Spielleute damals die am besten geeigneten Sündenböcke. Eine wahrhaft gute Idee von mir, diese abgebrochene Pfauenfeder ins Spiel zu bringen, um den Verdacht auf diese Possenreißer zu lenken. Ich habe alle getäuscht. Und keiner hat überlebt. Die Spielleute nicht. Auch meine Männer, die den Auftrag pflichtbewusst durchführten, wurden „tragischerweise" bei der Vergeltung im Ilmgrund von dem fahrenden Volk getötet. Zumindest ist dies, wie Ihr wisst, die Version, die überall verbreitet wurde. Niemand entkam, auch nicht die kleinen Bälger der Gaukler. Das kann ich euch garantieren. Dafür sorgte schon mein getreuer Diflam. Der schwor mir zumindest, dass der Letzte dieser kleinen Bastarde in der Ilm wie eine Katze ertrank. Und mein damaliger Diener Ludwig begleitete mich, wie Ihr wisst, im Herbst nach der Angelegenheit nach Lübeck. Leider ging er bei einer nächtlichen Überfahrt auf meiner Kogge über Bord. Welch schlimmes Unglück!" Godebusch lachte leise. „Also, lieber Freund, unser Geheimnis ist sicher, ebenso die Fortdauer unseres Geschäfts. Schließlich ist vom Schatz noch nicht alles aufgebraucht. Denkt doch einmal daran, was noch gut versteckt in Eurem Keller liegt! Außer unserem gemeinsamen Freund weiß nur noch Diflam davon und der tut, was ich sage."

Kurze Zeit herrschte Schweigen. Dann hörte Johannes wie Godebusch sagte: „Dieser kleine Mönch eben, der erkundigte sich nach den Geschehnissen von damals. Vor allem wollte er wissen, warum damals nur ein geringer Teil des Kirchenschatzes wieder aufgetaucht ist. Mir ist dieses Bürschchen etwas zu neugierig."

Deutlich hörte Johannes, wie der unbekannte Besucher vor Schreck die Luft anhielt. Dann, ein deutliches Ausatmen und eine hastige Frage: „Weiß er etwas?" Godebusch brummte. „Hmmm, ich glaube nicht. Er stochert nach meinem Dafürhalten im Nebel. Doch irgendwie wurde ich den Eindruck nicht los, dass er die Geschichte, die alle glauben, anzweifelt. Vielleicht sollte ich ihn aus dem Weg räumen lassen, bevor er irgendwelche Mutmaßungen ausposaunt und großen Schaden anrichtet. Ein kleiner Unfall ist schnell passiert, nicht?"

Johannes lief es kalt vor Angst den Rücken herunter. Beinahe überhörte er die Antwort des Besuchers. „Ich denke, Ihr macht euch zu viele Sorgen. Dieser dahergelaufene Pilgermönch ist, wie ich gehört habe, schon in Kürze ohnehin aus Geisenfeld verschwunden. Ich weiß von unserem Freund, und der wiederum aus sicherer Quelle, dass dieser Bruder in wenigen Tagen seine Pilgerreise nach Santiago fortsetzen wird. Ihr braucht euch also nicht die Hände schmutzig zu machen. Im Übrigen, wer sollte seinen wirren Erzählungen schon glauben?"

Wieder ertönte ein leises Klirren. Die Stimme räusperte sich und sagte dann: „Außerdem haben wir, das heißt im Grunde ja nur Ihr, mit dem erlösten Geld oder zumindest einem kleinen Teil davon, ja auch den Markt großzügig unterstützt. Einen besseren Beweis für eure Ehrbarkeit gibt es nicht."

Godebusch kicherte: „Einige Brosamen gingen ja auch an die Mutter Kirche und das heißt in diesem Falle an die Nonnen als Spende. Davon und von Spenden der Bürger errichteten sie den sechseckigen Choranbau mit den hohen Fenstern. Ihr wisst, wie dankbar sie mir seitdem sind. Es ist doch wie mit den Steuern und Abgaben: Dem Volk wird viel genommen und mit großen Gesten ein klein wenig zurückgegeben. Die Mutter Äbtissin frisst mir seitdem buchstäblich aus der Hand. Ich könnte jedes Mal vor Lachen platzen, wenn ich an ihrem Tisch sitze und sie so würdevoll tut. Und ich bin der große Beschützer der Nonnen. Ja, mein Lieber, ich bin unbesiegbar. Mit einem Teil des erlösten Geldes bezahle ich meine Männer, mit denen ich die Ordnung des Marktes im Griff habe. Der Äbtissin ist gar nicht bewusst, wie abhängig sie von mir ist. Und unsere braven Bürger wissen dies noch viel weniger. So kann ich, so aber könnt auch Ihr und unser Freund Euren gewünschten Lebensstil pflegen. Möge es noch lange so bleiben! Und wenn ich erst Bürgermeister geworden bin, dann gehört uns der Markt ohnehin!"

Die Stimme des Besuchers erklang wieder, diesmal anerkennend. „So haben wir den Bock zum Gärtner gemacht. Und Ihr seid wahrlich ein Bock!" Godebusch lachte. „Wenn Ihr das auf meine Manneskraft beziehst, da habt Ihr Recht!" Der Andere entgegnete: „Doch noch habt Ihr keinen Erben. Wozu die ganze geschäftliche Anstrengung, wenn man das Gewonnene nicht weitergeben kann?"

„Das las meine Sorge sein", erwiderte Godebusch. „Ich wüsste schon eine Frau", feixte er dann. „Diese Maria aus dem Kloster würde mir schon gefallen. Eine wahre Schönheit und auch ein wenig kratzbürstig! Es wäre mir eine Freude, sie heimlich zu entführen und an die Ostseeküste mitzunehmen. Während der Reise würde ich ihr solange beiwohnen, bis sie guter Hoffnung ist. Ich behalte sie dann einfach in meinen Gütern an der Küste, bis sie mir einen Erben schenkt. In den Kellern unter meinen Kontoren hört sie niemand schreien. Dann kann sie nach der Geburt meines Sohnes von mir aus meinen Freunden, den Vitaliern, zu Diensten sein, bis diese genug von ihr haben. Kein Mensch würde sie je wiederfinden!"

„Niemals wird die Äbtissin zulassen, dass Ihr eine ihrer Mitschwestern berührt!", warnte der Unbekannte. „Sicher, Ihr habt abermals Recht!", lachte Godebusch. „Es ist ja auch nur ein schöner Gedanke. Doch lasst uns in mein Rauchzimmer gehen. Ich habe feine Tabakware von meinen speziellen Freunden aus Gotland erworben. Dort können wir über meine künftigen Geschäftsaussichten sprechen."

Kerzen wurden ausgeblasen. Das Licht im Speisezimmer erlosch. Eine Türe klappte und die Stimmen verklangen. Johannes´ Schrecken löste sich nur langsam. Seine Ohren klangen von dem Entsetzlichen, das er gehört hatte. Er war erfüllt von Abscheu. Er und auch die Ordensfrauen, buchstäblich jeder in Geisenfeld, hatte Godebusch grundweg falsch eingeschätzt. Er war kein Wohltäter. Nein, er kannte keinerlei Hemmungen und ging für seinen Erfolg buchstäblich über Leichen, auch von Ordensfrauen. Wer ihm auf seinem Weg zur unumschränkten Macht im Weg stand, wurde beseitigt. Wer ihm nützlich war, wurde nur solange am Leben gelassen, bis er seinen Zweck erfüllt hatte. Grauenhaft, was er mit Magdalena tun würde! Ein Glück, dass er dem Kaufmann nicht gesagt hatte, dass er sie nach Lübeck mitnehmen wollte. Godebusch war ein Teufel in Menschengestalt! Doch jetzt galt es, einen kühlen Kopf zu bewahren, was angesichts dessen, was er gehört hatte, nicht einfach war. Zuerst musste er das Medaillon haben und das Haus ungesehen verlassen. Dann würde sich alles Weitere finden.

Vorsichtig öffnete Johannes die Türe zum Speisezimmer einen Spaltbreit. Darin war es wie in der Eingangshalle dunkel. Er konnte nur ahnen, wo sein Sitzplatz gewesen war. Langsam öffnete er die Türe so weit, dass er hineingehen konnte. Er zögerte kurz, den Atem anhaltend. Leise gedämpfte Stimmen waren zu vernehmen. Das Rauchzimmer war gleich nebenan. Er musste vorsichtig, lautlos und gleichzeitig schnell sein. Tatsächlich glaubte er beinahe, dass sein Herzklopfen ihn verraten würde. Er ließ sich auf die Knie nieder und tastete sich langsam vorwärts, seine rechte Hand ausgestreckt und im Halbkreis vorsichtig über den Boden hin und her bewegend. Dabei musste er sich auf seinem linken Arm abstützen. Der Bruch war mittlerweile gut verheilt, doch noch konnte er den Arm, der nach wie vor schmerzte, nicht voll belasten.

Nach endlos scheinenden Sekunden stieß er an ein Stuhlbein. Mittlerweile hatten sich seine Augen an die Dunkelheit gewöhnt und er konnte schemenhaft die Umrisse des Tisches und der Zimmereinrichtung erkennen. Doch so sehr er sich anstrengte, die Kette und das Medaillon sah er nicht. Also tastete er weiter. Mit einem Mal spürte er die Kette. In seiner Erleichterung zog er sie an sich heran. Gerade wollte er sie in die Kukulla seiner Kutte stecken, als ein klirrendes Geräusch ertönte. In der Stille kam es ihm vor wie ein Paukenschlag. Die Kette war offen gewesen, das Medaillon daran entlang heruntergerutscht und auf den Boden gefallen. Der Schreck ließ ihn erstarren. Er hielt die Luft an. Die Stimmen waren verstummt. Ohrenbetäubende Stille erfüllte das Haus. Doch dann hörte er, wie im Rauchzimmer leise weitergesprochen wurde. Wieder tastete er und griff auf Anhieb nach dem Medaillon. So schnell es ihm möglich war, krabbelte er rückwärts zurück durch die Türe in die Eingangshalle, stand in Windeseile auf und lehnte sie wieder an.

Keine Sekunde zu früh. Die Türe vom Rauchzimmer ging auf und eine Gestalt erschien im Türrahmen. „Da war doch jemand", hörte er Godebuschs Stimme knurren. Das Medaillon krampfhaft in seiner Hand haltend, huschte er lautlos zur Eingangstüre, zog sie mit zitternden Händen auf und schlüpfte nach draußen. Fieberhaft sah er sich um. Zwischen Godebuschs Haus und dem Nachbargebäude war ein schmaler Spalt. Hier war der Ablaufkanal für den Abort des Geschäftsmannes. Johannes blieb keine Wahl. So schnell er konnte, lief er auf Zehenspitzen los und zwängte sich zwischen die Häuser.

Die Eingangstüre wurde geöffnet. „Die Türe ist noch geöffnet!", rief Godebusch seinem Gesprächspartner zu. „Ihr habt Schuld! Warum habt Ihr sie nicht ordentlich geschlossen, als Ihr gekommen seid? Es hkönnt sich jemand einschleichen und uns belauschen. So etwas darf nicht wieder vorkommen!"

Der Ratsherr trat aus der Türe und sah forschend über den Marktplatz. Johannes presste sich flach an die Wand. Er spürte, wie sich der Fäkalschlamm in der Abflussrinne den Weg in seine Sandalen und zwischen die Zehen suchte. Der Ekel schüttelte ihn. Aber das war immer noch besser, als von Godebusch erwischt zu werden. Dann würde ihn dieser Teufel heute noch voller Wollust töten und irgendwo verscharren lassen.

„Hier ist niemand!", sagte die Stimme des Besuchers. Godebusch schaute prüfend um sich. „Nun gut!", antwortete er. „Ihr habt wohl Recht. Lasst uns wieder hineingehen." Er trat zurück in das Haus und schloss die Türe. Johannes atmete erleichtert auf. Er blieb noch ein paar Sekunden stehen. Doch in dem Moment, als er einen Blick auf den Marktplatz warf und aus dem Spalt schlüpfen wollte, sah er einen großen Schatten. Die Haustüre war leise aufgegangen und der Fernkaufmann mit einem langen Dolch in der Hand hinausgeschlichen. Er blieb nach ein paar Schritten stehen und sah noch einmal prüfend den ganzen Marktplatz auf und ab. Johannes presste sich rasch nochmals an die Wand, so fest es ihm möglich war.

Godebusch nickte befriedigt, steckte seinen Dolch ein und ging wieder zurück. Die Haustüre schloss sich mit einem festen Klacken.

Johannes wartete noch geraume Zeit, doch nichts regte sich mehr. Schnell rannte er, so schnell es ihm möglich war, auf Zehenspitzen an Godebuschs Haus vorbei und die Pfarrgasse hinunter bis zur Ilmbrücke. Dort kroch er außer Atem und mit wild schlagendem Herzen unter die Brücke und steckte seine Füße in das kalte Wasser. Keuchend saß er da, den Blick starr auf das träge dahinfließende Wasser gerichtet. Er musste nachdenken.

*

8. August 1390, Geisenfeld, Amtsgebäude des Propstrichters Frobius

Johannes saß übernächtigt auf dem Gang des Amtsgebäudes von Propstrichter Frobius. Ihm war hundeelend. Nach der Flucht aus dem Hause des Ratsherrn Godebusch war er die ganze Nacht unter der Ilmbrücke gesessen und hatte gegrübelt, nachgedacht und gebetet.

Die Geschichte, die er erfahren hatte, war so ungeheuerlich, dass er sich im Verlaufe der Nacht mehrmals gefragt hatte, ob dies alles so gesagt worden war. Manchmal hatte er verzweifelt überlegt, vielleicht einiges falsch verstanden zu haben. Doch schließlich musste er sich eingestehen, dass er jetzt das Geheimnis des Verbrechens von 1384 erfahren hatte. Und dies bedeutete, dass er, falls der Kaufmann davon erfahren würde, seines Lebens nicht mehr sicher war. Je mehr er darüber nachgedacht hatte, desto mehr war die Angst in ihm aufgestiegen.

Alberto hatte Recht gehabt. Die Gaukler hatten nicht gekämpft. Sie waren von Godebusch zu Sündenböcken gemacht und wie die Ordensfrauen ermordet worden. Der Ratsherr hatte also selbst den Kirchenschatz an sich gebracht, brachte ihn nach und nach an die Küste des Nordens und verkaufte ihn dort an die Vitalier.

Doch wer waren seine Komplizen? Er hatte sich den Kopf zermartert, woher er die Stimme des geheimnisvollen Besuchers kannte. Wort für Wort versuchte er, sich die Unterhaltung noch einmal ins Bewusstsein zu rufen. Dahergelaufener Pilgermönch, so hatte ihn der Unbekannte genannt. Dahergelaufener Pilgermönch.... Die Worte hatte er schon einmal gehört, von einer schnarrenden Stimme. Einer Stimme, die der des geheimnisvollen Besuchers in jeder Tonlage glich. Die Erkenntnis traf ihn wie ein Guss kalten Wassers. Es war die Stimme von Herbert Wagenknecht!

Ausgerechnet Wagenknecht, der aschfahle Bevollmächtigte des Marktes, der aussah wie der leibhaftige Tod! Die Verschwörung reichte also bis in höchste Kreise. Godebusch hatte von einem gemeinsamen Freund gesprochen. Vielleicht war sogar der Bürgermeister selbst in das ungeheuerliche Verbrechen verstrickt! Doch auch ihn würde der Ratsherr beseitigen, wenn er selbst den Bürgermeisterstuhl erklimmen wollte.

Unruhe hatte ihn gepackt. Er fühlte sich hilflos.

Wem konnte er noch trauen, wem sollte er seine schrecklichen Erkenntnisse weitergeben? Magdalena und die Äbtissin Ursula waren noch in Euernbach. Auf Magdalena, seine geliebte Magdalena hatte es dieser lüsterne Mörder Godebusch abgesehen! Schänden wollte er sie, bis sie ein Kind von ihm empfangen sollte. Abseits jeder christlichen Nächstenliebe erfüllte blanke Wut den jungen Mönch. Je mehr er nachdachte, desto dringender schien es ihm, Godebusch schnellstmöglich das Handwerk zu legen. Sollte er zu Pfarrer Niklas gehen? Johannes hatte den Gedanken gleich wieder verworfen. Der Pfarrer war ein herzensguter Mann, doch er würde ihm nicht glauben.

Auch mit Hubertus konnte er nicht sprechen. Der Gesundheitszustand seines Freundes hatte sich nicht gebessert. Hubertus war immer noch bewusstlos. Nur in seltenen Momenten lag er mit flackernden Augen wach. Doch er schien nichts um ihn herum wahrzunehmen. Irmingard war außer sich vor Sorge. Sie hatte sich von Schwester Anna zeigen lassen, wie Umschläge und Wundverbände gewechselt werden mussten. Beständig nahm sie die notwendigen Verrichtungen wahr. Irmingard konnte er mit seiner Angst nicht behelligen. Sie hatte nur Gedanken für ihren kranken Geliebten. Außerdem wäre dies einen Bruch des Versprechens gegenüber Alberto gewesen.

Und Adelgund? Auch sie schaute so oft wie möglich nach dem Kranken und brachte Tinkturen und Wickel. Doch auch sie schien Johannes nicht geeignet, ihm gegen den Ratsherrn zu helfen. Was war mit Gregor? Der ließ es sich nicht nehmen, an jedem Morgen, bevor er mit seinen Arbeitskollegen die Baustellen aufsuchte, am Bett von Hubertus vorbeizuschauen. Sollte er sich Gregor anvertrauen? Schnell verwarf er den Gedanken. Gregor war von Anfang an nur ungern in Geisenfeld geblieben und wäre am liebsten sofort weitergewandert. Nein, dieser würde ihm keine Hilfe sein. Und die Schwestern? Er dachte daran, was Wagenknecht zu Godebusch gesagt hatte: „Im Übrigen, wer sollte seine Geschichte denn schon glauben?" Johannes gestand sich ein, dass der Ratsbedienstete Recht hatte. Der Konvent betrachtete Godebusch als Wohltäter. Und wer war er, Johannes, schon? Ein kleiner einfältiger Pilgermönch! Niemand würde seine Worte für bare Münze nehmen.

Langsam hatte ein anderer Gedanke in seinem Kopf Gestalt angenommen. Der Propstrichter Frobius war nicht mit der Äbtissin nach Euernbach gereist, sondern in Geisenfeld geblieben. Er war ein Mann der Rechtskunde, mithin der Gerechtigkeit.

Je mehr Johannes darüber nachgedacht hatte, desto einleuchtender war es ihm erschienen, sich dem Advokaten anzuvertrauen. Magdalena konnte den Mann nicht ausstehen, aber in einer solchen Situation konnte er auf ihre Vorbehalte keine Rücksicht nehmen. Johannes hatte sich wieder an die Gerichtsverhandlung vom 16. Juli erinnert. Frobius war ihm als kluger und gerechter Richter erschienen. Die Bevölkerung vertraute auf seine

Entscheidungen. Alle Richtersprüche waren mit Zustimmung aufgenommen worden.

Johannes war auf die Knie gesunken und hatte Gott um Rat angefleht. Als schließlich im Osten das Morgenrot den Sonnenaufgang und einen neuen Tag ankündigte, war er zu einem Entschluss gekommen. Er hatte sich im Wasser der Ilm gewaschen und war, sobald sich in Geisenfeld das erste Leben regte, zum Amtsgebäude des Richters gegangen. Ein Diener, der einen noch verschlafenen Eindruck machte, hatte ihn auf einen Stuhl im Gang vor dem Amtszimmer verwiesen und war dann zu seinem Herrn verschwunden.

Als Johannes vor Müdigkeit beinahe die Augen zufielen, stand der Diener unvermittelt vor ihm. „Der Richter erwartet Euch", sagte er mit näselnder Stimme. Johannes erhob sich müde und trat in das Zimmer des Advokaten.

Frobius saß hinter seinem mächtigen Eichenholzschreibtisch. Elegant wies er auf einen vor dem Schreibtisch befindlichen Stuhl „ Nehmt Platz! Was kann ich für euch tun?", fragte er mit distanzierter Höflichkeit. „Ich habe von einem ungeheuerlichen Verbrechen erfahren", sprudelte es trotz der Müdigkeit aus Johannes heraus. Frobius zog erstaunt seine Augenbrauen hoch und musterte den Mönch genau. „Von welcher Ungeheuerlichkeit sprecht Ihr?", fragte er langsam. Johannes atmete tief durch und erzählte dann, was er im Haus des Händlers Godebusch belauscht hatte. Der Advokat wurde bleich, verzog aber keine Miene und unterbrach den Mönch nur ab und an mit einer Frage. Johannes vermied es, von Magdalena zu sprechen. Er beschrieb die Stimme des Besuchers als die von Wagenknecht und äußerte die Vermutung, bei dem unbekannten „Freund" von Godebusch könne es sich um den Bürgermeister handeln. Er schilderte die Sorge, dass die Verschwörer von 1384 in den höchsten Kreisen sitzen würden und äußerte die Hoffnung auf gerechte Vergeltung, die er in den Richter setzte. Als Johannes geendet hatte, blieb es lange still. Der Mönch konnte erkennen, dass es im Kopf des Propstrichters arbeitete. Doch dann zeigte dessen Miene einen entschlossenen Ausdruck.

Frobius beugte sich vor. In anerkennendem Ton sagte er: „Das war eine wertvolle Mitteilung, mein Freund. Ihr habt richtig gehandelt, dass Ihr gleich zu mir gekommen seid. Diese Ungeheuerlichkeiten müssen vergolten werden! Sicher aber versteht Ihr, dass ich eure Angaben mit aller gebotenen Vorsicht überprüfen muss, um der ruchlosen Bande den Garaus machen zu können. Ich bitte euch daher, bis zu einem Handeln meinerseits mit niemandem darüber zu sprechen. Mit niemandem, versteht Ihr? Ein falsches Wort zur falschen Zeit und die Mörder sind gewarnt. Dann habe ich keine Möglichkeit mehr, Gerechtigkeit walten zu lassen. Ihr seid ein guter und kluger Mann, Bruder Johannes. Ich verlasse mich auf Euch!" Frobius erhob sich. Johannes war erneut von der kräftigen athletischen Gestalt des Richters beeindruckt. Der Advokat reichte Johannes die Hand.

„Ich werde mich sofort darum kümmern. Seid unbesorgt. Jeder wird bekommen, was er verdient hat."

Johannes begriff, dass die Unterredung beendet war. Er stand auf, schüttelte dem Richter die Hand und verließ mit einem undefinierbaren Gefühl das Amtszimmer.

*

9. August 1390, irgendwo zwischen Riedenburg und Vohburg

Die Sonne war aufgegangen. Barnabas ritt auf seinem Esel durch das Tal, in dem die Altmühl floss und hatte seine Augen auf den Horizont gerichtet. Der Himmel war blau und nur einige harmlose Wolken zogen vorbei. Es versprach ein herrlicher Tag zu werden. Die Vögel zwitscherten und die Blätter der Wälder begannen im aufkommenden Wind zu rauschen.

Der Schmied hatte für die Schönheit des Tages keinen Blick. Ihn trieb die Unruhe voran. Er war entschlossen, Johannes so schnell wie möglich zu finden.

Nach der Nacht in Plankstetten war er, gestärkt im Glauben und voller Zuversicht, aufgebrochen. Im Verlaufe des gestrigen Tages war ihm der Gedanke gekommen, dass es unter Umständen sogar besser sein könnte, wenn sich sein abtrünniger Mitbruder weigern würde, die Reliquie freiwillig herauszugeben und nach Coburg zurückzukehren. Es wäre im Gegenteil sogar weit besser, wenn er, Barnabas, alleine zurückkehren würde. Im Kloster gab es nicht wenige Brüder, die Johannes noch günstig gesonnen waren. Wer weiß, vielleicht würde es ihm gelingen, sie für sich einzunehmen und bald wieder in der Hierarchie aufzusteigen. Das musste er verhindern.

Mehr und mehr war er zu dem Entschluss gekommen, seinen Mitbruder zu beseitigen, sobald sich eine Gelegenheit hierzu bot.

In der letzten Nacht war er, da kein Kloster in der Nähe war, gezwungen gewesen, in einem Gasthaus in Riedenburg zu übernachten. Doch das Essen und die Schlafstube waren gut gewesen und der Wirt hatte dafür gesorgt, dass Barnabas' Esel anständig gefüttert wurde. Als er nach seinem Mitbruder gefragt hatte, war ihm der Wirt jedoch keine große Hilfe gewesen. Er hatte mit den Schultern gezuckt und geantwortet, dass immer wieder Pilgermönche bei ihm einkehrten. Barnabas setzte seine Hoffnung jetzt auf die Schenke der Burg in Vohburg, von der ihm Bruder Andreas berichtet hatte. Vohburg würde er mit Gottes Hilfe spätestens morgen erreichen. Dort wollte er übernachten und nach Johannes fragen. Dann würde er nach Geisenfeld weiterreiten und seine Nachforschungen bei den Ordensfrauen fortsetzen.

Barnabas stieß dem Esel seine Fersen in die Seiten, was dieser mit einem ärgerlichen Schniefen, quietschend wie eine verrostete Türangel, beantwortete.

Doch darauf konnte der Mönch keine Rücksicht nehmen. Die geheimnisvolle Reliquie nahm immer mehr einen zentralen Platz in seinem Denken ein. Der Tod seines Mitbruders war bereits beschlossen.

*

10. August 1390, Kleiner Marktplatz, Geisenfeld

Unschlüssig stand Johannes auf dem kleinen Marktplatz. Der heutige Tag war wolkenverhangen und regnerisch gewesen. Obwohl der Regen aufgehört hatte, war der Himmel noch voller schwarzer Wolken. Schon früh war es dunkel geworden. Das Gebet der Vesper hatte der Mönch vor kurzem beendet. Bei Schwester Hedwigis hatte er sich mit der Begründung abgemeldet, noch einen kurzen Spaziergang machen zu wollen. Den verwunderten Blick der Pförtnerin spürte er förmlich in seinem Rücken, als er zum Kleinen Marktplatz ging. Sicher fragte sie sich, warum er bei dieser Dunkelheit noch unterwegs war. Und er? Er fragte sich, ob es richtig war, hierher zu kommen.

Heute morgen hatte er einen Zettel in seiner Unterkunft gefunden. Als er ihn auseinander faltete, musste er sich vor Überraschung auf sein Lager setzen.

„Ich weiß, dass Ihr der Gerechtigkeit zum Sieg verhelfen wollt. Ihr seid auf der richtigen Spur. Doch wisst Ihr noch nicht alles. Wenn Ihr alle Hintergründe kennenlernen wollt, dann kommt am Abend des 10. August vor der Komplet in die abschüssige Gasse an der Nordseite des Kleinen Marktplatz. Geht bis zum Ende durch und haltet euch dann Rechter Hand. Dort wird euch alles offenbar werden. Doch kommt alleine!"

Der Brief enthielt keine Anrede und die Unterschrift auf dem Zettel war nicht zu entziffern.

Fieberhaft hatte er überlegt, von wem die Nachricht stammen könnte. Doch er war zu keinem befriedigenden Ergebnis gelangt. Nach einigem Nachdenken war es ihm als das Sinnvollste erschienen, den Propstrichter zu verständigen. Doch zu seiner Enttäuschung hatte er ihn nicht in seinem Amtsgebäude angetroffen. Von dem Diener des Advokaten war ihm mitgeteilt worden, dass der Propstrichter eine Audienz beim Herzog in Ingolstadt wahrnahm und erst zur Zeit der Komplet wieder zurück erwartet wurde. Zwar erfuhr Johannes nicht, worum es bei dieser Audienz ging, doch er war sicher, dass Frobius den Herzog über die schändliche Verschwörung unterrichtete. Ein befriedigtes Lächeln huschte über sein Gesicht. Es konnte nicht mehr lange dauern und die Verschwörer würden mit Hilfe der herzoglichen Truppen festgesetzt. Und Geisenfeld mit seinem Kloster würde aus dem Würgegriff des Ratsherrn Godebusch befreit werden, bevor dieser noch mächtiger wurde.

Nun gut, vielleicht konnte der geheimnisvolle Briefeschreiber noch weitere Erkenntnisse liefern. Umso besser würde dies sein. Johannes sah schon im Geiste, wie sich die Schlinge um den Kopf des Kaufmanns und auch des Ratsbediensteten Wagenknecht zuzog.

Wieder hatte er überlegt, sich einem seiner Freunde anzuvertrauen. Glücklicherweise hatte Hubertus die beiden letzten Nächte überstanden. Die Entzündung an seinem Fuß begann, langsam abzuklingen. Ja, auch die Zeitspannen, in denen er wieder klar denken konnte, wurden allmählich länger. Mit ein wenig Glück und Gottes Hilfe würde er bald wieder vollends hergestellt und bei Kräften sein. Doch im Augenblick war er noch immer sehr erschöpft. Jedes kurze Gespräch strengte ihn über die Maßen an. Johannes war am heutigen Tag mehrmals an seinem Lager gewesen. Adelgund und Schwester Anna legten Hubertus fiebersenkende Umschläge auf und Irmingard wich nur von seinem Krankenbett, wenn sie die kleine Felicitas stillte.

Johannes hatte deshalb darauf verzichtet, Hubertus seine Erkenntnisse anzuvertrauen. Doch trug er schwer an seinem Wissen. Wieder und wieder ging ihm durch den Kopf, dass der Propstrichter ihm eingeschärft hatte, mit keiner Menschenseele zu sprechen. Doch fiel ihm angesichts des Briefes, der ihn jetzt erreicht hatte, nicht leicht. Wer wusste schon, wer oder was ihn in dieser Seitengasse erwarten würde? Hinzu kam, dass er erfahren musste, dass die Inspektionsreise der Äbtissin einen Tag länger als vorgesehen dauern würde. Als er sich so unverfänglich wie möglich nach der Rückkehr der klösterlichen Abordnung erkundigt hatte, wurde ihm von Schwester Walburga mitgeteilt, dass die Oberin erst heute am späten Abend zurückerwartet würde. Johannes war zutiefst enttäuscht gewesen, denn er brannte darauf, Magdalena trotz des Verbots von Frobius seine Entdeckung mitzuteilen. Sie würde ihm glauben. Damit bestand sicher auch die Möglichkeit, nach der Festnahme von Godebusch und Wagenknecht den jungen Alberto aus dem Feilenforst zu holen und ihm eine menschengerechte Unterkunft und vielleicht auch eine sichere Zukunft zu ermöglichen.

Alberto! Johannes hatte sich mit der Hand auf die Stirn geschlagen. Das war die Lösung! Gerade Alberto musste ein besonders großes Interesse an der Aufdeckung der Wahrheit haben! Ihm konnte er Bescheid geben. Noch besser würde es sein, wenn der Junge mit ihm zu dem Treffpunkt gehen würde. Bei Einbruch der Dunkelheit war es für ihn weniger gefährlich, in den Gassen des Marktes herumzustreifen, ohne aufgehalten zu werden.

Je mehr er darüber nachdachte, desto besser gefiel ihm die Idee. Also hatte er sich nach der Non auf den Weg nach Nötting gemacht, nicht ohne sich vorher von Adelgund ein Glas mit Arnikasalbe zur Wundheilung mitgeben zu lassen. Er wollte dies dem Bauern Pfeifer als Geschenk mitbringen.

Doch als er in Nötting eingetroffen war, musste er zu seiner Enttäuschung erfahren, dass nur die Frau von Josef Pfeifer, Berta, zu Hause war. Der Bauer war mit seinen Söhnen auf den Feldern. Freudig hatte die Frau die Arnikasalbe entgegengenommen und Johannes zu einem Gespräch bei einem Becher Brunnenwasser vor dem Haus eingeladen. Die Frau legte Wert darauf, dass die anderen Bürger sahen, dass ein Mann der Kirche bei Ihnen zu Besuch war. Andererseits war es wichtig, dass das Gespräch draußen stattfand, damit niemand den Schluss ziehen konnte, es würden unschickliche Dinge zwischen ihr und dem Ordensmann stattfinden.

Berta Pfeifer hatte dem Mönch die Sorgen der Bauern anvertraut und welche Mühe sie mit den Arbeiten hatten. „Bald steht die Hopfenernte an. Es wird keine zwei Wochen mehr dauern, Bruder Johannes. Sicherlich werdet Ihr euch dies gerne mit ansehen wollen, oder?" Johannes hatte freundlich, aber einsilbig geantwortet. Er war kaum in der Lage, seine Ungeduld zu verbergen. Wo war Agnes? Noch immer war es ihm nicht möglich, ohne das Mädchen den Aufenthaltsort von Alberto allein zu finden. „Hilft euch eure Tochter bei der Hopfenernte auch?", hatte er gefragt. „Ach, die Agnes", war die Antwort gewesen. „Die ist ein richtiger Holzwurm. Jetzt ist sie auch schon wieder im Wald unterwegs und sammelt kleines Feuerholz. Aber jetzt reden wir mit ihr ein ernstes Wort. Diesmal hilft sie uns bei der Ernte, vor allem beim Auszupfen. Da gibt's kein Holzsuchen im Wald, bis der Hopfen eingebracht ist!"

Agnes war also wieder im Wald unterwegs. Johannes hatte verstohlen aufgeatmet. Mit Gottes Hilfe begegnete ihm das Mädchen, wenn er unterwegs war. Dann konnte sie ihn zu Alberto führen. Wie es der Anstand gebot, hatte er begonnen, sich umständlich von der Bauersfrau zu verabschieden. Er hatte ihr und ihrer Familie Gottes Segen gewünscht und Nötting in südliche Richtung verlassen. Dann aber schlug er einen Bogen nach Westen und war so bald am Waldrand angelangt. Den Weg zu dem angeblich verzauberten Weiher kannte er mittlerweile fast im Schlaf. Als er das Gewässer erreicht hatte, befiel ihn wie jedes Mal ein fast schon vertrautes unbehagliches Gefühl. Alles war still gewesen und kein Vogel hatte gezwitschert, dafür wieder der Eindruck, als würde er beobachtet. Irgendwas musste an dem Aberglauben stimmen, auch wenn sich sein Innerstes dagegen wehrte. Es gab keine Geister und keine Hexen. Und doch..... .

Energisch hatte der Mönch diese Gedanken abgeschüttelt. Es war jetzt nicht die Zeit für solche Gedanken. Er hatte gehofft, Agnes würde ihm begegnen, doch die Erwartung hatte sich nicht erfüllt. Er musste also alleine die Hütte des Knaben finden. Angestrengt hatte er überlegt, welchen Weg er am 15. Juli genommen hatte, als sie Alberto das erste Mal begegnet waren. Knapp vier Wochen war dies erst her. Doch schien ihm, als sei in der Zwischenzeit eine Ewigkeit vergangen. Er hatte die Hände gefaltet und gebetet. Gott würde ihn auf den rechten Weg führen.

Entschlossen war er danach losgegangen und hatte sich durch das Unterholz getastet.

Unendlich lange, so war es ihm vorgekommen, war er unterwegs. Er hatte dem Herrn, gedankt, dass er heute schon am Vormittag aufgebrochen war. Dann, als er schon geglaubt hatte, sich vollends verlaufen zu haben, erkannte er den Graben wieder, an dem der Unterschlupf von Alberto lag. Er war ihm nachgegangen und hatte die umgestürzte Buche gefunden. Fast unsichtbar lag sie hinter den Nadelbäumen, die am Rande des Grabens wuchsen, verborgen.

Niemand war zu sehen gewesen, alles war still. Er hatte sich über den Wassergraben gebeugt und das kühle Nass mit der Hand geschöpft. Plötzlich hatte sich neben ihm an der Wasseroberfläche ein zweites Gesicht gespiegelt. Zu Tode erschrocken, war er mit einem Schrei zurückgesprungen, gestolpert und hart auf dem Boden aufgeschlagen. Doch war es Alberto gewesen, der sich nahezu unhörbar genähert hatte.

Als er seinen Schreck überwunden und den Knaben begrüßt hatte, balancierte er mit einiger Mühe über den Baumstamm, der über dem Graben lag und setzte sich mit Alberto in die Hütte. Als er nach Agnes fragte, sagte ihm der junge Bursche, dass sich Agnes vor kurzem auf den Rückweg gemacht hatte, um ihren Eltern keinen Anlass für Ärger zu bieten. Johannes hatte sie nur um einige Augenblicke verpasst. Alberto bot ihm Waldbeeren an und sah ihn dann neugierig an.

Johannes rang mit sich. Sollte er dem jungen Gaukler von dem Treffen mit dem Ratsherrn und dem Gespräch, das er belauscht hatte, erzählen? Was würde die Geschichte in ihm auslösen? Doch dann besann er sich. Alberto hatte ein Recht darauf, zu erfahren, was wirklich passiert war. Obwohl ihm der Richter Frobius streng untersagt hatte, jemandem von seinen Kenntnissen zu berichten, konnte Johannes es nichts übers Herz bringen, Alberto die wahre Geschichte von der Vergeltung im Ilmgrund zu verschweigen. Als der Mönch ihm erzählte, was er erfahren hatte, schloss der Knabe die Augen. Er ballte die zitternden Hände zu Fäusten. Seine bronzefarbene Haut wurde fahl und Tränen liefen über seine Wangen. Alberto sprach während der ganzen Erzählung kein Wort.

Auch als Johannes geendet hatte, blieb der Knabe stumm. Er tastete nur nach der Hand des Mönchs und drückte sie fest. „Danke!", war das einzige Wort, das er hervorbrachte. Dann öffnete er die Augen und sah Johannes an. Der Mönch verbarg nur schwer seinen Schrecken. In den Augen von

Alberto loderte Hass und Abscheu. Johannes wusste, Godebusch und Wagenknecht hatten sich einen Todfeind geschaffen.

Sie waren bis zur Dämmerung im Wald geblieben und hatten sich dann auf den Weg gemacht. Auf dem Weg nach Geisenfeld erfuhr Johannes, dass Alberto im Schutz der einbrechenden Dunkelheit schon öfter im Markt gewesen war. Stets hatte er aufmerksam darauf geachtet, nicht von der Obrigkeit oder den Bütteln des Ratsherrn Godebusch bemerkt zu werden. Hatte er instinktiv geahnt, dass der Kaufmann für den Tod seiner Familie verantwortlich war?

Jetzt stand Johannes im Schatten eines Hauses am Kleinen Marktplatz und spähte in die abschüssige Gasse. Neben seinem Messer mit dem heiligen Holz hatte er vorsichtshalber auch seine Schleuder und einen Beutel mit scharfkantigen Steinen mitgenommen. Im Beutel befand sich auch der Zettel mit der geheimnisvollen Botschaft.

Die Bürger von Geisenfeld hatten sich angesichts des unangenehmen Wetters schon in ihre Häuser zurückgezogen. Kaum jemand war unterwegs. Nur ab und zu glaubte Johannes eine einsame Gestalt zu sehen, die entlang des Markplatzes huschte und eilends in einer Seitenstraße verschwand. Hie und da brannte auf dem kleinen Marktplatz noch eine einsame Fackel und spendete fahles Licht. Wind war aufgekommen und pfiff durch die Straßen. In den Häusern, die die abschüssige Gasse säumten, brannten Lichter, in der Gasse selbst aber herrschte Dunkelheit. Nur ganz am Ende kämpfte eine beinahe niedergebrannte Fackel gegen den Wind an.

`Wenig einladend sieht es hier aus´, dachte der Mönch. `Da hinten ist eine Metzgerei und gleich daneben eine Gerberei´. Während Johannes langsam die Gasse entlang ging, drückte sich Alberto lautlos wie ein Schatten an den Hauswänden entlang. Wer nicht wusste, dass Johannes begleitet wurde, würde den jungen Gaukler nur sehr schwer bemerkt.

Am Ende der Gasse angekommen, blickte Johannes gespannt um sich. Mittlerweile war es vollkommen dunkel geworden. Die Fackel, die vorhin zumindest schwach gebrannt hatte, glimmte nur noch.

Johannes zog den Zettel aus seinem Steinebeutel. Notwendig war es nicht, denn er kannte die Worte auswendig. „… haltet euch dann Rechter Hand. Dort wird euch alles offenbar werden!" Misstrauisch beobachtete er, ob irgendjemand in dieser Gasse war. Doch alles war still. Er konnte nichts, außer seinem eigenen Atem und dem Pfeifen des Abendwindes, hören. Nur ein leises, kaum wahrnehmbares Scharren verriet ihm, dass Alberto sich unmittelbar hinter ihm befand. Trotzdem konnte er ein Gefühl nicht ignorieren, das ihm sagte, dass sie nicht alleine waren.

Vor sich sah er eine Wand aus massiven Bohlen, die mehr als mannshoch war. In die Wand war ein verschlossenes Tor eingelassen. Die Gasse machte hier einen scharfen Knick nach rechts.

Während zu seiner Linken ein hölzerner, offenkundig leerstehender Stadel war, an den sich eine niedrige strohgedeckte Häuserzeile anschloss, war zu seiner Rechten ein mit Ziegeln errichteter, fensterloser, massiver Bau.

Soweit der Mönch erkennen konnte, wich danach die Bebauung zurück. Hier schien der Hof eines Lehnsnehmers zu sein. Doch konnte Johannes nur wenig erkennen. Die Gasse verlor sich nach wenigen Mannslängen in der Dunkelheit.

Plötzlich spürte er eine Hand auf seinem Arm. Vor Schreck hätte er beinahe aufgeschrien. Als er sich umwandte, sah er Alberto, der warnend seinen Zeigefinger vor die Lippen hob und ihm Schweigen gebot. „Wir werden beobachtet", flüsterte der Knabe fast unhörbar. Johannes zwang sich, nicht umzusehen. „Wer? Wo?", fragte er leise. Alberto schüttelte den Kopf „Schatten. Schatten, die uns beobachten. Sie wissen, wo wir sind." Der junge Mann bewegte kaum die Lippen.

In Johannes Nacken begann es zu kribbeln. Obwohl es empfindlich kühl geworden war, stand ihm der Schweiß auf der Stirn. Sein Herz klopfte heftig. Er hatte Angst. Warum ließ sich der geheimnisvolle Briefeschreiber nicht sehen? Da vernahm er von rechts ein kaum wahrnehmbares Geräusch. Ein unterdrücktes Keuchen und ein Schleifen, als würde etwas über den Boden gezogen. Johannes räusperte sich leise. Gerade wollte er rufen, als Alberto warnend seinen Arm drückte.

Auf Zehenspitzen tastete sich Johannes an der Wand des fensterlosen Ziegelbaus entlang bis zur Mauerecke. Vorsichtig spähte er in den Hof, der sich rechts von ihnen auftat. Die Hofstelle war klein, aber solide errichtet. Gegenüber dem Ziegelbau war ein ordentlich gezimmerter Stadel.

An der Stirnseite des Hofs befand sich ein kleines niedriges Holzhaus, das einen stabilen Eindruck machte. Das Dach war mit starken Schindeln gedeckt. Im Haus war es dunkel. Nichts ließ darauf schließen, dass jemand anwesend war. Nur eine Kerze, die in einem Glas neben dem windgeschützten Eingang zum Haus des Lehensnehmers stand, spendete einen schwachen Lichtschein, als wolle sie Besucher einladen.

Der Bau, an dessen Ecke Johannes stand, entpuppte sich als Lagerhaus für Strohballen. Die Ballen lagen säuberlich aufgeschichtet auf dem gestampften Boden. Johannes Nerven waren zum Zerreißen gespannt. Wo war der geheimnisvolle Informant? Warum gab er sich nicht zu erkennen? Hatte er ebenso Angst vor der Rache des Kaufmanns?

Was war das? Ein scharrendes Geräusch ließ Johannes herumfahren. Fiepend lief eine Ratte aus dem Lagerhaus über den Hof auf die schmale Gasse und verschwand in der Dunkelheit.

Nur schwer gelang es dem Mönch, sich zu beruhigen. Seine Finger zitterten. Zum Glück war Alberto nicht weit. Er drehte sich zu seinem Begleiter um. Der Knabe war dicht hinter ihm. Prüfend ließ Johannes seinen Blick über die Hofstelle schweifen. Nichts. Langsam fiel die Spannung von ihm ab und löste sich in Enttäuschung auf. Er war hereingelegt worden. Jemand hatte sich mit ihm einen üblen Scherz erlaubt. Gerade wollte er wieder Kehrt machen, da schlüpfte Alberto an ihm vorbei und spähte in das Lagergebäude. Dann packte er den Mönch am Arm und deutete auf das Innere des Baues.

Johannes folgte seinem Blick. Hinter einigen Ballen, die vor der Masse der anderen aufgeschichteten lagen, konnte er etwas hervorragen sehen. Er kniff die Augen zusammen und schaute genauer hin. Da lag ein Arm auf einem Ballen! Die dazugehörige Person schien sich hinter dem Stroh zu verstecken.

„Holla!", rief Johannes leise. Keine Reaktion. Noch einmal. „Holla, wer im Namen Gottes versteckt sich hier?" Stille antwortete ihm.

Lautlos und geduckt huschte Alberto die offene Seite des Gebäudes entlang und kauerte sich an der Ecke zum Haus des unbekannten Lehensnehmers nieder. Er beobachtete die Gestalt, die hinter dem Stroh war. Johannes registrierte mit Verblüffung, dass sich der Fremde nicht bewegt hatte, obwohl er doch den Knaben unmöglich übersehen konnte. Schlief er?

Er sah zu Alberto hinüber. Dieser wirkte nun aufgeregt und deutete auf den Unbekannten. Johannes verlor die Geduld. Er schlug alle Vorsicht in den Wind und ging langsam auf den seltsamen Fremden zu, der noch immer hinter den Strohballen kauerte.

„Holla?", fragte er nochmals leise, als er sich näherte. Wieder keine Reaktion. Johannes musste um das aufgehäufte Stroh herumgehen, um den Unbekannten zu sehen. Dieser befand sich in knieender Haltung. Den nach vorne geneigten Kopf hatte der Unbekannte gegen die Strohballen gelehnt. Sein Gesicht war dem Boden zugewandt. Es sah aus, als sei der Mann vor Erschöpfung im Knien eingeschlafen. Er trug, soweit Johannes erkennen konnte, die Bekleidung eines Knechts, eine rot gefärbte Weste, an der robuste Beinlinge aus schwerem dunklem Stoff befestigt waren. Die dunkelbraunen Lederschuhe machten einen abgenutzten Eindruck.

Johannes sah unschlüssig zu Alberto hinüber. Der Knabe schüttelte warnend den Kopf. Irgendetwas war hier mehr als seltsam. Johannes fasste einen Entschluss. Er huschte zu dem Fremden und kauerte sich neben ihn. Dann tippte er ihm an die Schulter. „Aufwachen!", flüsterte er. Doch der mutmaßliche Knecht rührte sich nicht. Johannes gab ihm einen leichten Schubs. Langsam fiel der Mann zur Seite und blieb auf dem Rücken liegen. Sein auf dem Stroh gelegener Arm schlug längs ausgestreckt neben seinem Kopf auf.

Schlagartig wurde Johannes klar, dass der Mann tot war. Das weiße Leinenhemd, das der Mann unter seiner Weste trug, wies in Höhe des Herzens einen dunkelroten großen Fleck auf. Fassungslos starrte Johannes den Leichnam an. Der Fremde war erstochen worden. Er wollte gerade die Hand nach dem Toten ausstrecken, als er die warnende Stimme von Alberto hörte.

„Nicht!", flüsterte der junge Gaukler hastig. „Nicht den Mann berühren! Geh weg von dem Toten! Schnell!" Johannes schaute in die Richtung des Jungen, aber er konnte ihn nicht sehen. Alberto hatte sich in das Innere des Lagerhauses zurückgezogen. Warum?

Johannes´ Nackenhaare sträubten sich. Er spürte eine nahe Bedrohung! Instinktiv griff er nach seiner Schleuder, holte, so schnell er konnte, einen Stein aus seinem Beutel und legte ihn in die Lederschlaufe.

Da hörte er ein leises Lachen. Ruckartig sprang er auf und drehte sich um. Im Torrahmen des Holzstadels gegenüber dem Lagergebäude lehnte Albrecht Diflam und grinste. „Mörder!", sagte er, jede Silbe genüßlich betonend. „Bruder Johannes, Ihr seid ein Mörder! Ich habe genau gesehen, wie Ihr den armen Knecht erdolcht habt! Und dieses kleine Bürschchen, wer immer das auch sein mag, hat euch geholfen! Dafür werdet Ihr beide gehenkt." Er hob die Hand und rief: „Ergreift die beiden Mö..!"

Ein trockenes Knacken unterbrach ihn. Aus der Dunkelheit des Lagergebäudes war ein Stein geflogen und hatte Diflam an der Stirn getroffen. Durch die Wucht des Aufpralls wurde der Kopf des Majordomus zurückgeworfen. Diflam taumelte und fiel rückwärts in den Holzstadel, wo er bewegungslos liegen blieb.

Plötzlich kam ein Knecht aus der dunklen Gasse gelaufen und richtete drohend sein Schwert auf Johannes. Gleichzeitig stürzte aus dem Lehnsnehmerhaus ein weiterer Knecht mit einer Armbrust. Er hob die Waffe und richtete sie auf den Mönch. Johannes warf sich herum. Ohne nachzudenken, spannte er die Schleuder und schoss auf den Armbrustschützen. Der Stein traf den Mann mit Wucht in der Mitte des Brustkorbs. Mit einem Schmerzenslaut ließ der Knecht die Armbrust fallen. Dabei löste sich die Sicherung der Waffe, der Bolzen schoss auf den zweiten Knecht zu und bohrte sich in seine Schulter. Klirrend schlug das Schwert auf dem Boden auf.

Für einen Augenblick schien alles stillzustehen. Johannes´ Verstand weigerte sich zu begreifen, was passiert war. Der Mann, der die Armbrust gehabt hatte, krümmte sich vor Schmerz. Der zweite Knecht starrte verwundert auf den Bolzen, der in seiner Schulter steckte.

Plötzlich kam ein dunkler kleiner Schatten aus dem Lagergebäude gehetzt, packte Johannes am Arm und zischte: „Flieh! Wir müssen fliehen!" Dies riss den Mönch aus seiner Lähmung. So schnell er konnte, rannte er Alberto nach, der in der Dunkelheit der Gasse verschwand.

Hinter ihnen ertönten laute Schreie: „Mörder! Haltet Sie!

Haltet die Mörder!"

*

Sie rannten die verwinkelte Gasse entlang, vorbei an der Stirnseite eines Stalls und einem Gemüsegarten. Die Gasse machte einen Knick nach rechts. Johannes rannte blindlings dem davoneilenden Knaben nach. Die Gasse verbreiterte sich zu einem kleinen Platz. Hier brannten mehrere Fackeln. Linker Hand sah der Mönch einen weiteren Hof eines

Lehensnehmers, bedeutend größer als der, auf dem sie soeben geradewegs in eine Falle gelaufen waren.

Schwer atmend blieb Johannes stehen und schaute sich um. Er konnte keinen klaren Gedanken fassen. Er sah, dass die Häuserzeile, die sich rechts befand, in einer Art Halbkreis zurückwich. Dahinter mündete der kleine Platz augenscheinlich in einen schmalen Durchgang, gerade so breit, dass ein Handkarren hindurch passte.

In diese enge Passage sah Johannes gerade noch Alberto verschwinden. Da hörte er wieder Schreie hinter sich. „Mörder! Haltet Sie! Haltet die Mörder!"

Ein ersticktes Gurgeln entrann sich seiner Kehle. Jetzt erst wurde ihm bewusst, dass er und Alberto als Verbrecher gejagt wurden. Diese Erkenntnis ließ seine Knie weich werden. Verzweifelt sah er um sich. Schon wurden in den ersten Häusern Lichter angezündet. Vor sich sah er Alberto aus dem schmalen Durchgang winken. Dies gab ihm einen neuen Schub. Er rannte, so schnell er konnte, zu dem Knaben. Sie eilten die enge Passage hindurch. Am Ende angekommen, erkannte Johannes, dass dieser schmale Weg ebenfalls in den Kleinen Marktplatz mündete.

Schwer atmend standen sie an der Ecke eines Fachwerkhauses. Alberto deutete nach links. Neben dem Haus schien sich ein dunkler, schwer einsehbarer kleiner Platz zu befinden. Gleich dahinter erhob sich die mächtige Mauer des Benediktinerinnenklosters. An der Außenseite der Mauer klebten einige kleinere aus Holz gezimmerte Häuser. War die Abtei bisher Johannes´ sichere Unterkunft gewesen, so erschien die Mauer des Klosters nunmehr bedrohlich.

Nervös nickte Johannes zum Zeichen, dass er verstanden hatte. Gerade wollten sie in das Versteck schlüpfen, da hob der Mönch überrascht die Hand. Alberto schaute ihn verständnislos an. Johannes deutete auf die Klosterpforte. Vom großen Marktplatz bewegten sich zwei Pferdegespanne, die von vier Reitern eskortiert wurden, zum Eingang der Abtei. Äbtissin Ursula kehrte mit ihrem Gefolge in diesem Moment von ihrer Inspektionsreise nach Euernbach zurück. Und Magdalena gehörte zu dem Gefolge!

Fieberhaft überlegte Johannes. Diflam konnte von dem Stein nicht tödlich getroffen sein. Wahrscheinlich hatte er das Bewusstsein schon wiedererlangt. Es konnte nun nicht mehr lange dauern, bis die Knechte, die ihnen aufgelauert hatten, ebenfalls durch die Gasse gelaufen kamen. Sie würden die Nachricht von dem Mord zum Kloster weitertragen. Wenn er jetzt zur Pforte rannte, dann liefe er Gefahr, festgehalten zu werden, noch bevor er erklären konnte, was sich ereignet hatte.

Wenn er aber nichts tat, sondern sich nur versteckte, dann würde Magdalena, würden aber auch seine Freunde nicht erfahren, wo er war. Die Möglichkeit, mit ihr zu sprechen war dann, ohne die Aussicht, gefangen zu werden, ausgeschlossen. Er musste ihr eine Nachricht zukommen lassen. Doch wie? Dann fiel ihm etwas ein.

Er bückte sich, griff einen flachen Stein vom Boden und drehte ihn in den Fingern, während er angestrengt nachdachte. Schnell nahm er einen scharfkantigen Stein aus seinem Beutel und ritzte eilends die Worte ein: Hilfe! Joh.

Mittlerweile hatte die Reisegruppe die Klosterpforte erreicht. Johannes sah, dass die Nonnen von den Gespannen stiegen. Auch die Reiter saßen ab. Eine der Schwestern ging mit der Äbtissin an die Pforte und klopfte. Magdalena stieg ebenfalls aus einem Gespann. Sie sah erschöpft aus. Mit müdem Blick schaute sie in die Richtung des Kleinen Marktplatzes.

Jetzt musste gehandelt werden! Es war ein Wagnis, aber das mussten sie jetzt eingehen. Johannes packte Alberto am Arm, zeigte auf die geliebte Frau und flüsterte dem Jungen hastig etwas ins Ohr. Alberto sah ihn an, als sei der Mönch toll geworden. Doch Johannes sagte leise: „Es ist unsere einzige Möglichkeit! Sonst sind wir verloren!" Der Knabe nickte in plötzlichem Verstehen und grinste. Johannes gab ihm einen Schubs und huschte in das Versteck bei der Klostermauer. Alberto rannte über den Platz direkt auf Magdalena zu und warf sich vor ihr auf die Knie. „Bitte, bitte, eine milde Gabe!", flehte er. Zwei der bewaffneten Begleiter, die der Ratsherr Godebusch als bewaffnete Begleitung für die Äbtissin gestellt hatte, packten den Jungen sofort und wollten ihn weiterzerren.

Magdalena gebot ihnen mit einer Handbewegung Einhalt, worauf die Männer Alberto widerwillig losließen. Flehentlich sah der Junge die schlanke und schöne Ordensschwester aus großen schwarzen Augen an. „Verzeiht, Schwester Nonne", sagte er, aber ich und meine Familie haben Hunger und Durst. Wir kommen von weither. Wir nächtigen unter der Ilmbrücke und wissen nicht mehr weiter."

Magdalenas Herz wurde gerührt. Hilfesuchend sah sie um sich. Dann winkte sie einer ihrer Mitschwestern. „Schwester Martha, frage bei Schwester Benedikta nach, ob wir für eine fremde durchreisende Familie noch etwas zu essen in der Gästeküche haben. Und lass durch Schwester Willibirgis Schlafplätze für heute nacht im Gästehaus bereiten!"

Sie wandte sich wieder Alberto zu und fragte mit ihrer warmen Stimme: „Wie heißt Du, junger Mann, und wie viele Köpfe hat deine Familie?" Alberto hob bittend die Hände. „Ich habe zwei kleine Schwestern, meine Mutter ist todkrank und mein Vater ist schon gestorben", sagte er mit bebender Stimme.

Die Äbtissin, die gerade mit Schwester Hedwigis sprach, war aufmerksam geworden. Sie trat zu Magdalena und fragte: „Was geht hier vor?" Magdalena erzählte ihr in kurzen Worten, was Alberto gesagt hatte. Die Äbtissin sah den jungen Fremden prüfend an. Doch Alberto, der am ganzen Körper zitterte, hielt ihrem Blick stand. Schließlich sagte die Oberin: „Es ist Gottes Wille, der dich hierher geführt hat. Schwester Maria, seine Mutter ist sehr krank, wie er sagt. Begib dich in das Infirmarium und wecke Adelgund! Geht zur Ilmbrücke und seht nach der Kranken! Die braven Männer", sie nickte den beiden Bewaffneten zu, „werden euch begleiten." Die Männer verzogen das Gesicht, doch blieb ihnen nichts Anderes übrig, als dem Wunsch der Oberin Folge zu leisten.

Mittlerweile war Schwester Martha wieder zurückgekehrt. Sie hatte ein Laib Brot und einen Becher Honig dabei. Äbtissin Ursula hatte sich schon wieder abgewandt.

Alberto sah Magdalena an und ergriff mit beiden Händen ihre rechte Hand. Verstohlen drückte er ihr den Stein mit der Botschaft von Johannes in die Finger. Dann, noch bevor sich Magdalena von ihrer Verblüffung erholen konnte, stand er auf und umarmte sie. Er flüsterte ein „Johannes ist in Gefahr! Kommt allein!" in ihr Ohr. Dann griff er schnell nach dem Brot und dem Honig und rannte in Richtung des Großen Marktplatzes davon. Magdalena war wie vom Donner gerührt. Doch sie hatte sich schnell wieder in der Gewalt. Unauffällig ließ sie den Stein in die Falten ihrer Kutte verschwinden.

„Was hat der Fremde gesagt?", erkundigte sich einer der bewaffneten Begleiter misstrauisch. Magdalena setzte eine mitfühlende Miene auf. „Er dankte, denn die Abtei rettet seine Familie aus Todesgefahr." Der Mann grunzte und gab sich mit dieser Antwort zufrieden. Magdalena atmete insgeheim erleichtert auf.

In seinem Versteck hatte Johannes die Szene beobachtet. Es zerriss ihm das Herz, die geliebte Frau nur aus der Entfernung zu sehen, ohne mit ihr sprechen zu können. Er hoffte inständig, dass Magdalena die Botschaft richtig verstanden hatte und danach handeln würde.

Alberto war über den Großen Marktplatz gerannt. Sicher würde er die Pfarrgasse hinunter zur Ilmbrücke laufen und dort auf ihn warten.

Doch für Johannes selbst war die Gefahr keineswegs vorüber. Die Schreie der Knechte, die immer noch in den Gassen widerhallten, hatten ihre Wirkung nicht verfehlt. In immer mehr Häusern wurden Lichter angezündet. Bürger sahen zu den Fenstern hinaus. Manche Menschen versammelten sich auf dem Kleinen Hauptplatz und diskutierten aufgeregt miteinander. Die Lage wurde für den Mönch immer heikler.

Nur wenige Augenblicke, nachdem Alberto verschwunden war, tauchten Albrecht Diflam und einer seiner Helfershelfer aus der schmalen Gasse auf. Diflam hielt sich seine heftig blutende Stirn. Johannes erkannte den Mann, den er mit seiner Schleuder getroffen hatte. Von dem anderen, der von dem Armbrustbolzen getroffen wurde, war nichts zu sehen.

Johannes stöhnte leise auf. Jetzt würde der Äbtissin und den Mitschwestern erklärt werden, dass er des Mordes verdächtigt wurde. Es war Zeit, zu verschwinden. Er zwang sich zur Ruhe und musterte sein Versteck. Die Klostermauer ragte hoch und abweisend auf. Hinter ihm befand sich eine Bretterwand. In der Dunkelheit war nicht viel zu erkennen, doch Johannes bemerkte, dass auf der linken Seite eine grob zusammengenagelte Tür war. Vorsichtig streckte er die Hand danach aus und zog sie einen Spalt weit auf. Knarrend öffnete sich die Türe. Johannes hielt erschrocken inne. Doch nichts regte sich. Mit wild klopfendem Herzen zog er, so vorsichtig er konnte, weiter. Das Knarren schien ihm ohrenbetäubend. Endlich hatte er sie so weit geöffnet, dass er durchschlüpfen konnte.

Als er sich noch einmal umdrehte, vermeinte er, aus den Augenwinkeln eine große kräftige Gestalt in Mönchskutte zu sehen, die einen Esel an einem Seil hinter sich herzog. Doch blieb ihm keine Zeit, daran Aufmerksamkeit zu verschwenden. Schnell verschwand er hinter der Bretterwand.

Dort erwartete ihn eine böse Überraschung. Statt Wiesen und Äcker vor sich zu sehen, fand er sich in einem Hinterhof wieder. Zu seiner Rechten stand ein stabiler Fachwerkbau, der sich an die Mauer der Abtei schmiegte. Am Ende des Gebäudes war ein Querbau angefügt. Daran schloss sich eine aus starken Holzbohlen errichtete, mehr als mannshohe Wand an. Zu seiner Linken befand sich das Gebäude, dessen Rückseite er gesehen hatte, als er mit Alberto aus der engen Passage geflüchtet war und danach die Ankunft der Äbtissin mit ihrem Gefolge beobachtet hatte. Eine Ziegelmauer führte in gerader Flucht von dem Gebäude weg. Die Ziegelmauer bildete mit der Wand aus Holzbohlen eine Ecke. In dieser standen zwei Fässer, die etwa drei Ellen hoch waren. Der Mönch zuckte zusammen. Gerade wurde in dem Fachwerkbau ein Licht angezündet. Es konnte sich nur noch um Momente handeln, bis die Bewohner auf den Hof hinausschauten. Er sah sich um, doch konnte er kein Versteck entdecken. Gleich würde er entdeckt sein. Dann war er verloren.

Schnell lief er zu der Ecke und stieg auf eines der Fässer. Er streckte sich hoch und konnte gerade noch die Kante der Wand mit den Fingern erreichen. Es blieb ihm nichts Anderes übrig. Unter Aufbietung aller Kräfte zog er sich hoch. Als er glücklich oben angekommen war, verlor er durch eine ungeschickte Bewegung das Gleichgewicht und stürzte auf der anderen Seite zu Boden. Mit einem dumpfen Laut schlug er auf der Seite auf. Der Aufprall raubte ihm den Atem. Zum Glück war er in einer Wiese gelandet. Stöhnend wälzte er sich herum und richtete sich mühsam auf. Schwarz war ihm vor Augen und wild klopfte sein Herz. Als er wieder klar sehen konnte, sah er vor sich die Felder und Wiesen des Klosters.

Erleichtert atmete er auf. Dann stand er auf und huschte entlang der Klostermauer in Richtung Ilmbrücke. Die große Gestalt in der Mönchskutte hatte er schon vergessen.

*

10. August 1390, Benediktinerinnenkloster Geisenfeld

In der Krankenstation bestrich Magdalena ein Verbandstuch mit einer Tinktur aus Beinwellsud, die ihr Adelgund reichte. Sie hatte Mühe, sich zu konzentrieren. Von der Reise nach Euernbach war sie noch ganz erschöpft. Manche Streitigkeiten zwischen Lehensnehmern waren dort zu schlichten gewesen, weil der Meier, der ortsansässige Verwalter, den das Kloster dort vor einem Jahr eingesetzt hatte, mit seiner Aufgabe seit langem überfordert gewesen war. Er wurde daraufhin von der Äbtissin abberufen und durch einen anderen Mann, einen sich ruhig und bedächtig gebenden Hörigen, ersetzt. Zudem gab es viele Kranke, die zu behandeln waren, weil der dortige Arzt wegen eines Lungenleidens selbst dem Tode nahe gewesen war. Einige der dortigen Lehensnehmer hatten sich außerdem als launisch und widerspenstig gegenüber der Äbtissin gezeigt und versucht, um die erforderlichen Abgaben zu feilschen. Dies alles verzögerte die Rückreise der Ordensfrauen.

Magdalena und ihre Mitschwestern waren froh gewesen, als sie sich wieder auf den Rückweg befunden hatten. In ihrem Gefährt konnten sie wegen der Schlaglöcher in den Straßen, die sie hin und her geschüttelt hatten, nur wenig schlafen. Sie alle sehnten sich nach ihren Betten und ein wenig Schlaf.

Und jetzt auch noch das! Der Majordomus des Ratsherrn Godebusch war just bei ihrer Rückkehr mit einer blutenden Wunde auf der Stirn in Begleitung eines Knechts an der Klosterpforte erschienen und hatte der Äbtissin und den Mitschwestern berichtet, dass Johannes einen anderen Bediensteten des Kaufmanns heimtückisch ermordet und einen seiner Begleiter verletzt hatte. Ihr Johannes ein Mörder! Unmöglich! Magdalena war vor Sorge außer sich. In ihrem Kopf jagten Gedankenfetzen, als sie sich zurückerinnerte.

Diflam sagte, er habe zufällig gesehen, wie ein argloser Knecht, den er Ernst nannte, von dem Mönch mit seinem Messer plötzlich und scheinbar grundlos erstochen worden war. Er berichtete außerdem von einem Helfer des Mönchs, einem unbekannten kleinen Mann, der einen Stein geschleudert und ihm, dem Majordomus, die Wunde beigebracht hatte. Er sei durch den Steinwurf kurz bewusstlos geworden. In dem Kampf mit Johannes und dem Unbekannten, der auf den Mord folgte, sei ein weiterer seiner Knechte durch einen Armbrustbolzen verletzt worden und brauche dringend Hilfe.

Die Äbtissin ließ auf diese Nachricht hin unverzüglich den Medicus wecken und schickte ihn zum Hof, in dem sich das Geschehen abgespielt hatte, damit er sich um den Verletzten kümmern konnte. Sogleich war Volkhammer mit zwei der Bewaffneten, die schon das Gefolge des Klosters begleitet hatten, losgezogen.

Der Majordomus hatte gebeten, dass seine Kopfwunde versorgt würde. Magdalena war von Äbtissin Ursula angewiesen worden, sich ohne Zögern um den Mann zu kümmern. Obwohl die Oberin ebenfalls von der Reise erschöpft sein musste, hatte sie sogleich den Ratsherrn Godebusch und den Propstrichter Frobius verständigen lassen, um sich mit ihnen über das weitere Vorgehen zu besprechen.

In der Aufregung war die Ankunft eines großen muskulösen Mönchs, der um ein Nachtquartier und die Versorgung seines Esels gebeten hatte, kaum bemerkt worden.

Magdalena nahm jetzt den vorbereiteten Verband und wandte sich dem Majordomus zu, der auf einem Stuhl saß und auf seine Behandlung wartete. Sie fühlte sich sehr unbehaglich, als sie begann, Diflams Wunde sorgfältig zu verbinden. Der Mann musste durch den Treffer mit dem Stein starke Kopfschmerzen haben. Trotzdem sah er sie an, als sei sie ein Pferd, das zur Versteigerung stehe. Immer wieder musterte er sie unverschämt von oben bis unten. Magdalena hatte den Eindruck, von Diflam regelrecht mit Blicken ausgezogen zu werden. Es fiel ihr schwer, sich auf die ordnungsgemäße Versorgung der Verletzung zu konzentrieren.

Sie war froh, dass auch Adelgund anwesend war. Als sie die Stirn von Diflam verbunden hatte, stand dieser auf und reckte sich. An der Türe drehte er sich um und ließ seinen Blick nochmals über ihren Körper schweifen. Mit einem spöttischen Grinsen verbeugte er sich tief und verließ dann wortlos und ohne Dank die Krankenstation.

Magdalena und Adelgund sahen sich an. „Was für ein furchtbarer Mensch!", sagte Adelgund mit Abscheu in der Stimme. „Seine Frau, so er denn eine hat, muss von großer Leidensfähigkeit sein." Dann fasste sie Magdalena am Arm. Entsetzen spiegelte sich in ihrem Gesicht wider. „Erst jetzt wird mir erinnerlich, was ich vorhin gehört habe. Schwester Maria, stimmt es, dass Johannes verdächtigt wird, einen Bediensteten des Ratsherrn Godebusch ermordet zu haben?"

Magdalena strich sich müde mit der Hand über die Stirn. Dann wurde ihr mit einem Mal die Tragweite der Anschuldigungen gegen den geliebten Mann bewusst. Ihre Kräfte verließen sie. Sie sank auf den nächstgelegenen Stuhl und brach in Tränen aus, zu keinen Worten fähig.

Adelgund beugte sich mitfühlend zu ihr hinunter und umarmte sie. Auch ihr wurden die Augen feucht. Nach einiger Zeit sagte sie leise: „Ich habe mir so einiges zusammengereimt und auch Irmingard befragt. Du liebst

Johannes, nicht wahr? Auch wenn Ihr beide sehr darum bemüht seid, euch nichts anmerken zu lassen, so ist mir das doch klar geworden. Habe ich Recht?"

Magdalena zögerte. Dann nickte sie schwach. „Ja, das ist wahr. Gott ist unser Zeuge." Sie schluchzte. „Doch darf es nicht sein, dass ein Mönch und eine Moniale ein Paar werden." Mit tränennassen Augen schaute sie auf. „Ist es so leicht zu erkennen? Dann ist unser Geheimnis vor aller Augen offenbar."

Adelgund beruhigte sie. „Ich glaube nicht, dass die anderen Mitschwestern etwas ahnen. Doch hat mir Irmingard schon vor Wochen in Vohburg anvertraut, dass Johannes eine Ordensfrau liebt, mehr als sein Leben. Als ich ein wenig achtgab, wurde es mir klar, dass nur du es sein kannst. Doch wer dies nicht weiß, der wird nur schwerlich Eurem Geheimnis auf die Spur kommen. Und du kannst mir vertrauen, ich verrate nichts weiter. Aber was willst du nun machen?"

Magdalena wischte sich über die Augen. „Ich weiß es nicht. Johannes plante, seine Pilgerreise in den nächsten Tagen fortzusetzen. Er wollte im kommenden Jahr zurückkehren und mich mitnehmen. Wir beabsichtigten, dann an die Küsten des Reiches im Norden ziehen, um die Wurzeln seiner Familie zu suchen und… und ….. selbst eine Familie zu gründen." Bei den letzten Worten rannen erneut Tränen über ihre Wangen. „Doch nun scheinen all diese Pläne zu Staub zu zerfallen!"

Adelgund drückte Magdalena an der Schulter. „Noch ist nichts verloren. Wir wissen, Johannes ist kein Mörder! Aber das muss schnell bewiesen werden, sonst ist es zu spät und sein Leben ist verwirkt." Sie dachte nach. „Ich erinnere mich an ein Verbrechen in Mainz vor einigen Jahren. Damals konnte anhand der Wunde des Toten nachvollzogen werden, welche Art von Waffe verwendet wurde. Wie dieser Diflam…." Adelgund sprach den Namen voller Abscheu aus „….wie dieser Diflam sagte, hat Johannes angeblich den Knecht mit seinem Messer erstochen. Abgesehen davon, dass er dafür keinerlei Grund hatte, kann ich mir dies nicht vorstellen. Vielleicht wurde er angegriffen und wehrte sich nur. Oder er wurde das Opfer einer Verschwörung. Die Anschuldigung ist grober Unfug!"

Magdalena zwang sich trotz aller Verzweiflung, langsam und klar zu denken. Adelgund hatte Recht. Vielleicht konnte sie die Oberin davon überzeugen, den Leichnam des Ermordeten in die Krankenstation bringen zu lassen. Sie sollte sich unbedingt den Toten ansehen. Es war nur eine schwache Hoffnung, aber besser als nichts.

Da fiel ihr wieder ein, dass der Majordomus von einem unbekannten kleinen Mann gesprochen hatte, der in Johannes´ Begleitung gewesen sein sollte. Dieser Fremde hatte angeblich den Stein nach ihm geworfen. Jetzt dachte sie auch an den Knaben, der vor der Klosterpforte vor ihr auf die Knie gefallen war und sie dann umarmt hatte. War das etwa dieser kleine Mann? Und was war das für ein seltsames Verhalten von ihm gewesen? Natürlich, er hatte ihr einen flachen Stein in die Hand gedrückt! Das hatte sie vollkommen vergessen.

Magdalena stand hastig auf und suchte in den Falten ihrer Kutte. Adelgund sah ihr verwundert zu. Als Magdalena den Stein gefunden hatte, sah sie ihn sich genau an. Mit Mühe entzifferte sie: Hilfe! Joh.

Sie hielt den Stein Adelgund hin. „Eine Botschaft von Johannes! Er braucht Hilfe!" Was hatte dieser seltsame Knabe geflüstert? `Johannes ist in Gefahr! Kommt allein!´ Dann hatte er schnell nach dem Brot und dem Honig gegriffen und war in Richtung des Großen Marktplatzes davongerannt. Die Geschichte von seinen Schwestern und der todkranken Mutter war also aller Wahrscheinlichkeit nach nur vorgetäuscht. Doch wo war er hingelaufen? Er hatte von der Ilmbrücke gesprochen. Hieß das, dass Johannes und er bei der Ilmbrücke auf sie warten würden? Hoffentlich war es so. Auch wenn eigentlich schon Nachtruhe herrschte, musste sie sofort los. Schließlich hatte sie von Äbtissin Ursula ohnehin den Auftrag, sich um die vermeintlich kranke Mutter dieses Knaben zu kümmern.

Magdalena weihte Adelgund in ihre Gedanken ein. „Ich begleite Dich!", sagte diese entschieden. Magdalena wehrte ab. „Der junge Mann sagte mir, ich solle alleine kommen. Ich werde sogleich zur Mutter Oberin gehen und sie darum ersuchen, dass ich ohne Begleitung zur Ilmbrücke gehen kann. Bei dieser Gelegenheit werde ich sie bitten, den Leichnam des getöteten Knechts in die Krankenstube bringen zu lassen." Sie umarmte Adelgund.

„Du bist eine herzensgute Frau! Und deine Idee ist sehr gut. Vielleicht besteht noch Hoffnung."

Sie nahm ein Tuch und wischte sich über das Gesicht. Hoffentlich bemerkte die Äbtissin nicht, wie sehr sie unter dem Verdacht litt, der gegenüber Johannes gehegt wurde.

Adelgund sagte: „Ich spreche sogleich mit meinen Reisegefährten. Wenn wir Johannes helfen können, dann werden wir das tun! Und nun wollen wir keine Zeit verlieren. Sei vorsichtig, Maria! Wenn du Johannes siehst, dann sage ihm, wir stehen ihm bei!"

*

Obwohl bereits Nachtruhe war, brannten im Amtszimmer der Äbtissin noch die Kerzen. Magdalena stand vor der Türe und sammelte sich. Dann atmete sie tief durch und klopfte an. Die Oberin saß in ihrem thronartigen Sessel hinter dem hellen großen Schreibtisch. Ihr zur Seite stand Pfarrer Niklas. Beide unterbrachen ihr Gespräch, als Magdalena eintrat.

„Schwester Maria?", fragte die Äbtissin verwundert? „Was führt dich zu mir? Ist die Wunde des tapferen Majordomus schon versorgt?" Sie stand auf und hielt ihr die Hand hin. Magdalena kniete nieder und küsste den Ring der Ordensvorsteherin. „Wie Ihr angeordnet habt, Mutter Oberin. Ich werde mich nun auf den Weg machen und die Familie des Knaben, der vorhin vor der Klosterpforte um unsere Hilfe gebeten hat, bei der Ilmbrücke aufsuchen. Doch erlaubt, dass ich vorher eine Bitte äußere." Äbtissin Ursula neigte zustimmend ihr Haupt. „Was liegt dir auf dem Herzen, Schwester?", fragte sie.

Magdalena sagte vorsichtig: „Bitte gestattet gnädigst, dass der Leichnam des getöteten Knechts Ernst in die Krankenstation gebracht wird. Ich bitte um die Erlaubnis, den Körper in Augenschein nehmen zu dürfen, um zu erfahren, mit welcher Art Waffe der Mann so heimtückisch vom Leben zum Tode befördert wurde."

„Aber weshalb dieses seltsame Ansinnen?", fragte die Oberin unwillig. „Albrecht Diflam hat doch überzeugend dargelegt, dass er sah, wie Bruder Johannes...... wie dieser fremde Pilgermönch den braven Knecht des Kaufmanns und Ratsherrn Godebusch mit seinem Messer erstach. Der Majordomus ist ein Mann, dem der Ratsherr blind vertraut. Ich sehe keinen Grund, an seinen Angaben zu zweifeln und erkenne wenig Sinn in dieser Bitte. Ich bin geneigt, deinen Wunsch abzulehnen."

Magdalena zuckte bei diesen Worten zusammen. „Verzeiht meine Unverschämtheit", fuhr sie nach kurzem Zögern fort. „Ich habe Bruder Johannes behandelt, als er von den Räubern bei Nötting fast totgeschlagen worden war. In dieser Zeit habe ich mir eine, wenn auch unmaßgebliche, Meinung gebildet. Ich kann nicht glauben, dass Bruder Johannes, noch dazu scheinbar grundlos, einen braven Knecht ersticht. Bruder Johannes ist ein friedlicher Mensch, dem Gewalt zuwider ist. Vielleicht handelte er wieder wie damals in einer Situation, in der er glaubte, sich wehren zu müssen. Vielleicht geriet er in eine Falle. Vielleicht aber auch wurde der Mann gar nicht von dem Messer des Mönchs, sondern von einer anderen Waffe getroffen. Ich bitte nur, mir Gewissheit verschaffen zu dürfen."

Die Oberin winkte ungeduldig ab. „Zu oft höre ich aus deiner Rede das Wort `vielleicht´ heraus. „Ich habe mich mit dem Fernkaufmann als dem Herrn des Knechts Ernst und mit dem Propstrichter besprochen. Beide sind sich einig, dass dieser Mönch unbedingt gefasst werden muss. Gege ihn besteht dringender Tatverdacht. Ich vermute, lange wird es nicht dauern, bis man seiner habhaft ist. Mit der roten Warze am kleinen Finger der rechten Hand ist er leicht zu erkennen, wie der Propstrichter meint. Ich sage dir nochmals, ich sehe wenig Sinn darin, den Toten näher in Augenschein zu nehmen."

Die Worte der Äbtissin hatten etwas Endgültiges. Magdalena schüttelte verzweifelt den Kopf. Sie warf einen hilfesuchenden Blick auf den Pfarrer.

„Nun", sagte Pfarrer Niklas bedächtig, „ich bewerte die Situation ähnlich wie die verehrte Mutter Oberin. Auch ich befürchte, mich in dem jungen Mann, der so aufmerksam und verständig wirkte, getäuscht zu haben. Doch sehe ich im Unterschied zur Mutter Oberin keinen Grund, Euren Wunsch abzuschlagen, Schwester Maria. Es kann sich nur erweisen, dass die tödliche Wunde vom Messer des Gesuchten beigebracht wurde. Nur ist es nach meiner Meinung notwendig, wenn der Medicus diese Inaugenscheinnahme vollzieht, damit alle Zweifel aus dem Weg geräumt werden."

Er sah die Äbtissin fragend an. „Es ist eure Entscheidung, Mutter Oberin." Magdalena schöpfte wieder Hoffnung. Sie breitete ihre Arme wie zum Gebet aus und beugte ihren Kopf. „Ich bitte euch um wohlwollende Entscheidung, Mutter Oberin." Nach außen bewahrte sie Haltung, doch in ihrem Innern bebte sie vor Angst.

Endlose Augenblicke verstrichen. Dann seufzte die Äbtissin. „Ich weiß, dass Du, seit dich dein Vater vor sieben Jahren hier dargebracht hat, ein wahrer Dickschädel bist, wie man hier sagt. Nun gut. Ich veranlasse, dass der Körper des bedauernswerten Mannes morgen nach der Terz in die Krankenstation gebracht wird. Medicus Volkhammer möge sich eine Meinung bilden. Noch etwas, Schwester Maria?"

Magdalena fiel ein Stein vom Herzen. „Ich danke euch über alles für eure gütige Entscheidung, Mutter Oberin. Nun kann der Gerechtigkeit Genüge getan werden. Ich bitte euch nur noch um die Erlaubnis, einem der beiden braven Reiter, die bei mir standen, als der fremde Knabe mich vorhin an der Klosterpforte ansprach, eine ruhige Nacht zu ermöglichen. Es reicht vollends aus, wenn mich auf dem Weg zur Familie des Jungen an der Ilmbrücke nur ein Bewaffneter begleitet. Die Mutter des jungen Mannes ist krank und es sind außer ihm nur noch zwei kleine Schwestern da, wie er sagte. Es wird mir also kein Leid geschehen."

Die Äbtissin nickte. „Deine Bitte ehrt Dich. Die beiden Männer warten im Gästehaus auf weitere Anweisungen. Wähle dir einen davon aus und lasse den anderen schlafen! Doch erhebe dich nun und lass uns alleine! Pfarrer Niklas und ich haben noch Einiges zu besprechen." Sie hob die Hände, die Handflächen nach oben, zum Zeichen, dass die gewährte Zeit abgelaufen war.

Magdalena erhob sich, dankte beiden und eilte hinaus. Ihr Herz war wieder voller Hoffnung.

*

Ungeduldig spähte Johannes neben der Ilmbrücke in Richtung der Pfarrgasse, immer darauf bedacht, sich beim kleinsten Anzeichen für das Auftauchen eines Schergen in das Dunkel zurückzuziehen. Wo Magdalena nur blieb? Hatte sie gar seine Botschaft nicht verstanden? Seit er Alberto unter der Brücke wieder getroffen hatte, musste ihm der Knabe immer wieder versichern, dass er genau das getan hatte, was ihm von dem Mönch aufgetragen worden war.

„Ich habe ihr unauffällig den Stein gegeben und ihr die Botschaft ins Ohr geflüstert. Nein, niemand hat Verdacht geschöpft. Nein, niemand ist mir gefolgt!" Alberto hatte entnervt mit den Augen gerollt. Wie oft sollte er es noch wiederholen? Dann war der junge Gaukler mit seiner Geduld am Ende. Wortlos hatte er sich ein Stück Brot von dem mitgebrachten Laib abgerissen und mit Honig beträufelt. Auch wenn sie nach wie vor in Gefahr waren, gab es keinen Grund, nicht etwas zu sich zu nehmen. Wer wusste schon, wann es wieder etwas zu essen gab? Jeder Moment konnte der letzte sein und dann war es immer noch besser, mit gefülltem Magen zu sterben als hungernd.

Johannes dagegen brachte keine Bissen herunter. Unter Mordverdacht zu stehen, konnte er sich früher in seinen schlimmsten Befürchtungen nicht ausgemalt. Wieder einmal dachte er zurück an die Zeit vor gerade einmal zwei Monaten, als er sein Heimatkloster in Coburg verlassen hatte. Zwei Monate erst! Ihm kam es vor, als sei es vor einer halben Ewigkeit gewesen. Er dachte an die Worte von Hubertus, die dieser ihm im Gasthaus „Zum Hirschen" gesagt hatte. `Den freien Vogel frisst der Falke und kein Heim schützt ihn. Nur der Starke überlebt.´ Damals war ihm dieser Satz als ferne vorgekommen, als würde ihn ein solches Schicksal niemals ereilen. Doch nun war es so weit. Er war frei, vogelfrei. Er würde geächtet werden, dazu verdammt, nirgends Zuflucht zu finden. Verzweiflung und Selbstmitleid drohten, ihn zu überwältigen.

„Falle", hörte er plötzlich Alberto sagen. „Was?", „presste er mühsam hervor Falle", wiederholte der Knabe. „Die Schatten haben uns eine Falle gestellt. Und wir sind hineingetappt."

Die plötzliche Erkenntnis ließ Johannes bitter auflachen. Ja, sie waren in eine Falle geraten. Blind wie ein Maulwurf hatte er sich verhalten. Nicht im Traum war er auf den Gedanken gekommen, dass der Brief nur dazu gedient hatte, ihn in diese Situation zu locken. Doch wozu?

Tief seufzend setzte sich Johannes neben Alberto und starrte in das schwarze, langsam dahinfließende Wasser der Ilm. Während der junge Bursche sein Brot aß, versuchte der Mönch mühsam, seine wild durcheinander wirbelnden Gedanken zu ordnen und die Ereignisse der letzten Tage chronologisch nachzuvollziehen.

Was war genau geschehen? Er hatte nach dem Abendessen vor drei Tagen heimlich den Ratsherrn Godebusch belauscht und die Hintergründe des Verbrechens von 1384 erfahren. Dann hatte er sich vorgestern dem Propstrichter anvertraut. Dieser hatte ihn angewiesen, niemandem von seinen Erkenntnissen zu berichten. Heute Morgen hatte Richter Frobius den Herzog informiert, als Johannes ihm von dem Brief berichten wollte, der ebenfalls heute Morgen in seiner Unterkunft gelegen hatte. Der Brief, der ihn und Alberto in diese Falle gelockt hatte.

Ja, wenn der Propstrichter jetzt hier wäre. Der würde dem Spuk mit Hilfe der Bewaffneten des Herzogs schon längst ein Ende bereitet haben. Johannes stutzte. Irgendetwas stimmte nicht. Was war es bloß? Er grübelte nach. Dann fiel es ihm ein. Der Diener des Richters hatte gesagt, dass Frobius zurzeit der Komplet wieder hier sein würde. Wenn dem tatsächlich so war, warum war noch nichts geschehen? Längst hätten Rufe und Schreie von der Verhaftung des Ratsherrn Godebusch und auch des Ratsbediensteten Wagenknecht künden müssen. Stattdessen war alles still. Weshalb war Frobius sonst beim Herzog gewesen? Oder stimmte das am Ende gar nicht?

Er dachte noch einmal an das Gespräch, das er belauscht hatte. Godebusch und Wagenknecht hatten von einem gemeinsamen Freund gesprochen, der eine hohe Stellung bekleidete. Johannes war davon ausgegangen, dass es sich dabei höchstwahrscheinlich um Bürgermeister Weiß handelte. Wenn es aber nicht der Bürgermeister, sondern der Propstrichter war, der als Dritter im Bunde der Verschwörer seine Fäden zog? Das würde auch den Zeitpunkt des Eintreffens des seltsamen Briefes erklären, kurz nachdem er seine Erkenntnisse bei Frobius ausgebreitet hatte.

Nun war Johannes alles klar. Zum zweiten Mal an diesem Abend stöhnte er leise auf. Wie töricht war er eigentlich? Er kam sich vor wie ein kleines Schaf, das, getrennt von seiner Herde, nun zur Schlachtbank geführt werden sollte. Und Frobius war der, der ihn dorthin gelockt hatte. Magdalena verabscheute den Mann zu Recht. Und er, Narr der er war, hatte ihre Bedenken in den Wind geschlagen und sich dem Mann anvertraut! Doch nun war es zu spät. Er sah sich schon, auf der Streckbank liegend, der peinlichen Befragung ausgesetzt. Mit ausgefeilten Torturen würden ihn die Knechte des Herzogs dazu bringen, alles zu gestehen, was sie hören wollten, gleichgültig, ob es zutreffend war oder nicht. Und Frobius würde dabei lächeln.

Wieder drohte ihn die Verzweiflung zu überwältigen. Da packte ihn Alberto am Arm. „Schritte", flüsterte der junge Gaukler. Er ließ das Brot fallen, stand auf und drückte sich in die Nische zwischen Brücke und Uferböschung. Johannes beeilte sich, seinem Beispiel zu folgen.

Die beiden spitzten die Ohren. Kein Zweifel, Schritte näherten sich. Es handelte sich um zwei, vielleicht drei Personen. Vor der Brücke verlangsamten sich die Schritte. Dann blieben die Unbekannten stehen. Die beiden Flüchtigen vernahmen jetzt, dass die unbekannten Personen von der Straße heruntergingen. Ihnen war sofort klar, dass ihr Versteck jeden Moment entdeckt würde. Leise, fast unhörbar, kroch Alberto rückwärts, schaute sich vorsichtig um und kletterte auf der rückwärtigen

Seite der Böschung auf die Brücke. Johannes kauerte sich noch tiefer in die Nische.

Ein Gesicht beugte sich unvermittelt in das Dunkel herein. Magdalena! Sie hatte seine Botschaft verstanden! Johannes stieß einen erleichterten Seufzer aus. Schnell erhob er sich und wollte der geliebten Frau entgegeneilen. Da sah er neben ihr einen großen Schatten aufragen. Der Schatten trug eine Armbrust, die auf ihn, Johannes, gerichtet war. Im Bruchteil eines Augenblicks wandelte sich die Erleichterung in jähes Entsetzen. Doch plötzlich sprang jemand von der Brücke und riss die große Gestalt um. Alberto! Einige schnelle harte Schläge des Knaben setzten den unbekannten Mann außer Gefecht, noch bevor dieser reagieren konnte.

Magdalena schrie leise auf. Doch schon hatte Johannes sie umschlungen und ihr die Hand vor den Mund gehalten. Heftig wehrte sie sich. Erst als er ihren Namen flüsterte und sie daran ihren Geliebten erkannte, erlahmte ihr Widerstand. Dann umarmte sie ihn erleichtert und klammerte sich an ihn.

„Du bist gekommen! Dank sei Gott!", stammelte der Mönch. „Ich kann dir alles erklären! Ich bin unschuldig. Eine ungeheuerliche Verschwörung! Es ist wichtig!"

Der Scherge, der Magdalena begleitet hatte, begann zu stöhnen und bewegte sich. Alberto sah ihn mit kalten Augen an und versetzte ihm einen heftigen Fußtritt an die Schläfe. Das Stöhnen erstarb. Magdalena, die alles erschreckt beobachtet hatte, wandte sich angewidert ab. „Nicht jetzt!", sagte sie hastig. „Du wirst als Mörder gesucht! Und dieser Knabe auch! Ihr müsst euch verstecken."

„Wo sollen wir denn hin?", fragte Johannes verzweifelt. Magdalena löste sich von ihm. Sie hob die Hände und gebot ihm Schweigen. Johannes sah, dass sie am ganzen Körper zitterte. Dann holte sie tief Luft. „Gut. Alles hat seine Zeit. Lauft zum leerstehenden Werkstatt und Fuhrgebäude der Abtei in der Gasse, die zum Eglsee führt! Dort kommt niemand hin, bis das morsche Gebälk erneuert wird. Versteckt euch dort und geht nicht hinaus. Ich lasse morgen abend ein Fuhrwerk der Abtei, das schadhaft geworden ist, dort im Hof abstellen. Darauf wirst du deine Sachen und einige Nahrungsmittel finden. Sobald ich kann, werde ich nach euch sehen. Dann kannst du mir alles erklären." Sie sah wieder zu Alberto hin. „Auch, wer dieser junge Mann ist."

Alberto hatte das Gespräch verfolgt. Er richtete seine Augen auf Magdalena. Gerade öffnete er den Mund, um etwas zu sagen, da begann der Knecht wieder, sich zu bewegen. Alberto holte aus, um erneut zuzutreten, doch Magdalena gebot ihm mit einer energischen Handbewegung Einhalt.

„Nicht!", zischte sie. „Es ist genug! Lauft jetzt!"

Alberto hob die Armbrust auf, die der Knecht fallen gelassen hatte. Er holte aus und warf sie in die Ilm, wo sie mit lautem Platschen aufschlug und sofort versank.

„Glaube mir, ich bin unschuldig!", flüsterte Johannes. Magdalena nickte mit flackernden Augen. „Ich glaube Dir, so wie dir deine Freunde glauben und beistehen werden. Doch wenn du nicht gefangen werden willst, dann geh jetzt, bevor mein Begleiter vollends erwacht! Ich denke mir für ihn eine Geschichte aus, die ihn zufriedenstellen wird."

Alberto schlich unter die Brücke und packte das Brot sowie den Honig. Dann liefen er und Johannes, so schnell sie konnten, die Pfarrgasse hinauf. Magdalena starrte ihnen mit Tränen in den Augen nach.

*

11. August 1390, Benediktinerinnenkloster Geisenfeld

In einem abgelegenen Raum der Krankenstation beugte sich Magdalena über den Leichnam des Knechts Ernst. Es war nach der Non. Schon am Morgen war der Tote auf Anordnung von Äbtissin Ursula hierher gebracht worden. Doch sie hatte wegen des heutigen Andrangs im Infirmarium erst jetzt Zeit gehabt, sich die Stichwunde des Toten anzusehen.

Da heute wieder ein heißer Tag war, hatte der Verfall des Körpers des Toten bereits eingesetzt. Ein süßlicher Verwesungsgeruch schwebte im Raum. Zwar hatte Magdalena durch Öffnen der Fenster dafür gesorgt, dass ständig frische Luft von außen hereinströmte, doch konnte dies nicht verhindern, dass der Gestank des Todes immer stärker wurde.

Das weiße Leinenhemd, das der Mann unter seiner Weste trug, wies in Höhe des Herzens einen dunkelroten großen Fleck auf. Magdalena zog vorsichtig das blutverkrustete Hemd, das am Körper klebte, zur Seite, um die Stichwunde in Augenschein zu nehmen. Rund um die tödliche

Verletzung war alles mit geronnenem Blut bedeckt. Sie nahm einen Lappen, tauchte ihn in eine Schüssel mit Wasser und säuberte vorsichtig die Haut des Toten, bis der Einstich deutlich zu sehen war. Sie ergriff zwei schmale Holzspatel und zog damit sorgsam die Wundränder auseinander.

Mit zusammengekniffenen Augen beobachtete sie jedes Detail. Dann nickte sie in grimmiger Genugtuung und richtete sich wieder auf. Der Stichkanal und die Wundränder sprachen eine deutliche Sprache. Der Knecht war zweifelsfrei mit einer zweischneidigen Waffe ermordet worden. Nach der Form der Wunde zu schließen, handelte es sich um einen kurzen breiten Dolch. Johannes aber besaß nur ein Messer. Zudem galt in Geisenfeld seit mehreren Wochen ein Waffenverbot. Er war also erwiesenermaßen unschuldig. Magdalena wusste, nun war es an der Zeit, die Mutter Oberin zu verständigen. Gerade jetzt aber meldete sich drängend ihre Blase. Sie seufzte auf und beschloss, schnell die Latrine aufzusuchen. Dann wollte sie noch den Toten sorgfältig zudecken und die Ordensvorsteherin herbeiholen.

*

Barnabas kniete im Amtszimmer der Äbtissin vor der Oberin nieder und hielt ihr das Schreiben von Matthäus entgegen. Äbtissin Ursula nahm es und las es aufmerksam. „Euer Abt behauptet, dass Bruder Johannes das Kloster St. Peter und Paul ohne Einverständnis verlassen und überdies noch eine Reliquie mitgenommen, das heißt, gestohlen hat, die dem Kloster gehören soll. Er hebt das Empfehlungsschreiben seines Vorgängers Marcellus auf und bittet den Leser dieser Zeilen, den Mönch festzusetzen und anschließend euch zu übergeben. Die Reliquie muss Eurem Abt viel bedeuten. Sagt, was ist das für ein Gegenstand?"

Barnabas senkte das Haupt und sprach: „Vater Abt hat mir nicht anvertraut, worum es sich handelt. Er meinte, ich würde es erkennen, wenn ich es sehe."

„Nun, das erscheint mir sehr eigenartig, Bruder Barnabas", erwiderte die Oberin kühl. „Ich kann euch versichern, dass Bruder Johannes über keine Reliquie verfügt, ob rechtmäßig oder gestohlen, wie euer Abt schreibt. Während seiner schweren Erkrankung wurden die Dinge in Augenschein genommen, die er bei sich führte. Auch ich muss dafür sorgen, dass niemand den Versuchungen des Teufels nachgibt. Eine Reliquie war nicht unter seinen Sachen. Im Übrigen weilt Bruder Johannes nicht mehr in unserer Abtei. Ich weiß nicht, wo er sich derzeit aufhält. Und ob ich dem Widerruf des Empfehlungsschreibens Glauben schenken soll, bleibt meine eigene Entscheidung. Erhebt Euch!"

Barnabas stand auf. Obgleich seine Miene unbewegt war, schienen seine Augen zu Eis zu gefrieren. Äbtissin Ursula lief bei diesem Anblick ein Schauer über den Rücken. „Nun geht!", befahl sie mit leicht zitternder Stimme. „Es ist euch noch gestattet, im Refektorium die Mahlzeit einzunehmen. Dann macht euch auf den Weg zurück zu Eurem Konvent. Teilt Eurem Abt mit, dass eure Reise hierher vergebens war. Gott sei mit Euch!"

Barnabas verneigte sich und ging hinaus. An der Türe drehte er sich noch einmal kurz um und betrachtete die Äbtissin mit kaltem Blick. Dann schloss sich die Türe hinter ihm.

*

Ungeduldig eilte Magdalena zum Zimmer, in dem der Tote auf dem lang gestreckten hölzernen Tisch lag. Mit Erstaunen bemerkte sie, dass die Türe offen stand. Als sie auf der Schwelle stand, traute sie ihren Augen kaum. Zwei Knechte schlugen gerade die sterblichen Überreste des Ermordeten in eine Überdecke ein und hoben den Toten auf.

„Haltet ein!", rief Magdalena. „Wo wollt Ihr mit dem Leichnam hin?" „Befehl des Ratsherrn Godebusch!", rief einer der Knechte. „Ernst hatte keine Familie mehr und unser Herr hat uns befohlen, den Leichnam unverzüglich mitzunehmen, damit er ein christliches Begräbnis erhalten kann. Schließlich kann er, sagt unser Herr, nichts dafür, dass ihn dieser falsche Pilgermönch heimtückisch ermordet hat."

„Der Leichnam bleibt hier!", sagte Magdalena und stellte sich den Knechten in den Weg. „Will euer Herr denn nicht die Wahrheit hören? Die Wahrheit, dass nicht Bruder Johannes für den Tod eures Kameraden verantwortlich ist?"

„Aus dem Weg, Weib.... ich meine Schwester", stammelte einer der Knechte, mehr trotzig als überzeugt. „Befehl ist Befehl!" „Wollt Ihr vor Gott dazu beitragen, dass ein Unschuldiger für ein Verbrechen büßen muss, das er nicht begangen hat?", rief Magdalena schneidend. Im tiefsten Innern zitterte sie aber vor Sorge. Wenn ihre Einschätzung der Stichwunde nicht stimmte, dann war Johannes verloren. Doch nun galt es, überzeugend aufzutreten, sonst würde der Leichnam verschwunden sein und Johannes Unschuld nie bewiesen werden können.

Die Knechte waren unschlüssig. Sie beratschlagten leise miteinander, was sie tun sollten. Schließlich machte der Erste eine Kopfbewegung zum Tisch hin. Gemeinsam legten sie den Leichnam von Ernst wieder zurück. Dann sagte der erste Knecht: „Wir holen unseren Herrn. Soll der euch selbst sagen, dass Ihr uns den Toten mitgeben müsst. Gott befohlen, Schwester." Sie tippten an ihre Bundhauben und gingen.

Magdalena atmete vor Erleichterung tief durch. Jetzt galt es, keine Zeit zu verlieren. Sie lief ins Zimmer, in dem normalerweise die Kranken empfangen wurden und rief nach Schwester Anna. Diese ließ sich jedoch nicht sehen. Verzweifelt blickte Magdalena um sich. Noch einmal rief sie. Da hörte sie die Stimme von Alvita. Schnell eilte Magdalena zu der alten Schwester, die im Nebenraum saß und mit zittrigen Fingern eine Salbe anrührte.

„Schwester, eile, so schnell du kannst, zu unserer Mutter Äbtissin und bitte sie, sofort in die Krankenstation zu kommen. Sie soll auch unseren Medicus verständigen lassen. Bitte Schwester, es ist sehr wichtig!"

Alvita hörte das Flehen aus Magdalenas Stimme, schaute sie verständnisvoll an und sagte dann: „Natürlich. Ich gehe sofort. Du wirst deine Gründe haben." Sie stand auf und schlurfte zur Tür hinaus. Magdalena sah ihr ungeduldig nach und knetete nervös ihre Finger. Sie wäre am liebsten selbst losgelaufen, doch konnte sie das Wagnis nicht eingehen, dass der Ratsherr mit seinen Knechten wiederkam und den Leichnam mitnahm. Alvita wusste nicht, worum es ging und hätte sie nicht aufhalten können.

Magdalena schien es unendlich lange zu dauern, bis die Äbtissin, gefolgt von Schwester Benedikta und dem Medicus Volkhammer, in das Zimmer eilte.

„Dank sei Gott, er ist nüchtern", dachte Magdalena erleichtert, als sie Volkhammer ansah. Äbtissin Ursula schaute Magdalena streng an. „Was ist so Wichtiges, dass du mich Hals über Kopf aus meinen Amtsgeschäften reißen lässt und den Medicus mit dazu? Du weißt, es ist unmittelbar vor der Non." Sie schnüffelte. „Stammt dieser Geruch von....?" Sie deutete auf das Bündel auf dem Tisch. „Ohne Zweifel", beeilte sich Volkhammer zu erwidern. „Der Tod ereilte diesen braven Knecht gestern und durch

Wärme der letzten Nacht und die heutige Hitze beginnen sich bereits die üblen Gerüche zu verbreiten. Dies nennt man Verwesung."

„Ich weiß, was Verwesung bedeutet", fauchte die Äbtissin. Sie wandte sich an Magdalena. „Ich hatte doch entschieden, dass sich der Medicus die Verletzung ohnehin ansehen sollte. Warum diese Eile? Und warum soll ich diesen erbarmungswürdigen Körper, den die Seele schon verlassen hat, auch noch selbst in Augenschein nehmen?"

Magdalena verbeugte sich. „Verzeiht, Mutter Äbtissin, doch konnte ich gerade noch verhindern, dass die Knechte des Ratsherrn den Toten abholen. Und ich habe bereits eine Beobachtung gemacht, die die Unschuld von Bruder Johannes beweisen kann. Natürlich nur, wenn Ihr, ehrwürdiger Medicus, meine unmaßgebliche Meinung bestätigt."

Die Äbtissin runzelte die Stirn. „Der Leichnam sollte schon abgeholt werden, ohne dass ich es gestattet habe? Das sei ferne!" Nach einigem Zögern trat sie näher. „Zeige mir und dem Medicus, was du gesehen hast." Dadurch ermutigt, schlug Magdalena die Tücher zurück, die den Leichnam verbargen. Eine Wolke von süßlichem Verwesungsgeruch erfüllte den Raum. Äbtissin Ursula und Schwester Benedikta schlugen die Hand vor den Mund. Volkhammer hingegen sah interessiert auf die sterbliche Hülle des Knechts.

Der Leichnam von Ernst war schneeweiß. Dunkle Flecken auf der Haut verliehen dem Toten ein marmoriertes Aussehen. Am unheimlichsten waren jedoch die nur halb geschlossenen Augenlider. Es schien, als beobachte der tote Knecht die um ihn stehenden Personen.

„Hier!" Magdalena winkte die Äbtissin und den Medicus heran. Doch die Oberin und auch Schwester Benedikta hielten sich vorsichtshalber im Hintergrund. Volkhammer beugte sich interessiert über die Wunde, auf die Magdalena zeigte. „Hmmmm...", brummte er. Magdalena knetete ihre Hände vor Anspannung. `Sprich endlich´, dachte sie nervös.

Volkhammer richtete sich auf und rieb sich ausführlich das Kinn. Dann beugte er sich erneut hinunter. „Was wolltet Ihr mir sagen, Schwester Maria?", fragte er nach einer unendlich scheinenden Zeit. Magdalena richtete entnervt die Augen an die Decke des Raumes. `Bist du denn mit Blindheit geschlagen´ durchfuhr es sie. Dann zwang sie sich, in freundlichem Ton zu fragen: „Ich bin sicher, Ihr habt mit Eurer Erfahrung sofort gesehen, ob ein Messer oder ein Dolch diese Wunde verursacht hat, verehrter Medicus."

„Hmmm…. in der Tat, in der Tat", murmelte Volkhammer, als er die Wunde erneut in Augenschein nahm. Mit spitzen Fingern griff er an die Wundränder und zog sie vorsichtig auseinander.

Äbtissin Ursula hatte es vorgezogen, dem Leichnam nicht zu nahe zu kommen. Sie räusperte sich vernehmlich. In ihrer Verzweiflung hob Magdalena die Hand, um sie am Sprechen zu hindern. Verblüfft von dieser Ungeheuerlichkeit riss die Äbtissin die Augen auf. Im Eingangsbereich zur Krankenstation waren hastige Schritte zu hören. Da richtete sich Volkhammer auf und sagte: „Den Schnittkanten in der Wunde nach zu schließen, handelt es sich bei der Mordwaffe eindeutig um einen Dolch und nicht um ein Messer."

Magdalena schloss die Augen vor Erleichterung und dankte Gott inbrünstig. Ihre Knie wurden weich, doch hatte sie sich schnell wieder im Griff.

Auch Äbtissin Ursula hatte sich von ihrer Verblüffung wieder erholt. Sie wollte Magdalena gerade scharf zurechtweisen, als die Tür aufschlug und der Propstrichter Frobius, gefolgt von Walter Godebusch und den beiden Knechten in der Türe stand.

„Was geht hier vor?", fragte der Propstrichter gedehnt. Da erblickte er die Äbtissin und verbeugte sich. Niemand antwortete. „Verehrte Mutter Äbtissin, ich muss als Propstrichter meine Frage wiederholen. Der ehrwürdige Kaufmann und Ratsherr Godebusch verständigte mich und bat mich um Hilfe. Scheinbar ist eine Eurer Konventsangehörigen toll geworden. Sie hat die Stirn besessen, dem Leichnam des Knechts Ernst ein christliches Begräbnis zu verweigern."

„Nichts dergleichen ist wahr!", rief Magdalena. Der Propstrichter beachtete sie nicht. „Wenn Ihr, verehrte Mutter Äbtissin, gestattet, wird der Kaufmann sich nunmehr um seinen Toten kümmern." Er gab den beiden Knechten einen Wink. „Wurde auch Zeit!", schnaufte der Kaufmann und bedachte Magdalena mit einem Blick, in dem sich Verachtung und Gier mischten.

„Halt!", sagte die Äbtissin. Sie hatte leise gesprochen, doch in ihrem Wort lag unverrückbare Entschlossenheit. Die Knechte erstarrten in ihrer Bewegung. Auch Frobius und Godebusch stutzten.

„Der Leichnam ist auf meine ausdrückliche Anweisung hier", sagte die Äbtissin bestimmt. „Medicus Volkhammer, wenn Ihr den Herren bitte das sagen wollt, was Ihr mir gerade mitgeteilt habt", fuhr sie in eisigem Ton fort. Volkhammer warf sich in die Brust und sah die Neuankömmlinge mit wichtiger Miene an. „Aufgrund meines medizinischen Fachwissens und meiner großen Erfahrung habe ich festgestellt, dass kein Messer, sondern ein Dolch diese Wunde, die zum Tode dieses bedauernswerten Menschen führte, verursacht hat."

„Und was bedeutet das?", fragte Godebusch verwirrt. Der Propstrichter hingegen kniff die Augen zusammen, als ahne er, was nun folgen würde. „Das bedeutet, dass nunmehr vieles dafür spricht, dass Bruder Johannes nicht der Mörder dieses Unglücklichen ist", entgegnete Äbtissin Ursula.

„Ja, aber.... er wurde doch gesehen!", rief Godebusch ungehalten. „Mein Majordomus, Albrecht Diflam, hat ihn gesehen! Als er ihn aufhalten wollte, lief der Mönch weg. Und dieser Johannes hat schließlich ein.... Messer." Propstrichter Frobius schloss die Augen. In stiller Genugtuung beobachtete Magdalena, dass ihm in diesem Augenblick bewusst wurde, dass seine sicher geglaubte Beute entwischen würde. Doch hütete sie sich, ein Wort zu äußern. Hier fochten andere einen Kampf aus, in dem sie nichts zu sagen hatte.

„So ist es, verehrter Kaufmann Godebusch", bestätigte Äbtissin Ursula. „Ihr sagt es selbst. Bruder Johannes mag ein Messer besitzen. Doch besitzt er keinen Dolch. Durch die letzte Verfügung des Bürgermeisters des Marktes ist zudem jedem Mann untersagt, Waffen, das heißt auch Dolche, zu tragen. Dieses Verbot gilt jedoch nicht für Bedienstete des Marktes oder eure Männer, verehrter Kaufmann", fuhr Ursula in schneidendem Ton fort. „Vielleicht also sucht Ihr selbst unter Euren Männern, ob sich hier nicht jemand dieses Verbrechens schuldig gemacht hat? Wo ist im Übrigen die Mordwaffe? Wo ist der fragliche Dolch?"

Godebusch wurde puterrot. „Ich, ich...", stammelte er. Frobius hingegen gab sich nicht so leicht geschlagen. „Verehrte Mutter Oberin, in der Tat wurde die Mordwaffe bisher nicht gefunden. Wenn aber Bruder Johannes unschuldig ist, warum ist er dann seit gestern wie vom Erdboden verschluckt? Weiß jemand, wo er sich aufhält?" Er wandte sich mit einer plötzlichen eleganten Bewegung zu Magdalena. 'Schwester Maria, habt Ihr etwas zu sagen?"

Magdalena zuckte zusammen, was dem Propstrichter nicht verborgen blieb. Er bohrte weiter. „Ist es nicht vielmehr ein Zeichen des Eingeständnisses seiner Schuld, dass er sich irgendwo versteckt? Warum ist er nicht hier, um die Angelegenheit aufzuklären? Schwester Maria?"

Magdalenas Lippen bebten vor Empörung, doch zwang sie sich, nicht auf die Herausforderung des Propstrichters einzugehen. Sie wusste, er wartete nur darauf. So sah sie ihn nur starr an, während in ihrem Kopf die Gedanken rasten. Nach einem langen prüfenden Blick aus zusammengekniffenen Augen wandte sich Frobius an die Äbtissin. „Ehrwürdige Mutter, natürlich muss eine Untersuchung stattfinden, um den wahren Mörder zu finden. Hierbei kann Bruder Johannes zur Klärung des Mordfalles einen wichtigen Beitrag leisten. Ich bitte euch daher, mich nach ihm suchen zu lassen. Ratsherr Godebusch wird mir hierbei mit seinen vertrauenswürdigsten Männern helfen. Sobald ich den Zeugen gefunden habe, werde ich ihn vor euer Angesicht bringen. Dann kann er in Eurer Gegenwart schildern, was passiert ist. Und Ihr werdet wie immer Gerechtigkeit walten lassen." Gebannt schauten alle die Ordensoberin an. Diese überlegte. Dann antwortete sie mit einem Seitenblick auf Magdalena: „Propstrichter Frobius, sucht den Zeugen. Bringt ihn zu mir und ich werde entscheiden. Verehrter Ratsherr, Ihr könnt jetzt Euren toten Knecht mitnehmen und ihm ein christliches Begräbnis ermöglichen. Nun entschuldigt mich, ich habe noch zu tun."

Sie gab Schwester Benedikta einen Wink. Die Knechte beeilten sich, ihr Platz zu machen, als sie mit Benedikta den Raum verließ. Volkhammer warf noch einen Blick auf den Toten und ging dann ebenfalls.

Magdalena war wie betäubt. Auch wenn sie die Hintergründe noch nicht kannte, wusste sie instinktiv, dass das Leben des Gesuchten keinen Pfifferling mehr wert sein würde, wenn Frobius mit Unterstützung von Godebuschs Männern Johannes finden würde. Dass die Knechte den Toten unter Naserümpfen wieder in das Tuch einschlugen und mit Mühe zur Tür hinaustrugen, nahm sie wie durch eine Nebelwand wahr.

Godebusch folgte seinen Männern, nicht ohne Magdalena noch einen lüsternen Blick zuzuwerfen. Auch Frobius wandte sich zum Gehen. Als er durch die Tür schritt, drehte er sich noch einmal zu der verzweifelten Magdalena um. Seine Augen suchten die ihren. Als sich ihre Blicke trafen, lächelte er, doch sein Blick war voller Kälte.

Dann, als habe er sich plötzlich besonnen, ging er auf sie zu, blieb vor ihr stehen und starrte sie an. Sein Lächeln blieb unverändert, als er sagte: „Auf ein Wort noch, Schwester Maria. Oder ist euch die Anrede `Magdalena von Falkenfels´ lieber?"

*

13. August 1390, Werkstatt und Fuhrgebäude des Klosters Geisenfeld

Am Abend hatte der Regen eingesetzt. Johannes und Alberto verbrachten nun schon die zweite Nacht in dem Werkstattgebäude. Sie hatten sich ihr Lager halbwegs bequem in einem alten Strohhaufen eingerichtet.

Tagsüber wagten sie sich nicht hinaus. Schließlich wusste außer Magdalena niemand, dass sie hier waren. Es war anzunehmen, dass ihnen die Verschwörer auflauerten. Am ersten Tag hatten sie sich noch von dem Rest Brot und den paar Löffeln voll Honig ernährt, die Alberto am Abend des 10. August vor der Klosterpforte bekommen hatte.

Und Magdalena hatte ihr Versprechen gehalten. Ein Lehensnehmer der Abtei hatte am gestrigen Tag einen schadhaften Gespannwagen mühevoll mit einem alten Pferd hergezogen und stehen gelassen.

Johannes war bei Einbruch der Dunkelheit hinausgeeilt und hatte seinen unter alten Planen versteckten Reisebeutel an sich genommen. In das Gebäude zurückgekehrt, hatte er die Sachen auf Vollständigkeit geprüft.

Ja, es war bis auf den Wanderstab alles da, sogar die Jakobsmuschel, die er von Schwester Hedwigis bekommen hatte. Johannes dankte Magdalena im Stillen. Es wurde ihm wieder deutlich bewusst, wie sehr er diese warmherzige Frau liebte.

Alberto hatte derweil die Nahrungsmittel genommen, die ebenfalls unter den Planen verborgen waren. Damit konnten sie ein paar Tage überleben. Dann würde sich das Weitere finden.

Obwohl sie vorläufig in Sicherheit schienen, wurde Johannes immer nervöser, während der Knabe die Situation mit stoischer Geduld hinzunehmen schien. „Sei ruhig, Bruder Johannes", sagte er ein ums andre Mal zu dem jungen Mönch, der immer wieder fieberhaft überlegte, wie er am besten unerkannt fliehen konnte. Eine Flucht kam nur nachts in Frage, das war klar. Aber was dann? Wer konnte sichergehen, dass sie nicht verfolgt würden? Was war mit Magdalena? Sie wollte er nicht zurücklassen. Wenn er fliehen würde, dann nur mit ihr! Aber wie? Sie würden unweigerlich auffallen, wenn sie keine Verkleidung bekämen.

Gut, mit dem Geld, das er von Johann Wohlfahrt hatte, könnte Magdalena ihm Kleidung besorgen, wenn sie denn endlich selbst käme. Aber würde sie noch mit ihm mitgehen wollen? Mit ihm, der jetzt als Mörder und Vogelfreier galt? Und zu fliehen um den Preis, seine geliebte Magdalena vielleicht niemals wieder zu sehen, würde ihm das Herz zerreißen.

„Der Turm", sagte Alberto plötzlich „Welcher Turm?", fragte Johannes. „Der Signalturm der Burg Rotteneck", fuhr der Knabe langsam fort. „Es gab auch einen Turm in Geisenfeld, das ist aber schon viele Jahre her. Die Türme sind durch einen unterirdischen Gang verbunden."

„Ja", lachte Johannes bitter auf, „Der Gang. Ich habe davon durch Pfarrer Niklas gehört. Die Burg Rotteneck oberhalb des Dorfes Schermbach hat eine Fernsicht bis Neuburg. Hier stand einst ein römischer Signalturm, der mit einem gleichen Turm auf der Höhe von Geisenfeld, gar nicht weit weg von hier, in Verbindung stand. Angeblich hat man damals bei Tag mit dichtem Rauch, bei Nacht mit lodernder Flamme Signale gegeben. Der Gang wäre natürlich ein sehr feiner Fluchtweg, wenn er existieren würde. Doch das ist nur eine Sage. Und selbst, wenn es wahr wäre: Niemand kennt mehr die genaue Lage des Turms. Sogar wenn man sie wüsste: Wer weiß schon, wo der Eingang ist und ob der Gang nicht schon vor langer Zeit verfiel?" Er legte dem Jungen die Hand auf die Schulter. „Alberto, du bist ein kluger Bursche. Aber das wird uns nicht retten".

„Den Gang gibt es. Ich bin schon drin gewesen", widersprach Alberto in ruhigem Ton.

Johannes riss erstaunt die Augen auf. Dann packte er den jungen Gaukler an den Schultern. „Du bist schon drin gewesen? Wie das? Wann soll das gewesen sein?"

Der Knabe zögerte. Dann antwortete er: „Auf meinen Streifzügen. Jasper hat ihn mir einmal nachts gezeigt. Wir waren damals in Geisenfeld, als es dunkel war. Da zeigte er mir den Eingang. Ein schmales, kaum wahrnehmbares Loch in einem großen Dornengestrüpp führt in den Gang, gleich neben einem Weiher ganz in der Nähe. Bis zu Jaspers Tod war ich nicht mehr dort. Doch als er gestorben war, bin ich nochmal da gewesen. Ich hatte Hunger. Da habe ich nachts einen Hasen zwischen Nötting und Geisenfeld aufgestöbert. Der war besonders groß und ich hätte für einige Tage was zu essen gehabt. Ich wollte ihn mit einem Stein erwerfen. Aber ich war noch nicht so gut. Er ist davongelaufen. Ich bin ihm nachgerannt. Er ist ins Dornengestrüpp geschlüpft Dann war er weg. Als ich nachsah, bin ich in das Loch gefallen und hart aufgeschlagen. Mein Bein und mein Arm taten weh. Ich erinnerte mich, dass es die Stelle war, die mir Jasper einst gezeigt hat. Da mir alles schmerzte, bin ich in dieser Nacht in dem Gang geblieben."

„Und dann?", fragte Johannes langsam. Alberto sah an ihm vorbei. „Vieles habe ich da gehört. Krabbeln, Schnaufen, leises Tappen. Aber es war nichts Böses dabei. Und die Nacht ist mein Freund, mehr als der Tag." Er zuckte die Achseln. „Ich habe geschlafen. Als es langsam dämmerte, habe ich den Gang erkundet. Steine sind an der Wand und auf dem Boden. Wasser tropft herunter. Auch Holz habe ich gesehen. Dann bin ich losgelaufen. Der Weg war schwer. Es ist nass und glatt dort unten. Du stößt dir den Fuß an Steinen. Es liegen auch viele Knochen da. Füchse, Hasen, ein Wolfsgerippe. Es dauerte, ich weiß nicht wie lange, als der Gang nach oben führte." Johannes schluckte. „Bist du bis zur Burg Rotteneck gelaufen?" Alberto nickte. „Es ist gar nicht so weit. In der Burg ist tief unten eine Öffnung im Boden. Das ist der Stollen. Der Eingang ist mit einer Falltür verschlossen. Doch in einer der Holzbohlen ist ein Loch. Dort sah ich Fässer auf der Türe stehen."

„Was hast du dann gemacht?", fragte Johannes. Der Knabe zuckte mit den Achseln. „Nichts. Ich war zu klein und konnte die Falltür nicht öffnen. Aber der Hase war da und konnte nicht weiter. Ich habe ihn mit einem Stein erworfen. Ich hatte Hunger. Dann bin ich mit dem Hasen wieder zurückgelaufen und habe gewartet, bis es wieder dunkel war. Ich kletterte aus dem Loch und lief wieder zurück in den Wald ….nach Hause…."

Als Alberto später einschlief, lag Johannes noch lange wach und dachte nach. Schließlich fiel er in einen unruhigen Schlaf. Er träumte von einem endlosen, dunklen Gang. Aus den Nischen griffen dunkle Schatten nach ihm. Eine Hand fasste seine Schulter. Ruckartig richtete er sich auf. Die Hand lag tatsächlich auf seiner Schulter. Alberto drückte ihn fest und hielt sich den Zeigefinger vor den Mund.

Tatsächlich, da war etwas, was nicht hierher gehörte. Ein leichtes Atmen, kaum wahrnehmbar, vor der Tür. Dann ein sachtes Kratzen am Holz. Magdalena konnte das nicht sein, nicht um diese Zeit. Es war noch vor der Prim. Hatten die Häscher ihr Versteck entdeckt? Johannes sah sich bestürzt um. Aus diesem Teil des Gebäudes gab es keinen anderen Fluchtweg. Alberto hob die Hände vor Johannes' Gesicht und senkte sie mehrmals langsam. Ganz ruhig, so bedeutete er ihm. Dann zeigte er nach oben.

Kurze Zeit darauf öffnete sich leise die Türe. Zwei dunkel gekleidete Gestalten schlichen herein. Eine weitere Person versperrte die Türe. Johannes konnte die Männer nicht erkennen. Der Vorderste, der eine Armbrust trug, stutzte, als er die beiden leeren Kuhlen im Stroh sah. „Diese Hure!", zischte er. „Der Bau ist leer. Erst hat sie uns das Versteck genannt und dann den Burschen noch gewarnt. Ich bringe sie um!"

Der Zweite legte die Hand in die Kuhlen. „Es ist noch warm. Sie können noch nicht lange fort sein." Der Anführer schaute sich argwöhnisch um.

„Wie konnten sie hier raus? Es gibt keinen anderen Ausweg". Er sah langsam und prüfend nach oben.

Johannes hielt auf dem morschen Dachbalken den Atem an. Er spürte sein Herz bis zum Halse schlagen. Fast meinte er, dass der Balken durch das regelmäßige Pochen schwingen müsse. Ihm gegenüber lag Alberto langgestreckt wie eine Katze und rührte sich nicht.

Der Anführer hob die Armbrust und zielte. Dann drückte er ab. Der Bolzen bohrte sich in den Balken, auf dem Johannes lag. Fast hätte er aufgeschrieen. Doch die Angst ließ ihn stocksteif liegen. Schweiß rann ihm über die Stirn und tropfte auf das Holz.

Der Mann legte sorgfältig einen zweiten Bolzen ein und hob die Waffe erneut. Er schwenkte kurz und drückte ab. Das Geschoss flog an Albertos Balken vorbei und blieb in den Dachbrettern stecken. Der Knabe machte keine Bewegung.

„Los, Diflam, da ist keiner mehr!", rief der Mann, der die Tür bewachte.

„Spar dir deine Pfeile für die Jagd draußen." Diflam! Die rechte Hand von Godebusch! Johannes biss die Zähne zusammen. Also war es jetzt Gewissheit. Frobius hatte gar nicht daran gedacht, Godebusch, Wagenknecht und Diflam festzusetzen. Er steckte tatsächlich mit Ihnen unter einer Decke!

Unwillig wandte sich Diflam um. „Ich gebe hier die Befehle! Aber du hast Recht. Das Wild ist uns durch die Lappen gegangen. Aber jetzt nehme ich mir diese Schwester Maria vor. Warum verrät sie uns das Versteck, wenn es leer ist? Wartet nur! Wenn ich mit ihr fertig bin, dann wird sie mich nie wieder von oben herab anschauen, wenn ich ihr auf dem Markt begegne. Sie wird winseln vor mir, denn jetzt nehme ich sie mir ran wie eine Hündin! Und danach dürft Ihr sie haben oder was von ihr noch übrig ist. Hinüber ins Kloster! Wir werden höflich um Audienz bitten." Er kicherte böse, schaute sich noch einmal kurz um und stürmte hinaus. Die beiden anderen folgten ihm lachend und händereibend.

Johannes atmete tief aus und schloss die Augen. Magdalena hatte ihn und Alberto verraten! Sie hielt ihn also doch für einen Mörder! Er konnte es nicht glauben. Ruckartig hob er den Kopf. „Nein!", presste er zwischen den Zähnen hervor. Durch die heftige Bewegung wäre er beinahe vom Balken gestürzt. Seine Kutte rutschte zur Seite. Mit einem deutlichen Plumpsen fiel sein Umhängebeutel zu Boden.

Inmitten seiner grausamen Enttäuschung bemerkte Johannes zu spät, dass sich die Türe wieder geöffnet hatte. Einer der drei gedungenen Männer stand mit einer Axt in der Hand wieder im Raum und sah verwundert auf den jetzt am Boden liegenden Beutel.

In plötzlichem Begreifen hob er den Kopf und bemerkte die vom Dachbalken herunterhängende Mönchskutte. Er öffnete den Mund zu einem Warnschrei. Doch blitzschnell drehte sich Alberto auf seinem Balken und schleuderte dem Mann einen Stein auf die Stirn. Der Häscher sackte zu Boden und rührte sich nicht mehr.

Geschmeidig wie eine Katze ließ sich der Knabe zu Boden fallen. Er hielt kurz prüfend die Hand an den Hals des Mannes und nickte dann. „Lebt noch." Er nahm die Axt des Mannes und wog sie prüfend in der Hand. Er brummte zufrieden, dann sah er nach oben: „Wir müssen los, jetzt gleich!" Seine Worte drangen nicht zu Johannes durch. Erst als Alberto ein Stück Holz auf den Dachbalken geworfen hatte, wachte Johannes aus seiner Erstarrung auf. Er drehte sich und fiel schwer zu Boden. Nur langsam und als sei er nicht mehr Herr seines Willens, nahm er seinen Beutel auf.

Beinahe wäre er über den bewusstlosen Mann gestolpert. Das brachte ihn zurück in die Wirklichkeit. Alberto packte ihn am Arm. „Wir müssen weg!", zischte er. „Warte!", flüsterte Johannes dem jungen Gaukler zu. „Ich muss Magdalena sehen!" Alberto zuckte ergeben die Schultern.

Als sie aus dem Gebäude gelaufen waren, zog Johannes den Knaben durch die Gasse zum Kloster. Sie duckten sich in den Schatten jedes Mauervorsprungs. Johannes konnte kaum einen klaren Gedanken fassen. Magdalenas Verrat hatte ihn schwer getroffen. Nie würde er ihr das zugetraut. In seine Verzweiflung mischte sich für einen Augenblick Gehässigkeit, wenn er daran dachte, was Diflam mit ihr vorhatte. Doch gleich darauf hielt er beschämt inne. Er musste ihr helfen.

Verblüfft bemerkten die Beiden, dass die Klosterpforte offen stand. Doch schnell nutzten sie die Gelegenheit und eilten hindurch. Nonnen und Bedienstete liefen aufgeregt durch den Vorhof. In dem Durcheinander erkannte keine der Frauen den Mönch. Auch Johannes selbst konnte kein bekanntes Gesicht entdecken. Er und Alberto liefen zur inneren Klosterpforte. Auch diese war entgegen aller Gepflogenheiten offen. Johannes wollte gerade in den Klosterinnenhof rennen, als ihn der Knabe am Ärmel festhielt. Verärgert wollte sich der Mönch losreißen, als Alberto zu den Unterkünften der Schwestern auf der linken Seite hinüberzeigte.

Johannes sah, wie eine schlanke weiße Gestalt in einem Fenster im Dachgeschoss erschien. Magdalena! Ganz ruhig stieg die Frau auf das Fenstersims. Für einen Moment hielt sie inne und blickte zum Nachthimmel. Und dann breitete sie ihre Arme in einer majestätischen Geste wie zum Gebet aus. Johannes starrte wie angewurzelt auf die betende Ordensfrau. Nach einer scheinbaren Ewigkeit, die aber nur ein paar Augenblicke gedauert haben konnte, ließ sich Magdalena vornüber in die Tiefe fallen.

Mit einem hässlich klatschenden Geräusch prallte sie auf dem Pflaster auf. Eine große Blutlache breitete sich aus. Johannes erkannte geschockt, dass der Kopf der geliebten Frau zerschmettert war. Ein Verzweiflungsschrei entrang sich seiner Brust: „Nein! Was habt Ihr getan, Ihr Teufel!" Im Fensterrahmen tauchten Diflam und einer seiner Knechte auf. Diflam zeigte auf die Beiden. „Da sind die Flüchtigen! Haltet sie!"

Alberto zerrte Johannes mit sich. „Wenn du am Leben bleiben willst, dann flieh!" Im Kloster gingen immer mehr Lichter an und man konnte in den Fensterreihen Gestalten umhereilen sehen. Schreie hallten durch die Nacht. Eine Gruppe von Nonnen, alarmiert durch die Rufe, war in den Innenhof geeilt und knieten vor der Toten. Schreckensrufe erklangen.

So schnell Johannes und Alberto konnten, rannten sie durch den Vorhof in Richtung des Kleinen Marktplatzes und bogen gleich in die nächste nach links abzweigende Straße ab. Geduckt an den Hausmauern entlang huschten sie zurück zur Gasse, die zum Eglsee führte. Noch war Geisenfeld nicht erwacht, doch der Morgen dämmerte schon. Ein bewaffneter Diener des Ratsherrn Godebusch kam ihnen entgegen. Gerade noch konnten sie sich in einen Hauseingang flüchten. Alberto hielt die Axt, die er vorhin dem bewusstlosen Häscher abgenommen hatte, sorgfältig unter seinen linken Arm geklemmt.

Der Mann stürmte Richtung Kloster vorbei und die beiden eilten weiter. Aus der Entfernung hörten sie Gebell. Wollten ihre Verfolger Hunde auf sie hetzen? Die Gasse mündete in freies Feld. Johannes war, wie er sich noch gut erinnerte, mit Pfarrer Niklaus hier gewesen. Damals konnte er außer einem ausgedehnten, undurchdringlich scheinenden, dornigen Gestrüpp hinter einem Getreidefeld und einem Waldstück neben einem Weiher nichts Besonderes erkennen. Sie rannten durch das Feld. Schwarz und glänzend lag der Weiher in der Wiese vor ihnen.

„Wir müssen durch", flüsterte der Knabe atemlos. Die Hunde werden unsere Witterung verlieren, wenn wir durch den Weiher laufen. Er ist nicht tief, gerade mal vier Ellen. Leg deinen Beutel um den Hals." Johannes nickte wie betäubt. Er war selbst zu keiner Entscheidung fähig, sondern ließ alles mit sich machen. Alberto fasste Johannes´ Ärmel und zog ihn mit sich. Sie wateten durch das Wasser. Weicher Schlamm umfing ihre Beine und lange Pflanzen schienen nach ihnen zu greifen. Doch Johannes nahm nichts davon wahr. Das Hundegebell kam näher.

Gleich am Ufer des Weihers war das Dornengebüsch. So vorsichtig sie konnten, krochen die beiden Flüchtigen hindurch. Zuerst Johannes, dann folgte Alberto, der noch sorgsam kontrollierte, ob ein verräterischer Kleidungsfetzen zurückblieb. Johannes blieb erschöpft liegen, seinen Beutel fest umklammert. Sein Herz hämmerte. Alberto kroch an ihm vorbei, die Axt vor sich herschiebend. „Wir sind da!", flüsterte er. Johannes hob den Kopf und sah gerade noch, wie der Knabe kopfüber in einem Loch verschwand. Er tastete sich heran. „Wo bist Du?" Keine Antwort. Noch ein wenig näher.

„Alberto! Wo bist Du?" Totenstille. Johannes drehte den Kopf nach rechts und sah in gelbe Augen. Plötzlich schoss aus dem Nichts eine Hand nach oben, packte ihn am Hals und zog ihn nach unten. „Still! Hier runter!"

**

DRITTES BUCH

Die Flucht

13. August 1390, im unterirdischen Gang nach Rotteneck

Johannes schlug auf dem Boden auf. Ein heftiger Schmerz durchzuckte seinen gerade erst verheilten Arm und er stöhnte auf. „Still!", flüsterte Alberto wiederum. „Zur Seite!" Er zog den Mönch hoch und zerrte ihn in eine Nische. Dann legte er ihm den Finger auf den Mund zur eindringlichen Mahnung, leise zu sein. Johannes, der immer noch seinen Beutel umklammert hielt, schnaufte schwer. Bei jedem Atemzug krümmte er sich vor Schmerz. Doch kam ihm vor Angst kein Laut über die Lippen. Gedämpft vernahmen sie das Gebell und Gewinsel der Hunde und das Stimmengewirr der Verfolger. „Hier müssen sie sein!" „Wo sind sie denn?" „Sie können nicht weggezaubert worden sein oder doch? Vielleicht hat ihnen der Teufel geholfen!" „Lasst die Hunde suchen!" Das war die Stimme von Diflam, dem Majordomus.

Geschnüffel und Gewinsel. Johannes ahnte mehr, als er sah, dass Alberto den Kopf schüttelte. „Die Hunde finden uns hier nicht", flüsterte er kaum hörbar. Tatsächlich konnten sie hören, dass die Tiere offensichtlich verwirrt waren und nicht begriffen, dass die Spuren am Weiher aufhörten.

„Vielleicht sind sie im Dornbusch. Wenn wir den Dornbusch niederbrennen?", meinte einer der Verfolger. „Der Dornbusch im Weinberg des Herrn!", hörten sie Diflam spotten. „Leuchte mit deiner Fackel mal her!" Für eine kurze Zeit herrschte Stille, nur das Winseln der Hunde war zu hören. „Nichts", knurrte Diflam. „Wenn sie sich dort hinein verkrochen hätten, dann würden Fetzen ihrer Kleidung zu sehen sein."

„Vielleicht sind sie im Weiher geblieben", schlug ein anderer vor. „Ach ja?", antwortete ihr Anführer. „Und meinst Du, sie haben Kiemen wie die Fische? Niemand kann so lange unter Wasser überleben."

„Nur, wenn ihnen der Teufel hilft", antwortete einer der Verfolger. „Du mit deinem Teufel gehst mir auf die Nerven!", brüllte Diflam. „Überall siehst du den Teufel! Wenn du nicht dein Maul hältst und deine Pflichten ordentlich erfüllst, dann kannst du mich kennen lernen! Und dann wirst du dir wünschen, der Teufel holt Dich!"

Kurze Stille. „Los, durchsucht den Weiher!", befahl Diflam. „Aber es ist Nacht und außerdem sind wir dafür zu wenige", wandte ein weiterer ein. Diflam fluchte. „Also gut. Du und du, ihr bleibt mit den Hunden hier. Leuchtet mit Euren Fackeln, ob ihr die beiden seht. Wenn es sein muss bis zum Sonnenaufgang. Ich will morgen ihre Leichen aus dem Wasser gefischt sehen. Und du kommst mit mir!"

Johannes und Alberto hörten, wie sich Schritte entfernten. Der Mönch wollte erleichtert aufatmen, doch ein stechender Schmerz in seiner Seite ließ ihn kurz aufstöhnen. Sofort drückte ihm der Knabe die Hand auf den Mund. Dann flüsterte er: „Wir müssen weg, in den Stollen hinein. Sie sind mit den Hunden noch hier." Johannes nickte stumm. Alberto zog ihn an seiner Kutte und der Mönch folgte ihm langsam, wobei er darauf achtete, kein Geräusch von sich zu geben. Vorsichtig tasteten sie sich in den dunklen Gang hinein.

*

Albrecht Diflam kochte vor Wut, während er zu seinem Herrn stapfte. Das ganze Vorhaben war vollends gescheitert. Dabei hatte es sich zunächst so gut entwickelt. Dieser naive Narr von Mönch war tatsächlich auf den Brief hereingefallen. Zu Tode erschrocken war der neugierige Tor gewesen, als er, Diflam, ihn des Mordes am Knecht Ernst bezichtigt hatte. Doch dann entwickelte sich die Sache ganz anders als geplant. Ein Stein war unvermittelt aus dem Dunkel des Lagergebäudes geworfen worden und hatte ihn außer Gefecht gesetzt. Als er wieder bei Bewusstsein war, war der Mönch entflohen. Und nicht nur das, sein Untergebener Martin war durch einen Bolzenschuss aus der Armbrust von Josef verletzt.

Josef hatte irgendetwas von einer seltsamen Waffe gestammelt, die der Mönch bei sich gehabt haben sollte. Irgendein grünes Ding, mit dem er einen Stein mit großer Wucht auf seine Brust geschleudert haben sollte. Ein gottesfürchtiger Mönch mit einer seltsamen Waffe, was für ein Unfug! Dieser Hundsfott wollte sich nur herausreden, dass er versehentlich die Armbrust fallen gelassen hatte. Daraufhin hatte sich der Bolzen in Martins

Schulter gebohrt und in dem Durcheinander war die so sicher geglaubte Beute entkommen. Aber wer war der kleine Mann, von dem seine beiden Untergebenen berichtet hatten? Das war keine Einbildung gewesen. Dieser Unbekannte hatte den Stein geworfen und war dann mit dem Mönch geflohen.

Sogar jetzt könnte die Sache noch ein gutes Ende nehmen. Aber dann war Schwester Maria auf den Plan getreten und hatte mit der Oberin gesprochen. Irgendwie hatte sie sie davon überzeugt, den Leichnam von Ernst in die Krankenstation bringen zu lassen. Und Volkhammer, obwohl er so ein Säufer war, hatte tatsächlich erkannt, dass die Stichwunde von Ernst von einem Dolch stammte. Josef, dieser unglaubliche Tor! Nahm er statt eines Messers einen Dolch, um Ernst aus der Welt zu schaffen! Dieser Narr! Diflam tobte innerlich. Warum hatte er nicht wenigstens ein normales Messer genommen? Niemand könnte sagen, dass es nicht das von dem Mönch war. Josef würde er sich später vorknöpfen.

Wenigstens war Ernst, der aufsässige Knecht, aus dem Weg geräumt. In den letzten Wochen war er immer unverschämter und ungehorsamer geworden. Die Bezahlung war ihm zu gering, die Verpflegung zu schlecht und so weiter. Der Unmut drohte auf die anderen Bediensteten überzugreifen. Also hatte Godebusch selbst angeordnet, an dem Aufsässigen zur Abschreckung ein Exempel zu statuieren. Ernst hatte weder Weib noch Kinder, also trauerte auch keiner um ihn. Und der einfältige Pilgermönch kam gerade recht, um als Sündenbock herzuhalten und zum Schweigen gebracht zu werden. Zwei Fliegen wären mit einer Klappe geschlagen gewesen. Und jetzt das!

Wenn er recht überlegte, dann waren ihm heute der Mönch und dieser kleine Unbekannte sogar zweimal entkommen. Zuerst, als das Nest ausgeflogen war, das ihnen diese Maria verraten hatte und dann waren sie durch Zauberhand bei dem Weiher an der Marktgrenze verschwunden. Wie konnte das passieren? Kurz dachte er an die Worte von Hans, seinem Helfer, der ständig Furcht vor dem Teufel hatte. Hans war ein grober Bursche, der jederzeit gegen jeden alle Formen der Gewalt anwenden konnte. Aber mit dem Teufel konnte man ihn zu Tode erschrecken. Ob der Teufel tatsächlich seine Hand im Spiel hatte? Unsinn, sein Herr Godebusch und die anderen sagten, dass es keinen Teufel gäbe, zumindest keinen im Diesseits. Die beiden Flüchtenden waren wahrscheinlich in den Schlingpflanzen des Weihers hängen geblieben und ertrunken. Morgen würde er sie finden und die Leichen dem Ratsherrn und dem Propstrichter übergeben.

Bei dem Gedanken an seinen Herrn wurde ihm unwohl. Godebusch würde außer sich sein. Wenn nicht sicher war, dass die beiden tot waren, musste sein Herr unverzüglich den noch übrigen Teil des Kirchenschatzes außer Landes bringen. Und selbst dann würde immer die Unsicherheit bestehen, dass die Geschehnisse von 1384 aufgedeckt würden. Und damit fiele nicht nur ein erklecklicher Teil seines Einkommens weg, das auch ihm, Diflam, seine zusätzlichen Taler sicherte. Nein, dann lauerte Peinigung und Tod durch die Hand des Scharfrichters. Dafür würde schon die Mutter Oberin sorgen.

Die Mutter Oberin und ihre Nonnen! Nicht nur, dass praktisch das ganze Umland dem Kloster gehörte und der Markt nur wenig Grund sein Eigen nannte. Der Markt mit seinen Bürgern, Bediensteten und Geschäftsleuten musste sich auch noch das Wohlwollen dieser angeblich heiligen Frauen erhalten. Doch die Geisenfelder waren offensichtlich damit zufrieden. Die Äbtissin und ihre Ordensfrauen genossen in der Bevölkerung höchstes Ansehen.

Heilige Frauen! Er würde es dieser Maria in ihrer Zelle gerne besorgen. So schön hatte er es sich ausgedacht. Er malte sich aus, ihr den Mund zugehalten und sie wie eine läufige Hündin zu nehmen, während seine Männer vor der Zelle Wache stehen sollten. Doch schon an der Pforte zur Abtei waren sie auf Widerstand gestoßen. Hatte doch diese alte Hexe von Nonne, diese Hedwigis, sich geweigert, sie mit ihren Waffen in das Kloster zu lassen und sogar die Äbtissin holen lassen. Alles Drohen und Schimpfen und schließlich Betteln hatte nichts genutzt. Es hatte ihn in den Fingern gejuckt, Gewalt anzuwenden, doch das war undenkbar.

Er musste ohnehin vorsichtig sein, denn ganz war ja nie der Verdacht erloschen, dass jemand aus dem Markt mit der Sache damals zu tun gehabt hatte, vor allem, nachdem die Gaukler so schnell und vollzählig getötet worden waren. Nur bei dem kleinen Burschen war er sich nicht ganz sicher gewesen. Aber nein, es gab keinen Grund zur Beunruhigung, den hatte ja die Ilm mitgerissen und verschluckt. Aber leisten konnte er sich jetzt nichts mehr. Es galt, Gehorsam und Ehrerbietung vor dem Konvent zu heucheln. Diflam knirschte vor Enttäuschung mit den Zähnen. Grußlos rempelte er auf seinem Weg einige Geisenfelder Bürger an, die durch den Lärm im Kloster aufgewacht waren und sich jetzt empört beschwerten.

Aber ein Blick aus seinen Augen genügte, und sie wandten sich schnell wieder ab.

Diese verdammten Nonnen! Wie geprügelte Hunde hatten er und seine Männer ihre Waffen an der Pforte abgegeben, als Äbtissin Ursula erschrocken, aber mit großer Autorität an der Pforte erschienen war. Sie hatte ihm mit leisen, doch sehr deutlichen Worten klar gemacht, dass er die Exkommunizierung durch den Pfarrer oder gar den Bischof zu erwarten habe, wenn er seine Waffen nicht abgeben wolle. Nach dem Grund seines Kommens befragt, hatte er angegeben, dass sich nach verschiedenen Hinweisen der flüchtige Mönch im Kloster aufhalten würde. Die Äbtissin hatte zu allem Überfluss prompt darauf bestanden, ihn und seine Männer mit zweien ihrer Mitschwestern zu begleiten. Diflam sah sich um sein Vergnügen an der hochmütigen Maria gebracht.

Als sie dann ihre Zelle stürmten, war diese leer gewesen. Stattdessen war sie aus einem Fenster geklettert und hatte sich durch den Sturz auf den Klosterinnenhof selbst gerichtet. Diflam dachte mit grimmiger Genugtuung zurück, wie ihr Kopf auf dem Pflaster aufgeschlagen war. „Ein sattes Platschen, wie eine reife Pflaume zerplatzt", grinste er wider Willen. Als er weiter darüber nachdachte, kam er zu dem Schluss, dass es so besser gewesen war. Nicht auszudenken, wenn er sie wirklich nach allen Regeln der Kunst vergewaltigt hätte. Für ein kurzfristiges Vergnügen und die Genugtuung, sie gefügig gemacht zu haben, hätte er einen hohen Preis bezahlen müssen. Sich an einer Nonne vergriffen zu haben, wäre mit dem Tod gesühnt worden.

Ja, damals, vor sechs Jahren, als er sich mit seinen Knechten an vier Ordensfrauen, davon zwei jungen appetitlichen Weibern, ausgetobt hatte, da konnte er maskiert und unerkannt entfliehen. Niemand verdächtigte ihn oder konnte ihm etwas nachweisen. Und wo gehobelt wurde, da fielen eben Späne, wie sein Herr zu sagen pflegte. Aber jetzt wäre es praktisch vor aller Augen gewesen.

Missmutig dachte er an seine Frau und die beiden Kinder. Seine Helmtrud hatte nach der Geburt der beiden Töchter enorm an Leibesumfang zugelegt und schien noch nicht am Ende angekommen zu sein. Doch war sie in ihrer Sehnsucht nach der Niederen Minne immer noch unersättlich. Im Gegensatz zu anderen Frauen liebte sie es, auch härter herangenommen zu werden. Früher war er diesen Wünschen nur zu gerne nachgekommen. So konnte er seine Triebe ausleben und sie genoss es ebenfalls.

Um seine ehelichen Pflichten aber jetzt zu erfüllen, musste er sich angesichts der Leibesfülle seines Weibes immer öfter überwinden. So schlank und griffig sie früher gewesen war, so schwammig war sie jetzt. Kein Wunder, dass ihn manchmal der Wunsch nach Frischfleisch, vermischt mit seinen wohlvertrauten Bedürfnissen nach Gewaltausübung, überkam. Und man konnte über diese Maria sagen, was man wollte, unter ihrer Nonnentracht musste ein wahres Prachtweib gesteckt haben. Aber das war jetzt vorbei.

Als ihm auf dem Weg zu seinem Dienstherrn Bürgermeister Weiß begegnete und ihn nach den Ereignissen der Nacht befragte, tat er mit großem Bedauern seine Betroffenheit über den Tod der geachteten und beliebten Ordensschwester kund und bekräftigte, selbstverständlich auf die Beerdigung zu gehen und ihr die letzte Ehre zu erweisen.

Er schilderte die Zuversicht, die Leichen des flüchtigen Mönchs und seines unbekannten Begleiter morgen aus dem Weiher zu bergen, lobte die Vernunft der Monialen sowie den Mut seiner Männer und die Hilfsbereitschaft des Marktes, vor allem in Gestalt des Ratsbediensteten Wagenknecht. Er zeigte sich überzeugt, die Leichen der beiden Flüchtigen am kommenden Tag zu finden.

Der Bürgermeister dankte ihm für seine Bemühungen. Er erzählte dem Majordomus, dass er bei der Beerdigung der Ordensfrau einige anerkennende Worte sprechen wollte. Damit wäre dieses Kapitel abgeschlossen. Der Bürgermeister setzte daraufhin zufrieden seinen Weg fort. Albrecht Diflam hatte sich wieder beruhigt. Er hatte zwischenzeitlich das Haus des Fernkaufmanns erreicht. Er hielt kurz inne, sprach sich selbst Mut zu und klopfte an.

*

Tropfen, die glucksend auf den feuchten Boden fielen. Leises Scharren und Fiepen. Ein modriger Geruch. Und dazu diese Dunkelheit! Zwar dämmerte es draußen schon, doch in den Stollen war nur bei dem Loch, in das sie vorher eingestiegen oder, besser gesagt, gestürzt waren, ein schmaler Lichtstreifen gefallen.

Johannes versuchte, sich trotz des nahezu undurchdringlichen Dunkels ein Bild von dem Gang zu machen, in dem sie sich befanden.

Unverkennbar war, dass der Stollen abschüssig verlief. Der Boden war allem Anschein nach aber nur gestampft und durch die Nässe glitschig. Er musste aufpassen, dass er nicht ausrutschte. Während er langsam einen Fuß vor den anderen setzte, streckte er vorsichtig seine Arme nach beiden Seiten aus. Gerade berührten die Fingerspitzen beidseits der Seitenwände. Der Gang war also zwei Armlängen breit. Gut. Er blieb stehen und hob einen Arm hoch. Eine Handbreit über seinem Kopf spürte er morsches Holz zwischen Gestein. Holz, das die römischen Soldaten damals reichlich zur Stütze des Ganges verwendet hatten. Immer noch führte der Gang abwärts. Die Dunkelheit schien undurchdringlich. Johannes hätte manches dafür gegeben, hier eine Fackel zu haben, um wenigstens zu sehen, wohin sie liefen. Doch, so dachte er sich, Alberto würde es wissen. Er war schließlich schon einmal hier gewesen.

Doch wo war der Knabe überhaupt? Johannes blieb stehen, hielt den Atem an und lauschte. Nichts. Kein Tappen von Füßen, keine Schritte. „Alberto!", flüsterte er. Keine Antwort. Vielleicht war er schon vorausgelaufen. Kalte Angst stieg in Johannes auf. Er ging weiter. „Alberto!", rief er leise. Johannes beschleunigte seine Schritte. Wie tief war er eigentlich schon? Er hatte den Eindruck, dass der Stollen nicht mehr weiter nach unten führte, sondern in eine Ebene überging. Auch schien er eine langgezogene Kurve nach links zu nehmen. Bald darauf schien dies aber wieder vorbei zu sein. Johannes blieb erneut stehen. Er kniff die Augen zusammen. Täuschte er sich, oder war dort vorne ein schwacher Lichtschein? Ja, kein Zweifel.

Johannes setzte sich wieder in Bewegung. Erst langsam, dann immer schneller. Das Licht kam näher. Doch da hing etwas an der Wand des Stollens. Mitten im Lauf prallte Johannes mit der rechten Schulter dagegen. Ein schepperndes Geräusch ertönte. Er wurde herumgerissen und stürzte zu Boden. Sein Beutel schlug neben ihm auf. Stille. Dann versuchte Johannes stöhnend, sich wieder aufzurichten. Seine Schulter war ein einziger stumpfer Schmerz. Wenn dies so weiterging, dann würde er bald vor lauter Beulen nicht mehr durch den Stollen passen.

Wogegen war er nur gelaufen? Und wo war sein Beutel? Johannes bückte sich und tastete. Da war ein metallenes Etwas. Es fühlte sich an wie eine Art langer hohler Knüppel, der sich zu einer Seite hin verjüngte. Die Oberfläche löste sich bröckelnd ab, als Johannes das Ding aufheben wollte. Dann fiel es ihm ein. Es schien sich um eine alte römische

Halterung für Fackeln zu handeln. Nach mehr als 1000 Jahren in dem modrigen Gang musste sie schon vollkommen von Rost zerfressen sein.

Johannes bückte sich erneut und tastete. Da lag sein Beutel. Jetzt konnte er auch die Umrisse seines Gepäckstücks erkennen. Der Lichtschein reichte aus, um seine Umgebung zumindest schemenhaft wahrzunehmen. Er packte den Beutel, richtete sich auf und schaute in ein dunkles Gesicht. Ein jäher Schrei entrang sich seiner Kehle.

„Wo bleibst du denn?" Es war Alberto. Mit wild hämmerndem Herzen und schmerzender Schulter lehnte sich Johannes an die feuchte Wand.

„Im Namen Gottes, erschrecke mich nie wieder so", zischte er. Er konnte schwach erkennen, wie der Knabe mit den Schultern zuckte. „Ab jetzt geht es einigermaßen eben weiter. Doch der Gang wird enger. Pass auf, dass du dir nicht die Füße anstößt! Hier liegen Knochen, Holz und noch andere Sachen."

Johannes deutete auf den Lichtschein, der jetzt kurz vor ihnen aus einem schräg oben befindlichen Spalt hereinfiel. „Wo sind wir?", fragte er. Alberto schüttelte den Kopf. „Ich weiß nicht. Irgendwo auf dem Weg zur Burg." Dann, als sei diese Erklärung ausreichend, setzte er sich wieder in Bewegung und winkte Johannes, ihm zu folgen.

Als der Mönch an dem Licht vorbeikam, sah er, dass dieser durch eine schmale Spalte fiel. Er versuchte, herauszufinden, wie tief sie wohl waren. Doch er sah nur etwas Hellgraues weit entfernt durch Fels und Steinen durchschimmern. Das musste der Himmel sein. Unmöglich, abzuschätzen wie weit der Abstand zur Oberfläche war. In dem Spalt konnte er Moose und Flechten erkennen, denen das Licht zum Gedeihen ausreichte.

Hinter dem Lichtspalt wurde es wieder dunkel. „Nun komm!", hörte er den Knaben rufen. Pflichtschuldig lief Johannes los. Alberto wartete in der Dunkelheit auf ihn. Gemeinsam setzten sie ihren Weg fort.

*

Bald hatte Johannes jedes Zeitgefühl verloren. Er hatte keine Ahnung, wie lange sie schon unterwegs waren. Alberto hatte Recht gehabt, der Gang war nunmehr in einer Ebene verlaufen. Doch schienen die antiken Baumeister damals auch auf manche Schwierigkeiten in der Tiefe gestoßen zu sein. Der Stollen, der zuerst gerade verlaufen war, wand sich immer wieder hin und her, es gab Bereiche, da er so eng wurde, dass kaum ein

Durchkommen war. Manches Mal hatten sie über eingestürzte Holzbalken und Schutt klettern müssen. Kein einfaches Unterfangen in der Dunkelheit.

Nur einmal noch war eine Spalte, ähnlich der, die kurz nach Beginn ihrer Flucht aufgetaucht war, zu sehen gewesen. Doch hier war der Lichtschein noch schwächer gewesen. Natürlich, die römischen Besatzer hatten damals mit Fackeln den Gang erhellt. Aber die beiden Flüchtigen besaßen nichts dergleichen. Nur gut, dass Alberto durch die Jahre, die er im Wald bei Nötting verbracht hatte, über geschärfte Sinne verfügte. Der Knabe bewegte sich, wie Johannes bewundernd bemerkte, mit beinahe traumwandlerischer Sicherheit, während er selbst wie ein Tanzbär hinter ihm her tapste. Als er an Nötting dachte, fiel Johannes das Mädchen Agnes wieder ein. Sie hatte keine Ahnung vom Schicksal ihres Freundes und mochte sich fragen, wohin er plötzlich verschwunden war. Würden ihr die Gerüchte von dem Mord zugetragen? Sicher, solche Nachrichten verbreiteten sich wie ein Lauffeuer. Wenn sich herumsprach, dass er, der gesuchte Mörder, von einem kleinen Unbekannten begleitet wurde, dann würde sie ihre Schlüsse ziehen. Agnes hatte einen hellen Verstand. Bestimmt aber würde sie todtraurig sein, ihren Freund nicht wiederzusehen.

Und er? Wieder sah Johannes das schreckliche Bild vor sich, als Magdalena zu Tode gestürzt war. Der Gedanke daran und die Erkenntnis, die geliebte Frau und damit ihre gemeinsame Zukunft für immer verloren zu haben, gerade als er sie nach sieben Jahren wieder gefunden hatte, ging mit einem Mal über seine Kräfte. Er blieb stehen, sank auf die Knie, ließ seinen Beutel fallen und weinte bitterlich. Mit vor das Gesicht geschlagenen Händen ließ er seiner Trauer freien Lauf.

Alberto hörte, wie Johannes niederkniete. Er kehrte um und fand ihn, gegen die Wand des Ganges gelehnt, in hemmungslosem Schluchzen.

Der Knabe setzte sich neben den Mönch. Er sprach kein Wort. Alberto wusste, jetzt war der Moment gekommen, in dem Johannes von der ganzen Wucht der Ereignisse getroffen wurde. Es war besser, wenn er jetzt dem Schmerz nachgab. Danach würde er wieder die nötige Kraft sammeln können.

Johannes bemerkte nicht, dass Alberto neben ihm saß. Er haderte mit Gott und machte IHM Vorwürfe. Er schrie seinen Schmerz in die Dunkelheit und schlug seinen Kopf wiederholt an die Stollenwand. Dann wieder machte er sich, immer wieder unterbrochen von Schluchzern, selbst dafür verantwortlich, mit seinem dummen und unverzeihlichen Verhalten in die Falle geraten zu sein und damit Magdalena in einen unlösbaren Konflikt getrieben zu haben.

Irgendwann lehnte er kraftlos im dunklen Gang und weinte nur noch still vor sich hin.

Da spürte er die Hand Albertos auf seiner Schulter. Er griff danach und hielt sie fest. Wortlos saßen sie beieinander. Nach einiger Zeit hörte er die Stimme des Knaben. „Komm, Johannes. Du lebst. Lass nicht zu, dass sie dich auch noch töten!"

Johannes nickte. Er atmete mehrmals tief durch. Dann stand er auf und räusperte sich. „Wir gehen weiter. Sie werden uns nicht fassen, niemals!"

*

14. August 1390, Benediktinerinnenkloster Geisenfeld

In der Gästeküche des Klosters spiegelte sich in den Butzenscheiben die Morgensonne. Barnabas hatte nach der Prim die Küche aufgesucht und gemeinsam mit den anderen Besuchern der Abtei das Morgenmahl eingenommen.

Die wenigen anderen Gäste hatten den Tisch bereits wieder verlassen, um sich auf ihre Weiterreise vorzubereiten. Doch Barnabas zog es vor, noch etwas zu bleiben. Es eilte ihm nicht. Zwar war er durch die Äbtissin gleichsam des Klosters verwiesen worden, aber er hatte gar nicht daran gedacht, der Aufforderung sofort Folge zu leisten. Nach dem Durcheinander der letzten Nacht würde sich niemand um ihn kümmern. Wenn er heute abreiste, war dies noch früh genug. Zudem musste er sich über so Manches klar werden, bevor er aufbrach.

Nachdenklich tunkte Barnabas ein Stück Brot in die Schüssel mit Haferbrei, die vor ihm stand. Kaum zu glauben, dass er seinen abtrünnigen Mitbruder nur um eine kurze Zeitspanne verpasst hatte. Niemals hätte er erwartet, Johannes noch hier anzutreffen. Er war schließlich schon vor mehr als zwei Monaten von Coburg aufgebrochen. Und doch war es so. Aber jetzt war er wie vom Erdboden verschluckt.

Wilde Gerüchte waren umhergegangen. Johannes sollte angeblich einen Knecht des reichsten Mannes im Markt, den Knecht eines Ratsherrn, erstochen haben. Und eine seltsame Waffe sollte er mit sich getragen haben. Eine Waffe! Je mehr Barnabas darüber nachdachte, desto lächerlicher erschien ihm diese Geschichte. Johannes war immer schon ein Angsthase gewesen. Niemals könnte dieser irgendeiner Fliege etwas zuleide tun. Er beherzigte tatsächlich noch die Worte der Bergpredigt. 'Wenn dir einer auf die eine Backe schlägt, so halte ihm auch die andere hin´. Er grinste, während er das Brot kaute. Nein, Johannes war zu so etwas gar nicht in der Lage.

Doch wenn er unschuldig war, warum und wohin war er verschwunden? Barnabas hatte aufmerksam dem Geschwätz der anderen Gäste in der Gästeküche gelauscht. Angeblich läge sein Mitbruder irgendwo versteckt. Der Propstrichter sei zusammen mit dem Majordomus Diflam dieses Kaufmanns, Godebusch, von der Äbtissin beauftragt worden, den Verschwundenen einzufangen. Diesen Diflam hatte er schon gestern gesehen. Ein rauer Bursche, der rüde mit seinen Untergebenen umsprang.

Einige andere der Gäste wollten wissen, dass Johannes gemeinsam mit einem unbekannten schwarzen Mann in einem Weiher am westlichen Rand des Marktes ertrunken sei. Im Laufe der Gespräche war dieser schwarze Fremde immer mehr in den Blickpunkt des Interesses gerückt. Wer war er gewesen? Ein Mohr aus dem Morgenland? Oder, wie ein Gast hinter vorgehaltener Hand munkelte, war es gar ein Abgesandter des Antichristen gewesen, der Johannes mit sich gezerrt hatte? Bewies dies nicht, dass er den Knecht doch erstochen hatte?

Und weshalb war diese Schwester Maria in den Tod gestürzt? Hatte sie mit der Sache zu tun? Aufmerksam, wie Barnabas war, hatte er auch das Getuschel der jungen Nonnen aufgeschnappt, die für die Versorgung der Gäste zuständig waren. Augenscheinlich herrschte unter den Ordensschwestern höchste Aufregung über die Vorkommnisse. Die jungen Monialen in der Gästeküche bemühten sich zwar, den Anschein des normalen Wirkens aufrechtzuerhalten, doch war ihnen unschwer anzumerken, dass sie verwirrt waren. Erregt schnatterten sie leise durcheinander, aber nicht leise genug für Barnabas´ Ohren.

Wie er heraushörte, war diese Maria der Heilkunde mächtig gewesen. Angeblich hatte sie den Leichnam des Ermordeten untersucht und dabei irgendetwas Eigenartiges entdeckt. Es ging das Gerücht, dass ihr diese Entdeckung das Leben gekostet haben sollte. Noch heute sollte sie in der Kreuzkapelle aufgebahrt werden. Wie er hörte, war die Aufbahrung im geschlossenen Sarg notwendig, da der Kopf der Toten durch den Sturz vollständig zerschmettert sein sollte. Angeblich war für morgen schon die Beerdigung angesetzt.

Wie die jungen Monialen wisperten, hatte sie nicht nur eine leibliche Schwester, sondern auch eine beste Freundin in der Abtei gehabt. Die beiden Ordensfrauen, so hieß es, hatten sich seit dem Tod Marias in ihrer Zelle eingeschlossen und trauerten um die Tote.

In der Gästeküche war Barnabas neben den anderen Übernachtungsgästen auch den drei Personen, zwei Frauen und einem hageren Mann, begegnet, die ihm durch ihr Gebaren aufgefallen waren. Waren es überhaupt Reisende?

Die Drei hatten sich an denselben Gästetisch gesetzt, an dem er saß. So war es ihm möglich, auch ihnen zu lauschen. Offensichtlich standen sie im Dienst der Abtei. Aber warum lebten sie dann im Gästehaus? Als der Name Johannes auch in deren Gespräch fiel, war er hellhörig geworden. Scheinbar machten sie sich große Sorgen um ihn. Und noch ein Name fiel. Hubertus. Hubertus, der sehr krank gewesen und jetzt auf dem Weg der Besserung war. Diesem Hubertus hatte Johannes, dem Gespräch nach, mit einem Heilkraut das Leben gerettet.

Als Barnabas sich, neugierig geworden, unwillkürlich etwas weiter zu den beiden Frauen und dem Mann hinüberbeugte, hatte eine der Frauen, eine unscheinbare Person, dieses bemerkt und ihren Freunden ein verstohlenes Zeichen gegeben. Daraufhin hatten sie ihre Unterhaltung abgebrochen und die Mahlzeit schweigend beendet.

Nach dem Mahl waren die beiden Frauen aufgestanden. Der Mann war noch geblieben. So begann Barnabas ein unverfängliches Gespräch mit ihm und gab vor, von dem Schicksal des Verschwundenen gehört zu haben, ebenfalls ein Pilgermönch zu sein und für das Seelenheil des Verschollenen beten zu wollen. Daraufhin war der Mann etwas gesprächiger geworden. Er hatte von einem Überfall auf ihren Freund erzählt und dass dieser einem der Räuber die Kniescheibe zertrümmert habe.

Erstaunlich. Das hatte er seinem Mitbruder gar nicht zugetraut. Außerdem hatte der Mann noch von einem Kirchenbrand, gestohlenen Schätzen, getöteten Ordensschwestern und einer gerechten Vergeltung an den Mördern irgendwo eine halbe Tagesreise von hier gefaselt. All das sollte sich vor mehr als sechs Jahren zugetragen haben. Angeblich sei seitdem eine bestimmte Gegend verflucht.

Dann war dem Mann, der sich als Gregor vorgestellt hatte, wohl bewusst geworden, dass er vorsichtiger mit seinen Aussagen sein sollte. Er war einsilbig geworden, bald aufgestanden und hatte sich verabschiedet.

Barnabas dachte nach. Das alles klang etwas wirr. Und was sollte das mit dem Verschwinden von Johannes zu tun haben? Hatte er irgend jemandes Kreise gestört?

Ihm fiel wieder ein, dass der Propstrichter den Verschwundenen wieder einfangen sollte. Das würde schwierig werden. Schließlich wusste niemand, wohin Johannes sich wenden würde, vorausgesetzt, er war nicht, wie es hieß, in einem Weiher ertrunken.

Er aber wusste, wohin Johannes wollte. Er würde auf jeden Fall versuchen, nach Galicien zum Grab des Apostels zu reisen und sein Gelübde zu erfüllen, das er dem alten Abt Marcellus gegeben hatte. Er war schon immer viel zu pflichtbewusst gewesen.

Barnabas kam ein Gedanke. Wenn der Propstrichter gemeinsam mit dem Majordomus den abtrünnigen Mönch finden würde, dann brauchte er, Barnabas, sich nicht die Hände schmutzig zu machen. Johannes würde wegen Mordes abgeurteilt und dann hingerichtet werden. Umso besser. Ob er den Knecht tatsächlich getötet hatte oder nicht, war vollkommen gleich. Barnabas lächelte. Das könnte ein Weg sein, ohne großen Aufwand an die Reliquie zu kommen. Er würde ein Gespräch mit dem Propstrichter führen. Warum nicht die Kräfte bündeln? Er sah sich um. Die anderen Gäste hatten die Gästeküche schon verlassen. Es war Zeit, aufzubrechen. Barnabas stand auf. Er wusste jetzt, was er zu tun hatte.

*

Mit schräg nach vorn ausgestreckten Armen machte Johannes einen Schritt nach dem anderen in der undurchdringlichen Dunkelheit. Hier und da stieß er mit dem Fuß an einen Stein, an herumliegendes Holz und an andere Dinge, die er nicht zu erkennen vermochte. Vorwärts, nur vorwärts. Blind folgte er dem vor ihm laufenden Alberto.

Meist warnte ihn der Knabe, wenn ein Hindernis im Weg lag oder er Gefahr lief, erneut an eine der alten römischen Fackelhalterungen zu stoßen. Anfangs hatte Johannes noch gestaunt, wie sich Alberto in dieser nahezu lichtlosen Welt so geschickt bewegen konnte. Mittlerweile aber nahm er es als gegeben hin.

Mit den Händen tasten, dabei einen Schritt vor den anderen setzen. Vorsichtig fühlen, ob ein Hindernis im Weg lag. Zunehmend war der Mönch abgestumpft. Wie lange mochte dieser Stollen noch sein? Doch plötzlich ein leiser Ausruf von Alberto „Wir sind bald da!" Johannes schreckte auf. Tatsächlich, er spürte, dass der Gang anstieg. Noch ein paar Schritte.

„Halt!" Johannes blieb wie angewurzelt stehen. Was kam jetzt? Immer noch konnte er nichts erkennen. „Hier ist ein Schutthaufen, wo der Gang eingestürzt ist. Holz, Geröll, Erde. Da müssen wir drüber kriechen. Es ist sehr eng, aber es geht. Dahinter sind viele Stufen. Bald sind wir beim Turm. Jetzt vorsichtig sein, es ist steil." Johannes grinste erschöpft. Das war eine überflüssige Warnung. Doch wie sich gleich darauf herausstellte, war die Warnung berechtigt. Mühsam arbeitete sich der Mönch den Geröllhaufen hinauf. Mehrmals rutschte er ab und schlug sich seine Schienbeine, seine Knie und Ellbogen an Balkenresten und Gesteinsbrocken an. Der Schutthaufen reichte, soweit Johannes mit forschendem Tasten feststellen konnte, tatsächlich beinahe bis zur Stollendecke. Alberto war schon hindurchgekrochen. Schwer atmend und mit im Schutt festgekrallten Händen musste der Mönch erkennen, dass er mit dem Beutel auf den Schultern nicht hindurchpasste. Er legte ihn ab, immer bedacht, nicht wieder abzurutschen und schob ihn durch die schmale Öffnung. „Ich ziehe", hörte er den Knaben sagen. Als der Reisebeutel durch den Spalt verschwunden war, musste Johannes erst einmal innehalten. Er fühlte sich vollends erschöpft.

„Wo bleibst Du?", fragte Alberto. „Gleich", keuchte Johannes. Woher nahm der Junge nur diese Kraft? Er selbst fühlte sich wie durch ein Walkwerk durchgezogen. Alles tat ihm weh. Dann riss er sich zusammen und kroch in den Durchlass. Als er halb hindurch war, hatte er das Gefühl, unentrinnbar eingeklemmt zu werden. Die Felsbrocken unter ihm drückten auf seinen Brustkorb und schnürten seine Atemwege ab. Von oben hing ein übrig gebliebener Balken herab und drohte, seine Kutte sowie seinen Rücken zu durchbohren. Blinder Schrecken stieg in ihm auf. Verzweifelt krallte er seine Finger in den Schutt, zerrte und strampelte mit den Beinen. Mit einem hässlich ratschenden Geräusch kam er frei. Hilflos rollte er den Schutthügel hinunter und prallte unten gegen die Stollenwand.

Er stöhnte auf. Wenn es so weiterging, dann würde er sterben, bevor ihn die Häscher erreichten. Mühsam richtete er sich auf. Der Gang machte hier anscheinend einen scharfen Knick. Er bemerkte Knirschen und Knacken unter seinen Sandalen wie dürre Zweige, die unter dem Gewicht zerbrachen. Dann spürte er, wie ihm der Beutel in die Hände gedrückt wurde und hörte, wie Alberto flüsterte. „Hier ist die Treppe zum Turm!"

Er schob einen Fuß vor und spürte mit den Zehen eine felsige Stufe. Tatsächlich! Langsam stieg er hinauf. Die Stufe war kurz. Hilfesuchend tastete Johannes an der Wand entlang. Kein Halt. Über ihm hörte er die Stimme des Knaben. „Komm, es ist nicht mehr weit!" Johannes beugte sich vor und versuchte, mit den Händen die Stufen zu berühren. Die Treppe war steil. Er verlagerte sein Gewicht nach vorne und arbeitete sich so mit gesenktem Kopf Stufe für Stufe hinauf.

Als er weiter nach oben kletterte, ertönte ein Fiepen. Eine Ratte! Er spürte, dass das Tier in Windeseile über seinen Handrücken und seinen Unterarm lief und schüttelte angewidert den Arm nach hinten, so dass die Ratte die Stufen hinunter geschleudert wurde. Dabei verlor er fast das Gleichgewicht. Als er sich wieder vorbeugte und nach der nächsten Stufe tastete, schloss sich seine Hand unvermutet um etwas, das ihm bekannt vorkam. Ein Knochen. Er drehte ihn prüfend zwischen den Fingern. Da er früher in der Küche von St. Peter und Paul ausgeholfen hatte, war ihm diese Art Knochen vertraut. Nach Größe, Form und Gewicht zu urteilen, handelte es sich um den Knochen eines Hühnerbeins. Wie kamen Hühner hier herunter? Er bemerkte, dass sich noch Sehnen und Fleischreste an dem Knochen befanden. Er hielt den Knochen, so gut er es einschätzen konnte, vor seine Nase und schnupperte. Gebraten. Also war erst jemand hier gewesen und hatte den Hühnerrest achtlos weggeworfen. Es konnte nicht mehr weit sein. Er stieg weiter und einige Zeit später bemerkte er den Körper von Alberto direkt neben sich. Er hob den Kopf und sah nach oben. Sie befanden sich direkt unter der Falltür. Durch ein schmales Loch im Holz fiel ein schwacher Lichtstreifen.

Endlich angekommen! Erleichtert atmete der Mönch auf. Nur nicht wieder hinunter in den Stollen! Der Gedanke, den gleichen Weg wieder zurückgehen zu müssen, jagte ihm ein Frösteln über den Rücken.

Alberto kauerte sich so unter die Falltür, dass er durch das Loch hindurchsehen konnte. „Was siehst Du?", fragte Johannes neugierig.

„Schatten von Fässern", flüsterte der Knabe. „Sonst ist alles ruhig. Es ist niemand hier."

„Warte einen Moment!", sagte Johannes. Wenn niemand da war, dann war jetzt die beste Gelegenheit, die Türe aufzudrücken. Hoffentlich war sie nicht verriegelt. Dann wäre alles umsonst gewesen. Er gab Alberto seinen Beutel. Dann überprüfte er sorgfältig, ob er beim Durchkriechen der Öffnung vorhin nichts verloren hatte. Doch alles war da: Das Messer mit dem Heiligen Holz, seine Schleuder, die Beutel mit den Steinen und dem Geld von Coburg. Gut. Es konnte losgehen. Prüfend stemmte er sich mit den Händen nach oben. Die Falltür gab ein klein wenig nach. Vielleicht wurde sie alleine durch das Gewicht der Fässer gesichert. Er holte tief Luft und drückte mit Schultern und Armen, so fest er konnte. Nur langsam gab die Türe nach. Närrisch, zu glauben, das schwere Holz alleine stemmen zu können. „Hilf… mir!", presste er zwischen zusammengebissenen Zähnen hervor. Alberto ließ den Beutel fallen und drückte mit.

Johannes´ Halsschlagadern traten vor lauter Anstrengung hervor. Warum ging diese Türe nur so schwer auf? Kaum wagte er auszuatmen. Auch Alberto keuchte. Unendlich langsam, so schien es, hob sich die Falltür. Unter Aufbietung ihrer letzten Kräfte stemmten sie sich noch einmal nach oben. Dann ertönte ein schweres Krachen. Gleich danach flog die Falltür auf. Durch den Schwung verlor Johannes das Gleichgewicht. Gerade noch konnte er sich mit einer Hand an der Kante des Turmbodens einhalten, um nicht die Stufen hinabzustürzen. Aus den Augenwinkeln sah er, dass Alberto taumelte. Ohne nachzudenken, griff er nach dem Knaben und packte ihn am Arm. Sekundenlang rangen sie um sicheren Halt. Dann hatten sie es geschafft. Johannes sah Alberto in die Augen. Jetzt löste sich die Spannung. Beide prusteten vor Erleichterung los.

Alberto packte den Beutel des Mönchs und warf ihn hinauf. Anschließend legte er sorgfältig die Axt, die er dem Schergen in Geisenfeld abgenommen hatte, auf den Boden neben die Falltür. Dann stiegen er und Johannes aus dem Gang und betraten den Keller. Erschöpft, aber tief erleichtert, sanken sie nieder. Sie hatten die Burg Rotteneck erreicht. Johannes schaute sich um. Sie standen in einem kreisrunden fensterlosen Raum. Zweifellos handelte es ich um den Bergfried der Burg, der früher als Signalturm der römischen Besatzer gedient hatte. Der Boden war gepflastert und mit altem Stroh bedeckt. Die Wand bestand aus schweren

Quadern. Mehrere Fackelhalterungen hingen daran. Etwa fünf bis sechs Mannshöhen über ihnen waren schwere Balken in die Wand eingelassen, die eine solide Holzdecke trugen. In der Mitte befand sich ebenfalls eine Falltür, ähnlich der, durch die sie vorhin gestiegen waren. Scheinbar hatte der Turm früher auch als Kerker gedient.

Entlang der Wand verlief eine Steintreppe, die in eine Öffnung an der Decke mündete. Hier war zum Glück keine weitere Türe eingelassen. Durch die Öffnung fiel auch der Lichtschein, den sie unter der Falltür wahrgenommen hatten. Johannes vermutete, dass die Stufen wohl erst nachträglich eingefügt worden waren, als der Keller seine Aufgabe als Kerker nicht mehr erfüllen musste. Er rieb sich die Schulter. Kein Wunder, dass die Falltür schwer aufgegangen war. Drei Fässer waren darauf gestanden. Durch das Aufdrücken der Türe waren die Fässer umgefallen und in dem Raum umhergerollt. Doch abgesehen davon, war es hier unten leer.

Alberto grinste. Johannes sah ihn verständnislos an. „Was schmunzelst Du?" fragte er unwillig. „Unsere Lage ist nicht zum Lachen!" „Schau dich an, wie wir aussehen!", antwortete der Knabe.

Johannes blickte an sich herunter. Seine Kutte war mit Erde beschmiert, seine Sandalen schlammverkrustet. Seine Füße wiesen zahlreiche Abschürfungen auf, wo er überall an Holz, Steine und wer wusste, woran sonst gestoßen war. Er musste einen schauerlichen Anblick abgeben. Alberto sah jedoch nicht besser aus.

„Wir brauchen neue Kleider und müssen uns waschen", sagte Johannes.

„Und vor allem müssen wir ungesehen hier wegkommen. Es ist damit zu rechnen, dass der Propstrichter die um Geisenfeld herum ansässigen Burgherren über unsere Flucht informiert." Albertos Grinsen erlosch.

Schnell klappten sie die Falltür wieder zu, rollten die Fässer zurück und stellten sie wieder an ihren ursprünglichen Platz. Notdürftig verteilten sie das Stroh, damit nicht gleich auffiel, dass jemand hier unten gewesen war. Dann eilten sie die Treppe hinauf.

Vorsichtig steckten sie die Köpfe aus der Öffnung. Auch dieser Raum hatte keine Fenster, nicht einmal schmale Schießscharten. Wenige Armlängen vor ihnen befand sich eine Türe, die nach außen führte. Auch hier waren über ihnen schwere Balken in die Wand eingelassen, die wieder eine Holzdecke trugen. Doch führte hier keine Steintreppe nach oben, sondern eine stabile, hölzerne Leiter ragte in das obere Geschoss. Johannes zeigte auf die Leiter. „Im Belagerungsfall wird die Leiter nach oben gezogen und der Angreifer kann nicht hinauf." Alberto nickte und deutete seinerseits auf eine Holztruhe, die als einziger Einrichtungsgegenstand auf dem Boden stand.

„Vielleicht sind hier Kleider drin", flüsterte er. Johannes wiegte zweifelnd den Kopf.

Gerade wollte Alberto zu der Truhe hinlaufen, als er erstarrte. Er packte Johannes an der Schulter. Schnell duckten sich die beiden unter die Bodenbretter und drückten sich zurück an die Wand.

Die Türe schwang auf. Ein Mann trat ein, der einen Bogen hielt und an dessen Gürtel ein Seitenköcher mit Pfeilen hing. Er ging auf die Leiter zu, die nach oben führte. „Ablösung!", rief er mit rauer Stimme nach oben. Dann begann er, behände die Leiter hinaufzusteigen. Johannes und Alberto wagten kaum zu atmen, bis der Bogenschütze oben verschwunden war. „Wir müssen weg!", zischte Johannes. Alberto gebot ihm mit einer Hand Einhalt und deutete nach oben. Gelächter drang zu ihnen, eine Tür wurde zugeschlagen. Knarrendes Holz verriet, dass jemand die Leiter hinunterstieg. Ein dumpfes Geräusch und Schritte, die sich in ihre Richtung bewegten. Eng an die Wand gepresst, sahen sie jedoch nur eine Gestalt, die die Türe nach außen öffnete und hindurchging.

Beide atmeten erleichtert auf. Noch bevor Johannes reagieren konnte, sprang Alberto auf und huschte zur Truhe hin. Er hob den Deckel auf und sah hinein. Dann bückte sich der Knabe, griff in die Truhe, holte etwas heraus und schob es unter sein Hemd. Leise klappte er den Deckel zurück. Schnell lief er zu Johannes. „Und?", fragte der Mönch. Alberto verzog abschätzig den Mund. „Gurte und Decken, sonst nichts. Aber hier…." Er griff unter sein Hemd, holte einen ledernen Riemen hervor und schlang ihn sich um die Hüfte. Dann nahm er die Axt auf, die er vorhin abgelegt hatte und steckte sie wie selbstverständlich hinter den Gurt. „So, jetzt gehen wir!"

Beide schlichen hinauf, öffneten die Türe nach außen und spähten hinaus. An der Außenmauer des Bergfrieds befand sich ein Mauervorsprung, gerade so breit, dass ein Mann darauf gehen konnte. Vor sich sahen sie eine hölzerne Brücke, die sich vom Bergfried über etwa vier Mannslängen erstreckte und zu einem großen, rechteckigen Gebäude hinüberführte. Rechts von der Brücke erstreckte sich die Mauer der Burg, die von einem stattlichen Wehrgang über ihnen gekrönt wurde. Stimmengewirr und Gelächter drang an ihre Ohren. Johannes schaute nach links und erhaschte einen Blick in den Burghof. Die Stimmen kamen von dort unten. Er reckte den Kopf und sah eine Ansammlung von Menschen im Zentrum des Hofes neben dem Brunnen der Burg, die um zwei Pferdefuhrwerke herumstanden. Auf einem der Wagen bot ein Korbmacher seine Waren mit lauter Stimme feil. Auf dem anderen Wagen befanden sich irdene Töpfe in unterschiedlichen Größen, die von einem Händler angepriesen wurden. Dazwischen waren Handkarren mit verschiedenen Obst und Gemüsesorten zu sehen. Es herrschte das übliche Verkaufsgeschwätz. Niemand achtete auf die beiden Gefährten.

Johannes schlüpfte hinaus und presste sich an die dem Burghof abgewandte Seite des Turms, um nicht gesehen zu werden. Er winkte Alberto, der ihm flugs folgte. Kaum draußen angekommen, fragte sich Johannes, wie es weitergehen sollte. Er sah nach unten. Sogleich wich er zurück und schloss die Augen. Der Mauervorsprung, auf dem sie sich befanden, lag nur gute drei Mannslängen über dem Burghof, trotzdem wurde ihm schwindlig. Während er versuchte, seine Angst niederzukämpfen, wurde ihm bewusst, was er da unten gesehen hatte. Er zwang sich, die Augen erneut zu öffnen und wieder hinunter zu sehen. Kein Zweifel, direkt unter ihnen befand sich eine kleine Wiese mit Obstbäumen. Zwischen den Bäumen waren mehrere Leinen gespannt. Und auf den Leinen hingen …... Wäschestücke!

„Dank sei Gott!", flüsterte Johannes, stieß Alberto an und zeigte nach unten. Über das Gesicht des Knaben lief ein triumphierendes Lächeln. „Unsere neuen Kleider!", jauchzte er. Johannes nickte. Jetzt mussten sie nur noch ungesehen hinuntergelangen. Kaum war ihm der Gedanke durch den Kopf gegangen, schwang sich Alberto wortlos über den Mauervorsprung und hangelte sich an der Kante entlang. Johannes war davon so überrascht, dass er nicht reagieren konnte. Alberto ließ eine Hand los und suchte damit unter dem Mauervorsprung. Scheinbar hatte er eine Haltemöglichkeit gefunden, denn sogleich war er verschwunden. Johannes stöhnte innerlich auf. So schnell er konnte, legte er sich längs auf den Vorsprung und spähte vorsichtig über die Kante.

Der Anblick machte ihn schaudern. Wie eine Katze hing der Knabe an der Wand des Bergfrieds und machte Anstalten, hinunterzuklettern. Leise scharrte die Axt am Mauerwerk entlang. Dann, zum Entsetzen des Mönchs, rutschte Alberto ab und fiel zu Boden. Dort aber vollführte er eine beinahe spielerische Rolle und war sogleich wieder auf den Beinen. Mit diebischem Vergnügen blinzelte er zu Johannes herauf. Dann winkte er ihm, nachzukommen.

Johannes rollte entsetzt zurück. Da hinunter klettern, an einer Fassade, die keinen Halt bot. Nicht auch noch das! Er würde wie ein nasser Sack zu Boden fallen und sich alle Knochen brechen. Doch was blieb ihm übrig? Sein Herz begann zu rasen und der Angstschweiß brach ihm aus. Nur ruhig bleiben! Wieder spähte er über die Kante des Mauervorsprungs. Alberto stand nun genau unter ihm, an die Mauer des Turms gepresst. Ungeduldig winkte er nach oben. Johannes verzog gequält das Gesicht.

„Ich komme ja!", presste er heraus. Er nahm seinen Beutel und ließ ihn über die Kante fallen. Mit dumpfem Plumpsen schlug das Gepäckstück neben Alberto auf. Das Geräusch steigerte Johannes´ Angst noch. Aber er sah keine andere Möglichkeit, zum sicheren Boden zu gelangen. Schlotternd ließ er sich rückwärts von dem Mauervorsprung herunter, bis er sich nur noch mit den Händen hielt. Verzweifelt strampelte er mit den Beinen. Eine Hand loszulassen und nach einem Halt zu suchen, wagte er nicht. Plötzlich ertönte aus dem Burghof ein lautes Klirren, als ein irdener Topf zu Bruch ging. Vor Schreck ließ Johannes los. Mit weit aufgerissenen Augen fiel er.

`Jetzt ist alles zu Ende´, dachte er. Doch noch im Fallen erhielt er einen kräftigen Stoß in die Hüfte, schlug auf der Seite auf und rollte noch ein paar Ellen, bis er auf dem Rücken liegen blieb. Der Sturz raubte ihm den Atem. Da sah er ein Gesicht über sich. Alberto! „Aufstehen!", drängte ihn der Knabe. Johannes wackelte mit den Zehen. Er hatte noch Gefühl in den Beinen. Alberto reichte ihm die Hand und zog ihn hoch. Mit unterdrücktem Stöhnen stand Johannes auf. Sogleich versagten ihm seine wackeligen Beine ihren Dienst und er sank wieder zu Boden.

Alberto sah ihn ungeduldig und, wie es ihm schien, geringschätzig an. Dann zuckte der Knabe mit den Achseln und huschte im Schutz der Obstbäume zu den Wäscheleinen. Er prüfte, was passend sein könnte und zog verschiedene Kleidungsstücke herunter. Er eilte zurück zu Johannes, der es mittlerweile glücklich geschafft hatte, aufzustehen. Alberto zog den Mönch in eine Ecke zwischen Turm und Mauer. Johannes begriff. Schnell entledigte er sich der zerrissenen und verschmutzten Kutte. Er nahm das Medaillon, das ihm Magdalena geschenkt hatte, sah es wehmütig an und legte es in einen seiner beiden Geldsäckchen. Dann stopfte er sein

Gewand in den großen Reisebeutel und zog die Kleidungsstücke an, die ihm Alberto reichte. Beinlinge aus grauem Tuch, ein leinenes, beigefarbenes Hemd und eine abgegriffene Weste. Das musste reichen. Die Kleider waren ihm etwas zu lang, so dass er sie umschlagen musste. Aber besser als nichts. Vom Burghof drangen immer noch die Gesprächsfetzen zu ihnen herüber. Zum Glück hatte während des eifrigen Feilschens um die Waren niemand bemerkt, was sich in der hinteren Ecke abspielte. Auch Alberto zog sich in Windeseile um. Doch waren ihm die Wäschestücke auch zu groß. Schließlich beließ er es bei einem Hemd und einer Weste. Seine Hosenstücke, so schmutzig sie auch waren, wechselte er nicht. Nichts Passendes dabei, so deutete er seinem Fluchtgefährten an. Anschließend versteckten sie die überzählige Kleidung in einer Nische.

Nun galt es, sich unter die Besucher der Burg zu begeben und möglichst unbefangen aufzutreten, um nicht aufzufallen. Johannes hängte sich seinen Beutel um. Mit vor Aufregung klopfendem Herzen, jedoch betont gelassen, schlenderten die beiden Flüchtigen aus der Ecke zwischen Turm und Mauer und gingen an den Obstbäumen vorbei. Im Vorübergehen erspähte Johannes eine Mütze, die inmitten der Wäschestücke hing. Schnell zupfte er sie von der Leine, drückte sie Alberto auf den Kopf und zog sie ihm tief ins Gesicht. Dann gingen sie in den Burginnenhof.

Sie mischten sich unter die Menge und besahen sich die feilgebotenen Waren. Johannes kam jetzt zugute, dass er in Coburg als Gehilfe des Cellerars für die Einkäufe des Klosters zuständig gewesen war. Er fragte nach den Preisen von Gemüse und Obst und feilschte gerade so, dass es nicht über Gebühr auffiel. Niemand sonst nahm Notiz von ihnen. Er bemerkte, dass nicht nur Burgbewohner anwesend waren. Offenbar waren auch die Dorfbewohner von Schermbach gezwungen, den Weg hinauf zur Burg zu nehmen, wenn dort etwas angeboten wurde.

Wie sich aus den Gesprächen der Leute entnehmen ließ, boten alle Händler ihre Waren auf der Burg feil. Wer die Gelegenheit zum Kauf dort ausließ, hatte eben Pech gehabt. Scheinbar war dies eine Folge davon, dass der letzte Abkömmling des Geschlechts der Grafen von Rotteneck, Bischof Graf Heinrich von Rotteneck zu Regensburg, vor gut 100 Jahren die Burg mit allen Besitzungen, an Herzog Ludwig II. zu Gunsten seiner Domkirche veräußert hatte. Herzog Ludwig hatte damals die Festung als Lehen vergeben und der damalige Lehensnehmer hatte sich dieses Vorrecht des Erstbezugs von Waren erbeten.

Johannes kaufte Äpfel, Birnen und einige Möhren, Alberto immer an seiner Seite. Langsam bewegten sie sich auf das Tor der Burg zu. Als sie es erreicht hatten und gerade hindurchgehen wollten, machte Alberto große Augen und deutete nach rechts unten.

Zwei bewaffnete Reiter kamen im Galopp den Weg zur Burg hinauf. Johannes kniff die Augen zusammen. Einer der beiden kam ihm bekannt vor. Kein Zweifel, der Mann stand im Dienst des Ratsherrn Godebusch. Also ließen der Kaufmann und der Propstrichter schon nach ihnen suchen! Sie hatten keine Zeit verloren. Unauffällig drückte Johannes Alberto zurück in den Innenhof. Sie stellten sich neben eine Gruppe von Bauern und taten, als würden sie ein angeregtes Gespräch führen.

Keine Sekunde zu früh! Fast im selben Moment ritten die beiden Bewaffneten in den Innenhof. Geraune ging durch die anwesenden Besucher.

Ein Bediensteter der Burg eilte herbei. Einer der Reiter beugte sich herunter. Johannes spitzte die Ohren, aber wegen dem Getuschel der bei ihnen stehenden Bauern konnte er nichts verstehen. Er sah, wie der Reiter bestätigend nickte.

Dann richtete sich der Mann auf und rief: „Ihr Burgbewohner von Rotteneck und Leute von Schermbach! Merkt auf! Im Namen des Marktes Geisenfeld und des Klosters dort tue ich Kund und zu Wissen: Wir sind auf der Suche nach einem Benediktinermönch, der in Begleitung eines jungen Mannes auf der Flucht ist. Der Mönch ist ein wichtiger Zeuge in einem heimtückischen Mordfall, der sich vor vier Tagen in Geisenfeld ereignet hat. Dieser Mönch trägt den Namen Johannes und stammt vom Kloster St. Peter und Paul in Coburg."

„Was, Vohburg? Seit wann gibt es in Vohburg auch ein Kloster?", erklang eine krächzende Stimme. Unwillig sah der Reiter den Fragenden an, einen alten Mann, der die Hand an sein Ohr hielt, um besser verstehen zu können. Dann winkte er ungehalten ab und fuhr fort: „Bruder Johannes hat am kleinen Finger der rechten Hand eine auffallende, rote Warze. Daran ist er gut zu erkennen. Wer weiß, wo der Mönch sich aufhält und uns das jetzt sagt, bekommt hier und jetzt und auf der Stelle dreißig Pfennige!" Johannes zuckte zusammen. Rasch verbarg er seine rechte Hand unter der Weste. Wieder ertönte die krächzende Stimme. „Dreißig Silberlinge?" Gelächter brandete auf.

Eine Frau mittleren Alters rief: „Warum dreißig Silberlinge für einen einfachen Zeugen? Soll sich jemand zum Judas machen?" Zornesröte stieg in das Gesicht des Reiters und scharf musterte er die Frau. „Schweig, Weib!", schrie er. Rasch schlug die Frau die Augen nieder und wandte sich schuldbewusst ab.

„Hat jemand den Zeugen gesehen?", fragte der Reiter und sah über die versammelte Menge. „Wer die Flüchtigen sieht und an den Markt Geisenfeld oder den Propstrichter der Abtei meldet, bekommt die Belohnung!" Johannes senkte den Kopf und sah möglichst unbeteiligt in Richtung des Burgtores. Allgemeines Kopfschütteln, dann aufgeregtes Geraune. Dreißig Pfennige, das war eine Menge Geld! Johannes bemerkte, dass die Aussicht auf diese leicht verdiente Summe auf die anwesenden Leute verlockend wirkte. Verstohlene Blicke huschten umher, ob irgendwo jemand mit einer auffälligen Warze zu sehen war. Ihm trat der Schweiß auf die Stirn und er schickte ein Stoßgebet zum HERRN. Beim Einkauf von Obst und Gemüse vorhin war ihm nicht der Gedanke gekommen, dass er seine Hand verbergen müsste. Hoffentlich war dies niemandem aufgefallen! Es war dringend Zeit, von hier wegzukommen, bevor sich jemand Gedanken über zwei Fremde machen würde. Außerdem konnte jeden Moment entdeckt werden, dass Wäschestücke der Burgbewohner fehlten.

Die Reiter blickten noch eine Weile erwartungsvoll in die Runde, sahen dann aber ein, dass sie für heute erfolglos bleiben würden. Ruckartig rissen sie die Zügel ihrer Pferde herum und sprengten grußlos mit scharfem Galopp aus dem Burghof. Erregtes Gerede kam auf. Auch die Händler mit ihren Pferdefuhrwerken begriffen, dass sie jetzt kein Geschäft mehr machen würden.

Während der Töpfer und die Obsthändler wortlos ihre Sachen zusammenpackten, rief der Korbmacher, während er eine große Plane über seine Waren warf: „Ich reise zurück nach Pfaffenhofen. Doch hört, in einem Monat komme ich wieder! Gehabt euch wohl, brave Leute!"

Johannes winkte seinem Begleiter mit der linken Hand zu. Mit zitternden Knien ging er langsam auf das Burgtor zu. Jeden Moment, so schien es dem Mönch, würde das Falltor herunter gelassen und sie ergriffen werden. Als er, gefolgt von Alberto, aus dem Schatten der Burg trat und das Dorf Schermbach unter sich sah, fiel ihm ein gewaltiger Stein vom Herzen. Nur fort von hier!

Als sie einige Schritte gegangen waren, wurden sie vom Wagen des Töpfers überholt. Alberto raunte ihm zu: „Wir sollten aufspringen!" „Nein!", zischte Johannes zurück. „Er würde uns sofort bemerken." Sie gingen weiter.

Kurz nach dem Wagen des Töpfers folgte das Fuhrwerk des Korbmachers. Doch kaum hatte dieser die beiden Flüchtigen überholt, blieb der Wagen schon wieder stehen. Johannes reckte den Hals. Vor dem Korbmacher stand das Gespann des Töpfers. Offensichtlich war sich der Händler nicht schlüssig, ob er einem entgegenkommenden Heufuhrwerk Platz machen sollte. Er geriet in Streit mit dem Lenker des Heuwagens. Der Korbmacher schrie nach vorne zu den Streithähnen, dass sie sich schnell einig werden sollten. Alberto packte Johannes am Arm. „Jetzt, schnell!" Rasch schaute Johannes um sich. Niemand achtete auf sie. Flugs, so rasch sie konnten, kletterten sie auf den Wagen und versteckten sich unter der Plane. Kaum hatten sie sich ausgestreckt, knallte eine Peitsche und der Wagen fuhr wieder an.

Johannes spähte verstohlen unter der Plane hindurch. Sie waren auf dem Weg nach Süden. Weg von Geisenfeld, weg von Godebusch, Frobius und Wagenknecht. Nach Pfaffenhofen, hatte der Korbmacher gesagt. Johannes kauerte sich wieder zwischen die Ladung. So unbequem es auch war, hier zu liegen, erschien es ihm jetzt doch wie die angenehmste Reisemöglichkeit. Er dankte Gott für diesen glücklichen Ausgang. Doch war dies nur ein vorläufiges Entkommen. Frobius würde sie jagen, bis er ihrer habhaft wurde.

Sinnvoll wäre es, sich einer Reise oder Pilgergruppe anzuschließen. Als er vor einem Monat mit Pavel, dem Pilger gesprochen hatte, war von diesem ein Benediktinerkloster, eine Tagesreise südlich von Geisenfeld, nämlich in Scheyern, erwähnt worden. Dort befand sich auch eine Reliquie, ein byzantinisches Kreuz, das von der Bevölkerung verehrt wurde. In das Kreuz war ein Partikel des Heiligen Holzes eingearbeitet, also Holz vom Kreuze des Erlösers. Dasselbe Holz, das auch er mit sich trug. Ob das Heilige Holz in Scheyern echt war? Er schüttelte den Kopf. Das war jetzt nicht wichtig. Viel drängender schien ihm die Frage, ob sich dort Pilgergruppen aufhielten, denen sie sich anschließen konnten.

Johannes machte sich keine Hoffnungen. Frobius würde ihn auch in Scheyern suchen lassen. Doch noch hatten sie einen Vorsprung. Er fühlte sich mit einem Mal unendlich müde. Das eintönige Hufgeklapper wiegte ihn bald in den Schlaf.

*

15. August 1390, Haus des Ratsherrn Godebusch, Geisenfeld

„Ich habe bereits gestern fünf Einheiten zu je zwei Bewaffneten ausgesandt, die den Mönch und diesen kleinen Unbekannten suchen sollen. Drei Einheiten durchsuchen seitdem den Wald im Feilenforst. Zwei Mann haben die Herren von Ritterswerde verständigt und suchen nunmehr ebenfalls in den Wäldern westlich von Geisenfeld. Zwei Mann habe ich zur Burg Rotteneck geschickt. Auf dem Rückweg haben diese Männer einen Bogen über Schillwitzried, Engelbrechtsmünster und Einberg gemacht und die Augen offengehalten. Bis jetzt aber haben sie die Flüchtigen noch nicht ausfindig machen können. Ich habe übrigens eine Belohnung in Höhe von 30 Pfennigen für denjenigen ausgesetzt, der den Flüchtigen ausliefert." Godebusch blickte herausfordernd auf die drei Männer, die um seinen Tisch herum saßen. Sie hatten gemeinsam das Mittagsmahl eingenommen. Jeder von ihnen hatte einen Krug Bier vor sich stehen.

„Wollt Ihr eure Kreise nicht weiterziehen?", fragte Herbert Wagenknecht.

„Auch die Anzahl meiner Männer ist begrenzt!", entgegnete Godebusch gereizt. „Ich kann den Markt und die Abtei nicht unbewacht lassen. Doch wenn Ihr meint, mein lieber Wagenknecht, dann werde ich noch Bewaffnete in Richtung Ingolstadt und zwei weitere Männer nach Scheyern losschicken."

„Was ist mit den Bewaffneten des Herzogs? Sie würden eine große Verstärkung darstellen." Wagenknecht nahm einen Schluck Bier. „Wir sollen ja den Mönch als Zeugen zurückholen", entgegnete Godebusch. „Die Bewaffneten des Herzogs würden diesen Befehl ausführen. Doch wenn wir ihn verschwinden lassen wollen, dann müssen wir das mit eigenen Kräften tun."

Er schlug mit der Faust auf den Tisch. „Und das werden wir auch!" Der Ratsherr richtete seinen Blick auf seinen Untergebenen, Albrecht Diflam, der bisher seinen Krug nicht angerührt hatte. „Und das alles nur, weil du die Beiden hast entkommen lassen!"

Diflam wand sich. „Bedenkt, mein Herr, dass wir dachten, die Flüchtigen wären im Weiher er…." „Schweig!", schrie ihn der Kaufmann an. „Ich will keine Ausreden hören! Narren, ich bin von Narren umgeben!" Ruckartig stand er auf und trat ans Fenster. Dort sah er auf den Großen Marktplatz hinaus, auf den eintönig der Regen fiel. Bei dem ungastlichen Wetter sah man kaum Bürger des Marktes auf den Straßen.

Ratloses Schweigen erfüllte den Raum. Zu hören war nur, wenn einer der Männer seinen Krug hob, einen Schluck nahm und das Gefäß wieder absetzte.

In die Stille hinein erklang die ruhige Stimme von Gisbert Frobius, der sich bislang nicht zu Wort gemeldet hatte. „Mich hat gestern Nachmittag ein Pilgermönch aufgesucht, der mir bedeutsame Dinge berichtet hat."

„Ein Pilgermönch?", fragte Wagenknecht argwöhnisch. „Noch einer? Was sollte der denn Bedeutendes mitgeteilt haben?" Godebusch wandte sich um und forderte den Propstrichter mit einer Geste auf, weiterzureden.

„Der Pilgermönch heißt Bruder Barnabas", sagte Frobius gelassen. „Und er stammt ebenfalls aus dem Kloster, von dem unser entflohener Bruder Johannes kommt." Wagenknecht fuhr auf. „Und was bedeutet das?" Godebusch war ganz Ohr. „Sprecht weiter!", sagte er leise.

„Bruder Barnabas berichtete mir, dass es sich bei unserem Flüchtigen um einen Abtrünnigen aus besagtem Kloster handelt und er von seinem Abt den Auftrag hat, diesen Johannes wieder einzufangen. Sofern allerdings der Flüchtige von uns ergriffen und der Gerechtigkeit Genüge getan wird, habe er keine Einwände. Er sagte, er sei uns dabei gerne behilflich."

„Ein Abtrünniger ist er also auch noch. Und was hat er davon, wenn dieser Johannes ergriffen und… sagen wir mal, beim Leisten von Widerstand unglücklicherweise zu Tode kommt?", fragte Wagenknecht.

Fobius nickte. „Eine gute Frage, die ich ihm ebenfalls gestellt habe. Bruder Barnabas, der ruhig und bedächtig scheint, sagte mir, dass das Kloster sein Geld, das der Abtrünnige mitnahm, zurück haben möchte. Es handelt sich dabei um eine stattliche Summe Coburger Pfennige, die Bruder Johannes in zwei Beuteln mit sich trägt und die Eigentum der dortigen Abtei sind."

„Die Kirche ist doch immer mehr an irdischen als an himmlischen Gütern interessiert", höhnte Wagenknecht. Frobius sah ihn mit ausdruckslosem Gesicht an. „Seid Ihr das nicht auch, verehrter Herr Wagenknecht? Doch sei es drum, wenn dieser Barnabas uns hilft, soll mir sein Beweggrund gleich sein." Godebusch meldete sich zu Wort. „Ich sehe das genauso. Doch wie genau wird uns dieser Barnabas helfen?" Frobius sagte: „Er ist bereits wieder aufgebrochen und hat sich ebenfalls auf die Suche gemacht. Doch wir wissen, wo er Halt macht und halten Verbindung mit ihm. Und er gab mir entscheidende Hinweise, unter anderem, dass Johannes durch einen Eid gebunden ist. Der Flüchtige wird also auf jeden Fall nach Santiago pilgern. Wir fangen ihn ab." Frobius´ Stimme ließ keinen Zweifel, dass er sich seiner Sache sicher war.

„Der Mönch mag einfältig sein, aber er ist kein Narr. Er wird es vermeiden, die üblichen Handelswege zu bereisen", gab Wagenknecht zu bedenken.

„Mag sein, dass er sich zudem verkleidet, um nicht aufzufallen."

„Das ist richtig", räumte Frobius ein. „Doch ist anzunehmen, dass er gewisse Wegepunkte aufsuchen wird. Dieser Bruder Barnabas konnte mir hierzu ebenfalls Einiges mitteilen. Gebt mir also sechs von Euren Leuten mit, dazu den Majordomus!" Frobius nickte Diflam zu. Godebusch dachte nach. Dann hellte sich seine Miene auf. „Das scheinen ja zur Abwechslung gute Nachrichten zu sein. Dann könnt Ihr ja Eurer Jagdleidenschaft frönen, lieber Frobius. Aber achtet darauf, dass euch das Wild nicht entflieht! Ihr bekommt sechs meiner besten Männer. Er wandte sich an Diflam. „Du verständigst sofort Heinrich, Vinzenz, Bruno, Quirin, Herrmann und Adalbert. Jeder wird vollständig bewaffnet. Armbrust, Schwerter, Dolche und so weiter. Fasst diesen Mönch und beseitigt ihn!"

„Ich will ein Beweisstück, dass Ihr ihn auch hattet", meldete sich Wagenknecht erneut. „Ein Beweisstück? Woran dachtet Ihr?", fragte Godebusch spöttisch. „Wollt Ihr ihn eigenhändig unterschreiben lassen, dass er gefasst wurde, bevor er stirbt? Oder sollen unser Gisbert und mein Diflam vielleicht seinen Kopf mitnehmen?"

„Seinen Kopf? Durchaus reizvoll", entgegnete Wagenknecht maliziös. „Nein, bringt uns seinen Finger, den mit der roten Warze! Ich besorge euch ein Glasfläschchen mit langem Hals und Korken. Bringt uns diesen Finger in Branntwein eingelegt. Das sollte als Beweis genügen."

Frobius dachte über diesen Wunsch nach. Dann lächelte er zustimmend. Godebusch nahm einen Schluck von dem dunklen Bier und schaute sinnend über die Runde hinweg. Ihm war klar, was auf dem Spiel stand. Doch Frobius war ein erfolgsverwöhnter Jäger. Hatte er erst einmal die Spur des Wildes aufgenommen, gab es für gewöhnlich kein Entrinnen.

Fobius erhob sich. „Wir brechen morgen in aller Frühe auf. Doch bedenkt, wir müssen nun zur Beerdigung von Schwester Maria. Möge sie in Frieden ruhen. Schade, dass sie euch entgangen ist", spöttelte er in Richtung des Kaufmanns. „Wolltet Ihr sie nicht, wie ich hörte, entführen und …ähem ihr eure Aufwartung machen, bis sie euch einen Erben schenkt? Jetzt müsst ihr euch eine andere Mutter für Euren Nachkommen suchen, nicht?" Godebusch knurrte. „Führt in meinem Haus nicht solch respektlose Reden!" Dann grinste er. „Seid ohne Sorge. Ich habe bereits mein Auge auf einen sehr reizvollen Ersatz geworfen. Es handelt sich um eine üppige blonde Witwe, die derzeit im Kloster zu Gast ist." Er zwinkerte seinen Tischgenossen zu. „Ich warte nur noch auf die richtige Gelegenheit, ihr meine ehrsamen Absichten kundzutun. Und ist sie dann nicht willig, dann…" Die Männer lachten. „Nun denn", sagte Wagenknecht und hob seinen Krug.

„Dann möge jeder auf seine Weise Erfolg haben."

*

Zur gleichen Zeit im Benediktinerkloster Scheyern

„Rück zur Seite, Matthias! Wir wollen auch noch Platz für das Mahl haben!" Johannes schreckte auf. Er blickte in das fröhliche Gesicht eines blonden jungen Mannes, der sich mit zwei Begleitern an seinen Tisch in der Gästeküche der Abtei setzte. „Bist noch nicht ausgeschlafen? Oder hat das Boot heute noch keinen Stapellauf?" Johannes fuhr sich mit der Hand durch das Haar. „Ich bin tatsächlich noch ziemlich müde, Hans", sagte er und gähnte vernehmlich. Hans stieß einen seiner beiden Freunde an und meinte: „Was meinst, Karl, da werden wir unseren Bootsbauer und seinen taubstummen Kollegen wohl tragen müssen, wenn sie nicht bald wach werden oder?" Der Angesprochene tippte sich mit dem Finger an die Stirn. „Dann bleiben´s halt auf dem Trockenen liegen, die Beiden. Was sagst Du, Konrad?" Der Dritte im Bunde lachte. „Gründlich essen, das erhöht die Schlagzahl auf der Galeere!" Mit diesen Worten tauchte er seinen Löffel in den Brei, der vor ihm stand. Die beiden anderen taten es ihm gleich.

Johannes zwinkerte Alberto zu, der, scheinbar in sich gekehrt, still sein Brot aß. Zum ersten Mal seit Tagen fühlte er sich entspannt. Zumindest vorübergehend wähnte er sich und Alberto in Sicherheit.

Gestern hatten sie sich in Pfaffenhofen unbemerkt von dem Wagen des Korbmachers stehlen können, als dieser das Gespann neben seiner Werkstatt abgestellt hatte. Auf Zehenspitzen waren sie vom Hof des Handwerkers geschlichen. Dabei war Johannes bewusst geworden, dass sie für die Weiterreise geeignetes Schuhwerk brauchten. Die Sandalen, die er seit Coburg trug, waren nicht mehr in gebrauchsfähigem Zustand. Bereits in Geisenfeld hatte er sich vorgenommen, neue Lederschuhe zu erwerben. Doch war er dazu nicht mehr gekommen. Alberto seinerseits trug auf ihrer Flucht überhaupt kein Schuhwerk. So waren sie durch Pfaffenhofen gelaufen und hatten nach einem Schuster Ausschau gehalten. Schließlich waren sie in einer Seitengasse fündig geworden und Johannes hatte für sich und seinen Begleiter je ein Paar einfache, geschnürte Halbschuhe in Auftrag gegeben.

Während der Mann sich sogleich an die Arbeit machte, nutzte Johannes die Gelegenheit, sich über den Ort kundig zu machen. Pfaffenhofen wirkte auf den Mönch trostlos, als sei es durch ein Brandinferno gegangen. Von vielen Häusern standen nur noch Mauerreste, die notdürftig wieder instand gesetzt worden waren. Mancherorts, wo die Häuser aus Holz bestanden hatten, wurden die noch brauchbaren Überreste der Balken gesammelt, während die zu Holzkohle verbrannten Bauteile säuberlich gestapelt wurden, um im kommenden Winter als Brennmaterial zu dienen. Das Bild des Zusammenbruchs aber wurde durch die geschäftig umhereilenden Handwerker und Bürger gemildert. Johannes kam es vor, als seien die Bürger Pfaffenhofens von einem unbeugsamen Willen zum Wiederaufbau erfüllt.

„Leider wurde unser schöner Ort erst vor knapp zwei Jahren im Städtekrieg beinahe völlig niedergebrannt" hatte der Schuster erzählt. „Versunken in Schutt und Asche, könnte man sagen. Aber wir Pfaffenhofener lassen uns nicht unterkriegen. Die vergangenen Winter waren hart und manche unserer Einwohner, vor allem Kinder und alte Leute, sind verhungert oder erfroren. Doch wir bauen unsere Heimat wieder auf, schöner und größer als je zuvor! Glaubt mir!", hatte der Schuster mit hocherhobener Nadel in der einen Hand und wehendem Zwirn in der anderen Hand prophezeit. Als die Schuhe fertig waren, hatte Johannes den Preis bezahlt und sich nach einem Gasthaus erkundigt, wo sie eine Mahlzeit zu sich nehmen konnten. Der Schuster hatte sie an einen Gasthof in der Mitte des Orts verwiesen. Er war so von seiner Vorstellung eines wiedererbauten Pfaffenhofen gefangen gewesen, dass er sich gar nicht für die Namen seiner Kunden erkundigt hatte.

Johannes aber machte sich deutlich, dass ihn irgendwann jemand an seinem markanten Zeichen, der roten Warze an der rechten Hand, erkennen würde. So ließ er sich die Hand und den Unterarm von Alberto mit einem Stück Tuch, das sie von seiner alten Kutte abrissen, verbinden. Er würde vorgeben, bei Holzarbeiten verletzt worden zu sein.

Im Gasthof, der sich als eine notdürftig wieder instand gesetzte Brandruine entpuppt hatte, herrschte reger Betrieb. Es war gerade noch ein Tisch frei gewesen. Sie nahmen ein einfaches Mahl, Brot mit Schweineschmalz, zu sich. Der Wirt, der sich zu ihnen gesetzt hatte, erzählte ihnen, dass er darauf hoffe, dass auch bald die Kirche, die sich gegenüber neben seinem Haus befunden hatte, in nächster Zeit aufgebaut werden würde. „Auch die Kirche ist vor zwei Jahren ein Raub der Flammen geworden. Doch sammeln wir bereits wieder dafür. Soweit wir wissen, soll sie in zwei, spätestens drei Jahren wieder im alten Glanz erstrahlen. Und Kirchenbesucher nehmen nach der Messe gerne eine Mahlzeit bei mir ein." Johannes wünschte ihm dafür viel Glück und Gottes Segen. Kaum hatte er sich wieder seinem Brot zugewandt, war die Türe des Gasthofes aufgegangen und drei stämmige junge Kerle waren hereingekommen.

Ohne großes Federlesens hatten sie sich zu ihnen gesetzt und Bier bestellt. Es handelte sich um drei Steinmetzgesellen aus Landshut. Sie stellten sich als Hans, Karl und Konrad vor. „Und wie sind eure werten Namen?", hatten sie gefragt.

Johannes hatte ihnen erzählt, dass er Bootsbaugeselle aus Würzburg und auf dem Weg zum Bodensee sei, um dort den Bau größerer Boote zu lernen. Er heiße Matthias und habe sich unlängst den rechten Unterarm und die Hand bei der Arbeit mit der Säge verletzt. Der junge Mann in seiner Begleitung sei sein Gehilfe. Sein Name wäre Albert und er sei taubstumm. Dann hatte Johannes nach dem Ziel der drei Gesellen gefragt.

„Vor zwei Jahren wurden in der alten Burgkapelle in Andechs über dem Ammersee Heilige Reliquien gefunden", hatte Hans berichtet. „Die Schätze wurden in die Lorenzkapelle im Alten Hof in München gebracht. Die Kunde davon ist bis zu uns nach Landshut gedrungen. Wir hörten, dass jetzt in München ein würdiger Bau für die Reliquien geplant sein soll. Wir wollen uns dort verdingen. Ich selbst habe schon bis vor vier Jahren beim Wiederaufbau der dortigen Peterskirche mitgeholfen." Voll Stolz hatte sich Hans bei diesen Worten in die Brust geworfen. „Ich war dabei, als der breite Mittelturm mit den zwei spitzgiebeligen Helmen gebaut wurde. Doch dann zog es mich wieder zurück. Aber nun will ich mein Glück erneut versuchen. Karl und Konrad begleiten mich."

„Warum nicht ein Stück des Wegs gemeinsam gehen?", hatte Johannes wie beiläufig vorgeschlagen. Die Steinmetze hatten dagegen keine Einwände gehabt und die neuen Reisegefährten willkommen geheißen. So waren sie nach anstrengendem Marsch noch am gestrigen Abend an der Pforte des Benediktinerklosters in Scheyern angekommen. Für Johannes war es ein merkwürdiges Gefühl, sich gegenüber Ordensbrüdern als Handwerksgeselle ausgeben zu müssen und sein schlechtes Gewissen regte sich. Doch blieb ihm, wie er sich eingestand, nichts Anderes übrig. Die Häscher suchten nach einem Benediktinermönch.

Nach dem Beten des Vaterunsers und des Glaubensbekenntnisses sowie dem Austausch des Friedenskusses hatten sie in der Besucherküche ein Abendessen erhalten und sich im Gästehaus zum Schlafen niedergelegt. Auf die Frage des Pförtners, ob Johannes einen neuen Verband für den verletzten Arm brauchte, hatte er hastig abgelehnt. Fast zu hastig, wie er sich später schalt.

Beinahe die ganze Nacht war er wachgelegen. Der vergangene Tag kehrte in seinen Gedanken immer wieder: Der Todessturz von Magdalena, die Flucht durch den geheimen Gang zur Burg Rotteneck, das knappe Entrinnen vor den Häschern des Propstrichters sowie die glückliche Ankunft in Scheyern beschäftigten ihn bis in die frühen Morgenstunden. Erst dann war er in unruhigen Schlaf gefallen.

Während des Morgenmahles beratschlagten die drei Steinmetzgesellen mit Johannes, wie der weitere Reiseweg aussehen könnte. Da niemand von ihnen ortskundig war, zogen sie die beiden Mönche des Klosters zu Rate, die für die Betreuung der Gäste in der Küche zuständig waren. Diese empfahlen ihnen, zunächst dem Ilmverlauf flussaufwärts zu folgen und sich dann in südlicher Richtung über Jetzendorf und Ainkofen zu halten, bis sie auf einen weiteren Fluss, die Glonn, treffen würden. Auch hier sollten sie sich flussaufwärts halten, bis sie im Verlauf des Tages auf das Augustinerchorherrenstift in Indersdorf treffen würden. Diese seien bekannt für ihre gute Küche, fügten die beiden jungen Mönche augenzwinkernd hinzu. „Also ist es beschlossen!", sagte Hans zufrieden. „Essen und Trinken hält Leib und Seele zusammen", ergänzte Karl, während Konrad bekräftigend nickte. Johannes stimmte zu. Solange er und Alberto mit dieser Gruppe reiste, würden sie nicht auffallen. Noch besser wäre allerdings eine Mitfahrgelegenheit.

„Steht Ihr in Verbindung mit Indersdorf?", erkundigte er sich bei den beiden Scheyrer Ordensmännern. Einer von Ihnen, der sich Meinrad nannte, sagte nach kurzem Überlegen: „Ich glaube, dass sogar heute oder morgen eines unserer Fuhrwerke dorthin fahren soll. Es gilt, Waren unserer Abtei zu liefern und gegen manch andere Dinge einzutauschen." Der junge Mönch senkte die Stimme und flüsterte: „Auch ein Fass unseres Bieres ist darunter als Geschenk für den Abt von Indersdorf"

Lächelnd fuhr er fort: „Wartet nur, einst wird unser Bier in aller Munde sein!" „Dann fülle doch erst einmal unsere Münder damit!", lachte Konrad. Der Mönch zögerte, als habe er zuviel versprochen. Doch dann reckte er sich und sagte: „Sei´s drum! Ich hole euch vier, nein fünf Krüge!" Sprach´s und ging gemessen Schrittes hinaus.

Johannes stand auf und sagte: „Ich frage beim Cellerar nach, ob heute der Wagen nach Indersdorf fährt. Wir könnten die Gelegenheit nutzen und mitreisen. Besser als zu Fuß reisen ist es allemal!" Und es verschafft uns einen weiteren Vorsprung vor den Häschern, hoffte er im Stillen. „Eine gute Idee!", pflichtete ihm Hans bei. „Das Wetter ist regnerisch, also lasst uns die Gelegenheit nutzen! Lieber schlecht gefahren als gut gelaufen! Aber beeile Dich, wenn das Bier kommt, sonst trinken wir es euch weg!" Seine Begleiter lachten.

Johannes winkte Alberto. Bald hatten sie den Cellerar, Pater Benedikt, gefunden. Dieser bejahte erstaunt die Frage, ob das Gespann heute nach Indersdorf fahren würde und sie mitreisen dürften. Johannes überreichte dem Cellerar eine Spende für die Übernachtung und die Mitfahrgelegenheit. Benedikt nahm das Geld entgegen und dankte ihm.

„Ich habe eine Bitte", sagte Johannes. „Darf ich mir das Mirakel mit dem Splitter des Heiligen Kreuzes ansehen? Ich habe schon viel gehört von dieser herrlichen Reliquie und seiner wundersamen Wirkung und möchte dort beten." Pater Benedikt zögerte ob dieser Bitte. „Natürlich gegen eine kleine Spende", fügte Johannes hastig hinzu.

Als zwei Coburger Pfennige den Besitzer gewechselt hatten, meinte Benedikt: „Vergelt's Gott dafür. Es versteht sich, dass diese Aufmerksamkeit nicht notwendig gewesen wäre. Die Reliquie befindet sich in der Allerheiligenkapelle. Wenn Ihr mir folgen wollt?" Benedikt winkte zwei Mönchen, die sich gerade in ihrer Nähe aufhielten und bedeutete ihnen, mitzukommen. Ganz traute er den fremden Besuchern nicht.

Auf dem Weg zur Kapelle erzählte der Cellerar, wie die Reliquie nach Scheyern gekommen war. „Unser Kloster führt seit einem päpstlichen Schreiben aus dem Jahre der Fleischwerdung des Herrn 1362 die Bezeichnung „Kloster zum Heiligen Kreuz". Dies kommt daher, dass die Reliquie vor über zweihundert Jahren mit dem Leichnam des Letzten aus dem Geschlecht der Dachauer Grafen, Konrad III., in unsere Abtei kam. Das Scheyrer Kreuz ist als Byzantinisches Kreuz gearbeitet, hat also einen doppelten Querbalken. Der obere Balken stellt die Kreuzesinschrift dar, denn bei der Verehrung des Hl. Kreuzes in Jerusalem wurde auch die Inschrift gezeigt und an das Kreuz geheftet."

In der Kapelle angekommen, zeigte Benedikt zur Apsis. Dort, aufgesteckt auf einem Stab aus Buchenholz, war die Reliquie zu sehen. Johannes kniete nieder. Alberto folgte seinem Beispiel. Auch die drei Scheyerer Mönche falteten die Hände. Dann hob Johannes den Kopf und richtete seinen Blick auf das Heilige Holz.

Die Reliquie war, wie der Cellerar schon gesagt hatte, als prachtvolles byzantinisches Kreuz gefasst. Johannes erkannte, dass die Fassung mit silberner Treibarbeit, die vergoldet schien, umgeben war.

Als er das Kreuz andächtig betrachtete, musste er irritiert blinzeln. Trogen ihn seine Augen, oder vibrierte die Reliquie auf dem Stab ein wenig? Auch die drei Scheyerer Ordensbrüder rieben sich die Augen. Unwillkürlich fasste Johannes an sein Messer, dessen Griff aus dem wahren Holz geschnitzt war. Erschrocken ließ er es sogleich wieder los. Der Griff vibrierte ebenfalls. Als er sich von seinem ersten Schreck erholt hatte, tastete er vorsichtig nochmal nach dem Griff. Tatsächlich, ein Zittern durchlief das Holz. Johannes schloss tief berührt die Augen. Kein Zweifel, beide Hölzer waren echt. Und, so unglaublich es war, es schien, als könnten sie einander erkennen! Bruder Benedikt betrachtete ihn misstrauisch. Johannes hob die Hände zum Gebet und dankte Gott innig. Dann erhob er sich. Das Zittern des Holzes war vorbei. Auch Alberto stand auf. „Hab Dank, Pater Benedikt", sagte Johannes bewegt. „Dieser Moment gibt mir Kraft und Zuversicht für die Zukunft." Dann wandte er sich um und ging mit Alberto rasch zurück zu den Steinmetzgesellen in die Gästeküche. Die Blicke der drei Scheyrer Mönche folgten ihnen. Als sie die Kapelle verlassen hatten, schaute einer der Drei zur Kreuzesreliquie und fragte dann langsam: „Was im Namen des Herrn war denn das?"

*

20. August 1390, Haus des Ratsherrn Godebusch, Geisenfeld

Im Sonnenlicht, das durch die Fenster hereinfiel, tanzten die Staubkörner. Mit einem kratzenden Geräusch glitt die Feder über das Pergament. Godebusch hielt inne und nahm einen tiefen Schluck aus seinem Bierkrug.

Die Nachrichten, die er in letzter Zeit von seiner Niederlassung in Visby auf Gotland erhalten hatte, klangen besorgniserregend. Die Geschäfte liefen nicht gut. Viele Jahrzehnte lang war Gotland aufgrund seiner günstigen Lage ein bedeutender Handelsplatz in der Ostsee gewesen. Die Gotländer hatten vor über 250 Jahren ihre Insel dem internationalen Handelsverkehr geöffnet. Seitdem liefen die Schiffe von Kaufleuten aus Dänemark, Russland und den slawischen und baltischen Regionen die Insel an. Auch die deutschen Händler hatten sich angeschlossen. Da bislang mit den vorhandenen Navigationsmöglichkeiten und den begrenzten Segeleigenschaften der Handelsschiffe nur die Fahrt entlang der Küsten möglich war, bildete Gotland einen natürlichen Sammel- und Umschlagplatz.

Auch Godebusch hatte damals vor vielen Jahren die Möglichkeit genutzt, sein Handelshaus in Lübeck um eine Niederlassung in Visby zu erweitern. Pelze aus Nowgorod, Tücher aus Brügge, Hering aus den nordischen Ländern, aber auch Wolle und Getreide wurden in Visby gehandelt.

Doch seit einigen Jahren war ein Rückgang zu spüren, zunächst kaum bemerkbar, dann immer stärker. Es gab Schiffe, die nicht wie früher in Visby anlandeten, sondern direkt über die Ostsee nach Russland und Riga segelten. Godebusch hatte ein feines Gespür dafür, wenn der Handel nachließ. Sofort ließ er ausfindig machen, um welche Schiffe es sich handelte. Er warb Spione an und ließ sie als Seeleute auf den besagten

Handelsseglern anheuern, um herauszufinden, woran es lag, dass Gotland von ihnen außen vorgelassen wurde.

Die Berichte hatten ihn alarmiert. Bislang wurde auf den Handelsschiffen nach dem Polarstern navigiert. Doch hatten seine Berichterstatter mitgeteilt, dass die Kapitäne jetzt über eine neue Maschine verfügten, die sie Kompass nannten und die ihnen bei jedem Wetter einigermaßen zuverlässig die Richtung nach Norden anzeigte. Gotland wurde von ihnen als Wegmarkierung und Drehscheibe des Handels künftig nicht mehr benötigt.

Als Godebusch sich vom ersten Schrecken erholt hatte, war ihm klar geworden, dass er etwas tun musste. Zuerst beschaffte er sich ebenfalls über Mittelsmänner einen Kompass, um ihn auf seiner Kogge „Gerlinde" einzusetzen. Dann sah er sich um, welche Geschäftsaussichten ihm abseits von Gotland offenstanden. Eine Handelsreise hatte ihn dann 1381 auf dem Weg nach Venedig zufällig durch Geisenfeld geführt.

Als er bemerkt hatte, dass dort Hopfen angebaut wurde, hatte er nach einigem Nachdenken erkannt, dass hier seine Zukunft lag. Schon ein Jahr darauf hatte er sich in Geisenfeld angesiedelt. Das Geschäft in Lübeck führte er jetzt über einen Verwalter. Und Visby auf Gotland? Nun, die Insel würde irgendwann an Bedeutung verlieren. Doch nun würde er Geisenfeld zu seinem persönlichen Visby machen.

Anfänglich waren die Geschäfte freilich mehr als mühsam gewesen. Einem fremden Kaufmann traute man nicht so leicht. Ein Glück, dass er kurz nach seiner Umsiedlung den Ratsbediensteten Wagenknecht kennengelernt hatte. Ohne ihn wäre er nie auf den Gedanken mit dem Klosterraub und der Spende an die Ordensfrauen gekommen. Wagenknecht war skrupellos und machtgierig wie er selbst. Doch statt sich zu bekämpfen, hatten sie sich verbündet.

Obwohl er selbst im Norden des Reiches rücksichtslos gegen andere Kaufleute agiert hatte, war er zunächst vor dem Plan des Ratsbediensteten zurückgeschreckt. Als Neuankömmling in Geisenfeld hatte er sich keine Unregelmäßigkeit leisten wollen. Aber Wagenknecht hatte an langen Winterabenden beschwörend auf ihn eingeredet und ihn schließlich überzeugt. Wagenknechts Pläne und die Geldmittel des Kaufmanns sollten der Schlüssel zum Erfolg werden. Und alles war gut verlaufen. Geschickt hatten sie die Gelegenheit genutzt, die gerade zufällig im Markt lagernden Gaukler als Sündenböcke darzustellen. Mit dem Erlös des

Schatzes konnte er den Grundstock für ein erfolgreiches Dasein als Kaufmann legen. Die Spenden an die Abtei und vor allem die Vergeltung an den vermeintlichen Unholden, den Gauklern, hatten ihm Ansehen bei den Ordensfrauen und den Bürgern des Marktes verschafft. Niemand wusste, wer wirklich hinter den Geschehnissen steckte.

Als neuer Gönner der Abtei konnte er dem Kloster den Hopfen zu einem guten Preis abnehmen und gewinnbringend in den Norden des Reiches weiterverkaufen. Das größte Problem war anfangs gewesen, den trockenen Rohstoff über die langen Strecken zu transportieren, ohne dass der Hopfen vom Regen durchnässt wurde. Doch mittels besonders sorgfältig ausgearbeiteter Abdeckungen, die immer wieder gelüftet wurden, war auch dies gelungen. Der Handel entwickelte sich und er war mittlerweile zum reichsten Mann im Markt geworden.

Und nun? Er würde bei der nächsten Wahl als Bürgermeister kandidieren und Wagenknecht würde Propstrichter und damit zum Herrn über Wohl und Wehe der Bürger des Marktes werden. Das war sein Preis für die Idee des Klosterraubes. Aber was sollte mit Frobius geschehen? Er war ein nützliches Werkzeug. Und er war klug. Ihn durfte man auf keinen Fall unterschätzen. Doch um ihn wollte er sich später kümmern. Andere Dinge waren ebenfalls wichtig.

Godebusch war jetzt achtundvierzig Jahre und ein Erbe, der einst sein Geschäft weiterführen sollte, fehlte ihm noch. Er stand auf und trat ans Fenster. Draußen fiel gleichmäßig der Regen. Die Hopfenernte war in vollem Gange und es schien ein ertragreiches Jahr zu werden. Bald schon, in einem Monat, würde er sich wieder auf den Weg nach Lübeck machen. Neben dem getrockneten Hopfen würde er dieses Mal auch den restlichen Teil des noch vorhandenen Schatzes aus dem Raub von 1384 mitnehmen und verkaufen. Langsam wurde es Zeit, hier alles wegzuschaffen. Wagenknecht hingegen, der ebenfalls noch ein paar Kelche und Perlen gut versteckt in seinem Keller hatte, war bislang nicht geneigt, den verbliebenen Teil zu Geld zu machen. Doch neben Hopfen und den Schätzen gedachte Godebusch, diesmal auch eine ganz besondere Ware mitzuführen.

Die attraktive blonde Witwe, Irmingard mit Namen, war ihm schon vor zwei Monaten kurz nach ihrer Ankunft in Geisenfeld aufgefallen. Eigentlich, so gestand er sich widerwillig ein, hatte ihn ja sein Majordomus Diflam auf die Frau aufmerksam gemacht. Bislang hatte er sein

Augenmerk aber mehr auf die mittlerweile verblichene Ordensfrau Maria gerichtet. Die Frauen des Marktes, die sich bisher für ihn interessiert hatten, reizten ihn nicht. Er wollte sich nicht an ein Weib binden, das ihm zuerst schöne Augen machte und dann nach der Heirat launisch und anspruchsvoll wurde. Nein, er war nur daran interessiert, dass ihm eine schöne und gesunde Frau einen Sohn gebar. Und diese Schwester Maria war in der Tat eine Schönheit gewesen.

Doch nach deren Tod rückte nunmehr Irmingard in das Zentrum seines Interesses. Und im Gegensatz zu Maria würde sie vom Kloster nicht geschützt werden, da sie keine Ordensfrau war. Breite Hüften und vor allem die üppige Oberweite der Witwe ließen ihm das Wasser im Munde zusammenlaufen. Als er sie sich nackt vorstellte, überkam ihn eine heftige Erektion. Es musste eine wahre Wonne sein, ihr beizuwohnen.

Da sie für das Findelkind der Abtei als Amme zugegen war, stand fest, dass sie selbst schon Kinder geboren hatte. Und sie war noch jung. Ausgezeichnet. Sie würde ihm einen Erben schenken, das hatte er schon beschlossen, ob sie wollte oder nicht. Ohnehin schien sie genauso wie die verstorbene Ordensfrau kratzbürstig und mit eigenem Willen ausgestattet zu sein. Auch dies gefiel ihm. Die jungen Hübschlerinnen, die er manches Mal zur Befriedigung seiner Bedürfnisse aufsuchte, waren ihm viel zu nachgiebig. Vor Ehrfurcht vor dem großen Kaufmann und Ratsherrn machten sie alles, was er wünschte. Dies langweilte ihn zunehmend.

Doch bei der blonden Irmingard wäre dies anders. Sie würde sich bis zum Letzten wehren, das sah er ihr an. Es wäre ein wahres Vergnügen, nach und nach ihren Willen zu brechen. Als er sich ausmalte, was er alles mit ihr machen würde, durchlief ihn ein wohliges Schaudern. Es galt nur noch, sich zu überlegen, wie er es anstellen sollte, ihrer habhaft zu werden. Und, so ermahnte er sich, sie musste bis zur Abreise nach Lübeck ungesehen verschwinden.

Zunächst aber war erforderlich, das größte Hindernis aus dem Weg zu räumen. Schließlich war die Frau mit diesem Hubertus verlobt. Hubertus, der erst wieder von einer Verletzung genesen war. Godebusch überlegte. Hubertus war nicht ungefährlich. Er war von kräftiger Statur, offensichtlich weit gereist, konnte gut mit seinem Dolch hantieren und war ein heller Kopf. Außerdem ging er verblüffend gut mit Pferden um, wie ihm Diflam und auch der Sohn von Wagenknecht mitgeteilt hatten. Ihn von seinen Männern ohne großes Aufsehen beseitigen zu lassen, würde schwierig werden. Doch vielleicht gab es eine viel elegantere Möglichkeit, ihn zumindest für eine Weile loszuwerden. Hubertus war schließlich der Freund des flüchtigen Pilgermönchs. Er könnte ihn auf die Spur des Gesuchten setzen. Wie er sich schon vergewissert hatte, wussten die Freunde des Pilgermönchs nichts von der Falle, in die er ihn gelockt hatte. Der Mönch war offensichtlich nicht in der Lage gewesen, sie vor seiner Flucht zu informieren. Die Sorge um seinen Freund würde Hubertus dazu bringen, ihm nachzueilen. Diflam und Frobius hätten dann einen Gegner mehr, mit dem sie sich auseinandersetzen würden. Doch mit diesem Hubertus konnten sie mit Hilfe der sie begleitenden Männer fertig werden. Und wenn dem nicht so sein sollte, hatte es auch sein Gutes: Frobius wäre im günstigsten Fall aus dem Weg geräumt und Wagenknecht könnte, ohne sich später die Finger schmutzig zu machen, Propstrichter werden. Hubertus wäre in jedem Fall lange genug weg, damit er, Godebusch, sich um die schöne Irmingard kümmern könnte.

Sogar wenn Hubertus lebend zurückkommen würde, wäre die Frau bis zur Abreise sicher versteckt. Er wusste schon, wo er sie hinbringen lassen würde. Bald würde sie schon mit ihm auf der Reise nach Lübeck sein. Niemals würde sie mehr gefunden werden. Im Keller unter seinem Kaufmannshaus könnte keiner ihre Schreie hören. Und dann, nach der Geburt seines Sohnes, dann würde er sie nach Gotland bringen lassen. Statt dieser Maria würde dann eben Irmingard die künftige Gespielin seiner Vitalierfreunde werden. Ganz nebenbei ließe sich bei diesen Geschäftspartnern auch noch ein guter Preis für die Frau erzielen.

Godebusch lächelte zufrieden. Die Zukunft seines Handelshauses war gesichert. Er griff nach seiner Glocke, die auf seinem Schreibtisch stand und läutete nach seinem Diener. Als habe er neben der Türe zum Arbeitszimmer gestanden, kam dieser sogleich herbei. Godebusch beugte sich vor und teilte ihm mit, er solle unverzüglich den Rathausbediensteten Wagenknecht zu einem vertraulichen Gespräch holen.

*

Zur selben Zeit im Benediktinerinnenkloster Geisenfeld

Irmingard ahnte nichts von dem Schicksal, das ihr der Kaufmann Godebusch zugedacht hatte. Sie saß niedergeschlagen im Gästehaus und hielt die kleine Felicitas im Arm. Das Mädchen lag an ihrer Brust und trank eifrig. Gerade erst war sie von Schwester Anna gebracht worden. Lange würde es nicht mehr dauern, und das Mädchen würde entwöhnt sein. Schon jetzt bekam sie morgens und mittags Ziegenmilch. Nur abends wurde sie noch von ihrer Amme gestillt. Doch auch damit würde es bald vorbei sein. Irmingard dachte darüber nach, was in den letzten Tagen alles passiert war. Zuerst war ein Knecht dieses mächtigen Kaufmanns durch einen Stich ins Herz getötet worden. Der Verdacht war auf Johannes gefallen. Doch Schwester Maria konnte nachweisen, dass es sich um einen Stich mit einem Dolch und nicht mit einem Messer, wie Johannes es besaß, handelte. Hubertus, Gregor, Adelgund und sie selbst waren entsetzt gewesen. Niemand von ihnen glaubte, dass Johannes ein Mörder war. Trotzdem war er unvermittelt spurlos verschwunden, was vom Propstrichter und der Äbtissin als Schuldeingeständnis gewertet worden war. Doch hatte die Oberin sich von Maria überzeugen lassen, ihn zunächst als Zeugen anzuhören, bevor sie sich ein endgültiges Urteil bilden wollte.

Dann aber hatten die Ereignisse sich überstürzt. Dieser Albrecht Diflam hatte berichtet, dass er Hinweise erhalten habe, dass Johannes im Kloster Zuflucht suchen würde. Als er das Kloster mit seinen Untergebenen durchsuchen wollte, hatte sich, für alle unfassbar, Schwester Maria aus einem Fenster des Konvents zu Tode gestürzt. Johannes und ein unbekannter, kleiner Mann, der in seiner Begleitung gewesen war, hatten dies, wie berichtet wurde, mit angesehen. Anschließend waren die Beiden durch das nächtliche Geisenfeld geflüchtet und bei dem Weiher im Westen des Marktes spurlos verschwunden. Doch warum war Johannes geflüchtet, wenn er unschuldig war? Und wer war der kleine Unbekannte? Wenigstens dieses Rätsel war gelöst. Hubertus hatte ihr unter dem Siegel der Verschwiegenheit mitgeteilt, dass es sich bei dem Begleiter ihres Freundes um den einzigen Hinterbliebenen der Gaukler von 1384 handelte. Er hatte ihr die Geschichte des Klosterraubes und der Vergeltung im Ilmgrund erzählt. Irmingard war starr vor Erstaunen über diese Geschichte gewesen, die sie bis dahin nicht gekannt hatte.

Der Propstrichter suchte nun mit mehreren bewaffneten Begleitern, darunter auch Diflam, nach ihnen, bisher aber erfolglos. Tot waren sie glücklicherweise nicht, denn die Suche im Weiher war ohne Ergebnis geblieben. Irmingard hoffte, dass der Propstrichter Johannes finden würde, damit diese schrecklichen Ereignisse aufgeklärt werden konnten. Auch der Ratsherr Godebusch schien ernsthaft daran interessiert, Licht in das Dunkel der Vorkommnisse zu bringen und tat seine Sorge um das Wohlergehen von Johannes kund.

Der tragische Tod von Maria hatte große Trauer im Konvent, aber auch im Markt Geisenfeld und den umliegenden Dörfern ausgelöst. Maria war durch ihre mitfühlende und warmherzige Art sowie ihre Heilkunst, die so manchem Geisenfelder das Leben und die Gesundheit gerettet hatte, außerordentlich beliebt gewesen. Auch die Mutter Äbtissin hatte um Fassung gerungen. Die leibliche Schwester von Maria, Appollonia, hatte sich ebenso wie die beste Freundin der Toten, Ludovica, in ihre Zelle zurückgezogen und trauerte.

Nach der Aufbahrung des Leichnams in der Kreuzkapelle hatten die Schwestern Abschied von Maria genommen. Es gab kaum eine Ordensfrau, die den Tod ihrer Mitschwester nicht unter Tränen beklagte. Eine dieser Wenigen war Schwester Anna gewesen. Irmingard hatte von den Gerüchten gehört, dass Schwester Anna am liebsten die Krankenstation alleinverantwortlich geleitet hätte. Dieser Traum schien nun in Erfüllung zu gehen. Irmingard schüttelte voller Abneigung den Kopf. Das hatte sie Anna nicht zugetraut.

Am darauffolgenden Tag schon hatte die Trauerfeier stattgefunden. Es war eine bewegende Zeremonie gewesen. Obwohl Schwester Maria aus freien Stücken in den Tod gegangen war und ihr damit die Ruhe in geweihter Erde streng genommen nicht zustand, hatte sich die Ordensoberin aufgrund der Verdienste der Toten über diese ungeschriebene Regel hinweggesetzt.

Pfarrer Niklas hielt eine Predigt, in der er die Persönlichkeit von Maria rühmte und die Hoffnung äußerte, dass sie den Lohn für ihr irdisches Wirken im Paradies erhalten möge. Äbtissin Ursula schildert den Werdegang der verstorbenen Ordensfrau und ihre wertvolle Arbeit im Infirmarium, wobei sie mehrmals vergeblich versucht hatte, ihre Tränen zurückzuhalten. Auch der Propstrichter, der Bürgermeister und der Ratsherr Godebusch hatten das Wort ergriffen und der Verstorbenen gedankt.

Im Rahmen der Feierlichkeiten war auch das STABAT MATER gesungen worden. Irmingard und auch Adelgund hatte es wie alle anderen Trauergäste geschaudert. Wie sie gehört hatten, war dieses Lied zuletzt vor sechs Jahren, nach dem gewaltsamen Tod von vier Ordensschwestern des Konvents, erklungen.

Hemmungslos weinend war Apollonia am Grab ihrer Schwester gestanden. Marias Freundin, Ludovica, hingegen, hatte sich, wie erzählt wurde, nicht im Stande gesehen, an der Beerdigung teilzunehmen. Man munkelte, sie sei schon lange krank. Der Tod ihrer Freundin habe ihr die letzten Lebenskräfte gekostet. Sie läge im Sterben, hieß es.

Am Tag nach der Beerdigung war nun der Propstrichter Frobius mit seinen Begleitern aufgebrochen, um Johannes zu suchen. Auch Schwester Ludovica hatte den Konvent verlassen. Adelgund war zufällig anwesend gewesen, wie ein Fuhrwerk mit der todkranken Ordensfrau die Pforte der Abtei passiert hatte.

„Ludovica hat den Wunsch geäußert, in ihre Heimat im Südwesten zurückzukehren, um dort in Frieden sterben zu können. Sie will dort in einem Kloster in den schweizerischen Kantonen ihre letzten Tage verbringen. Es ist das Kloster, aus dem sie einst nach Geisenfeld kam", hatte Adelgund berichtet. „Begleitet wird sie von Schwester Simeona und drei weiteren Ordensfrauen. Schwester Simeona stammt auch von dort. Nur ein Höriger, der das Gespann lenken soll, ist noch dabei." Sie hatte geseufzt. „Hoffen wir, dass sie wohlbehalten dort ankommen und Ludovica in ihrer Heimat in Ruhe ihre Tage beschließen kann." Damit war sie gegangen.

Nach dem Tod von Schwester Maria schien ein Schatten auf der Abtei zu liegen. Seit der Beerdigung war auch Äbtissin Ursula nicht mehr gesehen worden. Es hieß, sie sei erkrankt und habe sich in ihre Zelle zurückgezogen, um sich wieder zu erholen. Sie wünsche, bis zur Genesung nicht gestört zu werden.

Um auf andere Gedanken zu kommen, hatte Irmingard mit Hubertus heute wieder einen Ausflug an das Ilmufer machen wollen, wo sie schon Anfang Juli ein geeignetes Plätzchen gefunden hatten. Einen Platz, der durch das umstehende Schilf nahezu uneinsehbar war, von dem man aus aber einen guten Rundumblick hatte. Auch waren die Mücken und Bremsen an dieser Stelle weniger aufdringlich als sonst, sodass sie ungestört ihrem Liebesspiel nachgehen konnten. Im Gästehaus des Klosters wurde streng auf die Trennung der Geschlechter geachtet. Walburga, die Betreuerin der Klostergäste, wachte mit Argusaugen darüber, dass kein Paar, so es nicht verheiratet war, nächtens das Lager miteinander teilte. Wer dies versuchte und dabei ertappt wurde, musste das Kloster verlassen. Und da Johannes bis vor kurzem noch nicht reisefähig gewesen war, achteten sie genau darauf, keinen Anlass dafür zu bieten.

Als Irmingard noch verheiratet war, hatte sie nicht gedacht, dass sie einmal solche Lust an der Liebe empfinden konnte. Als sie damals beim Aufbruch vom Gasthof „Zum Hirschen" Hubertus gesagt hatte, sie sei anspruchsvoller als die junge Schankmagd, war ein Gutteil davon Wunschdenken gewesen. Tatsächlich aber hatte Hubertus auf eine ganz eigene Art ihre Sinnlichkeit geweckt. Er war einfühlsam und zärtlich, nahm sich Zeit, drängte nicht und erweckte so behutsam ihre Leidenschaft. Irmingard konnte es sich nur dadurch erklären, dass er so viel herumgekommen war und reichlich Erfahrung gesammelt hatte.

Er verstand es, Wünsche in ihr zu wecken, für die sie sich noch vor wenigen Monaten in Grund und Boden geschämt hätte. Sie hatte sich nicht vorstellen können, wie viele Spielarten der Niederen Minne es gab. Und sie lernte schnell. In den vergangenen Wochen hatte sie jeden Tag herbeigesehnt, an dem sie sich mit ihm ungestört treffen konnte. Und sie wusste, Hubertus ging es ebenso. Hubertus´ Verletzung hatte diese sinnliche Zweisamkeit unterbrochen. Und seit dem Tod von Maria und dem spurlosen Verschwinden von Johannes hatten sie nur beisammen gelegen und geredet. Sie verspürten kein Bedürfnis nach körperlicher Liebe, so sehr waren sie von den Ereignissen erschüttert gewesen. Vielmehr sprachen sie jeden Tag darüber, was am zweckmäßigsten zu tun sei und wie es weiter gehen sollte, wenn Felicitas entwöhnt war und Irmingard nicht mehr benötigt wurde. Auch übte Irmingard gewissenhaft den Umgang mit Messern und Dolchen. Nicht nur, dass sie mittlerweile jedes stehende Ziel traf, das ihr Hubertus zeigte, auch im Werfen auf bewegliche Objekte wie Hasen war sie nahezu fehlerfrei geworden. In den letzten Tagen, seit Hubertus das Krankenlager wieder verlassen konnte, hatte er ihr auch beigebracht, wie sie sich mit dem Dolch wehren konnte, wenn sie von Fremden angegriffen wurde. „Du wirst mir schon fast unheimlich", hatte er gelächelt, wenn sie ihm in Windeseile die sorgsam verborgenen scharfen Klingen an den Hals oder die Schlagadern an den Beinen gehalten hatte. Ja, sie konnte sich wehren und war fest entschlossen, niemals jemandem gegen ihren Willen gefügig zu sein. Gut, dass niemand von ihren Künsten wusste. Nicht einmal Adelgund und Gregor hatte sie dies anvertraut.

Sie dachte daran, dass es heute ein seltsames Ereignis gegeben hatte. Als sie am späten Vormittag nach ihren Übungen durch den Markt zurück zur

Abtei gegangen waren, hatte ein junger Mann Hubertus angesprochen und ihn in eine Seitengasse gezogen. Der Mann hatte ihr zweifelsfrei bedeutet, dass sie das Gespräch nichts angehen würde.

Und tatsächlich, als sich der Fremde verabschiedet hatte und Hubertus anschließend wieder zu ihr stieß, hatte er kein Wort über die Unterhaltung verlautbaren lassen. Nur so viel konnte sie ihm entlocken, dass er von einer Person zu einer Unterredung gebeten worden war. Sie waren in ungewohnter Wortlosigkeit in das Kloster zurückgegangen. Nach dem Mittagsmahl in der Gästeküche hatte sich Hubertus verabschiedet. „Warte nicht auf mich", hatte er nur gesagt. Dann war er verschwunden und erst zum abendlichen Mahl wieder aufgetaucht. Sein Gesicht hatte einen merkwürdigen Ausdruck gehabt, fast so wie Ende Mai, als sie auf dem Weg nach Geisenfeld an der Ilm Rast gemacht und die Hinterlassenschaften des Überfalls auf Johannes entdeckt hatten.

Auf ihre Fragen hatte er nur einsilbig und unwirsch geantwortet. Als sie hartnäckig geblieben war, hatte er sie erstmals, seit sie sich kannten, wütend angefahren. Sie war vor Schreck blass geworden. Als er sah, dass ihr Tränen in den Augen standen, hatte er sie schnell in den Arm genommen.

„Verzeih mir, dass ich noch nicht darüber sprechen kann!", hatte er gesagt.

„Ich muss nachdenken." Nun saß er seit fast einer Stunde in der Abenddämmerung im Klostervorhof auf der Bank bei der Pfarrkirche.

Ein erschöpftes Schnaufen riss sie aus ihren Gedanken. Ein zartes Schnarchen verriet, dass Felicitas gesättigt und erschöpft eingeschlafen war. Irmingard bedeckte ihre Brust und wiegte das Kind noch eine Weile. Wie so oft, dachte sie wieder daran, dass ihr und ihrem Mann Kinder versagt geblieben waren. Zwar war sie zum Zeitpunkt des Todes ihres Gatten guter Hoffnung gewesen. Doch das Kind war tot zur Welt gekommen. Und beiden Liebesstunden mit Hubertus hatte sie bisher sorgsam darauf geachtet, dass sie nicht schwanger wurde. Mittlerweile wusste sie nicht mehr, ob sie überhaupt noch Kinder haben wollte. Sie seufzte schwermütig.

Es klopfte und Adelgund trat ein, gefolgt von Gregor. „Na, hat Felicitas alles ausgetrunken?", fragte ihr Schwager in dem Versuch, sie ein wenig aufzumuntern. Wider Willen musste Irmingard lächeln. „Scherzbold!", murmelte sie. „Gleich wird Schwester Anna kommen und Felicitas holen. Es dauert noch einige Zeit, bis sie entwöhnt ist. Dann werden wir uns überlegen, was wir weiter tun sollen. Ist Hubertus noch im Klosterhof?"

„Hubertus sitzt auf der Bank an der Grenzmauer der Abtei und scheint nachzudenken", antwortete Gregor. „Man kann richtig zusehen, wie es in seinem Kopf arbeitet", ergänzte Adelgund. „Nun, mein Schatz, gearbeitet haben wir ja heute auch", sagte Gregor. „Die Fischerhütte bei Zell haben meine Zimmermannskollegen und ich heute fertiggestellt. Schon morgen kann sie genutzt werden. Und du hast wieder Schwester Alvita bei der Herstellung der Tinkturen geholfen." „Schwester Alvita hat mir heute gesagt, dass sie ohne mich gar nicht mehr vernünftig arbeiten kann", meinte Adelgund nachdenklich. „Ihre Augen sind schon so schwach, dass sie die einzelnen Ingredienzien nicht mehr erkennt, wenn es ihr nicht jemand sagt. Und jetzt, da Maria tot ist, wird Anna ganz und gar bei der Behandlung der Kranken gebraucht. Alvita sagte, sie weiß gar nicht mehr, wie es künftig werden soll, wenn wir weiterziehen."

„Sie muss eben jemanden anlernen", sagte Gregor ungehalten. „Es sind genug junge adelige Schwestern da, denen es auch nicht schadet, wenn sie einmal Hand anlegen. Wir sind nun bald zwei Monate hier und haben fleißig mitgeholfen, jeder auf seine Art, Hubertus einmal ausgenommen. Jetzt, nach dem Verschwinden von Johannes, hält uns hier nicht mehr viel. Ich glaube nicht, dass er jemals zurückkehrt. Also müssen wir auch nicht bleiben. Wenn wir in den Süden nach Rom wollen, dürfen wir nicht mehr lange warten. Schon in wenigen Wochen könnten die Alpenpässe verschneit sein und dann wird eine Überquerung schwierig." Adelgund schnaufte vernehmlich. „Erst muss Felicitas entwöhnt sein, dann brechen wir auf. Wisst Ihr, irgendwie fällt es mir schwer. Ich habe mich hier fast ein wenig eingewöhnt." „Nichts da!", entgegnete Gregor kurz angebunden. „Von mir aus noch ein paar Tage oder vielleicht auch zwei oder drei Wochen, aber dann ziehen wir weiter. Ich will den Winter im Warmen verbringen. Das haben wir uns schon so lange vorgenommen, weißt du noch, mein treues Weib?"

„Du hast ja Recht", antwortete Adelgund ergeben. Sie wandte sich an Irmingard. „Die Komplet ist fast zu Ende. Gregor und ich gehen zu Bett. Gute Nacht." Beide verabschiedeten sich. Als sie hinausgingen, kam Schwester Anna, die einen gehetzten Eindruck machte. „Ich hole Felicitas", erklärte sie überflüssigerweise. Sie seufzte. „Heute war ein anstrengender Tag. Alleine mit unserem Medicus Volkhammer! Wenn nur

Maria noch da wäre." Übertrieben resigniert schüttelte sie den Kopf und trug das kleine Mädchen hinaus. Irmingard folgte ihr.

Als sie aus der Krankenstation ins Freie trat, war die Sonne schon am Untergehen. Die ersten Sterne blinkten schwach am Firmament. Da sah sie Hubertus auf sich zukommen. Als er vor ihr stand, nahm er ihre Hand, sah ihr in die Augen und sagte: „Wir müssen reden."

*

21. August 1390, zwischen Wessobrunn und Peiting

Seit ihrem Aufbruch aus Scheyern hatte es nahezu ununterbrochen geregnet. Kurz vor Dachau hatten sich die Steinmetzgesellen von Johannes und Alberto verabschiedet. Auch wenn sie nur wenige Stunden miteinander verbracht hatten, so war Johannes der Abschied doch schwer gefallen. Die ansteckend fröhliche Art der drei Burschen hatte ihn für kurze Zeit vergessen lassen, dass er und Alberto auf der Flucht war.

Andere Wanderer waren ihnen begegnet. Handwerker, die zu Baustellen unterwegs waren, Studenten, die Universitätsorte aufsuchten, um dort ihr Wissen zu erweitern und Lehrlinge auf der Suche nach Lohn und Brot.

Auch hatten sie Glück gehabt und konnten die Mitfahrgelegenheit bei einem Fernkaufmann nutzen, der aus der Hansestadt Stralsund stammte. Bei einer Rast in einem Gasthof bei Dachau waren sie mit ihm ins Gespräch gekommen. Als Johannes sich wiederum als Bootsbaugeselle ausgab, der ursprünglich aus dem Norden stammte, hatte ihn der Kaufmann eingeladen, zusammen mit Alberto in seinem Wagen zu reisen. Der Fernkaufmann erzählte voller Stolz von seiner Heimatstadt und der Beziehung der Hanse zum Deutschen Orden, einer Verbindung von Kreuzrittern, der ihren Sitz in der Marienburg im Osten hatte. Johannes hörte fasziniert zu, während Alberto hierfür kein Interesse zeigte und es vorzog, während der Fahrt zu schlafen.

In Schondorf hatten sie sich von dem Kaufmann verabschiedet, der über Landsberg weiter nach Augsburg, Freiburg und Köln weiterreisen wollte. Der Kaufmann hatte es sich nicht nehmen lassen, Johannes einen überzähligen wassergefüllten Schlauch für die weitere Reise zu schenken.

In der Jakobskirche in Schondorf, einem turmartigen, mehrgeschossigen Tuffquaderbau am Ufer des Ammersees, waren sie für eine Nacht aufgenommen worden. Johannes hatte schon davon gehört, dass es in

Frankreich und Spanien Kirchen gab, die auch als Herbergen dienten, doch war ihm nicht bekannt, dass solche Gebäude auch hierzulande gebaut worden waren. Der Pfarrer, Wilhelm mit Namen, hatte die beiden Reisenden herzlich willkommen geheißen. Wie bisher, so war Johannes bei seiner vorgegebenen Identität als Bootsbaugeselle geblieben. Auch hatte er sich wieder seine rechte Hand und den Arm von Alberto einbinden lassen, um seine Verletzung vorzutäuschen.

Pfarrer Wilhelm hatte ihnen angeboten, die Nacht in der Kirche zu verbringen. Angesichts des schlechten Wetters hatten sie gerne angenommen. Johannes hatte zuerst im Erdgeschoss der Kirche dem HERRN für die bisherige glückliche Flucht gedankt und die Hilfe des Apostels Jakobus für die Weiterreise erbeten. `Gott hilf und St. Jakobus´ bat er ein ums andere Mal. Über eine drei Mannslängen hohe, hölzerne Leiter waren sie danach auf der Westseite der Kirche zu einer Türe im Obergeschoss hinaufgestiegen. Dort fanden sie Nischen mit Tischen und Stühlen vor. Auch ein einfaches Strohlager war vorhanden, auf dem sie sich dankbar niederließen. Sie verzehrten Brot und Käse, das sie am Vortag von einem Bauern erstanden hatten.

Als sie am nächsten Tag aufgebrochen waren, hatte es zum Glück nicht mehr geregnet. Doch der Himmel war wolkenverhangen gewesen und ein böiger kalter Wind, der schaumgekrönte Wellen auf dem Ammersee vor sich hertrieb, ließ sie frösteln.

Die Leichtigkeit, die Johannes noch in Scheyern empfunden hatte, war verflogen. Ihm war klar geworden, dass seine Verfolger nicht locker lassen würden, bis sie ihn und Alberto gefasst hatten. Und sie konnten sich ausrechnen, dass er sich auf den Weg nach Santiago machen würde. Beim Abendessen mit der Äbtissin am 3. Juli war dies ja Gesprächsthema gewesen. Er hatte daraus kein Geheimnis gemacht.

Nur, welche Wege er einschlagen würde, konnten sie nicht wissen. Und sie wussten nicht, dass er sich als Bootsbaugeselle ausgab. Trotzdem war es besser, Vorsicht walten zu lassen. Trübsinnig hatte er daran gedacht, dass er sich nicht einmal von seinen Freunden hatte verabschieden können. Im Klosterhof hatte er sie in den Morgenstunden des 14. August nicht gesehen. Und nach dem Todessturz von Magdalena war er mit Alberto Hals über Kopf durch Geisenfeld geflohen. Seine Freunde wussten nichts über die Falle, in die er getappt war, nichts über die Hintergründe seiner Flucht und vor allem nichts über die Verschwörung von 1384. Er machte sich Vorwürfe, dass er auf Frobius gehört und seine Erkenntnisse nicht weitergegeben hatte. Für seine Freunde war Godebusch noch immer der rechtschaffene Gönner der Abtei und der Propstrichter der Inbegriff der Gerechtigkeit.

Doch nun galt es, den Häschern nicht in die Hände zu fallen. Sie hatten sich daher südlich des Ortes Dießen einer Gruppe von Wallfahrern aus München angeschlossen, die einen Bittgang zum Kloster Wessobrunn machten. Auch die Wallfahrer glaubten Johannes´ Darstellung, dass sie auf dem Weg zum Bodensee seien, um dort als Bootsbaugesellen Arbeit zu suchen und ließen die Beiden bereitwillig mitgehen.

Es sollte nach Johannes Willen auf absehbare Zeit das letzte Mal sein. Künftig verbot es sich, auf den üblichen Handels- und Pilgerwegen weiter zu reisen. Schweren Herzens würde er darauf verzichten, in den Klöstern, die auf dem Weg lagen, zu nächtigen. Sein Empfehlungsschreiben, das er von Abt Marcellus hatte, war zumindest im Augenblick nichts wert. Nein, sie würden abgelegene Anwesen von Bauern und nur selten Gasthöfe aufsuchen. Johannes hatte keinerlei Vorstellung, wie lange dies dauern würde. Wollten ihn die Häscher bis nach Frankreich verfolgen?

In Wessobrunn angekommen, hatten sie nach gemeinsamem Gebet und Austausch des Friedenskusses die Quelle besucht, die Tassilo, einem Sohn des Herzogs Odilo, im Jahre des Herrn 753 von seinem Jäger Wesso gezeigt wurde und seitdem dessen Namen trug. Johannes war beeindruckt gewesen. Nicht nur die in Kreuzesform gefasste Quelle, sondern auch die gewaltige Klosteranlage mit dem „Grauen Heinrich", dem rund 150 Jahre alten frei stehenden Glockenturm, ließen ihn ehrfürchtig staunen. Er hatte schon in seinem Heimatkonvent in Coburg gehört, dass Wessobrunn eines der mächtigsten Klöster im Süden des Reiches darstellte. Das „Wessobrunner Gebet", das hier vor rund 500 Jahren entstanden war, war auch in Coburg wohlbekannt.

Nach dem abendlichen Mahl war ihm gegen eine Spende gerne gestattet worden, die Klosterkirche zu besuchen und dem HERRN für die glückliche Reise zu danken. In der Kirche kniete sich Johannes vor das überlebensgroße Kreuz, das den Heiland im Schmerz verkrümmt darstellte, und betete. Er dankte IHM dafür, dass auch der heutige Tag glücklich verlaufen war und bat darum, dass die Seele seiner geliebten Magdalena in das Paradies aufgenommen würde. Die Gefühle für sie hatten ihn ein weiteres Mal überwältigt und erst nach geraumer Zeit, in der er still vor sich hin weinte, war er wieder in der Lage gewesen, zurück in die zugewiesene Unterkunft zu gehen.

Die Nacht im Gästehaus war trotz des Schnarchens von manchen der Münchner Wallfahrer, mit denen sie den Schlafsaal teilten, ruhig verlaufen.

Beim morgendlichen Essen, das aus Brot, Käse und gekochtem Gemüse bestanden hatte, war in Johannes, nach einem Gespräch mit dem Gästebetreuer der Abtei, Bruder Paulus, der Entschluss gereift, nach Peiting weiterzugehen, dann aber baldmöglichst eine Gelegenheit zu suchen, abseits der üblichen Handelswege den Lech in westliche Richtung zu überqueren. Bruder Paulus und er waren sich, als sie sich am Vortag begegneten, auf Anhieb zugetan gewesen. Auch Paulus hegte eine Vorliebe für das Fahren auf Booten und war bei der Verwaltung der Fischereirechte der Abtei auf dem Ammersee behilflich. Johannes bedauerte sehr, dass er nicht mehr Zeit mit dem Ordensmann verbringen konnte, der ein aufgeschlossener und interessierter Gesprächspartner war. Paulus schien es ebenso zu gehen. `Reisen ist eine Kette, deren Glieder Abschiede sind´, so hatte ihm der Pförtner Igor in Coburg erklärt. Johannes zuckte bei dem Gedanken ergeben mit den Schultern. Entscheidend war, dass sie bislang von ihren Verfolgern weder etwas gesehen noch gehört hatten. Es schien, als hätten die Häscher ihre Spur verloren. Johannes atmete vorsichtig auf. Er teilte Alberto die beabsichtigte Wegstrecke mit. Der Junge nickte nur. Ihm war es egal, wohin es ging. Obwohl Alberto nicht darüber sprach, so schien es Johannes, als trauere er dem Mädchen Agnes nach, das er ohne Abschied verlassen hatte. Er hatte Johannes auf ihrer Flucht erzählt, dass er noch einige Zauberkunststücke beherrschte, die ihm sein Vater damals vor seinem Tod beigebracht hatte. Oft, so sagte er, hatte er Agnes damit unterhalten. Doch immer, wenn die Sprache auf das Mädchen kam, stockte Alberto bald und wechselte das Thema. Johannes bohrte nicht nach. Er wusste jetzt, was es bedeutete, eine geliebte Frau zu verlieren.

Nach dem Mahl hatten sie sich in aller Frühe an der Pforte des Klosters herzlich von Bruder Paulus verabschiedet. Täuschte sich Johannes, oder standen Tränen in den Augen des Gästebetreuers? Doch machte er sich darüber keine näheren Gedanken. Sie waren in südwestliche Richtung aufgebrochen. Ihr Weg führte sie an einem langgezogenen Waldrand entlang. Noch war außer ihnen niemand unterwegs.

Nach einer halben Stunde drehte sich Alberto misstrauisch um. „Ich höre etwas. Jemand verfolgt uns", warnte er. „Schnell, zwischen die Bäume!" Sie versteckten sich hinter den mächtigen Buchenstämmen. Tatsächlich vernahmen sie ein näher kommendes Keuchen, wie von jemandem, der vor Anstrengung außer Atem war. Vorsichtig spähte Alberto hinter dem Stamm hervor. Dann sah er Johannes verblüfft an und trat aus dem Schatten des Waldes zurück auf den Weg. Johannes folgte ihm mit fragender Miene.

Entlang des Weges sahen sie Bruder Paulus, der ein Bündel auf der Schulter trug, auf sich zurennen. Als der Mönch die beiden erblickte, hob er erleichtert die Arme. „Dank sei Gott!", rief er ihnen zu. „Ich habe euch noch erreicht." Er blieb stehen, ließ das Bündel fallen und hielt sich schwer atmend die Seiten. Johannes und Alberto gingen ihm entgegen. Johannes legte ihm besorgt die Hand auf die Schulter. „Was ist denn, Bruder Paulus? Du rennst, als sei der Antichrist hinter dir her." „Nimm solche Worte nicht in den Mund, Matthias!", keuchte Paulus. Er holte tief Luft und fragte: „Oder ist dein Name vielleicht ein anderer?" Johannes erstarrte. Mühsam entgegnete er: „Warum sollte mein Name denn nicht Matthias lauten, Bruder Paulus?"

„Habt Ihr Wasser?", fragte der statt einer Antwort. Johannes griff in seinen Beutel und holte den gefüllten Schlauch hervor. Er reichte ihn Bruder Paulus, der einige tiefe Schlucke nahm. Dann reichte er Johannes den Schlauch zurück. „Ihr hattet unsere Abtei kaum verlassen, da kamen acht Reiter an unserer Pforte an. Sie gaben vor, aus dem Markt Geisenfeld zu stammen und im Auftrag der dortigen Benediktinerinnenabtei zu handeln. Ihr Anführer, ein Propstrichter, sagte, sie seien auf der Suche nach einem Benediktinermönch namens Johannes, der in Begleitung eines kleinen Unbekannten flüchtig ist. Er sagte, der Mönch sei ein Abtrünniger aus einem Kloster in Coburg. Er habe Vermögen des Klosters, zwei Beutel mit Coburger Pfennigen, entwendet. Der Mönch ist angeblich zudem Zeuge in einem Mordfall. Außerdem sagte er, dass der Flüchtige eine auffällige rote Warze am kleinen Finger der rechten Hand hat."

Paulus schaute auf den verbundenen Arm von Johannes. „Wenn du dein Tuch ablegst, was mag darunter zum Vorschein kommen, Matthias?", fragte er gedehnt. Alberto sah Johannes betroffen an. `Und jetzt?´, schien er zu fragen. Paulus fuhr fort. „Das ist noch nicht alles. Der Propstrichter sagte, es könne sein, dass sich der Flüchtige verkleidet und als Bootsbauergeselle ausgeben würde. In einer Burg, unweit von Geisenfeld, sollen zudem Kleidungsstücke verschwunden sein, die der Mann an sich genommen haben soll."

Johannes war bestürzt über diese Neuigkeiten. Wie hatten die Verfolger von seinem Täuschungsversuch erfahren? „Wo sind die Reiter jetzt?", presste er zwischen zusammengebissenen Zähnen heraus.

„Sie sagten, sie seien die Nacht durchgeritten", antwortete der Mönch. „Ihre Pferde müssen eine Rast einlegen. Ich habe gesehen, dass sie die Tiere gefüttert haben und selbst in der Gästeküche eingekehrt sind. Doch werden sie bald weiterreiten. Unser Cellerar hat ihnen sicher schon beschrieben, welchen Weg Ihr einschlagt. Sie holen euch bald ein", schloss Paulus.

„Und wohin sollen wir uns wenden?", fragte Johannes verzweifelt. Paulus deutete nach vorne. „Wenn Ihr entkommen wollt, müsst Ihr durch die Ammerschlucht. Dazu führt euch der Weg zuerst durch das Klosterdorf Forst, das hinter der nächsten Wegbiegung liegt. Danach quert ihr den Wielenbach. Doch seht den Berg dort im Süden!" Paulus zeigte auf einen markanten Berg in südlicher Richtung. „Das ist der Peißenberg. Ihr müsst an ihm vorbei. Dann trefft ihr südlich davon auf den gleichnamigen Ort. Lauft hindurch! Ein Feldweg führt euch durch den Wald hinunter zur Ammer. Bald danach findet ihr flussaufwärts einen Steg. Dort müsst ihr euch rechter Hand halten, den schmalen Pfad hinaufsteigen und dann dem Verlauf der Ammer entgegen der Fließrichtung folgen. Das ist die einzige Möglichkeit, Euren Verfolgern zu entgehen. Sie werden euch auf der Straße nach Peiting suchen. Doch seid vorsichtig! Die Wege in der Schlucht sind gefährlich, es gibt Steilhänge, der Boden ist tückisch, die Stege sind ungesichert und rutschig und jetzt, nach dem Regen der vergangenen Tage nur sehr schwer begehbar. Doch wenn Ihr nicht dort hindurchgeht, dann werdet Ihr auf der Straße nach Peiting gefasst. Hier!"

Er hob das Bündel auf und gab es Johannes. „Hier in diesem Beutel findet Ihr zwei Mäntel und zwei Pilgerhüte, die von bedauernswerten Wallfahrern stammen, die auf ´Jakobs Straße´ geblieben und auf unserem Friedhof begraben sind. Auch habe ich noch eine Kürbisflasche für euch eingepackt. Schneidet euch auch Pilgerstäbe zurecht. So werdet ihr nicht auffallen."

„Warum tust du das für uns?", fragte Johannes erstaunt und gerührt. „Das kann dir die von der Regel des Heiligen bestimmten Strafen bis hin zum Ausschluss aus der Gemeinschaft einbringen." „Ich glaube den Reitern nicht", antwortete Paulus. „Ich habe schon viele Durchreisende kennengelernt. Etwas sagt mir, dass an euch etwas Rechtschaffenes ist. Und Du..." Er stockte. „Eure Verfolger führen nichts Gutes im Schilde." Er sah sich hastig um. „Ich muss zurück. Ich habe vorgegeben, zum Pilzesammeln in den Wald zu gehen. Doch dachte ich nicht, dass Ihr schon so weit gelangt seid. Eilt Euch, denn Ihr habt keine Zeit zu verlieren!"

Noch während Paulus sprach, hatte Alberto schon ohne Zögern das Bündel geöffnet und durchgeschaut. Ohne Worte nahm er den Beutel unter den Arm.

Johannes drückte Paulus bewegt die Hand. „Mein Freund, ich kann dir nicht sagen, wie sehr wir dir zu Dank verpflichtet sind." Paulus schüttelte den Kopf. „Vielleicht denkst du später einmal an mich, wenn du glücklich entkommen bist. Ich werde jedenfalls an dich denken."

Er hob die Hand und strich Johannes über die Wange. Dann räusperte er sich und fuhr mit bemüht fester Stimme fort: „Meidet die Abteien in Rottenbuch und Steingaden! Eure Verfolger werden euch dort suchen. Geht abseits der Wege! In Oberdorf, westlich des Auerbergs, werdet ihr Unterkunft im Gasthof „Zum Adler", aber auch bei den dortigen Bauern finden. Sie sind wohlhabend und meist gastfreundlich und hilfsbereit. Ich stamme selbst von dort. Nun geht! Gott mit Euch, ich werde für euch beten." Die letzten Worte hatte Paulus mit erstickter Stimme ausgestoßen. Ruckartig wandte er sich um und rannte, ohne sich umzusehen, den Weg zurück, den er gekommen war.

Alberto wollte etwas sagen, doch Johannes gebot ihm mit einer Handbewegung Schweigen. „Es ist gut, Alberto", murmelte er. „Wir müssen weiter."

*

Sie hasteten weiter, bis sie den kleinen Ort Forst erreicht hatten. Dort gingen sie, bemüht gelassen, hindurch. Die Bauern und Tagelöhner, die unterwegs waren, schenkten ihnen wenig Beachtung. Aus dem Dorf hinausgekommen, beschleunigten sie ihre Schritte. Schneller und schneller wurden sie, getrieben von der Angst, von den Häschern eingeholt zu werden. Als sie den Wielenbach überschritten hatten, führte sie der Weg in ein Waldstück. Durch die Bäume sahen sie den Peißenberg aufragen.

Der Weg gabelte sich nun. Alberto zeigte nach links. „Wir müssen da lang." Sie rannten, so schnell sie konnten, den Waldweg entlang. Unvermutet öffnete sich der Wald und vor ihnen lagen Felder. Dahinter waren Häuser zu sehen.

„Der Ort Peißenberg", sagte Johannes erleichtert. Alberto brummte zustimmend. „Weiter!", drängte er.

Durch Peißenberg hindurch bemühten sie sich ebenfalls, möglichst unauffällig zu wirken. Sie grüßten die Menschen, die ihnen begegneten und liefen mit gemessenen Schritten, wobei sie vorgaben, sich angeregt zu unterhalten. Aus dem Ort hinausgekommen, gingen sie auf den Feldwegen entlang der landwirtschaftlichen Flächen. Sie nickten grüßend den Bauern und Knechten zu, die bei der Arbeit auf den Feldern waren und erreichten bald den Saum des nächsten Waldes.

Als sie im Schutz der Bäume hangabwärts stolperten, versuchte Johannes, seine Gedanken zu ordnen. Die Nachricht, dass seine Tarnung aufgeflogen war, hatte ihn entsetzt. Wie konnte das geschehen? Sicher war er in Scheyern durch sein Ansinnen, das Heilige Holz zu sehen, in Erinnerung geblieben. Er schalt sich dafür, sich beim Anbeten des Byzantinischen Kreuzes so auffällig verhalten zu haben. Doch nun war es zu spät.

Noch etwas ging Johannes im Kopf herum. Woher wussten seine Verfolger von den zwei Beuteln mit Coburger Pfennigen? Einen Beutel hatte er von Lambert beim Verlassen seines Heimatklosters erhalten. Der zweite mit der weit größeren Summe aber stammte vom Getreidehändler Wohlfahrt. Von diesem Beutel hatte in Geisenfeld nur Magdalena gewusst. Hatte sie dem Propstrichter davon erzählt? Nahezu undenkbar, da sie den Mann verabscheut hatte. Doch er hätte sich auch nicht träumen lassen, dass sie den Männern des Kaufmanns Godebusch das Versteck im Werkstattund Fuhrgebäude der Abtei verraten würde. War sie dazu gezwungen worden? Johannes kam zu keinem Ergebnis. Er war so in seine trüben Gedanken versunken, dass er über ein loses Aststück stolperte, das auf dem Weg lag. Dies brachte ihn wieder zur Besinnung. Jetzt erst hörte er auch das Rauschen eines Flusses, kurz bevor dieser in seinem Blickfeld auftauchte. Sie waren am Ufer der Ammer angekommen. Steile bewaldete Ufer säumten das Gewässer. Wie hatte Paulus gesagt? Sich flussaufwärts halten. Alberto war schon losgelaufen und so blieb Johannes nichts übrig, als ihm zu folgen. Nach einigen Minuten sahen sie einen Steg über den

Fluss, genauso wie es der Wessobrunner Mönch beschrieben hatte. Johannes warf einen Blick auf das gegenüberliegende Ufer. Dort ragten Felsen empor und ein in das Gestein gehauener Pfad führte hinunter zum Wasser und über den Steg. Auf ihrer Seite hingegen wand sich der Weg in schmalen, engen Kehren die angrenzende Böschung steil hinauf. Wasser und Schlamm liefen den Pfad hinunter und mündeten in den Fluss.

Alberto zog skeptisch die Augenbrauen hoch. `Da hinauf?´, schien sein Blick mehr als deutlich zu fragen. „Erst einmal rasten wir, bevor es weiter geht", sagte Johannes. Beide ließen sich im Schutz der Bäume auf einem noch halbwegs trockenen Stück Uferboden nieder. Sie schwiegen erschöpft.

Nur das Rauschen der Ammer war zu hören.

„Wir müssen uns verteidigen", sagte Alberto unvermittelt. „Sonst schlachten sie uns ab." „Wie meinst du das?", fragte Johannes matt. „Wir müssen sie töten, sonst verfolgen sie uns bis ans Ende der Welt", sagte Alberto wie selbstverständlich. Johannes schüttelte entschieden den Kopf. „Gott gab der Menschheit die Zehn Gebote. Das fünfte Gebot lautet: `Du sollst nicht morden!"

Alberto starrte in die Ferne. „Sie haben meine Familie ermordet, trotz dieses Gebots, Johannes", sagte er tonlos. „Wenn du wie ein Lamm sterben willst, dann kannst du hier stehen bleiben und auf sie warten. Ich wehre mich!" Johannes antwortete nicht. Er hätte nicht gewusst, was er dem Knaben sagen sollte. Sein Kopf schien wie leergefegt. Nach einigen Minuten stand Alberto auf. „Wir müssen weiter!", Johannes erhob sich mühsam. Langsam arbeiteten sie sich den Hang hinauf.

Es war schwieriger als erwartet. Der Weg durch die Ammerschlucht entpuppte sich als eine Ansammlung steiler An und Abstiege inmitten eines dichten Waldes. Er führte sie auf schmalen Stegen und Brückenkonstruktionen über Lichtungen, in denen der Wind pfiff, mal hoch oben am Steilufer, dann wieder hinunter, direkt neben dem wilden Fluss. Vom Regen aufgeweichte Trampelpfade bargen die Gefahr, ständig auszurutschen. Ein ums andere Mal balancierten sie über glatte, schmale Holzbrücken, unter denen steile Felsspalten gähnten. Immer wieder verliefen nasse Blockbohlenstege entlang von Steilhängen. Während auf der einen Seite keine Möglichkeiten zum Festhalten waren, fielen auf den gegenüberliegenden Seiten die Hänge nahezu senkrecht nach unten ab. Auch mussten sie mühsam über manche, quer auf den Wegen liegenden

Baumstämme, klettern. Für Johannes, der nicht schwindelfrei war, stellte das Durchqueren der Schlucht einen wahr gewordenen Alptraum dar. Mittlerweile hatte der Regen wieder eingesetzt und ihre Kleider wurden, ebenso wie die Reisebeutel, von der Nässe schwer.

Zunehmend stumpfte Johannes ab. Mechanisch setzte er einen Fuß vor den anderen. Nahm diese Schlucht denn kein Ende? Wieder einmal befanden sie sich hoch über dem Ammerufer. Plötzlich, kurz vor Erreichen eines Bohlensteges an einer steilen Böschung, glitt er aus und rutschte einen gerade erklommenen Anstieg wieder hinunter. Gerade noch konnte er sich an dem Ast einer an der Wegbiegung stehenden Buche festhalten, sonst wäre er in den gähnenden Abgrund gestürzt.

Mit wild klopfendem Herzen raffte er sich auf und kroch auf allen Vieren den Pfad wieder hinauf. Glücklicherweise war sein Reisebeutel beim Sturz an einem Wurzelgeflecht hängen geblieben. Oben angekommen, sank er erschöpft auf den nassen, regendurchweichten Boden. Alberto, der sich wie schon im Stollen nach Rotteneck mit geradezu traumwandlerischer Sicherheit bewegte, balancierte vorsichtig über den glatten Holzsteg zurück und setzte sich neben ihn. Wortlos kramte er aus dem Beutel den Schlauch mit Wasser und hielt ihn seinem Gefährten hin. Gierig trank Johannes Schluck um Schluck. Ermattet lehnte er sich an die Felswand.

Unvermittelt krallten sich Albertos Finger in seinen Arm. „Da ist jemand!", flüsterte der Knabe. Alarmiert hob Johannes den Kopf und sah zurück. Alberto hielt die Hand hinter sein Ohr und lauschte. „Fünf, vielleicht sechs Leute! Sie achten darauf, kein Geräusch zu machen." Er unterbrach sich. Dann sagte er: „Sie verfolgen uns!"

So schnell er konnte, verstaute Johannes den Wasserschlauch in seinem Beutel. Alberto zeigte nach oben. Johannes folgte seinem Blick. In ihrem Rücken befand sich wie so oft eine steile, felsige Böschung. Darüber aber ragte der mächtige Gipfel eines umgestürzten Baumstammes hinaus. „Wir müssen über den Steg. Danach klettern wir die Böschung hinauf und verstecken uns hinter den Baum", flüsterte Alberto. Johannes nickte zum Zeichen, dass er verstanden hatte. Er schulterte seinen Beutel und folgte seinem Gefährten über den Steg. Danach machte der Weg eine Biegung nach rechts. Als Johannes die Stelle erreicht hatte, sah er, dass Alberto schon den Hang hinaufkletterte. Geschickt nutzte der Knabe jeden Felsspalt und jede Wurzel, die hervor ragte. Johannes machte es ihm nach.

Die Angst verlieh ihm ungeahnte Kräfte und schneller, als er gedacht hatte, war er oben auf dem Felsvorsprung angekommen.

Die beiden duckten sich hinter den umgestürzten Baumstamm. Vorsichtig spähte Alberto hinunter. Auch Johannes wagte einen Blick. Die Stelle bot ihnen eine gute Übersicht. Sie konnten nicht nur den Pfad überblicken, den Johannes gerade heruntergerutscht war, sondern weiter hinten auch andere Teile des sich schlängelnden Weges.

Tatsächlich, da war eine Bewegung zwischen den Bäumen. Johannes konnte einen Mann mit einer Armbrust sehen, der vorsichtig hinter einem Baum hervorlugte. Gleich dahinter bewegte sich ein zweiter Bewaffneter. Alberto deutete verstohlen auf eine Stelle hinter den Männern. Auch dort sahen sie, wie sich etwas bewegte. Wie viele Häscher mochten es sein?

„Kommt heraus!", tönte unvermutet die Stimme von Frobius. „Wir wissen, wo Ihr seid. Wenn Ihr euch ergebt, geschieht euch nichts." Johannes zuckte vor Schreck zusammen. Er öffnete den Mund, um zu antworten, doch Alberto legte ihm die Hand auf die Lippen und schüttelte den Kopf. „Sie wollen uns nur herauslocken. Sie wissen nicht genau, wo wir sind." Langsam zog er seine Axt heraus und legte sie vor sich auf den Stamm.

Bewegungslos verharrten die beiden in ihrem Versteck. Johannes sah, dass Alberto seine Augen geschlossen hatte. Er wusste, der Knabe konzentrierte sich jetzt auf die Geräusche, die die Verfolger machten. Während er selbst nur das Pochen seines wild klopfenden Herzens zu vernehmen glaubte, schien Alberto genau zu wissen, wo sich die Häscher aufhielten. Johannes zog seine Schleuder und öffnete seinen Steinbeutel. Er entnahm einen Stein und legte ihn in das Lederstück.

Alberto drehte den Kopf zu Johannes. „Hier unten auf dem Holzsteg steht einer von ihnen. Wenn du nicht wie ein Opferlamm sterben willst, dann tu etwas!", flüsterte er fast unhörbar. Johannes biss die Zähne zusammen. Er kämpfte mit sich. Er wusste, wenn er jetzt einen Stein abschoss und den Schergen tötete, dann hatte er eine unsichtbare Grenze überschritten. Eine Grenze, nach der es kein Zurück gab. Er sah Alberto an, in dessen schwarzen Augen harte Entschlossenheit stand. Die Finger des Knaben klammerten sich um einen Stein.

Johannes spannte seine Schleuder. Er atmete tief durch, um ruhig zu werden. Dann stand er ruckartig auf, zielte und schoss den Stein auf den unter ihm stehenden Knecht ab. Das Geschoss traf den Mann an der Schulter. Mit einem Schmerzensschrei ließ der die Armbrust fallen. Schon hatte Johannes einen neuen Stein eingelegt und die Schleuder gespannt. Mit einem Mal erfüllte ihn Zorn. Hier waren die Männer, die ihn in Geisenfeld in die Falle gelockt hatten. Hier irgendwo war Frobius. Sie alle trugen Schuld am Tod seiner geliebten Magdalena. Sorgfältig zielte er und ließ das Leder los. Der Stein traf den Schergen mit Wucht in Höhe des Herzens auf die Brust. Ein dumpfes Keuchen. Mit wild rudernden Armen versuchte der Mann, das Gleichgewicht zu halten. Beinahe wäre es ihm geglückt, doch dann rutschte er mit einem Fuß auf dem glatten Holz aus. Mit markerschütterndem Schrei stürzte der Knecht in die Tiefe. Ein Krachen ertönte, danach das Geräusch eines rollenden Körpers auf Blättern, dann war Stille. Wildes Triumphgefühl stieg in Johannes hoch. Doch schon hatte ihn Alberto gepackt und nach unten gerissen.

Keinen Augenblick zu früh! „Da sind sie!", schrie einer der Verfolger. „Da oben!" Ein Bolzen schlug im Baumstamm ein, genau an der Stelle, an der Johannes eben noch gestanden hatte. Mehrmaliges scharfes Klacken ertönte. Drei weitere Geschosse blieben im Stamm stecken. Alberto erhob sich und warf seinen Stein in die Richtung, aus der die Bolzen gekommen waren. Knackend prallte der Stein an einem Ast ab. Gelächter ertönte. „Mehr habt Ihr nicht, Ihr Narren?" Das war Diflam.

Diflam! Johannes biss erbittert die Zähne zusammen. Er kroch im Schutze des Stammes zwei Mannslängen weiter und spähte vorsichtig über den Rand. Ein Zischen, und wieder flog ein Armbrustbolzen vorbei. Doch hatte dies genügt, Johannes zu zeigen, wo der Schütze war. Erneut spannte er seine Schleuder. In Windeseile richtete er sich auf, zielte und schoss. Der Stein prallte gegen einen Baum und riss ein Stück Rinde ab. Wildes Fluchen war die Antwort. „Los!", ertönte erneut die Stimme Diflams. Fieberhaft sah sich Johannes um. Waren ihnen die Verfolger in den Rücken gefallen? Doch er konnte nichts erkennen. Schnell kroch er zu Alberto zurück. Der Knabe zeigte in die Richtung des Baumes an der Wegebiegung, an dem sich Johannes vor wenigen Minuten gerade noch festgehalten hatte, um nicht abzustürzen.

„Da ist einer. Gib mir Schutz!", flüsterte dieser. Er nahm die Axt und schwang sich behände über den Baumstamm. Wie eine Katze kam Alberto auf dem schmalen, abschüssigen Holzsteg unter ihnen auf. Sofort rutschte er ab und schlitterte den Steg hinunter, auf den Schergen zu, der vor Schreck erstarrte. Johannes sah, dass der Knabe die Axt zum Angriff schwang. Alberto stieß ein schrilles Kreischen aus. So schnell, dass Johannes mit den Augen kaum folgen konnte, holte Alberto noch im Rutschen aus und warf die Axt nach dem Häscher. Die Klinge bohrte sich mit Wucht in den Unterleib des Mannes. Im gleichen Moment griff der junge Gaukler nach einem Ast, der in den Weg ragte, schwang sich den Steilhang hinunter und war den Blicken von Johannes entzogen.

Der hatte das Schauspiel wie gelähmt verfolgt. Dann erwachte er aus seiner Erstarrung, als erneut ein Bolzen durch die Luft pfiff und seinen Kopf nur um Haaresbreite verfehlte. Er spannte seine Schleuder und jagte einen Stein nach dem anderen in die Richtung, in der sich die Verfolger befinden mussten. Ein wütender Schrei ertönte. Scheinbar hatte ein Stein sein Ziel gefunden. Fast gleichzeitig hörte Johannes ein trockenes Knacken und danach das Fallen eines Körpers. „Kommt heraus!", ertönte die Stimme des Propstrichters erneut. Johannes warf sich hinter den Baumstamm. Er runzelte die Stirn. Lag ein schriller Ton in der Stimme des sonst so gelassenen Advokaten?

„Zurück!" Jetzt war Diflam zu hören. Sie klang merkwürdig verzerrt. Hastige Schritte, die sich entfernten. Dann war alles still. Nur das Rauschen der Ammer drang zu Johannes hinauf. Hatten die Angreifer sich zurückgezogen? Doch da war noch ein Geräusch, ein ersticktes Keuchen und Würgen. Nach einer Weile wagte er es, über den Rand des Baumstammes zu schauen. Das Keuchen kam von dem Mann, den Alberto mit der Axt getroffen hatte. Verzweifelt strampelte der Scherge mit den Beinen, während er versuchte, sich die Axt aus dem Bauch zu ziehen. Vergeblich. Das Keuchen ging in ein Gurgeln über. Dann erschlafften die Glieder des Mannes. Nur die Beine zitterten noch eine kurze Weile, bis auch sie sich nicht mehr bewegten.

Johannes schluckte. Übelkeit stieg in ihm auf. Er beugte sich zur Seite und übergab sich, bis nur noch Galle kam. Keuchend richtete er sich auf. Wo war Alberto? Dann sah er, wie sich eine Hand den Steilhang neben dem Holzsteg hinauftastete. Der Knabe stemmte sich hoch, blickte nach oben und sah Johannes mit kaltem Blick an. Dann beugte er sich zu dem Toten, nahm dessen Dolch und schnitt den Köcher des Mannes ab, in dem die Armbrustbolzen steckten. Er packte die Axt, zog sie mit schmatzendem Geräusch aus dem Bauch des Leichnams und steckte sie in seinen Gürtel, ebenso den Dolch und das Schwert des Toten. Dann huschte er zum Holzsteg, griff nach der Armbrust, die der erste Schütze vor seinem Todessturz fallen gelassen hatte und legte sie sich über die

Schulter. Johannes konnte erkennen, wie ein triumphierender Ruck durch Alberto ging. Wider Willen überkam ihn ein Gefühl der Genugtuung. Sie hatten die Gegner zurückgeschlagen.

*

Eine Stunde später standen Alberto und Johannes, schwer atmend, am Fuße eines steilen Anstiegs. Nachdem sie den ersten Angriff ihrer Verfolger überstanden hatten, waren sie, so schnell es ging, über die unwegsamen Pfade weiter geflüchtet. Wieder wäre Johannes beinahe an einer besonders tückischen Stelle in den Abgrund gestürzt, doch konnte er sich ein weiteres Mal gerade noch festhalten. Der Weg führte nun von dem Flusslauf weg.

Alberto sah nach oben. „Ich glaube, dort oben ist der Weg durch die Schlucht zu Ende." „Dann los!", antwortete Johannes. Nur raus hier, raus aus diesem Wald! Sie keuchten nach oben. Hinter den Bäumen war schon eine breite Straße zu sehen.

Kurz bevor sie den Waldrand erreichten, machten sie Rast auf einer terrassenförmigen Lichtung, auf der ein großer Holzstoß Schutz vor Wind bot. Der Boden neben den aufgerichteten Stämmen schien einigermaßen trocken zu sein. Hier ließen sie sich erschöpft nieder.

Alberto legte seine Hand auf Johannes´ Arm. „Gut gekämpft, Johannes", sagte er. Johannes antwortete nicht. Ihm war elend zumute. Er, ein Mann der Kirche, hatte einen Menschen getötet. Er, dessen Grundsatz immer gewesen war, beim Schlagen auf eine Backe auch die andere hinzuhalten. Würde Gott ihm verzeihen? Still betete er für das Seelenheil des Toten und flehte den HERRN um Vergebung an.

Als Alberto ihm Mut zusprechen wollte, schüttelte er unwillig die Hand seines Begleiters ab. Er stand auf und ging ruhelos umher. Alberto erhob sich ebenfalls. Er betrachtete die jungen Bäume, die um die Lichtung standen. Buchen, Eichen, aber auch Haselnusssträucher wuchsen hier. Prüfend nahm der Knabe die verschiedenen Hölzer in Augenschein. Dann nahm er seine Axt und hieb zwei starke Haselnussäste ab. Er zog den Dolch, den er dem Knecht abgenommen hatte und spitzte die Äste an einem Ende zu, während er das andere Ende abrundete. Zufrieden betrachtete er sein Werk. Johannes unterbrach sein zielloses Umhergehen und gesellte sich zu ihm. Alberto reichte ihm einen der Äste. „Pilgerstab!" Dann griff er in das Bündel, das sie von Paulus erhalten hatten. Er nahm die Mäntel und Pilgerhüte heraus, die darin eingewickelt waren, ebenso die Kürbisflasche. Er setzte sich einen Hut auf und hängte sich einen der Mäntel so um, dass die Armbrust verdeckt war. Dann hängte er die Kürbisflasche an den Wanderstab und nickte zufrieden. „Wir sind jetzt Pilger. Du auch, Johannes." „Ja", sagte der nur mit belegter Stimme. Dann gingen sie hinauf, auf den Waldrand zu. Diesmal war es Johannes, der etwas hörte. Hufgetrappel. Er packte Alberto beim Arm. Beide ließen sich eilends in die Büsche fallen, die hinter den Bäumen am Waldrand standen.

Das Hufgeklapper kam näher. Vorsichtig hob Johannes seinen Kopf. Eine Gruppe von sechs bewaffneten Reitern kam an ihrem Versteck vorbei. Deutlich konnte Johannes an der Spitze den Propstrichter Frobius sehen, Albrecht Diflam an seiner Seite. Die Männer führten zwei reiterlose Pferde mit sich.

Die Häscher bemerkten nicht, dass sie beobachtet wurden. Als sie vorbeigeritten waren und die Hufgeräusche in der Ferne verklangen, richteten sich die beiden Flüchtigen auf. „Es sind noch sechs Verfolger", stellte Johannes fest. „Sie werden nach Rottenbuch und Steingaden weiterreiten und uns dort suchen." Er sah sich um. Erneut hatte es zu regnen begonnen. In einiger Entfernung, rechts von ihnen, konnte er eine windschiefe Hütte neben einem Feld erkennen. Die Hütte lag entgegen der Richtung, die ihre Verfolger genommen hatten. Er machte Alberto darauf aufmerksam. Der Knabe nickte ihm zu. Dort würden sie bis morgen bleiben und sich Gedanken machen, wie es weitergehen sollte. In der Hütte würde sie niemand finden. Vorsichtig um sich schauend, machten sie sich auf den Weg.

*

22. August 1390, irgendwo unterwegs

Der Wind trug das Geräusch des Meeres herüber. Die Wellen der Ostsee brachen sich am Kai der Hafenstadt. Auf dem Marktplatz hatten sich die Bürger der Stadt eingefunden. In der Mitte des Platzes war am vergangenen Tag ein Schafott errichtet worden. Darauf befand sich ein hölzernes Rad mit eiserner Kante sowie ein zweites Rad mit einem Durchmesser von beinahe einer Mannslänge. Unterhalb des Schafotts war um zwei Pfähle je ein Scheiterhaufen errichtet. Zwischen den Scheiterhaufen war ein hölzernes Fundament mit einem dicken Pfahl aufgebaut.

Auf dem Schafott stand ein Mann mit einer Maske. Es war der Scharfrichter der Stadt. Zwei Knechte waren an seiner Seite. Alle drei schauten ebenso wie die Menschen, die sich auf dem Marktplatz drängten, erwartungsvoll in Richtung des östlichen Stadttores. Nur langsam öffnete sich ein Spalt zwischen den Schaulustigen. Auf einem zweirädrigen Karren, der von einem Ochsen gezogen wurde, wurde ein hölzerner Käfig herbeigefahren, in dem ein Mann und zwei Frauen, eine Ältere und ein junges Mädchen, eingesperrt waren. Als der Knecht, der auf dem Kutschbock saß, den Wagen durch die Menge hindurchlenkte, herrschte zunächst erwartungsvolles Schweigen. Dann rief eine Stimme: „Hexen!". Ein fauliger Apfel wurde zum Karren geworfen, flog durch die Gitterstäbe des Käfigs und traf den Mann an der Schläfe. Mit einem Mal prasselten verfaulte Früchte, Birnen, Äpfel und sonstiges Obst gegen den Karren. „Hexen, Hexen!" Vereinzelte Rufe vereinigten sich zu einem Chor und übertönten die Geräusche des Meeres.

Die Gefangenen im Käfig schienen die Schmähungen und das geworfene faule Obst nicht wahrzunehmen. Mit teilnahmslosem Blick und von den tagelangen Folterungen und peinlichen Befragungen zu Tode erschöpft, ließen sie die Verwünschungen wortlos über sich ergehen.

Der Karren hielt vor dem Schafott. Der Lenker kletterte hinunter und band den Ochsen an einem Pfahl fest. Die Knechte schritten zum Käfig und öffneten ihn. Dann packten sie den Mann, zerrten ihn auf das Schafott und banden ihn am Boden fest. Er sah erbarmungswürdig aus. Sein Gesicht war von vielen Schlägen geschwollen. Rote Striemen an seinen Armen, eiternde Wunden und die aufgeplatzte Haut am Rücken verrieten die Spuren, die die Peitschen und andere Folterwerkzeuge hinterlassen hatten.

Dann begann der Scharfrichter mit seinem Werk. Zuerst waren die Knochen seines Opfers zu brechen. Scharfkantige Hölzer wurden von den Knechten unter die Gelenke des Todgeweihten gelegt. Danach ließ der Scharfrichter das Rad mit der eisernen Kante in regelmäßigem Abstand mit genau abgezählten Schlägen auf die Unterschenkel des Verurteilten fallen. Langsam arbeitete er sich bis zu den Armen des Delinquenten hinauf. Systematisch zertrümmerte er jeden einzelnen Knochen des Mannes. Hatte der Todgeweihte die ersten Brüche noch mit schmerzverzerrtem Gesicht auf sich genommen, so verlor er bald die Beherrschung und schrie bei jedem Schlag wie ein Tier. Die Menge johlte, wenn das Rad niedersauste. Immer, wenn der Mann das Bewusstsein verlor, schüttete ihm einer der Knechte einen Kübel mit kaltem Wasser ins Gesicht, damit er wieder erwachte. Als der letzte Knochen gebrochen war, flocht der Scharfrichter den Mann mit Lederriemen auf das mannsgroße Rad. Nachdem er sein Werk vollendet hatte, zerrten die zwei Knechte die beiden Frauen von dem Wagen und banden sie an zwei Pfähle, die auf Scheiterhaufen aufgerichtet waren. Das Wehklagen der Frauen ging im Gröhlen der Schaulustigen unter. Wieder wurde faules Obst nach den Beiden geworfen.

Das Rad mit dem Todgeweihten wurde von den Knechten vom Schafott heruntergetragen, auf die Stange zwischen den Scheiterhaufen gesteckt und aufgerichtet. Danach zündete der Scharfrichter die Scheiterhaufen an. Als die Flammen hochzüngelten und der auf das Rad geflochtene Mann die angstvollen Schreie der Frauen hörte, begriff er, dass die beiden weiblichen Verurteilten bei lebendigem Leibe verbrannt werden sollten. Der langgezogene Schrei des Todgeweihten verschmolz mit dem schrillen Kreischen der Frauen zu einem einzigen unmenschlich heulenden Ton.

Ruckartig richtete er sich auf. In die Schlafkammer, in der er lag, drangen die ersten Anzeichen der Morgenröte. Der Schweiß stand ihm auf der Stirn und lief in Strömen von seinem Oberkörper. Es dauerte eine Weile, bis er begriffen hatte, dass er wieder von der Hinrichtung geträumt hatte. Lange schon hatte die Erinnerung ihn nicht mehr verfolgt. Doch jetzt war sie umso heftiger wiedergekehrt. Noch ganz vom schrecklichen Traum gefangen, blinzelte er keuchend. Er war damals dem furchtbaren Schicksal seiner Familie entkommen, weil er zu der Zeit, als sie festgenommen wurden, im Wald gespielt hatte. Nach seiner Rückkehr hatte er das verwüstete Haus seiner Eltern vorgefunden. Durch Zufall hatte er Nachbarn belauscht, die von der Festnahme seiner Familie getuschelt hatten. Heimlich, weinend und voller Angst war er zu der Familie seines Onkels, die in der benachbarten Stadt wohnte, geflohen.

Zu der Hinrichtung hatte ihn sein Oheim gezwungen, mitzukommen. Mit tief in das Gesicht gezogener Mütze stand er neben seinem gleichaltrigen Vetter hilflos in der johlenden Menge und sah dem grausigen Schauspiel mit brennenden Augen zu. Sein Onkel stand hinter ihm und hielt ihn an den Schultern fest. „Sieh hin!", sagte er verbittert. „Sieh hin, was sie mit meinem Bruder, mit deiner Familie machen. Sieh hin, damit du es einst vergelten kannst!" Als die Feuer hochloderten, war er in Ohnmacht gefallen. Doch die Todesschreie hallten auch nach all den Jahren immer noch in seinen Ohren.

Nach der Hinrichtung seiner Eltern und seiner Schwester hatte ihn sein Oheim aufgenommen. Er streute in der Heimatstadt des Knaben das Gerücht, dass der Sohn des Hingerichteten beim Baden im Fluss ertrunken war. So war er vor Nachstellungen sicher. Er lernte gemeinsam mit seinem Vetter das Handwerk, das sein Onkel und dessen Vater schon seit Jahren ausübten. Bald war er ein geschickter Metzger geworden. Und er hatte nie vergessen, welches Unrecht seiner Familie zugefügt worden war.

Er wusste genau, wer dafür verantwortlich war. Der Mann, der seine Schwester heiraten wollte. Als sie nicht einverstanden war, hatte er seinen Vater als Zauberer, seine Mutter und seine Schwester als Hexen bei der Obrigkeit angeschwärzt.

Und die anderen hatten mitgespielt. Der Bürgermeister, der einen aussichtsreichen Mitbewerber um das Amt aus dem Weg haben wollte ebenso wie der Geschäftspartner, der dem erfolgreichen Kaufmann den Gewinn neidete und die Vorwürfe gegen seine Eltern und seine Schwester bezeugte. Abend für Abend hatte er nach der Hinrichtung seiner Familie vor dem Kreuz in seiner Kammer gekniet und Gott angefleht, das erlittene Unrecht wieder gut zu machen. Doch Gott hatte geschwiegen. Der Mann, der seine Familie als Hexensippe angezeigt hatte, war Ehemann einer anderen, reichen Kaufmannstochter geworden. Vier gesunde Kinder waren aus dieser Verbindung hervorgegangen. Der Bürgermeister war wiedergewählt worden und genoss hohes Ansehen in der Stadt. Dem Geschäftspartner, der den Zeugen gegen seine Familie machte, war das Haus seiner Eltern und das Geschäft seines Vaters zu einem Spottpreis von der Stadt zugeschlagen worden. Jetzt wohnte er wie selbstverständlich darin und hatte als Händler mehr Erfolg als je zuvor.

Konnte Gott so etwas zulassen? War er nicht der Gott der Gerechtigkeit? Warum strafte er dann das Unrecht nicht? Er gewann im Laufe der Zeit die bittere Überzeugung, dass sich Gott von ihm abgewandt hatte. Und so hatte er sich eines Tages geschworen, zurückzukehren und selbst Rache zu üben.

Als er alles gelernt hatte, was er wissen musste, war er eines Nachts aus der Stadt seines Onkels verschwunden. Auch auf seinen Reisen, die ihn durch das ganze Reich und darüber hinaus führten, musste er, wohin er kam, die Erfahrung machen, dass erlittenes Unrecht nicht von Gott vergolten wurde. Die geistlichen Herren, die er fragte, sprachen vom jüngsten Gericht, dem Fegefeuer und der Aufrechnung der Schuld am jüngsten Tag. Doch dies hatte ihm nicht genügt. Nach und nach wuchs in ihm die Erkenntnis, wenn Gott nicht für Gerechtigkeit sorgte, dann müsse er es selbst tun. Ihm ging es nicht um Geld und Reichtum, wenn er sich den Unterdrückten und Gepeinigten anbot. Er verstand sich als der, der Gerechtigkeit übte, wo Gott es unterließ.

Er dachte zurück an den feisten Weinhändler in Rovinj, der die Bauern von ihrer Scholle vertrieben und dem Hungertod überlassen hatte. Der hatte ein schnelles Ende genommen. Viel zu schnell und gnädig. Bald aber hatte er sein Handwerk verfeinert. Je gnadenloser und brutaler Gewalt gegen andere ausgeübt wurde, desto härter ließ er diese auf die Peiniger zurück fallen.

Er erinnerte sich an den Ulmer Gutsherrn, der die Kinder seiner Unfreien gnadenlos ausgepeitscht hatte, wenn er mit der Arbeit seiner Hörigen nicht zufrieden war. Er sah die Augen der Knaben und Mädchen, die mit zerfetztem Rücken auf schmutzigem Stroh starben. Als er daran dachte, wie er dem Mann die Haut vom Gesicht abgezogen hatte, so dass sich die Fliegen daran gütlich tun konnten, lächelte er mit grimmiger Genugtuung. Gerechtigkeit. Es galt immer und immer wieder, Unrecht zu vergelten. Und irgendwann würde er in seine Heimatstadt zurückkehren und den Tod seiner Familie vergelten.

Er schüttelte energisch den Kopf, um die Erinnerungen loszuwerden. Die Strahlen der aufgehenden Sonne fielen durch die Ritzen der Schlafkammer. Er erhob sich. Es war Zeit, das Morgenmahl einzunehmen.

*

24. August 1390, Gasthof „Zum Adler", Oberdorf

„Hier, wohl bekomm´s!" Der Wirt des Gasthofes „Zum Adler" stellte zwei Krüge mit Bier vor Johannes und Alberto ab. Johannes nahm den Krug und trank einen großen Schluck. Das tat gut! Mit einem wohligen Seufzer lehnte er sich zurück.

In den vergangenen drei Tagen seit dem Kampf in der Ammerschlucht hatten sich Alberto und Johannes abseits aller von Reisenden und Bauern benutzten Wege gehalten. Sie suchten tagsüber Schutz in einzelnen Baumgruppen und Wäldern. Um das Kloster Rottenbuch hatten sie einen weiten Umweg gemacht.

Übernachtet hatten sie in einsam gelegenen Heuschobern. Nur einmal hatten sie sich bei einem abseitig gelegenen Bauernhof als Jakobspilger ausgegeben, die sich verirrt hatten. Brot, Käse und Gemüse hatten sie als Wegzehrung erhalten. Sie hatten von Glück reden können, dass ihnen der Bauer einen sicheren Weg durch das Moorgebiet vor Steingaden bis nach Lechbruck erklärt hatte. „Viele Fremde sind dort im Moor schon eingesunken und nie wieder zum Vorschein gekommen", hatte er gesagt. Alberto indes hatte gleich nach dem Verlassen der Ammerschlucht die Armbrust sorgfältig auseinandergebaut und zusammen mit dem Bolzenköcher in seinem Beutel verstaut. Mit der schussfertigen Waffe wären sie sofort aufgefallen. Durch den Mantel, den er trug, fiel der längliche Beutel kaum auf. Auch in Steingaden hatten sie nicht das dortige Prämonstratenserkloster aufgesucht, sondern waren lieber einen Umweg gegangen. Zum Glück hatte es bereits zu regnen aufgehört, nachdem sie die Ammerschlucht verlassen hatten. Die Augustsonne schien vom weißblauen Himmel. Ständig waren sie wachsam gewesen. Zweimal hatten sie Trupps von je zwei Reitern gesehen und sich jedes Mal rechtzeitig hinter Büschen oder in Gräben versteckt. Einmal waren sie kurz vor Steingaden auf einen Mönch aufmerksam geworden, der, auf einem Esel reitend, in weiter Entfernung zu sehen war. Johannes war versucht gewesen, dem Mönch nachzueilen und nach dem Weg zu fragen, doch Alberto hatte ihm abgeraten. „Den Weg nach Lechbruck kennen wir ohnehin. Dort setzen wir über den Fluss. Dann fragen wir weiter." Johannes hatte ihm nach kurzem Überlegen zugestimmt. Mit Bedauern sah er zu, wie die Silhouette des fremden Ordensmanns hinter einer Wegbiegung verschwand.

In Lechbruck hatten sie den Fluss überquert, der dem Ort den Namen gab. Dort waren sie den Hinweisen arbeitender Knechte gefolgt und hatten bis nach Oberdorf gefunden. Sie hielten sich abseits der alten Römerstraßen, die nun als Fernverkehrswege für den Salzhandel dienten.

Auch waren sie dem sagenumwobenen Auerberg ferngeblieben, um nicht aufzufallen und schneller weiter zu kommen. In Oberdorf schlug Johannes vor, den Gasthof „Zum Adler" aufzusuchen, von dem ihnen Bruder Paulus erzählt hatte. Sie hatten mittlerweile ihre Vorräte aufgebraucht und nichts mehr zu essen. Auch stand Johannes der Sinn nach einem Schluck Bier. Vielleicht bot sich auch die Gelegenheit, zu erfahren, ob ihre Verfolger hier gewesen waren. Nachdem sie sich sorgfältig vergewissert hatten, dass die Häscher sich nicht in dem kleinen Ort aufhielten, waren sie in dem Gasthof eingekehrt und hatten Bier sowie

Brot mit Butter bestellt. Vorsorglich hatte Johannes seine rechte Hand wieder verbunden.

Schweigend aßen und tranken die beiden. Wie heimatlose Spielleute, so reisen wir, dachte Johannes. Wir sind vogelfrei. Kein Heim schützt uns. Gaukler und Spielleute. Als sich der Wirt zu ihnen setzte, schreckte er auf.

„Ich bin Georg, der Inhaber dieses Gasthofes. Und wer seid Ihr und woher kommt ihr?" Johannes war tief in Gedanken versunken gewesen. „Äh,.... Gaukler und Spielleute", sagte er und hätte sich am liebsten gleich die Zunge abgebissen. Doch nun war es zu spät. Johannes überlegte fieberhaft.

„Oh, äh…, das heißt, er hier", Johannes deutete auf Alberto, „ist Zauberer. Und ich erzähle Geschichten." Alberto verschluckte sich an dem Bier, von dem er gerade trank. Johannes entschloss sich, das protestierende Husten seines Begleiters nicht zur Kenntnis zu nehmen. Nun galt es vielmehr, die Geschichte auszuschmücken. „Wir kommen aus der Gegend von Nürnberg. Wir heißen…äh, Carlo und Michaelis", sagte er hastig. „Doch sind wir nicht vollzählig. Wir harren noch auf Gefährten. Wir wollen an den Bodensee weiterreisen."

„Gaukler, die an den Bodensee reisen, so so…", wiederholte der Wirt langsam. Er dachte nach, stand dann auf und ging zur Theke. Dort flüsterte er mit der Schankmagd. Die Frau blickte zu den beiden Reisegefährten, nickte dann und verließ eilends den Gastraum.

„Bist du toll?", zischte Alberto. „Ich kann wenigstens noch ein paar Zauberkunststücke, die mir mein Vater zeigte. Aber Du? Kannst du etwa singen oder musizieren? Was ist, wenn wir die auf die Probe gestellt werden?" Johannes schüttelte den Kopf. „Ich glaube nicht, dass es so weit kommt. Und wenn doch:. Ich kann sagen, dass ich mit meiner verbundenen Hand kein Instrument bedienen kann. Mir macht hingegen Sorge, dass die Schankmagd so schnell den Raum verlassen hat. Vielleicht ist hierher schon die Kunde von der Suche nach uns gedrungen. Wir sollten gehen, bevor die Häscher kommen!" Alberto nickte. Er trank seinen Krug aus, setzte ihn ab und wollte aufstehen, als der Wirt wieder an ihren Tisch trat. Er stellte noch zwei Krüge hin und sagte: „Ihr seid eingeladen. Ich kann euch gar nicht sagen, wie sehr es mich freut, dass heute Spielleute hier sind." Alberto schnaufte hörbar aus und sah Johannes vorwurfsvoll an. `Das haben wir jetzt von deiner Geschichte´, schien er zu denken. Johannes bekam Angst. Was nun? Wenn der Wirt jetzt den

Propstrichter durch seine Schankmagd verständigen ließ, saßen sie in der Falle. Er verwünschte sich, dass er so leichtsinnig gewesen war, den Gasthof aufzusuchen. Er zermarterte sich das Gehirn, wie sie aus dieser Situation wieder herauskommen könnten. Am besten war, sich unbefangen zu geben. Er sah sich um. Nur an einem anderen Tisch saßen noch zwei alte Männer beim Würfelspiel.

„Habt Ihr viele Gäste?", fragte Johannes und hoffte, dass man ihm das Zittern in seiner Stimme nicht anmerkte. Der Wirt setzte eine selbstgefällige Miene auf. „Oberdorf ist der letzte Ort vor dem Kempter Wald. Er hat sich aus einem Königshof entwickelt, der vor fast einhundert Jahren an das Hochstift Augsburg kam. Durch unsere kleine Ansiedlung führt die ehemalige Römerstraße `Via Claudia Augusta´, die jetzt vor allem dem Salzhandel dient. Die Fernstraße leitet euch über Kempten bis Bregenz und Salzburg. Doch Ihr müsst sehr schnell laufen, wenn Ihr den Wald an einem Tag durchqueren und nach Kempten gelangen wollt. Auch dann werdet Ihr die Stadt erst in der Nacht erreichen." Er hielt inne. „Ich schwätze zuviel. Mittags habe ich hier nicht viele Reisende, die zu Fuß unterwegs sind. Aber wegen der langen Strecke nach Kempten verbringen viele die Nacht bei mir, vor allem Salzhändler. Sie ziehen dann am nächsten Morgen weiter. Erst vorgestern war eine Gruppe mit sechs Reitern hier. Das waren aber keine Händler. Nein, sie haben sich nach einem Pilgermönch erkundigt, der Zeuge in einem Mordfall sein soll. Sie sind bis heute Mittag geblieben." „Und wohin sind sie jetzt geritten?", fragte Johannes, so beiläufig er konnte. Georg legte die Stirn in Falten und dachte nach. „Sie sind auf der Suche. Während der zwei Tage, in denen sie bei mir waren, sind sie umhergeritten und haben nach dem Pilgermönch und dessen Begleiter gefragt. Doch war es vergeblich. Viel Aufwand, wie mir scheint, für einen einfachen Zeugen. Wie sie erzählten, haben sie in der Ammerschlucht zwei Leute verloren. Einer ist auf einem glatten Holzsteg ausgerutscht, der andere in seine eigene Axt gestürzt." Er wischte sich mit der Hand über die verschwitzte Stirn und schüttelte den Kopf. „Wie kann man nur so unvorsichtig sein. Habt Ihr denn einen Mönch und seinen Begleiter gesehen?" Johannes räusperte sich. „In der Tat. In der Ammerschlucht sind uns vor drei Tagen zwei Männer begegnet, wie Ihr sie beschreibt. Sie sind in westliche Richtung weitergezogen."

Georg zuckte die Achseln. „Das ist jetzt ohnehin zu spät. Die Reiter sind weitergezogen. Sie sagten, sie wollen heute Nacht im Kempter Wald lagern und morgen dort weitersuchen." Der Wirt senkte die Stimme. „Ich würde das nicht tun. Im Kempter Wald ist es nicht geheuer. Allerlei Seltsames geht dort vor sich, so sagt man. Und im letzten Viertel des Waldes vor Kempten.... ist der Dengelstein." Georg hielt bedeutungsvoll inne. Alberto zuckte mit den Schultern und auch Johannes blickte ratlos drein.

Entgeistert fragte der Wirt: „Ihr kennt den Dengelstein nicht? Man sagt auch Teufelsstein dazu." Flüsternd fuhr er fort. „Im Auftrag des Todes dengelt der Teufel selbst seine Sense am Dengelstein, wenn schlimme Zeiten bevorstehen. Man kann ihn dann hören, wenn man näher kommt. Mein Großvater...", Georg schaute vorsichtig um sich „mein Großvater hat den Teufel gehört. Damals vor über 40 Jahren, bevor die Pest zu uns kam! Der schaurige Klang hallte weit durch den Wald! Glaubt mir, der Leibhaftige selbst geht dort um!"

Johannes lief ein Schauder über den Rücken. Auch Alberto blickte sorgenvoll drein. Doch noch bevor sie etwas sagen konnten, flog die Türe auf. Ein Mann trat ein. Er hatte ein herrisches Gesicht und trug feines Tuch. Die zwei alten Würfelspieler wandten die Köpfe. Irgendetwas an dem Auftreten des neuen Gastes verriet Johannes, dass es sich nicht um einen Adeligen oder Angehörigen des Bürgertums handelt. In seinem Rücken tauchte die Schankmagd auf. Sie zeigte an dem Mann vorbei auf Johannes und Alberto. Der Mann blieb im Türrahmen stehen und starrte die beiden Gefährten an.

„Das ist der Brautvater, ein reicher Bauer aus Oberdorf", flüsterte der Wirt noch, bevor er aufstand und dem neuen Gast entgegeneilte. „Brautvater?", fragte Alberto. „Willst du heiraten, Johannes?" Er kicherte. Johannes war unangenehm berührt. Worum ging es hier?

Der Wirt nickte eifrig und zeigte auf Alberto und Johannes. Dann trat der Neuankömmling vor. „Könnt Ihr für Musik, Kurzweil und Gaukelei sorgen? Ihr seid doch Spielleute oder?" Der Brautvater sah Johannes und Alberto misstrauisch an. Sein Blick blieb an der verbundenen Hand des Gastes haften. Georg, der Wirt, beeilte sich, den Beiden zu erklären, dass heute eine Hochzeit stattfinden sollte. Die Vermählung in der Kirche war bereits am Vormittag gewesen und in Kürze würde die Hochzeitsgesellschaft eintreffen. Musikanten aus einem weitergelegenen Dorf sollten die Gäste unterhalten. Doch sei in dem Dorf das Antoniusfeuer ausgebrochen. Auch die Spielleute, die die Gäste unterhalten sollten, würden daran leiden. Die Kunde habe den Brautvater heute Morgen erreicht. Nun stünden die Brautleute ohne Musikanten da.

Antoniusfeuer? Johannes verzog das Gesicht, als er das Wort hörte. Die Krankheit war seit Jahrhunderten bekannt. Sie trat vor allem in regnerischen Jahren nach dem Ernten des Roggens auf und befiel ganze Dörfer. Auch in Coburg hatte Johannes manch Unglückliche gesehen, die daran litten. Die Symptome waren Darmkrämpfe, Wahnvorstellungen und qualvoll schmerzhaftes Absterben von Fingern und Zehen. In einem späteren Stadium verfielen die Kranken vor Schmerz in veitstanzähnliche Zuckungen. Manche verblödeten gar.

Oftmals wurden diese Erkrankungen dem Einfluss von Hexen zugeschrieben. Vor zweihundert Jahren hatte sich in Frankreich der Antoniter-Orden gegründet, der sich die Pflege der Erkrankten zur Aufgabe gemacht hatte. Heilung aber gelang nur in den seltensten Fällen.

„Könnt Ihr singen oder musizieren?", fragte der Brautvater herrisch. Johannes lächelte ihn unentwegt an, während er verzweifelt nach einem Ausweg suchte.

„Natürlich können wir euch auf das Beste unterhalten!", ertönte eine Stimme hinter dem Mann. Der drehte sich überrascht um. Auch Johannes und Alberto schauten verwundert in die Richtung, aus der die Worte erklungen waren. Hubertus! Johannes traute seinen Augen kaum. Hubertus zog galant seinen Hut und verbeugte sich tief. „Hubertus und seine Gefährten, stets zu Euren Diensten."

*

Erwartungsvoll sahen die Brautleute, aber auch die Brauteltern und die geladenen Gäste auf Johannes.

„Liebe Leute", sprach dieser, „lasst mich zur Einstimmung und Erbauung eine Geschichte erzählen. Es handelt sich um eine Geschichte von Petrus Alfonsi, dem Leibarzt des Königs von Aragon. Sie lautet: Von zwei Bürgern und einem Bauern."

Die Hochzeitsgesellschaft nickte beifällig und wartete gespannt. Das allgemeine Gemurmel verlor sich und es herrschte erwartungsvolle Stille.

„Einst zogen zwei Bürger und ein Bauer in eine Bischofsstadt, um zu beten", begann Johannes. „Sie teilten die Kost miteinander, bis sie in die Nähe der Stadt kamen. Da ging ihnen das Brot aus und es blieb nur so viel Mehl übrig, dass sie davon nur einen kleinen Laib backen konnten. Die Bürger sahen dies und sagten sich: 'Wir haben nur wenig Brot. Doch unser

Gefährte hat großen Hunger. Wir wollen darüber beraten, wie wir ihm seinen Anteil Brot wegnehmen können und das, was ihm ebenso wie uns zusteht, alleine essen´. Sie heckten folgenden Plan aus: Sie wollten das Brot backen und während des Backens wollten sie schlafen, und wer von ihnen im Schlaf das Wunderbarste träumte, sollte das Brot alleine aufessen. Das sagten sie, denn sie hielten den Bauern für zu einfältig, als dass er bei derlei erdichteten Geschichten mithalten könne. Dann machten sie das Brot und legten es ins Feuer, dann betteten sie sich zum Schlafen nieder."

Ein Ruf ertönte: „So sind die Bürger! Der Bauer ernährt das Land und soll dafür übervorteilt werden!" Zustimmendes Gemurmel entgegnete ihm. Doch Johannes rief: „Seid ohne Sorge, denn ihnen geschah, wie sie es verdienten!" Das Raunen klang ab und die Gäste lauschten weiter.

Johannes fuhr fort: „Der Bauer hatte aber die List seiner Begleiter begriffen, und als die beiden schliefen, holte er das halbgare Brot aus dem Feuer, aß es auf und legte sich wieder hin. Nun erwachte einer von den beiden Bürgern, wie wenn er im Schlafe sehr erschrocken wäre und weckte seinen Gefährten. Der andere Bürger fragte: `Was hast du denn?´ Er antwortete: `Ich hatte einen wunderbaren Traum. Denn mir träumte, dass zwei Engel die Pforten des Himmels öffneten, mich nahmen und zu Gott führten.´ Da entgegnete der Gefährte: `Das ist schon ein wunderbarer Traum, den du hattest. Aber ich habe geträumt, dass ich von zwei Engeln geführt wurde, die Erde sich auftat und ich in die Hölle geleitet wurde.´ Der Bauer aber hörte das alles und tat doch so, als schlafe er weiter. Die Bürger riefen nun den Bauern an, er solle aufwachen. Dieser antwortete mit der Miene eines Erschrockenen: `Wer ist es, der mich ruft?´ Die Bürger aber sagten:

`Wir sind´s, deine Gefährten.´ Der Bauer fragte darauf: `Seid Ihr schon zurück?´ Sie aber fragten verwundert: `Wohin sind wir denn gegangen, dass wir zurückkehren müssten?´ Darauf tat der Bauer ganz erstaunt und sagte: `Jetzt hat mir doch geträumt, dass zwei Engel einen von euch nahmen, die Pforten des Himmels öffneten und ihn zu Gott führten. Dann nahmen zwei andere Engel den anderen, die Erde öffnete sich und sie führten ihn zur Hölle. Als ich das sah, dachte ich, dass keiner von euch je wiederkehren werde, stand auf und aß das Brot´."

Die Hochzeitsgesellschaft brach in lautes Gelächter aus. Der Brautvater stand auf und schlug Johannes krachend auf die Schulter, sodass dieser beinahe in die Knie gegangen wäre. „Ihr seid ein wahrer Possenreißer.

Kommt mit Euren Gefährten an unsere Tafel, tut euch gütlich und unterhaltet uns wohlfeil!"

Die Tische waren reich gedeckt. Brot, Kräuter, Gemüse waren im Überfluss vorhanden. Schüsseln mit Schmalz wurden herumgereicht. Am Spieß im offenen Kamin schmorte ein dickes Schwein und über einem zweiten Feuer im Hof wurden Fische gebraten.

Aus großen, irdenen Krügen wurde Wein kredenzt, auch das Bier floss in Strömen. Wenn ein Fass geleert war, wurde das nächste hereingerollt. Die Krüge wurden hochgehalten, ein Trinkspruch auf die jungen Eheleute löste den anderen ab.

Hubertus spielte nach dem Mahl auf seiner Flöte ein Tanzstück nach dem anderen und neben dem Brautpaar drehten sich Dutzende andere Paare zur Musik. In den Tanzpausen erzählte er Schwänke und Possen aus dem Spielmannsleben, die mit lautem Lachen aufgenommen wurden.

Alberto ließ Tücher, Löffel und Messer verschwinden und holte stattdessen unter lautem Applaus Hühnereier und Knochenkegel aus den Beuteln manches Gastes.

Trinklieder erschallten, die von den Gästen mit zunehmendem Genuss von Bier und Wein immer lauter mitgesungen wurden. Fröhliches Gelächter schallte durch die Nacht.

Es war ein sorgloses Feiern, niemand verschwendete einen Gedanken daran, was morgen sein mochte. Manch freundlicher Blick zwischen Mann und Weib wurde gewechselt und nicht selten geschah es, dass sich ein Pärchen heimlich davon machte, die Gelegenheit zu einem Liebesabenteuer in dunklem, verschwiegenem Winkel oder dichtem Buschwerk nutzend.

Gegen Mitternacht wurde es ruhiger. Das Brautpaar zog sich unter dem Hallo und den anfeuernden Rufen der Gäste zur Hochzeitsnacht zurück. Die Väter von Bräutigam und Braut warfen einige Münzen auf den Tisch, an dem Hubertus, Alberto und Johannes saßen und bedankten sich. Nach und nach leerte sich die Stube. Einige Betrunkene schnarchten unter den Tischen.

Hubertus stand auf. „Ich werde mir noch ein wenig die Beine vertreten. Nach dem biergeschwängerten Dampf in der Gaststube brauche ich klare, frische Nachtluft. Wartet nicht auf mich, sondern legt euch schlafen! Morgen, noch vor Sonnenaufgang, reisen wir weiter. Einer der Gäste, ein

Salzhändler, will uns auf seinem Wagen mitnehmen." Damit ging er mit federnden Schritten durch den Saal und war verschwunden.

Johannes saß müde auf der Holzbank und nippte von dem Bierkrug, der vor ihm stand. Still dankte er Gott dafür, dass dieser im richtigen Moment seinen Reisegefährten Hubertus in das Gasthaus „Zum Adler" geschickt hatte. Nach der ersten Verblüffung waren sie sich alle voller Freude um den Hals gefallen. Hubertus bekam einen Krug, gefüllt mit kräftigem, dunklem Bier und setzte sich. Der Wirt war vollauf mit den Vorbereitungen für die Hochzeit beschäftigt gewesen und so hatten sie ungestört miteinander sprechen können.

Johannes hatte Hubertus alles von Beginn an erzählt: Das Gespräch, das er im Hause von Godebusch belauscht hatte, dass er sich in der Folge Frobius anvertraut hatte, die Falle, in die sie mit dem gefälschten Brief gelockt worden waren, auch die Verfolgungsjagd durch Geisenfeld und das Versteck im Nebengebäude der Abtei. Als er vom Todessturz Magdalenas berichtete, drohte ihm die Stimme zu versagen. Er hielt inne, räusperte sich und berichtete dann von der Flucht durch den Stollen zur Burg Rotteneck bis hin zum Kampf in der Ammerschlucht.

Alberto ergänzte hie und da, wenn Johannes etwas ausgelassen hatte. Hubertus unterbrach die Erzählung mit keinem Wort. Doch im Laufe der Zeit wurde sein Gesicht verschlossen und bleich. Als Johannes geendet hatte, war Hubertus zunächst schweigsam gewesen. Mit kalter, ruhiger Stimme hatte er dann gefragt: „Wo sind die Reiter jetzt?" Johannes berichtete ihm, was der Wirt Georg ihnen gesagt hatte. Hubertus hatte grimmig genickt.

„Aber wie kommst du hierher und wie hast du uns gefunden?", hatte Johannes seinen Freund gefragt.

Hubertus berichtete, dass ihm der Ratsherr Godebusch und der Bedienstete Wagenknecht erzählt hatten, dass der Propstrichter mitnichten beabsichtige, Johannes als Zeugen für den Mord an dem Knecht Ernst zurückzuholen. Vielmehr wolle er ihn und seinen Begleiter beseitigen. Dies, so habe ihm der Ratsherr voller Sorge mitgeteilt, sei ihm und Wagenknecht erst später bewusst geworden und er habe Hubertus losgesandt, Johannes und dem unbekannten Kleinen beizustehen. „Sie stellten mir ein Pferd zur Verfügung, um euch bald einzuholen. Ich wusste nicht, was davon zu halten war. Einerseits traue ich ihren Worten nicht, denn gerade Wagenknecht kann mich nicht leiden. Andererseits war es eine Möglichkeit, euch zu finden. Aber irgendetwas führen die Beiden im Schilde, das ist sicher. Ich fragte ihn, warum er nicht seine eigenen Leute losschickt. Doch er sagte, er habe nicht genug Männer, weil er auch den Markt und das Kloster beschützen müsste. Nun, das erscheint alles sehr zwielichtig. Sie wissen im Übrigen nicht, wer du bist, Alberto."

Alberto hatte nach langem Nachdenken gesagt: „Hubertus hat Recht. Nur Lug und Trug. Warum sollten Godebusch und Wagenknecht ihren Kumpan Frobius aufhalten wollen?" Johannes pflichtete dem Knaben bei. „Sie benutzen Dich. Aber welches Interesse könnten sie haben, uns zu Hilfe zu kommen?"

Wieder hatten sie geschwiegen. Hubertus bemerkte schließlich: „Den Kampf in der Ammerschlucht habt Ihr für euch entschieden. Du, Alberto, kannst, wie es scheint, sehr gut mit Steinen und Äxten werfen, bist schnell und geschickt. Aber auch das wird euch nicht retten. Eure Verfolger werden nicht locker lassen bis Ihr tot seid."

„Und wenn wir den König um Hilfe bitten?", fragte Johannes, dem der Schreck in die Glieder gefahren war. „Oberdorf ist ein Königshof. Hier sind Lehnsmänner von König Wenzel. Wenn wir dort Hilfe suchen? Sie könnten den König verständigen. Er wird diese Ungerechtigkeit nicht dulden!" „König Wenzel?", spuckte Hubertus verächtlich aus. „König Wenzel ist damit beschäftigt, seine eigene Haut zu retten. Er hat die deutschen Fürsten gegen sich aufgebracht und ficht gegen die böhmischen Städte, denen er Bündnisse untereinander untersagt hat. Außerdem ist er nach einem Attentat, dem er gerade noch entging, zum Säufer geworden. Sogar den Generalvikar des Bistums Prag, einen untadeligen Mann namens Nepomuk, verhöhnt und verspottet er, weil dieser sich für das Volk einsetzt. Ich weiß dies, weil ich selbst vor einem Jahr in Prag erlebt habe, wie des Königs Vasallen dem Vikar Schmählieder im Auftrag des Königs sangen." Hubertus hob seinen Krug und nahm einen großen Schluck Bier. Er fuhr sich verächtlich mit der Hand über den Mund. „Wenzel ist schwach, unnütz und ungeschickt", sagte er kalt. „Ich hoffe, dass die Fürsten eines Tages seiner überdrüssig werden und ihn absetzen, bevor er noch vollends ein Narr wird. Sein Vater, Karl IV., war von anderem Schlag. Nein, Johannes, König Wenzel, „der Faule", wie er auch genannt wird, würde für einen italienischen Gaukler und einen Pilgermönch, die auf der Flucht sind, keinen Finger rühren, egal wie ungerecht und grausam diese behandelt wurden. Schlag dir das aus dem Kopf!" Hubertus hatte sich in Rage geredet. Seine Augen glühten. Schroff wandte er sich ab und starrte zum Fenster hinaus. Peinliche Stille war eingetreten. Johannes fühlte sich, als habe er einen Hieb ins Gesicht erhalten. Dann war die Hochzeitsgesellschaft im Gasthof eingetroffen und sie konnten nicht mehr weitersprechen.

Als die Feierlichkeiten schließlich geendet hatten, waren sie zu Bett gegangen und in der wohligen Wärme ihrer Kammer eingeschlafen. Irgendwann, es ging schon auf den Morgen zu, erwachte Johannes schweißgebadet aus einem wirren Traum. Ihm war, als hätten ihn seine Reisegefährten verlassen und dem Teufel am Dengelstein ausgeliefert. Er schalt sich einen Narren. Vorsichtshalber aber vergewisserte er sich mit einem Blick zu Hubertus und Alberto, ob sie auch da wären. Beide aber lagen auf ihren Lagern und schliefen tief und fest.

*

In derselben Nacht am Eingang zum Kempter Wald

Das Feuer unweit des Weges, der durch den Kempter Wald führte, war fast niedergebrannt. Es war kurz vor Mitternacht. Die sechs Männer, die um die langsam verlöschenden Flammen saßen, schwiegen. Schon waren zwei Schläuche mit Wein geleert. Ein dritter Schlauch machte die Runde. Einer der sechs Männer räusperte sich. „Wir setzen morgen unsere Suche fort oder?" Albrecht Diflam wandte den Kopf zu dem Fragenden. „Hast du Angst, Vinzenz? Angst vor einem kleinen Mönch und einem Kind? Denn was anderes ist es nicht, das den Flüchtigen begleitet. Nur ein Kind, das Steine wirft!" Er lachte rau. „Morgen in Kempten werden wir sie erwischen. Und wenn nicht morgen, dann übermorgen oder einen Tag darauf. Sie können nicht entkommen, das versichere ich Euch." Er reckte sich vernehmlich.

„Hermann und Adalbert sind schon tot", flüsterte Vinzenz. „Was heißt 'sind schon tot'?", fragte Diflman herausfordernd. „Adalbert ist ausgerutscht und in die Tiefe gestürzt. Er war selbst schuld. Er hätte aufpassen müssen, wohin er seine Füße setzt. Hermann genauso. Wäre er nicht auf dem Matsch ausgeglitten und in seine Axt gefallen, dann würde er noch leben."

„Hermann hatte doch seine Axt gar nicht dabei", wandte Vinzenz ein. „Er sagte mir, dass sie ihm in Geisenfeld gestohlen wurde, als er zuvor von einem Stein getroffen war." „Natürlich hatte er eine Axt dabei!", entgegnete Diflam scharf. „Gut, es war nicht seine eigene. Ich habe es aber selbst gesehen, wie er sie getragen hat, als wir in die Schlucht eingestiegen sind. Du warst so weit hinten, dass du gar nicht sehen konntest, wie Hermann gestürzt und in die Klinge gefallen ist. Dieser lausige Mönch und das Kind haben die beiden jedenfalls nicht getötet. Die sind zu so etwas gar nicht fähig. Und jetzt halt dein Maul!"

Vinzenz schürzte die Lippen und verstummte. Diflam spuckte betont verächtlich aus. Doch war ihm im Gegenteil nicht wohl bei der Sache. Die Axt, die Hermann getötet hatte, war tatsächlich dessen eigene gewesen. Und wie Vinzenz leider richtig erkannt hatte, handelte es sich um die Axt, die Hermann in Geisenfeld entwendet worden war. Einer der beiden Flüchtigen musste sie mit sich genommen haben. Und er wusste jetzt auch, wer dieser kleine Unbekannte war. Das war der junge Gaukler gewesen, den er vor sechs Jahren bei Puchersried von der Ilm verschluckt geglaubt hatte. Es war ein gewaltiger Schreck für Diflam gewesen zu sehen, wie sich der Knabe vom Abhang hinuntergestürzt und die Axt präzise und mit Wucht nach Hermann geworfen hatte.

Nur einen Augenblick hatte es gedauert, aber das Gesicht des Jungen hatte er sofort wiedererkannt. Dieser kleine Bastard hatte damals das Hochwasser der Ilm überlebt!

Wie war das möglich gewesen?

Dies durfte keinesfalls bekannt werden! Wie geschickt und schnell sich der Knabe bewegt hatte, wie ein Eichhörnchen und eine Katze zugleich. Geradezu unheimlich war dies gewesen. Wie hatte er diese Fähigkeiten erlangt? Gleichwohl, er musste auf jeden Fall beseitigt werden! Und auch bei Adalberts Sturz davor war nicht alles mit rechten Dingen zugegangen. Er selbst, Diflam, hatte beobachtet, wie Adalbert mit einem Schmerzensschrei zuerst die Armbrust fallen gelassen hatte. Gleich danach war er von etwas getroffen worden, das ihn aus dem Gleichgewicht und zum Sturz von dem Steg gebracht hatte. Dieses Etwas war von den Flüchtigen gekommen. Zum Glück hatten es die Anderen nicht gesehen. Stimmte es also doch, was sein Untergebener, der Knecht Josef in Geisenfeld nach der missglückten Falle erzählt hatte? Er hatte irgendetwas von einer seltsamen Waffe gestammelt, die der Mönch bei sich gehabt haben sollte. Irgendein grünes Ding, mit dem er einen Stein mit großer Wucht auf seine Brust geschleudert haben sollte. Ein Mönch mit einer

Waffe. Damals hatte er das Gefasel noch für reinen Unfug gehalten. Aber jetzt war er sich nicht mehr so sicher.

Er dachte daran, dass er durch den tödlichen Absturz von Adalbert und den Axtwurf des totgeglaubten Gauklerjungen auf Hermann so erschrocken gewesen war, dass er den Befehl zum Zurückweichen gegeben hatte. Er, der sonst so hartgesottene Majordomus! Ein unverzeihlicher Fehler war das gewesen. Sie hätten den Flüchtigen nachsetzen müssen. Frobius hatte ihm danach schwere Vorwürfe gemacht. Ausgerechnet Frobius. Der sonst so erfolgsverwöhnte Jäger zeigte Nerven. So kannte er ihn gar nicht.

Diflam überlegte. Keinesfalls durfte er sein eigenes Fehlverhalten vor seinen Männern zugeben. Er konnte es nicht zulassen, dass die Moral seiner Gefolgsleute sank. Ohnehin wurde schon getuschelt und die Männer wurden angesichts des ausbleibenden Erfolgs zunehmend wankelmütig. Schlimm genug, dass die beiden Flüchtigen seit dem Zusammentreffen in der Schlucht schon wieder wie vom Erdboden verschluckt waren. Im gesamten Umkreis hatten sie in den letzten drei Tagen vergeblich gesucht. Diflam versuchte, sich Mut zu machen. Sicher waren sie vor ihnen im Kempter Wald untergekrochen. Ja, vor sechs Jahren war ihm der Junge entkommen. Das durfte nicht wieder passieren.

Vielleicht sind sie mit dem Teufel im Bunde", flüsterte Heinrich. Diflams Gesicht verzerrte sich. „Halt auch du den Mund!", zischte er. „Du redest schon wie Hans. Der sieht auch überall den Teufel. Gut, dass der in Geisenfeld geblieben ist. Aber es gibt keinen Teufel, nicht hier, nicht in Geisenfeld, nirgends in dieser Welt."

Leises Rascheln im Unterholz war zu vernehmen. Bruno schaute in die Richtung, aus der das Geräusch gekommen war. „Füchse oder Dachse", murmelte er. „Wenn das Feuer herunterbrennt, dann kommen sie näher heran. Manchmal trauen sich auch Wölfe heran." Er packte ein Stück eines abgeschlagenen Astes und warf es in die Glut. Zischen und Knacken, dann fing das Holz allmählich Feuer. Hell loderte eine Flamme auf. Bruno nahm noch einige Holzscheite und legte nach. Unbehagliches Schweigen herrschte.

„He, Diflam!", rief Bruno. „Sag doch mal, was unser Herr mit der Trophäe anfangen möchte, die wir ihm bringen sollen! Du weißt schon, der Warzenfinger des Mönchs in einer Glasflasche, zum Beweis, dass wir ihn erwischt haben? Will er ihn auf sein Kaminsims stellen oder über offenem Feuer braten? Was will er damit?"

Diflam lachte, erleichtert, dass das Gespräch eine andere Richtung nahm.

„Unser Herr wird schon wissen, was er will. Was glaubt Ihr, warum er schon früher an den Küsten des Reiches im Norden so erfolgreich gewesen ist? Nur, weil er sich immer gegen andere durchgesetzt und jeden Widerstand gebrochen hat. Darum blühen auch seine Geschäfte in Lübeck und auf Gotland und seit Jahren in Geisenfeld. Er ist der reichste Mann im Markt und in der Umgebung."

„Das Geld kann er aber nicht ins Grab mitnehmen", sagte Bruno. „Oder hat er schon einen Erben?" „Schweig!", herrschte ihn Heinrich an. „Das geht uns nichts an oder Diflam?" Diflam nickte. „Sehr richtig." Ein wissendes Grinsen umspielte seine Lippen. „Du weißt doch was, Diflam, oder?", drängte Bruno. „Los, spuck es schon aus!"

Diflam setzte sich auf. „Unser Herr weiß schon, wer ihm einen Erben schenkt. Es gibt da ein Geisenfeld eine Frau, die ein wahres Prachtweib ist. Ich selbst habe ihm von ihr erzählt." „Du hast die Frau schon gehabt?", fragte Heinrich neugierig. Diflam warf ihm einen bösen Blick zu. „Nein, leider! Aber ich habe ihm erzählt, wie sie aussieht. Dann hat er selber nach ihr Ausschau gehalten. Und jetzt ist er entschlossen, mit ihr einen Erben zu zeugen."

Die Männer hörten gespannt zu. Die Geschichte von einer schönen Frau war mehr als willkommen, die Gedanken von ihren verstorbenen Gefährten abzulenken. „Und wer ist es?", fragte Bruno neugierig. Diflam genoss ebenfalls die Erwartungshaltung seiner Männer. Er reichte den Schlauch mit Wein herum. „Sie heißt Irmingard und wohnt seit einiger Zeit in der Abtei in Geisenfeld. Dort säugt sie das Findelkind der Nonnen. Glaubt mir, die Frau hat einen so prall gefüllten Busen, da könnten wir alle satt werden!" Er lachte. Die Männer fielen ein. „Ich habe sie schon gesehen!", sagte Bruno und fuhr sich mit der Zunge über die Lippen. „Wir auch!", pflichteten ihm Quirin und Vinzenz bei. „Und Hüften hat die!", murmelte Bruno gierig. „Zwischen die Beine dieser Irmingard möchte ich mich auch gerne legen!", sagte Heinrich sehnsuchtsvoll.

„Nichts da!", wehrte Diflam großspurig ab. „Die gehört unserem Herrn. Aber da ich ihm von ihr erzählt habe und er erst durch mich auf sie aufmerksam geworden ist, darf ich mich auch mit ihr vergnügen, wenn er seinen Spaß mit ihr hatte. Das hat er mir zumindest versprochen." „Das bedeutet ja wohl, dass die gute Frau nichts davon weiß, dass sie einen starken Kaufmannserben zu gebären hat oder", Bruno lächelte böse. Diflam legte sich zurück und lachte auf. „Was glaubst du denn?"

Bruno ließ nicht locker. „Aber die Frau ist doch die Verlobte von diesem Spielmann oder was immer der auch ist, diesem Hubertus. Der lässt sie doch nicht einfach gehen!" Diflam räkelte sich. „Unserem Herrn wird schon was einfallen, wie er diesen Hubertus aus dem Weg bekommt. Jetzt reicht mir wieder den Schlauch mit Wein herüber!"

Wieder ein kaum vernehmbares Rascheln, diesmal direkt hinter ihnen. Während Bruno den Wein an Diflam weitergab und suchend in das Unterholz starrte, stieß Quirin den neben ihm sitzenden Vinzenz an. Verstohlen deutete er auf die gegenüberliegende Seite des Feuers. Hier saß der Propstrichter Frobius und starrte blicklos in die Flammen. Der Advokat hatte sich nicht an der Unterhaltung beteiligt, sondern hing seinen eigenen Gedanken nach.

Die Männer wussten nicht, dass auch Frobius mit der Fassung rang, stärker noch als Diflam. Nach außen durfte er sich nichts anmerken lassen, doch hatte den sonst so erfolgreichen Mann der Ausgang des Kampfes in der Ammerschlucht tief getroffen. Mit dem Instinkt des Jägers hatte er zwei Männer an der Weggabelung nach Peiting mit den Pferden postiert und war mit den anderen in die Schlucht eingestiegen. Und er hatte Recht gehabt. Tatsächlich war es ihnen gelungen, die zwei Flüchtigen aufzuspüren. Er hatte gerufen und erwartet, dass beide daraufhin vor Angst schlotternd aus ihrem Versteck kommen würden. Es wäre ein Leichtes gewesen, ihnen dann mit der Armbrust die Fangschüsse zu geben. Aber dann hatte sich alles ganz anders entwickelt.

Statt sich zu ergeben, hatte dieser Mönch etwas auf Adalbert geschleudert. Der war daraufhin auf einem der schmalen Stege ausgerutscht und in die Tiefe gestürzt. Und nicht nur das: Der kleine Unbekannte hatte sich aus dem Versteck geschwungen und, während er auf dem Weg entlanggeschlittert war, eine Axt in die Eingeweide von Hermann geworfen! So etwas hatte er noch nie erlebt. Die so sicher geglaubte Beute war entkommen. Und sie waren sogar so kaltblütig gewesen und hatten die Armbrust von Adalbert und den Köcher mit Bolzen von Hermann sowie dessen Dolch mitgenommen. Unfassbar.

Dieser Mönch war ihm in Geisenfeld, als er ihm zitternd sein Wissen um die Verschwörung von 1384 preisgab, als feige und unsicher erschienen. Gut, er hatte einem Räuber bei Nötting die Kniescheibe gebrochen. Aber das war sicher reiner Zufall gewesen, Resultat unbeabsichtigten Tretens.

Doch wie er sich in der Ammerschlucht verhalten hatte, das sprach eine andere Sprache. Er hatte Adalbert getötet und später mit einem unbeschreibbaren Ding kleine Steine zielsicher und mit Wucht auf ihn und seine Knechte verschossen. Frobius Hände zitterten. Er war es nicht gewohnt, dass sich seine Beute zur Wehr setzte. Zu seinem eigenen Erstaunen begann er, die Flüchtigen zu hassen. Zu hassen dafür, dass sie die ihnen zugedachte Rolle als Opfer nicht spielen wollten.

Nach der Auseinandersetzung in der Ammerschlucht waren sie wieder verschwunden. Und nicht nur das, die Suche war seitdem vergeblich gewesen. Die Moral seiner Männer begann zu sinken. Wo blieb sein sonst so gerühmter Erfolg? Und warum hörte er nichts mehr von diesem Mönch mit dem Esel, diesem Barnabas? In Scheyern und Wessobrunn war er gewesen und hatte sie auf die richtige Spur gesetzt. Auch in Rottenbuch, wo sie nach dem unglücklichen Kampf in der Ammerschlucht Rast gemacht hatten, hatte er mit Frobius kurz gesprochen und sie nach Oberdorf geschickt. Doch jetzt ließ er sich nicht mehr blicken. Schon in Steingaden war keine Nachricht von ihm zurückgelassen worden. In Frobius keimte der Verdacht, dass Barnabas nur daran gelegen war, sich nicht die Hände schmutzig zu machen.

Mühsam beherrschte er sich. Ja, es war notwendig, sich weiterhin in der Gewalt zu haben. Wenn er jetzt Hass gegen die Flüchtigen entwickelte, würde dies seine Urteilsfähigkeit beeinträchtigen. Eiskalt und ruhig bleiben. Er sah zu den anderen hinüber, die neben Diflam saßen.

Leises Knacken. Diflam hob den Kopf. „Hört Ihr das?", fragte er. „Wahrscheinlich ein Wildschwein oder ein Dachs", antwortete Quirin gezwungen lachend. „Oder glaubst Du, dass uns die beiden Flüchtigen auflauern? Oder dieser Kuttenträger, der uns mit Nachrichten versorgt?"

Diflam entspannte sich. „Narr", brummte er. Nach einer Weile erhob er sich. „Was man oben hineinschüttet, muss unten wieder hinaus", sagte er und reckte sich. „Wenn du das Wildschwein siehst, dann stich es ab und bring es gleich mit", rief Bruno. „Dann haben wir morgen was Feines zum Essen!" Frobius sah missbilligend zu ihnen herüber. „Still! Je weniger davon erfahren, dass wir hier sind, desto besser!" Bruno grunzte etwas Unverständliches. Diflam zog sein Schwert und stapfte in das Unterholz.

Nach einer Weile wollten sich die Männer zur Ruhe begeben. Quirin schaute um sich. „Wo ist Diflam?", fragte er. „So eine große Blase hat unser Majordomus auch wieder nicht, dass er so lange ausbleibt." Frobius wurde aufmerksam. „Steht auf und sucht Diflam!", sagte er leise. Die Männer blickten ihn verständnislos an. „Er wird gleich wieder kommen. Was soll ihm schon passiert sein?", fragte Heinrich. Die anderen pflichteten ihm bei. Doch Frobius duldete keine Widerrede. Unruhe erfasste die Gruppe. Sie teilten sich auf und suchten. Rufe schallten durch den Wald. „Diflam! He, Diflam, melde Dich!" Doch Diflam blieb verschwunden.

*

25. August 1390, Gasthof „Zum Adler", Oberdorf

Draußen war es noch dunkel. Johannes erwachte, als er einen Arm auf seiner Schulter spürte. Hubertus! Wie kam er hierher? Doch dann fiel ihm der gestrige Tag wieder ein. Er rieb sich die Augen, um wach zu werden, gähnte und streckte sich. Noch war keine Morgenröte zu sehen. Hubertus drehte sich zu Alberto und weckte den Knaben auf.

„Ich habe gestern mit unserem Wirt gesprochen. Neben anderen Gästen übernachtet hier, wie ich euch schon sagte, auch ein Salzhändler, der auf dem Weg nach Bregenz ist. Ich konnte ihn überreden, uns gegen Entgelt ein Stück mitzunehmen."

Nach Bregenz! Johannes war sofort hellwach. „Wenn wir in Bregenz sind, dann haben wir es bald geschafft und sind in Sicherheit. Irgendwann müssen unsere Verfolger aufgeben. Lasst uns nach Bregenz reisen!" Alberto hörte aufmerksam auf diese Worte, seine Miene war aber skeptisch. Auch Hubertus´ Gesichtsausdruck war abweisend.

„Was ist?" fragte Johannes." Glaubst du nicht, dass sie der Suche nach uns bald überdrüssig werden?" Hubertus schüttelte langsam den Kopf. „Nein, mein Freund. Es tut mir leid, euch enttäuschen zu müssen. Eure Flucht wäre auch in Bregenz nicht zu Ende, glaubt mir! Doch könnt Ihr nicht ewig davonlaufen. Frobius und Diflam werden euch jagen bis sie Eurer habhaft werden. Sie sind wie Bluthunde und werden nicht aufgeben. Die Reichsgrenzen halten sie nicht auf. Und auch wenn Ihr noch mehr Männer tötet, so werden sie neue Schergen zu gewinnen suchen. Wollt Ihr auf ewig auf der Flucht sein? Wollt Ihr das?"

Johannes ließ seinen Kopf in seine Hände sinken. Tonlos sagte er: „Und wenn wir in Kempten zur Obrigkeit gehen und dort unsere Geschichte erzählen? Frobius mag in Geisenfeld ein anerkannter Richter sein, doch in Kempten kennt ihn niemand. Vielleicht glaubt man uns mehr als ihm und setzt ihn fest." Es war ein kümmerlicher Versuch und er wusste es.

Nach langem Schweigen antwortete Hubertus. „Frobius ist in Geisenfeld und beim Herzog von Ingolstadt ein angesehener Advokat. Und er ist, wie du sagst, Propstrichter. Niemand wagt es, einen amtierenden Richter festzusetzen. Vergiss nicht, er ist im Auftrag der Äbtissin von Geisenfeld unterwegs, um dich zu einer ordentlichen Gerichtsverhandlung vorzuführen! Er handelt also rechtmäßig. Er führt sicherlich ein entsprechendes Schriftstück des Klosters mit sich. Es ist sogar zu erwarten, dass er in Kempten um Hilfe des Magistrats bittet, euch festzusetzen. Und der Magistrat wird seiner Bitte entsprechen, solange nicht offenbar ist, dass er seine Befugnisse überschreitet."

Johannes sah Alberto an. „Hubertus hat Recht", sagte er resigniert. „Wir können nicht ewig fliehen. Wir müssen uns der Entscheidung stellen." Er wandte sich an Hubertus. „Was sollen wir tun?", fragte er bitter. „Wir sind drei Wanderer gegen sechs kampferprobte Häscher. Wir werden abgeschlachtet werden." Hubertus blickte grimmig drein. „Wir müssen sie aufhalten, bevor sie Kempten erreichen und den Magistrat unterrichten. Sie sind vor uns im Kempter Wald. Wenn wir es geschickt anstellen, dann können wir sie überholen und ihnen eine Falle stellen. Damit rechnen sie nicht." Er dachte nach.

Johannes und Alberto schwiegen erwartungsvoll. Dann sagte Hubertus: „Ich habe eine Idee. Es ist gefährlich und vielleicht sterben wir. Aber ich weiß keine andere Lösung. Wir erwarten sie am Dengelstein im Kempter Wald. Ich kenne den Ort aus früheren Jahren. An diesem Ort soll der Teufel seine Sense dengeln, wenn schlimme Zeiten bevorstehen. Hier soll es sich entscheiden. Ich weiß keinen Platz, der geeigneter ist."

Alberto klopfte auf das Bündel, in dem sich die zerlegte Armbrust und der Bolzenköcher befanden. Dann tätschelte er wortlos die Axt, die neben seiner Schlafstatt gelegen hatte. Er sah Johannes an und nickte aufmunternd. Dieser schluckte und sagte dann: „Wollen wir hoffen, dass uns dort Gott beisteht und nicht der Teufel erwartet."

*

25. August 1390, im Kempter Wald

Die Sonne war aufgegangen und schickte ihre Strahlen über den Wald. Das Feuer, an dem die Männer gesessen hatten, war erloschen. Bedrücktes Schweigen herrschte. Noch stundenlang hatten sie nach dem verschwundenen Majordomus gesucht. Doch die Suche war vergeblich gewesen. Als sie sich wieder am Lagerplatz versammelt hatten, war ihnen klar geworden, dass Diflam nicht wiederkommen würde.

Sie wagten einander nicht in die Augen zu sehen. Der Propstrichter Frobius gab den Befehl zum Aufbruch. Schweigend packten die Männer ihre Habseligkeiten zusammen, banden das Pferd des Vermissten an das Reittier von Bruno und saßen auf.

Kaum einen Blick hatten sie für das Gespann, das in rascher Fahrt von Oberdorf herkam und dem geschotterten Weg durch den Wald folgte. Zusammengekauert saßen dort drei Gestalten mit Hut und Mantel auf dem Kutschbock. Auf der Ladefläche des Gefährts waren zahlreiche Salzfässer gestapelt und kunstvoll festgezurrt. Begleitet wurde der Wagen von einem Reiter, der mit tief in die Stirn gezogenem Hut hinter dem Wagen her galoppierte. Außer dem Wagenlenker, der neugierig aufsah, schenkte keiner der Reisenden den bewaffneten Männern um Frobius einen Blick.

Als sich das Hufgetrappel des Pferdegespanns in der Tiefe des Waldes verloren hatte, winkte der Propstrichter. „Wir reiten weiter. Bruno und Vinzenz, Ihr haltet euch zur Linken des Weges! Quirin und Heinrich, Ihr haltet euch zur Rechten! Ich bleibe auf dem Hauptweg. Macht die Augen auf! Irgendwo müssen sich die Flüchtigen aufhalten. Achtet besonders auf Lichtungen!" Die Männer nickten und murmelten Unverständliches.

Die Gruppe teilte sich auf, wie von Frobius befohlen. Der Propstrichter selbst blieb auf dem Hauptweg. Mit einer Hand hielt er den Zügel seines Reittieres, die andere hatte er an sein Schwert gelegt, bereit, es jederzeit zu ziehen. Seine Nerven waren auf das Äußerste angespannt. Wo war Diflam abgeblieben? Frobius zweifelte keinen Moment mehr daran, dass der Majordomus tot war. Niemals würde er sich in einer ihm unbekannten Gegend von seinen Männern entfernen. Diflam war ein hartgesottener Kerl, der sich für gewöhnlich seiner Haut zu wehren wusste. Ihm musste etwas zugestoßen sein.

Ein schriller Schrei ertönte rechts von ihm. Frobius gab seinem Pferd die Sporen. Bruno und Vinzenz, die den Ruf ebenfalls vernommen hatten, trieben ihre Pferde durch den Wald und folgten dem Propstrichter. Nach wenigen Augenblicken erreichten sie gleichzeitig eine kleine Lichtung. Quirin und Heinrich standen wie angewurzelt am Rande der Lichtung und starrten auf das schreckliche Bild, das sich ihnen bot.

Der Majordomus hing an gefesselten Händen und mit weit aufgerissenen Augen ausgestreckt am Ast einer mächtigen Buche. Der Ast ragte in die Lichtung hinein. Die bloßen Füße des Toten steckten bis zu den Knöcheln in einem Erdhaufen. Frobius blinzelte. Die Haut des Leichnams schien sich zu bewegen. Rote und schwarze Punkte, so hatte es den Anschein, wimmelten auf dem Toten. Um den Majordomus schwirrten zahleiche Fliegen. Frobius saß ab und trat näher. Als er die Leiche in Augenschein nahm, stieg Übelkeit in ihm auf. Um die Handgelenke des Majordomus waren dünne Lederriemen geschnürt, mit denen Diflam am Buchenast aufgehängt war. Die roten und schwarzen Punkte stellten sich als große Ameisen heraus, die dabei waren, den Körper des Toten in Besitz zu nehmen. Diflams Augenlider waren abgeschnitten. In seinem Mund steckte ein Knebel. Das Gesicht des Toten spiegelte namenloses Grauen wider. Frobius sah an dem Leichnam herunter. Um die Ameisen anzulocken, hatte der Mörder die Unterschenkel des Majordomus der Länge nach mehrfach aufgeschlitzt. Diflam musste einen grauenvollen, langsamen Tod erlitten haben. Frobius schloss die Augen in ohnmächtigem Zorn. Dann hörte er ein würgendes Geräusch. Er drehte sich um und beobachtete, wie sich Quirin keuchend an einen Baumstamm lehnte. Doch Frobius selbst durfte sich jetzt keine Blöße geben. Er kämpfte seinen Brechreiz nieder und befahl: „Schneidet ihn ab! Dann legt ihr ihn in das Unterholz und bedeckt ihn mit Ästen und Zweigen! Wir kümmern uns um ihn, wenn wir die beiden Flüchtigen eingeholt haben."

Die Männer zögerten. „Wer tut so etwas?", fragte Heinrich beklommen. Frobius erwiderte seinen Blick mit flackernden Augen. „Jemand, der um die Gnade Gottes betteln wird, wenn wir ihn erwischen!" Die Männer schauten sich bedeutungsvoll an. Der für gewöhnlich unerschütterliche Frobius wirkte fahrig. Auch wenn er versuchte, sich nichts anmerken zu lassen, so bemerkten seine Gefolgsleute, dass die Hände des Advokaten zitterten. Das kannten sie an dem eleganten und selbstsicheren Richter nicht. Doch war dem sonst so erfolgsverwöhnten Jäger in der Ammerschlucht die Beute entkommen. Ein täppischer Mönch und ein Knabe hatten sie hinter´s Licht geführt. Zwei ihrer Kameraden waren gestorben. Und jetzt war ihr Hauptmann bestialisch zu Tode gekommen.

Wer war zu solch einer Tat fähig? „Der Fleischer!", flüsterte Vinzenz. „Der Fleischer ist hier!" Jeder von ihnen hatte von dem Schicksal von Rupert Schieding, dem Anführer der Leibwache des Burgherrn in Hexenagger gehört, der grausam gestorben war. Auch der furchtbare Tod des Räubers bei Nötting vor einigen Wochen war ihnen wohlbekannt. Der Dieb hatte zusammen mit zwei Kumpanen den Pilgermönch, den sie jetzt jagten, überfallen. Er war später kopfüber an einem Baum gefesselt von den Tieren des Waldes buchstäblich bei lebendigem Leib aufgefressen worden.

Vinzenz und Bruno schnitten den Körper ihres toten Hauptmanns ab. Die Ameisen auf dem Leichnam krabbelten aufgeregt umher. Mit angewiderter Miene wischten die Männer die Tiere von dem Toten herunter. „Niemand hat so einen Tod verdient", flüsterte Vinzenz. „Der Teufel", wisperte Heinrich. „Wer das getan hat, ist mit dem Teufel im Bund! Wer weiß, wen er als nächsten holt." Bruno gab ihm einen Stoß. „Halt den Mund! Wer das getan hat, war ein Mensch aus Fleisch und Blut. Aber wenn wir ihn fangen, dann nimmt er auch das Ende, das er verdient." „So ist es!", pflichtete ihm Quirin energisch bei. „Wir werden den Tod unseres Hauptmanns vergelten."

„Bis uns der Teufel selbst holt", flüsterte Heinrich so leise zu Vinzenz, dass es sonst keiner hörte.

Nachdem sie den Toten am Rand der Lichtung mit Ästen und Zweigen notdürftig bedeckt hatten, schauten sie abwartend auf Frobius. Der Propstrichter war in Gedanken versunken. Als ihn Bruno ansprach, erschrak er. „Wir…. wir reiten weiter wie vorgesehen und suchen nach den Flüchtigen. Bruno und Vinzenz zur Linken des Weges. Quirin und Heinrich zur Rechten. Ich bleibe auf dem Hauptweg. Wir finden diesen Mönch und seinen Helfer. Dann gnade ihnen Gott! Ich gebe euch die ausdrückliche Weisung, den Tod von Albrecht Diflam zu rächen. Jeder darf mit den Flüchtigen tun, wonach ihm der Sinn steht! Gnade wird vielleicht von Gott, nicht aber von uns gewährt! Danach werfen wir sie den wilden Tieren des Waldes zum Fraß vor!" Frobius´ Stimme war schrill geworden. Er winkte den Männern. Sie formierten sich und drangen langsam weiter in den Wald vor.

*

25. August 1390, am Dengelstein im Kempter Wald

In der Dämmerung lagen Hubertus, Johannes und Alberto auf der Oberseite des Dengelsteins bereit. Obwohl es erst Ende August war, schickte der Herbst bereits seine ersten Vorboten und es war kühl. Der Morgen hatte Sonnenschein versprochen, doch dann hatte es zu regnen begonnen. Die Luft war erfüllt von kalter Feuchtigkeit. Obwohl Hubertus eine grobe Decke ausgelegt hatte, fröstelten die beiden Männer und der Junge.

Am Morgen hatten sie auf dem Wagen des Salzhändlers die Gruppe der Häscher überholt. Johannes schlug das Herz bis zum Hals, als sie an den Verfolgern vorbeigefahren waren. Jeden Moment hatte er erwartet, dass die Reiter die Verfolgung aufnehmen würden. Doch Hubertus hatte Recht behalten. „Frechheit siegt", hatte er gesagt. „Sie rechnen niemals damit, dass wir das Wagnis eingehen, einfach rotzfrech an ihnen vorbeizureiten."

Sie hatten den Salzhändler gebeten, sie vor dem Dengelstein abzusetzen. Der Händler hatte der Bitte erstaunt entsprochen, weiter aber keine Fragen gestellt. Johannes gab ihm noch drei Coburger Pfennige und wünschte ihm Gottes Segen. Der Händler hatte sich daraufhin wortreich verabschiedet und war eilends weitergefahren, froh, den Wald schnell hinter sich zu lassen.

Sie hatten den Ort in Augenschein genommen. Zwischen Felsblock und Waldweg war eine kleine Lichtung. Hubertus wies die Gefährten auf die Reste eines alten Walles hin, vor dem eine Mulde lag und Zeugnis davon ablegte, dass um den Felsen einst ein Graben gezogen war. Zwischen Graben und Felsen befanden sich kleinere Steinblöcke, die wie steinerne Sessel aussahen. Wozu sie dienten, wann und von wem die Anlage gebaut wurde, wusste Hubertus jedoch nicht. „Wenn Ihr achtgebt, dann seht Ihr, dass der Weg, der hierher führt, eine Biegung macht. Der Dengelstein ist also erst zu erkennen, wenn man ganz nahe ist", erklärte er. „Wir verstecken uns auf der Oberseite des Felsens. Dort haben wir einen guten Überblick und können außerdem die Armbrust einsetzen."

Sie nutzten die Zeit und gingen um den Felsblock herum, um sich mit dem Ort vertraut zu machen. Johannes schätzte, dass der Dengelstein etwa vier Mannslängen hoch und doppelt so breit war. Die dem Waldweg zugeneigte Felsfront war stark zerklüftet. Etwa in der Mitte befand sich in Johannes´ Brusthöhe ein schmaler, stufenartiger Einschnitt, von dem man aus über einen breiten Vorsprung und schmale Spalten im Felsen auf das oben gelegene Plateau des Steines gelangen konnte. Von der Lichtung aus gesehen, ragte die linke Seite hingegen steil und überhängend empor. Auch auf der gegenüberliegenden Seite gab es keine Möglichkeit, auf den Felsen zu klettern.

Mit Ausnahme der Lichtung vor dem Waldweg standen Laubbäume, vornehmlich Buchen, dicht an dicht um den Block. Vereinzelt fanden sich Haselnusssträucher. Auf der Rückseite des Felsens befand sich am steil aufragenden Fels nur eine schmale Spalte. Doch standen hier die Buchen besonders dicht und nah am Stein und ermöglichten es einem geschickten Kletterer, über die hervorstehenden Äste nach oben zu gelangen. Auf der Oberseite des Felsens wuchsen ein paar junge Birken.

Noch war es hell und das ein oder andere Mal waren Fuhrwerke vorbeigekommen. Es waren Händler mit Fässern auf ihren Wagen gewesen oder Bauern, die Holz transportierten. Alle hatten die Lichtung mit dem Felsen in schnellem Tempo passiert. Jedes Mal, wenn sich ein Wagen näherte, hatten sich Johannes und seine Gefährten versteckt. Doch nun setzte langsam die Dämmerung ein und es war auf dem Weg ruhig geworden.

Hubertus hatte sein Reitpferd außer Hörweite des Dengelsteins angebunden und versorgt. Das Tier hielt mucksmäuschenstill. Erstaunlich, dachte Johannes, wie Hubertus mit den Tieren umgehen kann. Es scheint fast so, als würde er mit ihnen in ihrer Sprache reden.

Es ist die Zeit der Vesper, dachte Johannes. Bald wird die Sonne untergehen. Noch vor wenigen Monaten war ich geborgen in meinem Konvent. Jetzt liege ich hier mit meinen Gefährten und erwarte, so Gott es will, den Tod. Er begann, still zu beten. Langsam wurde er ruhig. Wieder dachte er an Magdalena, die so sinnlos gestorben war. Was war sein Leben ohne sie wert? In seinem Kopf tobten die widersprüchlichsten Gefühle. Sie war die Liebe seines Lebens gewesen. Und gerade sie hatte ihn letztlich verraten. Beinahe wären Alberto und er schon in Geisenfeld in die Hände der Häscher gefallen. Energisch schüttelte er die Gedanken ab. Nein, ermahnte er sich, er hatte immer noch das Gelübde seines Abtes zu erfüllen. Die Zeit würde die Wunden heilen.

Unwillkürlich tastete er nach dem Messer, dass er an dem Gürtelriemen trug. Der Griff aus Holz gab ihm Zuversicht. Neben dem Messer hatte er seine Schleuder griffbereit. In aller Eile hatte er noch einige scharfkantige

Steine in einen Beutel gepackt. Auch sein Wanderstab lag an seiner Seite. Johannes hatte wieder seine Kutte übergezogen. Sie war nach der Flucht durch den Stollen nach Rotteneck immer noch verdreckt und zerrissen. Doch für den Plan, den Hubertus ihnen mitgeteilt hatte, war sie notwendig. Hubertus hatte Johannes noch ein Schwert umgegürtet. Im Überschwang der Wiedersehensfreude war Johannes entgangen, dass Hubertus die Waffe trug. „Godebusch hat es mir mitgegeben", sagte er nur. In aller Eile hatte Hubertus dem Mönch die wichtigsten Griffe und Haltungen mit der Waffe gezeigt. „Ich bin selbst im Kampf mit dem Schwert nicht ausreichend kundig", hatte er gesagt. „Meine Waffen sind Dolche und Messer. Doch kann ich nicht zulassen, dass wir uns abschlachten lassen wie Lämmer. Es kann sein, dass du auf dich alleine gestellt sein wirst. Dann wirst du das Schwert brauchen, um dich zu wehren. Wenn sie einen Sieg erringen, dann soll er so schwer werden, dass sie keine Freude daran haben." Hubertus selbst hatte in jedem Stiefel einen Dolch verborgen. Dazu hatte er am linken Unterarm noch ein Messer mit dünnen Lederriemen befestigt. An seinem Gürtel trug er zwei Wurfmesser. „Das sollte reichen!", hatte er grimmig gesagt. „Wo ist dein Lieblingsdolch?", hatte Johannes gefragt. Die Antwort erstaunte ihn. „Den Dolch habe ich Irmingard überlassen. Sie braucht ihn nötiger als ich." Hubertus hatte sich nach diesen Worten abgewandt.

Alberto hatte die Armbrust, die er seit der Ammerschlucht trug, wieder zusammengesetzt. In seinem Gürtel steckten die Axt und das Schwert, das er dem toten Schergen abgenommen hatte. An seinem rechten Unterschenkel hatte er den erbeuteten Dolch befestigt.

Schweigend lagen die Gefährten auf ihren Decken im Moos, das die Oberseite des Felsens bedeckte. Immer wieder wurde Johannes von den Geräuschen des Waldes aufgeschreckt. Seine Nerven waren zum Zerreißen gespannt. Doch jedesmal winkten seine Gefährten ab. Mal war es ein Luchs, dann ertönte das Grunzen von Wildschweinen. Einmal hob Alberto den Kopf und lauschte. Johannes konnte nichts wahrnehmen. Doch dann ertönte ein langgezogenes Heulen. „Wölfe", flüsterte Alberto. „Sie sind ganz nah!"

Wölfe. Obwohl Johannes wusste, dass Wölfe normalerweise gesunden Menschen auswichen, stieg Angst in ihm auf. Wenn sie verletzt würden, dann wären sie für die Tiere leichte Beute. Ihm fiel der Hundeangriff bei Vohburg ein. War das wirklich erst ein paar Wochen her? Ihm schien es, als sei es vor Jahren geschehen. Seitdem hatten sich die Ereignisse überstürzt. Tief in Gedanken versunken, erschrak er, als er Hubertus´ Hand auf seinem Arm spürte. „Ich höre etwas." Auch Alberto merkte auf. Er flüsterte: „Sie kommen. Mach dich bereit, Johannes!"

*

Langsam bewegten sich die Männer auf ihren Pferden vorwärts. Nachdem sie den toten Diflam mit Ästen und Zweigen notdürftig bedeckt hatten, waren sie weiter in den Kempter Wald eingedrungen. Sie behielten die Einteilung bei, wie es ihnen Frobius befohlen hatte. Unwillkürlich blieben sie nur so weit voneinander entfernt, dass sie sich immer sehen konnten. Alle fürchteten, dass der unheimliche Gegner, den sie „Fleischer" nannten, einem von ihnen auflauern würde.

Eine Stunde, nach dem sie aufgebrochen waren, hatten Bruno und Vinzenz einen alten Mann aufgestöbert. Der Fremde hauste in einer aus Ästen und Brettern notdürftig zusammengezimmerten Hütte. Da er eine grobe, braune Kutte trug, vermutete Bruno zuerst den flüchtigen Mönch. Mit roher Gewalt hatten er und Vinzenz den Alten aus seiner Behausung gezerrt und auf den Waldboden geworfen. Der Einsiedler hatte verzweifelt um Erbarmen gefleht. Frobius war auf den Lärm aufmerksam geworden und hatte sein Reittier sofort dorthin gelenkt. Nur Momente nach ihnen trafen Quirin und Heinrich ein. Sie kamen gerade an, als Bruno dem Mann mit der flachen Seite seines Schwerts einige Hiebe an den Kopf versetzte. Der Einsiedler krümmte sich und schrie vor Schmerz.

Frobius saß ab und gab Bruno ein Zeichen, einzuhalten. Dann kauerte er sich vor den verängstigten Mann und fragte nach seinem Namen. Heftig zitternd vor Angst erzählte der Alte stockend, er heiße Marius und sei ein Einsiedlermönch, der hier in der Wildnis den Weg zu Gott suche. Frobius beschrieb die Flüchtigen und fragte den Mann eindringlich, ob er die Gesuchten gesehen hatte. Der Alte verneinte. „Eine Krähe hackt der anderen kein Auge aus!", hatte Bruno verächtlich ausgespuckt. „Und ein Mönch verrät keinen anderen!" Er hatte den Einsiedler gepackt und auf die Beine gezerrt. Dann hatte er ihm ins Gesicht gespuckt und mit Prügeln gedroht, sollte der Mann nicht die Wahrheit sagen. Vor Angst hatte der Alte Wasser gelassen, was von den Männern mit lautem Gelächter quittiert worden war. Doch er blieb bei seiner Behauptung, nichts von den Gesuchten zu wissen. Frobius hatte ihn mit vor Enttäuschung verzerrtem Gesicht angesehen, sich dann abgewandt und sein Pferd bestiegen. „Was sollen wir mit diesem Kerl machen?", hatte Bruno gefragt. Frobius hatte nur unschlüssig mit den Achseln gezuckt und sein Pferd wieder zurück zum Waldweg gelenkt.

Bruno hatte ratlos auf seine Gefährten gestarrt. Dann hatte er den Einsiedler fortgestoßen, so dass dieser zu Boden stürzte. „Du suchst den Weg zu Gott? Dabei kann ich dir helfen!", hatte er ausgerufen. Dann hatte er ausgeholt und dem Mann mit einem kräftigen Schwerthieb den Kopf vom Rumpf getrennt. Er hatte das Schwert ungerührt an der Kutte des Toten abgewischt und den anderen Männern gewinkt, weiterzureiten. Sie waren aufgesessen. Heinrich und Vinzenz hatten sich bedeutungsvoll angesehen. Heinrich bekreuzigte sich. Vinzenz folgte seinem Beispiel. Schweigend waren sie weitergeritten.

Nur wenig später war eine Rotte Wildschweine aus dem Wald hervorgebrochen und quer über den Weg gejagt.

Frobius fluchte, als sein Pferd sich aufbäumte und er Mühe hatte, im Sattel zu bleiben. Bruno, der dies beobachtet hatte, lachte. „Nur Wildschweine! Die haben auch braune Kutten!" Doch der Blick aus Frobius´ Augen ließ ihn verstummen.

Als sie weitergeritten waren, hatte Heinrich gerufen: „Hierher! Ich habe eine braune Kutte gesehen!" Sofort hatten die Reiter ihren Pferden die Sporen gegeben und waren ihrem Kameraden zu Hilfe geeilt. Doch es war nur ein Braunbär gewesen, der sich an einem Baum aufgerichtet und nach Honigbienen gesucht hatte. Vor Ärger und Wut hatten die Männer ihre Armbrustbolzen auf das Tier abgeschossen. Der Bär war nach kurzem Todeskampf zusammengebrochen und reglos liegen geblieben.

Frobius war durch diese Zwischenfälle immer unruhiger geworden. Sein Jagdglück hatte ihn, so schien es, verlassen. Vorne machte der Weg eine langgezogene Linkskurve. Der Misserfolge überdrüssig, hielt er sein Pferd an und rief die Männer zu sich. „Wir haben den Wald bald durchquert. Da vorne muss dieser Felsen sein, von dem unser ängstlicher Wirt in Oberdorf vor ein paar Tagen sprach. Bald danach erreichen wir das Ende des Waldes. Dann ist es nicht mehr weit nach Kempten."

„Der Dengelstein", flüsterte Heinrich zu Vinzenz. „Dort dengelt der Teufel seine Sense!"

Frobius sah ihn streng an. „Das ist nur ein großer Felsen, nichts weiter! Seid Ihr Männer oder Memmen?" Damit gab er seinem Pferd einen Hieb. Das Tier setzte sich wieder in Bewegung. Heinrich ritt neben dem

Propstrichter und starrte nach vorne. Er stutzte und rief dann: „Da vorne ist der Dengelstein. Und da läuft ein Mann in einer braunen Kutte!" „Wieder ein Bär?", spottete Bruno. „Still!", zischte Frobius. Doch es war zu spät. Der Mann, den Heinrich vorhin erspäht hatte, begann zu rennen. „Los, hinterher!", befahl Frobius. „Diesmal entkommt er uns nicht!" Sie trieben die Pferde an.

*

Johannes rannte in seiner zerrissenen Kutte aus Leibeskräften den Weg entlang, das Hufgetrappel der näherkommenden Reiter in den Ohren. Aus den Augenwinkeln sah er den Dengelstein links neben sich. Bevor die Verfolger ihn erneut sehen konnten, schlug er einen Haken nach links und rannte ins Unterholz. Dort sprang er über herumliegende Äste und bemühte sich verzweifelt, nicht zu stolpern. Er machte einen Hechtsprung und kauerte sich in aller Eile hinter einen umgestürzten Stamm, der neben der Lichtung unter dem Felsen lag.

„Wenn dir dein Leben lieb ist, dann duck dich und sei still, aber halte deine Schleuder bereit!", hatte Hubertus ihn vorher gewarnt. Johannes hockte zitternd hinter dem Baumstamm und wagte kaum zu atmen. Er hatte Todesangst, als er die Pferdehufe in wenigen Ellen Abstand hörte. So leise er konnte, zog er seine Schleuder und legte den Beutel mit den Steinen griffbereit. Er griff einen Stein und legte ihn in den Lederriemen.

Kaum war er hinter dem Stamm verschwunden, preschten die Reiter auf die Lichtung. Die Hufgeräusche verrieten Johannes, dass die Verfolger ihre Pferde zügelten. Er vernahm sirrende Geräusche, als ob die Häscher ihre Schwerter aus der Scheide ziehen würden. Der Schweiß brach ihm aus. Die Hufgeräusche kamen langsam näher. Dann war alles still. Sogar die Vögel in den Zweigen waren verstummt. Eine Stimme sprach: „Er war doch eben noch hier. Ich habe die Kutte gesehen. Er muss also noch in der Nähe sein." Ein Zischen ertönte, gefolgt von einem Gurgeln. Dann ein dumpfer Laut, als ein Körper auf dem Boden aufschlug. Gleichzeitig hörte Johannes ein Sirren und einen Schmerzensschrei. Er wusste, Alberto hatte mit der Armbrust sein Ziel getroffen, ebenso Hubertus mit dem Wurfmesser. Johannes spannte seine Schleuder. Er atmete rasch durch, um seine Angst niederzukämpfen. Dann stand er schnell auf, zielte und schoss den Stein auf ein Pferd ab. Das Geschoss traf das Tier an der linken Flanke. Wiehernd stieg das Pferd auf und warf seinen Reiter ab.

Schon hatte Johannes einen neuen Stein eingelegt und die Schleuder gespannt. Doch sein nächster Schuss ging fehl. Hastig tastete er nach einem weiteren Stein, während er sah, dass sich der Reiter aufrappelte. Der Häscher brüllte einen Fluch, als er Johannes erblickte. Dann zog er sein Schwert und stürmte auf den Mönch zu. Dieser war vor Angst wie gelähmt, als er den Bewaffneten auf sich losrennen sah. Er sank in die Knie, unfähig, sich zu wehren. Doch dann wurde der Mann jäh wie von einer Faust zurückgeworfen. Er fiel auf den Rücken und blieb schreiend und wild zuckend liegen. In seinem Unterleib steckte ein Bolzen.

Die Schreie des Verwundeten brachten Johannes wieder zur Besinnung. Er schüttelte den Kopf, um wieder klar denken zu können und schaute um sich. Der Reiter, der von Albertos Armbrustbolzen getroffen war, lag reglos auf dem Waldweg. Der Pfeil steckte in seinem Hals. Ein anderer Scherge lag mit aufgerissener Kehle direkt daneben. Auch er rührte sich nicht mehr. Die Pferde der beiden Reiter liefen ziellos auf der Lichtung umher. Leiser werdendes Hufgeklapper verriet ihm, dass das Reittier, das er zuvor mit seiner Schleuder getroffen hatte, in wilder Angst davongaloppierte.

Doch wo waren die anderen Häscher? Zwischen den Bäumen gegenüber dem Dengelstein erspähte Johannes einen Reiter, der sein Pferd mühsam unter Kontrolle zu bringen versuchte. Es war Frobius. Wieder zischte ein Bolzen durch die Luft. Er blieb mit lautem Klacken in dem Stamm stecken, hinter dem Frobius war. Der Propstrichter hatte sein Pferd jetzt gebändigt. Er sah auf und in einer einzigen fließenden Bewegung hob er die Armbrust mit einer Hand, zielte kurz und schoss. Mit Entsetzen sah Johannes, wie sich Alberto aufbäumte und nach hinten geschleudert wurde. Seine Armbrust fiel vom Felsen, überschlug sich auf der zerklüfteten Vorderseite des Dengelsteins und zerbrach beim Aufprall auf den Boden.

Ein triumphierendes Grinsen erschien auf dem Gesicht des Propstrichters. In rasender Wut griff Johannes nach einem Stein, legte ihn in seine Schleuder, spannte die Waffe, so stark er konnte, zielte und schoss den Stein auf Frobius ab. Das scharfkantige Geschoss traf die Wange des Propstrichters und riss ihm ein Stück Fleisch heraus. Frobius schrie vor Schmerz auf, ließ seine Armbrust fallen und hielt sich die blutende Wange. Schon hatte Johannes den nächsten Stein geschleudert. Frobius´ Pferd bäumte sich auf und stürmte los. Der Advokat versuchte noch vergeblich, sich festzuhalten. Doch als das Pferd losgaloppierte, stürzte er zu Boden. Bewegungslos blieb er zwischen den Bäumen liegen.

Johannes´ Blicke irrten umher. Wo war Diflam? Wollte der Majordomus sich nicht sehen lassen? Ein Ruf ertönte: „Runter, Johannes! Duck Dich!" Johannes ließ sich fallen. Keine Sekunde zu früh! Ein Bolzen schlug in den Baumstamm ein, hinter dem er kauerte. Dann hörte er, wie ein Reiter in seine Richtung galoppierte.

Alles geschah in Sekundenschnelle. Ein dumpfer Aufprall ertönte, gefolgt von Klappern und Scheppern. Ein reiterloses Pferd sprang über den Baumstamm, hinter dem Johannes kauerte und verschwand im Wald. Schwerter klirrten aufeinander.

Johannes spähte über den Baumstamm und sah, dass Hubertus und ein bewaffneter Scherge miteinander kämpften. Offensichtlich hatte Hubertus das Schwert eines der gefallenen Reiter an sich genommen. Hinter den Kämpfenden bemerkte er, dass sich Frobius regte. Was sollte er tun? Auf dem Plateau des Dengelsteins lag Alberto in seinem Blut. „Johannes!", hörte er Hubertus keuchen. „Zuerst…. Frobius!" Johannes Blicke rasten zwischen den Kämpfenden und der Gestalt des Propstrichters. Er spannte nochmals seine Schleuder und wollte auf den noch verbliebenen Schergen schießen. Doch die beiden Kämpfenden schlugen mit ihren Schwertern verbissen aufeinander ein, während sie einander umkreisten. Johannes bot sich kein sicheres Ziel.

Er zog das Schwert, das ihm Hubertus umgegürtet hatte und lief geduckt zum Propstrichter, der noch immer hinter den Bäumen lag. Vorsichtig näherte er sich mit vorgehaltener Waffe dem Verletzten. Frobius lag noch immer an der Stelle, an der er vom Pferd gestürzt war. Er hatte die Augen geöffnet und sah Johannes, so schien es, gelassen an. Die von der Steinschleuder gerissene Wunde sah schrecklich aus. Das Gesicht des Richters war blutverschmiert. Doch am verstörendsten waren die schwarz glänzenden Augen von Frobius. In ihnen schien sich beginnender Irrsinn zu spiegeln.

Johannes´ Stimme zitterte, als er fragte: „Warum?" Frobius lachte auf. Eiskalt lief es Johannes den Rücken herunter, als er den schrillen Ton hörte. Frobius schüttelte sich vor Lachen. Dann hustete er und sagte: „Warum? Warum tut man so etwas? Geld, Einfluss und Macht. Nur darum geht es, um sonst nichts." Er kicherte. „Dabei hatte ich anfangs keine Ahnung. Ich dachte in der Tat, dass die Gaukler den Kirchenschatz geraubt und die Ordensschwestern getötet hatten. Ich hatte keine Ahnung! Ist das nicht lustig?" Er warf seinen Kopf zurück und lachte wieder.

„Und dann?", fragte Johannes zögernd weiter. Frobius lachte immer noch. Johannes glaubte schon, er habe ihn nicht gehört, da erstarb das Lachen. Frobius keuchte. „Wir stöberten die Spielleute auf. Am Morgen hatte es zu regnen begonnen. Es schüttete wie aus Kübeln. Man konnte die Hand kaum vor Augen sehen. Die Wagen der Gaukler waren bei dem Regen und den verschlammten Wegen nicht weit gekommen. Die Achse eines ihrer Wagen war bei Puchersried in einem Graben gebrochen. Unsere Männer, Diflam an der Spitze, stürmten die Wagen und machten alle nieder. Nur ein kleines Kind konnte entwischen. Aber es stürzte in die hochwasserführende Ilm und ertrank."

„Das Kind ist nicht ertrunken", sagte Johannes. „Der Knabe hat überlebt. Doch jetzt habt Ihr ihn auf dem Gewissen. Er war auf dem Felsen mit uns.

Ihr habt ihn mit der Armbrust erschossen." Auf Frobius´ Gesicht breitete sich Verblüffung aus. Dann kreischte er auf. Johannes ging der Ton durch Mark und Bein. „Diflam, dieser Narr! Er schwor, das Kind wäre ersoffen wie eine Katze. Aber nein, jetzt habe ich es erschossen wie ein Wildschwein!" Er stieß ein triumphierendes Lachen aus.

Johannes hätte in diesem Moment am liebsten zugestochen und der Sache ein Ende gemacht. Das Schwert bebte in seiner Hand. In seinem Rücken tönte das Hauen und angestrengte Stöhnen der Kämpfenden. Er hielt die Spitze des Schwerts an die Kehle des Richters. „Weiter!", sagte er.

Frobius irres Lachen verklang. „Ich begriff erst nicht, was dann passierte. Mir fiel im Getümmel zunächst nicht auf, dass meine beiden Diener nicht von der Hand der Spielleute starben. Ich begriff nicht, dass sie von Godebuschs Knechten erstochen wurden. Doch dann sah ich, dass Godebusch, Diflam und der Diener von Godebusch, Ludwig, die eigenen Knechte des Kaufmanns hinterrücks niederstachen. Ich war entsetzt."

Frobius unterbrach sich. Er keuchte, fuhr sich mit der Zunge über die Lippen und sagte dann: „Diflam hielt mir das Schwert an die Kehle, so wie du jetzt. Godebusch sagte, er könne keine Zeugen für das Geschehen brauchen. Ich könne wählen, ob ich mit ihm gemeinsame Sache machen wolle oder nicht. Ich wäre ohnehin schon dafür verantwortlich, dass unschuldige Spielleute umgebracht worden seien. Für den Fall, dass ich mitmachen würde, versprach er mir Reichtum und Macht. Andernfalls würde er behaupten, ich wäre von den Gauklern im Kampf getötet worden. Ich war zunächst empört und wollte ablehnen. Doch er sprach ganz ruhig weiter über goldene Zukunft, Einfluss und Ämter." Frobius zögerte. „Er überzeugte mich. Ich habe eingeschlagen. Und es hat sich gelohnt. Bis jetzt." Frobius lachte jetzt bitter auf. „Als du die Hintergründe erfahren hast, war mir sofort klar, dass du zum Schweigen gebracht werden musstest. Aber diese Narren in Geisenfeld haben es falsch angefangen und du konntest fliehen. Ich war mir sicher, dich und diesen Knaben zu erwischen. Aber Ihr wolltet ja nicht die Opferlämmer sein! Und dann kam jetzt auch noch dein Freund dazu, dieser Hubertus!" Er spuckte den Namen verächtlich aus. Dann brach er ab und schwieg.

Auch Johannes wusste nicht, was er sagen sollte. Dass die Aussicht auf Geld und Macht jeden korrumpieren konnte, war ihm durchaus bewusst. Auch in seinem Heimatkloster gab es Machtkämpfe, die mit dem Gebot der Nächstenliebe nur schwer vereinbar waren. Aber dass aus einem ehrbaren Propstrichter ein Verbrecher werden konnte, erschütterte ihn zutiefst. Und dass er tatsächlich glaubte, er und Alberto würden sich in eine Opferrolle fügen, die er ihnen zugedacht hatte, ließ am Verstand des Advokaten zweifeln. Hielt er sich für unfehlbar? Frobius hatte die Augen geschlossen. Johannes war unschlüssig. Was sollte er jetzt tun? Unsicher sah er zu Hubertus, der immer noch mit dem Schergen des Richters kämpfte. Beunruhigt merkte er, dass sein Freund immer mehr zurückgedrängt wurde.

Mittlerweile war die Dämmerung fortgeschritten. Die dichte Bewölkung tat ihr Übriges, so dass der Dengelstein in dem fahlen schwachen Licht nur noch schwach erkennbar war. Johannes verfolgte mit Sorge, dass der Häscher Hubertus mit wuchtigen Schlägen seines Schwertes nachsetzte. Hubertus wehrte sich nach Kräften, doch war er, wie Johannes wusste, mit dem Gebrauch von Schwertern nur wenig vertraut. Langsam wich er zurück. Der Scherge drosch weiter auf ihn ein. Hubertus wehrte mit dem erhobenen Schwert ab, konnte aber nicht verhindern, dass er weiter zurückgedrängt wurde. Nur noch wenige Ellen trennten ihn von der Felswand. Plötzlich ertönte ein lautes Heulen in der Nähe. Wieder ein Wolf! Hubertus stolperte über einen am Boden liegenden Ast. Entsetzt sah Johannes, dass er taumelte und rücklings zu Boden fiel.

Er war so von dem Wolfsgeheul und dem Kampf abgelenkt, dass er nicht mehr auf Frobius achtete. Plötzlich traf ihn ein heftiger Tritt an den

Unterschenkel, so dass er vor Schreck ächzte und zu Boden stürzte. Sein Schwert entglitt ihm und flog in das Unterholz. Frobius wälzte sich zur Seite und stand auf. Doch als er sich aufgerichtet hatte, schwankte er und stützte sich an einen Baum. Er musste sich beim Sturz von seinem Pferd eine Erschütterung seines Gehirns zugezogen haben. Johannes rappelte sich wieder auf. Entsetzt sah er, dass der Propstrichter seinerseits mit Mühe sein Schwert zog. Von Schrecken gepackt, blickte er suchend um sich, doch er konnte das verlorene Schwert nirgends sehen.

Frobius hob den Arm, bereit, zuzuschlagen. Doch wieder taumelte er in dem Bemühen, sein Gleichgewicht zu finden. Johannes warf sich herum und floh quer über den geschotterten Waldweg und die Lichtung zum Felsen. Frobius folgte ihm, erneut irre lachend. Am Felsen angekommen, drehte sich Johannes zu seinem Verfolger um. Frobius wankte immer noch, aber er schien zunehmend an Sicherheit zu gewinnen, während er auf Johannes zulief. In Todesangst stieg Johannes, so schnell er konnte, die stark zerklüftete Felswand hinauf. Über den breiten Vorsprung und die schmalen Spalten im Felsen kletterte er auf die Oberseite des Steines. Dort angekommen, schaute er zurück und musste voller Entsetzen feststellen, dass Frobius ihm nach wie vor folgte. Er griff nach seiner Schleuder, erkannte aber zu seinem Schrecken, dass er den Beutel mit Steinen hinter dem Baumstamm am Rand der Lichtung liegen gelassen hatte.

Er sah, dass sich Hubertus wieder aufgerappelt hatte. Sein Freund wehrte immer noch die Schläge von Bruno ab. Doch Johannes erkannte, dass Hubertus bald am Ende seiner Kräfte war. Doch wo war Alberto? Ein leises Stöhnen verriet Johannes, dass sein Gefährte sich unter die Birken auf der Felsoberseite geschleppt hatte. Doch blieb ihm keine Zeit, sich um den Knaben zu kümmern.

Der Propstrichter hatte jetzt die Oberseite des Felsens erreicht. Er schüttelte den Kopf, um seine Benommenheit loszuwerden. Langsam ging er auf Johannes zu, sein Schwert drohend nach vorne ausgestreckt. Johannes wich zurück. Frobius holte aus und schlug mit der Klinge nach dem Mönch. Dieser sprang zurück, um auszuweichen. Dabei stolperte Johannes über die Decke, die Hubertus vor wenigen Stunden ausgebreitet hatte. Er stürzte auf den Rücken, nur eine Elle von der Kante des Felsens entfernt.

Frobius lief ihm nach und setzte ihm das Schwert an die Kehle. Er starrte ihn mit flackernden Augen an. Mit weit aufgerissenen Augen erwartete

Johannes den Todesstoß. Es gab keine Waffe in seiner Nähe, die er erreichen konnte. Doch da fiel ihm sein Messer ein. Während er seinen Peiniger ansah, tasteten seine Finger langsam und so unauffällig wie möglich nach dem Griff aus dem Heiligen Holz.

Frobius stieß einen triumphierenden Laut aus. „Wie der Wolf das Kranke, Schwache und nicht Lebensfähige vertilgt, so werde ich dich vertilgen. Du Narr! Alles war in Ordnung und dann kommst du, du gottesfürchtiger Tor! Du hast beinahe alles zunichte gemacht. Doch jetzt geht es mit dir und deinen Freunden zu Ende!" Er beugte sich vor, packte Johannes hart am Unterkiefer und zerrte ihn hoch, ohne sein Schwert loszulassen. Dann spuckte er ihm ins Gesicht. Grinsend drehte er den Kopf des Mönches zur Seite und zwang ihn, vom Felsen hinunter zu sehen. „Schau, was Bruno mit deinem Freund macht!"

Bruno schlug Hubertus mit einem wuchtigen Schlag das Schwert aus der Hand. Hubertus taumelte erneut, stürzte und prallte mit seinem Kopf an einen der kleineren Steinblöcke, die den Dengelstein umgaben. Der Häscher setzte sofort nach. Doch als er seine Waffe hob, um dem benommenen Hubertus damit den Schädel zu spalten, ertönte ein Schrei. Ein kleines schwarzes Etwas fiel vom Dengelstein herunter auf Brunos Schultern und riss ihn um, so dass er sein Schwert verlor. Johannes sah, dass es Alberto war. Aber schon rappelte sich Bruno wieder auf. Er stürzte sich auf den Knaben, hob ihn mit einer Hand hoch und versetzte ihm einen schweren Schlag mit der Faust. Alberto wurde zu Boden geschleudert, prallte gegen einen Baumstamm und blieb regungslos liegen.

„Hubertus! Alberto!", schrie Johannes entsetzt. Frobius drückte Johannes´ Kopf mit Wucht zurück gegen den Felsboden. „Es ist zu Ende", zischte er. Blind vor Gier, den verhassten Gegner ins Jenseits zu befördern, bemerkte er nicht, dass sich die Hand des Mönchs um den Griff mit dem Heiligen Holz schloss. Neue Kraft durchströmte Johannes. Frobius erhob sich, ohne dies bemerkt zu haben. Keuchend stand er über Johannes. Ein irres Flackern erfüllte seine Augen.

Er hob die Klinge. „Nun geh in den Himmel ein und triff dein verfluchtes Nonnenweib wieder!", rief er. Doch Johannes bäumte sich mit dem Mut der Verzweiflung auf und stieß dem Advokaten seinen Fuß zwischen die Beine. Mit einem dumpfen Schmerzenslaut ließ Frobius sein Schwert los. Es fiel klirrend auf den Felsen und rutschte die Felswand hinunter. Frobius sank auf die Knie, mit schmerzverzerrtem Gesicht, die

Hand zwischen die Beine gepresst. Johannes riss das Messer aus der Scheide und stieß nach dem Herzen des Advokaten. Doch in seiner Bewegung wurde der Arm von einer unsichtbaren Kraft abgelenkt. Die Klinge drang in die Haut unterhalb des linken Auges von Frobius ein, glitt am Wangenknochen ab und riss eine tiefe Wunde, als sie unmittelbar neben dem Auge wieder austrat. Der Propstrichter brüllte auf. Er warf sich zur Seite und kam dabei dem Rand der Felsoberfläche zu nahe. Verzweifelt versuchte er, sich festzuhalten. Doch seine Hände fanden auf dem glatten Felsboden keinen Halt. Frobius stürzte mit einem markerschütternden Schrei in die Tiefe.

Johannes starrte mit weit aufgerissenen Augen auf das Messer in seiner Hand. „Du sollst nicht morden, spricht der Herr", flüsterte er.

Dann richtete er sich mühsam wieder auf. Als er über die Felskante nach unten sah, erblickte er den regungslosen Leib des Advokaten, der auf dem Bauch lag. Sein Körper hatte durch den Aufschlag eine flache Mulde in den weichen Boden geschlagen. Widerstrebend wandte er seinen Blick von Frobius ab und steckte sein Messer wieder ein. Da sah er Bruno, der den Fall des Richters ebenfalls beobachtet hatte.

Der Häscher starrte auf den leblosen Körper des Advokaten. Dann zuckte er mit den Achseln und schaute zu Alberto, der immer noch bewusstlos neben dem Baumstamm lag. Er hob sein Schwert auf und ging langsam auf den Knaben zu. „Bruno!", schrie Johannes. Doch der drehte sich nicht einmal um. Fieberhaft packte Johannes seinen Wanderstock, der noch auf dem Felsplateau lag. Mit dem Mut der Verzweiflung warf er ihn auf den Häscher. Der Stock wirbelte im Flug und traf Bruno an der Schulter, so dass dieser stolperte. Mit einem Wutschrei warf sich der Häscher herum. Mit rasend klopfendem Herzen griff Johannes nach seiner Schleuder und rannte über das Plateau zur Rückseite des Dengelsteins. Dort glitt er entlang der schmalen Spalte nach unten. Die Äste der dicht stehenden Bäume bremsten seinen Fall. Dann lief er, so schnell er konnte, um den Felsen herum, bis er seinem Feind gegenüberstand.

Mit der Schleuder in der Hand stürzte er sich blind auf Bruno. Dieser sah die Gefahr kommen. Er tat einen Schritt zur Seite und ließ den Mönch ins Leere laufen. Mit der Breitseite seines Schwertes schlug er ihm wuchtig von hinten auf die Schulterblätter. Der Schlag ließ Johannes an der Felswand vorbei bis auf den Waldweg taumeln. Dort stolperte er und stürzte schwer zu Boden. Sterne tanzten vor seinen Augen. Für einen Moment machte der Schmerz ihn blind.

Beim Sturz auf den rauen Weg hatte er sich die Haut beider Hände aufgerissen. Obwohl sie bluteten und wie Feuer brannten, hielt er seine Schleuder fest umklammert. Verzweifelt rang er nach Luft. Ihm war klar, er musste sofort aufstehen, damit ihn Bruno nicht von hinten wie einen hilflosen Schmetterling durchbohren konnte. Er krallte seine freie Hand in die Erde und griff wahllos nach einigen Steinen. Dann richtete er sich, so schnell er konnte, auf und sah suchend um sich. Wo war der Mann? Da ertönte ein herausforderndes Pfeifen in seinem Rücken.

Als Johannes sich schwer atmend umdrehte, stand Bruno, mit erhobenem Schwert, keine Mannslänge hinter ihm. Er grinste triumphierend. „So, du erbärmlicher kleiner Mönch, du bist der Letzte, der noch aufrecht steht. Jetzt hacke ich erst dich in Stücke, dann deine Freunde. Wenn ich fertig bin, können die Ratten sich an euch gütlich tun", lachte er hämisch. Angesichts dieser Worte wurde Johannes von kalter Entschlossenheit erfüllt. Langsam hob er seine Schleuder, legte einen der Steine ein und richtete die Waffe auf seinen Gegner.

Bruno sah ihn zunächst verdutzt an. Dann lachte er schallend. „Was willst du mit diesem Ding gegen meine Klinge ausrichten? Du wirst jetzt sterben! Wofür strengst du dich an?" Er holte siegessicher mit dem Schwert aus. Johannes spannte die Schleuder, so stark er konnte und zielte. „Für Magdalena!", zischte er. Bruno starrte ihn verständnislos an. „Hä?" Im selben Moment ließ Johannes die Sehne los. Der Stein durchschlug Brunos linkes Auge und drang in seinen Schädel ein.

Der Häscher jaulte auf und taumelte durch die Kraft des Aufpralls zurück. Er vollführte einige bizarr torkelnde Schritte und brach dann in die Knie. Er ließ seine Waffe fallen, kippte nach vorne und schlug auf dem mit erstem Herbstlaub bedeckten Boden auf. Einige Zuckungen durchliefen seinen Körper, dann lag er still.

Als alles vorbei war, begannen Johannes´ Hände zu zittern. Er ließ die Schleuder sinken. Schon wieder hatte er einen Menschen getötet! Er, ein Mann Gottes! Er blickte um sich. Die Leichen Brunos und der anderen toten Schergen wirkten auf ihn, als würde ihm eine Anklage entgegen geschleudert. Scham und Schuldgefühl ergriffen ihn. Ihm wurde übel. Er sank auf die Knie und bedeckte sein Gesicht mit den Händen. Keines klaren Gedankens fähig, vergoß er bittere Tränen, als er plötzlich eine

Hand auf seiner Schulter spürte. Mit einem schrillen Angstschrei fuhr Johannes herum. Doch es war Hubertus, der ihn schwer atmend anstarrte. Für eine kurze Zeit sahen sie sich in die Augen, den Ausgang des Kampfes erst langsam begreifend. Dann stand Johannes mühsam auf.

„Sieh!", rief Hubertus leise. Johannes schaute in die Richtung, in die sein Freund zeigte. Grauen erfüllte ihn. Die Mulde, in der Frobius´ Körper gelegen hatte, war leer. Laub war aufgewühlt, als habe der Tote wild mit den Armen gerudert.

„Wo ist er hin?", flüsterte Hubertus. Vorsichtig näherten sich die beiden dem Ort, an dem der Advokat tot zusammengebrochen war. In der Mulde zeigten sich auf dem Boden mehrere kleine Blutflecken. Eine breite Spur, als sei ein Körper geschleift worden, verlief von der Mulde in das umgebende Dickicht. Doch schon nach wenigen Augenblicken mussten sie ihre Suche aufgeben. „Es ist schon zu dunkel", sagte Johannes. „Wir haben keine Fackeln. So finden wir den Leichnam nicht."

„Wenn wir ihn überhaupt finden", sagte Hubertus leise. „Hier sollen viele Wölfe hausen. Wir haben sie vorhin ja mehr als deutlich gehört. Vielleicht haben sie Frobius im Kampfeslärm mitgezerrt und wir haben es nur nicht bemerkt?" „Sicher", stimmte ihm Johannes zu, auch wenn ihn diese Erklärung nicht zufrieden stellte. Wölfe wagten sich normalerweise nicht an tote Körper, solange andere Menschen in der Nähe waren. Er schlug sich an die Stirn. „Wir Narren! Alberto!"

Beide eilten zu dem Knaben, der sie stöhnend und schwach lächelnd empfing. Johannes durchströmte ein Gefühl der Erleichterung. „Wir haben es geschafft, nicht?", flüsterte der junge Gaukler. „Ja, es ist vorbei", antwortete Johannes und wischte sich über die Augen. „Die Verfolger sind tot. Den Leichnam von Frobius haben schon die Wölfe geholt. Nur wo Diflam ist, wissen wir nicht." „Diflam ist tot", sagte Hubertus kalt. „Bruno hat es, während wir kämpften, ausgespuckt. Den Majordomus hat wohl schon gestern der Teufel geholt."

„Das ist gut", keuchte Alberto leise. „Werde ich sterben?" Hubertus beugte sich herunter und untersuchte die Schusswunde. Der Bolzen, den Frobius abgeschossen hatte, steckte in der Schulter des Knaben fest. „Sicher", sagte Hubertus. Als er Albertos erschrockenes Gesicht sah, lächelte er beruhigend. „Eines Tages, wenn du alt und grau bist, wirst du sterben, Alberto. Aber nicht hier und nicht an dieser Verletzung. Deine Schulter ist zwar getroffen, aber die Wunde blutet kaum. Du hattest großes

Glück. Wir bringen dich nach Kempten zu einem Arzt, der den Bolzen herauszieht und dich wieder zusammenflickt."

Alberto nickte schwach. Johannes sah Hubertus besorgt an. „Stimmt das?", fragte er. Hubertus grinste erschöpft: „Unser Alberto wird an dieser Wunde so sicher sterben, wie die Erde eine Kugel ist und sich um die Sonne dreht! Ich hole jetzt die Pferde."

*

26. August 1390, in einer Badestube in Kempten

„Jetzt komm schon, Johannes, heute wollen wir feiern!", drängte Hubertus. Johannes zögerte. Sie standen vor einem der Badehäuser Kemptens. Heute war Badetag und viele der Bürger der Stadt strömten am späten Nachmittag in die Badestuben in Erwartung eines Abends voller Sinnenfreude und Lebenslust.

Johannes aber kam die Sache nicht geheuer vor. Er war immer noch Benediktinermönch und nie hatte er ein öffentliches Badehaus besucht. Zwar gehörte in St. Peter und Paul in Coburg die regelmäßige Körperpflege zu den grundsätzlichen Anforderungen, die ein Mönch – und in den Frauenklöstern sicher auch die Nonnen – zu erfüllen hatten. Die Regula Benedicti gab vor, dass sich die Ordensbrüder regelmäßig die Hände und Füße zu reinigen hatten. Die Tücher, die sie dabei verwendeten, wurden einmal die Woche vom Küchendienst gewaschen.

Bäder hatte der Heilige insbesondere für die Kranken vorgesehen, während die gesunden Brüder, vor allem die jungen unter ihnen, nur in besonderen Fällen ein Bad genießen durften. Ein Fischer hatte Johannes vor Jahren das Schwimmen beigebracht und er hatte manche Gelegenheit genutzt, diese Fertigkeit in den Flüssen Itz und Röden zu üben. Doch in geheiztem Badewasser war er bisher nur selten gelegen.

Gut, dass Alberto versorgt ist, dachte Johannes erleichtert. Sie hatten den Verletzten auf das Pferd von Hubertus gesetzt, nachdem sie die toten Häscher in das Unterholz getragen und notdürftig zugedeckt hatten. Johannes hatte wieder die Kleidung eines Bootsbaugesellen angezogen und war nach Aufforderung von Hubertus ebenfalls mühsam auf das Reittier gestiegen. Seine ungeschickte Art des Aufsitzens war von Hubertus mit spöttischem Grinsen begleitet worden.

Dann hatte Hubertus das Pferd am Zügel genommen und entlang des Waldweges Richtung Kempten geführt, während Johannes Alberto gestützt hatte. Der Knabe musste starke Schmerzen haben, trotzdem ließ er sich nichts anmerken. Bis sie den Waldrand erreicht hatten, wurden sie vom Geheul der Wölfe begleitet. Johannes war es mehrmals kalt den Rücken herunter gelaufen. ´Genügen den Wölfen die Toten dieser Nacht nicht?´ hatte er sich im Stillen gefragt. Unendlich lange, so schien es ihm, hatte es gedauert, bis die Baumreihen lichter geworden waren und sie den Wald verlassen hatten. Noch vor Sonnenaufgang hatten sie dann die Freie Reichsstadt Kempten erreicht. Alberto war, wie Johannes besorgt festgestellt hatte, irgendwann auf dem Weg bewusstlos geworden. Mit bleichem Gesicht lehnte er zusammengesunken an Johannes.

Der Stadtwache von Kempten hatten sie beim Eintreffen an einem der bewachten Tore erzählt, dass sich bei Schießübungen ein Bolzen gelöst und in die Schulter ihres Gefährten eingeschlagen war. Als Beweis zeigte Hubertus eine der Armbrüste der getöteten Schergen vor. Es war nicht sicher, ob ihnen die beiden Bewaffneten der Stadtwache Glauben schenkten, aber sie ließen sich erweichen und verwiesen die Gefährten in das Hospital der Stadt.

Dort wurde Alberto von einem alten Arzt untersucht. Auch dem Arzt hatten sie die Geschichte von dem fehlgegangenen Übungsschuss erzählt. Der Arzt hatte mit gleichmütiger Miene zugehört und keine weiteren Fragen gestellt, nachdem ihm Hubertus einige Geldstücke in die Hand gedrückt hatte. Johannes hatte zunächst Bedenken, als er dem Alten zusah, wie der sich leicht zitternd über die Wunde des Knaben beugte. Doch Hubertus blinzelte ihm aufmunternd zu. Trotzdem war Johannes erleichtert, dass Alberto immer noch ohne Bewusstsein war und die Behandlung nicht in wachem Zustand erleben musste.

Der Arzt rief einen jungen Mann herbei, der ihm helfen sollte. Nachdem sie die Wunde mit Branntwein desinfiziert und mit sauberen Tüchern abgedeckt hatten, nickte der alte Arzt dem jungen Mann zu. Dieser griff beherzt nach dem Bolzen und zog kräftig, aber sorgsam an. Es dauerte einige Augenblicke, dann hatte er das Geschoss mit einem schmatzenden Geräusch aus dem Fleisch gezogen und weggeworfen. Der Arzt hatte sich gleich wieder über den immer noch Bewusstlosen gebeugt und die Wunde gesäubert.

„Mit ein wenig Glück wird sich kein Wundbrand entwickeln. Der Verletzte ist jung und kräftig. Doch muss er noch zwei oder drei Tage ruhen. Ich verbinde ihn und dann kommt er in eine Schlafkammer. Seid unbesorgt, er wird es gut überstehen!", sagte er.

Nachdem Alberto versorgt gewesen war, hatte sich Hubertus verabschiedet.

„Ich schaue mal nach, ob sich der Eine oder vor allem die Andere noch an mich erinnert", hatte er schmunzelnd erklärt und mitgeteilt, dass er in ein oder zwei Stunden wieder herkommen wolle. Johannes war geblieben und hatte mitgeholfen, den bewusstlosen Alberto in eine Kammer zu tragen, in der zwei mit Stroh gefüllte Liegestätten waren. Dann hatte er die von dem Arzt für die Versorgung und Unterbringung des Verletzten angefallenen Gebühren bezahlt und sich zu Alberto gesetzt. Dieser hatte tief und fest geschlafen.

Auch Johannes war müde geworden. Doch in seinem Hinterkopf ließ ihm die Frage nach dem Verbleib des Leichnams von Frobius keine Ruhe. Auch fragte er sich, was mit Diflam geschehen war. Der Majordomus war, so hatte es Bruno gegenüber Hubertus gesagt, vom Teufel geholt worden. Wie im Namen des HERRN sollte denn das geschehen sein? Doch bald schlief Johannes ein. Er wurde von Hubertus geweckt, der ihm mitteilte, dass er für sie beide im Zentrum der Stadt ein Zimmer eines guten und preiswerten Gasthauses gefunden hatte.

Nachdem sie dem jungen Mann, der dem Arzt assistiert hatte, aufgetragen hatten, Alberto zu sagen, wo sie nächtigen würden, suchten sie das Gasthaus auf. Nach der Ankunft in der „Reichsschenke", einem herausgeputzten Fachwerkbau, räumten sie ihr Reisegepäck in das Zimmer ihrer Unterkunft. Wie Hubertus angedeutet hatte, kannte ihn der Gastwirt, der sich Rainald nannte. Dieser war ein stämmiger Mann mit heiterer Miene. Die Betten im Gasthaus waren frisch bezogen und die Binsen auf dem Boden gerade erst gestreut worden. Kaum hatten sie ihre Sachen abgeladen, hatte Hubertus schon zum Aufbruch gedrängt. Nur wenige Minuten vom Gasthof entfernt war ein Badehaus, das Hubertus besuchen wollte. Johannes hatte sich schon über die Trommler gewundert, die durch die Straßen gezogen waren. „Sie kündigen die Öffnungszeiten an", hatte Hubertus erklärt. Diese Aufrufe verfehlten ihre Wirkung nicht. Schon auf dem Weg zum Badehaus hatten sie manche Bürger und Bürgerinnen Kemptens gesehen, die schon teilweise entblößt und nur mit einem Badesack ausgestattet zum gleichen Ziel strömten, in das auch Hubertus wollte.

„Wenn wir hier länger stehen, wird das Wasser kalt!" Mit diesen Worten fasste ihn Hubertus schließlich an der Schulter, öffnete die Türe des Hauses und schob ihn hinein. Johannes, der zuvor wieder seine alte zerrissene Kutte gegen die Handwerkerkleidung ausgetauscht hatte, seufzte ergeben. Drinnen erwartete sie zunächst ein Vorraum, in dem sie ihre Gebühren bezahlten. „Wollt Ihr auch ein Dampfbad oder gleich in den heißen Bottich?", fragte der Badegeselle.

Johannes sah Hubertus fragend an. „Wir wollen gleich ins heiße Wasser", antwortete Hubertus grinsend. „Wir wollen aber einen der abgeschiedenen Bottiche. Zu Essen und Trinken bestellen wir beizeiten." „Andere leibliche Genüsse?", fragte der Badegeselle gleichmütig. Hubertus nickte und blinzelte Johannes zu. Dieser fühlte sich zunehmend unsicher. Was würde ihn hier erwarten?

„Ihr könnt eintreten. euer Bottich wird sogleich bereit sein", sagte der Badegeselle. Hubertus winkte Johannes und sie gingen durch die Tür in die eigentliche Badestube.

Drinnen empfing sie dampfgeschwängerte, feuchtwarme Luft. Johannes sah, soweit er es überblicken konnte, einen großen Raum, in dem einige große Zuber standen, die gerade mit heißem Wasser befüllt wurden.

Auf einer Bühne spielten Musikanten auf, der Duft von Gebratenem zog durch die Stube. Bademägde und Badegesellen eilten durch den Raum, um Bottiche zu befüllen oder andere, gerade benutzte, zu entleeren. Die Zuber waren so aufgestellt, dass das benutzte Wasser in Rinnen lief, sobald ein großer Stopfen gezogen wurde. Die Rinnen liefen bogenförmig zusammen und mündeten in Rohre, die das Wasser nach draußen beförderten.

Lautes Gelächter erschallte im Baderaum. Zwischen den Zubern flogen Scherze und auch manch anzügliche Bemerkungen hin und her. Es wurde getrunken und gesungen. Über manchem der Bottiche lag ein großes Brett, auf dem sich üppige Speisen und Krüge mit Wein und Bier befanden. Auch sah Johannes einige eigenartig geformte Gegenstände. Waren das etwa Trinkhörner?

Dichter Dampf erschwerte die Sicht auf die meisten Badenden, doch wie er vereinzelt erkennen konnte, saßen in manchen der hölzernen

Badegefäße sowohl Männer als auch Frauen und plauderten miteinander oder räkelten sich ungeniert. Die Neuankömmlinge wurden neugierig von den schon Badenden gemustert.

Im Badehaus verliefen an zwei der Innenwände hölzerne Galerien, die Besuchern einen freien Blick über die Bottiche mit den Badenden gewährte. Johannes fiel auf, dass die Bottiche, die in der Mitte des Badehauses standen, von den Gästen auf der Brüstung frei eingesehen werden konnten. Hingegen verfügte die Stube über einige durch Vorhänge abtrennbare Nischen, in denen sich ebenfalls Badezuber befanden. Der Einblick dahin war neugierigen Blicken freilich verwehrt.

Der Badergeselle führte Hubertus und Johannes durch den Raum zu einer solchen durch einen Vorhang abtrennbaren Nische. „Euer Bad ist angerichtet!", sagte er und zeigte auf den großen Bottich, der sich in der Mitte des Verschlages befand. Auch die Nische war von Dampf erfüllt. „Ich komme gleich wieder. Dann könnt Ihr Essen und Trinken bestellen!"

Auf einem Schemel lagen große, weiße Handtücher. Die beiden Freunde zogen sich aus und legten ihre Kleider über zwei weitere Hocker, die hierfür bereit standen. Dann stiegen sie in das heiße Wasser. Die Wärme durchströmte Johannes und mit Wonne setzte er sich in den Bottich. Das Wasser reichte ihm beinahe bis zum Hals, als er sich an die Zuberwand zurücklehnte. Er schloss die Augen und ließ die Hitze des Wassers auf sich wirken. „Ach, Kempten", unterbrach Hubertus in genießerischem Ton das Schweigen. „Wie ich dir schon sagte, war ich vor ein paar Jahren auf der Durchreise hier. Damals habe ich mehrmals dieses Badehaus genossen, vor allem die besonderen Dienste mancher Bademägde. An eine erinnere ich mich besonders… Und gestern, als du bei Alberto geblieben bist, bin ich wieder hierhergekommen. Und ich hatte Glück. Meine Badenixe, Renata, arbeitet immer noch hier."

Johannes räusperte sich verlegen. Um von dem Thema abzulenken, fragte er: „Ich hörte, Kempten ist eine Reichsstadt. Stimmt das?" Hubertus lächelte nachsichtig: „Du solltest mal an etwas Anderes, Angenehmes denken, mein Freund. Aber wie du meinst. Soweit ich weiß, gründete vor rund fünfhundert Jahren ein fränkischer Mönch namens Audogar das Kloster Kempten. Im Laufe der Zeit wurde es durch verschiedene Schenkungen reich an Geld und Einfluss. Aber auch der Ort selbst gewann an Bedeutung. Kempten ist seit etwa 30 Jahren Freie Reichsstadt. Da aber das Kloster weitreichende Rechte hatte und immer noch hat, gibt es fortlaufend Reibereien zwischen Klerus und Stadt. Kaum war Kempten freie Reichsstadt, stürmten die Kempter Bürger die dem Fürstabt gehörende Burghalde und zerstörten sie. Den Fürstabt nahmen sie gefangen. Na ja, er kam wieder frei. Aber frei von Spannungen ist das Verhältnis nicht und wird es wohl auch so schnell nicht werden. Doch Du, mein Lieber, bist auch nicht frei von Spannung. Du solltest den Abend genießen!" Hubertus zögerte. „Doch zuvor müssen wir noch etwas Wichtiges besprechen." Johannes beugte sich neugierig vor. „Etwas Wichtiges? Worum geht es?"

„Es geht um deine Sicherheit, Johannes, ja, um dein Leben!", sagte Hubertus, plötzlich ernst. „Godebusch und Wagenknecht sagten mir, dass Frobius ihnen einen Beweis deines Todes liefern wollte." „Welcher Beweis soll das sein?", fragte Johannes bang. Hubertus seufzte. Dann meinte er: „Den kleinen Finger deiner rechten Hand, in Branntwein konserviert. Du weißt schon, den mit der roten Warze." Johannes war starr vor Entsetzen. Er sollte einen Finger opfern! Niemals! „Nein!", sagte er entschieden. „Das kommt nicht in Frage! Schließlich ist Frobius tot!" Hubertus beugte sich jetzt ebenfalls vor. „Ja, Frobius ist tot! Aber Godebusch und Wagenknecht leben" sagte er eindringlich. „Und wie du weißt, sind sie die Urheber der Verschwörung. Sie können das Wagnis nicht eingehen, dich am Leben zu lassen! Sie werden dich bis ans Ende der Welt jagen und darüber hinaus! Auch wenn Frobius tot ist, so werden sie andere Häscher finden, die dich suchen! Godebusch ist reich. Willst du bis ans Ende deines Lebens Angst haben?"

Johannes ließ den Kopf hängen. „Ich weiß. Gibt es denn keine andere Lösung?", fragte er kläglich. Hubertus überlegte nicht lange. „Es gibt in der Tat etwas, das die Sache noch sicherer macht. Wie ich dir schon sagte, kenne ich von früher noch den Einen und vor allem die Andere. Ich habe Renata, die hier Bademagd ist, schon erwähnt. Doch hat sie auch andere überaus reizvolle Fähigkeiten. Ich habe sie heute aufgesucht und sie war sehr erfreut, mich wieder zu sehen. Als ich das letzte Mal hier war, habe ich sie vor einem Mann beschützt, der von der Niederen Minne mehr erwartete, als sie zu geben bereit war. Sie ist mir sehr dankbar, immer noch. Zufällig ist sie im Augenblick gut vertraut mit einem vereidigten Schreiber der Stadt, der hier häufiger zu Gast ist. Ich habe sie um einen kleinen Gefallen gebeten, nämlich eine Urkunde zu fälschen, die deinen Tod von Amts wegen bestätigt."

„Das reicht doch", antwortete Johannes erleichtert. „Ein amtliches Schreiben wird Godebusch und Wagenknecht überzeugen. Ich kann meinen Finger also behalten." Hubertus atmete vernehmlich aus. „Wie ich sagte, wird das die Sache nur sicherer machen. Aber auch Godebusch und Wagenknecht wissen, wie leicht man eine Urkunde fälschen kann. Nur beides zusammen wird sie überzeugen. Dein Finger gegen dein Leben. Und, Johannes... es eilt. Wir haben wenig Zeit!"

Johannes blickte starr vor sich hin. Dann sagte er: „Ich will zuerst darüber nachdenken." Er unterbrach sich. Dann schüttelte er heftig den Kopf.

„Aber nein, ich kann nicht!" Hubertus sah ihn nachdenklich an. Dann schien er einen Entschluss gefasst zu haben. „Gut, mein Freund!", sagte er. Er rief nach dem Badegesellen. Dieser kam sogleich herbei. Hubertus flüsterte ihm etwas ins Ohr. Der Mann nickte, sah Johannes an und verbeugte sich. Dann eilte er davon.

„Mein Freund, jetzt genießen wir erst einmal diesen Abend. Heute ist heute und morgen ist morgen. Lasst uns essen und trinken!", rief Hubertus. Er hob die Hand und winkte in eine bestimmte Richtung. Es dauerte nur Augenblicke und zwei Bademägde legten ein Brett über den Bottich. In das Brett waren vier kreisrunde Löcher, kleiner als die Innenseite einer Handfläche hineingesägt. Johannes fragte sich, wozu diese Löcher dienen sollten. Da hob Hubertus schon die Hand und deutete hinter ihn.

Johannes drehte sich um und sah zwei schlanke Frauen unterschiedlichen Alters, die zielstrebig auf sie zukamen. Jede der beiden trug, wie er verlegen feststellte, nur eine knielange weiße, fast durchsichtige Schürze um den Hals, die den Rücken frei ließ. In den Händen hielten die Frauen Trinkhörner. Ohne viel Federlesens stiegen sie zu Hubertus und Johannes in die Wanne und nickten ihnen lächelnd zu.

Hubertus breitete die Arme aus. „Renata! Wie viele lange Jahre musste ich warten, bis mir nun solch göttinnengleicher Liebreiz widerfährt." Die ältere der beiden Frauen lachte. Ihre Stimme war glockenrein und ihr langes, gelocktes, blondes Haar fiel ihr weich auf die Schulter. Sie kniete sich mit ihrer Begleiterin in das Wasser, bis es ihr zum Hals reichte. Das leichte Gewand der Frauen schwamm auf dem Wasser. Betont langsam und mit den Trinkhörnern, die sie in Händen hielten, standen beide vor Hubertus und Johannes wieder auf. Vollständig durchsichtig lagen nun die

Schürzen wie eine zweite Haut am Leib der beiden Frauen an und verbargen nichts mehr. Renata reichte Hubertus mit einer eleganten Verbeugung ein Horn. „Trink, edler Hubertus. Mich freut sehr, dass du heute mit deinem Gefährten hier zu Gast bist." Sie warf Johannes einen schelmischen Blick zu und gab ihrer Begleiterin einen Wink. Diese, eine dunkelhaarige Schönheit, beugte sich mit bezauberndem Lächeln zu Johannes und reichte auch ihm ein gefülltes Horn.

„Für Dich, junger Held. Ich hörte, Ihr kommt von weit her und habt den Kempter Wald tapfer durchquert. Ich heiße Helena und freue mich, dir zu Diensten zu sein." Johannes räusperte sich verlegen. Helena war etwa in seinem Alter. Sie hatte glatte, lange Haare und ein fein geschnittenes Gesicht mit Grübchen, das verriet, dass sie gerne und viel lachte. „Ein Trinkhorn?", fragte er erstaunt. Trinkhörner waren seines Wissens seit vielen Jahrzehnten nicht mehr in Gebrauch „Eine Besonderheit dieses Hauses", lächelte Helena. „Nun entspanne Dich!" Sie hob ihr Horn, legte ihren Kopf in den Nacken und trank langsam und genießerisch. Dabei rutschte ihre Schürze etwas nach oben und Johannes konnte ihre aufgerichteten Brustwarzen deutlich sehen. Sofort wurde sein Glied steif. Um sich abzulenken, hob er ebenfalls das Horn an die Lippen und trank. Herrlicher süßer Wein rann seine Kehle hinunter. Helena beobachtete ihn lächelnd. Vor Verlegenheit wusste Johannes nicht, wohin er schauen sollte. Der Anblick ihres Körpers zog ihn magisch an. Um Zeit zu gewinnen, wandte er die Augen ab und nahm noch einen Schluck. Helena beugte sich vor, nahm ihm das Horn aus der Hand und steckte beide in die Löcher des Bretts, das auf dem Zuber lag.

Wie um Johannes´ Verlegenheit noch zu steigern, küssten sich Hubertus und Renata auf der gegenüberliegenden Seite des Zubers ohne Scham. Auch Helena schmiegte sich jetzt an Johannes. Da ertönte ein Ruf von außerhalb des Vorhangs: „Die Speisen sind angerichtet!" „Nur herein damit!", antwortete Hubertus gut gelaunt. Der Vorhang wurde zurückgezogen und zwei Mägde trugen ein weiteres Brett herein, auf dem Brathuhn mit Zwetschgen, geräucherte Forellen, Schweinebraten mit Gurken und verschiedene Brotsorten lagen. In einer Schüssel lag süßes Gebäck als Nachspeise bereit. Die Bademägde legten das Brett neben das schon über dem Zuber befindliche. Dann zogen sie sich diskret zurück.

„Guten Appetit!", lachte Renata und es begann ein fröhliches Schmausen. Hubertus und Renata steckten sich gegenseitig kleine Häppchen in den Mund. Helena lächelte Johannes erwartungsvoll an, aber dieser konnte sich nicht recht überwinden, sprach stattdessen dem Wein zu und aß nur langsam. Schließlich gab sie es achselzuckend auf und bediente sich selbst. Als sie gesättigt waren, lehnte sich Johannes mit einem wohligen Seufzer zurück. Renata klatschte in die Hände und so schnell, als hätten sie hinter dem Vorhang gewartet, kamen die beiden Mägde herein und räumten das Brett mit den Resten ab.

Johannes schloss die Augen und genoss den Moment. Da spürte er eine zarte Hand auf seiner Schulter. „Lass mich deinen Rücken kneten", flüsterte Helena mit verführerischem Augenaufschlag. Johannes war der Wein schon zu Kopf gestiegen. Er lächelte einfältig zurück und beugte sich dann nach vorne. Die junge Frau griff nach einer Seife. Mit gekonnten Griffen und Knetbewegungen entlockte ihm Helena Seufzer der Entspannung und führte die Seife mit kreisenden Bewegungen über seinen Rücken und die Schultern. Da hörte er ein leises Platschen. „Mir ist die Seife heruntergefallen", kicherte Helena. „Warte, ich suche sie sogleich!"

Sie griff nach unten zwischen die Beine des angeheiterten Johannes. Wie zufällig berührte sie sein aufgerichtetes Glied. Gekonnt nahm sie es und streichelte es zärtlich. Johannes stöhnte vor Wohlbehagen. Flugs setzte sich Helena mit geöffneten Beinen auf Johannes. Sie fasste mit einer Hand seine Schulter und zog ihn an sich. Mit der anderen Hand hielt sie seinen Phallus an ihren Schoß. Mühelos drang er in sie ein. Eng umschlungen küssten sie sich. Johannes hielt Helenas Kopf und liebkoste ihre Augen, ihre schmale Nase und ihre vollen Lippen. Sie flüsterte lüsterne Worte, ließ ihr Becken kreisen und ihn vor Wohlbehagen erschauern. Immer heftiger wurden ihre Bewegungen. Der Wein tat sein Übriges und Johannes versank in Lust und Leidenschaft, bis er sich mit wildem Zucken in ihr ergoss. Helena hielt ihn in festem Griff, bis er sich erschöpft zurücklehnte.

Als Johannes wieder mit dem Rücken an der Wand des Badezubers saß, blickte er mit verschwommenem Blick um sich. Alles schien leicht und unbeschwert. Die Luft war dampfgesättigt, die Musik spielte und noch immer roch es nach Braten und frisch gebackenem Brot. Helena kuschelte sich an ihn und er griff unter die Badeschürze und strich zärtlich über ihre kleinen festen Brüste.

Vor seinen Augen begann sich der Badezuber langsam zu drehen. Er versuchte aufzustehen, doch die junge Frau zog ihn wieder zurück in die Wanne. Er fühlte ihre Finger erneut an seinem Phallus. Ah, dieses wohlige heiße Wasser! Diese unbeschwerte Zärtlichkeit! Wie hieß die Frau? Helena? Die Augenlider wurden ihm schwer. Er drehte den Kopf. „Du bist wunderschön", lallte er mit schwerer Zunge.

Ein Platschen im Zuber veranlasste ihn, zu Hubertus zu sehen Sein Gefährte sah auf einmal ernster aus als vorher. Und warum nickte er Renata und Helena zu? Johannes schüttelte mühsam den Kopf, doch die Welt um ihn herum hörte nicht auf, sich zu drehen. Dann lachte er befreit auf. Sie hatten den Kampf am Dengelstein gewonnen! Sie konnten feiern! Alles war gut!

Johannes wollte noch mehr Wein. Er wandte den Kopf, um einer Bademagd zu winken, die gerade durch den Vorhang schaute. Schnell kam sie herbeigeeilt und reichte ihm ein neues Trinkhorn. Johannes hob es an die Lippen und leerte es mit einem Zug. Der Dampf um ihn herum schien dichter zu werden. Auch Helena hatte, so schien es ihm, mit einem Mal eine verzerrte Stimme. Es war Zeit, den Bottich und die Badestube zu verlassen und zur „Reichsschenke" zurückzukehren. Er stand auf und wankte. Alles um ihn herum begann sich zu drehen. Er ließ das Trinkhorn fallen. Das Klatschen, als es ins Wasser fiel, nahm er wie aus weiter Ferne wahr. Ihm wurde immer schwindliger. Er sank in die Knie, beugte sich vor und suchte vergeblich nach dem Rand des Bottichs. Johannes brachte noch ein keuchendes Lachen heraus, dann stürzte er in das aufspritzende Wasser.

*

Zur gleichen Zeit am Dengelstein im Kempter Wald

Der Regen der letzten Tage hatte gestern aufgehört und es war bisher ein heißer Tag gewesen. Barnabas trieb seinen Esel an. Seit dem Morgen war er unterwegs. Niemals hätte er es gegenüber jemandem anderen zugegeben, doch er würde froh sein, wenn er diesen Wald hinter sich hatte. Zwar waren ihm auf seinem Weg manche Fuhrwerke, meist von Salzhändlern oder Bauern, die Holz geschlagen hatten, entgegengekommen. Es war noch Tag, doch die Sonne neigte sich schon. Barnabas war der Wald unheimlich.

Er war noch gar nicht lange auf dem Weg unterwegs gewesen, als ein Gesumme von Fliegen unzweifelhaft darauf schließen ließ, dass in der Nähe ein Kadaver verweste. Neugierig hatte er seine Abneigung gegen den dichten Wald überwunden und war abgestiegen. Seinen Esel hatte er an einen Baum gebunden und war einige Schritte in das Unterholz gelaufen. Kein Zweifel, das Summen wurde stärker. Bald auch nahm er einen süßlichen Verwesungsgeruch wahr. Er hob sich den Ärmel vor Mund und Nase und trat näher. Aus einem Haufwerk aus Ästen und Zweigen hatte sich ein dichter Schwarm Fliegen, Mücken und Bremsen erhoben, der protestierend summte. Barnabas hob einige der Zweige hoch. Schnell ließ er sie fallen und taumelte erschrocken zurück. Er brauchte keinen weiteren Blick. Hier lag ein Toter, dessen Körper schon in Verwesung überging. Aber es war nicht irgendjemand. Barnabas hatte sofort erkannt, dass es sich bei der Leiche um den toten Majordomus, Diflam, handelte. Was war mit ihm geschehen?

Barnabas war hastig zu seinem Esel zurückgeeilt und so schnell er konnte, weitergeritten. Er war überaus besorgt gewesen. Vor einigen Tagen noch, in Steingaden, hatte er abgewartet und den Propstrichter mit seinen Männern vorausreiten lassen. Er hatte beabsichtigt, erst wieder nach dem Kempter Wald zu den Verfolgern aufzuschließen. Er hatte gehofft, dass die Sache bis dahin erledigt war und er sich in Ruhe die Sachen seines Mitbruders, die Beutel mit Coburger Pfennigen und vor allem die Reliquie aushändigen lassen konnte.

In Oberdorf hatte er sich beim Wirt des Gasthofes „Zum Adler" kundig gemacht. Dieser hatte ihm von der Hochzeit vorgeschwärmt, die vor zwei Tagen bei ihm gefeiert worden war. Der Wirt hatte Gott dafür gepriesen, dass unvermutet drei Gaukler vorbeigekommen waren und als Ersatz für am Antoniusfeuer erkrankte Musikanten für beste Unterhaltung gesorgt hatten.

Barnabas hatte höflich zugehört. Viel mehr aber hatte ihn interessiert, ob ein Bootsbauergeselle in Begleitung eines Taubstummen oder vielleicht ein Pilgermönch vorbeigekommen war und wo sich der Propstrichter mit seinen bewaffneten Begleitern befand. Unauffällig und scheinbar uninteressiert hatte er das Gespräch in die richtige Richtung gelenkt. Der Wirt hatte nichts von einem Bootsbaugesellen und seinem taubstummen Begleiter und auch nichts von einem Pilgermönch gewusst.

Dies war dem Mönch eigenartig vorgekommen. Johannes und sein Begleiter konnten sich schließlich nicht in Luft auflösen. Kurz dachte er daran, ob sein Mitbruder vielleicht erneut die Rollen gewechselt hatte und jetzt als Gaukler auftrat. Aber dies schien ihm doch unwahrscheinlich. Johannes war dazu viel zu schüchtern. Außerdem hatte es sich, wie der Wirt sagte, um drei Spielleute gehandelt. Er verwarf den Gedanken.

Wenigstens hatte er erfahren, dass Frobius und seine Männer in den Kempter Wald geritten waren. Für Gotteslohn hatte er im Gasthof übernachtet und war am heutigen Morgen aufgebrochen. Zunächst war er noch zuversichtlich gewesen, im Wald den Propstrichter und seine Männer einzuholen und die Reliquie bald an sich nehmen zu können. Doch der Fund der Leiche von Diflam hatte ihn erschüttert. Ungeduldig trieb er seinen Esel an. Nach einigen Stunden machte der Weg vor ihm eine langgezogene Linkskurve. Dahinter sah er linker Hand eine kleine Lichtung, auf der ein mächtiger Felsblock lag. Das musste der Dengelstein sein, von dem er schon in Oberdorf gehört hatte. Der Wirt des „Adlers" hatte ihm schaurige Geschichten von dem Felsen, an dem angeblich der Teufel seine Sense dengelte, erzählt. Barnabas hatte abschätzig die Lippen geschürzt. Nur Sagen, die dazu dienten, Kinder und alte Frauen zu erschrecken. Natürlich gab es den Teufel. Natürlich führte er die Menschen, wo immer er konnte, in Versuchung. Aber seine Sense dengeln? Lächerlich!

Barnabas betrachtete die Lichtung und den Felsen. Reste eines alten Walles, vor dem eine Mulde lag, ließen darauf schließen, dass um den Dengelstein einst ein Graben gezogen war. Zwischen Graben und Felsen befanden sich kleinere Steinblöcke, die wie steinerne Sessel aussahen. Barnabas fragte sich, wozu sie wohl einstmals gedient hatten.

Der Felsen selbst war etwa fünf Mannslängen hoch, doppelt so breit und auf der der Lichtung zugewandten Seite stark zerklüftet.

Barnabas stieg ab und band seinen Esel an einen Baum. Er machte einige Schritte auf den Felsen zu. Plötzlich flatterte aus dem Unterholz laut krächzend ein Schwarm Raben und strich dicht über den Mönch hinweg. Barnbas duckte sich unwillkürlich und sein Esel jaulte vor Schreck auf.

Wieder hörte er ein lautes Summen. Voll böser Vorahnung ging er langsam um einen auf dem Boden liegenden Baumstamm herum und spähte vorsichtig zwischen die Bäume. Als er genauer hinblickte, wurde ihm für einen Moment schwindlig und er musste sich an einer Buche abstützen. Es dauerte einen Moment, bis er wieder klar denken konnte. Er zwang sich, noch einmal hinzusehen. Seine Befürchtungen hatten ihn nicht getrogen. Er zählte vier Tote, die notdürftig mit Zweigen bedeckt waren.

Die Verwesung bei diesen Leichen war noch nicht so weit fortgeschritten wie bei Diflam. Barnabas trat näher. Er überwand seine

Abscheu und untersuchte die Toten. Einer wies eine klaffende Wunde am Hals auf, als ob ihm die Kehle durchgeschnitten worden wäre.

Ein weiterer hatte einen Bolzen im Hals. Daneben lag ein Leichnam, aus dessen Bauch ebenfalls das Ende eines Bolzens ragte.

Die Leichen wiesen Bissspuren auf, als hätten sich schon die Tiere des Waldes an ihnen gütlich getan. Ein Toter schien halb aus dem Unterholz herausgezerrt worden zu sein. Am Oberarm konnte Barnabas Abdrücke von Reißzähnen sehen. Als er in das Gesicht des Mannes sah, schauderte er. Ein Auge war wie mit roher Gewalt eingeschlagen. In der leeren Augenhöhle tummelten sich schon die Maden und Ameisen.

Barnabas rief sich ins Gedächtnis, wieviele Verfolger sich auf die Spur seines Mitbruders gesetzt hatten. Es waren der Propstrichter Frobius, der Majordomus Diflam und noch sechs Bewaffnete gewesen. Zwei Männer, das wusste er, waren in der Ammerschlucht gestorben. Frobius hatte sich bei ihrem letzten Treffen nur zurückhaltend ausgedrückt, doch schien es, als sei Johannes zumindest für einen der zwei toten Männer in der Schlucht verantwortlich. Barnabas war bei diesen Nachrichten nachdenklich geworden. Es hatte schon zu diesem Zeitpunkt so ausgesehen, als müsste er seine Meinung über den kleinen Feigling ändern.

Wenn er Diflams Leichnam, den er vorhin gefunden hatte, mitrechnete, waren nochmals fünf Männer gestorben. Sollte das ebenfalls das Werk von Johannes und seinem geheimnisvollen Begleiter, dem kleinen Unbekannten, gewesen sein? Kaum zu glauben. Und doch schien dies die einzige Erklärung. Der verlegene, linkische und ungeschickte Johannes hatte sich in der rauen Welt wohl außerordentlich entwickelt. Mit einem Mal wurde ihm klar, dass Johannes auch einer der drei Gaukler gewesen sein musste, von denen der Wirt in Oberdorf so begeistert erzählt hatte. Er schalt sich dafür, so blind gewesen zu sein. Der Flüchtige ließ sich ständig etwas einfallen. Barnabas beschlich das untrügliche Gefühl, dass es nicht einfach werden würde, seines abtrünnigen Mitbruders und vor allem der begehrten Reliquie habhaft zu werden.

Voller Enttäuschung und mit vor Zorn verkniffener Miene wandte er sich wieder den Leichen zu. Bei näherer Untersuchung bemerkte er, dass Frobius, der Propstrichter, nicht unter den Toten war. Als sich der Mönch auf der Lichtung umsah, fiel ihm eine Mulde unterhalb des Dengelsteins auf. Es schien, als sei ein Körper vom Felsen heruntergestürzt und hart aufgeschlagen. Laub war aufgewühlt, als habe jemand wild mit den Armen gerudert. Barnabas sah prüfend zur Felskante an der Oberseite des Dengelsteins hinauf. Er schätzte die Höhe des Felsen auf etwa vier Mannslängen. So einen Sturz zu überleben, war nicht ausgeschlossen.

In der Mulde konnte Barnabas mehrere kleine vertrocknete Blutflecken sehen. Er beugte sich hinunter, um besser sehen zu können. Es schien, als sei ein Körper von der Mulde in das umgebende Dickicht geschleift worden.

Barnabas überlegte. Wo war Frobius geblieben? Die Spuren, die er gesehen hatte, sprachen dafür, dass er den Sturz vom Dengelstein überlebt hatte. Doch wie es schien, hatten die Wölfe den Propstrichter mit sich gezerrt. Möglicherweise hatten sie ihn bei lebendigem Leib zerrissen. Obwohl Barnabas ein Mann war, den so leicht nichts erschütterte, graute ihm bei dem Gedanken.

Zusammenfassend kam er zu dem ernüchternden Ergebnis, dass die Verfolger, die Johannes beseitigen wollten, allesamt selbst ums Leben gekommen waren. Er, Barnabas, war als Einziger übrig geblieben. Er schloss daraus, dass Gott es so gewollt hatte. Gott wollte, dass er selbst seinen Mitbruder einfangen sollte, ganz wie er es sich in Plankstetten schon gedacht hatte. Töricht war es gewesen, in Geisenfeld darauf zu hoffen, dass ihm andere die Aufgabe abnehmen würden.

Nein, er wusste jetzt, was Gottes Wille war. Es war seine Aufgabe, seinem Mitbruder wie ein Schatten zu folgen und auf eine günstige Gelegenheit zu warten. Wenn nicht gleich, dann später. Wenn nicht im Reich, dann eben in den schweizerischen Kantonen, in Frankreich oder in Spanien. Johannes wusste schließlich nicht, dass er hinter ihm her war. Barnabas nickte bekräftigend. Egal, wo Johannes war oder hinlaufen wollte: Er würde nicht eher aufgeben, bis er ihm ein kühles Grab verschafft und die Reliquie an sich genommen hatte.

Ein Knacken ertönte, gefolgt von angstvollem Gejaule seines Esels. Barnabas war so vertieft in seine Gedanken gewesen, dass er unwillkürlich einen Schreckensruf ausstieß. Als er den Kopf hob, sah er die Bewegungen mehrerer Schatten zwischen den Bäumen. Er erkannte gleich die charakteristischen Schnauzen. Wölfe. Die Leichen mussten sie angelockt haben. Besorgt stellte er zudem fest, dass die Dämmerung bereits eingesetzt hatte. Es war höchste Zeit, weiterzureiten. Für die Toten konnte er ohnehin nichts mehr tun. Er schlug das Kreuzzeichen und bat Gott um das Seelenheil für die Verstorbenen.

Danach stand er auf und eilte zu seinem vierbeinigen Gefährten. Der Esel zerrte mit weit aufgerissenen Augen an dem Strick, an dem er angebunden war. Das Tier gebärdete sich angesichts der nahen Wölfe wie toll.

Und noch bevor Barnabas seinen Esel erreichen konnte, hatte sich dieser losgerissen. Entsetzt verfolgte der Mönch, wie das Tier mit vor Schreck aufgerissenen Augen auf dem Waldweg in Richtung Kempten davonstürmte. Er rief ihm nach, doch es war vergebens. Wolfsgeheul ertönte und das Reittier beschleunigte seine Flucht. Es schlug einen panischen Haken und verschwand im Wald.

Erneut ertönte das Geheul. Barnabas kämpfte mühsam seine aufsteigende Angst nieder. Jetzt hieß es angesichts der drohenden Gefahr, das nackte Leben zu retten. Der Mönch lief los. Zuerst rannte er aus Leibeskräften. Bald schon musste er aber entkräftet stehenbleiben. Schwer schnaufend kam er zu dem Schluss, dass er so nicht weit kommen würde. Er zwang sich, langsam weiterzugehen, um wieder zu Atem zu kommen.

Er lauschte. Doch er hörte nichts außer dem wilden Pochen seines Herzens. Zur Sicherheit beschleunigte er seine Schritte. Langsam begann es, dunkel zu werden.

Wieder stieg Angst in ihm auf. Der Weg machte hier einen Bogen. Als Barnabas ihn hinter sich gebracht hatte, traute er seinen Augen nicht. Nur wenige Mannslängen vor ihm stand sein Reittier. Nervös trippelte es hin und her, die Ohren wachsam aufgestellt. Barnabas fiel ein Stein vom Herzen. Mit beruhigenden Worten näherte sich dem Tier. Der Esel machte einige Schritte auf ihn zu und endlich gelang es dem Mönch, den Rest des Strickes zu ergreifen, an dem er zuvor seinen vierbeinigen Gefährten angebunden hatte.

Erleichtert dankte er Gott. Es schien als das Beste, so schnell wie möglich von hier zu verschwinden. Sicherheitshalber kontrollierte er die Packtaschen, die sein Reittier trug. Die Taschen waren aus Leder gearbeitet und besaßen an der Oberseite zwei Längsschlitze. Barnabas sah zu seinem Schrecken, dass eine der Packtaschen aufgerissen war. Der Riss war fast eine halbe Elle lang. Eine böse Ahnung beschlich den Schmied. Scheinbar war das Tier bei seinem panischen Rennen durch den Wald an einem Baum hängen geblieben und die Packtasche war aufgerissen worden. Eilig untersuchte er sie. Zu seinem Schrecken musste er feststellen, dass die Tasche bis auf wenige Wäschestücke und ein paar

Coburger Münzen leer war. Barnabas knirschte vor Enttäuschung mit den Zähnen.

Der Lederbeutel mit dem Geld, den er von seinem Heimatkloster erhalten hatte, musste sich bei der Flucht des Esels geöffnet haben. Ein paar wenige Münzen waren wohl herausgekullert. Vermutlich war der Beutel dann durch den Riss herausgefallen und lag jetzt irgendwo im Wald. Barnabas musste feststellen, dass bis auf die paar Münzen, die in den Wäschestücken hängengeblieben waren, seine Barschaft verloren gegangen war. Doch was noch viel schlimmer war: Das Empfehlungsschreiben seines Heimatklosters, das ihm Unterkunft in den Abteien sicherte und ihm die Befugnis verlieh, seines Mitbruders habhaft zu werden, war ebenfalls verschwunden. In Barnabas Kopf rasten die Gedanken. Nun war er gezwungen, sich gegebenenfalls Geld zu verdienen, um die weitere Reise finanzieren zu können. Weitaus schlimmer aber war, dass er nicht mehr darauf hoffen konnte, dass ihm sein Mitbruder ausgeliefert werden würde. Er musste sich etwas einfallen lassen, wenn er das Empfehlungsschreiben nicht mehr finden sollte.

Barnabas entschloss sich, trotz der hereinbrechenden Dunkelheit nach dem Schreiben zu suchen. Er wagte allerdings nicht, seinen Esel erneut anzubinden. Wenn die Wölfe ihm gefolgt waren, dann würde es sich wieder losreißen. Mühsam zerrte er das widerspenstige Tier mit, als er den Weg langsam zurückging. Nach kurzer Zeit aber musste er einsehen, dass die Suche aussichtslos war. Es war schon beinahe dunkel und bei jedem unbekannten Geräusch zuckte er zusammen.

Schließlich gab er schweren Herzens auf. Voller Enttäuschung setzte er sich auf seinen Esel und machte sich weiter auf den Weg nach Kempten. Auch als er am nächsten Tag zurückkehrte, war die Suche vergeblich. Das wertvolle Empfehlungsschreiben blieb unauffindbar.

*

28. August 1390, im Hospital in Kempten

Johannes erwachte. Helles Licht, so schien es, drang auf ihn ein. Um ihn herum drehte sich alles. Er schloss die Augen, öffnete sie wieder. Entsetzliche Kopfschmerzen. Er fuhr sich mit der Hand an die Stirn. Ein Tuch? Weshalb war seine Stirn eingebunden? Er schüttelte benommen den Kopf. Unsinn, nicht um seine Stirn, sondern um seine rechte Hand war ein Verband geschlungen. Verwirrt sah er es an. Warum war das Tuch blutbefleckt? Hatte er sich irgendwo geschnitten? Johannes schloss erneut die Augen.

Langsam kehrte die Erinnerung zurück. Er war mit Hubertus in der Badestube gewesen. Sie hatten gemeinsam mit zwei Frauen in großen Bottichen, gefüllt mit heißem, nach Kräutern duftendem Wasser gesessen. Geradezu ausgelassen hatten sie den Sieg über die Häscher und die glückliche Rettung von Alberto gefeiert. Aus Trinkhörnern war vollmundiger Wein kredenzt worden. Köstliche Speisen hatte es gegeben. Es war nach den blutigen Kämpfen im Kempter Wald ein geradezu paradiesischer Abend gewesen. Er wurde rot vor Scham bei der Erinnerung an das Erlebnis mit der schönen Helena.

Doch wo war er jetzt? Wieder blinzelte er. Der Raum, in dem er sich befand, nahm Konturen an. Er lag an der Wand auf einer mit Daunen gefüllten Matratze, die von einem mit starken Brettern gebauten Kasten eingefasst war. Daneben stand ein hölzerner Eimer. Dieser war leer, verströmte aber den schwachen Hauch von Galle. Durch zwei kleine vergitterte Fenster schien die Sonne herein. Staubkörner tanzten in den hereinfallenden Strahlen. Zwischen den Fenstern hing ein schlichtes, hölzernes Kreuz.

Als Johannes den Kopf drehte, bemerkte er das andere Bett, das ebenfalls im Raum stand. Darin saßen zwei Gestalten, eine große kräftige und eine kleinere Schwarzhaarige. Johannes kniff die Augen zusammen. Hubertus und Alberto! Es dauerte ein wenig bis ihm klar wurde, dass er sich im Hospital in Kempten befand.

Doch warum beobachteten ihn die beiden so aufmerksam und auch besorgt? Johannes hatte Mühe, seine Gedanken zu ordnen. Erneut hielt er sich die rechte Hand vor die Augen. Irgendetwas irritierte ihn. Er wollte die Finger bewegen, doch sofort durchzuckte ihn ein beißender Schmerz, der ihn hastig Luft holen ließ. Was war los?

Unwillkürlich wollte er sich mit der linken Hand den Verband von seinen Fingern herunterziehen. „Lass das lieber bleiben, wenn du dir keinen Wundbrand einfangen willst!", ertönte eine Stimme. Hubertus! „Wa… was?", stammelte Johannes begriffsstutzig. „Es tut mir leid", sagte Hubertus etwas leiser. „Aber dein Finger ist der Preis für deine Freiheit. Es musste sein." In Johannes dämmerte bei diesen Worten eine schreckliche Erkenntnis. Während er geschlafen hatte, war ihm sein kleiner Finger abgetrennt worden! Johannes starrte die verstümmelte Hand ungläubig an.

„Ich habe zwar, wie ich dir schon sagte, mit Hilfe von Renata eine Urkunde fälschen lassen, die deinen Tod bestätigt. Eine Urkunde mit dem Siegel der Freien Reichsstadt Kempten und der Unterschrift eines vereidigten Schreibers", sagte Hubertus. „Aber ich musste sichergehen. Es tut mir leid, mein Freund!", wiederholte er. „Frobius hat Godebusch und Wagenknecht einen Beweis dafür versprochen, dass du tot bist." „Und da hat diese Urkunde nicht genügt?", herrschte Johannes seinen Reisegefährten an. „Musstest du mir tatsächlich auch noch meinen Finger abschneiden lassen?" Stöhnend sank er mit zusammengebissenen Zähnen wieder zurück.

„Wie ich dir gestern schon sagte: Als Godebusch und Wagenknecht den Richter losschickten, versprach der Ihnen als Beweis deinen Finger in einem mit Branntwein gefüllten Glas. Hier!" Hubertus griff in seinen Beutel, holte einen Gegenstand heraus und hielt ihn so vor sich, sodass Johannes ihn erkennen, aber nicht danach greifen konnte. Es war ein Fläschchen aus dickem Glas, mit langem Hals. Die Flasche war mit einer klaren Flüssigkeit gefüllt und mit einem Korken dicht verschlossen. In der Flüssigkeit schwamm ein Finger. Johannes wurde bei dem Anblick übel. Es war der kleine Finger seiner rechten Hand mit dem markanten Zeichen, der roten Warze. Er drehte sich zur Wand und atmete schnell, damit er nicht Gefahr lief, sich zu übergeben. Doch bitterer Geschmack lag in seinem Mund.

„Mir blieb keine andere Wahl", sagte Hubertus entschuldigend. „Du hattest dich ja vorgestern standhaft geweigert, deinen Finger zu opfern. Also habe ich mit dem Arzt gesprochen und der hat Dir, als du betrunken geschlafen hast, gegen eine kleine Geldspende den Finger abgenommen. Aber sei unbesorgt! Das Abschneiden ist sehr sauber durchgeführt worden. Der Knochen wurde zurechtgefeilt, die Haut ist sorgsam darüber zusammengenäht worden und die Blutung wurde gestillt." „Schweig!", schrie Johannes, Zornestränen in den Augen.

Als habe sein Reisegefährte nichts gesagt, fuhr Hubertus fort. „Nur so hast du Hoffnung, deine Verfolger endgültig abschütteln zu können. Nur so bist du auf deinem weiteren Weg nach Santiago vor Nachstellungen sicher. Die Unholde werden nunmehr glauben, dass du tot bist, zumindest hoffe ich das. Ich reite zurück und bringe ihnen den versprochenen Beweis dafür, zusammen mit der gefälschten Urkunde. Ich werde ihnen sagen, dass Frobius dich in einem Kampf tötete und dir den Finger abtrennte. Als er mich ebenfalls aus dem Leben schaffen wollte, habe ich ihn in Notwehr erstochen."

Vorgestern. Hatte er zwei Tage geschlafen? Johannes schwirrte der Kopf. Und Frobius war sicher tot? Zögernd drehte sich Johannes zu seinen Freunden um. „Aber die Leiche des Richters ist doch verschwunden", wandte er ein. Hubertus winkte ab. „Wenn er sich nicht schon beim Sturz vom Dengelstein das Genick gebrochen hat, dann haben ihn die Wölfe fortgezerrt. Die Spuren auf der Lichtung lassen darauf schließen. Sei unbesorgt, von ihm geht keine Gefahr mehr aus!"

„Und jetzt?", fragte Johannes und sah dabei zu Alberto. Der Knabe erwiderte wortlos seinen Blick Er hatte sich bislang an dem Gespräch nicht beteiligt. Hubertus folgte den Augen von Johannes. „Alberto reitet mit mir nach Geisenfeld. Er will zu Agnes zurück. Die Liebe, weißt Du… Wir werden der Äbtissin berichten und ihr sagen, was sich vor sechs Jahren wirklich zugetragen hat. Dann, so hoffe ich, können wir Godebusch und Wagenknecht das Handwerk legen."

„Sie wird dir nicht glauben!", wandte Johannes ein. „Weshalb sollte sie? Godebusch gilt nach wie vor als der große Förderer der Abtei." „Er wird einen Fehler machen", sagte Hubertus. „Er fühlt sich zu sicher und die Nachricht von deinem Tod wird dies noch steigern. Vertrau mir!" Er erhob sich und trat an Johannes´ Lager. „Verzeih mir, mein Freund, dass ich dir den Finger abschneiden lassen musste!", sagte er. Johannes starrte wieder zur Wand. Dann nickte er krampfhaft. Hubertus seufzte leise. Er wusste, sein Freund brauchte Zeit, dies zu verarbeiten.

„Ach, beinahe hätte ich es vergessen", sagte Hubertus. Er nahm seinen Beutel und kramte darin. Dann holte er eines der Hörner heraus, aus denen Johannes in der Badestube seinen Wein getrunken hatte. Das Horn steckte in geflochtenem, schwarzen Leder. „Helena lässt dich herzlich grüßen. Sie sagte, wärst du kein Benediktiner, dann könnte sie sich vorstellen, dir ihr Herz zu schenken. Das Trinkhorn ist ein Geschenk von Ihr. Du sollst es als Erinnerung an einen wunderschönen Abend behalten. Es lässt sich an deinem Gürtel tragen. Passt es nicht gut zu deinem Messer und deinem Löffel? Vielleicht tröstet dich das etwas über den Verlust des Fingers hinweg", sagte Hubertus aufmunternd. Johannes wurde bei diesen Worten bewusst, dass er seinem Freund nie etwas über das Heilige Holz erzählt hatte, aus dem der Griff seines Messers bestand. Er schwieg. Es schien ihm besser, das Geheimnis zu wahren.

„In ein paar Tagen kannst du deine Hand wieder normal gebrauchen. Der Verlust des Fingers wiegt weniger schwer, als du jetzt vielleicht denkst. Dann kannst du das Hospital verlassen und deinen Weg zum Grab des Apostels in Galicien fortsetzen", sprach Hubertus weiter. „Doch, so scheint mir, brauchst du auf deinem weiteren Weg jemanden, der auf dich aufpasst. Wenn du auf deinem Weg durch die schweizerischen Kantone den kleinen Ort Brunnen am Vierwaldstätter See erreicht hast, dann warte dort im Gasthof „Zur Forelle" auf mich. Der Gasthof ist sauber, die Betten sind bequem und das Essen ist gut und reichlich. Ich kenne den Wirt. Er ist ein redlicher Mann. Ich werde in Brunnen spätestens nach der Schneeschmelze im kommenden Jahr zu dir stoßen. Dann setzen wir unseren Weg gemeinsam fort."

„Und Irmingard?", fragte Johannes leise. Hubertus´ Miene blieb ausdruckslos. „Sei ohne Sorge um Irmingard! Es wird sich alles fügen." Er legte Johannes die Hand auf die Schulter. „Auf Wiedersehen, mein Freund. Wir sehen uns im Frühjahr wieder."

Auch Alberto trat an das Lager von Johannes. Wortlos umarmten sie sich.

„Lebe wohl", sagte Johannes bewegt. „Ich danke dir für alles. Ohne dich wäre ich nie so weit gekommen. Gott mir dir und deiner Agnes! Vielleicht sehen wir uns wieder." „Gott sei auch mit Dir, Johannes! Ja, ich glaube, wir werden uns wiedersehen", erwiderte Alberto. Dann erhob er sich rasch und wandte sich um. Johannes sah, dass er sich mit der Hand über die Augen wischte. Hubertus hob die Hand zum Gruß und verließ das Krankenzimmer, gefolgt von Alberto. Johannes sah ihnen nach, bis sich die Türe hinter den beiden Gefährten schloss. Dann ließ er sich auf sein Lager zurücksinken.

Trotz der beruhigenden Worte von Hubertus erfüllte ihn neben dem Abschiedsschmerz eine unbestimmte Sorge. Hubertus´ Stimme hatte seltsam belegt geklungen, als er von Irmingard sprach. Was war mit ihr?

*

28. August 1390, Kleiner Marktplatz, Geisenfeld

„Also, gehen wir wieder zurück! Es ist schon gleich nach der Komplet und es wird Zeit, das Nachtlager aufzusuchen. Wo ist Irmingard?" Adelgund stupste Gregor an. Dieser drehte suchend den Kopf. „Komm, Irmingard!" sagte er. Doch Irmingard war nicht da.

Nach dem Mittagsmahl waren Adelgund und ihre Schwägerin mit Gregor nach Engelbrechtsmünster gewandert. Es war das erste Mal seit Tagen, dass Irmingard einen Fuß vor das Klostertor setzte. Sie hatte sich seit der Abreise von Hubertus nicht mehr aus der Abtei gewagt. Er hatte ihr am Abend, bevor er losgeritten war, seine Vermutungen über den Kirchenraub vor sechs Jahren mitgeteilt. Er hatte ihr gesagt, dass er Godebusch für einen der Drahtzieher der Verbrechen von 1384 hielt und ihr eingeschärft, nicht ohne Begleitung das Kloster zu verlassen. Irmingard war in den ersten Tagen vor Angst wie gelähmt gewesen. Doch Gregor und Adelgund hatten auf sie eingeredet und ihr den Ausflug schmackhaft gemacht. Und mit den Beiden fühlte sie sich relativ sicher.

Irmingard hatte Adelgund insgeheim die Vermutungen anvertraut, die ihr Hubertus erzählt hatte. Auch Adelgund war entsetzt gewesen. Der Ratsherr war ihr immer als aufrechte und ehrenwürdige Persönlichkeit erschienen. Sie hatte Irmingard entgegnet, dass es ihr schwer falle, die Geschichten zu glauben. Als Irmingard sie gefragt hatte, ob sie mit Gregor darüber reden wolle, hatte Adelgund den Kopf geschüttelt. „Nein. Er ist ohnehin nicht von Hubertus´ Lebensweise angetan. Gregor ist ein rechtschaffener Mann. Er würde es nicht glauben."

Das Wetter war schön, ein weiß-blauer Himmel erstreckte sich über ihnen und auch die Temperatur waren nicht mehr unangenehm hoch. Adelgund hatte ihr voller Stolz die Überreste eines alten Klosters gezeigt. „Hier stand der Vorläufer der jetzigen Abtei in Geisenfeld", erzählte sie voller Eifer. Damals aber waren es noch Mönche, die hier Gott dienten. Dieses Kloster wurde vor fast vierhundert Jahren ein Opfer der Ungarneinfälle. Als es wieder aufgebaut werden sollte, entschieden sich die Stifter für Geisenfeld, aber jetzt als Abtei von Benediktinerinnen." Adelgunds Augen hatten bei dieser Erzählung geleuchtet. Irmingard war nicht zum ersten Mal der Gedanke gekommen, dass Adelgund, so sie nicht verheiratet gewesen wäre, wohl Gefallen am Klosterleben gefunden hätte.

Am Spätnachmittag, nach dem Besuch der Klosterruine, hatten sie sich zur Rast an der nahegelegenen Ilm niedergelassen. Gregor hatte eine große Decke ausgebreitet und Adelgund hatte zu Irmingards Überraschung einen Beutel mit Leckereien geöffnet. Stücke von geräuchertem Aal, gebackene Barben, frisches Brot, Schmalzgebäck, Haselnüsse und auch ein Schlauch mit Wein lagen bereit. Alle drei genossen den schönen Nachmittag. Bauern und Knechte, die auf dem Heimweg von den Feldern waren, grüßten zu den Besuchern hinüber. Durch die Arbeiten als Zimmermann war Gregor mittlerweile bei der Bevölkerung von Geisenfeld bekannt. Manch ein Scherz flog hin und her und Irmingard fühlte sich seit vielen Tagen wieder glücklich.

Nur einmal waren sie zusammengezuckt, als zwei bewaffnete Reiter, Bedienstete des Ratsherrn Godebusch, an ihnen vorbeiritten. Die beiden hatten gegrüßt und dann ihren Weg fortgesetzt. Adelgund hatte den Reitern nachgesehen und dann Irmingard nachdenklich gefragt: „Ist dir aufgefallen, wie eindringlich diese zwei Kerle dich angestarrt haben?"

Irmingard hatte unwillkürlich gefröstelt und sich wortlos ihren dünnen Umhang, den sie heute trug, noch enger um die Schultern gezogen. Ihr war, als wäre eine Wolke vor die sich neigende Sonne gezogen. Doch Gregor, der von Hubertus Vermutungen nichts wusste, tat die Begegnung mit einem Achselzucken ab. „Irmingard, du bist eben eine sehr begehrenswerte Frau. Kein Wunder, dass jeder Mann große Augen bekommt, wenn er dich sieht." Er hatte gelacht und die beiden Frauen waren halbwegs erleichtert eingefallen. Nach dem Mahl hatten sie sich auf der Decke ausgestreckt und den weißen Wolken, die sich im Licht der Abendsonne allmählich rotgolden färbten, nachgesehen. Alle drei hatten ihren Gedanken nachgehangen. Als die Sonne im Begriff war, unterzugehen, hatte Gregor die Decke wieder zusammengeschlagen. Irmingard hatte Adelgund geholfen, die Reste der Mahlzeit einzupacken. Sie hatten sich auf den Rückweg nach Geisenfeld gemacht. Noch vor der Marktgrenze waren Irmingard erneut zwei Reiter aufgefallen. Als sie Adelgund und Gregor darauf aufmerksam gemacht hatte, war sie wiederum von ihrem Schwager beruhigt worden. „Es ist die Aufgabe der Männer, für die Sicherheit des Marktes zu sorgen. Also reiten sie auch und halten Ausschau, ob irgendwoher Gefahr droht. Sei unbesorgt." Als sie die Marktgrenze von Norden her erreicht hatten, war es schon dunkel geworden. Nur noch wenige Bürger waren unterwegs. Jeder schickte sich an, nach Hause zu gelangen.

Die Drei bogen in die Große Gasse ein und gelangten auf dem abschüssigen Weg zum Kleinen Marktplatz. Auch hier war kaum noch jemand zu sehen. Ein Mann, der ebenfalls als Zimmermann in den Diensten der Abtei stand, kam ihnen entgegen. Er grüßte Gregor und sprach ihn auf die Arbeiten des nächsten Tages an. Gregor stellte ihm Adelgund und Irmingard vor. Der Mann, der sich Rigobert nannte, schaute anerkennend auf Irmingards attraktive Figur und wandte sich dann Adelgund zu, um ihr nicht das Gefühl zu geben, sie sei weniger anziehend.

Bald unterhielten sich Rigobert, Adelgund und Gregor angeregt. Irmingard hingegen fühlte sich gelangweilt. Sie war müde und wollte zurück ins Gästehaus des Klosters. Langsam schlenderte sie den Kleinen Marktplatz hinunter, als eine Bewegung ihre Aufmerksamkeit erregte. Sie sah genauer hin. Da zerrte ein Hund ein kleines Bündel die an den Marktplatz angrenzende Gasse hinunter. Doch was war das? Ragten aus dem Tuch etwa Arme und Beine heraus? Irmingard trat näher.

Noch immer war es nicht deutlich zu sehen, was der Hund da hatte. Nun warf er das Bündel hoch und fing es mit den Zähnen wieder auf. Hörte sie etwa ein leises Wimmern? Irmingard machte ein paar Schritte auf das Tier zu. Der Hund bemerkte die sich nähernde Frau und verschwand nach links in den nächsten Hof. Irmingard blickte unschlüssig um sich. Wo war jetzt die Marktwache, wenn man sie brauchte?

Vorsichtig um sich blickend, trat sie in den Hof, der in Dunkelheit gehüllt war. Tatsächlich, hier lag ein Bündel. Kleine Arme und Beine ragten aus dem Stoff. Der Hund war verschwunden. Irmingard beugte sich über das Ding. Rasch erkannte sie, dass es nur eine hölzerne, mit Tuch umwickelte Puppe war. In diesem Moment kam ihr die Warnung von Hubertus wieder zu Bewusstsein. In Irmingards Kopf läuteten die Alarmglocken. Wie konnte sie nur so dumm sein! Schnell weg! Sie erhob sich eilig. Als sie sich umwandte, traf sie von hinten ein Schlag an die Schläfe, dann spürte sie nichts mehr.

„Wo ist Irmingard?", fragte Adelgund in diesem Augenblick. Sie stupste Gregor an. Dieser drehte suchend den Kopf. „Komm, Irmingard", sagte er. Aber Irmingard war nicht da. Gregor zuckte die Achseln. Sein Kollege hatte sich gerade verabschiedet und war weitergegangen. „Sie wird vielleicht schon zur Abtei zurückgegangen sein", mutmaßte er. Doch auch seine Miene verriet Besorgnis. Adelgund war bestürzt. „Ich glaube, ich habe gesehen, wie sie da hinunter gegangen ist." Sie zeigte auf die Gasse.

„Hmmmm", brummte Gregor nachdenklich. „Hier wohnen manche der Bediensteten des Ratsherrn Godebusch." In Adelgund breitete sich eine böse Vorahnung aus.

Sie gingen in die dunkle Gasse hinein. Keine Fackel brannte. Nach wenigen Schritten machte die Gasse einen scharfen Knick nach rechts. Geradeaus vor sich sahen sie eine Wand aus massiven Brettern, die mehr als mannshoch waren. In die Wand war ein Tor eingelassen. Das Tor war verschlossen. Die Gasse verlor sich rechts von ihnen nach wenigen Mannslängen in der Dunkelheit.

„Irmingard?", rief Adelgund. Stille. „He!", rief Gregor. Doch nichts rührte sich. „Hier muss doch jemand sein", sagte er zu Adelgund. „Traut sich denn keiner hinaus? Vielleicht ist sie doch schon zum Kloster zurückgelaufen", mutmaßte er. „Unfug!", murmelte seine Frau. „Ich bin mir sicher, dass sie in diese Gasse gegangen ist." Angst stieg in ihr auf. Wo war Irmingard nur? „Wir können bei der Dunkelheit nicht jeden Hof und jedes Haus absuchen!", gab Gregor zu bedenken. Adelgund zitterte. Sie machte sich schwere Vorwürfe. Warum hatte sie Irmingard nur aus den Augen gelassen? Doch jetzt war es zu spät. Was sollten sie jetzt tun? Sie konnten nicht die ganze Nacht hier verbringen. Adelgund fasste einen Entschluss: Sie würden sofort ins Kloster zurückkehren und die Äbtissin informieren. Nur sie konnte ihnen jetzt noch helfen.

Sie teilte Gregor ihre Entscheidung mit. Er stimmte zu. „So schwer es mir fällt, aber ich glaube, alleine kommen wir nicht weiter." Sie eilten wieder zurück. Als sie wieder den Kleinen Marktplatz erreicht hatten, hörten sie hinter sich leises Hufgeklapper. Gregor drehte sich um. Wie angewurzelt blieb er stehen. Er sah, wie ein Wagen durch das Tor in der Bretterwand am Ende der Gasse gelenkt wurde. Trotz der Dunkelheit, die in der Gasse herrschte, konnte er schemenhaft erkennen, dass auf der Ladefläche des Wagens ein großes Bündel lag. „He!", schrie er. „Halt!"

So schnell er konnte, rannte er hinter dem Wagen her. Als er etwa die Hälfte des Weges zurückgelegt hatte, sah er, dass jemand von außen eilig das Tor zu schließen begann. Er versuchte, noch schneller zu rennen. Als er die Bretterwand erreicht hatte, war das Tor gerade noch einen Spalt breit auf. In vollem Lauf warf er sich dagegen, wurde aber durch den

Aufprall zurückgeschleudert und landete unsanft auf dem Boden. Er hörte einen unterdrückten Fluch.

Mühsam rappelte er sich auf. Das Tor war wieder ein Stück aufgesprungen. Er sah, dass sich jemand von außen anschickte, es wieder zuzuschlagen. Mit dem Mut der Verzweiflung sprang er vor und stieß seinen Wanderstab zwischen Bretterwand und Tor, um zu verhindern, dass es zugesperrt werden konnte. Wieder ein Fluch von außen.

Dann ertönte ein unverständlicher Ruf, gefolgt von dem Klatschen einer Peitsche. Ein Pferd schnaubte. Gleich darauf hörte er, wie der Wagen in scharfem Galopp davonfuhr. In diesem Moment hatte auch Adelgund schwer atmend die Wand erreicht. Gregor drückte das Tor auf und stürzte hinaus. Gerade noch sah er, wie das Gespann nach rechts in Richtung Ilm abbog. Noch bevor Adelgund an seiner Seite war, war der Wagen verschwunden.

*

Der Boden unter ihr bewegte sich in unregelmäßigen Stößen. Sie wurde hochgeschleudert und fiel wieder zurück auf hartes Holz. Irmingard stöhnte auf. In ihrem Kopf spürte sie dumpfes Hämmern. Vor Schmerz war sie kaum in der Lage, einen klaren Gedanken zu fassen. Um sie herum war alles dunkel. Wo befand sie sich? Sie fühlte sich zusammengeschnürt wie ein Wollknäuel. Vorsichtig tastete sie und fühlte grobes, geflochtenes Tuch. Erst langsam wurde ihr bewusst, dass sie in einem großen Sack gesteckt auf dem Boden eines Fuhrwerks lag. Das Rumpeln war ihr noch von der Fahrt vor einigen Monaten nach Vohburg mehr als vertraut. Sie versuchte, sich zu befreien, aber der Sack war eng um ihren Körper gebunden. Ein Knebel steckte in ihrem Mund. Verzweifelt rang sie um Luft.

Es dauerte einige Zeit, bis ihr Kopfschmerz leichter wurde und sie klar denken konnte. Dann wurde ihr mit Schrecken bewusst, dass genau das eingetreten war, wovor sie von Hubertus gewarnt worden war. Er hatte befürchtet, dass der Ratsherr einen finsteren Plan damit verfolgte, indem er Hubertus auf die Suche nach Johannes schickte. Sie wurde von Angst erfasst. Godebusch hatte sie entführen lassen. Doch wozu? Was versprach er sich davon?

Sie zwang sich, ruhig zu werden. Durch das grobe Tuch des Sacks bekam sie trotz des Knebels genug Luft, wenn sie langsam atmete. Gut, dachte sie sich, Ruhe bewahren. Du bist nicht verloren, Irmingard. Hubertus hat dir beigebracht, Messer und Dolch zu benutzen. Sie tastete nach den Waffen, aber vergeblich. Zu eng war sie eingeschnürt. Als nächstes versuchte sie herauszufinden, wohin sie gebracht wurde. Doch dies erwies sich als äußerst schwer. Sie vermeinte, das Rauschen der Ilm zu hören, aber dies konnte auch ein Trugschluss sein.

Schließlich gab sie es auf. Stattdessen versuchte sie einzuschätzen, wie lange sie schon unterwegs waren. Bald gab sie auf. Sinnlos. Sie biss sich auf die Lippen vor Enttäuschung. Dann bemerkte sie, dass der Wagen langsamer wurde. Jetzt hörte sie deutlich das Rauschen von Wasser. Das musste tatsächlich die Ilm sein. Das Knacken von Ästen und das gedämpfte Rollen der Räder ließ sie vermuten, dass sie nun über Waldboden fuhren. Kaum hatte sie den Gedanken gefasst, blieb der Wagen stehen.

Die Männer zerrten das Bündel vom Wagen und trugen die Entführte in eine Hütte. Dort warfen sie sie auf einen Haufen Stroh, zogen den Sack von ihrer Beute und rissen ihr grob den Knebel aus dem Mund. Stöhnend regte sich Irmingard. Sie blinzelte mit den Augen. Es war finster und nur eine kümmerliche Kerze spendete ein wenig Helligkeit. Langsam nahm die Umgebung um sie herum Konturen an. Sie befand sich, soweit sie erkennen konnte, in einer aus dicken Holzbohlen errichteten Hütte. Rechts von ihr war ein grob gezimmerter Tisch, an dessen beiden Längsenden zwei Sitzbänke standen. Eine Truhe befand sich daneben.

Sie bemerkte, dass sie auf einer Pferdedecke lag, die auf einen großen Strohhaufen geworfen war. Sonst war die Hütte leer. Fensteröffnungen waren nicht zu erkennen. Sie kniff die Augen geblendet zusammen, als ihr Blick auf den Lichtschein fiel. Dann sah sie die zwei Männer, von denen einer die Kerze hielt. Beide blickten mit gierigen Augen auf ihre Beute.

„Schau sie dir an!", sagte einer der beiden. Er leckte sich mit der Zunge über die Lippen. „Ein Prachtweib! Die würde ich am liebsten gleich nehmen." „Ja", pflichtete ihm der andere bei. „Es wäre ein Vergnügen mit ihr.

„Aber", so fuhr er belehrend fort, „du weißt, Marek, was unser Herr gesagt hat: Einer von euch teilt meinem Diener Hermann mit, dass die Stute im Stall ist, wenn ihr sie habt. Und dann kehrt er sofort zur Fischerhütte zurück. Der andere passt auf, dass sie nicht entflieht. Verlasst eure Posten nicht, bis ich am nächsten Abend komme!"

Irmingard versuchte, sich aufzusetzen. Aber als sie den Kopf hob, wurde ihr schwindlig. „Lasst mich gehen!", rief sie mit unsicherer Stimme. Die Männer lachten. „Nicht so schnell, schöne Frau!", rief der, den sein Kumpan Marek genannt hatte. „Ihr seid Gast in diesem schönen Haus. Und unser Herr ist ganz begierig darauf, euch seine Gastfreundschaft zu erweisen, nicht wahr, Albert?"

Der angesprochene Mann feixte. „Und er ist sehr gastfreundlich!", grinste er. „Vor allem zu solch wohlgerundeten Frauen, wie Ihr seid." Irmingards Augen weiteten sich vor Schreck. Was hatte der Kaufmann mit ihr vor? Sie zweifelte keinen Moment daran, dass es nichts Gutes war. Was, wenn er sich an ihr vergehen wollte? Und was würde er dann tun? Konnte er es wagen, sie am Leben zu lassen? Noch vor wenigen Tagen war ihr der Ratsherr als der Inbegriff der Rechtschaffenheit erschienen. Umso größer war der Schock, als sie erkennen musste, dass er ein Gewalttäter zu sein schien, der vor nichts Halt machte. Sie verwünschte sich in diesem Moment, dass sie sich von Adelgund und Gregor hatte überreden lassen, einen Ausflug zu machen. Nie wäre sie dann in diese Situation gekommen. Wenn nur Hubertus hier wäre!

Mit mehr Entschlossenheit in der Stimme, als sie tatsächlich empfand, rief sie: „Ihr Unholde! Lasst mich sofort gehen! Sonst wird euch mein Verlobter Hubertus in Stücke hauen! Und der Teufel holt euch gleich danach!" Lautes spöttisches Gelächter war die Antwort, als sich die beiden Häscher vor Lachen bogen. Irmingard zitterte, erfüllt von Wut und Verzweiflung.

„Schlappschwänze", flüsterte sie mit Tränen in den Augen. „Nur an wehrlosen Frauen könnt Ihr euch vergreifen."

Albert horchte auf. „Was hast du gesagt? Schlappschwänze?", schrie er. „Das sollst du büßen!" Er stellte die Kerze hart auf den Tisch und stürzte auf Irmingard zu, packte sie am Hals und drückte sie auf das Strohlager. Dann griff er nach ihrem Mieder und riss es ihr mit einem Ruck vom Leib, so dass ihre Brüste frei lagen. Mit groben Fingern packte er ihre linke Brust und drückte sie. Irmingard stöhnte vor Schmerz auf. Milchtropfen rannen aus ihrer Brustspitze.

„Halt!", rief sein Kumpan. „Unser Herr braucht sie für sich selbst! Es heißt, er will mit ihr einen Erben zeugen." Albert winkte verächtlich ab. „Ich stecke ihr meinen Schwanz schon nicht rein. Aber von ihrem Busen will ich kosten. Strafe muss sein! Sie soll uns niemals wieder

Schlappschwänze heißen. Und vielleicht gefällt es ihr sogar, sie stöhnt ja schon vor Lust!", rief er und drückte noch stärker zu. Sein Kumpan eilte zu ihm und beugte sich vor, um besser sehen zu können. Er fuhr sich begierig mit der Zunge über die Lippen. „Ich halte sie fest", flüsterte er, heiser vor Erregung. „Und danach bin ich dran."

Marek packte Irmingards Handgelenke und drehte ihre Arme nach oben. Albert setzte sich auf Irmingards Knie, beugte sich vor und leckte genießerisch über ihre Brüste. Dann presste er seinen Mund auf ihre rechte Brust und saugte heftig. Irmingard wehrte sich verzweifelt, aber die beiden Männer waren zu stark.

„Lass mir auch was übrig!", lachte Marek. Albert sah unwillig auf. „Erst trinke ich mich satt!" Er schlug seine Zähne wieder unsanft in Irmingards Brust. Vor Scham und Wut liefn ihr Tränen über die Wangen. Unendlich lange, so schien es, tat sich der Mann an ihrem Busen gütlich. Mühsam zwang sie sich, den Schmerz auszuhalten und sich stattdessen darauf zu besinnen, was sie gehört hatte. Godebusch wollte mit ihr einen Erben zeugen! Dieses Scheusal! Niemals würde sie ihm zu Willen sein. Aber wie konnte sie ihren Peinigern entkommen? Sie biss verzweifelt die Zähne zusammen und dachte angestrengt nach, während Alberts Bartstoppeln schmerzhaft an ihrer Haut kratzten. Der Dolch von Hubertus und das Wurfmesser, die beide an ihrem linken Bein befestigt waren, kamen ihr wieder in den Sinn. Wenn es nur einen Weg gäbe, jetzt daran zu kommen! Plötzlich kam ihr eine Idee.

Mit einem Mal spürte sie, wie ein heftiger Stoß den Mann, der auf ihr saß, zur Seite warf. Marek hatte ihre Handgelenke losgelassen und seinen Kumpan weggestoßen. „Ich bin jetzt an der Reihe!", sagte er drohend. Albert stand fluchend auf und schon hockte Marek auf Irmingards Knien. Er beugte sich grinsend dicht über ihr Gesicht. Mit einer Hand griff er in ihre Haare, mit der anderen packte er wieder ihre Handgelenke. „So, jetzt habe ich Durst! Albert, halte du sie fest!"

Doch Irmingard wusste nun, was sie zu tun hatte. Sie reckte entschlossen ihren Kopf nach oben und gab dem Mann mit geöffneten Lippen einen leidenschaftlichen Kuss auf den Mund. Ihre Zunge suchte die seine. Der Häscher war unrasiert und stank nach Bier und Pferdemist. Es kostete sie alle Kraft, sich nicht zu übergeben.

Doch es schien zu gelingen. Der eiserne Griff, mit dem Marek ihre Handgelenke hielt, lockerte sich. „Die Kuh will von mir bestiegen werden!", rief er verblüfft zu seinem Kumpan, der mit gierigen Augen neben ihm kauerte. Irmingard befreite ihre Hände und griff schnell nach der Hose des Mannes. Deutlich spürte sie die Beule, die sein erigiertes Glied in der Hose verursachte. Zärtlich legte sie eine Hand um den Nacken von Marek und zog seinen Mund wieder an ihre Lippen, mit der anderen nestelte sie fordernd an seinem Hosenbund. Marek schüttelte ihre Hand ab und richtete sich auf. Wildes Verlangen stand in seinen Augen.

Irmingard griff nach ihrem Rock und zog ihn mit einer Hand auffordernd hinauf. Dabei achtete sie darauf, dass die Messer, die sie am linken Bein trug, bedeckt blieben. Marek machte große Augen, als er ihren wohlgeformten rechten Schenkel sah. Er lehnte sich zurück, zog sein Schwert samt Scheide aus dem Gürtel und warf es zur Seite, damit es ihn nicht behinderte. Dann öffnete er ungeduldig seine Hose und holte seinen aufgerichteten Phallus hervor. Darauf hatte Irmingard gewartet. Sie griff in Windeseile an ihren linken Oberschenkel und packte Hubertus' Dolch. Noch bevor Marek wusste, wie ihm geschah, hatte sie sein Glied gepackt und es mit einem kräftigen Ruck mit der scharfen Klinge durchtrennt.

Ungläubig starrte der Mann nach unten. Irmingard nutzte die Schrecksekunde, warf das erschlaffende Stück Fleisch in eine Ecke der Hütte und stieß dem Mann mit der anderen Hand den Dolch tief in den Oberschenkel. Dann zog sie ihn kräftig zurück, so dass die Klinge am Knochen entlang schnitt. Hellrotes Blut spritzte aus der Wunde. Marek schrie auf. Irmingard konnte sich gerade noch zur Seite rollen, als der Mann auf dem Boden aufprallte. Dort wälzte er sich schreiend, während er vergeblich versuchte, die heftig pulsierende Blutung mit den Händen zu stillen.

Albert hatte im ersten Moment gar nicht begriffen, was sich gerade in Sekundenbruchteilen ereignet hatte. Noch immer kauerte er lüstern grinsend neben Irmingard. Doch als er mit Entsetzen den sich windenden und schreienden Marek sah, versetzte er ihr wütend mit dem Handrücken einen kräftigen Schlag auf die Wange. Irmingard rutschte der Dolch aus der Hand und schlitterte über den Boden der Hütte. Dann sprang Albert auf und griff nach seinem Schwert. Sein Blick zuckte zwischen seinem sterbenden Kameraden und dem abgeschnittenen Phallus des Mannes hin und her. „Du Hure!", knirschte er. „Dafür wirst du bezahlen! Godebusch wird dich zu Tode reiten!"

Irmingard rechnete damit, dass er mit der Waffe auf sie losgehen würde. Schnell tastete sie nach dem Wurfmesser an ihrem Unterschenkel. Entsetzt sah sie indes, dass er sich eilig umdrehte, zur Tür rannte und den hölzernen Knauf packte. Er würde hinausstürmen und sie einsperren, so dass sie keine Möglichkeit hatte, zu entkommen. Godebusch würde mit einer Vielzahl seiner Männer kommen. Bei dem Gedanken, was er mit ihr machen würde, lief es ihr eiskalt den Rücken herunter. Kurz entschlossen zog sie das Wurfmesser und warf es nach dem Knecht. Doch es war zu spät. Die Klinge der Waffe blieb zitternd im Türblatt stecken, gerade, als Albert die Türe nach außen zuzog. Ein Riegel schnappte und der Schlüssel drehte sich im Schloss.

Mareks Schreien wurde schwächer und ging in ein Keuchen über. Noch ein paar Zuckungen, dann lag er still. Eine große Blutlache breitete sich auf dem Hüttenboden aus. Irmingard rappelte sich auf. Sie stürzte zur Türe und rüttelte daran. Vergeblich. Die Türe der Hütte, so wie das ganze Gebäude, war massiv gezimmert. Sie hämmerte gegen die Türe. „Aufmachen!", schrie sie. Dann verließen sie die Kräfte. Sie sackte zusammen. Ihr Plan war gescheitert. Jetzt war sie verloren.

*

Gregor und Adelgund waren wie um ihr Leben gelaufen. Als sie gesehen hatten, wie das Gespann mit der entführten Irmingard durch die Felder östlich der Marktgrenze gejagt und dann in Richtung der Ilm abgebogen war, waren sie übereingekommen, dem Wagen zu folgen und nicht eher aufzugeben, bis sie Irmingard gefunden hatten. Sie waren entlang der abgeernteten Felder gerannt und hatten den Weg zur Ilm eingeschlagen. Schon nach wenigen Minuten mussten sie mit hämmernden Herzen und stechenden Seiten innehalten. „Wo ist sie nur hin?", hatte Adelgund verzweifelt gejapst. Auch Gregor hatte schwer geatmet. Er schüttelte den Kopf. „Ich weiß nicht. Ich weiß nur, wir geben nicht auf." Sie waren weiter gerannt, getrieben von der vagen Hoffnung, auf der richtigen Spur zu sein. Doch als sie wenig später an eine Wegkreuzung kamen, wussten sie nicht mehr weiter. Adelgund brach in Tränen aus. „Hätten wir sie nur nicht überredet, mitzukommen! Ich mache mir solche Vorwürfe!" „Was kannst du denn dafür?", fragte Gregor verständnislos. Da erzählte ihm Adelgund schluchzend die Befürchtungen, die Hubertus Irmingard mitgeteilt hatte und die Adelgund von ihrer Schwägerin anvertraut worden waren.

Gregor war vor Schreck wie betäubt und wusste nicht, was er sagen sollte. Adelgunds Schluchzen brachte ihn wieder zurück in die Wirklichkeit.

„Reiß dich zusammen!", antwortete er barsch. „Das hilft uns jetzt nicht weiter." Doch auch er wirkte ratlos. „Wenn es stimmt, was du sagst, werden sie Irmingard irgendwo hinbringen, wo sie niemand hören kann. Doch hier gibt es viele Verstecke. Die Wälder sind groß und dicht. Wer weiß, wo sie gerade ist." „Wenn sie überhaupt noch lebt", schluchzte seine Frau.

„Unfug", sagte Gregor mit mehr Zuversicht, als er empfand. „Wenn sie sie töten wollten, hätten sie das schon getan. Nein, sie brauchen sie lebend, wozu auch immer. Also besteht noch Hoffnung." Er kratzte sich seinen beinahe kahlen Schädel. Sein Verstand weigerte sich immer noch, das zu glauben, was ihm Adelgund gerade erzählt hatte.

Vor ihnen tauchten mehrere Schatten auf. Adelgund und Gregor schraken zusammen. Gregor packte seinen Wanderstab fester, bereit, sich zu verteidigen, wenn es nötig war. Doch als er die Gestalten sah, entspannte er sich. Vier Männer standen vor ihnen, mit Keschern, Reusen und Körben. In den Körben lagen Barben und Karpfen. „Josef", sagte Gregor erleichtert. Der älteste der Männer sah ihn und Adelgund verwundert an. „Was macht Ihr denn um diese Zeit hier? Solltet Ihr nicht längst im Gästehaus des Klosters sein?" Gregor wandte sich zu seiner Frau um. „Adelgund, das ist Josef und sein Bruder Walter mit ihren beiden Vettern. Sie sind Fischer und ich habe sie schon oft getroffen, wenn wir für die Abtei Zimmererarbeiten an den Hütten bei den Fischgründen vorgenommen haben."

Adelgund nickte schniefend. Josef und die anderen stutzten. „Was ist mit deinem Weib?", fragte er Gregor. Adelgund wartete die Antwort nicht ab, sondern fragte: „Habt Ihr ein Pferdegespann gesehen, das hier eilends vorbeigefahren ist?" Josef schob seine Mütze nach hinten und schaute seine Begleiter fragend an. Walter räusperte sich. „Wir haben ein Pferdegespann gesehen. Darauf waren zwei Männer vom Ratsherrn Godebusch." „Es sind Marek und Albert", warf ein anderer ein. Josef schaute beklommen drein.

„Wir wollen nicht behelligt werden, versteht ihr?"

Adelgund sagte tonlos: „Meine Schwägerin Irmingard ist verschwunden.

Wir glauben, dass sie entführt worden ist." Die Männer sahen sich erschrocken an. „Ihr glaubt, dass Marek und Albert etwas damit zu tun haben?", fragte Josef unsicher. Der Vierte der Fischer, der bisher geschwiegen hatte, sagte: „Komm schon Josef, jeder von uns weiß, dass Godebusch und nicht der Bürgermeister der eigentliche Herr im Markt ist. Sogar das Kloster macht, was er will." Dann, als habe er sich zu weit vorgewagt, bekreuzigte er sich schnell und schlug die Augen nieder. „Ich habe nichts gesagt", fügte er leise hinzu.

Gregor schaute jeden der Vier aufmerksam an. Dann sagte er in ruhigem Ton: „Ich bitte euch in Gottes Namen, sagt uns, wohin die beiden mit ihrem Wagen gefahren sind. Ich gebe euch mein Wort, dass niemals jemand davon erfahren wird." „Ich auch", ergänzte Adelgund hastig. Josef zögerte. Adelgund und Gregor warteten mit bangem Herzen. Dann sagte Walter: „Wir und die anderen Bürger von Geisenfeld haben den Ratsherrn und seine Büttel schon lange über. Es ist an der Zeit, dass seinem Treiben Einhalt geboten wird. Godebusch hat südlich von Ainau eine Hütte neben der Ilm. Sie liegt zwischen den Bäumen, die dort bis fast ans Wasser reichen. Die Hütte ist aus starken Bohlen errichtet und gut zwischen den Bäumen versteckt. Angeblich nutzt der Ratsherr sie als Unterstand beim Fischfang. Doch hörten wir, dass er dort auch der Niederen Minne frönt." Er beschrieb den Beiden, wie sie dorthin gelangen konnten. Dann sagte er zögernd: „Aber wir haben euch nichts gesagt, hört Ihr?" Gregor und Adelgund nickten.

„Ja also…", sagte Josef verlegen. Er gab seinen Begleitern einen Wink. „Wir müssen jetzt weiter. Gott mit Euch!" Die Männer murmelten Unverständliches und setzten sich wieder in Richtung Geisenfeld in Bewegung. Nach wenigen Augenblicken waren sie verschwunden.

„Es wird Zeit, dass seinem Treiben Einhalt geboten wird", wiederholte Gregor bitter. „Aber sie wollen nichts dergleichen tun." Adelgund legte ihm die Hand auf den Arm. „Ich kann sie gut verstehen. Sie leben hier und müssen sich mit der Obrigkeit gut stellen. Wir hingegen können weiterreisen."

„Das hätten wir schon längst tun sollen", knurrte Gregor. „Dann wären wir nicht in diese verderbliche Lage gekommen. Aber jetzt bleibt uns nichts Anderes übrig. Los, suchen wir die Hütte! Dann werden wir sehen, was an der Geschichte von Irmingard wahr ist."

*

„Wir müssen gleich da sein!" Gregor fasste Adelgund an der Hand. Von dem Weg entlang der Ilm zweigte linker Hand ein breiter Pfad ab. Die Bäume reichten hier bist fast an das Ilmufer. Gregor deutete auf den Pfad.

„Hier müssen wir langgehen. Ich glaube, der Weg führt direkt zur Fischerhütte des Ratsherrn. Hoffentlich ist Irmingard dort." Vorsichtig gingen sie weiter und duckten sich hinter jeden Baum. Nur langsam kamen sie so voran. Adelgund schauderte. Die Geräusche der Nacht jagten ihr Unbehagen ein. Knacken und Rascheln im Unterholz und manch unerklärliches fernes Schnaufen ließen sie vor Angst zittern. Gregor fasste beruhigend ihre Hand, doch merkte sie, dass auch er sich unwohl fühlte. Adelgund ächzte vor Schreck auf, als eine Eule lautlos knapp an ihrem Kopf vorbeistreifte.

„Still!", flüsterte Gregor und drückte ihre Hand.

Nach der Beschreibung von Josefs Vetter Walter musste die Hütte jeden Moment zu sehen sein. Da hörte Gregor ein leises Schnauben. Ein Pferd! Das Geräusch kam von rechts. Gregor kniff die Augen zusammen. Tatsächlich, rechts von ihnen war schemenhaft etwas zwischen den Bäumen zu erkennen. Die Tarnung des Gebäudes war geschickt vorgenommen worden. Hätte das Ross nicht geschnaubt, wären sie an der Hütte vorbeigelaufen. Gregor wandte sich zu Adelgund und legte den Finger auf die Lippen. Die Geste war überflüssig, denn seine Frau hatte keine Absicht, einen Laut von sich zu geben.

Die Hütte, die sie jetzt erblickten, war gut verborgen. Sie duckte sich gerade einmal mannshoch zwischen den dichten Baumbestand. An dem Holz, aus dem sie gezimmert war, hatte man die Rinde belassen, so dass sich das Bauwerk bei schwachem Licht kaum von den umliegenden Bäumen abhob. Zudem sprossen rund um die Hütte zahlreiche Schösslinge an Buchen und Erlen und trugen das Ihre dazu bei, sie vor neugierigen Blicken zu verbergen. Die Hütte musste sehr stark gebaut sein, denn aus dem Inneren drang kein Lichtschein. Wäre nicht das Pferd gewesen, das daneben mit seinem Wagen angebunden war, so würde niemand vermutet, dass sich Personen darin aufhalten.

„Siehst du irgendwelche Fensteröffnungen?", flüsterte Adelgund. Gregor schüttelte den Kopf. In diesem Moment hörten sie dumpfe Schreie aus dem Inneren des Gebäudes. Dann stürzte ein Mann aus der Hütte und schloss eilends die Tür hinter sich. Er schob einen Riegel vor, steckte einen Schlüssel ins Schloss und drehte ihn um. Adelgund spitzte die Ohren. Aus der Hütte drang dumpfes Klopfen, als würde jemand verzweifelt gegen die Türe hämmern. Dann hörten sie einen schwachen Schrei. „Aufmachen!" Das war Irmingard!

Der Mann rannte zu dem Pferdegespann und griff nach dem Seil, mit dem das Zugtier an einem Baum angebunden war. Hastig nestelte er an dem Knoten. Doch noch bevor er ihn lösen konnte, krachte ein hölzerner Stab an seine Schläfe. Adelgund sah, wie ein fingerlanger, schwarzer Gegenstand quer durch die Luft flog, an einem Baumstamm abprallte und zwischen dichtem Gebüsch verschwand. Der Mann taumelte und brach zusammen. Mit anerkennendem Blick wog Gregor den Wanderstab in seiner Hand.

„Haselnussholz ist einfach für alle Zwecke zu gebrauchen", meinte er. Dann sah er auf. „Ich glaube, ich muss dir Abbitte leisten, mein treues Weib. Du hattest wohl Recht." Adelgund winkte ihm ungeduldig. „Schnell!", drängte sie. Beide liefen zur Hütte und klopften an die Tür. „Irmingard?", rief Adelgund ängstlich. „Dank sei Gott!", antwortete von drinnen eine Stimme. „Holt mich hier heraus!" Gregor packte den Riegel und zog ihn zurück. Dann griff er nach der Tür und rüttelte daran. Vergeblich. Unter Aufbietung aller Kräfte zerrte er an dem aus dickem Holz gefertigten Eingang. Nichts. Die Tür bewegte sich kaum. Dann nahm er Anlauf und warf sich dagegen. Mit einem Ächzen prallte er zurück. „Sie geht nicht auf!", rief er.

„Verdammt!", hörten sie Irmingard von drinnen rufen. Adelgund zuckte wegen dieser unziemlichen Ausdruckweise zusammen. „Schau nach, ob in der Hütte Werkzeug ist. Wenn nicht, dann versuche ich, die Türe von außen aufzubrechen und dich rauszuholen!", rief Gregor. Es dauerte ein paar Augenblicke. Dann erklang erneut Irmingards Stimme. „Ich habe mit der Kerze, die die beiden Häscher hatten, geleuchtet. Hier ist zwar eine Truhe, darin ist aber kein Werkzeug!", rief sie. Durch die dicken Holzwände klang ihre Stimme verzerrt und dumpf. Gregor schaute suchend um sich. „Vielleicht gibt es einen Anbau an der Hütte." Langsam ging er um den Bau herum, doch wie er feststellen musste, war nichts dergleichen vorhanden. Ratlos stand er wieder vor der verschlossenen Türe.

„Ich Tor!", rief er aus und schlug sich mit der flachen Hand an die Stirn.

„Der Kerl hat die Türe abgeschlossen. Er muss also noch einen Schlüssel haben." Gregor ging zuerst zu dem noch angebundenen Pferd und sprach mit beruhigenden Worten auf das Tier ein. Das Pferd schnaubte und senkte dann den Kopf, um am Boden nach Fressbarem zu suchen. Gregor atmete erleichtert auf, kniete sich neben den Mann, der immer noch bewusstlos am Boden lag und durchsuchte seine Kleider. Vergebens. Er stieß einen ärgerlichen Fluch aus. Adelgund beugte sich zu ihm und meinte: „Ich befürchte, der Schlüssel ist weg. Als du den Mann niedergeschlagen hast, hielt er ihn wohl in der Hand. Ich sah, wie ein schwarzer, fingerlanger Gegenstand davon geflogen ist. Das muss er sein. Wir müssen ihn suchen!" Doch sie suchten vergeblich. Zerkratzt vom Gebüsch und verschwitzt, mussten sie sich eingestehen, dass der Schlüssel wohl verloren war. „Vielleicht befindet sich in irgendeinem Versteck an der Außenwand ein zweiter Schlüssel." Während Gregor das Holz des Gebäudes sorgfältig abtastete, lauschte Adelgund ihrer Schwägerin. Irmingard erzählte ihr, was sie von den beiden Schergen erfahren hatte und wie die Männer sie missbraucht hatten. Adelgund war entsetzt. Insgeheim hatte sie gehofft, dass sich die Erzählungen von Irmingard als Hirngespinste erweisen würden.

Als Irmingard mit ihrer Erzählung geendet hatte, kam auch Gregor zurück. Er zuckte resigniert mit den Achseln. „Nichts." „Was sollen wir denn jetzt tun?", fragte Adelgund verzweifelt. Ein leises, metallisches Geräusch ließ sie herumfahren. Albert stand leicht schwankend und mit gezogenem Schwert hinter ihnen. Mit entschlossenem Blick holte er aus und schlug nach Gregor. Gerade noch konnte dieser den Hieb mit seinem Wanderstab parieren. Der hölzerne Stab zersplitterte. Adelgund kreischte auf. Albert hob den Arm, um erneut zuzuschlagen. Gregor und Adelgund wichen zurück. Plötzlich tauchte hinter dem Häscher eine Gestalt aus dem Dunkel auf und schlug ihm mit einem Stück Holz auf den Schädel. Albert sackte in die Knie und fiel ohne einen Laut zur Seite.

„Josef!", rief Gregor überrascht. Adelgund stürzte auf ihren Mann zu und fiel ihm um den Hals. „Dank sei Gott, dass dir nichts passiert ist!", rief sie. Dann drehte sie sich zu dem alten Fischer um und sagte: „Und Dank auch an Euch!" Josef nickte nur. Er winkte und Walter sowie ihre zwei Vettern traten aus der Dunkelheit. „Wir können euch gegen Godebusch und seine Männer nicht alleine lassen", sagte Josef. „Es ist an der Zeit, zu handeln. Wir Geisenfelder Bürger helfen Euch."

„Das kann euch den Kopf kosten!", gab Adelgund zu bedenken. Walter nickte grimmig. „Doch wenn wir nichts tun, dann wird der Ratsherr noch stärker. Es ist genug!" Aus der Hütte drang Irmingards sorgenvolle Stimme.

„Was ist denn passiert?" Adelgund trat an die Tür und antwortete: „Sei unbesorgt. Alles ist in Ordnung. Wir haben Hilfe bekommen."

„Und was jetzt?", fragte Gregor. Walter schaute zu dem bewusstlosen Schergen. „Wir wickeln den Kerl in ein Netz wie unsere Karpfen. Dann verstecken wir ihn in der Fischerhütte bei Zell, die Du, Gregor, und die anderen Zimmerleute erst vor kurzem fertiggestellt haben. Rainalf und Willi", er nickte seinen beiden Vettern zu, „werden ihn bewachen." „Gut", meinte Gregor befriedigt. „Und wir holen jetzt aus Geisenfeld Werkzeug und brechen die Türe auf. Wir holen Irmingard heraus und erzählen dann alles der Äbtissin."

„Haltet ein!", rief Irmingard. Ich habe nachgedacht. Wenn Ihr mich jetzt befreit, dann wird Godebusch alles abstreiten. Er wird sagen, dass diese Knechte mich ohne sein Wissen entführt haben. Nur wenn er selbst alles zugibt, dann wird man uns glauben. Sie hielt inne.

„Und wie soll das gehen?" Gregor war skeptisch. „Er kommt am morgigen Abend hierher, um sich mit mir zu vergnügen und mich zu…..zu schänden. Das ist unsere Gelegenheit. Wir müssen ihm eine Falle stellen", entgegnete seine Schwägerin.

„Eine Falle?", sagte Josef nachdenklich. Er zögerte. Dann sagte er langsam: „Walter und ich werden euch beistehen. Und wir werden all unsere Freunde und Verwandten benachrichtigen!"

„Nein!", sagte Irmingard rasch. „Je mehr davon wissen, desto größer ist die Gefahr, dass Godebusch davon erfährt." „Das gefällt mir gar nicht", meinte Gregor. „Wenn Godebusch mit einer Horde seiner Männer kommt, dann sind wir unterlegen."

„Dieses Wagnis müssen wir eingehen", antwortete Irmingard. „Ich glaube aber nicht, dass er mit großem Gefolge kommt. Er will mich für sich haben. Er wird, wenn überhaupt, nur einen oder zwei Männer mitbringen. Schließlich glaubt er, dass mich ja zwei seiner Helfershelfer bewachen."

„Und du willst mit einem Toten einen ganzen Tag in diesem… diesem Verschlag verbringen?", fragte Adelgund ungläubig. Josef legte ihr die Hand auf den Arm. „Walter und ich bleiben hier, versorgen das Pferd und halten die Augen offen. Wir passen auf deine Schwägerin auf. Ihr aber solltet zurück zum Kloster gehen. Der Ratsherr wird misstrauisch, wenn Ihr euch nicht in Geisenfeld blicken lasst. Er hat seine Augen und Ohren überall."

„Glaubt mir", fügte Irmingard durch die hölzerne Wand eindringlich hinzu. Wir haben keine andere Wahl." Hastig sprach sie weiter. „Während ihr den Schlüssel gesucht habt, habe ich mir einen Plan zurechtgelegt. Ich weiß aber nicht, ob er sich verwirklichen lässt. Kommt näher heran." Adelgund, Gregor, Josef und Walter hielten ihre Ohren an die Hüttenwand und lauschten.

Als Irmingard geendet hatte, herrschte kurzes Schweigen. Dann schaute Adelgund ihren Ehemann an und sagte: „Gott helfe uns."

*

28. August 1390, zwischen Wessobrunn und Dießen

Hubertus jagte auf dem Rücken seines Pferdes nordwärts. Nur zurück nach Geisenfeld! Jetzt machte er sich Vorwürfe, dass er nicht früher aufgebrochen war. Lange hatte er geschwankt, was er tun sollte. Ohne jeden Zweifel war es richtig gewesen, Johannes und Alberto im Kempter Wald beizustehen. Es war ohnehin erstaunlich gewesen, dass sie es bis nach Oberdorf geschafft hatten, ohne Frobius und seinen Helfern in die Hände zu fallen.

Als ihm Johannes berichtet hatte, dass sie zwei der Häscher in der Ammerschlucht getötet hatten, hatte er es kaum glauben können. Vielleicht steckte in diesem Benediktinermönch ja doch ein Mann, der, wenn es notwendig war, zu kämpfen bereit war. Und am Dengelstein hatte er erneut bewiesen, dass er dies konnte. Diese Schleuder, die er besaß…. er wusste damit umzugehen. Und nun waren Frobius und alle anderen Verfolger tot. Doch war der Propstrichter wirklich gestorben?

Hubertus fühlte, wie sich Unsicherheit in ihm ausbreitete. Dann schüttelte er den Gedanken ab. Es war besser gewesen, Johannes nicht zu beunruhigen. Auch wenn sie den Leichnam nicht gefunden hatten, so konnte der Advokat kaum überlebt haben.

Er spürte, wie sich Alberto an ihn klammerte. Ja, ohne Alberto wäre Johannes nicht so weit gekommen. Der Knabe imponierte ihm. In der Zeit, die er im Wald bei Nötting gelebt hatte, mussten sich seine Sinne geschärft haben. Hubertus verspürte eine tiefe Verbundenheit mit dem jungen Gaukler. Wie er selbst, so war Alberto ein Heimatloser. Dabei hätte er ihn vor Wochen im Juli beinahe getötet, als er ihm seinen Dolch gestohlen hatte. Nicht auszudenken...

Doch jetzt galt es, so schnell wie möglich nach Geisenfeld zurückzukehren. War es richtig gewesen, in Kempten noch auszuharren? War es richtig gewesen, Johannes ohne sein Einverständnis den Finger abzutrennen? „Ja", sagte er sich. Nur so würden Godebusch und Wagenknecht glauben, dass Johannes wirklich tot sei. Wenn er die Urkunde auch noch vorlegte, bestünde keine Gefahr mehr für seinen Freund.

Als er von Godebusch und Wagenknecht am 20. August auf die Suche nach Johannes geschickt worden war, hatte er Verdacht geschöpft. Irgendetwas stimmte an ihrer Geschichte nicht. Er war sich sicher gewesen, dass sie ihn aus dem Wege haben wollten. Aber wozu? Nach der Unterredung war er ziellos in Geisenfeld umhergelaufen. Wie zufällig hatte ihn der Weg zum nördlichen Rand des Marktes geführt. Nur eine halbe Stunde entfernt lag Nötting.

Da war ihm Agnes eingefallen und er hatte sich entschlossen, sie aufzusuchen. Er hatte Glück gehabt. Agnes arbeitete mit ihren Eltern und Brüdern auf einem der Hopfenfelder. Mit allen hatte er einige Worte gewechselt und dann das Mädchen so unauffällig wie möglich nach ihrem Wissen über Alberto gefragt. Agnes war außer sich vor Sorge um ihren Freund gewesen. Er hatte ihr erzählt, nach Johannes und Alberto suchen zu wollen. Sie hatte ihn angefleht, ihren Freund zu beschützen und er hatte es ihr versprochen.

Aus dem Gespräch mit Agnes hatte er beim Zurückgehen seine Schlüsse gezogen. Hatten Godebusch und Wagenknecht mit dem Kirchenraub und der Vergeltung an den Gauklern vor sechs Jahren zu tun gehabt? Hatten die Spielleute als Sündenböcke herhalten müssen, um das eigene Verbrechen zu vertuschen? Es waren nur Vermutungen gewesen. Doch je länger er darüber nachdachte, desto sicherer war er sich. Es hatte ihm leid getan, Irmingard so angeherrscht zu haben, dass sie geweint hatte. Aber nachdem er sich nochmal alles durch den Kopf hatte gehen lassen, war er zu dem Entschluss gekommen, seine Mutmaßungen mit ihr zu teilen. Sie war entsetzt gewesen, hatte aber schließlich seinem Entschluss zugestimmt, Johannes und Alberto zu suchen.

Er hatte ihr eingeschärft, während seiner Abwesenheit keinesfalls ohne Begleitung die Abtei zu verlassen. Er wusste, Irmingard konnte sich verteidigen. Sie war nicht mehr die hilflose Frau, als die er sie nach dem Tod ihres Bruders erlebt hatte. Und doch schalt er sich, nicht schon früher zurückgeritten zu sein.

Die Sorge um Irmingard brachte ihn jetzt aber beinahe um. Wenn Godebusch ihn nur weggeschickt hatte, um ihr etwas anzutun, dann….. Hubertus knirschte mit den Zähnen. Alleine für den Versuch würde er büßen. Und wenn er ihn bis ans Ende der Welt verfolgen müsste.

Als er gestern Kempten verlassen hatte, war ihm ein Mönch auf einem Esel entgegen gekommen. Er wusste, er hatte den Mann schon einmal gesehen. Dann fiel ihm ein, dass ein Mönch, der einen Esel mit sich führte, auch Gast in Geisenfeld gewesen war. Ein eigenartiger Zufall. Doch sicher gab es viele Ordensbrüder, die sich auf den Pilgerweg nach Galicien machten. Hubertus schenkte diesem Gedanken keine Beachtung mehr. Die Sicherheit von Irmingard ging vor. Verbissen trieb er sein Pferd an.

*

29. August 1390, südlich von Ainau an der Ilm

Es war nach der Komplet. Der Himmel war den ganzen Tag wolkenverhangen gewesen und es war früh dunkel geworden. Der Ratsherr Godebusch ritt, bewaffnet mit Schwert und Dolch, in Begleitung seines Knechts Hans am Ufer der Ilm an Ainau vorbei nach Süden. Er war voller Vorfreude. Nur wenige Minuten noch und er würde wieder einer Frau beiwohnen. Aber nicht irgendeiner Frau! Der Gedanke an den festen Körper der Witwe Irmingard mit ihrer schlanken Taille, den breiten Hüften und der üppigen Oberweite ließ ihm das Wasser im Mund zusammenlaufen.

Der Gedanke, dass sie ihm nicht freiwillig gefügig sein würde, steigerte seine Erregung noch. Ein Ziehen zwischen seinen Beinen ließ ihn unwillkürlich sehnsüchtig aufseufzen, so dass ihn Hans, sein Knecht, erstaunt ansah. Doch als Godebusch seinen Blick eisig erwiderte, wandte er schnell sein Gesicht ab.

Ja, heute würde er sich die Frau vornehmen und erstmals seinen Samen in sie pflanzen, ob sie wollte oder nicht. Ja, dachte er sich, besser, wenn sie nicht wollte. Das machte die Sache reizvoller. Immer wieder würde er sie aufsuchen, bis er sie endgültig bezwungen hatte. Je größer ihr Widerstand, desto erregender würde es jedesmal sein, ans Ziel zu gelangen. Zur Not würde er seinen Knechten befehlen, sie mit eisernem Griff festzuhalten. Zur Belohnung sollten sie dann anschließend auch ein wenig Vergnügen mit ihr haben dürfen. Doch würde er es sein, der mit ihr einen Erben zeugen würde. Die Kraft seiner Lenden reichte für die Schaffung ganzer Heerscharen starker Söhne aus.

Im Gegensatz zu dem Fehlschlag bei dem Mönch vor knapp drei Wochen war diesmal alles nach Plan verlaufen. Die Entführung war erfolgreich gewesen. Dieses dumme Weib war auf das Schauspiel mit dem Hund und der Puppe hereingefallen und schnell hatten seine Männer zugeschlagen. Gehorsam hatten sie ihren Weibern befohlen, am Abend der Entführung früh zu Bett zu gehen und keine Fragen zu stellen. In der fraglichen Gasse wohnten ohnehin die meisten seiner Bediensteten, sodass er kaum befürchten musste, dass etwas zu der übrigen Geisenfelder Bevölkerung durchsickern würde.

Niemand hatte eingegriffen, als Marek und Albert die Frau im Schutze der Dunkelheit bewusstlos geschlagen, in den Sack gesteckt und auf den Wagen gelegt hatten. Nur die beiden Begleiter von Irmingard, diese unscheinbare Adelgund und ihr Ehemann, der kleinwüchsige Kahlkopf, hatten es noch bemerkt, wie der Wagen mit der Entführten durch das Holztor am Ende der Gasse rollte.

Beinahe hätten sie sie noch eingeholt. Doch Hans, der das Schauspiel im Verborgenen beobachtet hatte, konnte seinem Herrn mitteilen, dass Marek und Albert den Beiden entkommen waren. Scheinbar hatte das Ehepaar dann noch vergeblich nach Irmingard gesucht, denn heute waren sie, wie ihm aus sicherer Quelle zugetragen worden war, voller Angst und Verzweiflung durch das Kloster geirrt und hatten versucht, bei der Oberin um Hilfe für die Suche zu bitten. Doch offenbar vergeblich. Die Äbtissin, so hieß es, hatte ihre Amtsgeschäfte noch nicht wieder aufgenommen und die Cellerarin wollte keine Entscheidung ohne die Oberin Ursula treffen.

Noch in der Nacht hatte ihn sein Diener Hermann geweckt und ihm mitgeteilt, dass Albert ihm im Schutze der Dunkelheit die entscheidenden Worte zugeraunt hatte. „Die Stute ist im Stall", hatte der Knecht mit tief in das Gesicht gezogener Mütze und heiserer Stimme geflüstert und war dann sofort wieder verschwunden, noch ehe Hermann eine Frage stellen konnte. Hermann hatte Albert an seiner Kleidung sofort erkannt. Umso besser, wenn der Knecht sich nicht lange aufhielt, sondern sofort zur Hütte zurückkehrte.

Alles war bereit. In wenigen Augenblicken würde er den attraktiven Körper der Witwe in Händen halten. Und morgen Abend würde er wieder kommen und ihr erneut beiwohnen. Bis dahin würde er sie fesseln und knebeln lassen, sodass sie sich nicht bemerkbar machen konnte. Sein Knecht hatte genügend Tücher und Leinen hierfür dabei.

Dann konnten auch Marek und Albert nach Geisenfeld zurückkehren, sodass niemand wegen ihres langen Ausbleibens Verdacht schöpfte. Die Hütte war so stark gebaut, dass es auch mit Äxten und anderen schweren Werkzeugen lange dauerte, bis sie aufgebrochen werden konnte. Von innen war kein Fluchtversuch möglich. Ja, niemand würde die Frau entdecken und er konnte sie aufsuchen, so oft er wollte, bis er mit ihr nach Lübeck aufbrechen würde. Ein wohliger Schauder lief ihm über den Rücken.

In diese angenehmen Gedanken versunken, lenkte er sein Pferd auf den Pfad, der zu seiner Hütte führte. Alles war dunkel. Ausgezeichnet. Der Wagen seiner Knechte stand vor der Hütte. Das Pferd rupfte Blätter vom Waldboden und den umliegenden Laubbäumen. Godebusch saß ab. Prüfend sah er um sich. Niemand war zu sehen. „Steig ab und warte vor der Tür!", befahl er Hans. Der sprang aus dem Sattel und band sein Pferd sowie das seines Herrn an den Bäumen an. Dann zog er eine Axt aus seinem Gürtel und postierte sich, wie ihm der Ratsherr aufgetragen hatte. Godebusch hieb dreimal mit der Faust an die Tür der Hütte.

Drinnen hörte er einen dumpfen, unverständlichen Laut. War das Marek? Godebusch lauschte. Er schlug noch dreimal an die Türe. Von drinnen antworteten ebenfalls drei Schläge. Godebusch nickte befriedigt.

„Aufschließen!", rief er. Wieder ein dumpfer Ruf. Der Ratsherr runzelte die Stirn. Wollten ihn seine Knechte foppen? Oder hatten sie die Frau schon entkleidet und für ihn vorbereitet? Bei dem Gedanken an das bevorstehende Vergnügen riss ihm der Geduldsfaden. Er griff nach einem kleinen Lederbeutel, den er an seinem Gürtel trug und holte den Schlüssel für die Hütte heraus, den er selbst dauernd bei sich trug. Zitternd vor Erregung, steckte er den Schlüssel ins Schloss und drehte ihn um, packte den Griff der Türe, stieß sie mit einem kräftigen Ruck auf und ging rasch hinein.

Verblüfft blieb er nach wenigen Schritten stehen. Er hatte erwartet, dass seine Knechte Kerzen angezündet und ihm einen ersten Blick auf seine Beute ermöglichen würden. Stattdessen war es in der Hütte genauso dunkel wie draußen. Instinktiv zog er seinen Dolch. Schemenhaft nahm er die spärliche Möblierung wahr, die Truhe, den Tisch und die Bänke. Ihm gegenüber war der Strohhaufen mit der Pferdedecke. Darauf lag regungslos ein Körper.

War das die Frau? Doch wo waren Marek und Albert? Er machte ein paar Schritte vorwärts. Unter seinen ledernen Schuhen spürte er etwas Glitschiges, Klebriges. Er schnupperte. Es roch nach Blut. In diesem Moment begriff er, dass sein Plan nicht aufgegangen war. Er warf sich herum und wäre beinahe ausgerutscht. Da sah er, wie ein Schatten durch den Türrahmen nach außen glitt. „Hans!", schrie er.

Das Geräusch eines Handgemenges antwortete ihm. Gleich danach ertönte ein Kreischen. Godebusch stürzte durch die Türe hinaus und sah, wie sich Irmingard gegen den Griff des Knechts wehrte. Mit wenigen Schritten war er bei ihr. „Was geht hier vor?", schrie er. Irmingard riss sich mit einem kräftigen Ruck los und taumelte zur Seite. Als sie sich wieder gefangen hatte, starrte sie den Ratsherrn mit flammenden Augen an und rief: „Ihr Teufel! Ich weiß alles! Ihr habt mich entführen und einsperren lassen, weil Ihr mit mir einen Erben zeugen wollt! Niemals! Das lasse ich nicht zu!" Stolz warf sie den Kopf zurück und sagte nun etwas ruhiger: „Ich bin verlobt und stehe euch für derlei abscheuliche Ansinnen nicht zur Verfügung! Lasst mich gehen!" Godebusch trat näher. „Was ist mit meinen Knechten geschehen?", fragte er in gefährlich ruhigem Ton, den Dolch drohend auf die Frau gerichtet.

„Sie liegen in ihrem Blut", entgegnete Irmingard mit fester Stimme. „Sie haben das bekommen, was sie verdient haben!" „Und Ihr werdet denselben Lohn erhalten, wenn Ihr mich nicht gehen lasst. Mein Verlobter Hubertus wird euch in Stücke schlagen, wenn er Eurer habhaft wird."

Der Ratsherr schloss die Augen. Irmingard sah deutlich, dass es in seinem Gesicht arbeitete. Er ballte seine Fäuste, sodass die Knochen weiß hervorschimmerten. Irmingard befürchtete das Schlimmste. Gleich würde er sich auf sie stürzen und sie erdolchen. Dann hob Godebusch seine Lider und sah die Frau an. Ruhig steckte er seinen Dolch wieder zurück in den Gürtel. Fassungslos beobachtete Irmingard, wie er die Achseln zuckte. „Wo gehobelt wird, da fallen Späne. Ich sorge dafür, dass die Männer ein ordentliches Begräbnis bekommen. Ihre Familien werde ich entschädigen. Das soll es mir wert sein, euch beizuwohnen", sagte er.

Er nickte seinem Knecht zu. „Hans, pack sie. Wir bringen sie hinein. Aber vorher durchsuchen wir sie, ob das Weib etwa ein Messer bei sich trägt." Er lächelte Irmingard boshaft an. „Ihr habt jetzt und hier die Gelegenheit, Mutter eines starken Kaufmannssohnes zu werden. Und glaubt mir, je mehr Ihr euch wehrt, desto erregender wird es für mich. Und es wird nicht bei dem einen Mal bleiben. Ihr werdet noch viele solcher Leibesübungen vornehmen, bis ich sicher bin, dass Ihr guter Hoffnung seid."

Hans stürzte zu Irmingard und packte sie am Arm. Irmingard wehrte sich nicht, so sehr hatte sie die eiskalte Reaktion von Godebusch auf ihre Worte getroffen. Dann riss sie sich zusammen, holte Luft und rief, alles auf eine Karte setzend, mit bebender Stimme: „Und wenn Ihr fertig seid mit mir und ich euch das gewünschte Kind geboren habe? Wollt Ihr mich dann so ermorden lassen wie die Ordensschwestern vor sechs Jahren? Wollt Ihr mir auch die Kehle durchschneiden, mir das Gesicht einschlagen und mich verbrennen?"

Der Knecht, der Irmingard gepackt hielt, zuckte zusammen. Er öffnete den Mund vor Erstaunen und blickte ungläubig zu seinem Herrn. Godebuschs Gesicht wurde wachsbleich. „Wie kommt Ihr dazu, mich solcher Verbrechen anzuklagen?", fragte er ruhig. Irmingard wurde unsicher. Stimmte die Vermutung von Hubertus nicht? Ihr Plan würde scheitern, wenn Godebusch standhaft blieb und alles leugnete. Doch jetzt galt es, Nerven zu behalten und das Spiel weiter zu spielen, sonst war alles aus.

„Ich weiß alles!", schleuderte sie dem Kaufmann entgegen. „Ihr habt damals den Kirchenschatz rauben und die Ordensschwestern umbringen lassen. Ihr habt euch an der Heiligen Mutter Kirche in unverzeihlichem Maße versündigt! Dann habt Ihr die Gaukler, die sich gerade in Geisenfeld aufhielten, zu Sündenböcken gemacht und sie kaltblütig ermordet. Ihr seid des Teufels! Nein, Ihr seid der Teufel selbst! Und jetzt wollt Ihr mich schänden und schwängern, mich, eine Bedienstete des Klosters! Verflucht sollt Ihr sein!"

Hans, der Knecht, riss bei diesen Worten erschrocken die Augen auf. Er starrte seinen Herrn an und fragte tonlos: „Stimmt das, was dieses Weib sagt?" „Unfug!", rief Godebusch. „Nichts von diesem törichten

Weibergeschwätz ist wahr! Was soll sie denn wissen? Sie ist nicht von hier. Nichts, gar nichts weiß sie! Jetzt bring diese Hexe in die Hütte, damit sie ihren Zweck erfüllen kann!" In Irmingards Kopf überschlugen sich die Gedanken. Was sollte sie jetzt tun? Sie merkte, dass der Knecht an seinem Herrn zweifelte. Da kam ihr eine Idee. „Es gibt einen Augenzeugen!", rief sie triumphierend.

„Ein Zeuge, der die Vergeltung an den Gauklern im Ilmgrund überlebt hat und vor dem Gericht und der Äbtissin gegen euch aussagen wird. Jetzt ist euch peinliche Befragung und der Tod durch die Hand des Scharfrichters gewiss!"

Hans ließ den Arm von Irmingard los. Mit schreckensbleichem Gesicht wandte er sich an den Kaufmann. „Herr, ich habe viel für euch getan und Ihr habt mich bezahlt dafür. Aber ich bin immer gottesfürchtig gewesen. Ich habe immer die Heilige Messe besucht und nie gegen die Mutter Kirche Hand angelegt. Ich will nicht auf dem Schafott enden, weil ich einem Menschen gedient habe, der sich an Ordensschwestern versündigt hat. Ich will nicht im Fegefeuer landen!" Er ließ seine Axt zu Boden fallen.

Godebusch starrte seinen Knecht an, unfähig zu glauben, dass dieser an ihm zweifelte. Dann sprang er plötzlich vor. „Du treuloser Hundsfott!", brüllte er. Mit einer Geschwindigkeit, die ihm Irmingard nicht zugetraut hätte, bückte er sich und griff nach der Axt, die Hans hatte fallen lassen. Er holte aus und schlug dem Knecht mit einer kräftigen Bewegung den Schädel ein. Hans fiel ohne einen Laut zur Seite. Auf seinem Gesicht lag grenzenlose Verwunderung.

Irmingard kreischte auf. „Also ist es wahr!", schrie sie den Kaufmann an. „Ihr seid ein Räuber und Mörder!" „Schweig!", herrschte sie der Ratsherr an. Dann fuhr er in drohendem Ton fort: „Wer ist dieser Zeuge, von dem du gefaselt hast? Sage mir seinen Namen. Jetzt und sofort, sonst ergeht es dir wie damals den Ordensschwestern. Ich werde nicht zögern, so wie sie, auch dich ins Jenseits zu schicken, sobald ich mit dir mein Vergnügen gehabt habe." Er hob die Axt, von deren Klinge noch das Blut seines toten Knechts tropfte. Irmingard wich zurück. Da traten aus dem Schatten der Bäume zwei schwarze Gestalten hervor „Verflucht sollt Ihr sein, wenn Ihr euch an der Frau vergreift!", sprach eine wohlbekannte Stimme.

Godebusch schnappte nach Luft, als er die Gestalten erkannte. „Ehr…ehrwürdige Mutter", stammelte er. „Schweigt!", herrschte ihn

Äbtissin Ursula an. An ihre Seite war die Cellerarin, Schwester Benedikta, getreten. Die beiden Monialen musterten den Ratsherrn mit tiefem Abscheu. „Ich habe alles gehört", fuhr die Äbtissin in schneidendem Ton fort. „Ihr habt vor sechs Jahren die Kirche in Brand stecken lassen! Ihr habt den Kirchenschatz geraubt! Ihr habt meine Mitschwestern ermorden lassen! Ihr habt die unschuldigen Spielleute getötet! Ihr habt jedes Recht verwirkt, das Wort an mich zu richten! Ihr habt jedes Recht verwirkt, Euren Fuß noch einmal auf den Boden des Klosters und seiner Besitztümer zu setzen! Ich verbanne euch aus dem Markt! Ich lasse euch ausschaffen! Ich lasse euch durch den Bischof exkommunizieren! Noch heute richte ich ein Gesuch an Johannes I. von Moosburg!"

Godebusch hielt kurz inne. Hektisch wanderte sein Blick hin und her. In diesem Moment wurde ihm bewusst, dass der Traum von der Herrschaft, die er in Geisenfeld errichten wollte, gescheitert war. Die Äbtissin aus dem Weg zu räumen, wagte nicht einmal er. Doch noch blieben ihm seine Niederlassungen im Norden des Reiches. Er würde fliehen und niemand würde ihn daran hindern. Er in Henkershand? Niemals! Noch war nicht alles verloren.

Er entspannte sich. Während er unverwandt die Axt in einer Hand hielt, zog er mit der anderen langsam seinen Dolch und richtete ihn auf die Äbtissin. „Ehrwürdige Mutter", sagte er spöttisch „Verbannen? Ausschaffen? Exkommunizieren? Sei es drum, versucht es! Festhalten könnt Ihr mich ohnehin nicht. Alle Bewaffneten im Markt Geisenfeld hören auf meinen Befehl, wisst Ihr denn nicht mehr? Ihr seid allein und ohne Macht." Er lachte kurz auf. „Jahrelang habe ich an Eurem Tisch im Refektorium gesessen und mich köstlich darüber amüsiert, wie erhaben Ihr getan habt. Doch wenn Ihr mich brauchtet, seid Ihr zu Kreuze gekrochen. Ich habe mich dabei innerlich gekrümmt vor Lachen. Ihr, die stolze Äbtissin, wart ohne mich gar nichts. Das wollte ich euch schon immer einmal kundtun.

Und jetzt werde ich in aller Ruhe diesen Ort und den Markt Geisenfeld verlassen und Ihr könnt mich nicht daran hindern. Eure Drohungen mit Verbannung und Ausschaffung kümmern mich nicht!"

„Dann wird eure Seele in der Hölle schmoren!", antwortete Schwester Benedikta, die ebenso wie die Mutter Oberin bei diesen Worten bleich geworden war. Godebusch lachte erneut. „Lasst das meine Sorge sein, ach so erbostes Schwesterlein! Bis es so weit ist, dass meine Stunde kommt, habe ich andernorts so viele gute Taten vollbracht, dass mein Seelenheil gerettet ist."

„Seid euch dessen nicht so sicher!", ertönte eine andere Stimme. Godebusch fuhr herum. „Wer ist da?" Aus dem Schatten der Bäume traten Gregor, Josef und Walter hervor. Jeder von ihnen hielten einen Stab aus Haselnussholz und ein Messer in der Hand. Godebusch fing sich nach dem ersten Schreck schnell wieder. Er zeigte auf die Männer und lachte. „Mit diesen Stängelchen und Eurem Essbesteck wollt Ihr mir Angst machen, ihr drei schmächtigen Zwerge? Lauft weg, solange Ihr noch könnt!" Mit einer lässigen Bewegung warf er seinen Dolch nach Walter. Die Klinge blieb in Walters Brust stecken. Ungläubig schaute der auf den aus seiner Brust ragenden Dolchgriff. Dann wankte er, fiel mit einem seufzenden Ton zu Boden und regte sich nicht mehr.

Alles geschah gleichzeitig. Die Frauen schrien auf und flüchteten in den Schutz der Bäume. Josef ließ seinen Stab fallen, kniete sich neben seinen Bruder und beugte sich über den Schwerverletzten. Gregor holte aus und stürmte mit seinem Haselnussstock auf den Ratsherrn ein. Doch dieser wich mühelos aus und ließ Gregor ins Leere laufen.

„Gregor! Vorsicht!", schrie Adelgund hinter einem Baum hervor. Godebusch blickte um sich wie ein in die Enge getriebenes Tier und schätzte seine Lage ein. Er sah auf Josef, der noch immer über seinem Bruder kniete und wandte seine Aufmerksamkeit dann Gregor zu. Das war im Augenblick der gefährlichere Gegner, den es auszuschalten galt. Er zog sein Schwert. Mit der Axt in einer Hand und mit dem Schwert in der anderen drang er nun auf Gregor ein. Von der Wucht des Angriffs überrascht, hatte dieser Mühe, dem Ratsherrn auszuweichen.

Godebusch musste Bärenkräfte haben, denn er drängte Gregor mit kräftigem Schwingen seiner Axt den Pfad von der Hütte entlang bis an das Ufer der Ilm. Gregor konnte sich gerade noch zwischen zwei Erlenbäume retten, die dort eng nebeneinander standen. Godebusch setzte nach und hieb mit der Axt auf Gregor ein. Immer wieder traf Godebusch die beiden Baumstämme, zwischen denen Gregor wie ein gehetzter Hase hin und hersprang. Die Hiebe ließen die Bäume erzittern.

Als Äbtissin Ursula, Schwester Benedikta, Irmingard und Adelgund den ungleichen Kampf sahen, schlugen sie alle Vorsicht in den Wind und eilten zu den Kämpfenden hin. Irmingard zog ihr Wurfmesser. „Haltet ein, Gottloser!", schrie Äbtissin Ursula. Doch Godebusch beachtete sie gar nicht, sondern schlug weiter wie von Sinnen nach Gregor. Dieser konnte gerade noch einem besonders heftigen Schlag ausweichen.

Dann wandte sich Godebusch unerwartet zu den Frauen um, die ihnen gefolgt waren. Aufschreiend wichen sie zurück. Bevor sie fliehen konnte, packte er Adelgund am Arm und hob die Axt. „Ich schlage dir jetzt den Schädel ein!", rief er frohlockend.

Sofort erkannte Gregor, in welcher Gefahr seine Frau war. „Nein!", schrie er und machte einen Satz zwischen den Erlen hervor. Darauf hatte Godebusch gewartet. Er stieß Adelgund zurück, sodass sie stolperte und stürzte. Mit einer einzigen, fließenden, blitzschnellen Bewegung drehte er sich zu Gregor um, der nun keine Deckung mehr hatte, holte mit der Axt aus und schlug zu. Instinktiv hob Gregor noch den Arm zur Abwehr, doch der wuchtige Hieb traf seinen erhobenen rechten Unterarm. Die Schneide der Axt drang zwischen Elle und Speiche ein und nagelte Gregor an den Erlenstamm, vor dem er stand. Sein Stab fiel zu Boden. Gregor stieß vor Schmerz einen gellenden Schrei aus. Adelgund kreischte entsetzt auf. Godebusch schwang siegessicher sein Schwert und wollte dem Wehrlosen gerade den Bauch aufschlitzen, als er, wie von Geisterhand getroffen, wankte. Im Rücken des Kaufmanns steckte Hubertus´ Dolch, mit dem Irmingard den Knecht Marek erstochen hatte. Godebusch brüllte auf und warf seinen massigen Körper herum.

„Wer war das?", schrie er voller Wut. Irmingard trat hinter der Äbtissin hervor. Sie hielt in der Hand ihr Wurfmesser. „Ich war das", sagte sie kalt.

„Du Hure!", keuchte der Ratsherr mit blutunterlaufenen Augen. Äbtissin Ursula schlug entsetzt die Hand vor den Mund. Noch bevor sie etwas sagen konnte, stürmte Godebusch mit seinem Schwert auf Irmingard los. „Jetzt empfange deinen Lohn dafür!"

Irmingard wurde im Anblick dieser Gefahr ganz ruhig. Das war der Mann, der die Ordensschwestern auf dem Gewissen hatte. Der Mann, der sie schänden und mit ihr einen Erben zeugen wollte, der Mann, der alles seinem Machtstreben untergeordnet hatte. Geschickt drehte sie das Wurfmesser zwischen den Fingern und warf es mit aller Kraft nach dem Kaufmann.

Als wenn er gegen eine Wand gelaufen wäre, blieb Godebusch ruckartig stehen. Fassungslos schaute der Hüne auf den Griff hinunter, der zwischen seinen Rippen herausragte. Ein Zucken durchlief seinen Körper.

Als er den Mund öffnete, rann Blut heraus. Er hob den Kopf und starrte die Frauen an. Für einen Augenblick schien es, als wollte er noch einmal auf Irmingard losgehen. Dann fiel sein flackernder Blick auf die Pferde, mit denen er und Hans gekommen waren.

Ungläubig sahen Irmingard und die Ordensfrauen, wie Godebusch trotz der zwei Klingen, die tief in seinem Körper steckten, auf sein Pferd zulief und sich mit schmerzverzerrtem Gesicht auf den Sattel zog. Als er saß, schwankte er bedenklich. Doch mit enormer Kraft hielt er sich im Sattel.

„Nie-…mals ergreift Ihr mich", keuchte er und trieb sein Pferd an. Das Tier lief los. „Ewig sollt Ihr im Fegefeuer leiden!", rief ihm die Äbtissin hilflos nach.

Die Frauen rechneten schon damit, dass der Ratsherr entkommen würde. Doch als er wenige Mannslängen geritten war, ertönte ein gellender Schrei. Das Pferd von Godebusch erschrak und bäumte sich wiehernd auf. Der Kaufmann stürzte aus dem Sattel und fiel schwer zu Boden. Das Tier jagte davon und da, wo es gerade noch gestanden hatte, sahen Irmingard und die Ordensfrauen, wie sich Josef, der alte Fischer, aus dem Staub erhob.

„Ich konnte diesen Teufel nicht entkommen lassen, nach dem, was er euch und mir angetan hat", sagte er mit brüchiger Stimme. Dann ließ er die Schultern hängen und starrte mit leerem Blick zum leblosen Körper seines Bruders.

Äbtissin Ursula, Schwester Benedikta und Irmingard stürzten zu dem am Boden liegenden Ratsherrn. Der Kaufmann lag mit weit aufgerissenem Mund auf dem Rücken und schnappte verzweifelt nach Luft. Irmingard kniete neben ihm nieder und packte ihn an der Schulter. „Wer sind noch eure Helfer?", zischte sie den Sterbenden an. „Sagt es, bevor Ihr in die Hölle eingeht!"

Godebusch keuchte Unverständliches. Irmingard beugte sich dicht über seinen Mund. „Her…. Her….", stammelte der Kaufmann. Dann bewegte er mühsam seine Kiefer. Sein Gesicht verzerrte sich zu einem Grinsen. Irmingard stutzte. Mit letzter Kraft spie ihr Godebusch blutigen Schleim ins Gesicht. Sein Kopf sackte nach hinten. Die offenen Augen starrten blicklos in den wolkenverhangenen Himmel. Für einen Augenblick herrschte Stille.

Dann schrie Adelgund: „Gregor! Helft ihm!" Der Verletzte war, von der Axt immer noch am Baum angenagelt, bewusstlos zusammengesunken. In diesem Moment fielen die ersten Regentropfen.

*

31. August 1390, Benediktinerinnenkloster Geisenfeld

„Nun sprecht, Hubertus", sagte Äbtissin Ursula. „Wir wollen hören, was sich seit Eurer Abreise zugetragen hat."

Im Amtszimmer der Oberin waren neben Hubertus und Alberto auch Schwester Benedikta und Irmingard anwesend. Alle waren gespannt auf das, was die beiden Reisenden zu erzählen hatten. Am späten Abend des gestrigen Tages war Hubertus mit Alberto auf schweißnassem Pferd in der Abtei eingetroffen. Schwester Hedwigis hatte ihn freudig begrüßt. Nachdem er sein Reittier in die Obhut der Pferdeknechte des Klosters gegeben hatte, war Hubertus quer über den Klostervorhof in das Gästehaus geeilt. Irmingard hatte freudig aufgeschrien, als sie ihn gesehen hatte und sich erleichtert in seine Arme geworfen. Lange waren sie ohne ein Wort engumschlungen stehen geblieben und hatten die Umarmung genossen. Erst als sich Alberto räusperte, der seinem Gefährten langsam gefolgt war und im Türrahmen gewartet hatte, lösten sie sich wieder voneinander.

Irmingard hatte den Beiden in aller Kürze von den schrecklichen Erlebnissen des 29. August berichtet. Sogleich hatten Hubertus und Alberto das Krankenbett von Gregor aufgesucht. Adelgund, die seit dem Kampf vor zwei Tagen nicht von der Seite ihres Mannes gewichen war, hatte Hubertus ohne viele Worte in die Arme geschlossen und danach auch Alberto umarmt. „Gregor ringt um sein Leben. Die Wunde, die dieser Teufel von Godebusch ihm schlug, hat zu schwären begonnen. Dank sei Gott, dass er bewusstlos ist und die Schmerzen nicht ertragen muss", hatte sie mit stockender Stimme, immer wieder unterbrochen von Schluchzern, herausgepresst.

Während der Nacht hatten Alberto und Hubertus abwechselnd Wache am Bett von Gregor gehalten, damit Adelgund und Irmingard schlafen konnten. Gregor war nicht erwacht. Nach der Prim hatte Hubertus gemeinsam mit Alberto um Audienz bei der Oberin gebeten. Diese war ihm nach Fürsprache von Irmingard und Adelgund sogleich gewährt worden.

Hubertus bestätigte nun der Äbtissin all das, was sie selbst und Schwester Benedikta am Abend des 29. August schon aus dem Mund von Godebusch selbst erfahren hatten. Mit eindringlichen Worten schilderte er das Gespräch, das Johannes im Haus des Ratsherrn Godebusch belauscht hatte. Als er mitteilte, dass auch der Ratsbedienstete Herbert Wagenknecht hinter dem Verbrechen von 1384 steckte, sank die Oberin bleich in ihrem Sessel zusammen. „Ich weigere mich, dies zu glauben", sagte sie tonlos.

Doch die Worte von Hubertus, die dieser mit ruhiger, dunkler Stimme vortrug, überzeugten sie schließlich. Die Oberin seufzte auf. In diesen Momenten schien sie um Jahre zu altern.

Hubertus erzählte von Albertos Schicksal. Der junge Gaukler hörte wortlos zu und nickte nur dann und wann zur Bestätigung des Gesagten. Als Hubertus geendet hatte, wandte sich die Äbtissin dem jungen Mann zu.

„Ist all dies wirklich geschehen?" Alberto bejahte. Die Oberin zwang sich zu einem Lächeln. „Du bist also der einzige Überlebende der Vergeltung vom Ilmgrund. Wenn dies alles wahr ist, was Hubertus erzählte, dann ist dir und deiner Familie großes Unrecht geschehen. Niemand kann dies ungeschehen machen. Doch das Kloster wird dafür sorgen, dass dir dieses erlittene Unrecht vergolten wird. Nun berichte, wie es dir und Bruder Johannes ergangen ist". Alberto erzählte den Anwesenden anschließend alles, was sich auf ihrer Flucht, beginnend mit der Falle in Geisenfeld bis zum Erreichen des Spitals in Kempten zugetragen hatte. Gebannt, mit großen Augen und wachsendem Abscheu hingen sie an den Lippen des Jungen, der ihnen eindringlich von der Jagd schilderte, die der Propstrichter Frobius, der Majordomus Diflam und ihre Männer auf die Flüchtigen veranstaltet hatten. Als er von den Ereignissen in der Ammerschlucht und im Kempter Wald berichtete, wurden die Ordensfrauen vor Schrecken wachsbleich.

Schwester Benedikta vermeinte, dass sich unter ihr der Boden öffnete, so ungeheuerlich waren diese Erzählungen. Niemals htten sie gedacht, welcher Abgrund an Gier, Machtstreben und Mordlust hinter dem Rücken des Klosters herrschte. Bei dem Gedanken, dass die ihr bisher vertraute Welt sich gleichsam umkehrte, wurde ihr schwindlig. Vor allem dem

Propstrichter, dessen Rechtsprechung sie so oft erlebten, hätte sie diese abscheulichen Handlungen niemals zugetraut.

Hubertus räusperte sich. Mit einer müden Handbewegung erteilte ihm die Oberin das Wort. „Ich bitte Euch, dafür Sorge zu tragen, dass in Geisenfeld die Kunde bekannt wird, dass Bruder Johannes auf 'Jakobs Straße' geblieben ist und in Kempten beigesetzt wurde", sagte er und verneigte sich.

„Weshalb dieses Ansinnen?", fragte die Äbtissin erstaunt. Hubertus zögerte. Er besaß die volle Aufmerksamkeit der Anwesenden. „Als Alberto und ich zwischen der St.-Ulrichs-Kirche in Ainau und der Burg Ritterswerde waren, hatten wir eine Begegnung mit zwei Reitern, Bediensteten des Ratsherrn Godebusch", sagte er langsam. „Die beiden Bewaffneten kontrollierten uns und wiesen uns auf das Verbot des Waffentragens hin. Uns fiel auf, dass die Reiter fahrig und nervös waren. Als ich sie nach Neuigkeiten fragte, teilten sie uns zögernd den Tod ihres Herrn mit. Es kostete mich alle Mühe, nicht zu zeigen, wie erleichtert ich über diese Nachricht war. Die Reiter machten jedoch auch auf meine Nachfragen keine Angaben über die Todesursache. Vielmehr bemühten sie sich, den Anschein der Normalität aufrecht zu erhalten und verlangten unsere Namen. Als ich ihnen den meinen nannte, zuckten sie zusammen, als sei ihnen der Leibhaftige erschienen."

Hubertus hielt kurz inne. Die Augen aller waren auf ihn gerichtet. „Beim Weiterreiten zur Marktgrenze überholten sie uns. Augenscheinlich hatten sie es sehr eilig, auch wenn wir uns nicht erklären konnten, weshalb. Dann, noch weit vor Erreichen der Ilmbrücke, kam uns zu unserem Erstaunen der Ratsbedienstete Herbert Wagenknecht, begleitet von einem bewaffneten Diener und seinem Sohn Stephan, entgegen. Es war bereits dunkel und Wagenknecht bedeutete uns unmissverständlich, den Weg zu verlassen und ihm in das Gehölz am Ufer der Ilm zu folgen." Hubertus lachte leise und bitter auf. „Er achtete streng darauf, dass niemand das Treffen beobachten konnte. Er hatte seinen Diener geradewegs in solcher Entfernung stehen gelassen, dass dieser das Gespräch nicht hören, aber schnell eingreifen konnte, so es denn nötig wäre. Stephan Wagenknecht stand neben seinem Vater. Er schaute abwechselnd mich und auch Alberto aufmerksam an. Ich habe selten so einen kalten Blick gesehen."

Hubertus hielt inne. Dann fuhr er in seinem Bericht fort. „Mit gewohntem Hochmut, faltig und aschfahl wie der Tod hat Wagenknecht mich nach meinen Erlebnissen auf der Reise befragt. Ich erzählte ihm, was ich mit Johannes abgesprochen hatte. Den Tod von Diflam hat der Ratsbedienstete noch mit einer unwilligen Armbewegung abgetan, während sein Sohn lediglich die Stirn runzelte. Dass Frobius und alle seine Männer gestorben waren, schien beide dagegen mehr zu treffen. Jetzt komme ich zu dem Punkt, der mir besonders am Herzen liegt. Herbert Wagenknecht hat mich nach dem Finger in der Glasflasche als Beweis für den Tod von Johannes gefragt. Diesmal heuchelte er nicht wie bei meiner Abreise sein Bedauern über das Schicksal meines Freundes. Ich gab ihm das Glas mit dem Finger und dazu die Urkunde der Stadt Kempten. Wagenknecht hat das Fläschchen mit dem Finger genommen und sogleich geöffnet. Dann ließ er den Finger in seine Hand fallen, zeigte ihn seinem Sohn und warf ihn gleich danach in hohem Bogen in die Ilm, gefolgt von der Flasche. Schließlich las er aufmerksam die Urkunde mit der Bestätigung des Todes von Johannes. Die Urkunde hat er, nachdem auch sein Sohn sie gelesen hatte, ohne ein weiteres Wort noch an Ort und Stelle in kleine Fetzen zerrissen und eingesteckt. Ich habe keine Zweifel, dass er sie unverzüglich danach verbrannt hat. Jetzt ist sie wohl nur noch Asche."

Hubertus machte abermals eine Pause, bevor er weitersprach. „Wagenknecht hat uns eingeschärft, niemandem etwas über dieses Treffen zu erzählen. Er sagte, er habe genug Macht, mir oder meiner Verlobten ansonsten seine Dankbarkeit zu zeigen." Hubertus schnaubte verächtlich. „Dankbarkeit, so hat er es wirklich genannt! Dann sind er und sein Sohn mit ihrem Diener verschwunden."

Hubertus verschwieg, dass es ihn in den Fingern gejuckt hatte, Wagenknecht für die Verschwörung und die Opfer, die seine Habgier und die von Godebusch und Frobius gefordert hatten, zur Rechenschaft zu ziehen. Schließlich war der Ratsbedienstete in Geisenfeld noch immer in Amt und Würden. Doch eines Tages, so schwor er sich im Stillen, würde auch Wagenknecht seiner Strafe nicht entgehen.

Als Hubertus geendet hatte, war es im Amtszimmer lange still. Jeder musste die Berichte erst verarbeiten. Äbtissin Ursula schaute Hubertus an und sagte dann langsam: „Ich verstehe eure Besorgnis um Bruder Johannes. Jetzt ist es auch nicht mehr notwendig, dass er als Zeuge zum Mord an dem Knecht Ernst aussagt. Ich bin einverstanden. Es wird die Kunde verbreitet, dass Bruder Johannes auf dem Pilgerweg in Kempten gestorben ist. Und seid ohne Sorge! Wagenknecht wird euch nichts mehr antun können."

Auf einen Wink der Oberin gab Schwester Benedikta, unterstützt von Irmingard, danach die Ereignisse des 29. August in aller Ausführlichkeit wieder. Mehrmals war ihre Stimme nahe daran, zu versagen. Auch Irmingard schluchzte, als sie sich an das schreckliche Erlebnis zurückerinnerte. Hubertus nahm sie in den Arm, eine Geste, die ansonsten in den Räumen der Abtei undenkbar gewesen wäre.

„Was ist mit dem Leichnam von Godebusch geschehen?", fragte Hubertus. Schwester Benedikta schaute fragend zur Äbtissin. Diese nickte ihr bestätigend zu. Benedikta antwortete: „Es wurde ihm und auch dem Häscher, den Irmingard in Notwehr erstach, das gleiche Schicksal zuteil wie vor sechs Jahren den Spielleuten." Unsicher wanderte ihr Blick zu Alberto. Doch der hatte eine Maske der Regungslosigkeit aufgesetzt.

„Der Leichnam dieser Gottlosen wurde von dem Fischer Josef und seinen Vettern verbrannt und in die Ilm gestreut. Die sterblichen Überreste des Knechts Hans wurden überführt und gestern in aller Stille beigesetzt. Der andere Scherge, den die Fischer niederschlugen, wurde in die Gefangenengelasse der Abtei verbracht. Er wird dem herzoglichen Landrichter überstellt werden. Walter, der Bruder von Josef, wird morgen in allen Ehren beerdigt." Irmingard schluchzte. „Auch er hat beim Kampf für das Gute sein Leben gelassen." Hubertus tröstete sie. „Jetzt ist es vorbei. Auch unser Freund Johannes kann nun ohne Besorgnis weiter ziehen. Solange Wagenknecht davon überzeugt ist, dass Johannes nicht mehr lebt, droht unserem Freund keine Gefahr."

Schweigen erfüllte den Raum. Die Oberin dachte nach. Ihr fiel der Benediktinermönch namens Barnabas ein, der ebenfalls aus dem Heimatkloster von Bruder Johannes stammte. Er hatte sie vor drei Wochen um Audienz gebeten, weil er eine wertvolle Reliquie suchte, die Johannes aus dem Kloster St. Peter und Paul ohne Einverständnis gestohlen haben soll. Doch hatte sie ihn unverrichteter Dinge wieder zurückgeschickt. Sollte sie Hubertus davon erzählen? Sie verwarf den Gedanken. Sicher war der Mönch zu seinem Heimatkloster zurückgekehrt. Es war besser, nach den Schrecken der letzten Tage wieder zur Ruhe zu kommen.

Sie sah auf und bemerkte, dass alle Anwesenden sie anschauten. Augenscheinlich erwarteten sie eine Entscheidung von ihr. Die Äbtissin erhob sich. „Ich werde über all das nachdenken, was hier gesprochen wurde und den HERRN um Rat fragen. Dann treffe ich meine

Entscheidungen über das weitere Vorgehen. Doch schon jetzt sei gesagt: Du, Alberto", sie schaute den Knaben an, „du sollst entschädigt werden. Ich werde eine Messe für deine Familie lesen lassen. Vor allem aber wird dir ein Lehen des Klosters übertragen werden, das deine Zukunft auch für den Fall, dass du einst eine Familie gründen wirst, hier in Geisenfeld auf Dauer sichert. Nie wieder sollst du um dein tägliches Brot bangen müssen." Der Knabe kniete nieder, ergriffen von dieser Nachricht.

„Irmingard," die Angesprochene verneigte sich, „du hast dich um das Findelkind, die kleine Felicitas, sorgsam und aufmerksam gekümmert. Und nun hast du wahrhaft Schreckliches erlebt. Doch wurde dank dir die Verschwörung aufgedeckt und der gottlose Godebusch fand sein wohlverdientes Ende." Die Äbtissin wagte ein Lächeln. „Ich nehme nicht an, dass du unserer Gemeinschaft beitreten willst." Statt einer Antwort schmiegte Irmingard sich an Hubertus und schlug die Augen nieder.

„Ich habe dafür Verständnis", fuhr die Äbtissin fort. „dir wird daher ein angemessener Lohn zuteil werden. Dies gilt auch für Dich, Hubertus", wandte sie sich an den Mann an Irmingards Seite. „Auch dir hat das Kloster zu danken. Doch…", sagte sie plötzlich in strengem Ton, „habt Ihr alle drei gesündigt, indem ihr Menschen vom Leben zum Tode gebracht habt. Dies ist eine schwere Sünde, es sei denn…", die Oberin hielt inne. Drei Augenpaare waren voller Anspannung auf sie gerichtet. „Es sei denn, euch würde die Absolution erteilt."

Die Äbtissin winkte Schwester Benedikta heran und flüsterte ihr einige Worte ins Ohr. Die Cellerarin nickte und eilte hinaus.

„Ihr findet euch in einer Stunde in der Klosterkirche beim Beichtstuhl ein. Pfarrer Niklas erwartet euch dort", richtete die Oberin wiederum das Wort an Hubertus, Irmingard und Alberto. Sie nickte zufrieden. Die Anwesenden wussten ohne weitere Worte, dass die Audienz nun beendet war. Sie knieten nieder und küssten nacheinander den Ring der Äbtissin zum Abschied. Mit einer majestätischen Geste wurden sie entlassen.

*

Der Ratsbedienstete Wagenknecht sah Äbtissin Ursula fest in die Augen.

„Ich habe zu keiner Zeit von einer Verschwörung gegen die Mutter Kirche gewusst und mich auch niemals daran beteiligt. Jeder, der etwas Anderes behauptet, ist ein ehrloser und gottloser Lügner."

Der oberste Marktbedienstete und Vertraute des Bürgermeisters stand aufrecht und hoch erhobenen Hauptes im Amtszimmer der Oberin. Sie hatte ihn nach der Audienz am Morgen herbeibefohlen und ihm ihren Verdacht vorgehalten. Nun beobachtete sie ihn mit größter Aufmerksamkeit. Wagenknecht wirkte jetzt noch fahler als sonst. Die Falten in seinem Gesicht glichen tiefen, dunklen Furchen.

Der Vertraute des Bürgermeisters sah die Äbtissin an und sagte feierlich: „Ich wäre bereit, einen Reinigungseid auf die Bibel zu leisten, dass ich zu keiner Zeit von einer Verschwörung gegen die Mutter Kirche gewusst habe und mich auch niemals daran beteiligt habe. Doch," so fügte er mit geheucheltem Bedauern hinzu, „steht es Euch, ehrwürdige Mutter, nicht zu, mir diesen abzunehmen. Wenn Ihr mich aber zum Bischof schicken wollt…" Widerwillig hatte die Äbtissin mit zusammengekniffenen Augen zugehört. Als Wagenknecht geendet hatte, winkte sie ab und sagte mit mühsam beherrschter Stimme: „Ihr könnt gehen." Der Rathausbedienstete verneigte sich tief. Dann drehte er sich um und ging zur Tür. Weder die Äbtissin noch Schwester Benedikta sahen das feine verächtliche Lächeln auf seinem Gesicht, als er die Tür hinter sich schloss.

„Er hat gelogen!", murmelte Ursula. „Dieser Gottlose hat gelogen! Ich konnte es in seinen Augen lesen. Wie verdorben muss ein Mensch sein, dass er seine Bereitwilligkeit bekundet, mit der Hand auf der Heiligen Schrift falsches Zeugnis abzulegen?"

Schwester Benedikta sah sie erschrocken an. „Mutter Äbtissin, wie könnt Ihr das annehmen? Herbert Wagenknecht schien mir seiner Unschuld gewiss, wenngleich es ihm an Ehrfurcht euch gegenüber mangelte." Ursula starrte die Cellerarin an. „Ich nehme es nicht an, ich weiß es. Tief in mir weiß ich es. Doch steht Wagenknechts Wort gegen das von Hubertus und Alberto. Das Wort eines angesehenen Bürgers, der, wie wir bislang immer angenommen haben, dem Markt und damit auch dem Kloster jahrzehntelang treu gedient hat, gegen das Wort, ja von wem eigentlich? Was wissen wir von Hubertus? Er ist ein Sänger und nur Gott weiß, was sonst noch. Wir haben ihn erst vor wenigen Wochen kennengelernt. Und was wissen wir von Alberto? Er ist der Überlebende der Gaukler. Doch das alleine verleiht ihm in den Augen der Bürger dieses Marktes keine Glaubwürdigkeit. Auch wenn er und Hubertus ihre Geschichte noch so eindringlich vorgetragen haben, es fehlen alle Beweise. Der abgeschnittene Finger, die Urkunde, die den Tod von Bruder Johannes bezeugt… nichts ist mehr vorhanden."

Die Ordensvorsteherin trat ans Fenster ihres Amtszimmers und sah hinaus. Dann sagte sie: „Der Propstrichter und Albrecht Diflam sind, soweit wir von Hubertus wissen, tot. Sie können nicht mehr gegen Wagenknecht aussagen. Walter Godebusch hat gestern Abend seinen Weg in die Hölle angetreten, bevor er uns den Namen seines Mitverschwörers nennen konnte. Sein Diener wurde von ihm erst nach dem Überfall 1384 eingestellt. Bürgermeister Weiß hat ihn bereits verhört. Auch der Diener schwört, nichts zu wissen. Alberto hat zwar von der Vergeltung im Ilmgrund erzählt, aber den Kirchenraub hat er nicht beobachtet, geschweige denn, von der Verschwörung Kenntnis erlangt. Bruder Johannes ist irgendwo auf dem Weg zum Grab des Apostels. Auch Schwester Maria weilt nicht mehr unter uns." Schwester Benedikta nickte todtraurig. „Es ist ein Unglück", sagte sie mit hilfloser Geste.

Äbtissin Ursula fuhr fort, als habe sie nichts gehört. „Wagenknechts Haus wurde von Bürgermeister Weiß höchstselbst in Begleitung eines Schreibers durchsucht, freilich erst, nachdem man ihm dies vorher angekündigt hatte. Wie mir der Bürgermeister mitteilte, begleitete Wagenknecht die Durchsuchung mit gewohnt hochmütiger und todbleicher Miene. Es wurde nichts Belastendes gefunden."

Die Äbtissin wandte sich zu Schwester Benedikta und schnaubte verächtlich. „Er hatte auch genug Zeit, alle Beweise, so es sie je gab, verschwinden zu lassen. Ich bin überzeugt, dass sich sowohl der Bürgermeister als auch der Schreiber mit tiefen Verbeugungen von ihm verabschiedeten und erleichtert davoneilten."

Die Oberin blickte wieder aus dem Fenster. Im Wind wiegten sich die Obstbäume, die schon die ersten Blätter verloren hatten. „Wie die unzähligen Blätter im Herbst welken, so wird einst in großer Weite der Glaube verdorren", flüsterte sie so leise, dass Benedikta Mühe hatte, sie zu verstehen.

„Es hat bereits begonnen. Mir graut vor einer Welt, in der die Hinwendung an Gott nicht mehr Richtschnur des Handelns ist. Alles was wir tun, tun wir doch zur Ehre Gottes. Und wenn etwas geschieht, was Unrecht ist, dann suchen wir die Ursache nicht in Gott, sondern in uns selbst. Doch diejenigen, die sich an der Mutter Kirche vergriffen haben, haben keinen Gott. Und wir haben gesehen, wozu Menschen ohne Gott und ohne Glauben fähig sind. Mir graut vor einer solchen Welt."

Benedikta wagte kaum zu atmen. Noch nie hatte die Äbtissin solche Worte gesprochen. Nach einer kurzen Pause fuhr die Oberin leise fort: „Auch wenn manches in der Mutter Kirche nicht vollkommen sein mag, so ist sie doch unsere Heimat, unser Fels in der Brandung der Zeit, der den Menschen Halt gibt. Doch das kann sie nur sein, wenn sie über alle Zweifel erhaben ist." Äbtissin Ursula zögerte. „Unser Erlöser hat in der Bergpredigt davon gesprochen, dass wir, wenn wir auf die eine Wange geschlagen werden, auch die andere hinhalten sollen. Doch kann er damit nicht gebilligt haben, dass ein solches Dulden zum Untergang des Christentums, ja, des Glaubens, führen kann. Es muss auch, wenn es notwendig ist, gegen das Böse verteidigt werden. Alles hat seine Zeit, wie Schwester Maria sagte. Und jetzt ist die Zeit gekommen."

„Was wollt Ihr tun, ehrwürdige Mutter?", fragte Benedikta. Die Äbtissin schwieg eine Weile. Dann entgegnete sie: „Geh und schicke nach Pfarrer Niklas und Bürgermeister Weiß! Ich will sie morgen nach der Vesper hier in meinem Amtszimmer sprechen. Auch du sowie Schwester Hedwigis und Schwester Walburga werden zuhören, was ich verkünde."

*

1. September 1390, Benediktinerinnenkloster Geisenfeld

„Ich kann dem Ratsbediensteten Wagenknecht nicht mehr vertrauen. Auch wenn ihm nichts nachzuweisen ist, so will ich ihn nicht mehr in meiner Abtei dulden. Er wird nie wieder einen Fuß in das Kloster setzen. Ich beauftrage Euch, ihn ehrenvoll, noch vor Monatsfrist, in den Ruhestand zu versetzen und rasch einen Nachfolger zu ernennen."

Äbtissin Ursula hatte mit großem Nachdruck gesprochen. Allen Anwesenden, die sich nach der Vesper bei ihr eingefunden hatten, war klar, dass sie keinen Widerspruch dulden würde. Bürgermeister Weiß nickte ergeben.

„Des Weiteren", fuhr die Ordensvorsteherin fort, „werde ich Herzog Stephan persönlich umgehend um die Benennung geeigneter Personen für das Amt des Propstrichters bitten. Ich werde jeden Einzelnen eingehend befragen, bevor ich eine Entscheidung treffe. Und für eine gewisse Übergangszeit, die noch bestimmt wird, werde ich angesichts der besonderen Ereignisse der letzten Zeit darum bitten, dass dem Kloster die Hohe Gerichtsbarkeit übertragen wird, bis ich dem neuen Propstrichter vollumfänglich vertrauen kann. Solange werde ich auch die letztlichen Entscheidungen selbst treffen." Die Anwesenden waren starr vor Erstaunen. Noch nie hatte eine Äbtissin die Blutgerichtsbarkeit inne gehabt.

Ungerührt von der Reaktion der im Amtszimmer Versammelten, sagte Äbtissin Ursula: „Ihr, Bürgermeister Weiß, werdet umgehend nach einer geeigneten Person Ausschau halten, die uns für die nächste Zeit als Carnifex dienen soll!" „Ihr wollt einen Scharfrichter bestellen?", fragte Pfarrer Niklas ungläubig.

„Glaubt mir", entgegnete die Äbtissin scharf, „hätte dem Kloster die Hohe Gerichtsbarkeit schon länger zugestanden und ich selbst die Rechtsprechung ausgeübt, dann wäre es nicht so weit gekommen."

Pfarrer Niklas zog ob dieser Antwort verständnislos die Augenbrauen hoch. Er wechselte mit Bürgermeister Weiß einen Blick. Dieser war genauso verblüfft. „Wie Ihr wünscht", entgegnete der Bürgermeister gehorsam. Es war ihm jedoch deutlich anzumerken, dass er angesichts dieser Entscheidungen um Fassung rang.

Doch die Ordensvorsteherin war noch nicht fertig. „Was Ihr gesehen und erfahren habt, ist nie geschehen. Ich werde für die getöteten Spielleute eine Messe lesen lassen. Anschließend lasse ich kundtun, dass neue Untersuchungen ergeben haben, dass die Gaukler nichts mit dem Raub des Kirchenschatzes vor sechs Jahren zu tun hatten. Ihr, Bürgermeister Weiß, werdet diese meine Verkündigung an Eurer Amtstafel aushängen! Nach dem Abnehmen wird sie umgehend vernichtet werden. Dann, Bürgermeister, stellt Ihr ohne Zögern eine eigene Wache zum Schutz des Marktes und des Klosters auf! Niemand, der bei dem gottlosen Godebusch Dienst getan hat, darf dieser Marktwache angehören. Nur Menschen mit gutem Leumund sind geeignet. Das Kloster wird euch bei der Aufstellung der Wache mit klingender Münze großzügig unterstützen. Zieht das Vermögen dieses…., dieses Teufels in Menschengestalt ein! Tilgt seinen Namen und jede Erinnerung an ihn! Nie wieder soll der Markt Geisenfeld, nie wieder soll das Kloster von dem Willen eines Einzigen abhängig sein. Nur Gott ist der, dem wir zu Willen sein wollen. Ihr, Pfarrer Niklas, werdet in der nächsten sonntäglichen Predigt ebenfalls kundtun, dass die Spielleute unschuldig waren! Danach wird nie mehr darüber gesprochen werden. In Geisenfeld sollen künftig reisende Künstler wieder willkommen sein."

Pfarrer Niklas und Bürgermeister Weiß verneigten sich. Äbtissin Ursula entließ sie und die Schwestern mit einer Handbewegung. Als die beiden Männer und die Ordensschwestern ihr Amtszimmer verlassen hatten, sank sie kraftlos in ihren thronartigen Sessel. „Was habe ich all die Jahre getan?" flüsterte sie. „Wem habe ich vertraut? Verzeih mir, grundgütiger HERR!" Sie faltete ihre Hände und begann zu beten.

*

3. September 1390, zwischen Weitnau und Simmerberg

Johannes blinzelte zum Himmel. Schwere, dunkle Wolken zogen langsam am Firmament entlang. Seit seinem Aufbruch aus dem Hospital in Kempten am gestrigen Tag hatte es stetig geregnet. Der kalte Wind peitschte den Regen und ließ den Mönch nur schwer vorankommen.

Johannes Kleidung war mittlerweile vollends durchweicht. Auch sein nasses Reisegepäck lag schwer auf seinen Schultern. Obwohl es erst Nachmittag war, schien es, als bräche bereits jetzt die Nacht herein. Wo konnte er jetzt Schutz suchen?

Sechs Tage war Johannes im Spital in Kempten gewesen. Erst nach dem Aufbruch seiner Freunde zurück nach Geisenfeld waren ihm die Ereignisse am Dengelstein und in der Badestube richtig bewusst geworden. Insgeheim hatte er sich eingestanden, an der schönen Helena Gefallen gefunden zu haben.

Doch sogleich war er von Schamgefühl über seine Gedanken und sein Handeln im Badehaus erfüllt worden. Er hatte Gott um Verzeihung dafür gebeten, IHM für den glücklichen Ausgang der Flucht gedankt und auch für das Seelenheil der toten Häscher gebetet. Sagte nicht schon Christus: Liebet eure Feinde? Er suchte Rat bei IHM. Jetzt, nachdem die Schrecknisse der Flucht vorüber waren, befiel ihn tiefe Erschöpfung. Jeden Tag schlief er oft und lange. Die für einen Benediktiner vorgeschriebenen Gebetszeiten, deren Befolgung ihm jetzt wieder möglich war, konnte er nur mit Mühe einhalten. Nach sechs Tagen war er schließlich bereit, weiter zu reisen.

Mit gemischten Gefühlen hatte er sich von dem alten Arzt und seinem jungen Helfer verabschiedet. Er hatte ihnen verziehen, dass sie ihm, auf Bitten von Hubertus, den kleinen Finger entfernt hatten. Die Verletzung war noch nicht verheilt, behinderte ihn aber, wie Hubertus vorhergesagt hatte, kaum noch. Die Wunde war von dem Arzt zudem sorgfältig verbunden worden. Manches Mal hatte er aber unbewusst den Eindruck, den Finger noch zu besitzen, denn in dem abgetrennten Körperteil fühlte er unbegreiflicherweise Schmerz.

Von Kempten aus war er auf schlammigen Wegen nach Westen weitergelaufen. Zuerst hatte er mühsam die Anhöhen des Mariabergs erklommen und war über den Weiler Ermengerst zum Ort Buchenberg gelangt. Der Anstieg auf den Berg und der folgende Weg hatten ihn weit mehr angestrengt, als er geglaubt hatte. Glücklicherweise hatte er in dem Gasthof „Zum Moorhaus" in Buchenberg eine warme Gemüsesuppe erhalten. Er kam mit einem Holzknecht namens Ekbert ins Gespräch, der ihn auf seinem Karren durch den Wirlinger Wald bis Weitnau mitnahm.

Wenngleich er auf dem Wagen auch weiterhin den Unbilden des Wetters ausgesetzt war, so schien ihm dies doch besser, als zu Fuß weiter zu gehen. Gleichförmig war der Wagen, gezogen von einem stoischen alten Pferd, dahingezuckelt. Der Regen war zum Glück mittlerweile in ein gleichmäßiges, leichtes Nieseln übergegangen. Teilnahmslos hatte Johannes neben dem Holzknecht gesessen und unter seiner tropfenden Kukulla ohne großes Interesse geschaut, wie einzelne Gehöfte und Weiler langsam an ihnen vorbeigezogen waren. Am frühen Nachmittag waren sie in Weitnau eingetroffen. Dort war Johannes müde und durchnässt vom Wagen geklettert und hatte sich bei Ekbert bedankt. Der hatte ihm empfohlen, im Gasthaus „Krone" zu übernachten. „Gutes Essen, gute Betten. Ich muss weiter zu meinem Herrn," hatte Ekbert gebrummt und war weitergefahren.

Frierend hatte Johannes die Gaststube betreten, in der einige Männer beim Würfelspiel saßen. Die Köpfe wandten sich zu ihm um und die Gespräche erstarben, als er eintrat. Der Wirt der „Krone" hatte den vollends durchweichten Neuankömmling, zu dessen Füßen sich rasch eine Wasserlache gebildet hatte, argwöhnisch betrachtet. Johannes trug noch die Kleidung des Bootsbaugesellen, weil seine Mönchskutte seit der Auseinandersetzung am Dengelstein in seinem Reisebeutel verstaut war. Er hatte sich vorgenommen, das Kleidungsstück erst gründlich zu waschen und dann zu flicken. Danach wollte er es wieder anlegen.

Bis es soweit war, trug er zu der handwerklichen Kleidung sowohl den Pilgermantel als auch den breitkrempigen Hut, die er von Bruder Paulus in Wessobrunn bekommen hatte. Das Trinkhorn an seinem Gürtel klapperte mit dem Messer und dem Holzlöffel um die Wette.

Johannes hatte um warme Speise und eine Unterkunft für die Nacht gebeten. Noch vor der Tür zum Gasthof hatte er einige Münzen aus seinem Beutel entnommen und sie dann dem Wirt bittend entgegen gehalten. Der Wirt hatte gezögert, den vor Nässe triefenden Reisenden aufzunehmen, doch seine Frau hatte die verbundene Hand des Reisenden gesehen und Erbarmen mit dem erschöpften und durchnässten, jungen Mann gehabt. Sie redete leise auf ihren Mann ein, der Johannes schließlich widerwillig ein Nachtquartier zugestand. Als der Mönch in seiner Kammer war, zog er aus seinem Reisebeutel just in dem Moment die zerrissene und verdreckte Kutte hervor, als die Gastwirtin hereinkam und wissen wollte, ob er sich wohl fühlte.

Auf ihren erstaunten Blick hatte ihr Johannes erklärt, dass die Kutte auf einer Waldetappe vor Kempten bei einem Sturz zerrissen war. Er war sich nicht sicher gewesen, ob sie ihm glaubte, doch sofort hatte sie ihm die Kleidung aus der Hand genommen. „Bruder, ich werde euer Gewand säubern und flicken. Morgen im Laufe des Vormittags ist es fertig und ihr könnt wieder in Eurem Ordenskleid weiterreisen." Verlegen, vor so viel Großmut, wollte Johannes ablehnen, doch die Frau duldete keinen Widerspruch.

Als die Frau des Wirts das Zimmer verlassen hatte, spürte Johannes, wie müde er war. Er legte sich auf sein Lager und war bald eingenickt. Als die Frau des Gastwirts zu ihm hereinsah und ihn an das abendliche Mahl erinnern wollte, schlief er bereits tief und fest. Mit einem nachsichtigen Lächeln schloss sie leise die Kammertür. Der Reisende würde am kommenden Morgen umso mehr Appetit haben.

Als am 2. September der Morgen heraufdämmerte, war Johannes erfrischt aufgewacht. Es regnete immer noch. Im Gastraum bekam er eine kräftige, morgendliche Mahlzeit. Danach ruhte er noch einige Stunden, bis die Gastwirtin ihn rief und ihm stolz die geflickte Kutte überreichte. Die Wirtin wies jedes Entgelt dafür zurück. Johannes bedankte sich herzlich und sprach einen Segen über das Haus.

Dann, kurz vor der Mittagsstunde, brach er auf. Dem Wirt drückte er heimlich noch einige Coburger Pfennige in die Hand, worauf dieser seinen mürrischen Gesichtsausdruck aufgab und Johannes eine gute Weiterreise wünschte.

Bald nach seinem Aufbruch bereute Johannes, nicht noch einen Tag gewartet zu haben. Sein Weg führte ihn in stetigem Regen und bei kaltem Wind auf durchweichten Feldwegen zwischen Viehweiden über den Weiler Sibratshofen, dann rechter Hand steil bergauf an Ober- und Unterried sowie Hohenegg vorbei. Sein Reisebeutel, der in der vergangenen Nacht über dem Ofen in der Gaststube getrocknet war, hatte sich wieder mit Regen vollgesaugt. Zum Glück waren wenigstens seine Kutte und seine Beinlinge unter dem Mantel einigermaßen trocken geblieben. Bis auf vereinzelte Feldarbeiter, war niemand bei diesem ungastlichen Wetter unterwegs.

Der Wind hatte mehr und mehr aufgefrischt. Er kam genau aus der Richtung, in die er gehen musste. Fröstelnd sah Johannes sich nach einem schützenden Unterschlupf um. Da entdeckte er zwischen Feldern und Wiesen in der Nähe eines Waldes eine große Scheune. So schnell er konnte, lief er zu dem aus Brettern errichteten Bauwerk. Es stand auf felsigem Boden neben einer abschüssigen Wiese und sah stabil aus.

Die Scheunentüre ließ sich leicht öffnen. Johannes sah sich im Innern aufmerksam um. In der Scheune war es trocken. Ballen aus Stroh waren aufgehäuft. Eine alte brüchige Leiter führte zu einem offenen Dachboden. Daneben war Brennholz an der Wand zu einem hohen Stapel aufgerichtet. Alles war still, nur das gleichmäßige Rauschen des Regens und das Heulen des Windes waren zu hören. Johannes kniete erleichtert nieder, betete und dankte dem HERRN. Dies sollte seine Unterkunft für diese Nacht sein. Er packte seinen Beutel aus, hängte Mantel, Hut und die Gesellenkleidung über einen Balken zum Trocknen und lehnte seinen Wanderstab daneben. Bevor er morgen den Eistobel überqueren würde, wollte er noch einmal Kräfte sammeln.

*

Wind, der in den Ritzen der Scheune heulte. Johannes räkelte sich gemütlich im Stroh, froh darüber, hier sicher geborgen zu sein. Es musste nach Mitternacht sein. Gerade hatte er seine Augen wieder geschlossen, da hörte er ein Knarren, gefolgt von einem Geräusch, als würde Holz auf Holz schlagen. Johannes schüttelte schlaftrunken den Kopf. Dann schnupperte er. Was war das? Qualm erfüllte die Scheune. Mit einem Mal war er hellwach. Er rappelte sich auf.

Die Scheune brannte. Wie konnte das sein? Schon stand ein Teil des Strohs in hellen Flammen. Das Prasseln des Feuers hallte in seinen Ohren wider. Zutiefst erschrocken, packte er seinen Reisebeutel und eilte zum Scheunentor. Er wollte es nach außen aufdrücken, doch unerklärlicherweise schien es zu klemmen, obwohl es sich gestern noch leicht hatte öffnen lassen. Der beißende Rauch, der sich langsam, aber unaufhörlich in der Scheune ausbreitete, ließ ihn nach Luft ringen. Verzweifelt warf er sich gegen das Tor des Gebäudes. Vergeblich. Johannes war verwirrt. Es musste sich doch aufdrücken lassen! Er machte ein paar Schritte zurück, nahm erneut Anlauf und rannte mit noch mehr Wucht gegen das Tor. Doch die Bretter federten nur leicht. Er wurde zurückgeworfen und prallte zu Boden. Sein Kopf dröhnte. Brennende Strohteilchen, von der Hitze emporgehoben, tanzten wie Glühwürmchen um ihn herum. Mit Schrecken wurde ihm bewusst, dass seine Unterkunft für diese Nacht nun drohte, zur Todesfalle zu werden. Voller Angst sah er um sich.

Durch den dicken Rauch konnte er kaum noch etwas sehen. Blitzartig fiel ihm die brüchige Leiter ein, die auf den offenen Dachboden führte. Er packte seinen Beutel und warf ihn sich über die Schulter. Nach Mantel, Hut, Gesellenkleidung und Wanderstab zu suchen, hatte er keine Zeit mehr. Einen Ärmel vor Mund und Nase, tastete er sich hustend, die unversehrte linke Hand ausgestreckt, durch den beißenden Rauch in die Richtung, in der er die Leiter vermutete. Die Flammen züngelten schon bis zum Dach der Scheune. Hinter ihm stürzte ein brennender Stützbalken um und verfehlte ihn nur knapp. Erschrocken sprang er zur Seite und schlug mit seinem Kopf gegen die Leiter. Er war näher daran gewesen als vermutet. Entsetzt nahm er wahr, dass die Leiter umzukippen begann. Gerade noch fing er sie auf. Durch die Bewegung rutschte sein Beutel von der Schulter. Als er sich bückte, um ihn aufzuheben, wurde ihm schwindlig und er musste sich übergeben.

Unendlich lange, so schien ihm, dauerte es, bis er sich wieder aufrichten konnte. Er tastete blind nach dem Beutel, ohne die Leiter loszulassen. Endlich hatte er ihn gepackt. Er hielt sich noch einmal den Ärmel seiner Kutte vor Mund und Nase und holte gerade so tief Luft, um nicht loszuhusten. Seine Augen tränten.

Das Prasseln der Flammen dröhnte in seinen Ohren. Der Holzstapel, der an der Seite der Hütte gelagert war, stürzte um. Ein Scheit prallte gegen seinen Knöchel, sodass er aufstöhnte. Der Schmerz brachte ihn dazu, rasch die Leiter hinaufzusteigen. Nur hinauf, raus aus dem Rauch! Doch der Qualm zog ebenfalls nach oben und drohte, ihm die Luft zum Atmen zu nehmen. Als Johannes schon glaubte, keine Kraft mehr zu haben, ertastete er die Balken und Bretter des Dachbodens. Diese hatten zum Glück noch kein Feuer gefangen. Doch konnte es sich nur noch um wenige Augenblicke handeln, bis auch sie in Flammen standen. Er warf seinen Beutel auf die Bretter und stieg hastig von der Leiter auf den Dachboden. Durch den Schwung seiner Bewegung kippte die Leiter, fiel an die Scheunenwand und rutschte daran entlang zu Boden, wo sie sofort Feuer fing.

Immer noch hustend und mit tränennassen Augen, sah sich Johannes um. Dort an der Südseite der Scheune war eine kleine, offene Luke in der Bretterwand. Mit etwas Glück konnte er sich hindurchzwängen. Johannes stürzte auf die Öffnung zu. Durch die Luke konnte er den von einem Vollmond beschienenen Nachthimmel sehen. Der Regen war vorbeigezogen. Der Himmel begann aufzuklaren. Wind war aufgekommen und die Wolkenfetzen zogen wie die wilde Jagd an der bleichen Mondscheibe vorbei. Doch im Westen sah er Wetterleuchten, Vorboten eines Gewitters.

Noch nie, nicht einmal bei dem Brand im Hause des Kaufmanns Wohlfahrt in Coburg vor sieben Jahren, hatte Johannes sich so nach frischer Luft gesehnt. Er steckte den Kopf aus der Luke und sog gierig die kalte Nachtluft in seine Lungen. Noch einmal würgte es ihn und er erbrach sich. Doch das war jetzt ohne Belang. Nur nicht mehr zurück in diese Flammenhölle. Als er hustend und würgend um sich sah, wurde ihm klar, dass der größte Teil der Scheune schon in Flammen stand. Es konnte nicht mehr lange dauern bis auch der Teil, in dem er sich befand, lichterloh brennen würde. Unterhalb der Luke ging es beinahe drei Mannslängen gerade hinunter. Doch ihm blieb keine Wahl. Er nahm seinen Beutel, steckte ihn durch die Öffnung und warf ihn, so weit er konnte, in die Wiese vor der Scheune.

Er war noch nie ein guter Kletterer gewesen. Wenn er sich vorwärts hinaushangelte, würde er kopfüber zu Boden stürzen und sich das Genick brechen. Also rückwärts. Er holte tief Luft und drehte sich um und streckte die Füße aus der Luke. Umständlich ließ er sich herausgleiten.

Keinen Augenblick zu früh! Schon sah er, wie die Flammen den Dachboden erreicht hatten. Die Tragbalken brannten bereits. Als er mit seinem Körper halb aus der Öffnung herausgeklettert war, bekam er Übergewicht und stürzte rückwärts hinaus. Dabei riss er sich sein Kinn an den Lukenbrettern auf. Gerade noch konnte er sich am Rahmen der Dachluke festhalten. Langgestreckt schlug er an die Bretterwand hin. „Wie ein nasser Sack", schoss es durch seinen Kopf, während er vor Schmerz aufstöhnte. Auch die Wunde an seiner rechten Hand brannte wie Feuer, sodass er sich nur mit zusammengebissenen Zähnen mühsam halten konnte. Mit zappelnden Beinen hing er eine gute Mannslänge über dem felsigen Boden an der Scheune.

Er würde sich alles brechen, wenn er jetzt losließe. Verzweifelt überlegte er, welcher Ausweg ihm noch blieb. Doch die Entscheidung wurde ihm abgenommen. Die Scheune brannte nun lichterloh. Hoch schlugen die Flammen in den Abendhimmel. Noch ehe Johannes weiter nachdenken konnte, spürte er, wie die Bretter, die den unteren Rahmen der Luke bildeten, nachgaben. Die Nägel, die sie in ihrer Verankerung gehalten hatten, wurden durch das Gewicht des an den Brettern hängenden Mönches herausgezogen. Langsam kippten die brennenden Bretter der Seitenwand nach außen, während Johannes hilflos an ihnen hing. Krachend schlugen sie auf dem Boden auf, den Mönch unter sich begrabend.

Der Aufprall raubte ihm den Atem. Er fühlte sich, als sei eine Horde Pferde über ihn getrampelt. Sein ganzer Körper tat ihm weh. Doch glücklicherweise war er bei Bewusstsein geblieben. Mit seinen verbliebenen Kräften schob er mühsam die brennenden Bretter zur Seite. Als er sich auf seiner rechten Hand aufstützte, presste er versehentlich die frische Wunde auf einen Felsen. Ihm entfuhr ein Schmerzensschrei. Mühselig richtete er sich auf und klopfte die kleinen Brandnester aus, die sich auf seiner Kutte gebildet hatten. Wider Willen fasziniert, starrte er auf das Bild vor ihm. Die brennende Scheune unter den dahinjagenden Wolkenfetzen und dem bleichen Vollmond war ein gespenstischer Anblick. Das Prasseln des Feuers dröhnte immer noch in seinen Ohren. Selbst seinen Husten hörte er nicht. Er schüttelte seinen Kopf, um einen klaren Gedanken fassen zu können.

Was war das? Bewegte sich das Gebäude auf ihn zu? Das war doch nicht möglich! Er kniff die tränenden Augen zusammen, um genauer hinsehen zu können. Tatsächlich! Die Balken waren durch das Feuer so in Mitleidenschaft gezogen worden, dass sich die brennende Scheune neigte. Und zwar genau in seine Richtung! Mit einem Schreckensschrei drehte er sich um. Er sah seinen Beutel liegen, griff ihn und rannte los. Doch schon über den nächsten Stein stolperte er und flog in hohem Bogen die abschüssige Wiese hinunter. Hinter ihm krachte das Holzbauwerk in sich zusammen. Brennende Dachschindeln wurden umhergeschleudert und gingen rund um ihn hernieder. Er kauerte sich zusammen und hielt die Hände über den Kopf, um sich zu schützen. Doch zum Glück blieb er von Treffern verschont.

Nach einiger Zeit hob er vorsichtig den Kopf und schaute zurück. Aus den rauchenden Trümmern der Scheune, die noch vor wenigen Stunden seine Übernachtungsmöglichkeit gewesen war, schlugen vereinzelt Flammen. Er setzte sich auf. Alles tat ihm weh. Glücklicherweise lag sein Reisebeutel in Reichweite, so dass er ihn in der Dunkelheit nicht lange suchen musste. Durch den Rauch, den er eingeatmet hatte, brummte ihm der Schädel. Doch er zwang sich, klar zu denken.

Irgendjemand musste die Scheune angezündet und das Scheunentor verriegelt haben, um ihm die Flucht unmöglich zu machen. Gestern Abend hatte er es noch leicht öffnen können. Wer hatte dies getan? Wer trachtete ihm nach dem Leben? Oder war es nur eine Verkettung unglücklicher Umstände gewesen? Niemand verfolgte ihn mehr. Frobius? Aber Frobius war doch auch beim Kampf am Dengelstein gestorben.

Hubertus war sich sicher gewesen, dass der Advokat den Kampf nicht überlebt haben konnte, auch wenn der Leichnam verschwunden gewesen war. Da im Kempter Wald zahlreiche Wölfe hausten, war es die wahrscheinlichste Erklärung, dass diese den aus zahlreichen Wunden blutenden Toten als „Luder", als Lockspeise betrachtet und in einem unbeobachteten Moment mit sich gezerrt hatten, um ihn in aller Ruhe zu zerfleischen. Johannes schüttelte es bei diesem Gedanken. Aber hatte der Propstrichter etwas Anderes verdient?

Johannes gestand sich ein, dass er sich seit seinem Aufbruch aus St. Peter und Paul stark verändert hatte. Die zahlreichen Anschläge auf sein Leben, die Flucht vor den Verschwörern, der Tod seiner geliebten Magdalena, all dies hatte aus einem Mönch, der das Ideal der Nächstenliebe leben wollte, einen Mann gemacht, der gelernt hatte, sich zu wehren und nicht mehr nach einem Schlag auf eine Wange die andere auch hinhalten wollte.

Er kniete nieder und bat Gott erneut um Vergebung. Er nahm das Messer und hob es flehentlich zum Himmel. Es fühlte sich warm und angenehm an. Vorsichtig küsste er das Holz. Langsam beruhigte er sich. Er fühlte, wie ihn neue Zuversicht durchströmte.

Er kramte in seinem Beutel und prüfte, ob er noch alles Notwendige besaß. Am Leib trug er die Kutte und seine Beinlinge. Glücklicherweise hatte er in der Nacht auch die Lederhalbschuhe angelassen. Ja, das Wichtigste war noch vorhanden. Neben dem Heiligen Messer besaß er noch seinen Holzlöffel, die Schleuder, den Steinbeutel, die Jakobsmuschel, den Griffel, die zwei Beutel mit Coburger Pfennigen und dem Empfehlungsschreiben des Abtes Marcellus.

Auch das Trinkhorn war unversehrt geblieben. Der Wasserschlauch war allerdings durch den Sturz zerrissen. Mantel, Pilgerhut, Gesellenkleidung und Wanderstab waren verbrannt. Instinktiv griff Johannes an seinen Hals. Das Medaillon mit dem Bildnis seiner geliebten Magdalena hing noch an der Kette. Er schloss die Augen und drückte es dankbar. Er hatte unendliches Glück gehabt. Beinahe wäre er auch zu Tode gekommen und sein Auftrag damit gescheitert.

Erleichtert blieb er einige Zeit auf den Knien. Doch mit einem Mal hatte er das unbestimmte Gefühl neuer Gefahr. Er sah zum nahen Waldrand. In südwestlicher Richtung verlief ein schmaler Weg in den Wald hinunter zum Eistobel.

Johannes runzelte die Stirn. Blitze, zunächst vereinzelt, rasch aber in kürzeren Abständen, zuckten über den Nachthimmel. Donnergrollen kündete davon, dass sich das Gewitter schnell näherte. Die Wolken waren wieder dichter geworden. Nur noch vereinzelt, tauchte dazwischen der Mond die Landschaft in fahles Licht. Wind war aufgekommen und ließ die Bäume rauschen.

Aus den Augenwinkeln nahm er eine Bewegung am nördlichen Waldrand wahr: ein Flattern wie von einer großen Fledermaus. Er schloss die Augen und schüttelte energisch den Kopf. Als er sie wieder öffnete, blitzte es erneut. Deutlich gewahrte er zwischen den Bäumen eine Gestalt. Erschrocken schoss er hoch. Der Mond verschwand hinter den Wolken und es wurde für einen Moment dunkel. Donnergrollen erfüllte seine Ohren. Das nächste Blitzstakkato ließ ihn erschaudern. Deutlich sah er, dass die unheimliche Erscheinung in seltsam grotesk abgehackten Bewegungen auf ihn zulief. Noch war der Abstand groß genug, um zu fliehen. Johannes´ Nackenhaare stellten sich auf. Urplötzlich wusste er, dass dieses Wesen eine Gefahr für ihn war. Er packte seinen Beutel und lief, so schnell er konnte, zum Weg, der in den Eistobel führte.

*

3. September 1390, Geisenfeld

Drei Tage und drei Nächte hatten Schwester Anna und Adelgund um das Leben von Gregor gekämpft. Auch der Medicus, der zur Abwechslung einmal nüchtern gewesen war, hatte sein ganzes Wissen eingesetzt, Gregor zu heilen. Doch die durch den Axthieb gerissene, schwere Wunde in seinem Arm wollte nicht heilen. Gregor bekam hohes Fieber, das nicht weichen wollte. Seine Wunde schwärte. Der Arm wurde bis zur Schulter zuerst hochrot, dann schwarz. Mit Hilfe von Schwester Anna schnitt der Medicus das Körperglied ab. Doch auch dies reichte nicht aus. Nach und nach wurde der ganze Körper des Verletzten befallen. Es war ein Segen für Gregor, dass er aus der Bewusstlosigkeit nicht erwachte.

Irmingard betete Tag und Nacht für ihren Schwager. Hubertus wich nicht mehr von Gregors Krankenlager. Auch Äbtissin Ursula betete für den Verletzten. So oft es ihr möglich war, sah sie nach dem Todkranken.

Am Morgen des 2. September starb Gregor, ohne das Bewusstsein wieder erlangt zu haben. Äbtissin Ursula, Hubertus, Irmingard, Schwester Anna und der Medicus standen bei ihm, als er den letzten Atemzug tat. Irmingard musste Adelgund stützen, die am Krankenbett ihres Mannes dem Zusammenbruch nahe war.

Am nächsten Tag wurde Gregor auf dem Friedhof von Geisenfeld begraben. Nahezu alle Schwestern des Konvents mit Äbtissin Ursula sowie Bürgermeister Weiß waren erschienen. Pfarrer Niklas hielt eine bewegende Predigt. Mehrmals brach Adelgund weinend zusammen und wurde von der ebenfalls erschütterten Irmingard gestützt. Die Ordensvorsteherin versprach Adelgund, einen angemessenen Grabstein für Gregor in Auftrag zu geben.

Als die Schwestern, die Äbtissin, Pfarrer Niklas und Bürgermeister Weiß schon gegangen waren, standen Adelgund, Irmingard und Hubertus noch lange am Grab von Gregor und nahmen schweigend von ihrem Reisegefährten Abschied. Nur das Schluchzen von Adelgund und Irmingard war zu hören. Hubertus stand in der Mitte. Er hatte einen Arm um Irmingards Taille gelegt und stützte Adelgund mit dem anderen Arm.

Schließlich bekreuzigten sie sich ein letztes Mal und wandten sich zum Gehen.

Als sie langsam ihren Weg durch die Grabreihen in Richtung des Friedhofsausgangs nahmen, blieb Irmingard an einem schlichten Grabstein stehen.

„Seht!", sagte sie tränenerstickt.

Hubertus und Adelgund schauten auf den Grabstein und lasen die Inschrift.

Hier ruht in Frieden
SCHWESTER MARIA
GEBORENE MAGDALENA VON FALKENFELS
*13.04.1367
+14.08.1390

„Sie ist gerade einmal 23 Jahre alt geworden", flüsterte Irmingard. „Es ist keine vier Monate her, dass sie mir die kleine Felicitas anvertraut hat."

„Auch sie wurde ein Opfer von Godebusch, Frobius und Wagenknecht", sagte Hubertus grimmig. „Wenigstens ist der Ratsherr seinem Schicksal nicht entkommen. Doch Wagenknecht wird, wenngleich er bald nicht mehr in Amt und Würden ist, nie belangt werden können. Ebenso wenig wie sein verabscheuungswürdiger Sohn. Und Frobius? Ich könnte schwören, dass er tot ist. Aber die Leiche ist verschwunden. Hoffentlich haben ihn die Wölfe geholt. Und welchen Preis haben wir dafür bezahlt? Maria ist tot und Gregor ebenfalls."

Auch wenn Hubertus wusste, dass Wagenknecht einer der Drahtzieher der Verschwörung war, würde man ihm nichts nachweisen können. Er hatte längst alle Spuren verwischt. Johannes´ Finger hatte sicher schon ein Fisch gefressen. Die Fetzen der Urkunde waren verbrannt und Wagenknecht hatte, wie ihm Benedikta mitgeteilt hatte, in Gegenwart der Äbtissin Ursula versichert, weder etwas mit dem Kirchenraub vor sechs Jahren noch mit der Verfolgung von Johannes und Alberto zu tun gehabt zu haben. Die drei warfen einen letzten Blick auf das Grab. „Gott möge ihrer Seele gnädig sein", flüsterte Irmingard. Auch hier bekreuzigten sie sich und machten sich auf den Rückweg.

Als sie in der Hauptstraße waren, hörten sie neben dem üblichen Lärm, der in den Gassen herrschte, ein Krachen und Tosen von einstürzenden Mauern. „Das kommt vom Großen Marktplatz!", sagte Hubertus. „Lasst uns sehen, was los ist!" Auf dem Weg dahin merkten sie, dass viele Geisenfelder neugierig zum Marktplatz strebten. Es herrschte großes Gedränge, weit mehr als das übliche Treiben eines normalen Wochentags.

Als sie am Marktplatz ankamen, hatte sich schon eine große Menschenmenge angesammelt. Zimmerleute waren dabei, ein Gebäude schräg gegenüber dem Gasthof einzureißen. Mit großem Getöse stürzte gerade eine Giebelmauer ein. Das hölzerne Dachgeschoss und der Dachstuhl lagen schon in Trümmern auf dem Platz. Geschäftig eilten Handwerker, Bauern und Bürger mit Sackkarren und Gespannen umher und sammelten die Baumaterialien ein. Ein Bauer hatte sich die hölzerne Figur gesichert, die über der Eingangstür geprangt hatte. Mühevoll, aber mit zufriedenem Grinsen, wuchtete er sie mit einem Knecht auf seinen Pferdewagen. Ein anderer wartete mit einem großen Handkarren geduldig darauf, dass die Haustüre mit den prachtvollen Schnitzereien herausgestemmt wurde.

„Sie reißen das Haus von Godebusch ab", raunte Hubertus den beiden Frauen zu. „Jede Erinnerung an ihn soll getilgt werden." Mit Blick auf die Menschen, die alles Brauchbare einsammelten, brummte er vor sich hin: „Es ist wie überall. Wenn ein Körper stirbt, wird alles verwertet. Nichts bleibt übrig."

Hubertus und die beiden Frauen lauschten auf das Geschwätz der Schaulustigen. Sie vernahmen, dass niemand sich erklären konnte, warum dieses Haus abgerissen wurde. Man munkelte von dem Tod des Hausherrn oder dass er für vogelfrei erklärt worden war. Manche vertraten die Überzeugung, er sei unter Räuber gefallen und ermordet worden, Ja, der eine oder andere behauptete sogar, der Teufel habe ihn geholt. Als einige Bürger das hörten, ließen sie die Steine, die sie gerade noch aufgehoben hatten, fallen und suchten das Weite.

„Dreht euch um! Aber langsam!", flüsterte Irmingard. Verstohlen sahen Hubertus und Irmingard über die Schulter. Neben dem Gasthof stand Herbert Wagenknecht, seinen Sohn an der Seite. Mit ausdruckslosem, schneeweißem Gesicht beobachtete er die Abrissarbeiten. Als er Hubertus, Adelgund und Irmingard sah, huschte ein spöttisches Lächeln über sein Gesicht. Adelgund schauderte und wandte sich ab. „Seht auf den jungen Wagenknecht!", flüsterte sie. „In seinen Augen steht blanker

Hass!" Hubertus und Irmingard schauten den beiden starr in die Augen, bis Wagenknecht wie auch sein Sohn den Blicken nicht mehr standhielten und wegsahen. „Alles hat seine Zeit, wie Maria sagte", murmelte Hubertus tonlos. „Und auch eure Zeit kommt noch, das schwöre ich Euch!" Er bot den beiden Frauen den Arm. Sie hakten sich unter und gingen schweigend zum Kloster zurück.

*

Noch am Tag der Beerdigung von Gregor erschien Adelgund im Amtszimmer der Äbtissin und bat um Aufnahme in den Konvent. Äbtissin Ursula umarmte sie herzlich und hieß sie im Benediktinerinnenkloster als eine der wenigen nichtadeligen Novizinnen willkommen. Adelgund stiftete ihr Vermögen mitsamt der Apotheke an das Kloster und nahm den Schleier. Über die Frage, welchen Ordensnamen Adelgund wählen wollte, dachte sie lange nach. Schließlich entschied sie sich für den Namen Margaretha und erklärte ihre Absicht, sich fortan der Kräuterkunde im Kloster widmen und Schwester Anna in der Krankenstation unterstützen zu wollen. Diesem Wunsch kam Äbtissin Ursula gerne nach, vor allem nach dem Verlust von Schwester Maria. Margaretha, wie Adelgund ab jetzt genannt wurde, zog in das Novizenhaus des Konvents und begann, sich unter der Leitung von Schwester Willibirgis auf das Ordensleben vorzubereiten.

Zur selben Zeit, als Adelgund bei der Äbtissin vorsprach, saßen Hubertus und Irmingard im Gästehaus des Klosters auf Irmingards Lager. Irmingard sah Hubertus in die Augen und fragte: „Was wirst du jetzt tun?" Hubertus erwiderte ihren Blick. Er antwortete: „Heute ist der 3. September. Es wird Herbst und ich glaube, in diesem Jahr wird es einen frühen, strengen und langen Winter geben. Ich werde weiterziehen. Schon morgen werde ich mich bei der Mutter Äbtissin und bei Adelgund, verzeih, bei Margaretha verabschieden. Ich bin nicht gemacht dafür, an einem Ort zu bleiben. Zumindest jetzt noch nicht. Ich habe mit Johannes vereinbart, dass wir uns im nächsten Jahr nach der Schneeschmelze in Brunnen am Vierwaldstätter See in den schweizerischen Kantonen wiedersehen. Er braucht einen Begleiter auf seinem weiteren Weg."

Irmingard sank das Herz. Hubertus würde fortgehen. Er, der Abenteurer, Sänger, Kämpfer, der erst ihre Sinne und danach ihre Liebe erobert hatte. Nun würde sie alleine sein. Was sollte sie tun? Tränen stiegen in ihre Augen. Sie spürte, wie Hubertus sie bei der Hand nahm.

Wie durch einen dichten Nebel hörte sie, was er sagte: „Doch will ich nicht mehr alleine unterwegs sein. Ich habe, ohne es zunächst zu wollen, die Frau gefunden, mit der ich meine Zukunft teilen werde. Willst du mir folgen, Irmingard? Ich kann dir nur ein unstetes Leben anbieten, ohne festen Ort, ohne stetes Einkommen und immer auf Reisen. Doch wir werden frei sein." Irmingard hob den Kopf und sah ihn ungläubig an. Dann warf sie sich an ihn und umarmte ihn innig. „Wohin du gehst, gehe ich auch mit. Was du tust, will ich auch tun. Ich gehöre zu Dir!"

Sie küssten sich. Irmingard lächelte glücklich und sagte: „Mach dir wegen des Einkommens keine Sorgen! Ich habe genug für uns beide. Du musst nicht mehr nur als Sänger unterwegs sein." Hubertus grinste breit. „Ich werde mit dir während des Winters nach Süden reisen, Irmingard. Ich zeige dir Rovinj, die schönste Stadt am Mittelmeer. Du sollst Venedig sehen und Rom, die ewige Stadt! Und in Rom sollst du meine Frau werden!" Irmingard schlang die Arme um seinen Hals. „Ja, ich will deine Frau werden und mit dir glücklich sein."

Dann stutzte sie und meinte: „Ich muss mir von Adelgund noch einige Kräuter geben lassen... du weißt schon... Felicitas ist jetzt entwöhnt und ..." Hubertus legte ihr den Zeigefinger auf die Lippen. „Das ist schon in Ordnung. Und ich verspreche Dir, künftig nur noch ab und zu als Sänger zu unserem Lebensunterhalt beizutragen. Wenn der Winter vorbei ist, ziehen wir weiter nach Brunnen. Dort treffen wir auch Johannes wieder und reisen mit ihm nach Santiago, dann bis ans Ende der Welt und vielleicht darüber hinaus. Wie sagtest Du: Die Welt kennen lernen, solange es sie noch gibt?"

Irmingard nickte mit wehmütigem Lächeln. „Ich musste gerade noch einmal an Anton denken. Und auch an Gregor", sagte sie leise. „Er wird im Paradies sicher den Lohn für seine Tapferkeit erhalten." Dann überlegte sie, schaute Hubertus ernst an und flüsterte: „Hoffen wir, dass Johannes auch wohlbehalten an den Vierwaldstätter See kommt."

*

Johannes stolperte in der dunklen Nacht, die nur durch Blitze erhellt wurde, den schmalen Pfad zum Eistobel hinunter. Der böige Wind zerrte an seiner Kutte. Er verwünschte sich im Stillen, dass er angesichts des aufziehenden Gewitters nicht sofort zur Holzbrücke weitergeeilt war. Dies war weit und breit der einzige Übergang über das Gewässer. Hoffentlich schlug kein Blitz in die Brücke ein. Sonst müsste er nicht nur einen Umweg von mehreren Tagen machen, sondern wäre vor allem seinem unheimlichen Verfolger ausgeliefert. Als er das wackelige Bauwerk erreicht hatte, sah er skeptisch auf den Fluss hinunter. Schäumend und gurgelnd rauschte der Strom knapp unter ihm hindurch.

Ein ohrenbetäubender Donnerschlag ließ ihn mitten auf den schwankenden Planken erschrocken innehalten. Ein abgestorbener Baum am Ende der Brücke direkt neben dem Weg hatte bereits Feuer gefangen. Noch brannte nur ein Ast, doch schnell würde der ganze Baum in Flammen stehen. Unentschlossen blickte Johannes auf das brennende Geäst und dann auf das wild tosende Wasser unter ihm. Ihm graute. Wenn er losrannte, bestand die Gefahr, dass er auf den schwankenden Brettern ausglitt und stürzte, wenn nicht, war ihm bald der Weg versperrt. Er wandte den Kopf zurück und sah dabei für einen Augenblick eine schnelle Bewegung schräg hinter ihm.

Der Schlag raubte ihm den Atem und schleuderte ihn seitlich auf die Planken. Sein Beutel rutschte von seinen Schultern. Seine Schleuder flog in hohem Bogen davon und blieb zwischen den Bodenbrettern stecken. Mühsam hustend und um Luft ringend, war er zunächst unfähig zu begreifen, was passiert war.

Doch dann sah er einen schwarzen Schatten vor sich stehen. Es war die unheimliche Gestalt, die ihn vorhin verfolgt und wahrscheinlich auch das Feuer an der Hütte gelegt hatte. Ein Stakkato von Blitzen ließ ihn vor Entsetzen erstarren. Frobius! Der Propstrichter lebte! Doch diese Gestalt, die vor ihm stand, hatte nichts Menschliches mehr an sich. Die Fetzen seiner Kleidung, die im Wind wie Flügel eines Höllenboten schlugen, verliehen ihm etwas Gespenstisches. Sein Gesicht war bleich und seine Augen lagen tief in den Höhlen. Die von der Steinschleuder gerissenen Wunden waren nur unzureichend verheilt. Sein Mund war mit geronnenem Blut verschmiert, als habe er von rohem Fleisch gelebt.

Frobius reckte die Arme in die Höhe und ließ ein triumphierendes Brüllen ertönen. Dann legte er den Kopf in den Nacken und als wieder ein Blitz hernieder fuhr, begann er wie ein Wolf zu heulen. Er heulte seinen Triumph in die Gewitternacht! Er musste vollends toll geworden sein. Johannes richtete sich auf seinen Ellenbogen auf und Frobius begann drohend zu knurren. Er versetzte dem Mönch einen harten Tritt in den Magen. Leichtfüßig setzte Frobius über ihn hinweg und drehte sich sofort wieder zu seinem Opfer um. Johannes sah, wieder um Luft ringend, in ungläubigem Schrecken, dass der ehemals so elegante und wortgewandte Richter mit dem brennenden Baum im Rücken wahrlich wie ein Abgesandter der Hölle wirkte.

Mit einem lauten Krachen brach ein großer Ast des jetzt lichterloh in Flammen stehenden Baumes hinter Frobius ab und fiel funkenstiebend zu Boden. Der Advokat tänzelte zurück und griff sich ein Stück des brennenden Holzes. Er schwenkte es triumphierend hin und her. Dann grinste er und stürmte auf Johannes zu, den Ast wie einen flammenden Speer auf den Mönch zielend. Johannes Augen weiteten sich vor Angst. Doch unvermutet stolperte Frobius. Der Ast glitt ihm aus der Hand, segelte über Johannes hinweg und blieb hinter ihm auf der Brücke liegen.

Frobius schlug der Länge nach auf die Planken, kaum eine Handbreit von dem Mönch entfernt. Wieder blitzte es. In dem gleich nachfolgenden Donner konnte Johannes sehen, dass der Advokat den Mund öffnete und offensichtlich vor Wut schrie. Doch der Schrei ging in dem Donner unter. Speichel, mit Blut vermischt, tropfte von Frobius´ Mundwinkel auf sein zerfetztes Wams.

Mit verzweifelter Kraft rappelte sich Johannes auf. Jetzt sah er, dass der Richter mit seinem linken Fuß in den Strängen der Schleuder hängen geblieben war. Doch statt nach der Waffe zu greifen, zerrte Frobius mehrmals mit dem Fuß an dem nachgiebigen Material. Die Schleuder war zum Zerreißen gespannt. Als der Propstrichter nochmals mit Kraft zerrte, löste sich die Schleuder aus den Planken und schlug mit voller Wucht in das Gesicht des Irrsinnigen. Der Aufprall warf den aufheulenden Frobius erneut auf die Bretter. Johannes nutzte die Gelegenheit und tastete nach dem brennenden Ast, der hinter ihm lag. Die Brücke hatte bereits Feuer gefangen. Quälend lange schien es ihm, bis er das Holz endlich hatte.

Als er sich zu Frobius umdrehte, bot sich ihm ein schauerlicher Anblick. Der Advokat war wieder aufgesprungen. Die Schleuder aber hatte sein linkes Auge so unglücklich getroffen, dass der Augapfel aus seiner Höhle gedrückt worden war. Das Auge hing nur noch an seinem Strang und kullerte bei jeder Bewegung an Frobius´ Wange entlang. Aus der leeren Höhle flossen Blut und Schleim. Der Advokat wankte. Doch dann, inmitten des nächsten Donners, öffnete er den Mund zu einem Brüllen und stürzte mit erhobenen Armen vor. Johannes aber rammte ihm das Holz mit dem Mut der Verzweiflung in die Bauchgrube. Frobius stockte mitten in der Bewegung. Ungläubig starrte er mit seinem noch unversehrten Auge den brennenden Ast an, der ihn ihm steckte. Langsam kippte er zur Seite und fiel über die Brücke in den dunklen Abgrund. Der rote Feuerschein des brennenden Astes erlosch, als der Advokat im Wasser aufschlug. Johannes schaute ihm, um Luft ringend, hinterher. Ein weiteres Blitz-Stakkato. Er sah, wie das, was von Frobius noch übrig war, vom Fluss an einen großen Felsen geworfen wurde und verkeilt im Wasser liegen blieb.

Johannes drehte sich um. Die Brücke brannte. Er musste hier weg. Er stolperte auf das andere Ufer zu, als ihm seine Schleuder und sein Beutel einfielen, die immer noch auf dem schwankenden Holz lagen. Umdrehen, umdrehen! Nein, fliehen, fliehen! Er hastete zurück, packte seinen Beutel und griff sich die Waffe, an der noch das frische Blut des Advokaten klebte. Johannes stürzte auf das Brückenende zu. Kaum war er an dem lichterloh brennenden Baum vorbeigerannt, brach dieser endgültig ab. Er zerschlug die Brücke und stürzte mit den Resten des Bauwerks in den Fluss.

Johannes schwankte noch ein paar Schritte und brach ohnmächtig zusammen. Dass der Regen prasselnd einsetzte, spürte er nicht mehr.

*

Ein stechender Schmerz über seinem rechten Auge weckte ihn. Er schüttelte langsam den Kopf. Wieder ein scharfer Schmerz, diesmal an seiner Wange. Erst jetzt bemerkte er das Flattern und den schwarzen Schatten, der vor seinem Gesicht herumhüpfte. Eine große Krähe hatte ihm Hiebe ins Gesicht versetzt. Beinahe hackten sie ihm das Auge aus. Johannes stützte sich mühsam und hustend auf seinen Ellenbogen. Doch der Vogel dachte offensichtlich gar nicht daran, von seiner Beute abzulassen. Er flatterte auf den Verletzten zu und krallte sich in dessen Haar. Wild mit den Flügeln schlagend, hackte er wieder auf Johannes ein. Mit einem Wutschrei sprang der Mönch auf, packte den Vogel bei den Beinen und warf ihn, soweit er konnte. Die Krähe überschlug sich. Blut rann in Johannes rechtes Auge. Wieder schüttelte ihn ein Hustenanfall. Er wischte sich mit dem Ärmel über das Gesicht, doch das Bluten hörte nicht auf. Halbblind bemerkte Johannes, dass der Vogel noch einmal zum Angriff ansetzte. Das Tier hüpfte auf den Mönch zu, flatterte hoch und wollte sich auf sein Gesicht stürzen. Johannes griff, mit einer Hand seine blutende Stirn schützend, nach einem neben ihm liegenden Ast und schlug auf den Vogel ein. Keinen Moment zu früh! Er traf das Tier mitten im Flug. Durch die Wucht des Aufpralls wurde es in den Fluss geschleudert. Der Vogel kämpfte mit wilden Flügelschlägen ums Überleben. Die Strömung trug ihn zu einem schwarzen Felsblock, aus dem ein Ast senkrecht nach oben ragte. Dann erkannte Johannes, dass der vermeintliche Block die Überreste von Frobius waren und das, was er zunächst für einen Ast gehalten hatte, der aus dem Wasser gereckte Arm des toten Advokaten war.

Voller Grauen sah er, dass es der Krähe gelang, auf den Arm des Toten zu klettern. Langsam arbeitete sich das Tier bis zur starr nach oben zeigenden Hand hinauf und klammerte sich an den kalten Fingern fest. Der Vogel schüttelte sein Gefieder, wandte sich dem erschöpften Mönch zu und ließ ein triumphierendes Krächzen ertönen. Dann duckte er sich, spreizte sein Gefieder und setzte zu einem erneuten Angriff an. Doch gerade, als er sich abstoßen wollte, kippte der Arm des toten Frobius in den Fluss und riss den Vogel mit sich. Ein letztes Schlagen mit den Flügeln, dann wurde er von der Strömung mitgezogen.

Der Mönch ließ den Ast fallen und wankte ans Ufer. Dort sank er zu Boden und blieb schwer atmend sitzen. Der Husten schüttelte ihn erneut. Langsam begann er, mit beiden Händen Wasser zu schöpfen und es sich über den Kopf zu gießen. Er zuckte zusammen, als das eiskalte Nass über seine Kopfwunden und die verletzte Hand lief. Als sich Johannes langsam an den Schmerz gewöhnt hatte, beugte er sich vor und tauchte seinen Kopf vollständig ins Wasser. Er schüttelte ihn kurz und richtete sich keuchend wieder auf. Er war vollends erschöpft. In seiner Lunge schmerzte es. Nur langsam kehrte die Kraft wieder zurück.

Erst geraume Zeit später schaffte er es, wie so manches Mal seit seiner Flucht aus Geisenfeld, seine Habseligkeiten zu überprüfen. Seine Schleuder lag noch an dem Platz, an dem er zusammengebrochen und eingeschlafen war. Der Reisebeutel lag am Ufer. Auch alle anderen Dinge waren noch da. Doch dann erstarrte der Mönch. Das Messer! Wo war das Messer? Johannes griff nach seiner Lederscheide. Leer! Er packte den Beutel und kramte zitternd darin herum. Das Messer war weg! Sein Herz schlug bis zum Hals. In diesem Moment blitzten die ersten Sonnenstrahlen in die Schlucht. Im Wasser glitzerte etwas! Das Messer! Es steckte etwa eine halbe Elle tief im Fluss in einem Stück toten Holzes.

Johannes wollte gerade danach greifen, als ihm etwas auffiel: Das Messer musste beim Kampf mit Frobius hochgeschleudert und dann senkrecht in den Fluss gefallen sein. Sein Griff mit dem Holz vom Kreuze Christi ragte aufrecht nach oben. Rund um das Messer hatten sich Fische angesammelt. Sehr viele Fische. In einem Abstand von etwa zwei Ellen schlossen sie einen vollständigen Kreis um das Heilige Holz. Johannes stand auf. Wie die Iris eines Auges, so bildeten die Tiere einen Ring, dessen Pupille das Messer war. Die Fischleiber bewegten sich in einem langsamen Rhythmus so vor und zurück, dass es aussah, als sei dieses Auge lebendig. Johannes starrte darauf, zu keiner Bewegung fähig. Das Auge sah nach links, dann nach rechts, dann richtete es seinen Blick auf Johannes... und zwinkerte ihm zu! Der Mönch sank auf die Knie und faltete die Hände. „Vater unser im Himmel, geheiligt werde Dein Name,..." Johannes betete, immer wieder vom Husten unterbrochen, das Vaterunser und das Glaubensbekenntnis. Als er geendet hatte, hielten die Fische inne. Noch einmal zwinkerte das Auge ihm zu, dann wichen die Fischleiber langsam zurück.

Als die Tiere davon geschwommen waren, blieb nur das Messer zurück. Johannes stieg in den Fluss und zog es vorsichtig aus dem Holz. Trotz des kalten Wassers war der Griff aus dem Heiligen Holz warm und angenehm. Er betrachtete das Messer ehrfürchtig. Ihm war, als würde ihn neue Kraft durchströmen. Er steckte es wieder in seine Lederscheide. Dann blickte er entschlossen den schmalen Pfad hinauf, der ihn auf den kleinen Gipfel des Kapf und die anschließende Bergkette führen würde. Er packte seinen Beutel, warf ihn sich über die Schulter und marschierte los.

Die große muskulöse Gestalt, die in Begleitung eines Esels in diesem Moment am gegenüberliegenden Ufer den Fluss erreichte und ihm nachstarrte, bemerkte er nicht.

*

10. September 1390, Bregenz

Johannes genoss am Ufer des Bodensees die letzten Strahlen der wärmenden Herbstsonne. Der Winter würde in diesem Jahr außergewöhnlich früh kommen. Der kalte Wind der vergangenen Tage hatte ihn schon angekündigt. „Schneewind" nannten ihn die Einheimischen. Auch zogen seit Tagen schon frühmorgens Nebelschwaden über den See.

Johannes hatte nach dem erbitterten Kampf am Eistobel die Bergkette überstiegen und danach in dem Hof eines Bauern Unterschlupf gefunden. Nach ein paar Tagen der Ruhe und Erholung war er wieder so weit hergestellt, dass er seinen Weg bis zum Bodensee fortsetzen konnte. Überzeugt, von der ungeheuren Last eventueller Verfolger befreit zu sein, begann er, seinen Weg nach Santiago zu genießen.

Auf der Altenburg, dem Sitz der Ritter von Weiler, wurde ihm widerwillig ein Nachtquartier gewährt. Als er nach dem kargen abendlichen Mahl und dem Gebet keine Ruhe fand, ging er hinunter in den Burghof. Dort war gerade ein Pferdegespann eingetroffen. Auf dem offenen Wagen stand eine große, mehr als mannshohe Holzkiste mit vergitterten Öffnungen und einer Zugangstüre, die mit schweren Schlössern und einer zusätzlichen starken Kette gesichert war. Drei erschöpft wirkende Männer standen neben dem Wagen und unterhielten sich leise. Sie schienen eine weite Reise hinter sich zu haben. Zuerst hielt Johannes sie für fahrendes Volk, das neben unterhaltendem Schabernack auch merkwürdige Tiere präsentierte. Unverständliche bunte Aufschriften auf dem Wagen deuteten darauf hin. Doch die zerrissene und notdürftig geflickte Kleidung der Männer passte nicht zu fahrendem Volk. Auch fehlten Frauen.

Ein leichter Luftzug war von dem Gespann herübergeweht und hatte ihn angewidert das Gesicht verziehen lassen. Es roch nach strengem Kot und verfaultem Fleisch. Als er, neugierig geworden, einige Schritte auf den Wagen zu gemacht hatte, war einer der Männer, ein langer Kerl mit verfilztem schwarzem Haar, auf ihn aufmerksam geworden. Die ungehaltenen Worte, die ihm entgegengeschallt waren, schienen italienisch zu sein. Alberto hatte manchmal Ähnliches gemurmelt. Auch wenn er es nicht verstand, der ärgerliche Ruf „Stupido!" ließ ihn achselzuckend kehrtmachen.

Nach der Übernachtung auf der Altenburg, die er wegen der lieblosen Aufnahme dort und dem Erlebnis im Burghof gerne wieder verließ, kam er am Nachmittag des 10. September 1390 in Bregenz an.

Doch seine Lunge hatte unterdes erneut zu schmerzen begonnen und auch der Husten hatte stärker denn je wieder eingesetzt. Oftmals schwächten ihn die Anfälle dergestalt, dass er gezwungen war, längere Pausen einzulegen. Als er keuchend und vor Erschöpfung schweißüberströmt die Stadtmauern von Bregenz erreicht hatte, war ihm klar geworden, dass er in seinem Zustand nicht über die Berge der schweizerischen Kantone weiterreisen konnte. Hubertus hatte ihn aufgefordert, in Brunnen am Vierwaldstätter See auf ihn zu warten, um gemeinsam den Weg fortzusetzen. Johannes fragte einige Feldarbeiter. Sie schätzten übereinstimmend, dass er dorthin etwa zehn Tage brauchen würde. Widerstrebend sah er ein, dass dies in seinem jetzigen Zustand nicht zu schaffen war. Um nach Brunnen zu gelangen, musste er erst wieder vollends gesund werden.

Er ging durch die geschäftige Stadt und bat um Unterkunft im Benediktinerkloster in der Au, im Westen von Bregenz. Die Brüder empfingen ihn freundlich. Sie wiesen ihm für die Nacht ein Lager und für seine Habseligkeiten eine Truhe in einer freien Kammer der Gästeunterkunft zu. Sie rieten ihm jedoch dringend, bei den Glaubensbrüdern auf der Insel Reichenau zu überwintern, dort deren weithin bekannte Heilkünste in Anspruch zu nehmen und seine Erkrankung auszukurieren. Der Abt des Klosters, Werner von Rosenegg, würde ihn sicher gerne aufnehmen. Auch wenn seit einigen Jahren nur noch eine Handvoll Mönche auf der Insel waren, so wäre er gewiss willkommen. Wie ihm der Pförtner der Bregenzer Abtei, Bruder Andreas, nach Rücksprache mit dem Cellerar mitteilte, würden ihm die Ordensbrüder morgen eine Fährmöglichkeit zur Reichenau vermitteln.

Hier könnte er sich erholen, wieder ganz zu sich finden und dann im kommenden Frühjahr über die Berge der schweizerischen Kantone nach Frankreich weiterreisen. Johannes stimmte zu. Nach der Non und einer kurzen Ruhepause entschloss er sich, noch in der St.-Michaelis-Kapelle in der Mitte von Bregenz zu beten.

Das Gotteshaus war ihm aufgefallen, als er bei seiner Ankunft durch die Stadt in Richtung Kloster gewandert war. Es schien ihm, als würde es ihn zur Einkehr einladen. Als er in der Kapelle dem HERRN für die glückliche Rettung aus so mancher Not dankte, musste er wieder an Magdalena denken. Mit einem Mal überkam ihn erneut eine solche Wehmut über den Verlust der geliebten Frau, dass er in Tränen ausbrach und still vor sich hin weinte. Ihm fiel ein, dass das Medaillon seit dem Aufenthalt auf Burg Rotteneck noch immer in einem seiner Geldsäckchen lag. Wenn er zurück in seiner Unterkunft im Kloster in der Au war, wollte er es sich wieder um den Hals hängen.

Als er aufblickte, fiel ihm eine Strichzeichnung an der Wand ins Auge. Sie zeigte eine Jakobsmuschel und daneben fand sich eine Narrenkappe. Kurz entschlossen nahm Johannes einen Stift, der in einer Nische der Kapelle lag und zeichnete ein durchbohrtes Herz an die Wand. Magdalena hatte ihn verraten und war danach in den Tod gestürzt, aber er würde sie trotzdem immer in seinem Herzen haben.

Als er aus der Kapelle trat, führte ihn sein Weg wie von selbst an das Ufer des Sees. Dort schlenderte er eine Weile ziellos herum. Schließlich ließ er sich in der Nähe des Hafens auf einem Felsblock nieder und blickte, in Gedanken versunken, in die untergehende Herbstsonne. Heute würde er also noch im Kloster in der Au übernachten. Johannes freute sich auf eine ruhige, erholsame Nacht. Morgen stünde dann ein Schiff zur Insel Reichenau zur Verfügung.

Während seine Blicke über das Ufer glitten, nahm er aus der Ferne beiläufig eine Gruppe von fünf Nonnen wahr, die gerade im Begriff waren, die wohl letzte Fährmöglichkeit für diesen Tag über den See wahrzunehmen. Ein Gesicht kam ihm irgendwie bekannt vor, auch wenn er nicht sagen können, woher. Seine Neugier war geweckt. Er kniff die Augen zusammen und er sah genauer hin. Eine der Nonnen sah aus wie…. das war doch nicht möglich! Das war Schwester Simeona, die Leiterin des Skriptoriums aus Geisenfeld! Eine andere der Monialen, eine schlanke Frau, die mit dem Rücken zu ihm stand, schien gerade beschwörend auf ihre Begleiterinnen einzureden.

Und dann breitete sie ihre Hände wie zum Gebet aus, in ihrer unnachahmlichen majestätischen Geste. Diese anmutige Bewegung, für die er sein Leben hingeben würde….

Es war ein Schock. Unter Tausenden hätte er sie erkannt. Unfähig war er, sich zu bewegen oder ein Wort zu rufen. Stumm saß er mit offenem Mund da und starrte sie an. Und als würde sie wissen, dass sie beobachtet wurde, wandte sie sich langsam um und ihre Blicke trafen sich. Er sah in das Gesicht der totgeglaubten Magdalena. In diesem Moment begriff er, dass auch sie ihn erkannt hatte. Langsam wanderte ihr Blick von seinem Gesicht zu der verletzten Hand und wieder zurück. Es schien für einen Moment, als husche ein unendlich trauriger Ausdruck über ihr Antlitz.

Es war unmöglich! Das konnte nicht Magdalena sein! Er hatte doch mit eigenen Augen gesehen, wie sie in den Tod gestürzt war! Nach einer Zeit, die nur Augenblicke gedauert haben konnte, Johannes jedoch wie die

Unendlichkeit erschien, wandte sie sich wieder ihren Reisegefährtinnen zu. Die Nonnen bestiegen die Fähre und der Schiffer machte die Leinen los. Das Fahrzeug bewegte sich von der Anlegestelle weg.

Erst jetzt löste sich Johannes´ Lähmung. Er rannte zum Ufer. Es schien eine Ewigkeit zu dauern. Seine Lunge brannte vor Schmerz. Das Schiff glitt aus dem Hafen. Gleich würde es die Außenmole erreichen und aus seinem Blickfeld verschwinden. Keuchend und von einem heftigen Hustenanfall geschüttelt, hielt Johannes an der Kaimauer inne. Fast wäre er ins Wasser gestürzt.

Ein Verzweiflungsschrei entrang sich seiner Brust. „Halt, um Gottes Willen!" Der Schiffer und drei der Schwestern wandten sich zu dem Rufenden um. Der Schiffer schüttelte den Kopf und winkte bedauernd mit der Hand. Die Nonnen starrten den jungen Mönch neugierig an. Schwester Simeona reckte den Kopf und flüsterte dann etwas zu Magdalena. Doch sie, seine Magdalena, drehte sich nicht um.

Der Wind füllte die Segel des Schiffes. Johannes schloss die Augen. „Ich finde dich noch einmal, Geliebte. Ich finde Dich! Und dann lasse ich nie wieder zu, dass uns jemand trennt. Das schwöre ich bei Gott, dem Allmächtigen!", flüsterte er. Und noch als er den Schwur leistete, erreichte das Schiff die Außenmole des Hafens. Es nahm Fahrt auf und verschwand am Horizont.

* * *

Epilog

30. September 1390, irgendwo unterwegs

Es war eine sternenklare Nacht. Schon früh hatte der Winter einen seiner Vorboten, den schneidenden Wind, geschickt. Heulend strich er um das Gebäude. Kalt war es draußen und es schien, als solle die Natur bald in ein eisiges Kleid gehüllt werden.

Er stand am Fenster und starrte durch die Butzenscheiben hinaus auf die Berge, die sich im Mondlicht deutlich abzeichneten. Die Kälte der Nacht schien durch das Glas hindurch nach ihm zu greifen. Obwohl ihn der Traum diesmal nicht verfolgt hatte, war er wach geworden. Seltsam unruhig fühlte er sich. Er lauschte. Nein, er hatte sich nicht getäuscht. Aus der Ferne erklang das Geheul eines Wolfes. Deutlich vernahm er das Klagelied des Tieres. Es schien, als ahnte auch der einsame Jäger, dass ein harter Winter vor ihm liegen würde.

Er hörte die ruhigen Atemgeräusche der Schlafenden, die von hinten an sein Ohr drangen. Er hatte Glück gehabt und war nicht ergriffen worden. Doch was hieß dies schon in diesen Zeiten? Wer heute noch friedlich sein Brot aß, konnte morgen schon gezwungen sein, um sein Leben zu kämpfen. Er fühlte sich dem Wolf dort draußen verbunden. Auch er selbst war ein einsamer Jäger. Er wusste, wohin er auch auf seiner Reise kommen würde, überall würde er Willkür, Unrecht und Grausamkeit erleben. Und er würde wieder Vergeltung üben für die, die dies nicht konnten und strafen, wo Gott es nicht tat. Und auch in Geisenfeld war noch eine Rechnung offen..... .

Er warf einen letzten Blick hinaus in die kalte Nacht. Dann wandte er sich um und ging zu seiner Schlafstatt zurück. Er fühlte, wie ihn neue Kraft durchströmte.

Und als er wieder auf seinem Lager niedersank und die Augen schloss, da war es ihm, als trüge der Wind das Geräusch des Meeres herüber und die Wellen der Ostsee brächen sich am Kai der Hafenstadt...

Dramatis Personae

Auf der Reise

- Johannes, ein Benediktinermönch mit einem besonderen Auftrag
- Hubertus, ein Spielmann und auch sonst ein fingerfertiger Wandergeselle
- Irmingard, eine resolute, sehr attraktive Witwe
- Anton, ihr vorlauter Bruder
- Adelgund, Irmingards Schwägerin
- Gregor, Adelgunds Mann

Kloster St. Peter und Paul, Coburg

- Marcellus, Abt
- Matthäus, Prior, ehrgeizig und streng
- Rochus, Dekan
- Lambert, Cellerar
- Rupertus, Novizenmeister
- Igor, Pförtner
- Linus, Leiter des Skriptoriums
- Josef, Betreuer der Gäste des Klosters
- Mauritius, Krankenbruder
- Barnabas, Mönch und Schmied im Kloster, stark und hartnäckig

Markt Geisenfeld

- Richard Weiß, Bürgermeister des Marktes Geisenfeld
- Herbert Wagenknecht, unmittelbarer Untergebener und rechte Hand des Bürgermeisters
- Stephan Wagenknecht, sein Sohn
- Gisbert Frobius, Advokat des Marktes und Propstrichter des Klosters
- Walter Godebusch, Ratsherr und Kaufmann
- Albrecht Diflam, sein Majordomus
- Josef Pfeifer, Bauer zu Nötting
- Berta, seine Frau
- Agnes, seine Tochter
- Alberto, das „schwarze Kind"

Kloster Geisenfeld

- Ursula, Äbtissin, eine kluge, aber strenge Frau *
- Maria, frühere Magdalena von Falkenfels, Johannes große Liebe, Heilerin
- Apollonia, frühere Theresia von Falkenfels, ihre Schwester, Miniaturenzeichnerin
- Ludovica, Ordensfrau und Gärtnerin in der Abtei
- Alvita, eine energische, leider schon recht betagte Schwester
- Willibirgis, Novizenmeisterin
- Anna, heilkundige Schwester, die ihre eigenen Pläne verfolgt
- Hedwigis, Pförtnerin, etwas schwerhörig
- Benedikta, Cellerarin
- Walburga, Betreuerin der Klostergäste
- Simeona, Leiterin des Skriptoriums
- Niklas, der Stubangel, Pfarrer von Geisenfeld *
- Felicitas, die Glückliche

Sonstige Personen

- Michaelis, ein Benediktinermönch, der selten, aber dann ordentlich isst
- Ein nicht näher genannter Kaufmann aus Lübeck
- Hans, ein abergläubischer Helfer Diflams
- Johann Wohlfahrt, Coburger Getreidehändler
- Renata und Helena, Bademägde in Kempten
- Ernst von Baiern, Herzogssohn *

sowie viele Wanderer, Mönche, Nonnen, Ritter, Bürger, Kaufleute, Knechte und Dienstboten und auch manch zwielichtige Gestalten.

Die im Roman geschilderte Erzählung ist frei erfunden. Die mit * gekennzeichneten Figuren im Buch sind historische Personen der Zeitgeschichte. Die übrigen handelnden Personen sind nur Produkte meiner Fantasie. Übereinstimmungen mit lebenden oder toten Personen sind nicht beabsichtigt und rein zufällig.

Nachwort

Den in diesem Roman vorkommenden historischen Persönlichkeiten habe ich erfundene Worte in den Mund gelegt und Handlungen ersonnen, die sie so nie begangen haben. Sie mögen mir im Nachhinein verzeihen.

Für manche der genannten Orte und Gegenstände gibt es, wie mir Professor Kürzinger versicherte, keinerlei Beweise. Hierzu zählt der unterirdische Gang von Geisenfeld zur Burg Rotteneck. Dieser existiert nur als Legende. Trotzdem oder vielleicht gerade deswegen fasziniert er immer noch viele Menschen. Auch mich zieht er seit Jahren in seinen Bann. Daher wollte ich ihm eine wichtige Rolle einräumen.

Auch die Chronik im Kloster Geisenfeld, die u.a. die Morde des „Fleischers" festhält, hat es nach Überzeugung von Professor Kürzinger so nie gegeben. Als dramaturgisches Detail schien es mir aber wichtig, eine solche Chronik ins Spiel zu bringen, um die Rolle der Klöster im Spätmittelalter am Beispiel Geisenfelds als Hort des Wissens zu würdigen.

Weiterführende Sachbuchliteratur, die mir als Quelle diente, ist im Anschluss aufgeführt.

Ich hoffe sehr, dass Ihnen der Roman gefallen hat. Mit ihm ist, Sie wissen es nun, die Geschichte von Johannes und seinen Gefährten noch nicht zu Ende erzählt.

Ich danke Ihnen, dass Sie unserem tapferen Pilgermönch bis nach Bregenz gefolgt sind.

Freuen würde ich mich, wenn Sie Johannes auch auf seinem weiteren Weg nach Santiago de Compostela und darüber hinaus begleiten möchten. Falls Sie sich aber anders entscheiden, dann drücken Sie ihm bitte die Daumen und wünschen Sie ihm alles Gute und Gottes Segen.

Er wird es brauchen.

Geisenfeld, im September 2013

Quellenangaben

Prof. Dr. jur. Josef Kürzinger: „Die Geschichte des Marktes Geisenfeld und seines Klosters bis zur Säkularisation. Festvortrag am 08. Oktober 2010 anlässlich des Jubiläums 700 Jahre Marktrechte Geisenfeld 1310 – 2010"

Gabriele Bachhuber: „Ein Gebäude im Wandel der Zeit. Geisenfeld 2004"

Thomas Stummer: „Heimstatt des Schönen – Kostbares aus Geisenfelder Kirchen. Geisenfeld 2011"

Johann Geistbeck, Dr. Max Hufnagel: „Das Benediktinerinnenkloster Geisenfeld. D´Hopfakirm Nr. 5. Heimatkundliche Schriftenreihe des Landkreises Pfaffenhofen a.d. Ilm. Pfaffenhofen 1979"

Michael Trost, Gottfried Eglinger: „Geschichte des Marktes Geisenfeld, Hrsg. Stadt Geisenfeld, Originalgetreuer Nachdruck 2010 nach Vorlage eines Sonderdrucks und Geisenfelder Wochenblatt in der Bayerischen Staatsbibliothek, München 1877"

Dr. P. Laurentius Hanser O.S.B.: „Das Scheyrer Kreuz und seine Geschichte, Selbstverlag des Klosters Scheyern, Scheyern 1934." Veröffentlicht auf: www.kloster-scheyern.de/heiliges-kreuz/geschichte/geschichte-lag.html

„Die Regel des Heiligen Benedikt", Herausgegeben im Auftrag der Salzburger Äbtekonferenz. Beuroner Kunstverlag, Beuron 2008,
ISBN 978-3-87071-142-9"

Doris Fischer: „Mittelalter selbst erleben. Theiss, Stuttgart 2010,
ISBN 978-3-9062-2308-8"

Arno Borst: „Lebensformen im Mittelalter. Genehmigte Lizenzausgabe für Nikol Verlagsgesellschaft mbH & Co. KG, Hamburg 2004,
ISBN 3-933203-87-2"

Norbert Ohler: „Mönche und Nonnen im Mittelalter. Bibliografische Information der Deutschen Nationalbibliothek. Patmos, Düsseldorf 2008, ISBN 978-3-491-35003-8"

Manfred Jehle, Michael Schippan, Alfred S. Wunsch: „Faszination Mittelalter. Rätsel und Geheimnisse einer Epoche. Lingen, Köln 2010, GTIN 23186002"

„Faszination Mittelalter. Brände, Pest und Plünderungen. Katastrophen.
Verlagsgruppe Weltbild, Weltbild Sammler-Editionen, Augsburg,
ISBN 4-026411-190365"

„Faszination Mittelalter. Standhaft, streitbar, stolz. Das Rittertum.
Verlagsgruppe Weltbild, Weltbild Sammler-Editionen, Augsburg,
ISBN 4-026411-190334"

Franz Hofmeier, Prof. Dr. Heinrich Pleticha, Christian Roedig, Dr. Robert Sigel:
„Wege durch die Geschichte. Geschichtsbuch Gymnasium Bayern, Band 2,
Hrsg. Franz Hofmeier, Cornelsen, Berlin 1987,
ISBN 3-464-64272-0"

Kay Peter Jankrift: „Krankheit und Heilkunde im Mittelalter. Geschichte
Kompakt Mittelalter. Wissenschaftliche Buchgesellschaft, Darmstadt 2003,
ISBN 3-534-15481-9"

Sabine Buttinger: „Alltag im mittelalterlichen Kloster. Wissen im Quadrat,
Primusverlag, Darmstadt 2010,
ISBN:978-3-89678-827-6"

Karin Schneider-Ferber: „Alles Mythos! Die populärsten Irrtümer über das
Mittelalter. Genehmigte Lizenzausgabe für Verlagsgruppe Weltbild GmbH,
Augsburg 2011, ISBN 978-3-8289-0928-1"

Gisela Graichen, Rolf Hammel-Kiesow: „Die Deutsche Hanse. Eine heimliche
Supermacht. Rowohlt. Reinbek bei Hamburg 2011,
ISBN 978-3-498-02519-9"

Bereits erschienen

Bregenz zur Jahres-wende 1390/91 Der junge Mönch Johannes sammelt Kräfte für seine gefährliche Reise auf dem Jakobs-weg.

Da erreichen beunruhigende Nachrichten die Stadt: Nur wenige Tagesreisen entfernt von Bregenz scheint eine furchtbare Bestie um-zugehen.

Nach seinem Aufbruch führt Johannes das Schicksal geradewegs in die abgelegene Abtei Engelberg in-mitten der eidgenössischen Berge.

Hier erfährt Johannes von einer altenLegende, der „Wolfsgrube". Und von dort bringt die grausame Bestie Tod und Verderben über die Menschen. Das aber ist nicht die einzige Überraschung, die ihn erwartet....

Als Johannes im Kloster Engelberg Unterkunft gefunden hat, wird ihm bald danach die Reliquie gestohlen. Alles deutet darauf hin, dass sie in die „Wolfsgrube" gebracht worden ist. Um seinen Auftrag nicht scheitern zu lassen, ist der junge Benediktinermönch gezwungen, den geheimnisvollen Ort zu suchen und die Reliquie zurückzuholen. Doch noch nie ist jemand lebend von dort zurückgekehrt. ....

Die Romane erhalten Sie in jeder Buchhandlung oder direkt beim Carl Gerber Verlag GmbH 85296 Rohrbach!

www.gerberverlag.de

1391. Es ist Waffenstillstand zwischen den Engländern und den Franzosen.

Doch schon seit einigen Jahren gibt es Gerüchte über unheimliches Treiben in einem Wald irgend wo südlich von Lyon. Eine neue Gefahr scheint zu erwachen und die Menschen zu bedrohen.

Der Teufel selbst und seine Anhänger fordern die Christenheit zum Kampf heraus.

Der Pilgermönch Johannes, der in geheimem Auftrag nach Santiago de Compostela reist, gerät mit seiner großen Liebe Magdalena und seinen Gefährten in einen absonderlichen Hexentanz. Es gelingt Ihnen, auf das Landgut bei Lyon zu fliehen, in das sie von dem Chevalier Nicolas De Manuel und seiner schönen, geheimnisvollen Gemahlin eingeladen wurden. Doch auch dort scheinen bereits die Mächte der Finsternis ihre unheilvollen Kräfte zu entfalten.

Der zwielichtige Edelmann, in dessen Schuld Johannes steht, plant derweil, einen sagenhaften Schatz aus den unterirdischen Gewölben seines von den Engländern zerstörten Landsitzes „Chateau Chollart" in der Provinz Poitou an der Atlantikküste-zu bergen. In Lyon brennen die ersten Scheiterhaufen der Inquisition, als Johannes mit dem Chevalier zu dem waghalsigen Unterfangen unter den Augen des Erbfeinds aufbricht. Während Sie mehr als einmal in tödliche Gefahr geraten, haben fanatische Hexenverfolger die heilkundige Magdalena, die auf dem Landsitz zurückgeblieben ist, ins Visier genommen...